D1561856

KHALIL GIBRAN

Espíritus rebeldes
Lázaro y su amada
El loco
El jardín del profeta
Jesús, el hijo del hombre
Máximas espirituales
La procesión
Alas rotas
El profeta
El vagabundo
Lágrimas y sonrisas

OBRASELECTAS

– KHALIL GIBRAN –

ESPÍRITUS REBELDES
LÁZARO Y SU AMADA
EL LOCO
EL JARDÍN DEL PROFETA
JESÚS, EL HIJO DEL HOMBRE
MÁXIMAS ESPIRITUALES
LA PROCESIÓN
ALAS ROTAS
EL PROFETA
EL VAGABUNDO
LÁGRIMAS Y SONRISAS

Prólogo: Francisco Caudet Yarza

Copyright © EDIMAT LIBROS, S. A.
Calle Primavera, 35
Polígono Industrial El Malvar
28500 Arganda del Rey
MADRID-ESPAÑA

ISBN: 84-8403-708-8
Depósito legal: M-28812-2003
Diseño de cubierta: Juan Manuel Domínguez
Impreso en: COFÁS, S. A.

EDIMAT Libros
www.edimat.es

EDMOBSEKHGI

IMPRESO EN ESPAÑA – PRINTED IN SPAIN

PRESENTACIÓN

Prologar la obra de un pensador o de un filósofo —mantenemos la teoría de que ambos forman parte de un todo— se nos antoja, por su diversificación y propia complejidad, tarea ardua, difícil y nos atreveríamos a decir que complicada. La filosofía en sí, para aquellos que la ignoran o la desconocen, ofrece una y mil complicaciones por la disparidad heteróclita de su lenguaje, unas veces lírico, la mayor parte de ellas utópico —aunque suene a paradójico y tenga visos de contrasentido, la propia grandeza y auténtica verdad de la filosofía radica en su propia condición utópica—, agresivo en ocasiones y en buena parte de su tratado renovador y hasta revolucionario. Puede que el solo hecho de existir sea filosofía… o quizá, incluso, el de no existir. La magnitud es filosofía y la miseria puede que también lo sea. La ambición, el poder, la gloria y muchos otros adornos que el ser humano persigue con tenacidad a lo largo de esa carrera que llamamos vida es posible, o puede que sólo probable, que también encierren una filosofía bastante común a todos. Visto desde este prisma, todos somos filósofos sin proponérnoslo. Es una incógnita.

En la propia realidad de todos y cada uno debe radicar nuestra particular filosofía aunque, es obvio, no lo vemos así. El admitir las cosas y los hechos tal como son o tal como nos parecen se aparta sin embargo del sendero filosófico. No será lo mismo entender que la verdad lo es, porque nos han dicho que es la verdad, como atestiguarlo con el razonamiento de que la hemos encontrado. Quizá en la búsqueda de la verdad se encuentre la génesis filosófica del universo y de la propia existencia.

Puede que nos estemos extendiendo en consideraciones que en lugar de esclarecer confundirán a aquellos que se preguntan el cómo y el porqué de la filosofía y de su necesidad existencial. Hemos pretendido —o sólo pretendemos— establecer unas diferencias que definan de una forma gráfica los porqués, aun admitiendo, como decíamos antes, que todos somos filósofos de nosotros mismos y de nuestro propio devenir, estamos lejos de la filosofía, la ignoramos o no la entendemos como comentábamos al principio. Siempre nos quedará la duda de si la fórmula es válida o no, pero podemos pensar que nuestra inhibición filosófica dentro de la propia filosofía radica en el hecho de aceptar —ya lo significamos en el párrafo anterior— cosas, circunstancias y hechos, como válidos por sí mismos, sin analizar el porqué de ellos.

O sea: tenemos vida porque estamos vivos. Pero, *¿por qué tenemos vida?* Entre admitir lo primero y preguntarse lo segundo debemos buscar la raíz filosófica.

Bien, pensamos que nuestra misión no es precisamente *rizar el rizo* desde una óptica profana, ni tampoco generar una mayor dosis de confusionismo, sino que debemos circunscribirnos al *leit motiv* de nuestra tarea, que no es otro que un filósofo y pensador llamado Gibran Khalil Gibran.

De él se ha dicho que era: *El Rebelde, El Religioso, El Filósofo, El Hereje,* al mismo tiempo que *El Místico, El Rebelde* y hasta también *El Sereno.* No se puede definir con mayor complejidad y con más extensa disparidad en los calificativos a una sola persona; es difícil entender que se pueda ser antagónico de uno mismo e imposible explicar cómo tan distintas características encajan en un mismo ser humano. Cabe en lo posible el hecho de que a la hora de verter esos epítetos no se haya estado juzgando a la obra sino al individuo. Y ello deriva de la circunstancia concreta de que la mayoría de los biógrafos de Gibran han sido sus allegados, amigos y conocidos personales. De ahí que la óptica en el juicio sea unilateral —poco estricta y nada objetiva— y no permita separar al sujeto de su obra o, mejor todavía, situar al personaje por encima de ella. La connivencia anula toda posibilidad de juicio en razón a que las percepciones se obtienen desde la propia calidad humana, desde su dimensión real, y no se admite por tanto esa proporción irreal que todo filósofo desarrolla a lo largo y ancho de sus postulados.

Tratando de ser concretos y de ceñirnos al máximo a la personalidad filosófica del autor, cabe decir que Khalíl Gibran, siguiendo las pautas elementales que traza la búsqueda de *la verdad,* caminando entre la praxis y el eufemismo que crea la propia necesidad de ir más allá, más lejos, sintió el imperioso deseo de rebelarse contra la legislación, las costumbres y la religión de su época. Soñaba con una sociedad mística y pacífica, incluso consciente de que su mundo carecía de las fórmulas necesarias que permitiesen al hombre deshacerse de los sistemas establecidos para adentrarse en la concepción idílica del amor y la alegría. Entre el misticismo de Gibran y la revolución de su pensamiento existe la diferencia de dos sociedades distintas. Lo místico está en él al inicio de su existencia al cobijo de los *Cedros Sagrados del Líbano;* la revolución puede que nazca en los años que transcurrieron lejos de su cuna al amparo de la fría jungla de asfalto neoyorquina y a la sombra impersonal y gélida de sus rascacielos.

Alguien escribió de Gibran: *En algunos momentos Khalil Gibran consigue la majestuosidad de los textos bíblicos. En sus palabras coexisten resonancias de Jesucristo y los Evangelios.*

En su época de estudiante en el Líbano, Gibran no tuvo la influencia de un hombre o escuela pictórica concreta. El hecho de su tendencia a la pintura aparece en el momento que, estudiando las obras de los filósofos árabes, trató de imaginar sus rostros y expresiones, iniciando una serie de bocetos de los retratos de aquellos hombres que posteriormente serían reproducidos en libros. Cabe la posibilidad de que el tremendo impacto que causó en la mente de Khalil el no conocer la imagen de los grandes hombres que seguía y estudiaba con interés, por la peculiaridad de la filosofía islámica de no reproducir rostros, fuese lo que le llevó —ya lo hemos significado anteriormente— a iniciar sus escarceos en el campo pictórico en el intento de visualizar los rasgos físicos característicos de aquellos personajes. En los inicios de su trayectoria como pintor, llegó a exponer sus obras en un estudio de Boston, que más tarde sería pasto de las llamas y con ellas el compendio pictórico de Gibran. Esto significó un duro contratiempo para el filósofo, porque se enfrentaba a la necesidad de vender sus obras en la ardua lucha por la subsistencia. No obstante y transcurridos unos años, el propio Khalil manifestaría que los lienzos habían sido destruidos con justicia, puesto que en el momento de concebirlos aún no había alcanzado la madurez necesaria (cabe aceptar en ello un sistema filosófico).

La etapa inicial de su periplo literario está salpicada de libros, artículos y poemas en árabe. Influenciado por los pensamientos occidentales, se convirtió en el renovador de un estilo que acabó revolucionando las jóvenes mentes literarias de todo un país. De los principios a las postrimerías, del cenit al ocaso, que es lo mismo que decir del Khalil inexperto al Gibran con enorme madurez intelectual, median considerables diferencias, sin que por ello dejen de coexistir en su personalidad filosófica el misticismo y los brotes insurrectos del pensamiento.

En la época postrera Gibran dedicó su obra a la lengua inglesa. En consonancia a su educación, escribir poesía en inglés era para Khalil como coger una obra de Shakespeare y transcribirla a un lenguaje coloquial. Quizá por esta causa encontramos poca poesía entre la extensa producción de Khalil Gibran. Un conocido comentarista y gran conocedor de la lengua árabe se manifestaba sobre el particular en los siguientes términos: *El arábigo es una lengua enérgica y posee gran riqueza de vocabulario con una terminología de bellísi-*

mas connotaciones. Sus matices delicados en la calidad y el colorido forman con sus tonos melódicos una sinfonía cuyos sonidos sumen al oyente en el llanto o el éxtasis. De ahí el tránsito de las traducciones de la obra de Gibran en uno u otro idioma: de la traducción al árabe de la escrita en inglés y viceversa. De todas formas, y pese a que en la traducción se pierde bastante de esa sinfónica melodía a la que se refiere el comentarista, no puede decirse que rompa o tan siquiera altere la génesis básica de la filosofía del libanés. Precisamente el punto álgido de la expresividad filosófica de Khalil Gibran, el grado más sublime y lúcido de su visión del mundo y de los seres, está contenida en su última y más celebrada obra: *El Profeta.*

Antes de poner punto y final a esta introducción volveremos a referirnos, sucintamente, a esa obra que podríamos llamar cumbre en la carrera filosófica de Gibran, ofreciendo unos datos de índole estadístico, pero que muy gráficamente y en un lenguaje muy prosaico establecen una clara pauta de la trascendencia y magnitud de la misma; de *El Profeta.*

Sobre la filosofía del libanés cabe decir muchas cosas pero nos relega de tan sabio oficio, parcialmente, nuestra condición profana y hasta nos atreveríamos a decir que nuestra mínima e insignificante condición humana que nos aleja años luz de la privilegiada mente del pensador. No obstante, se puede apuntar que desde el instante en que Khalil Gibran escribió: *No me adhiero a las leyes hechas por el hombre y reniego de las tradiciones que nos legaron nuestros antepasados*, se colocó en la órbita dimensional de los teólogos, ilustrando particularmente una de las tesis de San Agustín: *Uno no podría dudar si no estuviera vivo y pensando y consciente de la existencia de la verdad.*

El hombre, en los principios de su existencia intelectual, veía como incógnita el hecho de su presencia sobre la Tierra y buscaba el significado de la misma: ¿Cuál era su procedencia? ¿Cuál el camino a seguir? ¿Por qué había forzosamente que ir hacia un lugar? Frente a esta serie de interrogantes y, aunque de una forma primitiva, cuando aprendió a escribir, ser creado nos legó su concepción rudimentaria sobre la vida y la muerte. Ese momento se define en la actualidad como filosofía. Es una forma distinta, pero con el mismo fondo, de los sistemas para la definición que buscábamos al principio de este texto introductorio. Lo mismo que un viejo adagio reza: *Todos los caminos conducen a Roma*, podríamos decir: *Todos los sistemas escritos para definir la existencia conducen a la filosofía.* De todas formas, y volviendo a lo que decíamos —y tenemos que repetir una vez más— en los inicios de esta presentación, es imposible definir y explorar un campo tan amplio, interminable e inextinguible como lo es la filosofía, en unas pocas y pobres páginas, teniendo en cuenta que cientos de miles de volúmenes, pensados por y para ella, se apretujan sobre los anaqueles de millones de bibliotecas en todo el orbe. No obstante, tímidamente estableceremos un intento por concretar sólo las convicciones y determinaciones del alma de Gibran Khalíl Gibran. Buena parte de su obra evidencia que también él se planteó las mismas incógnitas que otros filósofos de la antiguedad, admitiendo que existía un Dios pero, al exponer su teoría personal sobre éste, fue blanco de furibundas críticas.

Algunos filósofos árabes habían tratado, con anterioridad, de encontrar una definición más comprensible acerca de Dios; así, el eminente Averroes (1126-1198) escribió que un creyente ingenuo podía decía: *Dios está en el cielo*. Pero añadió seguidamente que un observador agudo, sabiendo que Dios no puede ser representado como una entidad física, daría la siguiente definición: *Dios está en todas partes y no únicamente en el cielo*. No obstante, si la omnipresencia divina es tomada en un sentido físico y espacial exclusivamente, la fórmula apuntada por Averroes es del mismo modo inexacta. Por ello, el filósofo expresará más adecuadamente la naturaleza puramente espiritual de Dios al sostener que ÉL no está sino en Sí Mismo; una teoría más precisa de expresión podría ser: *El espacio y la materia están en Dios*.

Hemos citado a Averroes porque cabe la probabilidad de que al estar Gibran educado en el Líbano, las tendencias de aquél fuesen admitidas por Khalil, aceptadas e incluso que le ínfluenciaran en un principio. En uno de los libros más trascendentes del libanés, *El Jardín del Profeta*, alguien, entre un grupo de personas, le pregunta al protagonista:

—Maestro, hemos oído hablar mucho de Dios. ¿Qué nos dices tú de Dios y quién es Él en verdad?

Gibran, por boca de su personaje, responde:

—*Piensa ahora, amado mío, en un corazón que contenga todos los corazones, en un amor que rodee a todos los amores, en un espíritu que contenga a todos los espíritus, en una voz que envuelva todas las voces y en un silencio más profundo e intemporal que todos los silencios.*

Y en labios de su protagonista, sigue Gibran Khalil Gibran, ofreciendo la respuesta:

—*Trata ahora de encontrar en tu interior una belleza más extraordinaria que todas las bellezas, una canción más basta que todas las canciones de los mares y de los bosques, una majestad... Sería más prudente no hablar tanto de Dios, a quien no podemos comprender, y pensar más en nosotros, a quienes sí podemos comprender. Aun así, quiero que sepáis que somos en flor y en ocasiones en fruto.*

En la mayoría de secuencias donde existían interrogantes acerca de la naturaleza del espíritu, los críticos y biógrafos del libanés se encontraban sumidos en un profundo desconcierto y se debatían en un mar de dudas; de ahí que algunos sostuvieran que Gibran era un fervoroso creyente de la transmigración del alma, más conocida por la filosofía del Nirvana, mientras otros opinaban, sirviéndose del ataque que Khalil mantenía contra las actividades de ciertos sacerdotes, que era un hereje.

Lo que unos y otros no podían negar, lo que hoy no se puede poner en tela de juicio y en lo que coinciden todos aquellos que han estudiado y enjuiciado la obra de Gibran Khalil Gibran, es en la sublime grandeza de su lenguaje, en esa simbiosis mistico-revolucionaria. Ahí debe radicar el porqué de la diferencia entre admitir la filosofía y buscarla, ahí debe encontrarse el inmenso secreto de haberla hallado.

Demos por sentada la enormidad, casi monstruosa nos atrevemos a decir, del pensamiento de Gibran y pasemos para concluir este esbozo introductorio a los datos de condición estadística sobre su obra *El Profeta*, que hemos aludido en uno de los párrafos precedentes: *El Profeta* puede considerarse un best-seller internacional a lo largo y ancho de cuarenta años; se han vendido de él más de un millón de volúmenes y se ha traducido a más de veinte idiomas. Está considerada como la mejor obra del libanés en lengua inglesa, pero *Alas Rotas*, su primera novela, la mejor en árabe, puede calificarse también de best-seller, incluso por un espacio de tiempo superior al de *El Profeta*.

Diremos, para concluir este *introito* y de un modo tan definitivo como lapidario, que, para mejor entender y comprender a Khalil, se hace de todo punto imprescindible ignorar parte de lo escrito por sus biógrafos para adentrarnos y reconsiderar en tono ecuánime lo que el mismo Gibran escribió.

AUTORRETRATO

Es muy posible, y hasta más que probable, que la mejor forma de autodefinición se encuentre en la propia expresividad del artista, pero en esos rasgos íntimos y privados diríamos que le alejan de lo que es por lo que ha hecho y dejan solo al hombre como tal ser humano. El juicio a través de la obra puede, a veces, deformar la realidad ocultando trazos innatos que no han sido transcritos a la trayectoria profesional porque un extraño instinto de conservación trata de preservarlos con la misma tenacidad que la doncella guarda celosamente su virtud. Siempre existe algo oculto que sólo aflora en ocasiones y que lo hace cuando tratamos de ser tan sólo nosotros mismos.

Quizá por ello se nos antoja que la mejor realidad del autorretrato de Gibran se encuentra, no en sus textos filosóficos, sino en sus escritos llanos y sencillos dirigidos a las personas a quienes amó y con las que convivió; escritos de los que acto seguido vamos a ofrecer fragmentos, en la composición del autorretrato de nuestro filósofo libanés. De todas formas, y aunque nos parece obvio significarlo, no por la sencillez y llaneza, no por su carácter íntimo y/o particular, se hallan esos fragmentos privados de la calidad, de la impronta que imprimió en su más íntimo hacer Gibran Khalil Gibran.

Puede que eso nos haga pensar en que también cabe distinguir entre dos tipos de filosofía: la universal y la íntima. He aquí, en definitiva, los trazos o rasgos nacidos en la expresividad literaria, que pueden servir para la confección del autorretrato del filósofo.

A SU PADRE, fechada en Beirut, abril de 1904.

«Aún estoy en Beirut, aunque me ausentaré de casa pues estaré un mes recorriendo Siria y Palestina, o Egipto y Sudán, en compañía de una familia americana por la que siento gran estima y profundo respeto. Es por ello que no sé exactamente cuánto tiempo durará mi estancia en Beirut. De todas formas, estoy aquí por mi propio bien, y ello me obliga a permanecer una temporada en el país para corresponder a aquellos que se preocupan por mi futuro. No dudes nunca de mi juicio acerca de lo que es mejor para mí y para el fortalecimiento y prosperidad de mí porvenir.

Es todo cuanto puedo decirte. Con todo mi afecto para mis parientes y amigos queridos y el mayor respeto para todo aquel que se interese por mí. Que Dios te proteja y prolongue tu vida. Tu hijo, Gibran.»

Allá por el mes de mayo de 1903 el dueño y director del periódico *Almuhager*, rotativo árabe que se publicaba en Nueva York, visitó la ciudad de Boston. Entre quienes acudieron a recibirle se encontraba Khalil Gibran, quien, por su brillantez, inteligencia y afabilidad de carácter, pronto cautivó a aquel personaje llamado Ameen Guraieb. Poco después de haberse conocido, Guraieb era invitado por Gibran a que le visitara en su casa, donde le mostró algunos de sus lienzos y también los cuadernos donde había ido registrando cuidadosamente su meditaciones y pensamientos. Una ojeada tanto a lo pintado como a lo escrito bastó a la sagacidad del editor para comprender que, inesperadamente, acababa de tropezarse con un artista, poeta y filósofo de enorme genialidad. Sobrecogido por el propio descubrimiento, el periodista le ofreció a Gibran un espacio en su rotativo. Así, de esta forma casual, Guraieb arrancó a Kahlil de su bostoniano recluimiento presentándolo a sus lectores árabes. Éste era el texto editorial que redactó el propio Ameen Guraieb:

Este diario tiene la suerte de poder presentar al mundo árabe el primer fruto literario de un joven artista cuyos dibujos provocan la sorpresa y admiración del público norteamericano. Este joven es Gibran Khalil Gibran, de Bsharré, la famosa ciudad de los bravos. Publicamos este ensayo sin comentarios con el título de Lágrimas y Risas, reservando a los lectores el derecho a juicio de acuerdo con sus propios gustos.

Khalil Gibran llegó a sentir un aprecio profundo y una gran estimación por Ameen Guraieb. De ello queda constancia en la carta que le escribió cuando el editor y periodista se aprestaba a efectuar un viaje desde América al Líbano. Leamos algunas secuencias de ella:

A AMEEN GURAIEB, fechada en Boston, febrero de 1908.

«Querido Ameen:
Sólo mi hermana Marina es conocedora en parte de la noticia de la que voy a hacerte partícipe y que supongo que te alegrará lo mismo que a tus allegados. A finales de la próxima primavera partiré hacia París, capital de las artes, donde pienso permanecer todo un año. Esos doce meses que viviré en la urbe francesa jugarán un papel importante en mi quehacer diario, ya que, ese tiempo de permanencia en la *Ciudad Luz*, será, con la ayuda de Dios, el inicio de una nueva etapa en la historia de mi vida.
Tengo la idea de unirme a un grupo de grandes artistas de aquella ciudad y trabajar bajo su supervisión, sacando provecho de sus observaciones y beneficiándome de su labor crítica y constructiva en el campo de las artes. Poco importa si me benefician o no, porque al regresar a Estados Unidos, mis dibujos ganarán más prestigio, lo que hará que los ciegos amantes del dinero los adquieran, no ya por su belleza artística sino por ser el fruto de un artista que ha pasado todo un año en París entre los grandes pintores europeos.»

Ya en el último párrafo de la carta, Gibran decía:

«Tu introducción a *Espíritus Rebeldes* me satisfizo porque estaba exenta de comentarios personales. El lunes te envié un artículo para el *Almuhager*; ¿no lo has recibido todavía? Escríbeme unas líneas en contestación a la presente, yo te escribiré más de una carta antes de que viajes al Líbano. No permitas que nada apacigüe tu ilusión por el viaje. No será posible reunirnos para estrechar nuestras manos, pero permaneceremos unidos en pensamiento y espíritu. Doce mil kilómetros no son más que un kilómetro y mil años no son más que uno ante los ojos del espíritu. Que Dios te bendiga y haga que estés a salvo cuando volvamos a vernos y que el cielo derrame sobre ti una profusión de bendiciones, cuya suma igualará al amor y respeto que mi corazón siente por ti. *Gibran.*»

Existe la norma entre las gentes del Cercano Oriente de llamarse unas a otras —unos a otros— *hermano* o *hermana*. Obvio que si la definición de la palabra *hermano* se extiende a la raza en general se afinque particularmente entre los amigos íntimos, allegados y parientes más o menos lejanos.

La carta de la que a continuación vamos a ofrecer algunos pasajes la dirigió a Nakhli, primo carnal suyo, al que lógicamente llama hermano. Y con mayor motivo que a ningún otro, porque Gibran y Nakhli fueron compañeros inseparables en el transcurso de su primera juventud. Vivían, jugaban, comían y dormían juntos en Bsharré, su pueblo libanés natal, cerca de los Cedros Sagrados del Líbano. En el escrito, Khalil glosa a Nakhli acerca de sus luchas, quejándose de la clase conservadora árabe que lo acusaba de hereje ante el sentimiento de que sus textos corrompían la mente de los jóvenes (tiempo después de esta carta dirigida a su primo carnal, Gibran publicó un cuento que se titulaba: *Khalil el Hereje*).

A NAKHLI GIBRAN, fechada en Boston, marzo de 1908.

«Querido Hermano Nakhli:
Acabo de recibir tu carta que ha llenado mi alma de dicha y tristeza al mismo tiempo, pues trae a mi memoria escenas de aquellos tiempos que transcurrían como en sueños, dejando atrás los fantasmas que trae la luz del día y se alejan con la oscuridad. ¿Cómo se perdieron aquellos días y hacia dónde fueron aquellas noches? Aquellas noches y horas, aquellos días, han desaparecido como flores que se abren cuando el alba desciende del cielo gris. Sé que los recuerdas con dolor y he descubierto los fantasmas de tu afecto entre las líneas de tu misiva, como si vinieran desde Brasil para devolverle a mi corazón el eco de los valles, las montañas y los riachuelos que rodean a Bsharré.»

Hacia el final de la extensa epístola, Gibran le decía a su primo Nakhli:

«Tengo una noticia de interés para ti. Me apresto a viajar París el primero de junio próximo para integrarme en un comité de artistas. Mi estancia allí será plena de estudio, investigación y ardua tarea, siendo al mismo tiempo el inicio de una nueva vida.

Recuérdame cuando te reúnas con tu familia alrededor de la mesa para compartir los alimentos y diles a tu esposa e hijos que un cierto familiar, de nombre Gibran, guarda en su corazón un lugar afectuoso para cada uno de vosotros.

Mi hermana Miriana se me une para enviarte cariños. Al leerle tu carta se puso tan contenta que no pudo contener las lágrimas ante ciertas frases que yo leía. Que Dios te bendiga y te conserve con buena salud y haga que sigas siendo el hermano amado de, *Gibran.*»

Durante su estancia en la capital de Francia, Gibran conoció a otro artista y compatriota suyo llamado Yousif Homayek, que también había acudido a la Ciudad Luz para estudiar arte, naciendo entre ambos una amistad cuyos lazos se fueron estrechando con el paso del tiempo. Gibran se convirtió en amigo inseparable de Yousif, al que acompañaba a la ópera, a los teatros, a los museos, galerías de arte y otros lugares de interés para los dos. Homayek era a su vez un profundo admirador de Gibran y como prueba de esa admiración hacia el Gran Profeta del Líbano trabajó, durante seis meses, en un magnífico retrato al óleo, regalándoselo una vez concluido.

Leamos seguidamente una breve carta que Gibran dirigió a su amigo Yousif:

A YOUSIF HOMAYEK, fechada en Boston, año 1911.

«Aunque esta ciudad está repleta de amigos y conocidos, me siento como exiliado en un país distante donde la vida es fría como el hielo, gris como las cenizas y silenciosa como la Esfinge.

Mi hermana está cerca de mí y los amados parientes me rodean por doquier; la gente nos visita día y noche, pero no soy feliz. Mi trabajo progresa con rapidez, mis pensamientos están en calma, gozo de perfecta salud, pero pese a todo ello no tengo felicidad. Mi alma está hambrienta y sedienta de alimento, pero ignoro dónde encontrarlo. El alma es una flor celestial que no puede vivir bajo la sombra, aunque las espinas vivan en cualquier lugar.

Ésta es la vida del pueblo de Oriente que padece la enfermedad de las bellas artes, y la de los hijos de Apolo exiliados en este país extranjero, cuyo trabajo es extraño, cuyo caminar es lento y cuya risa es llanto.

¿Cómo estás tú, Yousif? ¿Vives feliz por entre los fantasmas humanos que a cada lado del sendero te acechan a diario?, *Gibran*.»

«Resulta difícil entender que un hombre y una mujer puedan enamorarse, sin antes haberse conocido mutuamente excepto a través de un intercambio de correspondencia», decía Jamil Jabre en un texto similar, como prefacio a su obra en árabe *May y Gibran*.

Es cierto que no suele suceder con frecuencia un enamoramiento de estas características —aunque es obvio que existen—, un amor por correo, que quizá en el fondo y por el desconocimiento físico y el único aprecio de los sentidos, el espíritu y la virtud, sea el más sublime de todos… No existen demasiados ejemplos, no, pero sí encajan en el arte y puede que la mayoría de esos escasos ejemplos nazcan entre los artistas porque éstos tienen un sistema de vida propio, insólito, extraño e incomprensible, que sólo ellos pueden entender. Como uno de esos pocos ejemplos de amor a distancia y como ejemplo asimismo de esa peculiar y personal idiosincrasia de los artistas, de ese su distinto *sui géneris*, tenemos a Khalil Gibran y May Ziadeh. La relación amorosa y literaria que existió entre ambos no se trató de un mito o una presunción, sino de un hecho fehaciente, demostrado y revelado al público a través de algunas cartas dadas a la luz por May tras la muerte de Gibran. Así lo dice y atestigua, igualmente, Jamil Jabre, autor de la obra *May y Gíbran*.

Cuando *Alas Rotas* apareció por primera vez en lengua arábiga, Khalil obsequió a May Ziadeh con una copia de la novela pidiéndole que le hiciera la crítica. Accediendo a su petición, May dirigió a Gibran la siguiente misiva:

DE MAY ZIADEH a GIBRAN KHALIL GIBRAN, fechada en El Cairo, Egipto, el 12 de mayo de 1912:

«… No estoy de acuerdo con lo que dices respecto al matrimonio, Gibran. Respeto tus pensamientos y venero tus ideas, porque me consta que eres sincero y honrado al defender los principios que apuntan a un noble propósito. Estoy totalmente de acuerdo contigo en lo que se refiere a los principios fundamentales que propugnan la libertad de la mujer. Ella, al igual que el hombre, tendría que gozar de libertad en el momento de elegir esposo, guiada por sus propias inclinaciones personales y no por el consejo, la indicación o ayuda de vecinos o conocidos. Tras elegir libremente al compañero, la mujer debe entregarse plenamente a los deberes que le impone la responsabilidad de la empresa adquirida. Dices de estos deberes que son como pesadas cadenas fabricadas por los siglos. Sí, también convengo contigo y digo que sí son pesadas cadenas; pero recuerda que ellas son obra de la naturaleza, quien hizo de la mujer lo que ella es hoy. Admitiendo que el pensamiento del hombre haya llegado al punto de romper con las cadenas de las costumbres y las tradiciones, aún no ha llegado hasta el punto de romperlas, porque la ley de la naturaleza está por encima de toda ley. *¿Por qué no puede una mujer casada verse a solas con el hombre al que ama?* Porque al hacerlo estaría deshonrando a su esposo y traicionando al hombre que ha aceptado gustosa y estaría, a la vez, rebajándose ante los ojos de la sociedad de la cual forma parte.»

Ya en el último párrafo de la misiva, May Ziadeh, le decía a Gibran:

«Yo misma sufro el tormento de los hilos que sujetan a la mujer —esos hilos de seda son tan delgados como la tela de araña, pero tan fuertes como alambres de oro—. Supón que permitiésemos a Selma Karamy, la heroína de nuestra novela, o a cualquier mujer que se le asemejase en sentimientos e inteligencia, verse en secreto con un hombre honesto de noble carácter; *¿no sería esto suficiente para perdonarle a cualquier mujer el haber elegido, por ella misma, a un hombre que no es su esposo para verse en secreto?* Esto no daría resultado, aun cuando el motivo del encuentro fuese el de orar ante el sepulcro del Crucificado. *May.*»

Lógicamente, la correlación amorosa entre May Ziadeh y Gibran Khalil Gibran debió engendrar infinidad de escritos. Pero quizá uno de los más significativos e intensos es el que vamos a reproducir seguidamente, respetando la totalidad del texto y su misma pureza lingüística:

A MAY ZIADEH, sin fecha.

«Querida May:
… En general, el loco no es yo mismo. La pasión que traté de expresar por boca de un personaje que había creado, no es representativa de mis propios sentimientos. El lenguaje que utilizo para expresar los deseos de ese loco es diferente del lenguaje que uso cuando me siento a platicar con un amigo a quien amo y respeto. Si verdaderamente deseas descubrir mi realidad a través de mis escritos, ¿por qué no hablas de la juventud del campo y de la calmosa melodía que

emiten sus flautas en lugar de hablar del loco y de sus terribles gritos? Descubrirás que el loco no es más que un eslabón en la larga cadena de metal. No niego que el eco sea áspero eslabón de tosco hierro, pero esto no significa que toda la cadena sea tosca. Existe una estación para cada alca, May. El invierno del alma no es como su primavera, y su verano no es como su otoño…»

Después Gibran proseguía con la controversia acerca de su libro *Lágrimas y Risas,* cuyo diálogo había sido criticado por May, quien luego le preguntaba al autor qué causa le había movido a escribir algo tan infantil. Ésta era la valiente respuesta de Gibran:

«… Ahora discutimos un momento sobre *Lágrimas y Risas*. No temo decirte que este libro vio la luz antes de la Guerra Mundial. En ese momento te envié una copia y nunca supe si la recibiste o no. Los artículos que aparecen en *Lágrimas y Risas* son los primeros que escribí en serie y fueron publicados en el *Almuhager* hace dieciséis años. Fue Nasseeb Arida (que Alá lo perdone) quien recopiló estos artículos publicándolos en un solo tomo, incluyendo dos más que yo había escrito en París. Durante mi infancia y en los días de mi juventud, antes de escribir *Lágrimas y Risas*, redacté poesía y prosa suficientes como para llenar muchos volúmenes, pero no he cometido ni cometeré el crimen de publicarlos. *Gibran.*»

Sarkis Effandi, uno de los mejores amigos de Gibran, estaba considerado como erudito por la inteligencia del Líbano. Era propietario de una editorial y de un periódico árabe, el *Lisan-Ul-Hal*. En 1912, la Liga Árabe para el Progreso, organización integrada por muchas figuras literarias, que tenía por objeto promover la unidad y la cultura árabe, decidió honrar al gran poeta libanés Khalíl Effandi Mutran, quien, años más tarde, sería el poeta laureado de Egipto y Siria. Dado que encabezaba el comité, Sarkis Effandi mandó a su amigo Gíbran, por aquel entonces en Nueva York, una invitación para que participase del día de honor en Beirut. Aunque Khalil no pudo viajar, remitió a Sarkis un poema en prosa con instrucciones de que fuese leído en su nombre ante el poeta el día del acontecimiento. El cuento se titulaba *El Poeta de Baalbeck*. Se componía de una alabanza en la cual Gibran describía al poeta laureado de las dos naciones hermanas lo mismo que un príncipe sentado en su trono de oro, recibiendo a los sabios de Oriente. En el cuento, Khalil manifestaba su creencia en la transmigración de las almas y alababa a aquella gran alma encarnada en el honrado cuerpo del poeta.

Ésta era la carta que acompañaba al poema:

A SALEM SARKIS, fechada en Nueva York el 6 de octubre de 1912.

«Querido Sarkis Effandi:
Te remito el cuento que me fue rebelado por las musas diabólicas para honrar al poeta *Khalil Effandi Mutran*. Como podrás observar, el cuento es bastante corto en relación a la dignidad del príncipe y destacado poeta. Pero es largo al mismo tiempo si se le compara con los escritos por otros literatos y poetas, quienes, por supuesto, tienden a ser breves e inteligentes, especialmente cuando de honrar a los poetas se trata. ¿Qué haré cuando las musas me inspiren para escribir sobre un tema en el que no precise extenderme en exceso?

Por favor, acepta mi agradecimiento sincero por la invitación que he recibido para que me uniese al grupo que honrará al gran poeta; a ese extraordinario poeta que vierte su alma como vierte vino en las copas de la Liga Árabe para el Progreso, y que quema su corazón como incienso ante los dos países —Egipto y Siria— al afianzar, entre ambos, los lazos de amor y amistad.

Hacia ti se dirigen mis saludos confundidos con mi respeto sincero y mi admiración. *Gibran.*»

Volvemos al paréntesis del amor, a ese amor escrito que de forma tan importante y trascendente refleja los más íntimos sentimientos del genio libanés. Y volvemos porque la carta es un documento muy válido y significativo. Sepamos, primero, el porqué de la misiva que vamos a transcribir a continuación y que Gibran dirigió a May. Ella, en cierta ocasión, le preguntó al poeta y pensador cómo escribía, cómo comía, cómo transcurría su vida diaria, etc. También se interesaba por la casa de él, su oficina y por todo cuanto al libanés hacía. Gibran le contestó a varios de esos interrogantes:

A MAY ZIADEH, fechada en noviembre de 1920.

«... ¡cuán dulces son tus preguntas, y que feliz me siento al responderlas, May! Hoy es día de fumar; empecé esta mañana y ya he fumado un millón de cigarrillos. Para mí fumar es un placer y no un hábito. A veces paso una semana sin fumar un solo cigarrillo. Dije que fumé un millón de cigarrillos; es por tu culpa y debo reprochártelo. Si estuviese solo en este valle nunca regresaría...

Respecto al traje que hoy llevo puesto, es habitual que use dos trajes al mismo tiempo: uno hilado por el tejedor y confeccionado por el sastre y el otro hecho de carne, sangre y huesos. Pero hoy me he puesto una prenda larga y ancha salpicada con tinta de distintos colores. Esta prenda no difiere en nada de la que usan los derviches salvo que es más limpia. Cuando retorne a Oriente usaré únicamente antiguas vestimentas orientales.

… Respecto a mi oficina, aún no tiene techo ni paredes, pero los mares de arenas y los mares de éter aún son como ayer, profundos, con multitud de olas y carentes de playas. Pero la barca con que cabalgo por esos mares no tiene mástil. ¿Crees que puedes dotar de mástil a mi barca?

El libro *Hacia Dios* todavía está en la fábrica de niebla, y su mejor boceto se halla en *El Precursor,* del que te remití una copia hace dos semanas.»

Tras haber dado respuesta a algunas de las preguntas de May, Gibran trazó una descripción simbólica de sí mismo:

«¿Qué puedo decirte de un hombre a quien Dios ha retenido entre dos mujeres, una de las cuales convierte sus sueños en desvelos y la otra sus desvelos en sueños? ¿Qué debo decirte acerca de un hombre al que Dios ha colocado entre dos lámparas? ¿Es melancólico o feliz? ¿Es acaso un extraño en este mundo? No lo sé. Pero me agradaría saber si quieres que este hombre siga siendo un extraño cuyo lenguaje es incomprensible para el universo. No lo sé. Pero te pregunto si te gustaría hablar con ese hombre en su idioma, ése que tú puedes comprender mejor que nadie. Son muchos en este mundo los que no comprenden el lenguaje de mi alma. Y también son muchos los que no comprenden el lenguaje de tu alma. Yo soy, May, uno de esos a quienes la vida prodigó amigos y benefactores. Pero dime: ¿hay alguno entre esos amigos sinceros a quien podamos preguntar: *Por favor, quieres cargar con nuestra cruz un solo día?* ¿Existe quizá alguien que sepa que de todas nuestras canciones hay una sola cuya melodía ninguna voz puede cantar ni trémulas cuerdas pronunciar? ¿Acaso hay alguien que pueda ver dicha en nuestra tristeza y tristeza en nuestra dicha?

… ¿Recuerdas que me explicaste que un periodista de Buenos Aires te había escrito y pedido lo que pide todo periodista, tu retrato? He pensado frecuentemente en la petición de ese periodista y siempre me digo: *No soy periodista; por tanto, no pediré lo que piden los periodistas.* No, no soy periodista. Si fuese editor o propietario de un periódico o revista, pediría tu retrato franca, simple y desvergonzadamente. No, no soy periodista; ¿qué haré? Gibran.»

Edmond Wheby fue el traductor de la obra *El Crucificado* del árabe al francés, publicada en el periódico de lengua gala, *La Syrie,* que se editaba en Beirut. Wheby remitió al autor una copia de la traducción junto con una afable misiva a la que Gibran dio cumplida respuesta con la siguiente carta:

A EDMOND WHEBY, fechada en Nueva York el 12 de marzo de 1925.

«Querido hermano:
La paz sea con vos. Mucho me ha conmovido vuestra amable carta,. Ella me revela la riqueza de vuestros conocimientos, la belleza de vuestro espíritu y vuestro fervor por el arte y los artistas. Deseo ser digno de las alabanzas y honores que me habéis concedido y conferido a través de vuestra misiva y espero ser merecedor de las cosas bellas que habéis dicho de mí.
He leído vuestra traducción al francés de *El Crucificado*. Me apena la condición espiritual, no obstante, de los jóvenes libaneses y sirios de hoy y de su tendencia a aprender lenguas extrajeras descuidando la propia, motivo que os indujo a traducir esta obra escrita especialmente para las jóvenes generaciones en la lengua de sus antepasados.
Pero vuestro entusiasmo por el *Arrabitah* y las acciones de sus integrantes demuestran vuestras ansias espirituales de renovación, vuestro anhelo, madurez e ilustración. Os doy las gracias, en nombre de mis hermanos y compañeros del *Arrabitah*. Aceptad, os lo ruego, mis sinceros respetos y mis mejores deseos, y que Alá os guarde y proteja. *Gibran*.»

«P. D.: Por favor, enviad mis recuerdos a mi gran hermano literario Félix Farris y dadle mis saludos.»

Después de su enfermedad, aún convaleciente de la misma —finalmente habría de llevarle a la muerte— y de nuevo en Boston, Gibran dirigió esta carta a Mikhail Naimy, una de las figuras más importantes en el mundo literario del Líbano y del Oriente Medio.
Naimy había nacido en Biskinta, Líbano. Recibió su educación elemental en una escuela parroquial dirigida por la Imperial Russian Palestine Society. En 1906 se le concedió una beca para asistir al Seminario de Poltova en Ucrania, donde realizó un extenso estudio de la lengua rusa, en la que luego escribiría poemas y tratados que despertaron la consideración y admiración de su entorno. Más tarde, en 1916, Mikhail Naimy obtuvo dos diplomas en la Universidad de Washington. Mientras permaneció en aquélla, escribió y publicó en árabe muchos artículos y cuentos de crítica. En aquel mismo año de-

cidió que el círculo literario de Nueva York del que formaban parte grandes escritores arábigos, como Ameen Rihani, Gibran Khalil Gibran y Nassib Arida entre otros, constituiría el ámbito donde Gibran desarrollaría sus actividades.

Leamos, pues, a continuación, la carta que le envió Khalil, encontrándose convaleciente de su enfermedad:

A MIKHAIL NAIMY, fechada en Boston el 22 de mayo de 1929.

«Hermano Meesha:
Me siento mejor hoy que cuando abandoné Nueva York. Qué necesario es para mí el reposo, alejado de la clamorosa sociedad y de sus problemas. Descansaré y me sentiré mejor, pero permaneciendo junto a ti y junto a mis hermanos en el espíritu y en el amor. No me olvides: mantente en contacto conmigo.

Mis saludos para ti, para Abdul-Masseh, Resheed, William y Nasseeb, y para cada uno de los que permanecemos unidos en el *Arrabitah.*

Que el cielo te proteja y te bendiga, hermano. *Gibran.*»

Cuando Félix Farris, eminente intelectual y literato libanés, tuvo conocimiento de la enfermedad de Gibran Khalil, fue tal su tristeza y pesadumbre que, olvidando la dolencia que a él le aquejaba, se aprestó a escribir a su colega y compatriota en los siguientes términos:

De FÉLIX FARRIS a GIBRAN KHALIL GIBRAN, fechada en el año 1930.

«… Gibran, saberte enfermo ha sido para mí más triste y penoso que mi propia enfermedad.

Ven, vayamos a la patria de nuestros cuerpos y revivámoslos allí. Cuando la tempestad del dolor sacude a una persona, el cuerpo anhela su tierra y el alma su sustancia.

Ven, hermano mío, desechemos lo que está roto y vayamos con lo sano hacia el lugar donde habita el silencio. Tiene mi corazón tantas ansias de ti como del sitio al que él quedó aferrado. En el puerto de Beirut, mis ojos se posarán sobre el corazón de los Cedros Sagrados, el paraíso de mi patria. Junto a ti, Gibran, mi alma mirará los Cedros Eternos como si estuviera a orillas del verdadero universo. Triunfemos y aliviemos nuestros sufrimientos. Esta civilización que te ha extenuado después de muchos años, es la misma que me ha fatigado muchos años atrás. Ven, alejémonos y explotemos nuestros sufrimientos a la sombra de los cedros y los pinos, pues allí nos encontraremos más cerca de la tierra y de los cielos… Mis ojos están ansiosos por ver el polvo de la tierra y todo lo importante que contiene el mundo oculto.

Créeme, Gibran: no he visto una flor lozana, ni he aspirado aroma o fragancia, ni escuchado el canto del ruiseñor, ni he sentido el paso de la brisa traviesa desde que mis ojos vieron por última vez a Oriente, tu hogar y el mío.

Ven, despertemos los adormecidos dolores; ven y deja que los cielos puros de tu patria escuchen tus bellas canciones, y deja que tu pluma y tu pincel extraigan del original lo que ahora extraes de las huellas de la memoria. *Félix Farris*.»

Así respondía Gibran al escrito de su contemporáneo Farris:

A FÉLIX FARRIS, fechada en el año 1930.

«Mi querido Félix:

No es extraño que hayamos resultado heridos por la misma flecha y al mismo tiempo. El dolor, hermano mío, es una mano oculta y poderosa que rasga la piel de la piedra para poder extraer la pulpa. Aún estoy a merced de los médicos y permaneceré sujeto a su autoridad hasta que mi cuerpo se rebele contra ellos o mi alma se rebele contra mi cuerpo. El amotinamiento vendrá en forma de rendición y la rendición en forma de amotinamiento; pero, me rebele o no, debo regresar al Líbano y debo apartarme de esta civilización que corre sobre ruedas. No obstante, creo oportuno no abandonar este país hasta romper los hilos y las cadenas que me sujetan; ¡y cuán numerosos son esos hilos y esas cadenas!

Deseo regresar al Líbano y permanecer allí para siempre. Gibran.»

Finalmente, como colofón a este esbozo profundo que hemos trazado sobre la personalidad íntima de Gibran Khalil Gibran, cuyo autorretrato nos ha trazado su propia pluma, leamos unos breves retazos de la misiva postrera que le dirigió a May Ziadeh:

A MAY ZIADEH, fechada en 1930.

«… Ya hemos alcanzado la cúspide y las llanuras, los valles y los bosques han surgido ante nosotros. Descansemos, May, y hablemos un rato. No podemos permanecer aquí por mucho espacio de tiempo pues vislumbro en lontananza un pico más alto, y debemos alcanzarlo antes de que el sol se doble sobre su cenit. Hemos atravesado el camino de la montaña en medio de la confusión y te confieso sinceramente que estaba apurado y que no siempre fui sabio. Pero, ¿acaso no hay algo en la vida que las manos de la sabiduría no puedan alcanzar? ¿Acaso no hay algo que petrifica la sabiduría? La espera es como los cascos del tiempo, May, y siempre aguardo lo desconocido. A veces parece que espero que suceda algo que aún no ha sucedido. Soy como esas personas vacilantes que solían sentarse junto al lago esperando la llegada del ángel que agitase las aguas por ellos. El ángel ya ha agitado las aguas, pero ¿quién me dejará caer en ellas?

Caminaré por aquel sitio embrujado con determinación en mis ojos y en mis pies. *Gibran.*»

Gibran Khalil Gibran había nacido en Beirut (Líbano) el año 1883 y dejó de existir en Nueva York (EE.UU.) en el año 1931.

Francisco CAUDET YARZA.

OBRAS MÁS SIGNIFICADAS DE KHALIL GIBRAN

El profeta
Arena y espuma
Alas rotas
El vagabundo
Jesús, el hijo del hombre
Ninfas del valle

La voz del maestro
El loco
El jardín del profeta
La procesión
Los secretos del corazón
El Crucificado

ESPÍRITUS REBELDES

EL LECHO NUPCIAL

Precedidos de monaguillos con velas y seguidos de sacerdotes y amigos, los novios salieron del templo, rodeados de muchachos y de mujeres que iban llenado el cielo de hermosos y alegres cánticos.

Cuando el cortejo llegó a la casa del novio, los recién casados se situaron en el lugar principal del gran salón y los celebrantes se sentaron sobre almohadones de seda en sillones de terciopelo. Toda la estancia fue ocupada por una multitud ansiosa de dar la enhorabuena a la pareja. Prepararon las mesas los criados, y los invitados empezaron a brindar por la novia y el novio, mientras los músicos serenaban los ánimos tañendo sus instrumentos. El tintineo de las copas de cristal se mezclaba con el retumbar de los tambores. Unas muchachas se pusieron a bailar con gracia, moviendo sus ágiles cuerpos al compás de la música. Los demás invitados las miraban encantados y bebiendo cada vez más vino.

En pocas horas lo que había sido una alegre y simpática ceremonia nupcial se convertía en una fiesta profana y bullanguera. Por un lado, un joven expresaba sus sentimientos de amor repentino y discutible a una agraciada muchacha. Por otro, un muchacho intentaba hablar con una señora, pero a causa del vino le resultaba difícil recordar las hermosas palabras que había pensado decirle. De cuando en cuando, un anciano pedía a los músicos que tocasen otra vez la canción que le recordaba viejos tiempos. En un grupo, una mujer coqueteaba con un hombre, quien, por su parte, miraba apasionadamente a su contrincante. Desde una esquina, una señora de plateados cabellos observaba sonriente a las muchachas, tratando de elegir esposa para su único hijo. Junto a una ventana, una mujer casada aprovechaba la ocasión de que su esposo andaba ocupado con la bebida, para conceder una cita a su amante. Era como si todos estuviesen recogiendo los frutos del presente y olvidando el pasado y el futuro.

Mientras sucedía todo esto, la radiante novia miraba con ojos tristes a la concurrencia. Se sentía como si fuese una infeliz prisionera, encerrada tras los barrotes de una cárcel, y repetidas veces buscaba con la mirada a un muchacho que se encontraba solo al otro lado del salón, al igual que un pájaro herido, separado de su bandada. Tenía la mirada fija en algún lugar del techo y parecía perdido en un mar de tinieblas.

Llegó la medianoche. La exaltación de los asistentes alcanzó un punto límite, presos de una locura irresistible, pues las mentes se habían librado de sus trabas y las lenguas habían perdido todo control.

El novio, que era un hombre ya maduro y que estaba ebrio, dejó sola a la novia y empezó a pasear entre los corrillos de los invitados y a beber con ellos, con lo que añadía nueva leña a la hoguera de su embriaguez.

La novia hizo una señal a una muchacha, y ésta se sentó junto a ella. Miró la novia hacia ambos lados y luego le susurró con temblorosa voz:

«Te ruego, compañera, en nombre de nuestra amistad y de aquello que más quieres, que vayas a decirle a Saleem que me espere en el jardín debajo del sauce. Por favor, Susan, llévate mi pedido y ruégale que acepte. Recuérdale nuestro pasado y dile que me moriré si no le veo. Dile que he de confesarle mi error y pedirle perdón. Dile que quiero contarle todos los secretos de mi corazón. Date prisa y no tengas miedo.»

Susan repitió punto por punto el mensaje de la novia. Saleem se quedó mirándola como quien tiene mucha sed mira un río a los lejos. Luego dijo con voz apagada:

«La esperaré en el jardín debajo del sauce.»

Salió de la casa, y poco después la novia hacía lo propio, escabuyéndose entre los embriagados asistentes. Cuando llegó al jardín miró a su espalda como una gacela que huye de un lobo. Luego se dirigió al sauce donde le esperaba el muchacho. Cuando estuvo a su lado, le abrazó y le dijo sollozando:

«Escúchame, amor mío; siento haber obrado precipitadamente y sin pensarlo. Mi corazón está muy triste. Sólo te quiero a ti y a nadie más, y seguiré queriéndote hasta la muerte. Me han mentido. Me han dicho que querías a otra. Me causó un gran decepción Najeebee cuando me dijo que estabas enamorado de ella. Lo hizo para que yo aceptara casarme con su primo, como tenía planeado mi familia desde tiempo atrás. Ahora estoy casada, pero tú eres el único a quien quiero. Tú eres mi verdadero marido. Me he quitado la venda de los ojos y puedo ver la verdad. Por eso he venido a este sitio dispuesta a seguirte hasta la muerte. Nunca volveré junto al hombre a quien me han dado por esposo la hipocresía y las férreas costumbres. Démonos prisa, amor mío; salgamos de este lugar al amparo de la noche. Vámonos a la costa a tomar un barco que nos lleve a tierras lejanas donde podremos vivir juntos sin que nadie nos estorbe. Vámonos ahora para que al amanecer estemos ya lejos del alcance del enemigo. Tengo suficientes joyas como para que podamos vivir tranquilos el resto de nuestros días... ¿Por qué no hablas, Saleem? ¿Por qué no me miras? ¿No oyes cómo gime mi alma y cómo llora mi corazón? ¡Habla! ¡Démonos prisa para irnos de aquí! Los minutos que vuelan son más valiosos que los diamantes y más preciados que la corona de un rey.»

Su voz era más tranquila que el murmullo de la vida, más angustiada que la llamada quejumbrosa de la muerte, más suave que un batir de alas. Era una voz vibrante de esperanza y de desesperación, de alegría y de dolor, de felicidad y de desdicha, que ansiaba a un tiempo vivir y morir. El muchacho la escuchaba atentamente, pero en su interior el amor y la honra libraban un duro combate... la honra que consuela el alma y el amor que Dios puso en todo corazón humano...

Tras un largo silencio el joven levantó la cabeza y apartó sus ojos de los de la novia, que le miraba temblando de ansiedad. Luego contestó con voz muy queda:

«Vuelve con quien te ha deparado el destino. Ya es demasiado tarde. La sobriedad ha borrado lo que ha escrito la embriaguez. Vuelve antes de que los invitados te vean aquí y diles que has traicionado a tu marido la noche de bodas, como me traicionaste a mí durante mi ausencia.»

Cuando oyó estas palabras, la novia se estremeció como una rosa en presencia de una tormenta. Dijo llena de dolor:

«Nunca volveré a una casa que he abandonado para siempre. Ahora me siento como un caminante que acaba de dejar atrás el desierto... No me eches de tu lado diciendo que te he traicionado. Las manos que unieron nuestros corazones son más fuertes que las del emir y de los sacerdotes que entregaron mi cuerpo a un marido que me da asco. No hay nada que pueda separarme de ti. Ni siquiera la muerte podría separar nuestras almas, pues sólo el cielo puede cambiar lo que el cielo ha querido.»

Fingiendo falta de interés y tratando de librarse de los brazos que le rodeaban, contestó Saleem:

«¡Aléjate de mí! Quiero a otra con tanta fuerza que me hace olvidarme de tu existencia. Najeebee te dijo la verdad al confesarte que la quería. Vuelve con tu marido y sé una esposa fiel como manda la ley.»

«¡No, no! ¡No te creo, Saleem! —protestó desesperada la novia—. Tú sabes que me quieres. Lo leo en tus ojos. Siento tu amor cuando me acerco a ti. Mientras lata mi corazón, no te dejaré nunca para volver con mi marido. He venido aquí para seguirte hasta el fin del mundo. Enséñame el camino, Saleem, o deja que me muera aquí.»

«¡Déjame! —dijo Saleem sin cambiar de tono de su voz—, o haré que venga la gente a este jardín y te pondré en ridículo ante Dios y ante los hombres. Permitiré que mi querida Najeebee se ría de ti y que se sienta orgullosa de su triunfo.»

Mientras Saleem luchaba por librarse de sus brazos, aquella mujer esperanzada, cariñosa y suplicante se convirtió en una leona que ha perdido a sus cachorros.

«¡Nadie me vencerá nunca ni me arrebatará mi amor!», exclamó.

Dicho esto, sacó un puñal que llevaba escondido en su vestido de novia y se lo clavó al muchacho en el pecho con la rapidez del relámpago. Cayó él sobre la hierba como la rama joven que es arrancada por la tormenta. La novia se inclinó sobre el cuerpo de Saleem llevando en una mano el puñal manchado de sangre. El muchacho abrió los ojos y le susurró con temblorosa voz:

«¡Ahora sí, cariño mío! ¡Acércate a mí! Ven, Lyla; no me abandones. La vida es más débil que la muerte, y ésta más frágil que el amor. Escucha la risa irresistible de los invitados. Oye cómo brindan y cómo entrechocan las copas de cristal. Lyla, amor mío, me has librado del dolor de vivir. Deja que bese esa mano que ha roto mis cadenas y que me ha devuelto la libertad. Bésame y perdóname porque no te he sido fiel. Pon tus manos manchadas de sangre en mi pobre corazón, y cuando suba mi alma al ancho cielo, coloca tu puñal en mi diestra y di que he sido yo quien me he quitado la vida.»

Se detuvo un momento para recobrar aliento y prosiguió en un susurro:

«Te quiero, Lyla; nunca he querido a otra. Es más noble la auto-inmolación que haber huido contigo. Bésame, Lyla...»

Se llevó la mano a su herido corazón y exhaló el último suspiro.

La novia miró hacia la casa y empezó a exclamar con desgarradora angustia:

«¡Salid de vuestro estupor! ¡Aquí es donde se celebra la boda! ¡Os están esperando la novia y el novio! ¡Venid a ver nuestro mullido lecho! ¡Despertad, insanos bebedores! ¡Venid aquí y os mostraremos la verdad del amor, de la muerte y de la vida!»

Sus gritos histéricos llegaron a la casa y resonaron en los oídos de los convidados. Como en estado de trance, se precipitaron hacia la puerta y salieron mirando por todos lados.

Cuando se acercaron y vieron la trágica belleza de la escena que formaba la novia llorando sobre el cuerpo de Saleem, retrocedieron espantados, sin que nadie se atreviera a aproximarse a ella. Parecía como si el hilo de sangre que manaba del corazón del muchacho y el puñal que la novia sostenía en la mano, les hubiera hechizado, helando la sangre en sus cuerpos. La muchacha les miró y les dijo entre amargos sollozos:

«¡Acercaos, cobardes! No temáis al fantasma de la muerte, cuya grandeza se niega a ponerse en el nivel de vuestra insignificancia. No os dé miedo este puñal, pues es un instrumento divino que rechaza tocar vuestros cuerpos impíos y vuestros vacíos corazones. Mirad a este guapo mozo. Es mi amado. Le he matado porque le quería... Es mi novia y yo soy su novia. Buscamos un mullido lecho que fuese digno de nuestro amor, en este mundo que habéis empequeñecido con vuestras tradiciones y con vuestra ignorancia. Este es el lecho que hemos escogido.

¿Dónde está esa mujer perversa que traicionó a mi amado diciendo que él la quería? ¿Dónde está la que creyó que me vencería? ¿Dónde está Najeebee, esa serpiente del infierno que mató mis ilusiones? ¿Dónde está la mujer que os ha reunido aquí para celebrar que yo perdiera a mi amado y no me casase con el hombre que había elegido para mí?

Mis palabras deben pareceros extrañas, pues el abismo no puede entender el cántico de los astros. Diréis a vuestros hijos que maté a mi amado en mi noche de bodas. Mi nombre será una blasfemia en vuestros labios impuros, pero vuestros descendientes me bendecirán, porque el futuro libera la verdad y el espíritu.

Y tú, mi ignorante esposo, que compraste mi cuerpo pero no mi cariño y que me tienes pero no me posees, eres el símbolo de esta desgraciada nación, que busca la luz en la oscuridad y espera que mane el agua de la roca. Tú representas a este país gobernado por la ceguera y la necedad. Encarnas a esa gente falsa que amputa brazos para robar pulseras y siega gargantas para apoderarse de sus collares. Ahora te perdono, pues el alma que se marcha feliz perdona todos sus pecados.»

Alzó entonces la novia hacia el cielo el puñal, y como acerca un sediento sus labios a una copa, dejó caer su brazo hundiéndoselo en el pecho. Cayó junto a su amado como un lirio arrancado de su planta por una afilada hoz. Las mujeres que observaban la terrible escena gritaron espantadas. Algunas se desmayaron y el clamor de los hombres llenó de aire. Cuando se acercaron a las víctimas con vergüenza y respeto, la novia que agonizaba les miró y les dijo mientras manaba la sangre de su cuerpo malherido:

«Apartaos de nuestro lado y no separéis nuestros cuerpos, porque si cometéis semejante pecado, el espíritu que se cierne sobre vosotros os tomará y os quitará la vida. Dejad que la tierra hambrienta se trague nuestros cuerpos y nos esconda en su seno. Dejad que nos dé cobijo como hace con las semillas hasta que llega la primavera y vuelve a despertar la vida pura.»

Acercóse al cuerpo de su amado, puso un beso en sus helados labios y pronunció sus últimas palabras:

«¡Mira, eterno amado mío, mira a nuestros amigos! ¡Mira con qué celo rodean nuestro lecho! Escucha su crujir de dientes y el temblor de sus dedos. Me has estado aguardando mucho tiempo, Saleem, y aquí estoy; ya he roto mis cadenas. Vayamos al cielo, pues ya hemos esperado mucho tiempo en la tenebrosa cárcel de este mundo. Todo desaparece de mi vista y sólo consigo verte a ti, amor mío. Aquí tienes mis labios, que son mi tesoro más preciado de esta tierra... Acepta mi último suspiro. Ven, Saleem, vámonos ya. El amor ha desplegado sus alas y se ha elevado hacia la inmensa luz.»

Reclinó la cabeza en el pecho, pero sus ojos, ya ciegos, seguían dirigidos a él.

Se hizo un gran silencio. Era como si la dignidad de la muerte hubiese dejado sin fuerzas a todos los presentes impidiéndoles cualquier movimiento. Entonces el sacerdote que había celebrado la ceremonia nupcial se adelantó y señalando a la pareja unida por la muerte, exclamó:

«¡Malditas sean las manos que toquen esos cuerpos ensangrentados y roídos por el pecado! ¡Malditos sean los ojos que derramen lágrimas de dolor sobre estas dos almas endemoniadas! ¡Dejad que los cuerpos de este hijo de Sodoma y de esta hija de Gomorra permanezcan en este lugar malsano hasta que las bestias devoren su carne y el viento esparza sus huesos! ¡Volved a vuestras casas para que no os contaminen estos pecadores! ¡Alejaos antes de que os alcancen las llamas del infierno, pues quien se quede aquí será maldecido por la

Iglesia y excomulgado de su seno, y nunca volverá a entrar en el templo ni a ofrecer alabanzas cristianas a Dios!»

Susan, la última mensajera de los enamorados, se adelantó con valentía y se plantó ante el sacerdote. Miróle con los ojos llenos de lágrimas y le dijo:

«Yo me quedaré aquí, hereje despiadado, y les velaré hasta el amanecer. Cavaré una fosa para ellos bajo estas ramas que cuelgan y les daré sepultura en el jardín donde se dieron el último beso. Salid de aquí inmediatamente, pues al cerdo le molesta el perfume del incienso, y los ladrones temen al dueño de la casa y la llegada de los primeros rayos de la aurora. Corred a vuestros tenebrosos lechos, pues los himnos de los ángeles no llegan a vuestros oídos, cerrados como están por el sólido cemento de unas leyes vanas y crueles.»

Dispersóse la gente junto con el consternado sacerdote, y Susan se quedó junto a Lyla y a Saleem, como una madre que protege a sus hijos en la callada noche. Cuando el lugar se había quedado completamente vacío, se puso de rodillas y unió su llanto al llanto de los ángeles.

KHALIL, EL HEREJE

I

Los habitantes de aquella perdida aldea del norte del Líbano trataban al jeque Abbas como si fuese un príncipe. Su mansión se alzaba por encima de las míseras chozas de los aldeanos como un gigante pletórico de vida y de salud en medio de débiles enanos. El jeque vivía rodeado de toda clase de lujos, mientras que sus vecinos arrastraban una existencia muy penosa. Le obedecían ciegamente y se inclinaban ante él cuando les hablaba. Era como si la fuerza de ánimo le hubiera elegido para que fuese su portavoz e intérprete. Su ira les hacía temblar y dispersarse al igual que las hojas que se lleva el fuerte viento otoñal. Si abofeteaba a alguien, la víctima que se movía, que levantaba la cara o que intentaba saber a qué se debía su cólera, era considerada culpable de herejía. La persona a quien sonreía era tenida por los aldeanos como un ser honrado y feliz. El miedo y el sometimiento del pueblo no se debía a su debilidad, sino que habían sido la pobreza y la necesidad las causantes de ese estado de humillación constante. Hasta las chozas donde vivían y los campos que labraban pertenecían al jeque Abbas, que los había heredado de sus antepasados.

El arado de las tierras, la siembra de simientes y la recogida del grano se realizaban bajo la mirada del jeque quien, a cambio del esfuerzo que habían llevado a cabo los campesinos, les recompensaba con una pequeña parte de trigo que apenas les ayudaba a no morirse de hambre.

Muchos de ellos necesitaban frecuentemente disponer de pan antes de la llegada la cosecha, lo que les obligaba a pedir con lágrimas en los ojos al jeque que les adelantase algunas piastras o un poco de trigo. El jeque aceptaba complacido, pues sabía que pagarían sus deudas con creces en el momento de la cosecha. De este modo, aquellos hombres tenían deudas eternas que dejaban en herencia a sus hijos, y se sometían a su amo, cuya ira habían temido siempre y cuya amistad y consideración habían intentado, tan constante como inútilmente, granjearse.

II

Llegó el invierno trayendo las pertinaces nevadas y el viento implacable. Los valles y los campos se quedaron desnudos de toda vegetación, a excepción de los árboles sin hojas que se alzaban como fúnebres espectros en los desiertos llanos.

Tras haber recopilado en los graneros del jeque los productos del campo y llenado sus barriles con el vino de sus viñas, los campesinos se retiraron a sus chozas para dedicar la estación invernal a sentarse junto al fuego, recordando pasadas épocas de gloria y contándose entre sí las anécdotas ocurridas durante las agotadoras jornadas y las largas noches.

El año viejo había lanzado su último suspiro en el cielo de color ceniza. Era la noche en que se coronaba el año nuevo y se le situaba en el trono del universo. Empezaron a caer gruesos copos de nieve, y se escuchaba el silbido del viento que bajaba de la cumbre de los montes hasta el abismo, acumulando nieve a lo largo y ancho del valle.

Los árboles se balanceaban al impulso de la fuerte tormenta y los campos y las colinas se hallaban cubiertos por un blanco manto en el que la muerte trazaba signos imprecisos que después borraba. Parecía que la nevada multiplicaba la distancia existente entre las aldeas diseminadas que se extendían por los valles. La vacilante luz de las lámparas encendidas en las humildes chozas, apenas vislumbrada por las ventanas, se esfumaba tras el velo espeso de la naturaleza enfurecida.

El temor se había apoderado de los corazones de los labriegos. Los animales buscaban protección en los establos y los perros se guarecían en cualquier rincón. Podían oírse el aullido del viento y el trueno de la tormenta, que resonaba en lo más hondo de los valles. Parecía como si a la naturaleza le irritase la muerte del año viejo y tratara de vengarse de aquellas pacíficas almas luchando con las armas del frío y de la escarcha.

Esa noche, un muchacho intentaba avanzar bajo el cielo irritado por el sinuoso sendero que se extiende entre la aldea de Deir-Kizhaya y la del jeque Abbas. Sus miembros estaban entumecidos por el frío y el hambre le había dejado sin energías. Su oscuro ropaje había sido blanqueado por la nieve que caía, y parecía cubierto por un sudario aun antes de muerto. Iba en contra del viento. Le resultaba difícil avanzar, pues a cada esfuerzo suyo sólo lograba dar algunos pasos. Empezó a gritar pidiendo socorro y luego se quedó callado, aterido por el frío nocturno. Sin apenas esperanza, el muchacho gastaba sus últimas energías bajo el peso del desaliento y del cansancio. Era como un pájaro con las alas rotas, atrapado por el remolino de una corriente que le arrastraba hacia las profundidades.

El muchacho continuó su marcha, andando y cayéndose hasta que su sangre dejó de circular y acabó desfalleciendo. Lanzó un grito de terror: era la voz del alma que contempla las cuencas vacías de la muerte, la voz de una juventud que agoniza, debilitada por el hambre y atrapada por la naturaleza, la voz del amor a la vida ante el abismo de la nada.

III

En la parte norte de la aldea, en medio del campo asolado por el viento, se alzaba solitaria una choza donde vivían una mujer llamada Raquel y su hija Miriam, que aún no había cumplido los dieciocho años. Raquel era viuda de Samaan Ramy, a quien habían encontrado muerto seis años antes, sin que la justicia de los hombres hubiese podido descubrir al culpable de aquel asesinato.

Como todas las viudas libanesas, Raquel se mantenía con lo poco que obtenía de su difícil y penoso trabajo. En el tiempo de la cosecha buscaba las espigas de trigo abandonadas en los campos; en otoño recogía los frutos que habían dejado olvidados en los árboles, y en invierno hilaba y confeccionaba ropa, por lo que percibía unas pocas piastras o un saco de trigo. Su hija Miriam era una hermosa muchacha que compartía con su madre la penosa labor.

Aquella triste noche estaban las dos mujeres acurrucadas junto al fuego, cuyo calor era disminuido por la escarcha y cuyos tizones se hallaban casi sepultados bajo las cenizas. A su lado, la luz vacilante de una lámpara proyectaba sus rayos mortecinos en el corazón de la oscuridad, como la plegaria que lleva destellos de esperanza al corazón abatido.

Era ya medianoche y fuera silbaba el viento. De cuando en cuando Miriam se ponía en pie y abría el ventanuco para mirar el oscuro cielo. Luego, inquieta y asustada por la furia de los elementos, volvía a su sitio. Súbitamente, Miriam se estremeció como si algo hubiese sacado de su profundo letargo. Miró a su madre con ansiedad y le dijo:

«¿Has oído eso, madre? ¿Has oído una voz que pide socorro?»

La madre prestó atención un instante y contestó:

«No, hija mía; no oigo más que el silbido del viento.»

Pero Miriam insistió:

«He oído un grito más profundo que los truenos del cielo y más triste que el quejido de la tormenta.»

Dicho esto, se puso en pie, abrió la puerta y aguzó el oído:

«¡Lo he vuelto a oír, madre!», exclamó después.

Raquel se dirigió a la frágil puerta y, tras un momento de vacilación, añadió:

«Ahora lo he oído yo también. Voy a ver quién es.»

Cubrióse con un ancho manto, abrió más la puerta y salió con precaución, mientras Miriam se quedaba en el umbral, dando la cara al viento que alborotaba sus largos cabellos.

Raquel avanzó unos pasos a través de la nieve. Luego se detuvo y empezó a gritar:

«¿Quién llama? ¿De dónde sale esa voz?»

No obtuvo respuesta alguna. Repitió lo mismo varias veces, pero no se oía más que el retumbar de los truenos. Dio valientemente unos pasos, mirando a ambos lados. Había avanzado un trecho cuando encontró unas huellas marcadas en la nieve; siguió asustada el rastro y al poco tiempo vio un cuerpo tendido en la nieve como un remiendo sobre un vestido blanco. Cuando se acercó y apoyó en sus rodillas la cabeza del muchacho, pudo sentir el pulso que transmitían los débiles latidos de aquel tembloroso corazón que abrigaba pocas esperanzas de salvarse. Miró hacia la choza y llamó a su hija:

«¡Ven, Miriam, ven a ayudarme! ¡Lo he encontrado!»

Salió Miriam y echo a correr siguiendo las huellas de su madre en la nieve, aterida de frío y temblando de miedo. Cuando llegó al sitio donde yacía aquel cuerpo inerte, lanzó un grito de dolor. Sujetó la madre al muchacho por los sobacos y tranquilizó a Miriam diciéndole:

«No tengas miedo, que aún vive. Agarra con fuerza las puntas de su manto y ayúdame a llevarle a casa.»

Enfrentándose al fuerte viento y a la abundante nieve, las dos mujeres cargaron con el muchacho y se dirigieron a su choza. Raquel se puso a frotarle las manos entumecidas, mientras Miriam le secaba el pelo con el borde de su vestido. Al poco rato el muchacho empezó a moverse. Parpadeó y lanzó un profundo suspiro, lo que hizo que aquellas compasivas mujeres vislumbraran la esperanza de salvarle. Pusieron cerca del fuego su calzado y su manto negro para que se secara. Miriam miró a su madre y le dijo:

«Mira su ropa, madre; viste el hábito de los monjes.»

Raquel alimentó el fuego con una brazada de ramas secas y luego dijo perpleja a su hija:

«Los monjes no salen del convento en una noche así.»

«Además es lampiño —observó Miriam—; los monjes llevan barba.»

La madre contempló al muchacho con unos ojos llenos de piedad y de amor maternal. Después se dirigió a su hija:

«¡Igual da que sea monje o criminal! —exclamó—. Acaba de secarle los pies, hija mía.»

Acto seguido, Raquel abrió una alacena, sacó una jarra de vino y echó un poco en un vaso de barro. Miriam le sostuvo la cabeza, mientras su madre le daba sorbos de vino para estimularle el corazón. Cuando hubo bebido el vino, el muchacho abrió los ojos por primera vez y dirigió con esfuerzo a sus salvadoras una mirada de gratitud. Era la mirada del hombre que vuelve a sentir la dulce caricia de la vida tras haber sido presa de las garras afiladas de la muerte; la mirada de esperanza de quien la ha visto perdida. Después inclinó la cabeza y dijo con labios temblorosos:

«¡Qué Dios os bendiga!»

Raquel le puso una mano en el hombro y señaló:

«Tranquilízate, hermano. No te agites hablando. Espera a recobrar las fuerzas.»

«Pon la cabeza en esta almohada, hermano —añadió Miriam—. Vamos a colocarte cerca del fuego.»

Volvió Raquel a llenar su vaso de vino y se lo entregó. Luego miró a su hija y le dijo:

«Cuelga su ropa junto al fuego para que se seque.»

Una vez hubo cumplido el mandato de su madre, la muchacha volvió al lado del joven y se puso a mirarle con compasión, como si intentase ayudarle transmitiéndole todo el calor que tenía en su corazón. Raquel trajo dos trozos de pan, unas conservas y un puñado de frutos secos. Se sentó junto a él y empezó a darle de comer poco a poco, como hace una madre con su niño pequeño. Después de esto, el muchacho se sintió más fuerte. Se incorporó en la esterilla que habían extendido para él junto al hogar, mientras las rojas llamas alumbraban su rostro dolorido. Había una rara luz en sus ojos cuando moviendo despacio la cabeza explicó:

«La compasión y la crueldad luchan en el corazón del hombre como luchan los elementos celestes en esta noche terrible, pero la compasión vencerá a la crueldad porque es divina, y el terror que impera esta noche morirá solitario cuando despunte el día.»

Reinó el silencio por un instante. Luego el muchacho continuó con una voz que era casi un susurro:

«La mano de un hombre me lanzó a la desesperación, y otra mano humana me ha salvado. ¡Qué implacable y a la vez qué compasivo es el hombre!»

«¿Cómo te has atrevido, hermano, a abandonar el convento en una noche tan espantosa, cuando ni los animales se arriesgan a salir de sus guaridas?», preguntó Raquel.

«Los animales tienen cuevas y las aves del cielo nidos —replicó él—, pero el hijo del hombre no tiene dónde reclinar su cabeza.»

«¡Eso dijo Jesús de sí mismo!», advirtió Raquel.

El joven continuó:

«Esta es la respuesta que hay para todo el que quiera caminar en pos del espíritu y de la verdad en estos tiempos de falsedad, de hipocresía y de corrupción.»

Después de reflexionar un momento, Raquel preguntó:

«Pero los conventos disponen de confortables celdas y sus arcas están repletas de oro y de toda clase de víveres. Los establos de los conventos rebosan de becerros y de ovejas... ¿Qué te impulsó a dejar un paraíso así en una noche tan terrible como ésta?»

El muchacho respiró hondo y explicó a continuación:

«Dejé aquel lugar porque lo odiaba.»

«Un monje en un convento es como un soldado en un campo de batalla —señaló Raquel— a quien le mandan que obedezca las órdenes de sus superiores al margen de su voluntad. Sé que un hombre no puede ser monje hasta que no se desprende de sus posesiones, pensamientos y deseos, y de todo lo que corresponde al reino de la inteligencia. Pero el superior de una orden religiosa no exige a sus monjes cosas disparatadas. ¿Cómo pudo el superior de Deir-Kizha-ya exigirle a alguien que entregara su vida a la tormenta y la nieve?»

«El superior piensa —contestó él— que un hombre no puede llegar a monje si no es ciego, ignorante, sordo e insensible. Dejé el convento porque soy una persona sensible y puedo ver, oír y experimentar sentimientos.»

Miriam y Raquel le miraron con fijeza como si acabasen de desentrañar en su rostro el secreto que escondía. La madre estuvo un rato pensando; luego preguntó:

«¿Cómo puede un hombre que ve y que oye salir una noche que ciega los ojos y ensordece los oídos?»

El muchacho contestó muy serio:

«Me echaron del convento.»

«¡Te echaron!», exclamó Raquel a la vez que Miriam.

Él levantó la cara y se arrepintió de haberlo dicho, pues temía que el amor y la bondad de las que le habían dado pruebas se trocaran en odio y en desprecio. Pero cuando las miró, observó que sus ojos seguían despidiendo destellos de compasión y que sus cuerpos se estremecían porque deseaban saber todo lo ocurrido.

«Sí —prosiguió el muchacho con voz apagada—, me echaron del convento porque no fui capaz de cavar mi fosa con mis propias manos; mi corazón se había cansado de mentir. Me echaron porque mi alma se negó a alegrarse con las dádivas de quienes se habían plegado a la ignorancia. Me echaron porque no hallé la paz en las cómodas celdas, construidas con el dinero de los pobres campesinos. Mi estómago no toleraba el pan amasado con las lágrimas de los huérfanos. Mis labios no podían rezar las oraciones que mis superiores vendían a la gente sencilla y honrada a cambio de oro y de alimentos. Me echaron del convento como a un leproso o a un apestado por intentar que los monjes recordasen las reglas que habían asumido al abrazar su estado.»

El silencio se apoderó del cuarto. Miriam y Raquel consideraban las palabras del muchacho con los ojos fijos en él.

«¿Viven tus padres?», le preguntaron.

«No tengo ni padre ni madre —replicó él—, ni siquiera tengo un hogar que me dé cobijo.»

Raquel aspiró profundamente y Miriam volvió la cara hacia la pared para esconder las lágrimas que el cariño y la compasión habían hecho brotar en sus ojos.

Al igual que la florecita ajada vuelve a la vida merced a las gotas de rocío que la aurora vierte en sus pétalos sedientos, así revivió el anhelante corazón del joven en virtud del afecto y de la bondad de sus benefactoras. Las miró como mira un soldado a quienes vienen a rescatar de las garras del enemigo y continuó:

«Perdí a mis padres antes de cumplir siete años. El sacerdote de la aldea me llevó a Deir-Kizhaya y me confió a los monjes, que se alegraron de que me quedara con ellos y me mandaron que me ocupase del ganado y que llevase diariamente el rebaño a los pastos. Cuando cumplí quince años, me entregaron este manto negro y me condujeron ante el altar donde el superior me dijo: "Jura en nombre de Dios y de todos los santos y promete que vivirás en la virtud, la pobreza y la obediencia." Repetí estas palabras hasta que acabé entendiendo lo que significaban y comprendí lo que eran para ellos la virtud, la pobreza y la obediencia.

Me llamo Khalil, pero desde ese momento los monjes me llamaban hermano Bobaarak, aunque nunca me trataron como a un hermano. Ellos comían los manjares más exquisitos y bebían los vinos más añejos, mientras que yo me alimentaba de legúmbres cocidas y mezcladas con lágrimas. Ellos descansaban en mullidos lechos, mientras yo dormía sobre una tabla en un cuarto frío y oscuro junto al granero. Con frecuencia me preguntaba: "¿Cuándo seré monje y compartiré la suerte de esos hombres felices? ¿Cuándo acabará mi corazón de desear los manjares que comen y el vino que beben? ¿Cuándo dejaré de temblar de miedo ante mi superior? Pero todas mis esperanzas se desvanecían al ver que me dejaban en el mismo estado y que, además de encargarme del ganado, me obligaban a cargar sobre los hombros pesadas piedras, a cavar zanjas y a elevar vallas. Sobrevivía merced a los escasos mendrugos de pan que recibía en pago a mi trabajo. No sabía a dónde ir y los sacerdotes del convento me habían hecho aborrecer todo lo que hacían. Habían envenenado mi mente hasta el extremo de que llegué a pensar que el mundo entero era un océano de dolores y de miserias, y que el convento constituía el único puerto de salvación. Sin embargo, cuando descubrí de dónde procedían sus víveres y sus riquezas, me alegré de no compartirlos con ellos.»

Khalil se serenó y miró en torno a él como si algo hermoso se hubiese mostrado a sus ojos en aquella choza miserable. Raquel y Miriam seguían en silencio. Entonces el joven continuó:

«Pero Dios, que se llevó a mis padres y me desterró a un convento como huérfano, no quiso que malgastara mi vida caminando a ciegas por un bosque peligroso ni que fuese un esclavo miserable durante el resto de mis días. Dios me abrió los ojos y los oídos y me mostró la luz divina para que escuchara la Verdad, cuando ésta se manifestó.»

Raquel reflexionó en voz alta:

«¿Es que existe una luz distinta a la del sol que brilla sobre el mundo? ¿Pueden entender la Verdad los seres humanos?»

«La verdadera luz es la que emana del hombre —replicó Khalil—; ella es la que descubre al hombre los secretos del corazón, haciendo que éste se sienta feliz y contento con la vida. La Verdad es como las estrellas, pues no surge más que de la oscuridad de la noche. La Verdad es como todo lo que hay de hermoso en este mundo, pues sólo muestra sus deseos a quienes sienten antes que nadie el influjo de la falsedad. La Verdad es una señora generosa que nos enseña a aceptar nuestra vida diaria y a compartir la felicidad con nuestro prójimo.»

«Hay muchos que viven según su forma bondadosa de ser —añadió Raquel— y hay muchos que creen que la compasión es el reflejo de la Ley que Dios reveló al hombre. Pero esos tales no disfrutan con la vida que llevan y se mantienen en la miseria hasta la muerte.»

Khalil apuntó:

«Las creencias y las doctrinas que hacen al hombre miserable son vanas y la bondad que le impulsa al dolor y a la desesperación es falsa, pues el destino del hombre es ser feliz en este mundo y descubrir el camino que conduce a la felicidad, predicando su verdad allí donde vaya. Quien no encuentra el reino de los cielos en esta vida no lo hallará nunca en la otra. No estamos desterrados en este mundo; somos criaturas inocentes de Dios, dispuestas a aprender la forma de adorar al espíritu eterno y sagrado, y a encontrar en la belleza de la vida los secretos que se esconden en nosotros mismos. Esta es la verdad que he aprendido de las enseñanzas del Nazareno. Esta es la luz que surgió en lo más íntimo de mi ser y que iluminó los tenebrosos rincones del convento que oscurecían mi existencia. Este es el secreto escondido que me descubrieron los maravillosos montes y valles cuando me hallaba solo y hambriento y lloraba a la sombra de los árboles.

Esta es la religión que debería predicar el convento, según la voluntad de Dios y las enseñanzas de Jesús. Un día, cuando ya mi alma confiaba en la belleza celestial de la Verdad, me presenté valientemente ante los monjes que estaban reunidos en le jardín y critiqué su equivocada conducta diciéndoles: "¿Por qué os pasáis la vida en este lugar y os alegráis de la miseria de los pobres, comiendo el pan que ellos amasan con el sudor de sus cuerpos y las lágrimas de sus corazones? ¿Por qué vivís amparados en el parasitismo y separados de quienes necesitan que se les enseñe? ¿Por qué negáis vuestra ayuda al país? Jesús os envió para que fueseis corderos entre lobos, ¿qué os ha hecho convertiros en lobos en medio de corderos? ¿Huís de la humanidad y del Dios que os creó? Si de verdad sois mejores que quienes caminan por el sendero de la vida, deberíais acercaros a ellos para mejorar sus vidas. Pero si creéis que ellos son mejores que vosotros, deberíais desear que os comunicaran sus enseñanzas. ¿Por qué hacéis voto de pobreza, y luego olvidáis lo que habéis prometido y vivís en el lujo? ¿Por qué juráis obedecer a Dios y después rechazáis todo lo que representa la religión? ¿Por qué admitís que la virtud es un mandamiento mientras vuestros corazones están llenos de pecado? Hacéis como que martirizáis vuestros cuerpos, pero en realidad matáis vuestras almas. Os comprometéis a renunciar a las cosas de este mundo, pero vuestros corazones rebosan codicia. Hacéis que vuestros semejantes crean en vosotros pues os consideran sus auténticos maestros en materia de religión, pero os olvidáis de aprender y os dedicáis como el ganado a pastar en los verdes y hermosos prados. Devolvamos las extensas tierras del convento a quienes las necesitan y restituyámosles el oro y la plata que les hemos robado. Dejemos nuestro enclaustramiento, sirvamos al débil que nos dio fortaleza y purifiquemos el país donde vivimos. Enseñemos a esta nación miserable a sonreír y a disfrutar de los dones celestiales, y mostrémosle la libertad y la gloria de la vida.

Las lágrimas de nuestros semejantes son más hermosas y están más cerca de Dios que la paz y la tranquilidad a las que os habéis habituado en este lugar. La compasión que conmueve el corazón de nuestros prójimos está por encima de la virtud que se esconde en los rincones más íntimos del convento. Una palabra de compasión dirigida al débil criminal o a la prostituta es más noble que las oraciones inútiles e interminables que repetís mecánicamente todos los días en el templo."»

Cuando hubo llegado aquí, Khalil suspiró profundamente. Después dirigió su mirada a Raquel y a Miriam y les dijo:

«Mientras decía esto a los monjes, ellos me escuchaban asombrados, como si no pudieran creer que un muchacho se atreviese a decir tales cosas. Cuando hube acabado, se levantó uno de los monjes y me dijo irritado: "¿Cómo te atreves a hablar así delante de nosotros?" Otro se rió y añadió: "¿Te han enseñado eso las vacas y los cerdos que cuidas en el campo?" Y otro se adelantó y me amenazó diciendo: "¡Serás castigado por hereje!" Luego se dispersaron como quienes se alejan de un leproso. Algunos fueron a quejarse al superior, y éste me mandó llamar a la caída de la tarde. Los monjes se alegraban previendo mi desgracia, y se les iluminaron las caras de júbilo cuando ordenaron que me azotaran y me encerraran durante cuarenta días y cuarenta noches. Me llevaron a un cuarto oscuro donde pasé los días tumbado en el suelo sin poder ver la luz. No podía darme cuenta de cuándo acababa la noche y empezaba el día, y sólo podía oír a los insectos que se arrastraban bajo mis pies. Únicamente percibía el sonido de los pasos cuando, tras largos intervalos de tiempo, me traían un mendrugo de pan y un poco de agua con vinagre.

Cuando salí de mi prisión me hallaba tan débil y enfermo que los monjes creyeron que me había curado de mi inclinación a pensar y que habían matado el deseo en mi alma. Pensaron que el hambre y la sed habían ahogado la bondad que Dios pusiera en mi corazón. Durante mis cuarenta días de soledad me esforcé en dar con el medio de ayudar a los monjes a ver la luz y a escuchar la auténtica melodía de la vida, pero todas mis reflexiones resultaron inútiles, pues el espeso velo que los siglos habían tejido en sus ojos no podía ser rasgado en tan poco tiempo, y la argamasa con la que la ignorancia había taponado sus oídos no podía romperse con el débil tacto de mis dedos.»

Se hizo un instante de silencio. Luego Miriam miró a su madre como pidiéndole permiso para hablar. Entonces dijo:

«Tienes que haber hablado nuevamente a los monjes, cuando éstos han elegido una noche tan terrible como ésta para echarte del convento. Deberían haber aprendido a ser bondadosos hasta con sus enemigos.»

«Esta noche —explicó Khalil—, mientras se desencadenaba esta atronadora tormenta y luchaban en el cielo los aguerridos elementos, dejé a los monjes que estaban reunidos junto al fuego contándose historias y chistes. Cuando vieron que estaba solo, empezaron a divertirse a mi costa. Yo leía los Evangelios y meditaba las hermosas palabras de Jesús que me hacían olvidar momentáneamente la ira de la naturaleza y los belicosos elementos celestes. Entonces se acercaron a mí con la intención de burlarse. Procuré ignorarles manteniendo la mente ocupada y mirando por la ventana, pero ellos se irritaron, pues mi silencio helaba la sonrisa en sus corazones y las burlas en sus labios. Uno de ellos me preguntó: "¿Qué lees, gran reformador?" Como respuesta abrí el libro y leí en voz alta el siguiente fragmento: "Como viera a muchos saduceos y fariseos venir a su bautismo, les dijo: Raza de víboras, ¿quién os enseñó a huir de la ira que os amenaza? Haced frutos dignos de penitencia, y no os forméis ilusiones diciéndoos: Tenemos a Abraham por padre. Porque yo os digo que Dios puede hacer de estas piedras hijos de Abraham. Ya está puesta el hacha a la raíz de los árboles, y todo árbol que no dé fruto será cortado y arrojado al fuego."

Cuando leí estas frases de Juan el Bautista, los monjes se quedaron callados como si una mano invisible sofocara sus espíritus. Pero se armaron falsamente de valor y empezaron a reírse. Uno de ellos dijo: "Hemos leído muchas veces esas frases; no necesitamos que nos las recuerde un pastor."

"Si hubiéseis leído estas frases y entendido su significado —protesté yo—, no se morirían de hambre y de frío los pobres campesinos." Cuando dije esto, uno de los monjes me dio una bofetada como si hubiese insultado a los sacerdotes. Otro me dio un puntapié, otro me quitó el libro y otro llamó al superior que llegó corriendo a toda prisa. Temblando de ira exclamó: "Coged a este rebelde y expulsadle de este lugar sagrado. Dejad que la furia de la tormenta le enseñe a obedecer. Echadle fuera y que la naturaleza sea un instrumento de la voluntad de Dios. Luego lavaos las manos para purificarlas de la venenosa inmundicia de la herejía que impregna sus ropas. Y si vuelve pidiendo perdón, no le abráis las puertas, pues la víbora que ha estado prisionera no se convierte nunca en paloma, ni la zarza prospera si se la planta al lado de una viña."

Cumplieron la orden a rajatabla. Me arrastraron fuera del convento entre las risas de los monjes. Antes de que cerrasen las puertas a mis espaldas, oí que uno me decía: "Gran reformador, ayer eras el rey de las vacas y de los cerdos; hoy has sido destronado. Ve ahora a convertirte en rey de los lobos y enséñales a vivir en sus guaridas."»

Khalil lanzó un hondo suspiro; luego se puso a mirar las llamas del hogar. Su rostro empalideció, y con un tono dulce y sereno continuó:

«De este modo me echaron del convento y los monjes me dejaron a merced de las garras de la muerte. Luché a ciegas a través de la noche oscura. El fuerte viento me rasgaba el hábito y la nieve acumulada me trababa los pies. Bajo su impulso, acabé cayendo al suelo y gritando de desesperación. Pensé que nadie me oiría salvo la muerte, pero un Padre sabio y misericordioso había escuchado mi clamor. Ese Ser poderoso no quiso que muriese sin conocer antes el resto de los secretos de la vida. Él fue quien os envió a salvarme del profundo abismo de la nada.»

Raquel y Miriam se sintieron como si sus almas entendieran el misterio que había en el muchacho. Compartieron sus sentimientos y acabaron comprendiéndole. Raquel, no pudiendo contenerse más, se inclinó y acarició con ternura su mano derecha mientras corrían las lágrimas por su rostro.

«Aquel a quien el cielo ha escogido para defender la Verdad —dijo—, no morirá bajo la tormenta y la nieve que cae de ese mismo cielo.»

«Las tormentas y las nevadas pueden exterminar las flores, pero no las semillas —añadió Miriam—, pues la nieve las protege de la escarcha mortífera.»

Cuando Khalil escuchó estas palabras de aliento, su rostro se iluminó.

«Si vosotras no me juzgáis hereje y rebelde como hicieran los monjes —dijo—, entonces el acoso al que fui sometido en el convento constituye el símbolo de una nación oprimida que todavía no ha alcanzado la madurez, y esta noche en que estuve a las puertas de la muerte es como la revolución que antecede a la justicia. La felicidad del hombre procede del sensible corazón de una mujer y de la bondad de su noble alma surge el amor que ha de reinar entre los hombres.»

Cerró los ojos y se apoyó en la almohada. Las dos mujeres no le molestaron hablándole más, pues comprendían que el tiempo que había permanecido a la intemperie le había dejado extenuado. Khalil se durmió como un niño que tras haberse perdido encuentra la protección de los brazos de su madre.

Raquel y Miriam se fueron despacio a sus lechos y se sentaron en ellos a observarle como si aquel rostro atormentado fuese un imán que atrajera sus corazones.

«Sus ojos tienen una fuerza extraña —susurró la madre— que habla en silencio y alienta los deseos del alma.»

«Su manos, madre, son como las de Cristo, en el templo», añadió Miriam.

Y las dos mujeres se marcharon al país de la fantasía llevadas por las alas del sueño. El fuego se consumió hasta quedar reducido a cenizas, mientras la luz de la lámpara de aceite se fue apagando poco a poco. Fuera, la furiosa tormenta seguía rugiendo y los cielos tenebrosos lanzaban montones de nieve que el viento dispersaba por todas partes.

IV

Pasaron cinco días y la nieve seguía cayendo del cielo sepultando despiadada los montes y los prados. Khalil intentó tres veces despedirse y continuar su viaje hacia el llano, pero Raquel le detuvo en cada ocasión diciéndole:

«No entregues tu vida a los ciegos elementos, hermano. Quédate aquí, pues el pan que alimenta a dos alcanza también a tres, y el fuego que ardía antes de que vinieses seguirá dando calor después de que te vayas. Somos pobres, hermano, pero como los demás hombres vivimos mirando al sol y confiando en la humanidad, y Dios nos da el pan de cada día.»

Y Miriam le insistía en el mismo sentido con tiernas miradas y profundos suspiros, pues desde que el muchacho había entrado en la choza, sentía en su alma la presencia de un poder divino que llenaba de luz su corazón y que despertaba sentimientos desconocidos en el templo de su espíritu. Por primera vez experimentaba un sentimiento que convertía a su corazón en una rosa inmaculada que bebía las gotas del rocío matutino y exhalaba su aroma al ancho cielo.

No existe un afecto más puro y tranquilizador para el espíritu que el que esconde el corazón de una muchacha, que se despierta de pronto con el alma rebosante de melodías celestiales que convierten sus días en arrebatos poéticos y llenan sus noches de proféticos sueños. No encierra el misterio de la vida un secreto más fuerte y hermoso que el vínculo que convierte el alma silenciosa de una virgen en una vigilia constante que nos hace olvidar el pasado, al encender en nuestros corazones una confianza admirable y a la vez abrumadora en el futuro próximo.

Lo que distingue a las libanesas de las mujeres de cualquier otro país es la sencillez. Las características de la formación que reciben impiden que progrese su educación y obstaculizan su futuro. Pero por ello mismo se sorprenden con frecuencia cuando examinan las tendencias y los misterios de su corazón. La muchacha libanesa es como un manantial que brota del centro mismo de la tierra y fluye por serpenteantes cauces pero que, al no hallar salida al mar, se convierte en un lago de aguas tranquilas y crecientes en cuya superficie se reflejan brillantes estrellas.

Khalil captó los latidos del corazón de Miriam que mostraban en silencio su alma y se dio cuenta de que la antorcha divina que había iluminado su corazón alumbraba también el de ella. En un primer momento se llenó de alegría como se regocija el cauce sediento de un río cuando cae la lluvia, pero en seguida se reprochó sus prisas pensando que esa comunicación espiritual se esfumaría como una nube cuando abandonara la aldea. A menudo se decía: «¿Qué misterio es éste que rige una parte tan importante de nuestras vidas? ¿Qué ley es ésta que nos sitúa en un pedregoso camino y nos hace detenernos en el momento mismo en que íbamos a ver alegres la faz del sol? ¿Qué poder es éste que sonriente y espléndido eleva nuestras almas a la cumbre de los montes, aunque después nos despertemos llorando y sufriendo en el hondo valle? ¿Qué vida es ésta que nos abraza hoy como una amante y mañana como una enemiga? ¿No fui ayer acosado? ¿No sobreviví ayer al hambre, la sed, el dolor y el abandono en aras de la Verdad que los ciegos han revelado a mi corazón? ¿No dije a los monjes que la felicidad que reporta el conocimiento de la Verdad es la intención y la voluntad de Dios? ¿A qué viene entonces ese temor? ¿Por qué cierro los ojos a la luz que brota de los ojos de esa mujer? Yo soy un descastado y ella es pobre. Pero, ¿es que sólo de pan vive el hombre? ¿No es lo mismo el rico que el pobre, como son iguales los árboles en verano y en invierno? ¿Qué diría Raquel si supiera que mi corazón y el de su hija se entienden en silencio y se acercan al resplandor de la luz suprema? ¿Qué diría si descubriese que el muchacho a quien salvó la vida ansía adorar a su hija? ¿Qué dirían los sencillos campesinos si supieran que el joven al que echaron del convento y llegó a su aldea movido por la necesidad desea ahora vivir al lado de una bella muchacha? ¿Me escucharán si les digo que quien dejó el convento para vivir con ellos es como el pájaro que abandona las sórdidas rejas de su jaula para escapar hacia la luz de la libertad? ¿Qué diría el jeque Abbas si oyese mi historia? ¿Y qué dirían los sacerdotes de la aldea si supiesen el motivo de mi exilio?»

Todo esto se decía Khalil, sentado junto al hogar y contemplando las llamas que simbolizaban su amor. De cuando en cuando Miriam le miraba de reojo, leyendo su corriente de pensamientos y sintiendo un intenso amor, aunque sin decir ni una sola palabra.

Una noche que Khalil estaba junto al ventanuco que daba al valle donde árboles y pedruscos parecían cubiertos por blancos sudarios, se le acercó Miriam y se puso a su lado a mirar al cielo. Cuando los ojos de ambos se encontraron, el muchacho lanzó un hondo suspiro y cerró los ojos como si su alma surcase el ancho cielo buscando algo que decir. Diose cuenta entonces de que las palabras estaban de más, puesto que el silencio hablaba por ellos. Miriam se animó a preguntar:

«¿A dónde irás cuando la nieve se convierta en arroyos y se sequen los caminos?»

Él abrió los ojos y mirando hacia el horizonte dijo:

«Seguiré el camino por el que me lleven mi destino y mi devoción por la Verdad.»

Miriam suspiró con tristeza.

«¿Por qué no te quedas aquí a vivir con nosotras? —preguntó—. ¿Es que tienes que irte a otro sitio por obligación?»

El muchacho se sintió transportado por estas palabras llenas de cariño y de ternura, pero reaccionó.

«Los aldeanos no aceptarían a un monje expulsado como yo y no me dejarían respirar el aire que respiran, pues pensarían que quien se ha convertido en enemigo de un convento es también un infiel a quien maldicen Dios y los santos.»

Miriam se quedó callada, pues la verdad que le atormentaba le impedía seguir hablando. Entonces Khalil se dirigió a ella para decirle:

«Quienes tienen autoridad, Miriam, enseñan a estos aldeanos a odiar a todo el que piensa por cuenta propia; se les induce a alejarse de quienes tienen un espíritu que vuele libremente. Dios no desea que le alabe quien imita a otros por desconocimiento. Si me quedara en esta aldea y pidiese a sus habitantes que veneraran a quien quisiesen, dirían que soy un hereje que ignora la autoridad que Dios confirió al sacerdote. Si les pidiera que escuchasen la voz en sus corazones y que se condujeran según los dictámenes de sus almas, dirían que soy un malvado que sólo intenta apartarles del clero que Dios puso como intermediario entre el cielo y la tierra.»

Khalil fijó sus ojos en los de Miriam y, con una voz semejante al sonido que producen argentinas cuerdas, añadió:

«Sin embargo, Miriam, hay en esta aldea una fuerza mágica que ha llegado a mi alma apoderándose de ella, un poder divino que ha hecho que me olvide de mis sufrimientos. En esta aldea vi la muerte frente a frente y en este lugar abrazó mi alma el espíritu de Dios. Hay en esta tierra una bella flor que crece en un terreno árido. Su hermosura atrae mi corazón y su perfume inunda mi ser. ¿He de dejar esa valiosa flor para irme a predicar las ideas que hicieron que me echaran del convento, o debo quedarme junto a esa flor, abrir una fosa y enterrar en ella mis pensamientos y creencias entre las espinas que la rodean? ¿Qué debo hacer, Miriam?»

Cuando oyó estas palabras, Miriam se estremeció como un lirio al impulso de la brisa juguetona del amanecer. Su corazón se encendió y sus llamas enrojecieron sus ojos.

«Los dos hemos sido atrapados por una fuerza misteriosa e implacable —señaló con temblorosa voz—. Dejemos que se cumpla su voluntad.»

En ese mismo instante se unieron ambos corazones y poco después sus almas se fundieron en una viva hoguera que iluminó sus vidas.

V

Desde que el mundo es mundo hasta hoy, ciertas familias de ricos herederos, en complicidad con el clero, se han eregido en administradores del pueblo. Se trata de una vieja y profunda herida que tiene la soledad en su corazón y que no cicatrizará mientras exista la ignorancia.

Quien recibe riquezas en herencia levanta su casa con el escaso dinero de los pobres. El clérigo edifica su templo sobre las tumbas donde yacen los huesos de los devotos feligreses. El príncipe ata las manos al campesino mientras el sacerdote le vacía los bolsillos. El gobernante observa a los labriegos con el ceño fruncido y el obispo les consuela con una sonrisa, y el rebaño perece a causa del ceñudo tigre y del sonriente lobo. El gobernante se erige en señor de las leyes y el sacerdote en ministro de Dios, y a causa de ellos los cuerpos caen abatidos y las almas se esfuman en la nada.

En el Líbano, ese monte rico en luz y pobre en conocimientos, el noble y el sacerdote han unido sus esfuerzos para explotar al campesino que labra la tierra y cosecha el cereal para protegerse de la espada del gobernante y del castigo del sacerdote. El libanés rico se ha situado orgulloso en la puerta de su palacio y ha convocado a la multitud para decirle: «El sultán me ha nombrado señor vuestro.» Y el sacerdote ha dicho ante el altar: «Dios me ha elegido para que guíe vuestras almas.» Pero los libaneses han permanecido en silencio, porque los muertos no hablan.

El jeque Abbas tenía amistad íntima con los sacerdotes, ya que éstos eran aliados suyos para reprimir la sabiduría del pueblo e incitar a los campesinos a una obediencia ciega.

La noche en que Khalil y Miriam estaban más cerca del trono del amor mientras Raquel les miraba con ternura, el padre Elías, sacerdote de la aldea, informó al jeque Abbas que el superior había echado del convento a un muchacho rebelde que había encontrado cobijo en casa de Raquel, la viuda de Samaan Ramy. No contento con la poca información que había suministrado al jeque, el sacerdote comentó:

«No es posible que el demonio al que han echado del convento se convierta en ángel al llegar a esta aldea, pues el árbol que es cortado y arrojado al fuego no da frutos mientras está ardiendo. Si deseamos librar a la aldea de indeseables y de animales, debemos echarle de ella como hicieron los monjes.»

«¿Estás seguro de que ese muchacho ejerce una influencia tan nociva en nuestro pueblo? —preguntó el jeque—. ¿No sería mejor que se quedara a trabajar en las viñas? Necesitamos hombres fuertes.»

El rostro del sacerdote mostró su desagrado, y mientras se acariciaba la barba dijo astutamente:

«Si fuera apto para el trabajo no le habrían echado del convento. Un estudiante que trabaja en el convento y que anoche estuvo en mi casa por casualidad me dijo que ese joven había desobedecido las órdenes del superior predicando ideas nocivas a los monjes.» Y citó sus palabras: «Devolved a los pobres los campos, las viñas y las riquezas del convento y distribuidlos por doquier. Ayudad a quienes no han recibido instrucción. Si lo hacéis, agradaréis al Padre que está en el Cielo.»

Al oír esto, el jeque Abbas se puso en pie violentamente y, como un tigre que acecha a su presa, se dirigió a la puerta, llamó a sus servidores y les ordenó que acudieran a su presencia. Al punto se presentaron tres hombres a quienes el jeque ordenó:

«En casa de Raquel, la viuda de Samaan Ramy, hay un muchacho que viste un hábito de monje. Apresadle y traedle aquí. Si la mujer ofreciese resistencia, cogedla por los cabellos, tiradla a la nieve y traedla también junto con el joven, pues quien ayuda al malvado es igual que él.»

Los hombres hicieron una respetuosa reverencia y se dirigieron a toda prisa a casa de Raquel, mientras el jeque y el sacerdote comentaban el tipo de castigo que aplicarían a Khalil y a Raquel.

VI

Había huido el día y se había establecido la noche dejando en penumbra las miserables chozas cubiertas por una espesa capa de nieve. Por último, las estrellas llenaron el cielo, como llena nuestra vida la esperanza en una eternidad futura una vez que hemos sentido la agonía de la muerte. Puertas y ventanas se hallaban cerradas, pero en el interior habían encendido las lámparas. Los campesinos se acurrucaban junto al fuego para darse calor.

Raquel, Miriam y Khalil estaban sentados alrededor de una tosca mesa de madera disponiéndose a cenar, cuando oyeron golpes en la puerta y vieron entrar a tres hombres. Raquel y Miriam se asustaron, pero Khalil conservó la calma, como si no le hubiese sorprendido la llegada de aquellos hombres. Uno de los sirvientes del jeque se acercó a Khalil, le puso las manos en los hombros y le preguntó:

«¿Eres tú ése a quien han echado del convento?»

«Sí, yo soy. ¿Qué queréis?»

«Tenemos órdenes de prenderte y de llevarte ante el jeque Abbas. Si ofreces resistencia, te llevaremos a rastras», respondió el hombre.

Raquel se puso pálida y preguntó:

«Pero, ¿qué crimen ha cometido? ¿Por qué queréis atarle y arrojarle a la nieve?»

Las dos mujeres se echaron a llorar mientras decían:

«Es un hombre contra tres. Sería de cobardes hacerle daño.»

El hombre se irritó y dijo a voces:

«¿Es que hay alguna mujer en esta aldea que se oponga a las órdenes del jeque Abbas?»

Luego sacó una cuerda y empezó a maniatar a Khalil. Éste levantó la cabeza con orgullo. Parecía esbozar una sonrisa de tristeza cuando dijo:

«Me dais pena, porque sois un instrumento ciego y poderoso en manos de un hombre que oprime a los débiles con la fuerza de vuestros brazos. Sois esclavos de la ignorancia. Ayer yo era como vosotros, pero mañana seréis libres como yo lo soy ya. Entre vosotros y yo se extiende un profundo abismo que ahoga mis palabras de súplica y os oculta mi realidad. Eso os impide oír y ver. Aquí me tenéis; atadme las manos y haced lo que queráis.»

Los tres hombres se emocionaron al oír sus palabras. Daba la impresión de que su voz había despertado en ellos un sentimiento nuevo. Pero la voz del jefe Abbas seguía resonando en sus oídos y les incitaba a llevar a cabo su misión. Le ataron las manos y le llevaron fuera en silencio, mientras sentían que les pesaba la conciencia. Raquel y Miriam les acompañaron hasta la casa del jeque, como las hijas de Jerusalén siguieron a Cristo hasta el Calvario.

VII

Toda novedad, sea importante o no, se divulga con rapidez entre los habitantes de las aldeas pequeñas, pues el estar alejados de la sociedad les hace que comenten entre sí con ansiedad todo lo que sucede en su reducido círculo. Durante el invierno, mientras los campos descansan bajo un manto de nieve y los seres humanos buscan refugio y calor junto al fuego, los aldeanos sienten la imperiosa necesidad de enterarse de las últimas noticias, para tener algo en que ocuparse.

Poco después de que apresaran a Khalil, la noticia se había extendido entre los aldeanos como una epidemia. Dejaron sus cabañas y al igual que un ejército se dirigieron desde todas las direcciones hacia la mansión del jeque Abbas. Cuando Khalil entró en ella, la estancia estaba ya repleta de hombres, mujeres y niños deseosos de ver al infiel al que habían echado del convento. También querían ver a Raquel y a su hija, que le habían ayudado a contaminar el puro cielo de su aldea con la diabólica peste de la herejía.

El jeque ocupó el sillón principal y a su lado se sentó el padre Elías, mientras la multitud contemplaba al joven maniatado que adoptaba ante sus ojos una actitud valiente. Raquel y Miriam estaban en pie, detrás de Khalil y templando de miedo. Pero, ¿qué daño puede causar el miedo al corazón de una mujer que ha descubierto la Verdad y ha seguido sus huellas? ¿Qué daño puede causar la hostilidad de la gente a una muchacha sorprendida por el amor? El jeque Abbas miró al muchacho y le preguntó con voz de trueno:

«¿Cómo te llamas, joven?»

«Me llamo Khalil», respondió él.

«¿Quiénes son tus padres y familiares? ¿Dónde naciste?», preguntó el jeque.

Khalil se dirigió a los campesinos que le miraban con odio y dijo:

«Mis familiares son los pobres y oprimidos, y he nacido en esta gran nación.»

El jeque Abbas comentó con cierto sarcasmo:

«Ésos a quienes has reconocido como familiares tuyos me han pedido que te castigue, y la nación donde has dicho que naciste se niega a que formes parte de su pueblo.»

«Las naciones ignorantes —contestó Khalil— castigan a sus mejores miembros y los entregan a sus déspotas, y en la nación donde gobierna un tirano se persigue a quienes intentan liberar a su pueblo de las garras de la esclavitud. Pero, ¿puede un buen hijo abandonar a su madre enferma? ¿Puede un hombre piadoso rechazar a su hermano pobre? Esos desgraciados hombres que me apresaron para traerme hoy aquí son los mismos que ayer se sometían a ti. Y esta extensa tierra que no sabe que existo es la misma que no se come ni se traga a los déspotas codiciosos.»

El jeque lanzó una risotada, como tratando de desautorizar al joven e impedirle que influyera en los presentes. Se volvió hacia Khalil y tratando de impresionarle dijo:

«¡Miserable cuidador de ganado! ¿Piensas que voy a ser más compasivo que los monjes que te echaron del convento? ¿Crees que me voy a apiadar de un peligroso agitador?»

«Es cierto que he cuidado el ganado —señaló Khalil—, pero tengo la dicha de no haber sido nunca carnicero. He llevado a mis rebaños a fértiles prados y nunca pastaron en terrenos áridos. Les he llevado a que bebieran a los arroyos más claros y nunca les conduje a ciénagas malsanas. Al caer la tarde volvían a salvo a los establos y jamás les dejé en los valles para que fuesen víctimas de los lobos. Así he tratado a los animales y si hubieses seguido mi ejemplo y tratado a las personas como yo traté a mis rebaños, esta pobre gente no viviría en humildes chozas ni sufriría el tormento de la pobreza, mientras tú vives como Nerón en este espléndido palacio.»

La frente del jeque brillaba a causa de las gotas de sudor. Su enfado se convirtió en cólera, pero se esforzó en mantener la calma y en fingir que no había escuchado las palabras de Khalil. Entonces le señaló con el dedo y exclamó:

«Eres un hereje y no mereces que escuchemos tus absurdas palabras. He ordenado que te trajeran para juzgarte como un criminal. Estás en presencia del dueño de la aldea, de quien representa a su excelencia el emir Ameen Shedad. Estás también ante el padre Elías, ministro de la Santa Iglesia a cuyas enseñanzas te opones. Ahora defiéndete o arrodíllate ante esta gente y te perdonaremos y nombraremos cuidador de ganado como cuando estabas en el convento.»

«Un criminal no puede ser juzgado por otro criminal —respondió Khalil con serenidad—, al igual que un ateo no puede defenderse ante pecadores.»

Miró entonces a los allí reunidos y les dijo:

«Hermanos, el hombre a quien llamáis señor de vuestros campos y a quien habéis estado sometidos durante largo tiempo, me ha traído para juzgarme a este palacio construido sobre las tumbas de vuestros antepasados. Y quien ha llegado a ser pastor de vuestra Iglesia en virtud de su fe, ha venido a juzgarme también y a incitaros a humillarme y a que aumentéis mis dolores. Os habéis dado prisa en dejar los lugares donde estábais para venir aquí a ver cómo yo sufría y pedía compasión. Habéis abandonado vuestras casas para ver maniatado a vuestro hijo y hermano. Habéis acudido a ver cómo la presa templaba de miedo en las garras de la bestia salvaje. Habéis venido aquí esta noche para alegraros viendo a un hereje delante de sus jueces. Yo soy el criminal y el hereje a quien echaron del convento. La tormenta me trajo a vuestra aldea. Escuchad mi defensa, y no seáis compasivos sino justos, puesto que la piedad es algo que se conoce al criminal, mientras que la justicia constituye el premio del inocente.

Os tomo como jueces, pero considerad que la voluntad del pueblo es la voluntad de Dios. Animad vuestros corazones, escuchadme con atención y luego dictad sentencia según lo que os diga la conciencia. Os han dicho que soy un infiel, pero no os han señalado el crimen o el pecado del que me culpan. Me habéis visto maniatado como un ladrón, pero no sabéis hasta qué punto he sido calumniado. A pesar de todo, pedís a gritos que me castiguen. Mi crimen, queridos compatriotas, consiste en haber comprendido vuestra desgracia, pues he sentido en mi propia carne el peso de las cadenas que os oprimen. Mi pecado es dolerme sinceramente por vuestras mujeres, es mi compasión por vuestros hijos que maman vida mezclada con sombras de muerte. Soy uno de los vuestros; mis antepasados vivieron en este valle y murieron bajo el mismo yugo que sojuzga ahora vuestras cabezas. Creo en Dios que escucha el llanto de las almas que sufren, y creo en las Escrituras que nos hacen hermanos en el cielo. Creo en la doctrina que afirma que somos iguales y que nos dejan en libertad sobre la tierra, donde pasa cautelosamente el Señor.

Mientras cuidaba las vacas del convento y consideraba el doloroso estado que soportáis, escuché el clamor de desesperación que salía de vuestras humildes moradas. Era el grito de unas almas oprimidas, el grito de unos corazones ultrajados que estaban encerrados en vuestros cuerpos esclavizados al dueño de estos campos. Cuando miré, vi que yo estaba en el convento y vosotros en los campos, y me parecisteis un rebaño persiguiendo a un lobo que huía a su guarida. Al detenerme en medio del camino para socorrer a las ovejas, pedí ayuda a gritos, pero el lobo me atacó con sus afilados colmillos.

He sobrevivido al encierro, al hambre y a la sed en aras de la verdad que sólo daña al cuerpo. He sufrido indeciblemente para convertir vuestros suspiros quejumbrosos en una voz enérgica que sacudió con su eco los muros del convento. Jamás he sentido miedo ni cansancio porque vuestro llanto de dolor infundía diariamente nuevas fuerzas en mi corazón y lo rejuvenecía. Tal vez os preguntéis: ¿Quién de nosotros ha pedido ayuda alguna vez? ¿Quién se atreve a despegar los labios? Pero yo os digo que vuestras almas gimen día y noche, aunque vosotros no podéis oírlas, porque quien agoniza no oye los latidos de su quejumbroso corazón, aunque los escuchen quienes se encuentran a su lado. El pájaro que ha sido mutilado danza lastimosamente a pesar de sus esfuerzos sin conocer la causa, pero quienes presencian esa danza saben a qué se debe. ¿En qué momento del día suspiráis de dolor? ¿Acaso al amanecer, cuando el amor a la vida os convoca a los campos como esclavos, rasgando el velo que os tapa los ojos? ¿Quizás al mediodía, cuando deseáis sentaros a la sombra de un árbol para protegeros del sol que os abrasa? ¿O es tal vez a la caída de la tarde, cuando volvéis con hambre a vuestros hogares, suspirando por un suculento manjar en lugar de la escasa bazofia y el agua sucia? ¿O es por las noches, cuando el cansancio os empuja a vuestros duros camastros y en cuanto la fatiga cierra vuestros párpados volvéis a incorporaros desvelados temiendo que la voz del jeque resuene en vuestros oídos? ¿En qué estación del año no os quejáis de vuestra suerte? ¿Es tal vez en primavera, cuando la naturaleza se viste con todos sus primores y vosotros salís a su encuentro envueltos en harapos? ¿O es en verano, cuando recogéis el trigo y el maíz, y llenáis con ellos los graneros de vuestro amo, recibiendo como pago solamente paja y heno? ¿Es tal vez el otoño, cuando recogéis la fruta y lleváis las uvas al lagar, para recibir a cambio una jarra de vinagre y un saco de mazorcas desgranadas? ¿O es quizá en invierno, cuando encerrados en vuestras chozas sepultadas por la nieve os sentáis junto al fuego y tembláis porque los cielos enfurecidos os amenazan por encima de lo que pueden soportar vuestras débiles almas?

Así es la vida de los pobres; este es el llanto que escucho constantemente. Esto es lo que impulsó a mi alma a rebelarse contra los opresores y a condenar su comportamiento. Cuando pedí a los monjes que se apiadaran de vosotros, me juzgaron ateo y me respondieron echándome. Hoy he venido aquí a compartir con vosotros esta vida miserable y a mezclar mis lágrimas con las vuestras. Aquí me tenéis, en las garras de vuestro peor enemigo. ¿Os habéis dado cuenta de que esta tierra que trabajáis como esclavos se la robaron a vuestros padres cuando las leyes se escribían con la punta de la espada? Los monjes engañaron a vuestros antepasados y les quitaron los campos y los viñedos cuando las leyes religiosas las dictaban los labios de los sacerdotes? ¿Qué hombre o mujer no está a las órdenes del dueño de los campos que les obliga a cumplir lo que mandan los sacerdotes? Dijo Dios: "Comeréis el pan con el sudor de la frente." Pero el jeque Abbas come el pan que cuecen los años de vuestra vida y bebe el vino que contiene vuestras lágrimas. ¿Acaso escogió Dios a este hombre cuando estaba en el vientre de su madre? ¿O es que sois de su propiedad a causa de vuestros pecados? Dijo Dios: "No atesoréis oro ni plata ni cobre." Rezáis en el silencio de la noche: "El pan nuestro de cada día dánoslo hoy." Dios os ha dado esta tierra de la que sacáis el pan de cada día; pero, ¿qué autoridad ha dado él a los monjes para que os roben esta tierra y este pan?

Maldecís a Judas porque vendió a su Maestro, pero bendecís a quienes le venden diariamente. Judas se arrepintió de su mala acción y se ahorcó, pero estos sacerdotes se alzan con orgullo, usan bellas vestiduras y brillantes cruces que se cuelgan del cuello. Enseñáis a vuestros hijos a amar a Cristo y a la vez les instruís para que obedezcan a quienes se oponen a sus enseñanzas y transgreden sus leyes.

Los apóstoles de Cristo fueron lapidados para daros vida en el Espíritu Santo, pero los monjes y sacerdotes matan ese espíritu en vosotros para poder vivir a expensas de vuestra condición miserable. ¿Qué os ha convencido a vivir en este mundo de miseria y esclavitud? ¿Qué os impulsa a arrodillaros ante ese ídolo terrible que se ha erigido sobre los cadáveres de vuestros padres? ¿Qué tesoros conserváis para el futuro?

Vuestras almas están a merced de los sacerdotes y vuestros cuerpos se hallan aprisionados entre las garras de los gobernantes. ¿Qué hay en vuestras vidas que podáis considerar vuestro? Queridos compatriotas, ¿conocéis al sacerdote a quien teméis? Es un traidor que utiliza las Escrituras como amenaza para quedarse con vuestro dinero; es un hipócrita que usa la cruz que lleva al cuello como espada para cortaros las venas; es un lobo disfrazado de cordero; es un glotón que se sitúa ante las mesas bien repletas en lugar de hacerlo ante los altares; es un ser ávido de riquezas capaz de llegar a los lugares más lejanos detrás de un dinar; es un ladrón que roba a las viudas y a los huérfanos. Es una criatura monstruosa, con pico de águila, garras de tigre, dientes de hiena y piel de víbora. Quitadle la Biblia y rasgadle las vestiduras; arrancadle la barba y haced de él lo que os parezca; porque si luego le ponéis un dinar en la mano, os perdonará sonriendo. Abofeteadle, escupidle y pisadle el cuello; porque si luego le invitáis a subir a vuestro barco, olvidará de inmediato la injuria y se llenará el estómago con vuestra comida. Maldecidle y burlaos de él, porque si luego le mandáis una jarra de vino y un cesto de fruta, se olvidará de vuestros pecados. Cuando ve a una mujer, se dirige a ella diciéndole: "¡Apártate de mí, hija de Babilonia!", y luego se dice susurrando: "Es preferible el matrimonio a la lascivia." Cuando ve a los muchachos y a las muchachas caminando por parejas en la procesión del amor, eleva los ojos al cielo y dice: "¡Vanidad de vanidades, y todo vanidad!" Y a solas consigo mismo exclama: "¡Ojalá fueran abolidas las leyes y las tradiciones que me impiden disfrutar de la vida!" Predica a sus feligreses diciendo: "¡No juzguéis y no seréis juzgados!" Pero él juzga a todo aquel que critica sus actos y le envía al infierno antes de que la muerte le saque de este mundo.

Cuando habla mira al cielo, pero al mismo tiempo sus pensamientos se arrastran como víboras hacia vuestros bolsillos. Se dirige a vuestros hijos queridos, pero en su corazón no existe un cariño de padre; sus labios no sonrieron nunca a un niño y nunca tomó en brazos a un bebé. Os dice moviendo la cabeza: "¡Abandonad las cosas de este mundo, pues la vida es tan fugaz como una nube!" Pero si le miráis con atención, veréis que se aferra extraordinariamente a la vida, que lamenta la fugacidad del pasado, condena la rapidez con que pasa el presente y espera con temor el futuro. Si le dais lo que os pide, os bendecirá en público; pero si os negáis a ello os condenará en secreto. En la iglesia os pide que ayudéis al necesitado, mientras los pobres acuden hambrientos a su casa sin que él les vea ni les oiga. Vende sus oraciones y considera que quien no las compre está falto de fe y merece ser expulsado del paraíso.

Así es el hombre a quien teméis. Así es el monje que os chupa la sangre. Así es el sacerdote que se persigna con la mano derecha y os estrangula con la izquierda. Así es el pastor a quien consideráis siervo vuestro, aunque él se ha convertido en vuestro amo. Así es la sombra que se proyecta en vuestras almas desde que nacéis hasta que morís. Así es el hombre que ha venido a juzgarme esta noche aquí, porque mi alma se había rebelado contra los enemigos de Jesús Nazareno, que nos amó a todos, nos llamó hermanos y murió por nosotros en la cruz.»

Khalil sintió que los corazones de los campesinos le habían entendido. Se aclaró la voz y volvió a tomar la palabra para decir:

«Hermanos, como bien sabéis, el jeque Abbas es el dueño de esta aldea por reconocimiento del emir Shebab, representante del sultán y gobernador de esta provincia. Pero yo os pregunto si alguno de vosotros ha visto el Poder que designó al sultán como dirigente de esta nación. Ese Poder, compatriotas, no puede verse ni oírse, pero podéis captar su presencia en lo profundo de vuestros corazones. Ese es el Poder al que adoráis y honráis todos los días cuando decís: "¡Padre nuestro que estás en los cielos!" Sí, vuestro Padre, que está en los cielos es quien nombró a reyes y príncipes, pues es omnipotente. Pero, ¿creéis que vuestro Padre, que os ama y os guía mediante sus profetas por el camino del bien, desea que seáis oprimidos? ¿Pensáis que Dios, que hace caer la lluvia del cielo y germinar las semillas de trigo enterradas, quiere que paséis hambre, para que otro hombre se beneficie de su bondad? ¿Creéis que ese Espíritu Eterno que se manifiesta en el amor de vuestras esposas, el dolor de vuestros hijos y la compasión de vuestro prójimo, iba a coronar a un tirano para que os sojuzgue toda vuestra vida? ¿Pensáis que esta Ley Eterna que ennoblece la vida iba a enviaros a un hombre que os impide ser felices y os arrastra al oscuro umbral de la muerte? ¿Creéis que la naturaleza os dio el vigor físico tan sólo para que lo pusierais a disposición de los ricos? ¿Os hacéis justicia cuando alzáis los ojos al Dios omnipotente y le invocáis como Padre, para arrodillaros luego ante el hombre a quien llamáis señor? Vosotros que sois hijos de Dios, ¿cómo os contentáis con ser esclavos de los hombres? ¿No os llamó Jesús hermanos? ¿No os hizo Jesús libres en el Espíritu y en la Verdad? No obstante, el emir os ha hecho esclavos de la corrupción y de la humillación. ¿No os glorificó Cristo para que pudierais entrar en el reino de los cielos? ¿Por qué bajáis entonces a los infiernos? ¿No iluminó Él vuestros corazones? ¿Por qué escondéis entonces vuestras almas en las tinieblas? Dios ha puesto en vuestras almas una antorcha resplandeciente de belleza y de sabiduría que ilumina los secretos del día y de la noche. Apagar esa antorcha y enterrarla en las cenizas constituye un pecado. Dios ha dado alas a vuestras almas para que vuelen por el ancho cielo del Amor y de la Libertad. Es triste que os cortéis esas alas con vuestras propias manos y que vuestras almas sufran el dolor de arrastrarse por el suelo como insectos.»

El jeque Abbas contemplaba estupefacto cómo los aldeanos escuchaban a Khalil en completo silencio. Trató de interrumpirle, pero éste, inspirado, prosiguió:

«Dios ha sembrado en vuestros corazones la simiente de la felicidad; es un crimen que arranquéis esa semilla para arrojarla sin contemplaciones a las rocas, exponiéndola a que el viento se la lleve y la picoteen los pájaros. Dios os ha dado hijos para que los criéis, les enseñéis la verdad y llenéis sus corazones con lo que en la vida hay de más valioso. Él desea que les dejéis en herencia la felicidad y las cosas buenas de la vida. ¿O es que vuestros hijos son extraños en el lugar que les vio nacer o seres entumecidos bajo la faz del sol? El Padre que convierte a su hijo en esclavo es igual al que da a éste una piedra cuando le pide pan. ¿No habéis visto cómo enseñan a volar las aves del cielo a sus polluelos? ¿Por qué enseñáis, entonces, a vuestros hijos a arrastrar las cadenas de la esclavitud? ¿No habéis visto cómo las flores de los valles depositan sus simientes en la tierra bañada por el sol? ¿Por qué encerráis, entonces, a vuestros hijos en un lugar tenebroso?»

Se hizo un momento de silencio. Parecía que el alma de Khalil se hallaba abatida por el sufrimiento. Sin embargo, con voz débil aunque convincente, siguió diciendo:

«Lo que os estoy diciendo esta noche es lo mismo que hizo que me echaran del convento. Si el dueño de vuestros campos y el pastor de vuestra iglesia que me han hecho prisionero, me mataran esta noche, moriría con la paz y la felicidad que proporciona el hecho de saber que he cumplido mi misión y que os he revelado la Verdad, lo cual es un crimen para los demonios. Ya he cumplido la voluntad de Dios omnipotente.»

Había en la voz de Khalil un mágico mensaje que atraía el interés de los aldeanos. Sus dulces palabras habían conmovido a las mujeres que le veían, con lágrimas en los ojos, como un mensajero de paz.

El jeque Abbas y el padre Elías se estremecían de cólera. Al acabar, Khalil dio unos pasos para acercarse a Raquel y Miriam. El silencio dominaba la estancia y parecía que el espíritu de Khalil se hubiese adueñado del amplio salón para liberar las almas de los asistentes del miedo que tenían al jeque Abbas y al padre Elías, mientras éstos temblaban culpables y asombrados.

De pronto el jeque se puso en pie y los aldeanos percibieron que estaba pálido. Dirigiéndose a los hombres de su escolta les dijo:

«¿Qué hacéis vosotros, perros? ¿Es que os ha envenenado los corazones? ¿Es que ha dejado de circular la sangre por vuestras venas, llegando a tal extremo de debilidad que no sois capaces de saltar sobre este criminal y destrozarlo? ¿Qué conjuro os ha lanzado?»

Cuando acabó de reprenderles, se dirigió espada en mano hacia el joven encadenado, pero un fornido aldeano le cogió con fuerza los brazos y le dijo:

«Envaina tu espada, señor, pues quien empuña la espada para matar, será muerto por ella.»

El jeque se estremeció visiblemente y la espada cayó de sus manos. Dirigiéndose al hombre le dijo:

«¿Cómo se atreve un miserable como tú a enfrentarse a su amo y bienhechor?»

«El siervo fiel no ayuda a su señor a cometer crímenes —replicó éste—; ese muchacho no ha dicho más que la verdad.»

Otro hombre se adelantó y dijo:

«Este hombre es inocente y merece honor y respeto.»

«No ha maldecido ni a Dios ni a los santos —añadió a voces una mujer—; ¿por qué le llamáis hereje?»

Y Raquel preguntó:

«¿Qué crimen ha cometido?»

«Te has rebelado, viuda miserable —exclamó el jeque—; ¿no recuerdas el destino que tuvo tu esposo cuando se rebeló hace seis años?»

Raquel se estremeció de dolor y de ira al oír estas palabras espontáneas, pues por fin había descubierto al asesino de su esposo. Reprimió las lágrimas y mirando a la muchedumbre exclamó:

«¡Aquí tenéis al criminal que habéis estado seis años buscando! Acabáis de oírle confesar su delito. Él es el asesino que ha estado ocultando su crimen. Miradle y leed sus pensamientos; analizadle y observad su terror. Está temblando como la última hoja del árbol en invierno. Dios os ha manifestado que el señor a quien siempre temisteis tiene en su conciencia un delito de sangre. Hizo de mí una viuda como estas mujeres y de mi hija una huérfana como estos niños.»

Las frases pronunciadas por Raquel entraron como un rayo en el corazón del jeque, y el rugido de los hombres y los gritos de las mujeres cayeron sobre él como tizones encendidos.

El sacerdote ayudó al jeque al llegar hasta su asiento. Llamó luego a los criados y les ordenó:

«Arrestad a esta mujer que ha acusado falsamente a vuestro señor de haber matado a su marido. Encerrad a este joven en una oscura mazmorra. Quien se oponga a ello es un criminal y será excomulgado de la Santa Iglesia al igual que este muchacho.»

Los criados se quedaron mirando a Khalil sin moverse, pese a que éste aún estaba maniatado. Raquel se puso a la derecha de Miriam y a la izquierda de Khalil, como si fueran un par de alas dispuestas a volar por el ancho cielo de la libertad.

Entonces, el padre Elías, con la barba temblándole de cólera, preguntó:

«¿Renegáis de vuestro señor para poneros de parte de un criminal descreído y de una adúltera desvergonzada?»

Y el más anciano de los criados contestó:

«Hemos servido al jeque Abbas durante largo tiempo a cambio de casa y alimento, pero jamás fuimos esclavos suyos.»

Dicho esto, el criado se quitó la ropa y el turbante y los arrojó a los pies del jeque. Luego añadió:

«Ya nunca más necesitaré estas ropas. No quiero que mi alma sufra en la mezquina mansión de un criminal.»

Todos los criados secundaron su ejemplo y se unieron a la muchedumbre. Los rostros de todos irradiaban esta alegría que es símbolo de libertad y de verdad. El padre Elías vio que por fin su autoridad se había debilitado, y abandonó la estancia maldiciendo el momento en que había aparecido Khalil en la aldea. Un individuo de aspecto fornido se apresuró a desatarle las manos a Khalil. Miró al jeque que se había desplomado en su asiento como un cadáver, y le dijo lo siguiente:

«Este joven a quien habéis traído aquí maniatado para juzgarle como un criminal, ha elevado nuestras almas iluminando nuestros corazones con el espíritu de la verdad y el conocimiento. Y esta pobre viuda a quien el padre Elías ha llamado mentirosa nos ha revelado el crimen que cometiste hace seis años. Vinimos aquí esta noche para ver cómo juzgabas a un alma noble e inocente. Ahora el cielo nos ha abierto los ojos y nos ha mostrado las atrocidades que has realizado. Te abandonaremos e ignoraremos para que se cumpla la voluntad del cielo.»

Se elevaron muchas voces en el salón, destacando una que dijo:

«Salgamos de este sitio perverso y volvamos a nuestras casas.»

Otra voz proponía:

«Acompañemos a este muchacho a la casa de Raquel y escuchemos sus palabras certeras y su gran sabiduría.»

Mientras otra decía:

«Oigamos sus consejos, ya que conoce nuestras necesidades.»

Y una cuarta exclamaba:

«Si queremos que se haga justicia, acudamos al emir para acusar a Abbas del crimen que ha cometido.»

Muchos proponían:

«Pidamos al emir que nos designe a Khalil como dueño y señor, y digamos al obispo que el padre Elías era cómplice del jeque.»

Mientras se elevaban estas voces llegando a los oídos del jeque como agudos dardos, Khalil alzó la mano pidiendo calma a los aldeanos y les dijo:

«No os apresuréis, hermanos. Escuchadme y reflexionad. En nombre del cariño y de la amistad que nos une, os pido que no recurráis al emir, porque no encontraréis justicia. Recordad que una bestia feroz no ataca nunca a otra de su misma especie. Tampoco debéis presentaros ante el obispo, pues él sabe muy bien que una casa agrietada acaba derrumbándose. No pidáis al emir que me nombre delegado suyo en esta aldea, pues un criado fiel no desea servir a un amo despiadado. Si soy digno de vuestro amor y de vuestra amistad, dejad que viva con vosotros y que compartamos juntos las alegrías y los dolores que reporta la vida. Cojámonos de la mano y trabajemos juntos en los campos y en los hogares, pues si no me convierto en uno más de vosotros, sería un hipócrita ya que no obraría de acuerdo con lo que predico. Dejemos ahora al jeque Abbas ante el tribunal de su conciencia y ante el de Dios, juez supremo, como se clava el hacha en las raíces de un árbol, pues el sol de la justicia divina brilla igualmente sobre inocentes y culpables.»

Dicho esto, abandonó la mansión, mientras la muchedumbre le seguía como si un poder divino atrajera sus corazones. El jeque se quedó a solas en medio de un gran silencio, al igual que una torre en ruinas que soporta serena su derrota.

Cuando la muchedumbre llegó al patio de la iglesia, que estaba iluminado por la luz de la luna que se filtraba a través de las nubes, Khalil se detuvo y les dirigió una mirada amorosa como el buen pastor que cuida de su rebaño. Movido por la compasión que sentía hacia estos aldeanos que simbolizaban a una nación oprimida, se consideró como un profeta que acudiera a los países de Oriente y atravesase sus valles, llevando tras de sí a las almas vacías y a los corazones entristecidos. Elevó los brazos al cielo y dijo:

«Desde este profundo abismo te invocamos, libertad. ¡Escucha nuestra voz! Extendemos nuestras manos desde estas tinieblas, libertad. ¡Dirígenos tu mirada! Desde las cumbres nevadas te ensalzamos, libertad. ¡Apiádate de quienes creemos en ti! Estamos ante tu trono glorioso, con las ropas manchadas por la sangre de nuestros antepasados, con las cabezas cubiertas por el polvo de sus sepulcros, mezclado con sus restos mortales, empuñando la espada que atravesó sus corazones, entonando la canción de nuestra derrota cuyo eco resuena en las paredes de la prisión, y repitiendo las oraciones que surgieron desde lo más íntimo del corazón de nuestros padres. ¡Escúchamos, libertad! Del Nilo al Éufrates se extiende el lamento de las almas que sufren, unidas al llanto de los abismos. Desde los confines de Oriente a los montes del Líbano los pueblos tienden sus manos hacia ti, temblando ante la presencia de la muerte. Desde las costas del mar a las arenas del desierto te miran los ojos bañados en lágrimas. ¡Ven, libertad, a salvarnos!

En las chozas miserables, sumidas en las sombras de la pobreza y de la opresión, nos golpeamos el pecho pidiendo misericordia. ¡Míranos, libertad, y apiádate de nosotros! En los caminos y en los hogares destrozados los jóvenes te invocan. En las iglesias y en las mezquitas los Libros Sagrados, que han sido olvidados, se dirigen a ti. Las leyes, que han sido despreciadas, apelan a tu juicio. ¡Apiádate de nosotros, libertad; ven a salvarnos! En nuestras angostas callejuelas el mercader gasta sus días en conseguir el tributo que ha de pagar al ladrón explotador de Occidente, sin que nadie le dé consejo alguno. En los campos estériles los labriegos aran la tierra y siembran las semillas de sus corazones regándolas con sus lágrimas, para no recoger más que abrojos, sin que nadie les muestre el verdadero camino. Por nuestras secas llanuras anda errante el beduino descalzo y hambriento, sin que nadie se compadezca de él. ¡Alza la voz, libertad, para enseñarnos! Nuestras ovejas enfermas pastan en praderas sin hierba, nuestros becerros roen raíces de árboles y nuestros caballos se alimentan en secos pastizales. ¡Ven, libertad, a ayudarnos! Desde el comienzo de los tiempos hemos vivido entre tinieblas y hemos sido conducidos de una celda a otra de nuestra cárcel, mientras las épocas se burlaban de nuestro estado. ¿Cuándo llegará el día de nuestra liberación? ¿Hasta cuándo habremos de sufrir el escarnio de los siglos? Hemos transportado muchas piedras y numerosas cadenas han sojuzgado nuestros cuellos. ¿Hasta cuánto hemos de soportar este ultraje de los hombres? La esclavitud egipcia, el destierro de Babilonia, la tiranía de Persia, el despotismo de los romanos, la codicia de Europa... ¡Todo eso hemos soportado! ¿Adónde nos dirigimos ahora y cuándo llegaremos al sublime final de este pedregoso camino? Hemos pasado de las garras del faraón a las de Nabucodonosor, de la espada de Alejandro a la de Herodes, de la opresión de Nerón a los afilados colmillos del diablo... ¿En qué manos vamos a caer ahora? ¿Cuándo vendrá la muerte a llevarnos a disfrutar del descanso definitivo?

Alzamos las columnas del templo con la fuerza de nuestros brazos, acarreamos sobre nuestras espaldas la argamasa con la que erigimos las grandes murallas y las enormes pirámides en aras de la gloria de otros. ¿Hasta cuándo seguiremos levantando espléndidos palacios, mientras vivimos en chozas miserables? ¿Hasta cuándo seguiremos llenando de provisiones los graneros de los ricos, mientras nos contentamos con pequeños mendrugos? ¿Hasta cuándo seguiremos hilando lana y seda para nuestros dueños y señores, mientras nos vestimos de harapos y remiendos?

La perversidad de los poderosos ha hecho que nos dividamos para permanecer, así, tranquilamente en sus tronos. Ellos armaron a los drusos contra los sunnitas; impulsaron a los kurdos a enfrentarse con los beduinos, y alentaron a los mahometanos para que lucharan contra los cristianos. ¿Hasta cuándo van a seguir matándose los hermanos ante el rostro de sus propias madres? ¿Hasta cuándo seguirá la Cruz distanciada de la Media Luna en el reino de Dios? Óyenos, libertad, y habla por el bien de una sola criatura, pues una simple chispa puede encender un gran fuego. Basta que despiertes, libertad, un solo corazón con el murmullo de tus alas, pues de una sola nube surge el relámpago que ilumina al ancho valle y a las cumbres de las montañas. Aleja con tu poder oscuros nubarrones y desciende como un trueno para destruir los imperios que se construyeron sobre los huesos y las calaveras de nuestros antepasados.

Óyenos, libertad;
Compadécete de nosotros, hija de Atenas;
Libéranos, hermana de Roma;
Aconséjanos, compañera de Moisés;
Ayúdanos, amada de Mahoma;
Enséñanos, novia de Jesús;
Fortalece nuestros corazones;
Para que podamos vivir
O fortifica a nuestros enemigos
Para que lleguemos a perecer
Y a vivir en paz eternamente.»

Mientras Khalil estaba manifestando sus sentimientos ante el cielo, los aldeanos le miraban con respeto, y su amor surgía al mismo tiempo que las melodiosas palabras que decía su bienhechor, hasta que sintieron que ya formaba parte de sus corazones. Tras una corta pausa, Khalil miró a los allí presentes y les dijo en voz baja: «La noche nos ha llevado a la mansión del jeque Abbas para descubrir allí la luz del día. La opresión se ha apoderado de nosotros en el frío espacio para que nos comprendiéramos los unos a los otros y nos congregáramos como polluelos bajo las alas del Espíritu eterno. Volvamos ahora a nuestras casas hasta que nos reunamos a la luz del nuevo día.»

Dicho esto, se alejó con Raquel y con Miriam hasta la cabaña miserable de éstas. La multitud se dispersó. Cada uno se fue a su casa, pensando en lo que había visto y oído esa noche memorable. Sentían que el ardiente fuego de un espíritu nuevo iluminaba sus almas y las guiaba por el camino de la verdad. Una hora más tarde se habían apagado todas las luces y reinaba el silencio en la aldea, mientras el sueño se llevaba las almas de los campesinos al mundo onírico. El jeque Abbas, sin embargo, no logró dormir durante toda la noche, pues estaba contemplando los fantasmas que surgían de las tinieblas y la procesión de los horribles espectros de los hombres que había asesinado.

Pasaron dos meses; Khalil seguía predicando y expresando sus sentimientos a los corazones de los aldeanos. Les recordaba que les habían usurpado sus derechos y les revelaba la codicia y la opresión que dominaban a los monjes y a los gobernantes. Para ellos, escucharle constituía un torrente de alegría, pues sus palabras caían en sus corazones como gotas de lluvia sobre la tierra seca. A la vez que rezaban las oraciones diarias, repetían a solas las máximas de Khalil.

El padre Elías intentaba abordar a sus feligreses para recuperar su amistad. Desde que los aldeanos descubrieron que era cómplice de los crímenes del jeque, la mansedumbre se había apoderado de su corazón; pero los aldeanos no le hacían caso.

El jeque Abbas sufría una crisis nerviosa y deambulaba por su palacio como un tigre enjaulado. Daba órdenes a sus criados, pero sólo le respondía el eco de su propia voz al resonar en los mármoles de las paredes. Daba gritos a sus hombres, pero nadie acudía a ayudarle, a excepción de su pobre esposa, víctima como los aldeanos de sus actos de crueldad. Al llegar la cuaresma y anunciar el cielo la llegada de la primavera, los días del jeque se apagaron como los del fugaz invierno. Murió tras una larga agonía, y su alma fue llevada sobre el manto de sus actos para comparecer temblando y desnuda ante ese Trono supremo cuya existencia presentimos, aunque no lo podamos ver.

A los oídos de los campesinos llegaron muchas versiones sobre la muerte del jeque. Unos decían que había muerto loco; otros aseguraban que la angustia y la desesperación le habían impulsado al suicidio. Pero las mujeres que fueron a dar el pésame a su esposa declararon que el jeque había muerto de miedo, porque el fantasma de Samaan Ramy le perseguía para llevarle, en mitad de la noche, al lugar donde había sido descubierto el cadáver del esposo de Raquel seis años atrás.

En el mes de nisán los aldeanos descubrieron el secreto amoroso que había entre Khalil y Miriam. Se alegraron al comprender que esos fuertes lazos les garantizaban la permanencia de Khalil en la aldea. Cuando la noticia llegó a oídos de quienes vivían en las chozas, todos se alegraron al poder contar con Khalil entre sus vecinos.

Llegó la época de la cosecha. Los labradores se metieron en los campos a recoger el trigo y el maíz que luego llevaron a las eras. El jeque Abbas ya no estaba allí para robarles la cosecha y mandar que llenaran con ella sus graneros. Cada labrador se llevó su parte de cereal. Las chozas de los aldeanos se llenaron de trigo y de maíz. Sus barriles estaban rebosantes de vino y de aceite. Khalil compartía su faena y su alegría. Les ayudaba a cosechar el cereal, a prensar la uva y a recoger la fruta. Nunca se distinguió del resto de los labradores, salvo por el gran amor que les tenía y por sus deseos de trabajar. De entonces a hoy, todo labrador de la aldea ha estado recogiendo feliz lo que había sembrado con esfuerzo y afán. Las tierras que labraban y las viñas que cultivaban llegaron a ser de su propiedad.

* * *

Hoy, a más de medio siglo de que ocurrieran estos hechos, los libaneses han despertado por fin.

La belleza de nuestra aldea, que se levanta como una novia en medio del valle, atrae la atención de todos los viajeros que se encaminan hacia los cedros sagrados del Líbano. Aquellas miserables chozas son hoy hogares felices y confortables, rodeados de fértiles campos y feraces huertas. Si le pedís a uno de los habitantes de la aldea que os cuente la historia del jeque Abbas, señalará un montón de ruinas y unos muros derrumbados, y os dirá:

«Aquel era el palacio del jeque. Esas piedras resumen la historia de su vida.»

Pero si le preguntáis por Khalil, alzará los brazos al cielo y os dirá:

«Allí se encuentra nuestro amado Khalil, cuya historia fue escrita por Dios en nuestros corazones con unas letras tan brillantes e indelebles, que el paso del tiempo no podrá borrarlas jamás.»

EL LLANTO DE LOS SEPULCROS

I

El emir subió al estrado y se sentó en el sillón principal, mientras a su derecha y a su izquierda se situaban los hombres más notables del país. Los guardias, armados de lanzas y espadas, se mantenían firmes y erguidos. Quienes habían acudido a presenciar el juicio se pusieron en pie y se inclinaron ceremoniosamente ante el emir, cuyos ojos despedían un poder que infundía espanto en sus espíritus y miedo en sus corazones. Cuando se hizo orden en la sala para que empezase el juicio, el emir levantó la mano y ordenó:

«Que entren los criminales uno por uno, mientras me decís los delitos que han cometido.»

Se abrió la puerta de la cárcel como si fuese la boca de un animal feroz que bostezaba. El canto de los grillos en los oscuros rincones de las mazmorras se mezclaba con los gemidos y lamentos de los encarcelados. Todos los presentes deseaban ver salir de las profundidades de aquel infierno a quienes ya eran presas de la muerte.

Poco después aparecieron dos soldados que traían a un hombre joven con las manos atadas a la espalda. Su sereno rostro irradiaba nobleza de alma y una gran fortaleza de corazón. Le condujeron delante del estrado y los soldados se situaron unos pasos detrás de él en la gran estancia.

El emir estuvo un rato mirándole fijamente y con insistencia, y preguntó:

«¿Qué crimen ha cometido este hombre que adopta ante mí una actitud tan orgullosa y triunfante?»

Uno de los jueces contestó:

«Es un asesino. Mató a uno de los oficiales del emir que estaba cumpliendo una importante misión en una aldea de los alrededores. Cuando le arrestaron, aún empuñaba una espada manchada de sangre.»

El emir ordenó encolerizado:

«Encerradle de nuevo en la oscura mazmorra y atadle con gruesas cadenas. Al amanecer, cortadle la cabeza con su propia espada y dejad su cadáver abandonado en el bosque para que las fieras salvajes se alimenten con su carne y el aire lleve su olor como recuerdo a los olfatos de sus familiares y amigos.»

Se llevaron de nuevo al joven a la cárcel, mientras los asistentes le miraban con pena, pues era un hombre joven que estaba en la plenitud de la vida.

Regresaron otra vez los soldados de la prisión trayendo ahora a una muchacha de belleza delicada y sutil. Su pálido rostro mostraba las huellas de la opresión y del desconsuelo. Tenía los ojos bañados en lágrimas y su cabeza se inclinaba bajo el peso del dolor. El emir la observó con una mirada penetrante; luego preguntó:

«¿Qué ha hecho esta demacrada mujer que está aquí ante mí como la sombra misma de la muerte?»

«Ha cometido adulterio —replicó uno de los soldados—; su marido la encontró anoche en brazos de otro. Su amante escapó, y el marido la entregó a la justicia.»

Alzó ella un rostro inexpresivo y el emir la estuvo observando antes de ordenar:

«Encerradla de nuevo en la oscura celda y obligadla a acostarse en un lecho de espinas para que recuerde el lugar de descanso que mancilló con su falta. Dadle de beber vinagre con hiel para que remembre el sabor de aquellos dulces besos. Al amanecer, arrastradla desnuda fuera de la ciudad y lapidadla. Dejad que los lobos disfruten con su tierna carne y que los gusanos roan sus huesos.»

Cuando la mujer volvía a la oscura celda, la gente la miraba con compasión y asombro, pues les había dejado atónitos la justicia impartida por el emir y lamentaban la muerte de aquella pobre muchacha.

A continuación los soldados condujeron a un hombre cuyas piernas temblaban como un débil arbolito azotado por el viento del Norte. Parecía un ser indefenso, frágil y asustado, pues se trataba de un individuo sumido en la pobreza y en la miseria.

El emir le miró asqueado y preguntó:

«Y este hombre despreciable que parece un muerto viviente, ¿qué ha hecho?»

«Es un ladrón —respondió uno de los guardias—. Entró en el monasterio y robó el santo cáliz. Los sacerdotes lo encontraron entre su ropa cuando le apresaron.»

El emir le miró como si fuese un águila hambrienta que observara a un pájaro con las alas rotas. Luego ordenó:

«Que vuelva a su celda y encadenadle. Al amanecer, llevadle a un árbol muy alto y colgadle entre el cielo y la tierra para que se descoyunten sus pecadoras manos y los miembros de su cuerpo se despedacen. El viento dispersará los trozos.»

Mientras el ladrón volvía tambaleándose a su celda, los asistentes empezaron a decirse en voz baja: «¿Cómo un hombre tan débil se ha atrevido a cometer el sacrilegio que supone robar el santo cáliz del monasterio?»

En ese momento se levantó la sesión. El emir, escoltado por los soldados, abandonó la estancia seguido de todas las autoridades, mientras los asistentes se dispersaban. En la sala vacía sólo podían escucharse los llantos y los gemidos de los encarcelados.

Todo esto ocurrió mientras yo estaba allí en pie, como un espejo que reflejara a los fantasmas que pasaban ante él. Pensaba en las leyes que los hombres habían hecho para los hombres, contemplando lo que la gente llama «justicia» y sumido en profundos interrogantes sobre los secretos de la vida. Me hallaba perdido en un mar de confusiones, como se difumina el horizonte detrás de las nubes. Mientras me alejaba de aquel lugar, me dije:

«La planta se alimenta de los elementos del terreno, la oveja se come la planta, el lobo devora a la oveja, el toro da buena cuenta del lobo, y luego el león despedaza al toro. Sin embargo, la muerte se impone al león. ¿Existe, entonces, un poder que venza a la muerte e imponga una justicia eterna frente a todas esas atrocidades? ¿Hay acaso una fuerza capaz de transformar lo horrible en hermoso? ¿Hay un poder supremo que logre recoger todos los elementos de la vida para abrazarlos feliz, como recibe dichoso el mar las aguas de todos los ríos? ¿Existe un poder capaz de tomar al asesino y a su víctima, a la adúltera y al marido ofendido, al ladrón y a la persona a quien ha robado, y conducirles ante un tribunal más excelso y sublime que el del emir?»

II

Al día siguiente salí de la ciudad y me fui al campo. Allí el silencio descubre al alma lo que ésta ansía y el cielo puro mata los gérmenes de la desesperación que la ciudad alimenta con sus calles estrechas y sus lugares sombríos. Cuando llegué al valle, vi una bandada de cuervos y buitres que subían y bajaban, llenando el cielo de graznidos y gritos entre el sonido de sus aleteos. En mi caminar descubrí el cuerpo de un hombre suspendido de un árbol, el de una mujer muerta que yacía desnuda entre un montón de piedras y el de un joven decapitado, cubierto por una mezcla de sangre y tierra. Tan terribles espectáculos cegaron mis ojos cubriéndolos con un velo de tristeza tupido y oscuro. Miré por todas partes, pero no vi más que el fantasma de la muerte que se alzaba sobre aquellos restos humanos. Tres seres, que ayer estaban rebosantes de vida, eran hoy presas de la muerte por haber violado las leyes de la sociedad.

Cuando un hombre mata a otro, la gente dice que es un asesino; pero cuando es el emir quien lo hace, dicen que es justo. Cuando un hombre roba en un monasterio, le juzgan por ladrón; pero cuando el emir quita la vida a éste, piensan que es una persona honorable. Cuando una mujer traiciona a su marido, la llaman adúltera; pero cuando el emir la hace andar desnuda por las calles y luego la manda lapidar, juzgan que el emir es un ser noble. Está prohibido derramar sangre... ¿Quién consideró que esa ley no afecta al emir? Robar dinero es un crimen; pero quitar la vida al ladrón constituye un acto noble. Engañar a un esposo puede ser un acto cruel; pero se considera que es un hermoso espectáculo contemplar cómo lapidan viva a una persona. ¿Consideraremos que la ley consiste en devolver mal por mal? ¿Eliminaremos el delito cometiendo otros crímenes, y diremos que eso es la justicia? ¿Acaso el emir no mató a su enemigo y robó a los débiles su dinero y sus propiedades? ¿No cometió él también adulterio? ¿No tenía él falta alguna cuando decapitó al asesino, colgó al ladrón y lapidó a la adúltera? ¿Qué son los que han colgado al ladrón del árbol? ¿Son ángeles del cielo o son individuos que saquean y se apoderan de lo ajeno? ¿Qué es el que decapitó al ladrón? ¿Un profeta de Dios o un soldado que va derramando sangre por doquier? ¿Qué eran los que lapidaron a esa adúltera? ¿Virtuosos ermitaños venidos de sus monasterios, o individuos que disfrutan cometiendo crueldades al amparo de una ley retrógrada? ¿Qué es la ley? ¿Quién la ha visto bajar del vasto cielo como hace el sol? ¿Quién conoce el corazón de Dios y ha descubierto sus intenciones y deseos? ¿En qué momento se han dirigido los ángeles a los hombres para decirles: Prohibid al débil que disfrute de la vida, pasad al villano por la espada y aplastad al pecador con férreo calzado?

Mientras me asaltaban estos pensamientos, oí el ruido de unos pasos sobre la hierba. Me mantuve expectante y vi a una muchacha que avanzaba entre los árboles. Miró con precaución hacia ambos lados antes de acercarse a los tres cadáveres que había allí. Inmediatamente sus ojos se fijaron en la cabeza del joven decapitado. Dio un grito de espanto, se puso de rodillas y la abrazó con temblor. Des-

pués comenzó a derramar lágrimas y a acariciar los cabellos enreda-
dos y cubiertos de sangre con sus delicados dedos, mientras gemía
con una voz que surgía del fondo de su destrozado corazón. Lo que
veían sus ojos era más de lo que ella podía soportar. Arrastró el cadáver hasta un hoyo y puso la cabeza delicadamente entre los hombros. Cubrió la tierra enteramente el cuerpo, y clavó sobre la fosa la
espada con la que habían decapitado al joven.

Cuando vi que se alejaba, me acerqué a ella, y al verme, se estremeció. Las lágrimas enturbiaban sus ojos. Dio un suspiro y dijo:

«Llévame ante el emir, si lo deseas. Prefiero la muerte e ir detrás
de quien libró mi vida de las garras del infortunio, que dejar que su
cuerpo sirva de pasto a los animales feroces.»

«No tengas miedo de mí —le contesté—, pobre muchacha, pues
yo he llorado a ese joven antes que tú. Pero dime: ¿cómo te salvó de
las garras del infortunio?»

«Uno de los oficiales del emir vino a nuestra granja a cobrar los
impuestos —contestó ella con voz lánguida y apagada—. Al verme,
me señaló con la vista como hace un lobo con una oveja. Impuso a
mi padre un tributo tan alto que ni siquiera un rico hubiera podido
pagarlo. Entonces me arrestó para llevarme al emir en prenda del oro
que mi padre no podía entregar. Le rogué que me dejara en libertad,
pero no hizo caso de mis súplicas, ya que era un hombre despiadado. En consecuencia, pedí a gritos que me ayudara alguien, y ese
joven que ahora está muerto, acudió a socorrerme, salvándome
de una muerte en vida. El oficial trató de matarle, pero el joven cogió
una espada que había colgada en la pared de nuestra casa y se la clavó.
Luego no huyó como un criminal, sino que se quedó junto al cadáver del oficial hasta que viniera a prenderle la justicia.»

Dichas estas palabras que hubiesen hecho sangrar de pena a todo
corazón humanitario, la muchacha volvió la cabeza y se marchó.

Poco después vi a un muchacho que se acercaba tapándose el rostro con un manto. Cuando estaba al lado del cadáver de la adúltera,
se quitó el manto y tapó con él el cuerpo desnudo. Sacó luego un
puñal que llevaba escondido en la ropa e hizo una fosa en la que puso
el cadáver de la muchacha con mucho cariño y delicadeza, cubrién-
dolo de tierra y de las lágrimas que derramaba. Hecho esto, cortó
unas flores y las colocó respetuosamente sobre el tosco sepulcro.
Estaba ya alejándose, pero le detuve para preguntarle:

«¿Qué relación tienes con esa adúltera? ¿Qué te ha impulsado a
arriesgar tu vida viniendo aquí a preservar su cuerpo desnudo de los
animales feroces?»

Le miré fijamente: sus ojos reflejaban una intensa tristeza.

«Soy el infeliz por cuyo amor fue lapidada esta mujer —dijo él—. La quería y me quería desde niños. Crecimos juntos. El Amor al que servíamos y al que venerábamos, era el amor de nuestros corazones. El amor nos unió y abrazó nuestras almas. Un día salí de la ciudad, y al volver me enteré que su padre la había obligado a casarse con un hombre a quien no quería. Mi vida se convirtió en una lucha constante, y todos mis días quedaron sumidos en una sola noche interminable y sombría. Por último, fui a verla a escondidas. Mi única intención era mirar por un instante sus bellos ojos y escuchar el dulce sonido de su voz. Cuando llegué a su casa, la encontré sola, lamentando su desgraciado destino. Me senté a su lado. Toda nuestra importante conversación se redujo al silencio y todo nuestro contacto se limitó a acompañarnos virtuosamente. Tras una hora de serena comprensión mutua, llegó el esposo a casa. Le indiqué con suma delicadeza que se contuviera, pero él, agarrándola fuertemente de las manos, la arrastró hasta la calle y empezó a dar voces:

"¡Venid, venid a ver a la adúltera y a su amante!"

Acudió inmediatamente todo el vecindario. Poco después llegó la justicia para conducirla ante el emir, sin que los soldados me hicieran caso alguno. Una ley poco comprensiva y una costumbre severa castigaron a la mujer por el error de su padre, y me perdonaron a mí.»

Una vez dicho esto, el joven se dirigió a la ciudad. Yo me quedé contemplando el cuerpo del ladrón colgado del árbol, que se balanceaba ligeramente cada vez que el viento sacudía las ramas, como si esperase que alguien lo descolgara y lo extendiese junto al defensor del honor y a la mártir del amor.

Pasada una hora, apareció una mujer de aspecto débil y triste que venía llorando. Se detuvo ante el cadáver del ahorcado y se puso a rezar con respeto. Luego se subió al árbol como pudo y empezó a roer la soga hasta cortarla. El cuerpo sin vida cayó al suelo como un gran paño mojado. Bajó entonces ella del árbol, cavó una fosa y enterró al ladrón cerca de las otras tres víctimas. Una vez que lo hubo cubierto de tierra, cogió dos trozos de madera e hizo una cruz que puso en la cabecera del sepulcro. Cuando ya se volvía para dirigirse a la ciudad, la detuve para decirle:

«¿Qué te ha hecho venir a enterrar a ese ladrón?»

Me miró con tristeza y me contestó:

«Era mi esposo fiel y mi comprensivo compañero. Era el padre de mis cinco hijos: cinco criaturas que se mueren de hambre. El mayor tiene ocho años y al menor le sigo dando el pecho. Mi marido no era un ladrón, sino un labrador que trabajaba en las tierras del monasterio. Comíamos lo poco que le daban los monjes y los sacerdotes cuando volvía a casa al anochecer. Estuvo trabajando para el monasterio desde muy joven, y cuando ya no pudo trabajar más, le despidieron, aconsejándole que regresara a su casa y que enviara a sus hijos para sustituirle cuando se hicieran mayores. Él les suplicó que le dejaran quedarse en nombre de Jesús y de los ángeles del cielo, pero ellos hicieron caso omiso a sus ruegos. No se compadecieron de él ni de sus hijos hambrientos, que lloraban desconsolados pidiendo algo que comer. Se marchó a la ciudad a buscar trabajo, pero fue inútil, ya que los ricos sólo emplean a hombres fuertes y sanos. Entonces se sentó en el polvo de la acera y tendió la mano a todo el que pasaba, suplicando y repitiendo la triste cantilena de su fracaso en la vida, y soportando hambre y humillaciones. La gente, empero, se negaba a ayudarle, pues decían que los perezosos no merecen limosnas. Una noche el hambre atormentaba horriblemente a nuestros hijos, en especial al pequeño que intentaba mamar de mis pechos ya secos. Cambió la expresión de mi esposo, que salió de la casa envuelto en el manto de la noche. entró en el granero del monasterio y cogió un saco de trigo. Al salir, los monjes, que acababan de despertarse, le azotaron sin piedad y después le encerraron. Cuando amaneció, le llevaron ante el emir y le acusaron de haber entrado en el monasterio para robar el cáliz de oro que hay en el altar. Le encarcelaron y le ahorcaron al día siguiente. El sólo trataba de llenar los estómagos de sus pequeñines que estaban hambrientos con el trigo que había sembrado con su esfuerzo. Pero el emir le mató e intentó que los animales de rapiña llenaran sus estómagos con su carne.»

Dichas estas palabras, se alejó, dejándome solo y sumido en una profunda depresión.

III

Me quedé en pie, delante de aquellas tumbas, como un orador que trata de expresar palabras de alabanza; pero no pude hablar. No lograba articular palabra, pero las lágrimas sustituían a mi voz y hablaban por mi alma. Cuando intenté reflexionar un instante, mi alma se rebeló, pues ésta es como una flor que se cierra al atardecer y que no exhala su aroma cuando vagan en la noche los fantasmas. Me pareció que la tierra que rodeaba a las víctimas de la opresión en aquel lugar solitario me llenaba los oídos con las tristes melodías de las almas afligidas, impidiéndome hablar. Me sumí en el más absoluto silencio, pero si la gente supiera lo que revela el silencio, estaría tan cerca de Dios como lo están las flores del valle. Si los ardientes suspiros de mi alma hubieran sido captados por los árboles, éstos habrían abandonado sus lugares y esgrimiendo sus ramas habrían marchado como un potente ejército contra el emir, derribando también el monasterio sobre las cabezas de aquellos monjes y sacerdotes.

Me quedé allí observando las tumbas que acababan de hacer, mientras brotaban de mi corazón un agradable sentimiento de compasión y la más amarga tristeza. La primera era la tumba de un muchacho que había sacrificado su vida para defender a una débil doncella, cuya vida y honor había rescatado de las garras y los dientes de un ser perverso; de un joven que había sido decapitado como premio a su valentía, y cuya espada había clavado sobre su fosa aquella a quien el muchacho había salvado, como símbolo del heroísmo ante la faz del sol que brilla sobre este mundo abrumado por la estupidez y la corrupción. La segunda era la tumba de una muchacha cuyo corazón se había encendido de amor antes de que su cuerpo fuera arrebatado por la codicia, asaltado por la lujuria y lapidado por la tiranía. Ella había sido fiel hasta la muerte, y su amante había puesto unas flores sobre su fosa para que, hasta que se marchitasen, dijeran a quienes han cegado las cosas de este mundo y a quienes ha enmudecido la ignorancia, que hay almas bendecidas y escogidas por el amor. La tercera era la tumba de un desdichado, abrumado por la dura labranza de las tierras de un monasterio, que había pedido comida para calmar el hambre de sus pequeños y al que se la habían negado; que había recurrido a la mendicidad, pero al que la gente no le había prestado ayuda. Cuando su alma le había impulsado a recuperar una pequeña parte de lo que él mismo había sembrado y cosechado, le habían aprisionado y ahorcado. Su infeliz viuda había puesto una cruz sobre su esposo muerto, como un testigo que, en el silencio de la noche, se alzaba hacia las estrellas del cielo acusando a los sacerdotes que habían convertido las bondadosas enseñanzas de Cristo en afiladas espadas con las que decapitaban y despedazaban los cuerpos de los débiles.

El sol se escondió tras el horizonte. Parecía cansado de los problemas de este mundo y hastiado del servilismo de la gente. En ese instante, la noche empezaba a extender un tenue velo que surgía del profundo silencio, y a cubrir el cuerpo de la naturaleza. Extendí la mano para señalar los símbolos que había sobre cada una de las tumbas, elevé los ojos al cielo y exclamé:

«¡Esa espada que ahora está bajo tierra es tu espada, heroísmo! ¡Esa flor consumida por el fuego es tu flor, amor! ¡Esa cruz que se hunde en la oscuridad de la noche es tu cruz, Jesús!»

LÁZARO
Y
SU AMADA

PERSONAJES

LÁZARO
MARÍA, SU HERMANA
MARTA, SU HERMANA
LA MADRE DE LÁZARO
FELIPE, UN DISCÍPULO
EL LOCO

ESCENARIO

Jardín frente a la casa de Lázaro, de su madre y de sus hermanas, en Betania.

ÉPOCA

Final de la tarde del lunes, un día después de que resucitara Jesús de Nazaret de su sepulcro.

Al levantarse el telón, María está a la derecha
mirando hacia los montes.

Marta está sentada junto a su telar cerca de la puerta,
a la izquierda.

El loco está sentado en un rincón de la casa,
a la izquierda, apoyándose en la pared.

MARÍA *(volviéndose hacia Marta)*

No estás trabajando. No has trabajado mucho últimamente.

MARTA

No estás pensando en mi trabajo. Mi indolencia te hace pensar en lo que dijo nuestro Maestro, ¡el querido Maestro!

EL LOCO

Llegará un día en que no habrá tejedores y nadie llevará ropas. Todos estaremos desnudos bajo el sol.

(Se produce un largo silencio. Las mujeres parecen no haber escuchado lo que ha dicho el loco. Nunca le oyen.)

MARÍA

Se está haciendo tarde.

MARTA

Sí, ya lo sé. Se está haciendo tarde.

(Entra la madre, saliendo de la puerta de la casa.)

MADRE

¿No ha vuelto aún?

MARTA

No, madre, no ha vuelto aún.

(Las tres mujeres miran hacia los montes.)

EL LOCO

No volverá nunca. Lo que podrán ver será sólo una respiración dentro de un cuerpo.

MARÍA

Tengo la impresión de que aún no ha vuelto del otro mundo.

MADRE

La muerte de nuestro Maestro le amargó profundamente. Durante estos últimos días apenas comió, y yo sé que se pasa las noches sin dormir. Tiene que haber sido la muerte de nuestro amigo.

MARTA

No, madre. Hay alguna otra cosa, algo que no entiendo.

MARÍA

Así es. Hay alguna otra cosa. Yo también lo sé. Hace muchos días que lo sé, pero no le encuentro ninguna explicación. Sus ojos son más profundos. Me miran como si estuvieran viendo algo más a través de mí. Es tierno, pero su ternura se dirige a alguien que no está presente. Y se queda callado, tan callado como si tuviera los labios sellados por la muerte.

(Se hace el silencio en las mujeres.)

EL LOCO

Todos miran a través de alguien para ver a otro.

MADRE *(rompiendo el silencio)*

Sería bueno que regresara. Últimamente ha pasado muchas horas en esos montes, solitario. Tendría que estar aquí, con nosotras.

«No te he dicho que, si creyeres, verás la gloria de Dios?»
Quitaron, pues, la piedra, y Jesús, alzando los ojos al cielo,
dijo: «Padre, te doy gracias porque me has escuchado: yo sé
que siempre me escuchas, pero por la muchedumbre que
rodea lo digo, para que crean que tú me has enviado.»
Diciendo esto, gritó con fuerte voz:
«Lázaro, sal fuera.» Salió el muerto, ligados con fajas
pies y manos, y el rostro envuelto en su sudario. Jesús les dijo:
«Soltadle y dejadle ir.»

San Juan, XI, 40-44

MARÍA

Hace mucho tiempo que no ha estado con nosotras, madre.

MARTA

¡No, no! Siempre ha estado con nosotras. ¡Sólo faltó esos tres días!

MARÍA

¿Tres días? ¡Tres días! Sí, Marta, llevas razón. Sólo fueron tres días.

MADRE

¡Cuánto me gustaría que volviera mi hijo de los montes!

MARTA

Pronto vendrá, madre. No te preocupes.

MARÍA *(con una voz extraña)*

A veces creo que nunca regresará de esos montes.

MADRE

Si volvió del sepulcro, regresará de esos montes. ¡Ay, hijas! ¡Cómo duele pensar que ayer mataron a Aquel que nos devolvió la vida de vuestro hermano!

MARÍA

Hay en eso un gran misterio y un gran dolor.

MADRE

¿Cómo pudieron ser tan crueles con Quien devolvió a mi hijo a mi corazón?

(Un silencio.)

MARTA

Pero Lázaro no debiera estar tanto tiempo en los montes...

MARÍA

Es fácil para una persona que sueña perderse por los olivares. Conozco un lugar donde a Lázaro le gustaba sentarse a soñar, en silencio. Es al lado de un arroyuelo, madre. Quien no lo conoce, es muy posible que no descubra el lugar. En una ocasión me llevó allí y nos sentamos en dos piedras, como niños. Era la primavera y crecían las florecitas a nuestro alrededor. Luego, durante el invierno, recordábamos muchas veces ese lugar. Y siempre que hablaba de él, había un brillo raro en sus ojos.

EL LOCO

Sí, una luz extraña, la sombra que proyecta la otra luz.

MARÍA

Y tú, madre, sabes que Lázaro siempre estuvo ausente de nosotras, aunque estuviera a nuestro lado.

MADRE

¡Dices tantas cosas que no puedo entender! *(Pausa.)* Desearía que mi hijo estuviese ya de regreso. *(Pausa.)* He de ir a la cocina. No se pueden dejar las lentejas cociéndose demasiado tiempo.

(Sale la madre por la puerta de la casa.)

MARTA

Me gustaría entender todo lo que dices, María. Cuando hablas, es como si hablara también alguien más.

MARÍA *(con voz un poco rara)*

Lo sé, querida hermana; lo sé. Siempre que hablamos es otra persona la que habla.

> *(Hay un prolongado silencio. María está totalmente*
> *ensimismada en sus pensamientos, y Marta la contempla*
> *con una cierta curiosidad. Entra Lázaro, recién llegado*
> *de los montes, por el fondo, a la izquierda; se tumba*
> *en la hierba, bajo los almendros que hay cerca de la casa.)*

MARÍA *(corriendo hacia él)*

¡Oh, Lázaro, debes estar muy fatigado! ¡No debías haber caminado tanto!

LÁZARO *(hablando como si estuviera ausente)*

Andar, andar y no ir a ningún sitio. Buscar y no encontrar nada. Pero es preferible estar en los montes.

EL LOCO

Bueno, a fin de cuentas, se está un poco más cerca de otros montes.

MARTA *(tras un corto silencio)*

Pero tú no estás bien; nos dejas durante todo el día, y nosotras nos quedamos muy intranquilas. Cuando regresas, Lázaro, nos sentimos muy felices. Pero cuando nos dejas solas, nuestra felicidad se convierte en preocupación.

LÁZARO *(volviendo la cara hacia los montes)*

¿Os he dejado hoy mucho tiempo? Es raro que llaméis separación a un instante en los montes. ¿O tal vez me quedé realmente más de un instante en los montes?

MARTA

Te pasaste allí todo el día.

LÁZARO

¡Imposible! ¡Un día entero en los montes! ¿Quién puede creerlo?

(Un silencio. Entra la madre, saliendo por la puerta de la casa.)

MADRE

¡Qué contenta estoy de que hayas vuelto! ¡Hijo mío! Es tarde y la niebla se está acumulando en los montes. Tuve miedo por ti, hijo.

EL LOCO

Le tiene miedo a la niebla, y la niebla es, para ellos, el principio y el final.

LÁZARO

Volví de los montes por vosotras... ¡Oh, qué pena da todo esto!

MADRE

¿Qué quieres decir, Lázaro? ¿Por qué te da pena todo esto?

LÁZARO

Por nada, madre, por nada.

MADRE

Hablas de un modo raro. No te entiendo, Lázaro. Has hablado poco desde que volviste a casa, pero lo poco que has dicho me ha resultado extraño.

MARTA

Sí, muy extraño.

(Hay una pausa.)

MADRE

Y ahora la niebla se está acumulando aquí. Vamos a entrar en la casa. ¡Venid, hijos!

(La madre, tras besar a Lázaro con inquieta ternura,
entre en la casa.)

MARTA

El aire está frío. Voy a entrar mi telar y mi paño.

MARÍA *(sentada junto a Lázaro, en la hierba, bajo los almendros y*
hablando con Marta.)

Es cierto; las noches de abril no benefician a tu telar y a tu paño.
¿Quieres que te ayude a entrarlo todo?

MARTA

No, no. Puedo ocuparme sola de todo. Siempre lo hice todo sola.

(Marta lleva el telar a la casa y luego vuelve para recoger
el paño, que lleva también adentro. Una ráfaga de viento balancea
los almendros y hace caer una lluvia de pétalos sobre María y Lázaro.)

LÁZARO

La primavera nos consolaría, y hasta los árboles llorarían por
nosotros. Si todo lo que hay en la tierra llegara a conocer nuestro
ocaso y nuestra angustia, se compadecería de nosotros y lloraría por
nuestra causa.

MARÍA

Pero estamos en primavera, y aunque se halle envuelta en un velo
de tristeza, no deja de ser la primavera. No hablemos de compasión.
Aceptemos, en cambio, con agradecimiento la primavera y nuestra
tristeza. Admiremos con un suave silencio a Aquel que te dio a ti la
vida, y que entregó la Suya. No hablemos de compasión, ni de pena,
Lázaro.

LÁZARO

Pero es una pena, es algo lamentable que me hayan arrancado de
aquella que el corazón ha deseado durante mil milenios, de aquella
de la que ha tenido hambre el corazón durante mil milenios... Es una
pena que después de mil milenios de primaveras, yo haya regresado
a este invierno.

MARTA

¿Qué quieres decir, hermano mío? ¿Por qué hablas de mil milenios de primaveras? Apenas estuviste tres días fuera de nosotras. Tres cortos días. Aunque nuestra tristeza fuera, realmente, superior a esos tres días.

EL LOCO

¿Tres días? ¡Tres siglos de eternidades! ¡Todo el tiempo! ¡Todo el tiempo junto a aquella a la que mi alma amó antes de que se iniciara el tiempo!

EL LOCO

Sí, tres días, tres siglos, tres eternidades. Es raro que siempre pesen y midan. Siempre tienen un reloj de sol y una balanza.

MARÍA *(con terror)*

¿Aquella a la que tu alma amaba antes de que se iniciara el tiempo? ¿Por qué dices esas cosas, Lázaro? Debe ser un sueño que tuviste en otro jardín. Ahora estamos aquí, en este jardín, cerca de Jerusalén. ¡Estamos aquí! Y sabes muy bien, hermano mío, que nuestro Maestro quería que estuvieras con nosotras en ese despertar tuyo al sueño de la vida y del amor, y que Él deseaba tener en ti a un discípulo fervoroso, a un vivo testigo de Su gloria.

LÁZARO

Aquí no hay sueño, ni despertar. Tú, yo y este jardín no son más que una ilusión, una sombra de lo real. El lugar aquel donde estuve con mi amada, sí que era el despertar, aquel sitio sí que era real.

MARÍA *(poniéndose en pie)*

¿Tu amada?

LÁZARO *(levantándose también)*

Mi amada.

EL LOCO

Eso es: su amada, la virgen del espacio, la amada de todos.

MARÍA

Pero, ¿dónde está tu amada? ¿Quién es?

LÁZARO

Mi alma gemela, a quien busqué aquí sin encontrarla. Entonces ese ángel con alas en los pies, que es la muerte, apareció y llevó mi inquietud junto a los anhelos de ella. Y con ella viví en el corazón de Dios. Me acerqué a ella, y ella se acercó a mí, y nos fundimos en un solo ser. Éramos una esfera que brillaba al sol; éramos un rincón entre las estrellas. Todo esto éramos, María, todo eso y mucho más, hasta que una voz, una voz salida de las profundidades, la voz de un mundo me llamó, y lo que era inseparable se desgarró. Y los mil milenios con mi amada en el espacio no pudieron contrarrestar la fuerza de aquella voz que me dijo que volviera.

MARÍA *(mirando al cielo)*

¡Oh, ángeles benditos de nuestros momentos de silencio, ayudadme a entender esto! Yo no sería una extraña en esa nueva tierra que se descubre tras la muerte. Habla más, hermano mío, sigue. Tengo la impresión, en el fondo de mi alma, de que puedo seguirte.

EL LOCO

Síguelo, si puedes, mujercita. ¿Puede la tortuga seguir al ciervo?

LÁZARO

Yo era un río, y busqué el mar donde vive mi amada, y cuando llegué a ese mar, fui transportado a los montes, para fluir de nuevo entre las piedras. Yo era un canto que el silencio aprisiona, que ansiaba el corazón de mi amada, y cuando me liberaron los vientos del cielo y me lanzaron a aquella verde floresta, fui hecho prisionero por una voz y reducido nuevamente al silencio. Yo era una raíz en la tierra oscura y me convertí en una flor, y luego, en un aroma que subió para rodear a mi amada, pero fui agarrado por una mano, y volví a ser una raíz en la tierra oscura.

EL LOCO

Cuando se es una raíz, siempre se puede escapar de la tempestad que agita a las ramas. Y es bueno ser un río que fluye incluso después de haber llegado al mar. ¡Claro que es bueno para el alma correr hacia arriba!

MARÍA *(consigo misma)*

¡Qué extraño! ¡Qué extraño! *(A Lázaro.)* Pero, hermano mío, es bueno ser un río que fluye, una canción que aún no ha sido cantada, y es bueno ser una raíz en la tierra oscura. El Maestro sabía todo eso y te llamó para que volvieras con nosotras, para que supiéramos que no hay un velo entre la vida y la muerte. ¿No comprendes que eres un testimonio vivo de la inmortalidad? ¿No ves cómo una palabra dicha con amor es capaz de unir los elementos que dispersa una ilusión llamada muerte? Cree y ten fe, pues sólo en ese conocimiento más profundo que es nuestra fe, puedes hallar consuelo.

LÁZARO

¡Consuelo! ¡El consuelo es traidor y mortífero! El consuelo embota nuestros sentidos y nos esclaviza al tiempo. ¡No quiero consuelo! ¡Quiero la pasión! ¡Quiero la pasión! ¡Querría arder en el espacio helado con mi amada! ¡Quiero estar en el espacio infinito con esa compañera mía que es mi otro yo! ¡Oh, María, María! Antaño eras mi hermana y nos conocíamos el uno al otro. Escúchame ahora con todo tu corazón.

MARÍA

Te estoy escuchando, Lázaro.

EL LOCO

Que todo el mundo escuche. El cielo va hablar ahora a la tierra, pero la tierra es sorda. La tierra es casi tan sorda como tú y como yo.

LÁZARO

Estábamos mi amada y yo en el espacio, y éramos el espacio entero. Estábamos en la luz, y éramos toda la luz. Y vagábamos como el antiguo espíritu que se cernía sobre las aguas, y fue para siempre el primer día. Eramos el amor mismo que mora en el corazón del silencio blanco. Entonces, una voz como un trueno, una voz como incontables lanzas que rasgaran el éter, gritó: «Lázaro, sal fuera.» Y la voz fue repetida por los ecos y volvió a sonar en el espacio, y yo, que era liso como la pleamar, me volví bajamar; una casa dividida, un manto roto, un joven inmaduro, una torre abatida, cuyas ruinas se convirtieron desde ese momento en punto de referencia. Una voz gritó: «¡Lázaro, sal fuera!», y yo descendí de la morada del cielo hasta un sepulcro colocado en otro sepulcro, hasta este cuerpo mío puesto en el interior de una gruta sellada.

EL LOCO

Señor de la caravana, ¿dónde están tus camellos y tus hombres? ¿Se los tragó la tierra hambrienta? ¿Fue el simún quien los amortajó en arena? ¡No! Jesús Nazareno levantó la mano. Jesús Nazareno pronunció una frase. Y ahora dime, ¿dónde están tus camellos, tus hombres, tus tesoros? En la arena sin caminos, en la arena sin caminos. Pero el simún volverá y lo desenterrará todo. Nunca deja de volver.

MARÍA

Todo es como un sueño que se tiene en lo alto de un monte. Conozco, hermano mío, conozco el mundo en que estuviste, aunque nunca lo haya visto. Pero, ¡qué extraño es todo lo que dices! Es como una historia que alguien contara al otro lado del valle y que yo apenas pudiera oír.

LÁZARO

¡Es todo tan distinto al otro lado del valle! Allí no hay peso ni medida. Uno permanece junto a la persona amada. *(Un silencio.)* ¡Oh, amada mía! ¡Oh, mi amado perfume en el espacio! ¡Alas que estaban abiertas para mí! Dime, dime en la serenidad de mi corazón, ¿también te causó a ti un dolor el que te separaran de mí? ¿También era yo perfume y alas abiertas en el espacio? Dime, amada mía, ¿cometieron una crueldad doble? ¿Había en el otro mundo un hermano de Él que te llamó de la vida a la muerte? ¿Tenías tú también una madre, hermanas y amigos que consideraran eso un milagro? ¿Fue una doble crueldad cometida contra la bienaventuranza?

MARÍA

No, no, hermano mío. Sólo hay un Jesús en un único mundo. Todo lo demás es un sueño, al igual que tu amada.

LÁZARO *(con gran pasión)*

¡No, no! ¡Si Él no es un sueño, no es nada! Si Él no supiera lo que hay más allá de esta Jerusalén, no es nada. Si Él no sabía nada de mi amada en el espacio, no era el Maestro. ¡Oh, amigo Jesús!, antaño me diste una copa de vino cuando estábamos a la mesa y me dijiste: «Bébelo, es parte de mi bebida.» ¡Oh, amigo mío!, pusiste el brazo en mi hombro y me llamaste hijo. Mi madre y mi hermana dijeron en el fondo de sus corazones: «Él ama a nuestro Lázaro.» ¡Y yo te amé! Después te fuiste para edificar más torres en el cielo y yo volé hacia mi amada. Dime, dime ahora, ¿por qué me hiciste volver? ¿No sabía tu corazón omnisciente que yo estaba con mi amada? ¿No la encontraste en tus correrías por las cimas del Líbano? Ciertamente, viste en mis ojos la imagen de ella cuando aparecí ante ti, a la puerta de mi sepulcro. ¿No tienes Tú una amada en el sol? ¿Y consentirías que alguien mayor que Tú pudiese apartarte de ella? ¿Qué dirías después de esa separación? ¿Qué te diré yo ahora?

MARÍA

¿Tengo yo un amado en el cielo, Lázaro? ¿Pueden mis ansias haber creado un ser más allá de este mundo? ¿He de morir para estar con él? Dime, hermano mío, ¿tengo yo también un compañero? En tal caso, ¿para qué vivir y morir, y vivir y morir de nuevo, si un amado me aguarda para concederme la plenitud y dársela yo a él?

LÁZARO

Toda mujer tiene un amado en el cielo. El corazón de toda mujer crea un ser en el espacio.

MARÍA *(susurrando dulcemente, como para sí misma)*

¿Tengo yo un amado en el cielo?

LÁZARO

No sé. Pero si tuvieras un amado, un otro Yo, en algún sitio, en algún tiempo, y te encontraras con él, no permitirías que nadie os separase.

EL LOCO

Él puede estar aquí y Él puede llamarla. Pero, como tantos otros, ella no escuchará.

LÁZARO *(en el centro del escenario)*

Aguardar, aguardar, a que cada estación suceda a otra estación, y entonces aguardar a que esa estación sea sucedida por otra; ver que todo llega a su término antes de que llegue nuestro final; ver que el fin es el comienzo. Escuchar todas las voces y saber que se funden en el silencio, todas menos la voz del corazón, que clama hasta en el sueño.

EL LOCO

Los hijos de Dios se casaron con los hijos de los hombres. Luego, se divorciaron. Ahora los hijos de los hombres desean a los hijos de Dios. Me dan pena todos ellos: los hijos de los hombres y los hijos de Dios.

(Un silencio.)

MARTA *(apareciendo en la puerta)*

Lázaro, ¿por qué no entras en casa? Nuestra madre ya ha preparado la cena. *(Un tanto impaciente.)* Siempre que tú y María estáis juntos, conversáis y conversáis y nadie sabe lo que decís.

(Marta permanece allí unos instantes y luego vuelve a entrar en la casa.)

LÁZARO *(hablando consigo mismo y como si no hubiera escuchado a Marta)*

¡Oh, estoy agotado, estoy agotado! ¡Tengo hambre y sed! ¿Puedes darme un trozo de pan y un poco de vino?

MARÍA *(avanzando hacia él y abrazándole)*

Sí, hermano mío, sí. Pero ven a casa. Nuestra madre ha preparado la cena.

EL LOCO

El pan que él pide no lo pueden ellas cocinar, y no tienen vasijas con el vino que reclama.

LÁZARO

¿Dije que tenía hambre y sed? No es hambre de vuestro pan, ni sed de vuestro vino. En verdad te digo que no entraré en una casa mientras la mano de mi amada no se encuentre apoyada en el quicio de la puerta. No me sentaré en la mesa de ningún banquete, si ella no está a mi lado.

(Sale la madre y se queda mirando desde la puerta de la casa.)

MADRE

Lázaro, ¿por qué te quedas ahí fuera entre la niebla? Y tú, María, ¿por qué no vienes a casa? He encendido las velas y la cena está en la mesa, mientras vosotros seguís ahí, conversando y rumiando palabras en la oscuridad.

LÁZARO

Mi madre quiere que entre en una tumba. Hará que coma y que beba, y me pedirá que me siente entre rostros amortajados, que reciba la eternidad de manos marchitas y que escuche la vida de vasijas de arcilla.

EL LOCO

Blanco pájaro, que vuelas hacia el Sur donde el sol lo ama todo, ¿qué te hizo detenerte en pleno vuelo y te trajo de vuelta? Fue tu amigo Jesús Nazareno. Él te trajo de vuelta, compadecido de los que no tienen alas y no podían acompañarte. ¡Oh, pájaro blando, qué frío hace aquí! Estás temblando y el viento del Norte se ríe de tus sufrimientos.

LÁZARO

Preferís estar en una casa y debajo de un techo. Preferís estar entre cuatro paredes, con una puerta y una ventana. Os quedáis allí y no tenéis visión. Aquí está vuestro espíritu, mientras mi espíritu está allí. Todo lo vuestro está en la tierra; todo lo mío en el espacio. Entráis a rastras en las casas y yo vuelo hacia lo alto de los montes. Sois todos esclavos, los unos de los otros, y no rendís culto más que vosotros mismos. Dormís y no soñáis; despertáis, pero paseáis por los montes. Y yo estoy aquí ahora rebelándome contra todo eso que llamáis vida.

(Mientras Lázaro hablaba, Marta ha salido de la casa.)

MARTA

El Maestro vio nuestra tristeza y nuestro dolor; te llamó para que regresaras a nosotras. ¿Cómo puedes rebelarte? ¡Eres un paño que se rebela contra el que lo tejió!, ¡una casa que se rebela contra su constructor!

MARÍA

Él sabía lo que sentíamos en el corazón y fue generoso con nosotras. Cuando estuvo delante de nuestra madre y vio en sus ojos al hijo muerto y enterrado, le hirió su tristeza y guardó silencio un instante. *(Pausa.)* Después, nosotras le acompañamos a tu tumba.

LÁZARO

Sí, fue la tristeza de mi madre y vuestra tristeza. Fue la pena y el desconsuelo quienes me hicieron regresar. ¡Qué hondo y qué egoísta es el desconsuelo! Te digo que ni el mismo Dios debería convertir la primavera en invierno. Subí a los montes lleno de deseo, y vuestra tristeza me hizo regresar a este valle. Queríais un hijo y un hermano que estuviera con vosotras durante vuestra vida. Vuestros vecinos querían un milagro. ¡Qué crueles sois, qué duros son vuestros corazones y qué oscura es la noche de vuestros ojos! Por eso traéis de la gloria en que viven a los profetas hasta vuestras alegrías, y luego los matáis.

MARTA *(reprochándole)*

Llamas desconsuelo a nuestra tristeza. Pero, ¿qué son tus lamentos sino desconsuelo? Cállate y acepta la vida que te dio el Maestro.

LÁZARO

Él no me dio la vida. Os dio a vosotras mi vida. Se la quitó a mi amada y os la dio en un milagro capaz de abrirnos los ojos y los oídos. Me sacrificó como se sacrificó Él mismo. *(Hablando hacia el cielo.)* ¡Padre, perdónales, porque no saben lo que hacen!

MARÍA *(llena de veneración)*

Fue Él quien dijo esas palabras cuando estaba colgado de la cruz.

LÁZARO

Sí, Él dijo esas palabras por mí, por sí mismo, y por todos los desconocidos que comprenden y no son comprendidos. ¿No dijo Él esas palabras cuando con vuestro llanto le pedisteis mi vida? Fue vuestro deseo y no su voluntad lo que hizo que se colocara junto a la puerta sellada e instara a la eternidad para que me devolviera a vosotras. Fue ese antiguo deseo de un hijo y de un hermano lo que me hizo regresar.

MADRE *(acercándose a él y abrazándole)*

Lázaro, siempre fuiste un hijo obediente y cariñoso. ¿Qué te ha pasado? Quédate con nosotras y olvida todos tus problemas.

LÁZARO *(levantando la mano)*

Madre mía, mis hermanos y hermanas son aquellos que escuchan mis palabras.

MARÍA

Esas fueron también palabras del Maestro.

LÁZARO

Sí, y Él dijo esas palabras por mí, por Él, y por todos aquellos que tienen por madre a la tierra y por padre al cielo, al igual que por todos los que nacieron libres de pueblo, de país y de raza.

EL LOCO

Capitán de mi barco, el viento henchía tus velas y tú desafiabas al mar en busca de las Islas Afortunadas. ¿Qué viento contrario te hizo cambiar de ruta? ¿Por qué regresaste a estas costas? Fue Jesús Nazareno quien gobernó el viento con su propio aliento, e infló las velas vacías y vació las llenas.

LÁZARO *(olvidándose de pronto de todos, alzando la cabeza y abriendo los brazos)*

¡Oh, amada mía! La aurora estaba en tus ojos, y en ella se encontraban el misterio callado de una noche profunda y la silenciosa promesa de un espléndido día. Yo sentía la plenitud. Oh, amada mía, ahora nos cubre el velo de esta vida. ¿He de vivir esta muerte y morir de nuevo para que tú puedas revivir? ¿Habré de esperar hasta que todo lo que está verde madure, hasta que quede nuevamente desnudo, e incluso más? *(Pausa.)* No lo puedo maldecir. Pero, ¿por qué entre todos los hombres fui yo quien debió volver? ¿Por qué entre todos los pastores tuve que ser transportado al desierto después de haber conocido los verdes prados?

EL LOCO

Si fueses uno de los que maldicen no habrías muerto tan pronto.

LÁZARO

Jesús Nazareno, dime ahora por qué hiciste eso conmigo. ¿Fue justo que me colocaran como una piedra humilde, baja y triste para elevar tu gloria? Cualquiera de los muertos habría servido para glorificarte. ¿Por qué separaste a este amante de su amada? ¿Por qué me llamaste a un mundo que sabías en tu interior que ibas a dejar? *(A voz en grito.)* ¿Por qué..., por qué..., por qué me llamaste desde el corazón vivo de la eternidad hasta esta muerte en vida? Oh, Jesús Nazareno, no puedo maldecirte. ¡No puedo maldecirte! ¡Yo te bendigo!

> *(Silencio. Lázaro se ha convertido en un hombre a quien le han abandonado las fuerzas a borbotones. La cabeza le cae hacia delante, hasta casi tocarle el pecho. Tras un rato de silencio sumamente reverente, vuelve a elevar la cabeza, y con el rostro transfigurado exclama en voz profunda y emocionada.)*

LÁZARO

¡Jesús Nazareno, amigo mío! ¡Los dos fuimos crucificados! ¡Perdóname! ¡Perdóname! Yo te bendigo... ahora y siempre.

> *(En ese momento aparece corriendo el discípulo Felipe, que viene de los montes.)*

MARÍA

¡Felipe!

FELIPE

¡Ha resucitado! ¡El Maestro ha resucitado de entre los muertos y ha ido a Galilea!

EL LOCO

Ha resucitado, pero será crucificado nueve millones de veces.

MARÍA

¿Qué dices, amigo Felipe?

MARTA *(corre hacia el discípulo y le acoge en sus brazos)*

¡Qué alegría verte otra vez! Pero, ¿quién ha resucitado? ¿De quién hablas?

MADRE *(acercándose a Felipe)*

Entra, hijo. Cenarás con nosotros esta noche.

FELIPE *(indiferente a todas las palabras de ellas)*

¡Os digo que el Maestro ha resucitado de entre los muertos y ha ido a Galilea!

(Se hace un profundo silencio)

LÁZARO

¡Ahora todos me escucharán! Si Él resucitó de entre los muertos, será crucificado de nuevo. ¡Pero no será crucificado solo! Ahora yo lo proclamaré y ellos me crucificarán también. *(En su exaltación, se vuelve de espaldas y empieza a caminar hacia los montes.)* Madre y hermanas, seguiré a Aquel que me dio la vida hasta que Él me dé la muerte. Sí, yo también seré crucificado, y esa crucifixión acabará con esta otra crucifixión.

(Un silencio.)

LÁZARO

Ahora buscaré su espíritu y seré libre. Aunque me sujeten con cadenas de hierro, seré libre. Aunque mi madre y hermanas me agarren del manto, no estaré prisionero. Iré con el viento del Este hasta donde se encuentre el viento del Oeste. Y buscaré a mi amada en el puente donde duermen todas las madrugadas. Seré el único hombre entre todos que sufrió dos veces la vida y dos veces la muerte, y que conoció dos veces la eternidad.

(Lázaro mira a su madre, luego a sus hermanas, por último, a Felipe; vuelve a mirar a la madre. Después, como si fuera un sonámbulo, se vuelve de espaldas y corre hacia los montes. Desaparece. Todos se quedan asombrados y abatidos.)

MADRE

¡Hijo mío, hijo mío! ¡Vuelve conmigo!

MARTA

¿Adónde vas, hermano mío? ¡Vuelve, hermano, vuelve con nosotras!

MARÍA *(como para sí misma)*

Está tan oscuro que sé que va a extraviar su camino.

MADRE *(casi gritando)*

¡Lázaro, hijo mío!

(Silencio)

FELIPE

Se ha ido a donde todos iremos. Y no volverá.

MADRE *(va hacia el fondo del escenario, cerca de donde Lázaro ha desaparecido)*

¡Lázaro, hijo mío, ven conmigo! *(Solloza.)*

(Se produce un silencio. Los pasos de Lázaro que corre se pierden a lo lejos.)

EL LOCO

Ahora se fue y está lejos de nuestro alcance. Vuestra tristeza debe buscar a otro ahora. *(Pausa.)* ¡Pobre, pobre Lázaro, el primero y el mayor de los mártires!

TELÓN

EL LOCO

Me preguntáis cómo me volví loco. Ocurrió de este modo:

Mucho antes de que naciera la mayoría de los dioses, me desperté una buena mañana de un sueño profundo y vi que me habían robado todas mis máscaras. (Me refiero a las siete máscaras que me había fabricado y que había utilizado en mis correspondientes siete vidas anteriores.) Eché entonces a correr sin máscara alguna por las calles repletas de gente, exclamando a voz en grito:

«¡Ladrones, ladrones! ¡Malvados ladrones!»

Algunos hombres y algunas mujeres se burlaban de mí, pero otros, al verme, se metían en sus casas llenos de miedo.

Cuando llegué a la plaza del mercado, un muchacho que estaba apostado en la terraza de su casa, me señaló y dijo a voces:

«¡Mirad! ¡Es un loco!»

Miré hacia arriba con cierto aire de desafío para ver quién profería aquellos gritos. Por primera vez en mi vida el sol besaba mi cara descubierta. Mi alma se inflamó de amor por ese sol y ya no quise llevar máscara alguna.

«¡Benditos, benditos sean los ladrones que me quitaron mis máscaras!»

Así fue como me volví loco.

Y en mi locura encontré la libertad y la seguridad: la libertad de la soledad y la seguridad que da el que no le entiendan a uno, pues quienes nos comprenden esclavizan algo de nosotros.

Pero no permitáis que me sienta demasiado orgulloso de mi seguridad. Ni el ladrón que se halla encarcelado se encuentra a salvo de otro ladrón.

DIOS

En los tiempos más remotos, cuando los primeros temblores del lenguaje acudieron a mis labios, subí a la montaña sagrada y hablé a Dios de este modo:

«Amo mío, yo soy tu esclavo. Mi ley es tu voluntad escondida. Y te obedeceré siempre.»

Pero Dios no contestó y se perdió a lo lejos como una fuerte tormenta.

Mil años después, escalé de nuevo la montaña sagrada y volví a dirigirme a Dios: «Mi creador, yo soy tu criatura. Tú me hiciste de barro; te debo todo lo que soy.»

Pero Dios no contestó y pasó de largo más veloz que mil alas en rápido vuelo.

Mil años después, escalé una vez más la montaña sagrada y volví a dirigirme a Dios:

«Padre, soy tu hijo. Nací por tu piedad y tu amor, y a través del amor y de la adoración heredaré tu Reino.»

Pero Dios no contestó y se difuminó como la niebla que vela los montes lejanos.

Y mil años después, escalé por último la montaña sagrada y volví a invocar a Dios:

«Dios mío, ansia y plenitud mías, yo soy tu ayer y tú eres mi mañana. Soy tu raíz en esta tierra y tú eres mi flor en el cielo, y juntos creceremos bajo la faz del sol.»

Y Dios se inclinó hacia mí y me susurró al oído palabras llenas de ternura. Me abrazó, como la mar abraza al arroyo que corre hacia él.

Y cuando bajé al llano y a los valles, vi que Dios también estaba allí.

AMIGO MÍO

Amigo mío..., yo no soy lo que aparento. Mi apariencia no es sino un ropaje que visto, un ropaje cuyo cuidadoso entretejido me protege a mí de tus preguntas y a ti de mis descuidos.

El «yo» que llevo en mí, amigo mío, habita en la morada del silencio, y en ella se quedará para siempre, inadvertido e inabordable.

No deseo que creas lo que digo ni que confíes en lo que hago, pues mis palabras no son sino tus pensamientos, convertidos en algo sonoro, y mis acciones no son sino tus esperanzas llevadas a la acción.

Cuando dices: «El viento sopla en dirección Este», yo exclamo: «Sí, claro que sopla hacia el Este.» Pues no quiero que te percates entonces de que mi mente no habita en el viento, sino en la mar.

No puedes entender mis navegantes pensamientos. Tampoco yo quiero esforzarme para que los comprendas. Prefiero estar solo en la mar.

Cuando es de día para ti, amigo mío, para mí es de noche. Pero aun entonces hablo de la luz del día que baila por las colinas, y de la sombra purpúrea que atraviesa el valle; pues no puedes oír las canciones que canto en mi oscuridad ni ver las alas que agito entre las estrellas. Y no quiero esforzarme para que oigas y veas lo que me sucede; prefiero estar solo en medio de la noche.

Cuando tú subes a tu Cielo, yo bajo a mi Infierno. E incluso entonces me llamas a lo largo del golfo infranqueable que nos separa: «¡Compañero, camarada mío!» Y yo te respondo: «¡Compañero, camarada mío!», porque no quiero que veas mi Infierno. Las llamas te quemarían los ojos y el humo te sofocaría. Pero yo amo demasiado mi Infierno como para querer que tú lo visites. Prefiero estar a solas en mi Infierno.

Tú amas la Verdad, la Belleza y la Justicia, y, por darte gusto, yo asiento y hago como que amo esas cosas. Pero en el fondo de mi alma me río de tu amor por todo eso, aunque no permito que veas mi risa. Prefiero reírme yo solo.

Amigo mío, eres bueno, prudente y sensato; aún más, eres perfecto. Por mi parte, yo también hablo contigo con sensatez y cordura. Y, sin embargo, estoy loco. Pero enmascaro mi locura. Quiero estar loco a solas.

Amigo, tú no eres amigo mío, pero, ¿cómo puedo hacer que lo comprendas? Mi camino no es el tuyo, aunque andamos juntos y cogidos de la mano.

EL ESPANTAPÁJAROS

Un día dije a un espantapájaros: «¡Qué cansado debes sentirte de estar siempre en pie y quieto en medio de esta solitaria pradera!»

Pero él me contestó: «La alegría que proporciona el espantar es honda y duradera; nunca me cansa hacerlo.»

«Llevas razón; yo también he conocido esa alegría.»

Y dijo él: «Sólo quienes están rellenos de paja pueden entenderla.»

Entonces me separé de él, sin saber a ciencia cierta si me había alabado o despreciado.

Pasó un año, a lo largo del cual el espantapájaros se fue convirtiendo en un filósofo.

Y cuando volví un día a pasar por su lado, observé que una pareja de cuervos había hecho su nido debajo de su sombrero.

LAS SONÁMBULAS

En mi villa natal había una madre y una hija que andaban mientras dormían.

Una noche, mientras el silencio envolvía la tierra, la madre y la hija iban andando dormidas hasta que se encontraron en su jardín oculto por la niebla.

La madre habló primero:

«¡Por fin, enemiga mía; por fin puedo decírtelo! ¡Tú has destruido mi juventud y has construido tu vida sobre las ruinas de la mía! Si pudiera, ¡me gustaría matarte!»

Y contestó la hija:

«¡Oh, mujer odiosa! ¡Eres egoísta y vieja! ¡Te interpones entre mi libertad y mi yo! ¡Querrías que mi vida no fuera más que un eco de tu vida marchita! ¡Me gustaría verte muerta!»

En aquel momento cantó el gallo, y las dos mujeres se despertaron.

«¿Eres tú, amor mío?», dijo la madre cariñosa.

«Sí, soy yo, madre querida», replicó la hija con idéntico amor.

EL PERRO SABIO

Un día pasó un perro sabio junto a un grupo de gatos. Como el perro vio que los gatos se hallaban enfrascados en su conversación y que no reparaban en su presencia, se paró a escuchar lo que decían.

Entonces, un enorme y solemne gato se alzó, contempló a sus congéneres y les dijo:

«Hermanos, rezad; porque cuando hayáis rezado una y otra vez veréis cómo os llueven ratones del cielo.»

Al oírlo, el perro se rió para sus adentros y se alejó del grupo de gatos diciéndose:

«¡Qué gatos más ciegos e insensatos! ¿Acaso no está escrito, no se ha sabido siempre, mis padres antes que yo, que cuando se suplica y se reza lo que caen del cielo son huesos y no ratones?»

LOS DOS ERMITAÑOS

En un monte lejano moraban dos ermitaños que adoraban a Dios y se amaban entre sí.

Sus posesiones se reducían a la escudilla de barro que ambos usaban.

Un día se apoderó un espíritu maligno del corazón del ermitaño más anciano, quien fue a ver al otro más joven.

«Ya llevamos mucho tiempo viviendo juntos —le dijo—. Ha llegado el momento de separarnos; así que dividamos nuestras posesiones.»

Cuando le oyó, el ermitaño más joven se puso triste.

«Me apena, hermano, que tengas que abandonarme. Pero si tienes que marcharte, vete.» Luego, cogió la escudilla de barro y se la dio a su compañero diciéndole:

«Hermano, como no podemos dividirla, quédatela tú.»

Pero el ermitaño anciano replicó:

«No acepto ninguna caridad tuya. No me llevaré más que lo que me pertenece; de modo que tenemos que partirla por la mitad.»

Entonces el ermitaño más joven añadió: «¿De qué nos servirá a ti o a mí esta escudilla si la rompemos? Si quieres, la echaremos a suerte.»

Pero el ermitaño anciano siguió erre que erre:

«No aceptaré más que lo que en justicia me pertenece, y no dejaré en manos del azar ni la justicia ni mis derechos. Hay que partir la escudilla.»

Viendo que de nada valían los razonamientos, el ermitaño más joven aceptó:

«De acuerdo, si ese es tu deseo y te niegas a aceptar la escudilla, rompámosla y repartamos los trozos.»

Y entonces el rostro del ermitaño anciano se contrajo de cólera y dijo a voz en grito:

«¡Ah, maldito cobarde! ¿Así que no te atreves a pelear?»

SOBRE EL DAR Y EL RECIBIR

Había una vez un hombre que tenía un enorme montón de agujas. Un día se acercó a él la madre de Jesús y le dijo:

«Amigo, a mi hijo se le ha rasgado la túnica y tengo que hacerle un remiendo antes de que se vaya al templo. ¿Puedes darme una aguja?»

Pero en vez de una aguja el hombre le lanzó un documentado discurso sobre el dar y el recibir para que se lo transmitiera a su hijo antes de que se fuera al templo.

LAS SIETE PERSONALIDADES

A la hora más callada de la noche, mientras estaba yo acostado y medio dormido, acudieron mis siete personalidades, se sentaron en corro y en susurros conversaron lo siguiente:

Primera personalidad: He morado durante todos estos años dentro de este loco y no he hecho otra cosa que renovar sus penas cada día y reavivar sus tristezas cada noche. Me rebelo, porque ya no puedo soportar más mi destino.

Segunda personalidad: Tu destino es mejor que el mío, hermana, pues a mí me ha tocado en suerte ser la personalidad alegre de este loco. Río cuando está alegre y canto en sus ratos felices, y con tres pares de pies alados danzo cuando tiene sus pensamientos más brillantes. Yo sí que me rebelo contra mi fatigosa existencia.

Tercera personalidad: ¿Y qué decís de mí, que soy la personalidad impulsada por el amor, la hoguera ardiente de las pasiones salvajes y de los deseos fantásticos? Yo, la personalidad enferma de amor, soy quien debe rebelarse.

Cuarta personalidad: Yo soy la más miserable de todas, pues me correspondió ser el odio y el ansia de destrucción. Seré yo, la personalidad tormentosa, nacida en las oscuras cavernas del infierno, quien proteste por servir a este loco, ya que soy quien tiene más derecho a ello.

Quinta personalidad: No, soy yo, la personalidad que piensa, la que imagina, la que padece hambre y sed, la condenada a errar sin descanso en pos de lo desconocido y de lo que aún no ha sido creado... Soy yo, y no vosotras, quien tiene más razones para rebelarse.

Sexta personalidad: Y yo, la personalidad que trabaja, la agobiada trabajadora, que con manos pacientes y ojos anhelantes convierte los días en imágenes y va dando contornos nuevos y eternos a los elementos informes... Soy yo, la solitaria, quien más motivos tiene para rebelarse contra ese inquieto loco.

Séptima personalidad: ¡Qué raro es que todas vosotras queráis rebelaros contra este hombre porque cada una tenéis una misión determinada que cumplir! ¡Ay! ¡Cómo quisiera yo ser una de vosotras, una personalidad que apunta a un objetivo y que tiene un destino fijado! Pero no, yo no tengo un propósito fijo: soy la personalidad que no hace nada, la que se sienta en el espacio mudo y vacío que no es espacio y en el tiempo que no es nunca, mientras vosotras os afanáis recreando vida. Decidme, camaradas, ¿quién tiene razón para rebelarse, vosotras o yo?

Cuando acabó de hablar la séptima personalidad, las otras seis la miraron compadecidas, pero no añadieron nada más. Cuando se fue haciendo más de noche, se retiraron una tras otra a dormir, impregnadas de una nueva y dichosa resignación.

Sólo la séptima personalidad seguía despierta, mirando y atisbando a través de esa nada que hay por debajo de todas las cosas.

LA GUERRA

Una noche que había fiesta en palacio se presentó un individuo y se puso de rodillas ante el príncipe. Todos los invitados tenían sus miradas puestas en el recién llegado y vieron que le faltaba un ojo y que por su cuenca vacía le salía sangre.

El príncipe preguntó:

«¿Qué te ha pasado?»

A lo que el hombre replicó: «¡Oh, mi príncipe! Soy ladrón de profesión, y esta noche, como no había luna, fui a robar a la tienda del cambista, pero mientras escalaba la casa y entraba por una ventana, me equivoqué y me metí en la casa del sastre; en la oscuridad tropecé con su telar y me salté un ojo. Ahora, oh príncipe, te pido que hagas justicia contra el sastre.»

El príncipe mandó traer al sastre y, cuando llegó al palacio, ordenó que le sacaran un ojo.

«¡Oh, príncipe! —dijo el sastre—, tu sentencia es justa. No me quejo de que me hayan sacado un ojo. Pero, ¡pobre de mí!, necesito mis dos ojos para ver ambos lados de la tela que tejo. Ahora bien, tengo un vecino, que es zapatero, el cual dispone de dos ojos, pero para su oficio le basta con uno.»

El príncipe ordenó entonces que trajeran al zapatero, y cuando acudió, le sacaron un ojo.

¡Y se cumplió la justicia!

LA ZORRA

Una zorra que miraba su sombra al amanecer se dijo:

«Hoy me comeré un camello para almorzar.»

Se pasó toda la mañana buscando camellos. Cuando llegó el mediodía, miró otra vez a su sombra y se dijo:

«¡Está bien...! Me conformaré con un ratón.»

EL REY SABIO

Había una vez un rey poderoso y sabio que reinaba en la lejana ciudad de Wirani. Sus súbditos le temían por su poder y le amaban por su sabiduría.

En el corazón de aquella ciudad había por aquel entonces una fuente de frescas y cristalinas aguas. Todos los habitantes, incluso el rey y su corte, bebían aquel agua, pues era la única fuente que existía en la ciudad.

Una noche, cuando todo el mundo estaba durmiendo, llegó a la ciudad una bruja y echó en la fuente siete gotas de un extraño líquido mientras decía:

«Desde ahora, todo el que beba este agua se volverá loco.»

A la mañana siguiente, todos los habitantes, menos el rey y su primer ministro, bebieron de la fuente y se volvieron locos, como había predicho la bruja.

Durante todo el día, por las callejuelas y por la plaza del mercado, la gente no dejó de murmurar entre sí:

«Nuestro rey está loco. Nuestro rey y su primer ministro han perdido la razón. No podemos consentir que nos gobierne un rey loco; hemos de destronarle.»

Por la noche, el rey ordenó que llenaran una gran copa de oro con agua de la fuente. Cuando se la entregaron, el monarca bebió con avidez de ella y se la pasó a su primer ministro para que también bebiera.

Y en la ciudad lejana de Wirani hubo una gran alegría porque el rey y el primer ministro habían recobrado la razón.

AMBICIÓN

Una vez se sentaron tres hombres a la mesa de una taberna. Uno era tejedor, otro carpintero y otro sepulturero.

Y dijo el tejedor:

«Hoy he vendido un sudario de fino lino por dos monedas de oro. Así que bebamos todo el vino que queramos.»

Añadió el carpintero:

«Acabo de vender mi mejor ataúd. De modo que, además del vino, nos sirvan un sabroso asado.»

Agregó el sepulturero:

«Pues yo sólo he cavado una tumba, pero como mi cliente me ha pagado el doble, que nos traigan de postre tortitas con miel.»

Durante toda aquella noche la taberna estuvo muy animada, pues los tres amigos estuvieron pidiendo constantemente más vino, más asado y más tortitas. Y estaban todos muy contentos.

El tabernero se frotaba las manos y sonreía a su mujer, pues sus clientes hicieron un espléndido gasto.

Cuando los tres amigos abandonaron la taberna, la luna estaba ya muy alta. Los tres andaban muy alegres entre cánticos y gritos.

El tabernero y su mujer les miraban complacidos desde la puerta de la taberna.

«¡Ah! —exclamó entonces la mujer—. ¡Qué caballeros tan espléndidos y tan alegres! Ojalá que nos traigan suerte y que todos los días sean como hoy. Así nuestro hijo no tendría que ser tabernero ni trabajar tanto: podríamos darle una buena educación para que llegara a ser sacerdote.»

EL NUEVO PLACER

Anoche descubrí un placer nuevo y mientras lo probaba por vez primera, llegaron a mi casa un ángel y un diablo. Se encontraron los dos a la puerta y se pusieron inmediatamente ambos a discutir sobre mi placer recién descubierto.

Uno de ellos gritaba:

«¡Es un pecado!»

Y el otro aseguraba en el mismo tono:

«¡Es una virtud!»

EL OTRO LENGUAJE

A los tres días de nacer, mientras me encontraba en mi cuna forrada de seda contemplando atónito el nuevo mundo que me rodeaba, preguntó mi madre a la nodriza:

«¿Cómo está mi hijo?»

Y contestó la nodriza:

«Muy bien, señora, le he dado tres veces alimento, y nunca he visto a un niño tan contento a pesar de lo pequeño que es.»

Yo me indigné, me eché a llorar y exclamé:

«No es cierto, madre. Mi cuna es dura, la leche me ha resultado amarga y el olor de los pechos molesta a mi olfato. ¡Soy muy desgraciado!»

Pero mi madre, claro, no me entendió, ni tampoco la nodriza, pues yo hablaba en el lenguaje del mundo del que procedía.

Cuando tenía veintiún días, al bautizarme, el sacerdote dijo a mi madre:

«Debe sentirse muy feliz, señora, de que su hijo haya nacido cristiano.»

Me asombró mucho oír aquello, por lo que le dije al sacerdote:
«Entonces su madre, que está en el cielo, debe ser muy desgraciada, porque usted no nació cristiano.»
Pero tampoco el sacerdote entendió mi lenguaje.
Cierto día, después que hubieron pasado siete lunas, un adivino me miró y dijo a mi madre:
«Tu hijo será un estadista y un gran líder de hombres.»
Y yo grité:
«¡Eso es falso! Esa profecía es mentira: ¡yo seré músico y sólo músico!»
Pero a la edad que tenía yo entonces, tampoco esa vez entendieron mi idioma, lo cual me produjo una gran sorpresa.
Después de treinta y tres años, a lo largo de los cuales han muerto mi madre, mi nodriza y el sacerdote que me bautizó (¡que la sombra de Dios cubra sus almas!), sólo sigue vivo el adivino. Ayer precisamente le vi a la entrada del templo, y mientras conversábamos me dijo:
«Siempre he sabido que serías músico, que te convertirías en un gran músico. Eras tú muy pequeño cuando ya profeticé yo tu futuro.»
Y le creí..., porque ahora también yo he olvidado el lenguaje de aquel otro mundo.

LA GRANADA

Una vez, cuando yo vivía en el corazón de una granada, oí decir a una semilla:
«Un día me convertiré en árbol y el viento cantará en mis ramas, el sol bailará en mis hojas y yo estaré firme y bello por encima de todas las estaciones.»
Entonces tomó la palabra otra semilla y añadió:
«Cuando yo era tan joven como tú, también pensaba así, pero ahora que puedo ponderar mejor las cosas, compruebo que mis esperanzas eran infundadas.»
Una tercera semilla replicó:
«No veo nada en nosotras que garantice un futuro tan grande.»
Y una cuarta semilla exclamó:
«¡Qué sarcástica sería nuestra vida sin la perspectiva de un futuro mejor!»
Dijo una quinta:

«¿Para qué vamos a discutir sobre lo que seremos, si ni siquiera sabemos lo que somos ahora?»

Pero la sexta semilla apostilló:

«Seamos lo que seamos, lo cierto es que siempre existiremos.»

Ante lo cual, una séptima semilla comentó:

«Tengo una idea muy clara de cómo serán las cosas en el futuro. El problema es que no lo puedo decir con palabras.»

Luego hablaron una octava semilla, una novena, una décima, y así hasta muchas más. Al final todas hablaban a la vez y no podía distinguirse lo que decía cada una de aquellas voces.

Ese mismo día me mudé a vivir al corazón de un membrillo. Pues tiene pocas semillas y casi nunca hablan.

LAS DOS JAULAS

En el jardín de mi padre hay dos jaulas. En una vive un león que trajeron los esclavos de mi padre del desierto de Ninavah; en la otra hay un pájaro que no canta.

Todos los días, cuando amanece, le dice el gorrión al león:

«Buenos días, hermano prisionero.»

LAS TRES HORMIGAS

Tres hormigas se encontraron en la nariz de un hombre que se había tumbado al sol para dormir. Una vez que se hubieron saludado y según costumbre de su tribu, las tres hormigas se detuvieron allí a conversar.

Dijo la primera hormiga:

«Estas colinas y estos llanos son lo más estéril que he conocido. Me he pasado todo el día buscando algún grano, y no he encontrado nada.»

Replicó la segunda hormiga:

«Tampoco yo he descubierto nada, y eso que he visitado todos los recovecos. Creo que estas son esas arenas movedizas de las que habla mi gente, en las que no crece nada.»

Entonces, la tercera hormiga levantó la cabeza y señaló:

«Amigas mías, estamos paradas en la nariz de la Hormiga Suprema, de la poderosa e infinita Hormiga, cuyo cuerpo es tan grande que no lo podemos ver, cuya sombra es tan amplia que no la podemos abarcar, cuya voz es tan fuerte que no la podemos oír. Esta Hormiga es omnipotente.»

Cuando la tercera hormiga hubo dicho esto, las otras dos se miraron y se echaron a reír.

En ese mismo instante el hombre se movió y, dormido, levantó la mano para rascarse la nariz, y las tres hormigas quedaron aplastadas.

EL SEPULTURERO

En una ocasión en que estaba yo enterrando a una de mis personalidades muertas, se acercó el sepulturero para decirme:

«Sólo tú me caes bien, de entre todos los que vienen por aquí a sepultar a sus personalidades muertas.»

Yo le contesté:

«Me es muy grato lo que dices, pero, ¿por qué te soy tan agradable?»

Y dijo él:

«Porque todos vienen llorando y se van llorando, mientras que tú vienes riéndote y te vas riéndote.»

EN LA ESCALINATA DEL TEMPLO

Ayer tarde, en la escalinata de mármol que conduce al templo, vi a una mujer sentada entre dos hombres. Una de sus mejillas palidecía, mientras que la otra se ruborizaba.

LA CIUDAD BENDITA

Era yo todavía muy joven cuando me dijeron que en una ciudad todos vivían de acuerdo con las Escrituras.

Y me dije:

«Buscaré esa ciudad y la santidad que comporta.»

Como aquella ciudad se hallaba muy lejos de mi patria, preparé muchas provisiones para el viaje y me puse en camino. Al cabo de cuarenta días divisé la ciudad, y el cuarenta y uno entré en ella.

Pero, ¡qué sorpresa!, todos los habitantes no tenían más que un solo ojo y una sola mano. Quedé muy sorprendido, y me dije:

«¿Por qué tendrán todos los habitantes de esta santa ciudad un solo ojo y una sola mano?»

Vi entonces que también ellos se asombraban al ver que yo tenía dos ojos y dos manos. Como cuchicheaban entre sí comentando mi aspecto, les pregunté:

«¿Es realmente esta la ciudad bendita donde todos viven de acuerdo con las Escrituras?»

Y ellos dijeron:

«Sí, esta es la ciudad bendita a la que te refieres.»

Añadí yo:

«¿Qué os ha sucedido? ¿Cómo es que os faltan a todos el ojo y la mano derechos?»

Todo el mundo parecía emocionado.

Me dijeron:

«Ven y observa tú mismo.»

Me llevaron al templo, que estaba en el centro de la ciudad. En él vi un montón de manos y de ojos disecados. Exclamé:

«¡Dios mío! ¿Qué conquistador cometió esa crueldad con vosotros?»

Hubo un murmullo entre la gente. Uno de los más ancianos tomó la palabra y señaló:

«Esto es obra nuestra; Dios nos ha convertido en conquistadores del mal que había entre nosotros.»

Me llevó entonces ante un enorme altar, y todos los demás nos siguieron. El anciano me mostró una inscripción tallada encima del altar. Leí:

«Si tu ojo derecho te escandaliza, arráncatelo y sepáralo de ti, porque es preferible que muera uno de tus miembros a que todo tu cuerpo sea echado al infierno. Y si tu mano derecha te escandaliza, córtatela y sepárala de ti, porque es preferible que muera uno de tus miembros a que todo tu cuerpo sea echado al infierno.»

Entonces lo entendí. Me dirigí a la muchedumbre y pregunté:

«¿Hay entre vosotros algún hombre o alguna mujer que haya conservado las dos manos y los dos ojos?»

Y me contestaron:

«No, ninguno, menos quienes son demasiado jóvenes para leer las Escrituras y entender sus mandamientos.»

En cuanto salimos del templo abandoné aquella ciudad bendita, pues yo no era demasiado joven y sabía leer las Escrituras.

EL DIOS BUENO Y EL DIOS MALO

El Dios Bueno y el Dios Malo se encontraron en la cumbre de la montaña.

Y dijo el Dios Bueno:

«Buenos días tengas, hermano.»

Pero el Dios Malo no respondió a su saludo.

El Dios Bueno insistió:

«Hoy estás de mal humor.»

Contestó el Dios Malo:

«Sí, porque ya me han confundido varias veces contigo, me han invocado con tu nombre y me han tratado como si fuera tú. Eso me disgusta mucho.»

Entonces dijo el Dios Bueno:

«Pues a mí también me han confundido contigo y me han invocado con tu nombre.»

Cuando oyó esto, el Dios Malo se alejó maldiciendo la necedad de los seres humanos.

DERROTA

Derrota, derrota mía, mi soledad y mi aislamiento;
para mí vales más que mil triunfos,
y eres más dulce para mi corazón que toda la gloria del mundo.
Derrota, derrota mía, mi autoconocimiento y mi reto;
tú me has enseñado que soy joven aún y que mis pies son ligeros,
y a no dejarme engañar por los laureles que se marchitan.
En ti descubrí la dicha de estar solo
y el gozo de que me alejen y desprecien.

Derrota, derrota mía, mi brillante espada y mi escudo;
en tus ojos he leído
que subir a un trono es esclavizarse,

y que ser entendido equivale a ser despreciado,
y que ser apresado es alcanzar la plenitud
y caer como fruta madura apta para ser comida.

Derrota, derrota mía, mi osada compañera;
escucharás mis cantos, mis lloros y mis silencios,
y nadie más que tú me hablará del batir de las alas,
del ímpetu de los mares
y de los montes que se encienden al atardecer.
Sólo tú escalarás mi alma rocosa y escarpada.
Derrota, derrota mía, mi indomable e inmortal valentía;
tú y yo reiremos juntos con la tormenta,
y juntos cavaremos tumbas para todo lo que muere en nosotros.
Nos erguiremos hacia el sol, con una sola voluntad,
y seremos peligrosos.

LA NOCHE Y EL LOCO

«Soy como tú, oh Noche, oscuro y desnudo; avanzo por el ardiente camino que se alza por encima de mis sueños diurnos y siempre que mis pies hollan la tierra brota de ella un gigantesco roble.»

«No, no eres como yo, oh Loco, pues todavía sigues mirando hacia atrás para ver lo grande que es la huella que dejas en el suelo.»

«Soy como tú, oh Noche, silencioso y profundo, y en el corazón de mi soledad hay una diosa en trance de dar a luz; y en el ser que nace de ella, el Paraíso y el Infierno se entremezclan.»

«No, no eres como yo, oh Loco, pues te estremeces antes de sentir el dolor y te espanta el canto del abismo.»

«Soy como tú, oh Noche, salvaje y terrible, pues a mís oídos llegan los gritos de las naciones conquistadas y los suspiros de las tierras olvidadas.»

«No, no eres como yo, oh Loco, pues prefieres la compañía de tu yo pequeño y no sabes ser amigo de tu yo monstruoso.»

«Soy como tú, oh Noche, cruel y despiadado; pues mi corazón se ilumina con el fuego de los barcos que arden en la mar, y mis labios están mojados con la sangre de guerreros asesinados.»

«No, no eres como yo, oh Loco, pues aún encarnas el ansia de hallar a un alma hermana y no has llegado a ser el autor de tu propia Ley.»

«Soy como tú, oh Noche, alegre y jubiloso, pues quien habita a mi sombra, está ahora embriagado de vino virgen y la que me sigue peca con regocijo.»

«No, no eres como yo, oh Loco, pues tu alma está envuelta en un velo de siete pliegues y no llevas el corazón en la mano.»

«Soy como tú, oh Noche, paciente y apasionado, pues en mi pecho se encuentran sepultados un millar de amantes muertos, envueltos en sudarios de besos marchitos.»

«Pero, Loco, ¿crees de veras que eres como yo? ¿Te pareces a mí? ¿Eres capaz de cabalgar sobre la tempestad como sobre un potro salvaje y blandir el relámpago como si fuese una espada?»

«Sí, como tú, oh Noche, como tú, soy poderoso y elevado, y mi trono descansa sobre una montaña de dioses caídos; también ante mí van pasando los días para besar el borde de mi túnica, sin atreverse a mirarme a la cara.»

«¡Hijo de mi más oscuro corazón!, ¿eres como yo? ¿Tienes tú mis indomables pensamientos y hablas mi amplio lenguaje?»

«Sí; somos hermanos gemelos, oh Noche, pues tú revelas espacios y yo revelo mi alma.»

ROSTROS

He visto un rostro con mil expresiones y un rostro que no era sino una sola expresión, como si estuviera contenido en un molde.

He visto un rostro a través de cuyo esplendor pude descubrir la fealdad que encubría, y un rostro cuyo brillo hube de aumentar para poder contemplar su gran hermosura.

He visto un rostro viejo, lleno de arrugas por nada, y un rostro terso en el que se hallaban grabadas todas las cosas.

Conozco todos los rostros, porque los veo a través del tejido que fabrican mis propios ojos, y contemplo la realidad que hay detrás de ese tejido.

EL MAR MÁS GRANDE

Mi alma y yo fuimos a bañarnos al inmenso mar. Cuando llegamos a la costa, empezamos a buscar un lugar solitario y oculto.

Mientras caminábamos, vimos a un hombre sentado en una roca gris que tomaba puñados de sal de una bolsa y los arrojaba al mar.

«Éste es el pesimista —dijo mi alma—. ¡Vámonos de aquí! No podemos bañarnos delante del pesimista.»

Seguimos andando y llegamos a una caleta. Allí vimos a un hombre encima de una roca blanca con una caja enjoyada en la mano de la que extraía azúcar y la lanzaba al mar.

«Y éste es el optimista —dijo mi alma—, tampoco él debe vernos desnudos.»

Nos alejamos aún más y descubrimos a un hombre que iba recogiendo peces muertos y los volvía a poner tiernamente en el agua.

«No podemos bañarnos delante de él —dijo mi alma—. Es el filántropo.»

Y seguimos andando.

Luego encontramos a un hombre que dibujaba la silueta de su sombra en la arena. Llegaban altas olas y borraban su dibujo, pero él seguía una y otra vez haciendo lo mismo.

«Ése es el místico —dijo mi alma—. ¡Alejémonos de él!»

Así que seguimos caminando. Llegamos entonces a una tranquila ensenada donde vimos a un hombre recogiendo la espuma con una pala y guardándola en una vasija de alabastro.

«Es el idealista —dijo mi alma—. De ninguna manera debe contemplar nuestra desnudez.»

De modo que continuamos nuestro camino. De pronto oímos una voz que gritaba:

«¡Este es el mar, el profundo, el vasto y poderoso mar!»

Cuando llegamos al lugar de donde procedía la voz vimos a un hombre de espaldas al mar que se ponía una caracola en el oído para oír el rumor del agua.

Y dijo mi alma:

«Dejémoslo. Es el realista, el que se pone de espaldas al todo que no puede abarcar y se conforma con poseer un fragmento.»

Pasamos, pues, de largo y en un lugar cubierto de hierbajos que había entre las rocas nos encontramos con un hombre que había enterrado la cabeza en la arena.

Dije entonces a mi alma:

«Aquí sí que podemos bañarnos, porque no puede vernos.»

«No —replicó mi alma—. Ése es el más peligroso de todos. Es el puritano.»

En ese momento una gran tristeza sombreó el rostro de mi alma hasta el punto de oscurecer su voz.

«¡Vámonos de aquí —dijo—, pues no hay ningún lugar solitarlo y escondido donde podamos bañarnos. No permitiré que este viento juegue con mis cabellos dorados, ni dejaré que este aire acaricie mis pechos desnudos, ni expondré a esta luz mi sacrosanta desnudez.»

Y nos alejamos de aquel mar, en busca del Mar Más Grande.

CRUCIFICADO

«¡Crucificadme!», grité a los hombres.

«¿Y por qué había de caer tu sangre sobre nuestras cabezas?», me contestaron.

Y yo insistí:

«¿De qué otro modo podríais ser exaltados si no es crucificando locos?»

Ellos se mostraron conformes, y me crucificaron. Y la crucifixión me apaciguó.

Cuando estaba colgado entre el cielo y la tierra, alzaron la cabeza para verme, y se exaltaron, pues nunca habían levantado la cabeza hasta entonces.

Pero mientras estaban allí mirándome fijamente, uno de ellos exclamó:

«¿Qué tratas de expiar?»

Y otro gritó:

«¿Por qué causa te sacrificas?»

Y un tercero añadió:

«¿Crees que a ese precio conseguirás la gloria del mundo?»

Todavía un cuarto hombre señaló:

«¡Mirad cómo sonríe! ¿Puede perdonarse tanto sufrimiento?»

Pero yo les repliqué a todos diciendo:

«Recordad sólo que he sonreído. No expío culpa alguna, ni me sacrifico, ni tengo ansia de gloria; tampoco tengo nada que perdonar. Tenía sed y os supliqué que me dierais mi sangre de beber. Pues, ¿qué otra cosa puede saciar la sed de un loco si no es su propia sangre? Estaba mudo y os pedí que me hirierais para poder hablar por la boca de mis heridas. Estaba prisionero en vuestros días y en vuestras noches, y vislumbré una salida hacia noches más amplias y hacia días más vastos.»

«Ahora me voy, como ya se han ido otros crucificados. Y no penséis que los locos nos hemos cansado de tantas crucifixiones. Porque debemos ser crucificados por hombres cada vez mayores y entre tierras cada vez más vastas y cielos cada vez más extensos.»

EL ASTRÓNOMO

A la sombra del templo vimos un amigo mío y yo a un ciego que estaba allí sentado a solas.

Y dijo mi amigo:

«¡Mira! Ahí tienes al hombre más sabio de la tierra.»

Me separé de mi amigo, me acerqué al ciego, le saludé y nos pusimos a hablar los dos.

Cuando hubo pasado un rato, le pregunté:

«Perdona mi pregunta, pero, ¿desde cuándo eres ciego?»

«Desde que nací», me contestó.

«¿Qué sendero de sabiduría sigues?», le dije.

«Soy astrónomo», contestó.

Y poniéndose las manos en el pecho, añadió:

«Sí, contemplo todos los soles, todas las lunas y todas las estrellas que tengo aquí dentro.»

EL GRAN ANHELO

Aquí estoy, sentado entre mi hermana la montaña y mi hermano el mar.

Los tres somos uno en nuestra soledad, y el amor que nos une es hondo, fuerte y raro. Realmente, este amor es más profundo que mi hermano el mar, más fuerte que mi hermana la montaña y más extraño que la rareza de mi locura.

Han pasado eternidades y más eternidades desde que la primera aurora gris nos hizo visibles el uno al otro, y aunque hemos visto el nacimiento, la madurez y la muerte de muchos mundos, aún somos jóvenes e impetuosos.

Sí, somos jóvenes e impetuosos, pero estamos solos y nadie nos visita. A pesar de que estamos fundidos en un abrazo casi completo e indestructible, no nos sentimos a gusto. Pues decidme: ¿Pueden consolarse el deseo controlado y la pasión inagotable? ¿Cuándo llegará la diosa llameante que sea capaz de calentar el lecho de mi hermano? ¿Y qué torrente conseguirá apagar el fuego de mi hermana? ¿Y qué mujer gobernará mi corazón?

En el silencio de la noche, mi hermano el mar susurra entre sueños el nombre desconocido de esa diosa llameante, y mi hermana la montaña llama a voces a ese fresco y distante torrente divino. Pero yo no sé a quién llamar en mi sueño.

Aquí estoy, sentado entre mi hermana la montaña y mi hermano el mar.

Los tres somos uno en nuestra soledad, y el amor que nos une es hondo, fuerte y raro...

DIJO UNA BRIZNA DE HIERBA

Dijo una brizna de hierba a una hoja seca:

«Haces tanto ruido al caer, que ahuyentas todos mis sueños invernales.»

La hoja se indignó:

«Eres un ser de baja estirpe y habitas en una miserable morada; no sabes cantar y siempre estás de mal humor. Como no vives en la parte más elevada del aire, ignoras el sonido del canto.»

Luego, la hoja seca cayó al suelo y se durmió. Pero cuando llegó la primavera, la hoja se despertó otra vez y se convirtió en una brizna de hierba.

Llegado el otoño, la brizna de hierba empezó a adormecerse con el sueño invernal, mientras las hojas secas iban meciéndose en el aire y cayendo encima de ella.

Entonces dijo irritada:

«¡Vaya con las hojas secas! ¡Qué ruido hacen! Ahuyentan todos mis sueños invernales.»

EL OJO

Dijo el Ojo un día:

«Más allá de esos valles veo una montaña envuelta en una niebla azulada. ¿Verdad que es hermosa?»

El Oído, que lo oyó, estuvo un largo rato escuchando y dijo:

«¿Dónde está esa montaña? Yo no la oigo.»
Entonces habló la Mano:
«Estoy tratanto de sentirla y de palparla, pero no encuentro ninguna montaña.»
Y el Olfato aseguró:
«No hay ninguna montaña. Yo no la huelo.»
Entonces el Ojo miró hacia otra parte y todos empezaron a comentar la rara alucinación sentida por el Ojo. Y dijeron:
«Al Ojo debe pasarle algo.»

LOS DOS ERUDITOS

Había en la antigua ciudad de Afkar dos eruditos que se odiaban entre sí y que cada uno despreciaba la sabiduría del otro, pues uno creía en la existencia de los dioses y el otro no.

Un día se encontraron en la plaza del mercado y en medio de sus seguidores empezaron a discutir sobre la existencia o la no existencia de los dioses. Tras largas horas de apasionada disputa se fueron cada uno por su lado.

Esa tarde, el incrédulo fue al templo, se arrodilló ante el altar y pidió a los dioses que le perdonaran su pasada impiedad.

Y a la misma hora, el otro erudito que había defendido la existencia de los dioses, quemó todos sus libros sagrados, pues se había vuelto incrédulo.

CUANDO NACIÓ MI TRISTEZA...

Cuando nació mi Tristeza, la crié con cariño y la cuidé con amorosa ternura.

Y, como todos los seres vivientes, mi Tristeza creció fuerte, hermosa y llena de admirables encantos.

Mi Tristeza y yo nos queríamos, y queríamos al mundo que nos rodeaba, pues mi Tristeza tenía un corazón amable y el mío también era bueno cuando estaba inundado por la Tristeza.

Cuando hablábamos mi Tristeza y yo, nuestros días pasaban volando y nuestras noches estaban adornadas de sueños, pues mi Tristeza era elocuente y mi lengua era también muy locuaz con mi Tristeza.

Cuando cantábamos juntos, mi Tristeza y yo, nuestros vecinos salían a la ventana a escucharnos, pues nuestros cantos eran profundos como el mar y nuestras melodías estaban impregnadas de extraños recuerdos.

Cuando paseábamos juntos, mi Tristeza y yo, la gente nos miraba con amabilidad y susurraba con desbordante dulzura. No faltaba también quien nos miraba con cierta envidia, pues mi Tristeza era un ser noble y yo me sentía muy orgulloso de ella.

Pero, como todos los seres vivientes, mi Tristeza se murió, y yo me quedé solo con mis meditaciones.

Ahora, cuando hablo, mis palabras resuenan pesadas a mis oídos.

Cuando canto, los vecinos no salen a escuchar mis canciones.

Cuando paseo por la calle, nadie se fija en mí.

Sólo en sueños oigo voces que exclaman compasivas:

«¡Mirad, ahí reposa el hombre al que se le murió la Tristeza!»

... Y CUANDO NACIÓ MI ALEGRÍA

... Y cuando nació mi Alegría, la tomé entre mis brazos, subí a la azotea de mi casa y me puse a gritar:

«¡Venid, vecinos! ¡Venid a ver la Alegría que ha nacido en mí! ¡Acudid a contemplar a este ser jubiloso que se ríe bajo el sol!»

Pero, con gran sorpresa mía, ningún vecino acudió a contemplar mi Alegría.

Durante siete lunas, estuve todos los días proclamando desde la azotea de mi casa la llegada de mi Alegría, pero nadie quiso escucharme. Y mi Alegría y yo estábamos solos, sin que nadie fuera a visitarnos.

Más tarde, mi Alegría se puso pálida y enfermó de aburrimiento, pues sólo yo disfrutaba de su belleza y sólo mis labios besaban los suyos.

Por fin, mi Alegría se murió de soledad y de desolación.

Y ahora, cuando me acuerdo de mi Tristeza muerta, me viene a la mente la Alegría que también se me murió. Pero el recuerdo es una hoja seca que susurra un momento en el aire y ya no vuelve a escuchársele más.

EL MUNDO PERFECTO

Dios de las almas perdidas, tú, que estás perdido entre los dioses, escúchame:

Noble Destino que cuidas de nosotros y ves por encima de nosotros, los espíritus vagabundos, escúchame:

Vivo en medio de una raza perfecta de hombres, yo que soy el más imperfecto de los hombres.

Yo, un caos humano, una nebulosa de elementos confusos, me muevo entre mundos plenamente acabados, entre pueblos con leyes muy determinadas que responden a un orden puro, cuyos pensamientos están catalogados, cuyos sueños están prefijados y cuyas visiones se hallan registradas e inscritas.

Sus virtudes, oh Dios, están medidas; sus pecados se encuentran bien ponderados, y hasta los incontables actos que se realizan en el nebuloso ocaso de lo que no es ni pecaminoso ni virtuoso están registrados y clasificados.

Aquí los días y las noches están oportunamente divididos en estaciones de conducta y se hallan regulados por normas de precisa exactitud.

Comer, beber, dormir, tapar la desnudez y luego cansarse, todo hecho a su debido tiempo.

Trabajar, jugar, cantar, bailar y luego acostarse en paz, cuando el reloj marca la hora de ello.

Pensar esto, sentir aquello, para luego, cuando una determinada estrella aparece en el lejano horizonte, dejar de pensar y de sentir así.

Engañar al vecino con una sonrisa, dar regalos con un gracioso gesto, alabar con prudencia, acusar con precaución, destruir un alma con una palabra, quemar un cuerpo con el aliento y lavarse las manos una vez que se ha dado por concluido el trabajo diario.

Amar de acuerdo con un orden establecido, entretenerse de una manera preconcebida, rendir culto a los dioses como es debido, intrigar y engañar a los demonios con habilidad, para luego olvidarlo todo, como si se hubiese perdido la memoria.

Concebir cosas con vistas a un objetivo fijo, planear considerándolo todo, ser feliz dulcemente, sufrir con nobleza, para después vaciar la copa, de forma que al día siguiente podamos llenarla de nuevo.

Todas estas cosas, oh Dios, están previamente concebidas, han surgido con un firme propósito, se conservan cuidadosamente y con exactitud, se regulan por normas y por la razón, y luego se asesinan y se entierran según un método prescrito. Y hasta sus silenciosas tumbas, donde reposan sus almas humanas, se encuentran marcadas y numeradas.

Es un mundo perfecto, admirable, un mundo de excelencia acabada, la fruta más madura del jardín de Dios, la idea que rige el Universo.

Pero dime, oh Dios, ¿por qué he de estar yo aquí, verde semilla de pasiones insatisfechas, tempestad enloquecida que no se dirige ni al Este ni al Oeste, fragmento extraviado de un planeta que pereció incendiado?

¿Por qué estoy yo aquí, oh Dios de las almas perdidas, Dios que te hallas también perdido entre los dioses...?

EL JARDÍN
DEL PROFETA

I

Almustafá, el elegido y bienamado, aurora de su propio día, volvió a su isla natal, en el mes de Ticrén, que es el mes de los recuerdos.

Y su barco se acercó al puerto, mientras él iba en pie, en la proa, rodeado de su tripulación.

Y sentía en el corazón el calor de la bienvenida.

Habló, y resonó el mar en su voz al decir:

«Mirad, esa es la isla que me vio nacer. De ahí me lancé al mundo llevando una canción y un enigma: una canción dirigida al cielo y un enigma propuesto a la tierra. Y, ¿qué hay entre el cielo y la tierra que cante la canción y adivine el enigma de no ser nuestra propia pasión?

Una vez más, el mar me arroja a estas costas. No somos más que otra ola entre sus olas. Nos impulsa a que le prestemos nuestra voz, pero, ¿cómo lograrlo sin romper contra la arena y la roca la armonía de nuestros corazones?

Pues esta es la ley de los marineros y del mar: si quieres ser libre, debes hacerte niebla. Lo informe busca siempre la forma, como las incontables nebulosas tienden a convertirse en soles y lunas.

Y nosotros, que hemos buscado incansablemente, regresamos ahora a esta isla, como rígidos moldes. Una vez más hemos de convertirnos en niebla y aprenderlo todo desde el principio. ¿Acaso puede algo vivir y elevarse a las alturas, si no se rompe y se fragmenta en pasión y libertad?

Siempre estaremos buscando costas y playas para poder cantar y que nos escuchen. Pues, ¿qué decir de la ola que se rompe donde nadie la oye? Lo que hay en nosotros que nadie ha oído es lo que nutre nuestro dolor más hondo. Sin embargo, también lo nunca oído, lo inaudito, es lo que va tallando y dando forma a nuestra alma para modelar nuestro destino.»

Avanzó entonces uno de los marineros y dijo:

«Maestro, has capitaneado nuestro deseo de llegar a este puerto; ve que ya hemos llegado. Y ahora hablas de penas y de corazones que han de romperse.»

Y replicó el Maestro:

«¿No os he hablado de libertad y de esa niebla que constituye nuestra mayor liberación? Pero hago esta peregrinación a la isla donde nací con el dolor del fantasma de un decapitado que volviera para arrodillarse ante quienes le cortaron la cabeza.»

Habló otro marinero para decir:

«Mira a la multitud que se agolpa en el muelle. En su silencio han adivinado el día y la hora de tu llegada, y abandonando sus campos y viñedos, han acudido a recibirte acuciados por su amorosa necesidad de verte.»

Y Almustafá miró desde lo lejos a la muchedumbre y su corazón sintió las ansias que la espera producía en aquella gente, y se mantuvo en silencio.

Luego, de la gente allí congregada nació un clamor de nostalgia y de súplica.

Miró Almustafá a sus marineros y dijo:

«¿Qué he traído yo a esta muchedumbre? Sólo fui cazador en lejanas tierras. Afiné mi puntería con fuerza y con destreza utilizando todas las flechas de oro que me dieron: pero no he traído de mi caza pieza alguna. No seguí el curso de esas flechas, que quizás ahora estén brillando al sol en las plumas de águilas heridas que no caerán a tierra. O tal vez esas flechas han ido a parar a las manos de quienes más las necesitan para proveerse su pan y su vino.

No sé a dónde dirigieron su vuelo esas flechas, mas sí que sé una cosa: que han trazado su curva en el cielo.

Aun así, la mano del Amor se cierne sobre mí, y vosotros, mis marineros, lleváis en vuestras velas mi visión. Y no me quedaré mudo: gritaré mis palabras cuando la mano de las Estaciones me apriete la garganta, y entonaré mis canciones cuando mis labios estén abrasados en llamas.»

Y los marineros se sintieron turbados en sus corazones cuando dijo estas cosas. Uno de ellos pidió:

«Maestro, enséñanos todo lo que sabes, y tal vez entendamos, porque tu sangre corre por nuestras venas y nuestro aliento tiene el mismo aroma que el tuyo.»

Entonces él les contestó y el viento estaba en su voz al decir:

«¿Me habéis traído a mi isla natal para que sea un Maestro? Aún no me domina la sabiduría. Soy demasiado joven e inmaduro para hablar de otra cosa que no sea de mí, que no sea lo que refleja este yo que siempre tiende profundamente a lo siempre profundo...

Dejad que quien busca la sabiduría la halle en el fondo de una copa de oro o en un poco de arcilla roja. Yo sigo siendo un bardo. Continuaré cantando a la tierra y cantando vuestros sueños que vagan durante el día entre un sueño y otro. Ahora dejadme que contemple el mar.»

Mientras, el barco había entrado en el puerto y estaba atracando en el muelle: así llegó el profeta a su isla natal y estuvo una vez más entre su gente. Y surgió un gran clamor de los corazones que le esperaban, lo que alivió en su corazón la soledad de su regreso.

Quedóse callada la multitud, esperando sus palabras, pero él no dijo nada de inmediato porque le abrumaban y emocionaban tristes recuerdos. Y susurró en su corazón:

«¿He dicho que iba a cantar? No lo haré, pues sólo puedo abrir los labios para que la voz de la vida hable a través de mí y vaya a buscar en el viento gozo y cobijo.»

Entonces Karima, la que había jugado con él de niños en el jardín de la madre del profeta, tomó la palabra y dijo:

«Durante doce años nos has privado de tu rostro, y durante doce años hemos sufrido hambre y sed de tu voz.»

Y el profeta se quedó mirándola con una ternura inefable, pues ella había sido la que cerrara los ojos de su madre cuando se la llevaron las blancas alas de la muerte.

Y él respondió con estas palabras:

«¿Doce años? ¿Has dicho doce años, Karima? No he medido mi anhelo con la vara rutilante del tiempo, ni he sondeado los años. Pues cuando el amor siente nostalgia de su hogar, se sitúa por encima de toda medida y de todo sondeo del tiempo.

Hay momentos que contienen eternidades de separación y de lejanía; pero la separación no es más que un extravío de la mente. Puede que no nos hayamos separado nunca.»

Luego, Almustafá abarcó con la mirada a la muchedumbre allí congregada, y los vio a todos: a jóvenes y a viejos, a fuertes y a débiles, a los que tenían el rostro curtido por el viento y el sol, y a los pálidos; y en todos aquellos rostros había una luz de inquietud y un interrogante.

Tomó la palabra uno de ellos para decir:

«Maestro, la vida ha sido amarga con nuestras esperanzas y con nuestras ansias. Nuestros corazones están intranquilos, sin que sepamos la causa. Te pedimos que nos consueles y que hagas saber a nuestras mentes el significado de nuestras pesadumbres.»

El corazón del profeta se emocionó y compadeció en extremo. Y dijo:

«La Vida es más vieja que todas las criaturas vivientes, al igual que la Belleza, que ya tenía alas antes de que naciera lo bello en la tierra; al igual que la Verdad existía antes de que nadie dijera algo verdadero.

La Vida canta en nuestros silencios y está en nuestros sueños cuando dormimos. E incluso cuando estamos abatidos y humillados, la Vida sonríe a la luz del sol y es libre incluso mientras arrastramos nuestras cadenas.

Con frecuencia damos a la Vida nombres amargos, pero eso es cuando estamos amargados y sombríos; y la consideramos vacía e inútil, pero eso es cuando nuestra alma anda errante por lugares desolados y cuando el corazón se ha embriagado de sí mismo.

La Vida es profunda, elevada y distinta; y aunque vuestra visión más amplia sólo puede abarcar sus pies, la Vida está cerca; y aunque sólo llega a su corazón el hálito de vuestro aliento, la sombra de vuestra sombra se proyecta en su cara, y el eco de vuestro más débil grito se convierte en su pecho en una primavera y en un otoño.

La Vida está velada y escondida, lo mismo que vuestro Yo superior está escondido y velado. Pero cuando habla la vida, todos los vientos se traducen en palabras, y cuando vuelve a hablar, también se convierten en palabras las sonrisas de vuestros labios y las lágrimas de vuestros ojos. Cuando la Vida canta, los sordos oyen y se quedan extasiados; y cuando avanza, los ciegos la contemplan atónitos y la siguen maravillados.»

Y Almustafá dejó de hablar. Un gran silencio se impuso en la multitud allí congregada, y era ese silencio una canción que nunca se había escuchado. Y todos se sintieron reconfortados en su soledad y en sus penas.

II

Marchóse luego el profeta por el sendero que conducía a su jardín, el cual había pertenecido a su padre y a su madre, quienes ahora dormían allí, junto con sus antepasados, el sueño eterno.

Al saber algunos que había vuelto al hogar y que se encontraba solo, pues no le quedaba ningún pariente que le preparase el banquete de bienvenida, como era costumbre en su pueblo, quisieron acompañarle.

Pero el capitán del barco les aconsejó diciendo:

«Dejadle que haga solo su camino, pues su pan es la soledad y su copa de vino el recuerdo que quiere beber a solas.»

Desistieron, pues, los marineros, porque comprendieron que el capitán llevaba razón. Y todos los que se habían congregado en el muelle tuvieron que contener los pasos que les impulsaban a dar sus deseos.

Sólo Karima le siguió de lejos durante un rato, suspirando porque compartía su soledad y sus recuerdos. Pero no habló, y al cabo de cierto tiempo se dirigió a su casa, donde se puso a llorar bajo el almendro de su jardín, sin saber por qué.

III

Llegó Almustafá al jardín de sus padres, y entró en él, cerrando la verja para que nadie le siguiera.

Y durante cuarenta días y cuarenta noches vivió solo en aquella casa y en aquel jardín, sin que nadie fuera a verle, ni se acercase siquiera a la verja, que permaneció cerrada, pues todos sabían que deseaba estar solo.

Cuando hubieron pasado los cuarenta días y las cuarenta noches, Almustafá abrió la verja del jardín para que pudieran entrar a visitarle.

Y se presentaron nueve hombres a hacerle compañía en el jardín: tres marineros de su barco, tres que habían servido en el templo y tres que habían sido compañeros suyos de juegos cuando niños. Estos nueve se convirtieron en discípulos suyos.

Una mañana, se sentaron sus discípulos en torno a él, y los ojos del profeta estaban cargados de nostalgia y de recuerdos. Entonces, el discípulo llamado Hafiz le dijo:

«Maestro, háblanos de la ciudad de Orfalese y de esa tierra donde has habitado estos doce años.»

Almustafá guardó silencio un instante y miró a las colinas y al vasto cielo, pues en su silencio se libraba una batalla. Luego, dijo:

«Amigos y compañeros de viaje, compadeced a la nación que está llena de creencias, pero vacía de religión.

Compadeced a la nación que lleva ropas que no ha tejido, que come un pan cuyo trigo no ha cultivado, y que bebe un vino que no brota de sus lagares.

Compadeced a la nación que aclama al presuntuoso como a un héroe, y que considera un bienhechor al conquistador pomposo y despiadado.

Compadeced a la nación que menosprecia las pasiones mientras duerme, pero se somete a ellas cuando se despierta.

Compadeced a la nación que no alza la voz más que cuando está en un funeral, que sólo se siente orgullosa de sus ruinas, y que no se rebela sino cuando su cuello está ya entre la espada del verdugo y el tajo de madera.

Compadeced a la nación cuyo hombre de Estado es un zorro, cuyo filósofo es un prestidigitador malo y cuyo arte se limita a imitar y a remedar a los demás.

Compadeced a la nación que da la bienvenida a su nuevo gobernante con charangas y le despide a gritos destemplados, para recibir después con más charangas al nuevo gobernante.

Compadeced a la nación cuyos sabios han enmudecido por el paso de los años y cuyos hombres fuertes están aún en la cuna.

Compadeced a la nación dividida en facciones, cada una de las cuales se considera una nación.»

IV

Y pidió otro de sus discípulos:

«Háblanos de lo que en estos momentos alienta en tu corazón.»

El profeta le miró y con una voz parecida al canto de una estrella, replicó:

«En los sueños que tenéis despiertos, cuando os halláis ensimismados escuchando a vuestro yo más profundo, vuestros pensamientos caen lentamente como copos de nieve y cubren todos los sonidos de vuestro alrededor con un blanco silencio.

Y, ¿qué son los sueños que tenemos cuando estamos despiertos sino nubes que, al igual que capullos, brotan y florecen en el árbol celestial de vuestro corazón? ¿Qué son vuestros pensamientos sino pétalos que los vientos de vuestro corazón esparcen por colinas y campos?

Y del mismo modo que aguardáis tranquilos a que tome forma lo informe que hay dentro de vosotros, así la nube se amontona y vaga por los cielos hasta que los dedos benditos moldean los grises anhelos para producir pequeños soles, lunas y estrellas cristalinas.»

A continuación, Sarkis, que era algo escéptico, tomó la palabra y dijo:

«Pero llegará la primavera, y todas las nieves de nuestros sueños y pensamientos se derretirán hasta quedar reducidos a nada para siempre.»

Y el profeta le contestó diciendo:

«Ciertamente, cuando llegue la primavera en busca de su amado entre las somnolientas arboledas y viñedos, se derretirán las nieves y correrán en arroyos tras el río del valle para dar de beber a mirtos y a laureles.

Del mismo modo, cuando llegue en vosotros la primavera, se derretirá la nieve de vuestros corazones y vuestro secreto correrá en arroyos por el valle en busca del río de la Vida; y ese río recogerá vuestros secretos y los llevará al vasto mar.

Todo se derretirá y se traducirá en canciones cuando llegue la primavera; hasta las estrellas, esos inmensos copos de nieve que descienden lentos a los campos más grandes, se derretirán hasta formar cantarines arroyos. Cuando el Sol de su rostro se eleve sobre el mayor de los horizontes, ¿qué congelada simetría no se convertirá en líquida melodía? Y entonces, ¿quién de vosotros no querrá ser el que da de beber al mirto y al laurel?

Nada más ayer vagabais por la mar ondulante y erais seres sin costas y sin un Yo. Luego, ese soplo de la Vida que es el viento os tejió un velo de luz en el rostro; después, una mano os reunió y os dio forma, y buscasteis las alturas con la cabeza alta. Pero la mar os acompañó y su canto aún habita en vosotros. Y aunque hayáis olvidado que fue vuestra madre, la mar afirmará siempre en vosotros su maternidad y eternamente os llamará a su seno.

En vuestro vagar por montes y desiertos, recordaréis siempre la profundidad del frío corazón de la mar; y aunque con frecuencia no sepáis lo que ansiáis, estad seguros de que es su inmensa y rítmica paz.

Pues, ¿acaso podría ser de otro modo? Cuando en las arboledas y en las enramadas danza la lluvia sobre las hojas y las colinas, cuando cae la nieve como una bendición y un símbolo de alianza, cuando lleváis por el valle vuestros ganados al río, cuando en vuestros campos los hilos de plata de los arroyos tejen el verde vestido de la hierba, cuando en vuestros jardines el rocío mañanero refleja el cielo, cuando en vuestros campos la niebla del atardecer os oculta el camino; en todas esas ocasiones la mar inmensa está siempre con vosotros, como testigo de vuestra herencia y fundamento de vuestro amor.

Es el copo de nieve que hay en vosotros y que corre hacia la inmensa mar.»

V

Y una mañana, mientras paseaban por el jardín, apareció ante la verja una mujer. Era Karima, aquella a quien de niños Almustafá había querido como a una hermana. Se quedó allí en pie, sin preguntar nada ni llamar siquiera a la verja, limitándose a mirar el jardín con tristeza y nostalgia.

Al ver Almustafá el anhelo que había en la mirada de Karima, fue rápidamente a la verja, la abrió para que pasara y le dio la bienvenida.

Dijo Karima:

«¿Por qué te has escondido de nosotros y nos has privado de tu presencia? Pues, mira: durante estos largos años te hemos querido y hemos anhelado tu vuelta. Ahora la gente clama por verte y hablar contigo; yo soy su mensajera y vengo a suplicarte que te muestres al pueblo, que le hables con tu sabiduría y que alivies el corazón de los afligidos e instruyas nuestro desconocimiento.»

Él la miró y dijo:

«No me llames sabio, a menos que llames sabios también a todos los hombres. Soy un fruto inmaduro que todavía cuelga de la rama y ayer mismo no era sino el capullo de una flor.

Y no llames a ninguno de vosotros ignorante, porque en realidad no somos ni sabios ni ignorantes. Somos verdes hojas del árbol de la Vida, y la Vida se encuentra más allá de toda sabiduría y seguramente también de toda ignorancia.

Y, a decir verdad, ¿me he alejado de vosotros? ¿No sabéis que la única distancia que existe es la que el alma no puede superar con la imaginación, y que cuando el alma recorre esa distancia, ésta se convierte en un simple ritmo de aquélla?

El espacio que existe entre tú y el vecino que te es tan indiferente aunque viva cerca de ti, es indudablemente mayor que el que hay entre tú y tu ser más querido, que vive siete países y siete mares más allá. Pues no hay distancias para el recuerdo, y sólo el olvido tiene lagunas que ni tu voz ni tu mirada pueden atravesar.

Entre las orillas de los océanos y la cumbre del monte más alto hay un camino secreto que necesitas recorrer, si quieres ser Uno con los hijos de la tierra.

Y entre tu conocimiento y tu comprensión hay una senda secreta que necesitas recorrer, si quieres ser Uno con el hombre, esto es, contigo misma.

Entre tu mano derecha que da y tu mano izquierda que recibe, hay un gran espacio. Sólo haciendo que las dos manos den y reciban a la vez, puedes eliminar la distancia que las separa, pues sólo puedes eliminar ese espacio sabiendo que no tienes nada que dar ni nada que recibir.

A decir verdad, la distancia mayor que existe es la que se da entre lo que ves en sueños y tu vigilia, entre lo que sólo es realidad y lo que es deseo.

Y hay aún otro camino que has de atravesar si quieres ser Uno con la Vida. Pero no hablaré ahora de ese camino, pues te veo cansada de tu viaje.»

VI

Luego, él y la mujer, con los nueve discípulos, se dirigieron a la plaza del mercado, donde habló al pueblo, a sus amigos y vecinos, y había gozo en sus corazones y en sus miradas.

Y dijo:

«Crecéis durante el sueño, y mientras dormís, vivís vuestra vida más rica. Por eso deberíais pasaros el día dando gracias por lo que habéis recibido en el silencio de la noche.

Con frecuencia pensáis en la noche y os referís a ella como un período de descanso, pero la noche es, realmente, la estación de la búsqueda y del descubrimiento.

El día os da la capacidad de conocer y enseña a vuestros dedos a ser diestros en el arte de recibir; pero es la noche quien os lleva a la mansión donde la Vida esconde sus tesoros.

Es la paz silenciosa de la noche quien realmente teje un velo de novia sobre los árboles del bosque y las flores del jardín; y después prepara generosa el banquete, y dispone la alcoba nupcial, y en ese santo silencio se concibe el mañana en el vientre del Tiempo.

Así os sucede, y de este modo buscáis y encontráis pan y plenitud. Y aunque al despertar la mañana borre de vuestra memoria todos los recuerdos, la mesa de los sueños está siempre preparada y la alcoba nupcial se halla siempre aguardando.»

Estuvo luego un rato en silencio, al igual que sus oyentes, que esperaban sus palabras.

Después siguió diciendo:

«Aunque estéis dentro de un cuerpo, sois espíritus y llamas que arden como aceite, aunque os encontréis contenidos en lámparas. Si sólo fuerais cuerpos, mi presencia y mis palabras ante vosotros serían inútiles, pues saltaría como un muerto que llama a otro muerto. Mas no sucede así. Todo cuanto hay de inmortal en vosotros es libre día y noche, y no puede ser encerrado ni encadenado, pues así es la Voluntad del Altísimo. Sois Su aliento y sois como el viento que no se puede coger ni aprisionar. Y yo también soy el aliento de Su aliento.»

VII

Y echó a andar entre ellos con rapidez, regresando a su jardín.

Y Sarkis, que era algo escéptico, tomó la palabra y dijo:

«¿Qué nos dices de la fealdad, maestro? Nunca hablas de la fealdad.»

Y Almustafá le respondió con unas palabras que sonaron como un látigo, diciendo:

«Amigo, ¿qué hombre podría considerarte descortés e incumplidor de los deberes de la hospitalidad, si cuando pasa por tu casa no llama a tu puerta?

Y, ¿quién te juzgará sordo y antipático si te habla en un idioma extranjero que desconoces totalmente?

Lo que llamas fealdad, ¿no es eso que nunca quisiste alcanzar, eso en cuyo corazón nunca quisiste entrar?

Ciertamente, si la fealdad existe, es la telaraña que tenemos ante los ojos y la cera que tapona nuestros oídos.

No consideres nada feo, a excepción del miedo que tiene el alma a sus recuerdos.»

VIII

Un día que estaban sentados bajo las largas sombras de los álamos blancos, dijo uno de los discípulos.

«Maestro, el tiempo me da miedo. Pasa por nuestros cuerpos y nos roba la juventud. ¿Y qué nos da él a cambio?»

Y el profeta le contestó diciendo:

«Coge un puñado de esa tierra. ¿Ves en ella alguna semilla o algún gusano? Pues si tu mano fuera lo bastante ancha y fuerte, la semilla que tienes en ella podría llegar a ser un bosque y el gusano un coro de ángeles. Y no olvides que los años que convierten las semillas en bosques y los gusanos en ángeles, pertenecen a este *ahora*, y que todos los años son este mismo *ahora*.

¿Y qué son las estaciones de los años sino vuestros pensamientos que cambian continuamente? La primavera es un despertar que se produce en vuestro pecho, y el verano el reconocimiento de vuestra fecundidad. ¿No es el otoño lo que hay de antiguo en vosotros, cantando una canción de cuna a lo que aún es niño en vuestro ser? ¿Y qué es el invierno —os pregunto— sino un dormir repleto de los sueños de todas las otras estaciones?»

Entonces, Manus, el inquisitivo discípulo, miró en torno a sí y vio unas plantas floridas que se enredaban a un sicomoro. Y dijo:

«Mira los parásitos, maestro. ¿Qué nos dices de ellos? Son ladrones de mirada siniestra que roban la luz a los laboriosos hijos del sol y que se alimentan de la savia que corre por sus ramas y por sus hojas.»

Y replicó el profeta:

«Amigo, todos somos parásitos. Quienes trabajamos la tierra fértil para que se convierta en vida llena de impulso no somos mejores que quienes reciben directamente la vida del terreno abonado, sin saberlo.

¿Puede decirle una madre a su hijo: "te devuelvo a la selva que es tu madre mayor, porque me cansas el corazón y las manos"?

¿O rechazará el cantor su canción, diciendo: "vuelve ahora a la cueva de los ecos de donde saliste, porque tu voz me agota el aliento"?

¿Y dirá el pastor a su rebaño: "no tengo pastos adonde llevaros, de modo que os degüellen y os ofrezcan en sacrificio"?

No, amigo mío, todas estas cosas tienen una respuesta evidente, y, como vuestros sueños, se pueden realizar mientras dormís.

Según la Ley antigua e intemporal, vivimos unos de otros. Vivamos, pues, con amorosa bondad. Busquémonos unos a otros cuando estemos solos y pongámonos en camino cuando no dispongamos de un hogar.

Amigos míos y hermanos, el camino más ancho es vuestro prójimo.

Estas plantas que viven del árbol maman la leche que les alimenta de la tierra en la dulce calma de la noche. Y la tierra, a su vez, en su sueño tranquilo, se amamanta de los pechos del sol.

Y el sol, como vosotros y como yo, como todo lo que existe, se sienta con iguales honores en el festín del Príncipe cuya puerta siempre está abierta y cuya mesa se encuentra siempre a punto.

Manus, amigo mío, cuanto existe vive siempre de todo lo que existe; y cuanto existe, vive con una confianza sin límites de la magnanimidad del Altísimo.»

IX

Y una mañana, cuando el cielo palidecía aún con la rosada aurora, paseaban todos por el jardín y, mirando hacia oriente, se quedaron callados contemplando la salida del sol.

Al cabo de un rato, Almustafá dijo señalando con el dedo:

«La imagen de ese sol mañanero reflejada en una gota de rocío no es menos que el sol. El reflejo de la vida en nuestra alma no es menos que la vida.

La gota de rocío refleja la luz porque es Una con la luz, y vosotros reflejáis la vida, porque sois también Uno con la Vida.

Cuando os rodee la oscuridad, decid: "Esta oscuridad es una Aurora que aún no ha nacido; y aunque pese sobre mí la noche como el dolor de un parto, la Aurora volverá a nacer en mí, al igual que en los montes."

La gota de rocío que se concentra con la forma de esfera en la penumbra del lirio, no se distingue en nada de vosotros cuando concentráis vuestras almas en el corazón de Dios.

¿Acaso diría la gota de rocío: "sólo soy una gota de rocío una vez cada mil años"? Hablad vosotros para contestarle: "¿no sabes que la luz de todos los años brilla en tu esfera?"»

X

Una noche se desencadenó una gran tormenta en aquel lugar, y Almustafá y sus nueve discípulos entraron en la casa y se sentaron alrededor del fuego, donde permanecieron tranquilos y en silencio.

Entonces, uno de los discípulos dijo:

«Estoy solo, maestro, y los cascos de las horas me golpean el pecho con fuerza.»

Y Almustafá se puso en pie en medio de ellos y dijo con una voz parecida al ruido de un vendaval:

«¿Solo? ¡Y eso qué importa! Viniste al mundo solo y solo te unirás a la niebla.

Bebe, pues, tu copa a solas y en silencio. Los días otoñales han dado a otros labios otras copas y las han llenado de vino dulce y amargo; eso es lo que han hecho con tu copa.

Bébela, por tanto, a solas, aunque tenga el sabor de tu sangre y de tus lágrimas, y alaba a la vida por el don que le ha hecho de la sed, pues sin sed tu corazón no sería más que un litoral solitario, sin cantos ni mareas.

Bebe tu copa solo y bébela alegremente. Elévala por encima de tu cabeza y brinda decidido por quienes beben a solas.

Una vez busqué la compañía de los hombres y me senté a sus mesas en el banquete, y bebí mucho con ellos; pero su vino no se me subió a la cabeza ni fluyó hasta mi pecho; sólo bajó a mis pies. Mi sabiduría se quedó seca y mi corazón permaneció cerrado y en silencio. Sólo mis pies les acompañaron entre sus tinieblas.

Desde entonces ya no volví a buscar la compañía de los hombres, ni me senté a beber con ellos en sus mesas; por eso te digo: ¿qué importancia tiene que los cascos de las horas te golpeen el pecho con fuerza?

Bien está que bebas a solas la copa de tu dolor, pues habrás de beber también a solas la copa de tu alegría.»

XI

Un día, Fardrus el griego estaba paseando por el jardín y tropezó con una piedra. Entonces, se irritó, se volvió para coger la piedra del suelo y dijo con ronca voz:

«¡Cosa muerta que te has atravesado en mi camino!»
Y tiró la piedra lejos.

Y Almustafá, el elegido y bienamado, dijo:

«¿Por qué dices que esa piedra es una cosa muerta? Con el tiempo que has pasado en este jardín, ¿no sabes que no hay en él nada que esté muerto? Todas las cosas viven y resplandecen a la luz del día y en la majestad de la noche.

Tú y la piedra sois uno; la única diferencia radica en los latidos del corazón. Pensarás, amigo mío, que tu corazón late un poco más deprisa; y es verdad, pero no es tan sereno como el de la piedra.

Tal vez el ritmo de la piedra sea distinto, pero yo te digo que si sondeas las profundidades de tu alma y mides las alturas del espacio, oirás una sola melodía, y en ella cantan al unísono la piedra y la estrella con perfecta armonía.

Si mis palabras no llegan a tu entendimiento, no importa; ya las entenderás cuando llegue otra aurora. Si has maldecido esa piedra donde tropezó tu ceguera, deberías maldecir también la estrella si tu cabeza chocara con ella en el cielo. Día llegará en que juntarás piedras y estrellas como el niño que recoge lirios del valle, y entonces sabrás que todo eso tiene vida y aroma.»

XII

Y el primer día de la semana, mientras llegaba a sus oídos el sonido de las campanas del templo, uno de los discípulos dijo:

«Maestro, aquí oímos hablar mucho de Dios. ¿Qué nos dices tú de Dios y quién es Él realmente?»

Y el profeta, que estaba en pie en medio de ellos como un árbol joven que no teme a los vientos ni a la tempestad, contestó:

«Pensad ahora, amados compañeros, en un corazón que contenga a todos vuestros corazones, en un amor que abarque a todos vuestros amores, en un espíritu que envuelva a todos vuestros espíritus, en una voz que recoja en sus ondas a todas vuestras voces y en un silencio intemporal y más profundo que todos vuestros silencios.

Intentad captar ahora en vuestra intimidad una belleza más encantadora que todo lo bello; un canto más amplio que los cantos de los mares y de los bosques, una majestad sentada en un trono respecto al cual Orión no es más que un escabel, llevando un cetro en el que las Pléyades no son sino el pequeño resplandor de una gota de rocío.

Lo único que habéis buscado siempre es alimento, vivienda, ropa y báculo. Buscad ahora a Alguien que no es ni un blanco para vuestras flechas, ni una cueva excavada en la roca que os proteja de los elementos.

Y si mis palabras os parecen duras y enigmáticas, que se abran vuestros corazones y vuestras preguntas os impulsen al amor y a la sabiduría del Altísimo, a aquél a quien los hombres llaman Dios.»

Los discípulos se quedaron en silencio y sus corazones estaban llenos de perplejidad. Almustafá se compadeció de ellos, les miró tiernamente y dijo:

«Dejemos ya de hablar de Dios Padre y hablemos de los dioses, es decir, de vuestros vecinos y de vuestros hermanos, de los elementos que se mueven alrededor de vuestras casas y de vuestros campos.

Os gustaría elevaros imaginativamente hasta las nubes, porque os parecen altas; os gustaría atravesar el inmenso mar, y entonces consideraríais que habíais vencido las distancias. Pero yo os digo que cuando sembráis una semilla en la tierra, alcanzáis una altura mayor, y que cuando alabáis la belleza de la mañana y saludáis a vuestro vecino, cruzáis un mar mayor.

A menudo cantáis al Infinito Dios, pero realmente no oís la canción. ¡Ojalá escucharais el canto de los pájaros y el murmullo de las hojas que caen de las ramas cuando sopla el viento! Pues no olvidéis, amigos, que esas hojas sólo cantan cuando están separadas de la rama.

De nuevo os invito a no hablar superficialmente de Dios, que es vuestro Todo. Hablad más bien entre vosotros, comprendeos unos a otros, de vecinos a vecinos, de un dios a otro dios.

Porque, ¿quién dará de comer a los polluelos si la madre de éstos emprende el vuelo al cielo? Y, ¿qué anémona del campo quedará fecundada, si no la fecunda una abeja que venga de otra anémona?

Sólo buscáis a ese cielo al que llamáis Dios cuando os perdéis en vuestro pequeño yo. Ojalá hallarais caminos hacia vuestros yos más amplios; ojalá fueseis menos perezosos y afianzarais esos caminos.

Marineros y amigos, sería mejor y más sensato hablar menos de Dios, a quien no podemos entender, y hablar más de cada uno de nosotros, y entre nosotros, a quienes podemos comprender. Pero quiero que sepáis que somos el aliento y el perfume de Dios. Somos Dios en la hoja, en la flor y con frecuencia en el fruto.»

XIII

Una mañana, cuando estaba ya alto el sol, uno de los discípulos que había jugado con Almustafá de niño, se le acercó para decirle:

«Maestro, mi ropa está muy gastada y no tengo otra que ponerme. Dame permiso para ir al mercado y regatear con los mercaderes, por ver si consigo otra ropa a buen precio.»

Miró Almustafá a aquel joven y le dijo:

«Dame tu ropa.»

Así lo hizo el joven y se quedó desnudo a la luz del día.

Y dijo Almustafá con voz semejante a un joven corcel cabalgando por un camino:

«Sólo los desnudos a la luz, sólo los sencillos cabalgan en el viento. Y sólo a quien se pierda mil veces le darán la bienvenida cuando vuelva a su hogar.

Los ángeles están hartos de los astutos, y ayer mismo me dijo uno de ellos: "Hemos creado el infierno para los que brillan. ¿Qué otra cosa sino el fuego puede alimentar una superficie brillante y derretir algo hasta su núcleo?"

Y yo le dije: "Pero, al crear el infierno, habéis creado demonios para gobernarlo." A lo que el ángel me contestó: "No, el infierno está gobernado por quienes no se someten al fuego."

¡Verdaderamente era un ángel sabio! Conocía la forma de ser de los hombres y de quienes sólo son hombres a medias. Era uno de esos serafines que acuden a aconsejar a los profetas cuando les tienta algún pérfido astuto. Y sin duda sonríen cuando sonríen los profetas y lloran cuando éstos lo hacen.

Amigos y marineros, sólo los desnudos viven a la luz del sol. Sólo quien no tiene timón puede navegar por alta mar. Sólo quien está sumido en la oscuridad de la noche despertará con el alba. Sólo quien duerme con las raíces hundidas bajo la nieve, llegará hasta la primavera.

Porque vosotros sois sencillos como raíces, pero tenéis la sabiduría de la tierra. Y sois silenciosos, aunque en vuestras ramas que aún no han brotado susurre el canto coral de los cuatro vientos.

Sois aún frágiles e informes, pero representáis el comienzo de gigantescos robles y del perfil esbozado de los sauces que se recortan frente al cielo.

Os repito que sólo sois raíces entre la oscura tierra y los cielos que viajan de continuo. Con frecuencia os he visto levantaros para danzar a la luz, pero también he reparado en el rubor de vuestra timidez. Porque toda raíz se ruboriza. Ha tenido escondido su corazón tanto tiempo, que no sabe qué hacer con él.

Pero llegará mayo, y mayo es una inquieta virgen que no descansa nunca; y cuando llegue, nacerán de ella renovados los montes y los llanos.»

XIV

Y uno de los discípulos que habían servido en el templo, le pidió:

«Enséñanos, maestro, a fin de que nuestras palabras lleguen a ser, como las tuyas, un canto y un incienso para la gente.»

Y replicó Almustafá:

«Te elevarás por encima de tus palabras, pero tu camino seguirá siendo un ritmo y un perfume; un ritmo para quienes aman y para quienes son amados, y un perfume para quienes quieren vivir en un jardín.

Pero te elevarás por encima de tus palabras hasta llegar a una cima adonde cae polvo de estrellas, que llenará tus manos abiertas; entonces te echarás a dormir como un blanco pichón en su nido y soñarás con tu primavera, como hacen las pálidas violetas.

Descenderás más profundamente que tus palabras. Buscarás las fuentes de las que manan los arroyos y serás la gruta escondida donde resuenen los ecos de las tenues voces de las profundidades que hasta ahora no podías oír.

Descenderás a mayor profundidad que tus palabras y que todo sonido, hasta el propio corazón de la tierra, y allí estarás a solas con Aquél que también anda sobre la Vía Láctea.»

Al cabo de un rato, le preguntó otro discípulo:

«Maestro, háblanos de la existencia. ¿Qué significa existir?»

Almustafá le contempló un largo rato, sintiendo amor por él. Luego se puso en pie y anduvo un rato alejándose de ellos; cuando regresó dijo:

«En este jardín yacen mi padre y mi madre, que fueron enterrados por quienes estaban en vida; y en este jardín están sepultadas las semillas del año pasado, que llegaron hasta aquí en las alas del viento. Mil veces serán enterrados aquí mis padres y mil veces enterrará aquí el viento las semillas; y dentro de mil años, tú, yo y esas flo-res nos reuniremos en este jardín, como ahora, y *existiremos* con idéntico amor por la vida, y *existiremos*, soñando en el espacio, y *existiremos*, elevándonos hacia el sol.

Pero ahora existir es ser sabio, pero no permanecer ajeno a los ignorantes; es ser fuerte, pero no para perjudicar a los débiles; es ju-gar con los niños pequeños, pero no como padres, sino como ca-maradas que quieren aprender sus juegos.

Existir es ser sencillo y amable con los ancianos y las ancianas, y sentarse con ellos a la sombra de los viejos robles, aunque estéis aún caminando por la primavera.

Existir es buscar al poeta, aunque viva más allá de siete ríos, y estar en paz delante de él, sin desear, sin dudar y sin una palabra en los labios.

Existir es saber que el santo es hermano gemelo del pecador, cu-yo padre es nuestro Magnánimo Rey, y que aquél nació unos mo-mentos antes que éste, por lo que le consideramos Príncipe Coro-nado.

Existir es seguir a la Belleza, aunque nos lleve al borde mismo del precipicio y aunque ella tenga alas y nosotros no. Y aunque ella vaya más allá del borde del precipicio, seguidla, porque no hay na-da donde no existe la Belleza.

Existir es estar en un jardín sin vallas, en una viña sin guardián, en un palacio repleto de tesoros, siempre abierto a los que pasan.

Existir es ser robado y engañado, y sentir decepciones, y que te tiendan trampas, y tener que soportar las burlas de otros; pero mi-rar desde las alturas de vuestro yo superior y sonreír, con la con-ciencia de que llegará una primavera a tu jardín y que danzará con vuestras hojas; que un otoño hará madurar tus racimos; sabiendo que si una sola de tus ventanas está abierta hacia el oriente, nunca estarás vacío; que todos a los que consideran malhechores, ladro-nes, tramposos y embaucadores, son hermanos tuyos en la nece-sidad, y que tal vez tú mismo seas uno de ellos a los ojos de los bienaventurados que moran en esa Ciudad Invisible que se eleva por encima de esta ciudad.

Y ahora oídme vosotros, aquellos cuyas manos modelan y pro-ducen todo lo que se requiere para la comodidad de nuestros días y nuestras noches:

Existir es ser un tejedor con ojos en los dedos; un arquitecto que conoce el espacio y la luz, un labrador que sabe que hay un tesoro en cada semilla que siembra; existir es ser un pescador y un cazador que se apiadan del pez y del venado, pero que se compadecen aún más del hombre y de sus necesidades.

Y, principalmente, os digo que quisiera que todos y cada uno de vosotros participarais en los propósitos de cada hombre, pues sólo así podréis confiar en que se realicen vuestros buenos propósitos.

Compañeros y amigos queridos, sed audaces y no débiles; sed ilimitados y no confinados; sed realmente vuestro yo más íntimo, hasta mi última hora y hasta vuestra última hora.»

Y dejó de hablar, y una gran melancolía se adueñó de los nueve discípulos, y sus corazones se alejaron del profeta, porque no comprendieron sus últimas palabras.

Y entonces los tres marineros sintieron noltalgia del mar, y los que habían servido en el templo añoraron los consuelos que les proporcionaba el santuario, y los que habían sido compañeros de juego del profeta cuando niños, desearon marcharse a la plaza del mercado. Todos estaban sordos a las palabras del profeta, de forma que los sonidos de sus palabras volvieron a él como pájaros cansados y sin nidos que buscan cobijo.

Y Almustafá se alejó de ellos por el jardín, sin decir nada y sin mirarles.

Y ellos empezaron a hablar entre sí y a buscar excusas para satisfacer sus deseos de marcharse.

Y de pronto cada uno dio media vuelta y volvió a su hogar de origen, de modo que Almustafá, el elegido y bienamado, se quedó totalmente solo.

XV

Y cuando cayó la noche, el profeta se dirigió a la tumba de su madre y se sentó bajo el cedro que allí crecía. Y apareció entonces en el cielo una luz que proyectaba un gran reflejo, y el jardín brillaba como una bella joya en el pecho de la tierra.

Y exclamó Almustafá en la más profunda soledad de su espíritu:

«¡Qué pesada es la carga de sus frutos maduros que soporta mi alma! ¿Quién vendrá a recogerlos y a satisfacerse de ellos? ¿No hay nadie que haya ayunado y que sea de corazón generoso y apacible para que venga a quebrantar su ayuno con mis primeras cosechas ofrecidas al sol, y que me alivie del peso de mi abundancia?

Mi alma está repleta del vino de los años, ¿no habrá ningún sediento que venga aquí a beber?

Había una vez un hombre en una encrucijada de caminos, que extendía las manos a los que pasaban. Y sus manos estaban llenas de joyas. Y ese hombre llamaba a los que pasaban diciendo: "Compadeceos de mí y coged. En nombre de Dios, tomad algo de mis manos y aligeradme de su peso."

Pero quienes pasaban se limitaban a mirarle y nadie tomaba nada de sus manos.

Hubiera sido preferible para él ser un mendigo que extiende tembloroso la mano que se saca vacía del pecho, dispuesta a recibir, antes que extenderla repleta de ricos regalos, sin encontrar a nadie que los quiera aceptar.

Pero había también un magnánimo príncipe que plantó sus tiendas de seda entre el monte y el desierto, y mandó a sus criados que encendieran una hoguera para que sirviese de señal al extranjero y al caminante extraviados, y que envió a sus esclavos para que atisbaran por senderos y caminos en busca de un huésped a quien invitar. Pero senderos y caminos se hallaban solitarios, y no encontraron a nadie.

Hubiera sido preferible para ese príncipe ser un hombre sin patria, sin tiempo y sin destino, que buscase alimento y cobijo. Hubiese sido preferible para él ser un vagabundo sin más posesiones que una túnica, un báculo y una escudilla, porque en ese caso, al caer la noche, se hubiese reunido con sus iguales y con los poetas sin hogar y sin tiempo, y habría compartido con ellos su pobreza, sus recuerdos y sus sueños.

Había, asimismo, la hija de un gran rey que cuando se despertaba por la mañana se ponía su mejor vestido de seda, se adornaba con perlas y rubíes, se echaba almizcle en el pelo y se mojaba los dedos con ámbar. Luego, bajaba de la torre al jardín, donde el rocío de la noche le ponía unas sandalias de oro. Pasaba el día y llegaba la noche. Y en la paz de la noche la hija de aquel rey seguía buscando el amor en el jardín; pero en todo el inmenso reino de su padre no hubo nadie que la quisiera.

Hubiera sido preferible para ella ser la hija de un labrador que llevara las ovejas a los pastos y regresar cuando anochece a casa de su padre con el polvo de los ondulantes caminos en los pies y el aroma de los viñedos en los pliegues del vestido. En ese caso, cuando cayera la oscuridad y el ángel de la noche cubriese la tierra, iría al valle del río a buscar a su amante, que la estaría esperando.

Hubiese sido también preferible para ella ser una monja encerrada en un claustro, que quemara su corazón como si fuese incienso para que pudiera elevarse con el viento, y que consumiese su espíritu como una vela para producir una luz que se alzara hacia la luz mayor, junto con todos los que adoran, que aman y son amados.

Asimismo hubiera sido preferible para ella ser una de esas mujeres de muchos años que se sientan al sol para recordar a quienes compartieron sus días juveniles.»

Y se hizo totalmente de noche. Y Almustafá desapareció en la oscuridad, y su espíritu era como una nube cargada de agua. Y el profeta volvió a exclamar:

«¡Qué pesada es la carga de sus frutos maduros que soporta mi alma! ¿Quién vendrá a comer de ella para saciar su hambre?

Mi alma rebosa de su vino. ¿Quién se servirá ahora de él y lo beberá para calmar la ardiente aridez del desierto?

Preferiría ser un árbol sin flores ni frutos, pues el dolor de la abundancia es más amargo que el de la esterilidad; y la tristeza del rico de quien nadie quiere recibir nada es mayor que la pena del pobre al que nadie da.

Preferiría ser un pozo seco y en ruinas al que tirara la gente piedras, pues más vale recibir alguna pedrada que ser una fuente de agua vivificante por la que los hombres pasan de largo sin beber de ella.

Y preferiría ser un junco al que todos pisan que una lira con cuerdas de plata, en una espléndida mansión, a cuyo dueño le faltaran los dedos y cuyos hijos fuesen sordos.»

XVI

Durante siete días y siete noches, nadie se acercó al jardín, y Almustafá permaneció a solas con sus recuerdos y su dolor; pues hasta quienes habían escuchado sus palabras con amor y paciencia se habían alejado de él, enfrascándose en sus tareas cotidianas.

Sólo Karima fue a verle, con el silencio envolviéndole el rostro como si fuese un velo; llevaba en sus manos una copa y un plato, con bebida y comida para la soledad y el hambre del profeta. Cuando hubo colocado las viandas ante él, Karima se alejó callada.

Y Almustafá se quedó otra vez en compañía de los álamos blancos que se elevaban dentro del jardín. Sentóse mirando el camino y al cabo de un rato atisbó una nube de polvo que se acercaba a él a través del camino; y de esa nube de polvo surgieron los nueve discípulos del profeta y, delante de ellos, iba Karima como si les guiara.

Almustafá se adelantó a recibirles y ellos atravesaron la verja, y todo estaba en orden, como si sólo se hubiesen marchado una hora antes.

Entraron, pues, los discípulos y, sentados a su frugal mesa, comieron con él, una vez que Karima hubiese servido el pan y el pescado, y de que hubiera echado en las copas todo el vino que había.

Cuando acabó de servirlo, se dirigió al maestro para decirle:

«Permíteme que vaya a la ciudad a por más vino, pues éste se ha acabado.»

Él la miró detenidamente, y había en sus ojos un viaje a un país lejano. Luego, dijo:

«No, bastará por ahora.»

Y comieron y bebieron hasta saciarse. Y al acabar, Almustafá habló con la potente y profunda voz del mar, repleta cuando ha subido la marea bajo la luna. Y dijo:

«Camaradas y compañeros de viaje, en este día debemos separarnos. Durante largo tiempo hemos surcado procelosos mares y hemos subido a los más altos montes; unidos, hemos hecho frente a las tormentas. Hemos conocido el hambre, pero también nos hemos sentado en los banquetes nupciales. A veces hemos ido desnudos, pero también nos hemos puesto regias vestiduras. Ciertamente hemos viajado hasta muy lejos, mas ahora hemos de separarnos. Vosotros haréis juntos vuestro camino y yo emprenderé el mío a solas.

Y aunque inmensos mares y tierras nos separen, seguiremos siendo compañeros de viaje, rumbo al Monte Sagrado.

Pero antes de que emprendamos nuestros caminos separados, os ofreceré la cosecha de mi corazón y lo mejor de él.

Haced vuestro camino cantando, pero que cada canción sea breve, porque sólo vivirán eternamente en los corazones de los hombres aquellos cantos que mueran en vuestros labios al poco de nacer.

Decid siempre con pocas palabras las verdades amables, pero no digáis una verdad amarga con ninguna palabra. A la muchacha cuyos cabellos deslumbran al sol de la mañana decidle que es hija del mediodía, pero si veis a un ciego, no le digáis que es uno con la noche.

Escuchad al flautista como si oyerais las primaverales melodías de abril, pero si oís a uno de esos que critican y que sólo ven defectos en los demás, haceos tan sordos como vuestros besos y alejaos de sus palabras todo lo que os permita vuestra imaginación.

Compañeros queridos, en vuestra ruta hallaréis hombres con pezuñas; dadles vuestras alas. Y hombres con cuernos; dadles guirnaldas de laurel. Y hombres con garras; dadles pétalos de flores para que les sirvan de uñas. Y hombres con lenguas venenosas; dadles miel para que endulcen sus palabras.

Sí; encontraréis a ésos y a muchos otros. Encontraréis a cojos vendiendo muletas, a ciegos ofreciendo espejos y a ricos mendigando a la puerta del templo.

Dadle al cojo vuestra agilidad; al ciego, vuestra visión, y tratad de darle algo vuestro al mendigo rico, pues éste es el más necesitado, porque seguramente nadie extenderá la mano pidiendo limosna a menos que sea pobre de verdad, a pesar de tener grandes posesiones.

Compañeros y amigos, por vuestro amor os conjuro a que seáis senderos incontables que se crucen entre sí a través del desierto, por donde vayan juntos leones y liebres, lobos y ovejas.

Y recordad esto de mí: no os enseño a dar sino sobre todo a recibir; no a negar, sino a colmar; no a ceder, sino a comprender con una sonrisa en los labios.

No os enseño a guardar silencio, sino a entonar en voz baja una canción. Os enseño a que conozcáis a vuestro yo mayor, ese yo que contiene a todos los hombres.»

Y levantóse de la mesa para salir al jardín y caminar a la sombra de los cipreses mientras el día declinaba. Ellos le seguían a poca distancia, pues sus corazones estaban tristes y tenían la lengua pegada al paladar.

Sólo Karima, después de quitar las sobras de la mesa, se acercó a él para decirle:

«Permíteme, maestro, que te prepare comida para tu viaje de mañana.»

Miróla el profeta con unos ojos que ya vislumbraban otros mundos y le dijo:

«Hermana mía querida, esa comida está ya preparada desde el comienzo de los tiempos. La comida y la bebida están preparadas para mañana, como ya lo estuvieron para ayer y para hoy.

Me marcho, pero lo hago dejando una verdad que aún no ha sido expresada. Y esa verdad volverá para buscarme otra vez y para juntarme, aunque mis elementos estén diseminados por los silencios de la eternidad. Y otra vez regresaré a vosotros, a hablaros con una nueva voz y a deciros todo lo que falta por decir, pues Dios no consentirá permanecer oculto a los ojos de los hombres ni que su palabra se mantenga sepultada en el abismo del corazón humano.

> Y viviré más allá de la muerte,
> y cantaré en vuestros oídos,
> cuando la enorme marejada me devuelva
> a las inmensas profundidades del mar.
> Me sentaré con vosotros a la mesa,
> aunque no tenga un cuerpo,
> y, como espíritu invisible,
> os seguiré a los campos.
> Llegaré a vuestras casas y a vuestros hogares,
> como un invitado que nadie puede ver.
> Nada cambia la muerte,
> a excepción de las máscaras
> que cubren nuestros rostros.
> Seguirá el leñador con su oficio
> e igual el labrador,
> y quien lanzó sus canciones al viento
> las cantará también a los astros que giran.»

Y los discípulos se habían quedado quietos como piedras, y sus corazones estaban apenados al oír que se marchaba. Pero nadie tendió la mano para retener al maestro, ni nadie se atrevió a seguir sus pasos.

Y Almustafá salió del jardín de su madre, y eran sus pasos ligeros y callados. Y en un momento, como hoja que arrastra el huracán, se hallaba ya muy lejos. Y vieron los discípulos una tenue luz que se iba elevando a las alturas.

Y los nueve emprendieron su camino de vuelta, aunque la mujer seguía aún en pie en medio de la noche contemplando cómo se fundía aquella luz con la luz del ocaso allá en el horizonte. Y se consoló en su soledad y en su tristeza recordando las palabras del profeta:

«Me marcho, pero lo hago dejando una verdad que aún no ha sido expresada. Y esa verdad volverá a buscarme otra vez para regresar nuevamente a vosotros.»

XVII

Y estaba entonces anocheciendo.

El profeta había llegado a la cima del monte. Sus pasos le habían conducido hasta la Niebla, y estaba en pie, entre las rocas y los cipreses blancos, oculto para todo. Tomó la palabra y dijo:

«Oh, Niebla, hermana mía, aliento blanco
al que no contuvo ningún molde,
vuelvo a ti, cual aliento blanco y sin voz,
como una palabra que aún no ha sido dicha.

Oh, Niebla, mi alada hermana niebla,
ya estamos juntos,
y juntos seguiremos hasta el día segundo de la vida
cuya aurora te depositará, cual gota de rocío,
sobre un jardín,
y a mí me convertirá en niño sobre el pecho de una mujer,
y juntos recordaremos.

Oh, Niebla, hermana mía, ahora vuelvo a ti
igual que un corazón
cuyo latir se oye en lo profundo,
como tu corazón;
y un ansia inquieta y sin motivo, igual que tu deseo,
y un pensamiento aún no estructurado,
como tu pensamiento.

Oh, Niebla, hermana mía, primogénita de mi madre,
aún tengo entre las manos las verdes semillas
que me invitaste a derramar,
y mis labios continúan sellados
con el canto que me diste orden de cantar.

No traigo fruto alguno ni traigo ningún eco,
pues mis manos eran ciegas y estériles mis labios.

Oh, Niebla, hermana mía, mucho amé yo al mundo
y él también me amó mucho,
pues todas mis sonrisas estaban en sus labios,
y todas sus lágrimas se hallaban en mis ojos.
Pero hubo entre nosotros un lago de silencio
que él no pudo vallar ni yo logré saltar.

Oh, Niebla, hermana mía, hermana Niebla inmortal.
Canté para mis hijos las antiguas canciones
que ellos escucharon con asombro
expresado en sus rostros;
mas acaso mañana olviden la canción,
y el viento se la lleve no sé a dónde.
Y aunque ella no era mía, sin embargo,
me llegó al corazón
y por unos momentos se detuvo en mis labios.

Oh, Niebla, hermana mía,
pese a haber sucedido todo esto,
me siento en paz.
Me ha bastado cantar a los que habían nacido.
Y aunque no fuera mía la canción,
es de mi corazón el ansia más profunda.

Oh, Niebla, hermana mía, mi Niebla fraternal,
soy uno ahora contigo. No sigo siendo un Yo.
Han caído los muros y roto las cadenas.
Me elevo a ti, convertido ya en niebla,
y juntos flotaremos en el mar
hasta el segundo día de la Vida
cuando la aurora te deposite, cual gota de rocío,
sobre un jardín
y a mí me convierta en niño sobre el pecho de una mujer.»

JESÚS, EL HIJO DEL HOMBRE

SANTIAGO, HIJO DE ZEBEDEO

Un día de primavera se puso Jesús en una plaza de Jerusalén a hablar a la muchedumbre sobre el Reino de los Cielos.

Y lanzó graves acusaciones contra los escribas y fariseos por tender lazos y poner trampas en el camino de quienes buscaban el Reino de los Cielos, recriminándoles con acritud.

Había entre la multitud un grupo de gente que, saliendo en defensa de los escribas y fariseos, trataron de prender a Jesús y a nosotros.

Pero Él escapó dirigiéndose a la puerta de la ciudad que mira hacia el Norte.

Allí nos dijo: «Mi hora no ha sonado todavía. Aún tengo muchas cosas que deciros y muchas cosas que hacer antes de abandonar el mundo.»

Y añadió con una voz impregnada de sonriente felicidad: «Vayamos hacia el Norte al encuentro de la primavera. Subid conmigo a los montes, pues ha pasado el invierno y las nieves del Líbano descienden a los valles añadiendo sus sones a las sinfonías de los arroyos.

Los campos y los viñedos han ahuyentado el sueño y han despertado para saludar al sol con sus jugosos higos y sus frescas uvas.»

Y echó a andar delante de nosotros, y fuimos tras Él ese día y el siguiente. Al atardecer del tercero habíamos subido a la cumbre del monte Hermón. Se detuvo en una meseta y observó los pueblos diseminados por el llano.

Y se le iluminó el rostro como oro bruñido, y extendiendo los brazos nos dijo:

«Mirad cómo se ha puesto la tierra sus verdes vestiduras y cómo los arroyos han bordado sus orillas con brillante hilo de plata.

Realmente, la tierra es bella y es hermoso todo cuanto contiene. Pero más allá de todo lo que veis existe el Reino del que seré rey y gobernante. Si sois capaces de amar y lo deseáis de veras, vendréis conmigo a ese Reino a gobernar conmigo.

En ese lugar ni mi rostro ni los vuestros estarán enmascarados, y no llevaréis en las manos ni espadas ni cetros. Nuestros gobernados nos amarán tranquilos y no nos temerán.»

Así habló Jesús, y yo me quedé ciego para todos los reinos de esta tierra y para las ciudades de murallas y torres. Mi espíritu sólo ansiaba seguir al Maestro hasta aquel otro Reino.

En ese momento, apareció Judas Iscariote y acercándose a Jesús le dijo:

«Mira qué inmensos son los reinos de este mundo: las huestes de Salomón y de David acabarán venciendo a los romanos. Si tú quieres ser rey de los judíos, estaremos a tu lado con nuestras espadas y nuestros escudos, y venceremos a los extranjeros que nos oprimen.»

Cuando oyó Jesús esto, su rostro se indignó, y dijo con una voz terrible semejante al trueno:

«¡Apártate de mi, Satanás! ¿Acaso crees que he descendido a este mundo temporal para gobernar un solo día sobre un hormiguero de gente? Mi trono está por encima de tu comprensión. ¿Va a refugiarse en un nido abandonado y en ruinas aquél cuyas alas abarcan la tierra? ¿Honrarán y exaltarán a aquél que tiene vida unos seres que ya visten mortajas?

Mi Reino no es de este mundo, y mi sol no se elevará sobre las calaveras de vuestros antepasados.

Si ansiais un reino que no sea el reino del espíritu, será mejor que me abandonéis y descendáis a las cuevas donde yacen vuestros muertos, donde las cabezas coronadas en otro tiempo convocan a sus cortes en sus sepulcros, y puede que aún estén tributando honores a los huesos de vuestros antepasados.

¿Te atreves a tentarme con una corona de inmunda materia, cuando mi frente ansía las estrellas y rechaza vuestros abrojos?

Si no fuera por el sueño de un pueblo ya casi olvidado, no soportaría yo que vuestro sol se alzara sobre mi paciencia ni que vuestra luna proyectara su luz sobre mi cuerpo formando una sombra alargada en vuestros caminos.

Si no hubiera sido por el ansia pura que emocionó el alma de una madre blanca e inmaculada, me habría desembarazado de mis pañales y habría retornado al espacio infinito.

Y si no fuera por el punzante dolor que os quema las entrañas, no me hubiese quedado en este lugar para sollozar y gemir.

¿Quién eres y por qué me tientas, Judas Iscariote? ¿Me has pesado en una balanza y me has encontrado apto para dirigir un ejército de enanos y conducir una escuadra de sombras contra un enemigo que acampa sólo en vuestros rencores, miedos y fantasmas? Muchos son los insectos que se arrastran a mis pies, mas yo los venceré. Estoy cansado de sus burlas y de compadecerme de los reptiles que me tienen por cobarde porque mi camino no pasa por sus murallas y sus fortalezas.

Es necesario que mi compasión llegue hasta sus últimas consecuencias. ¡Cómo me gustaría poder dirigir mis pasos hacia un mundo mayor, en el que morasen seres muy superiores a los de este mundo! Pero, ¿cómo lograrlo?

Vuestro emperador y vuestro sumo sacerdote quieren mi vida. Ya lograrán sus fines antes de que me vaya hacia ese otro mundo. No cambiaré el curso de las leyes ni gobernaré sobre ignorantes. Dejad que la ignorancia y la necedad se reproduzcan hasta hartar a su propia descendencia. Dejad que un ciego guíe a otro ciego hasta caer ambos en una fosa. Dejad que los muertos entierren a los muertos, hasta que la tierra quede sofocada con el perfume amargo de sus vástagos.

Mi Reino no es de este mundo. Está allí donde dos o tres de vosotros os reunáis con amor y veneración, admirando la belleza de la vida, recordándome felices.»

Cuando hubo acabado de hablar, miró de pronto a Judas Iscariote y le dijo: «Apártate de mi vista, hombre, que vuestros reinos no tienen cabida en el mío.»

Ya estaba cayendo la noche, y Él, dirigiéndose a nosotros, nos dijo:

«Vayámonos de este lugar, pues se nos echa la noche encima. Caminemos mientras haya luz.»

Entonces empezó a descender del monte, y nosotros le seguimos. Judas nos acompañaba detrás desde bastante lejos.

Cuando llegamos al llano, ya había anochecido totalmente. Entonces Tomás, el hijo de Teófanes, se dirigió a Jesús diciéndole: «Maestro, la noche está muy oscura y nadie puede ya distinguir el camino. Si quieres, podemos dirigirnos hacia las luces de aquella aldea donde tal vez encontremos comida y albergue.»

Pero Jesús le respondió: «Os he conducido a las cumbres cuando teníais hambre y os he traído al llano cuando vuestra necesidad se había multiplicado. Siento no poder pasar la noche con vosotros, pero quisiera estar solo.»

Entonces, se adelantó Simón Pedro y dijo:

«No nos dejes en medio de las tinieblas de la noche; déjanos pasar la noche contigo en este estrecho sendero, pues si estás con nosotros, la noche y sus fantasmas no se quedarán con nosotros mucho tiempo, y estaremos como iluminados por una Aurora si sigues con nosotros.»

Pero Jesús le contestó: «Esta noche los zorros tendrán sus madrigueras y sus cuevas, y los pájaros del cielo tendrán sus nidos, pero el Hijo del Hombre no hallará dónde reclinar su cabeza. En verdad os digo que deseo estar a solas. Pero, si queréis, podréis volver a encontrarme a orillas del lago donde yo os he hallado.»

Nos alejamos entonces de Él con nuestros corazones apenados pues no queríamos abandonarle. A menudo volvíamos la cabeza para mirar hacia el lugar donde se encontraba en su solitaria majestad, caminando hacia el Oeste.

El único de nosotros que no quiso volver la cabeza hacia atrás para contemplar la completa soledad del Maestro fue Judas Iscariote, quien desde ese día se volvió irritable y distante. Su mirada parecía oscurecida por una espesa niebla de odio y de doblez.

ANA, MADRE DE MARÍA

Mi nieto Jesús nació en Nazaret, en el mes de enero. La noche en que nació Jesús nos visitaron unos hombres que venían del Este. Se trataba de unos persas que llegaron de Asdrelón con las caravanas de medianitas que comercian con Egipto. Como no encontraron hospedaje en la posada, vinieron a pasar la noche a nuestra casa.

Yo les di la bienvenida y les dije: «Mi hija ha dado a luz un niño esta noche. Tendréis que disculparme si no os atiendo como es debido.»

Ellos me agradecieron que les hospedara y después de cenar me dijeron:

«Nos gustaría ver al recién nacido.»

Realmente, el hijo de María era un niño muy hermoso que merecía ser contemplado; su madre era también una mujer agraciada.

Cuando los extranjeros vieron a María y a mi nieto, sacaron oro y plata de sus bolsas; luego, le ofrecieron incienso y mirra, que pusieron a los pies del pequeño, arrodillándose y rezando en un idioma extraño que no entendía.

Y cuando les llevé al aposento que había preparado para ellos, andaban con cierto aire de recogimiento, como si estuvieran asombrados por lo que acababan de ver.

Nada más despuntar el día, se despidieron de nosotros para continuar su camino hacia Egipto. Pero antes de irse me dijeron:

«Aunque tu nieto sólo tiene un día, hemos podido ver en sus ojos la luz de nuestro Dios y en sus labios la sonrisa de Aquel al que adoramos. Te rogamos que cuides de Él para que luego Él os proteja a todos.»

Y después de decir esto, montaron en sus camellos y no volví a verlos más.

María, más que feliz, se sentía asombrada y admirada ante su hijo. Miraba durante mucho tiempo al niño y luego dirigía su rostro hacia la ventana contemplando el horizonte, absorta como si tuviese una revelación. Había lagunas entre su corazón y el mío.

Y el niño creció corporal y espiritualmente, siendo muy distinto de los otros niños, pues le gustaba estar solo, no permitía que se le mandara y nunca pude ponerle las manos encima. Todos en Nazaret le querían, y yo conocía la causa. Con frecuencia nos cogía pan y se lo daba a los que pasaban, y si alguna vez le regalaba alguna golosina, se la entregaba a sus compañeros sin probarla.

Trepaba a los árboles de nuestra huerta para coger fruta, pero nunca se la comía. Y si corría con los niños del pueblo, como era más rápido que ellos, disminuía su marcha para que otros pudieran ganar la carrera.

Cuando le acompañaba por la noche a acostarse, me decía: «Advierte a mi madre y a los demás que sólo duerme mi cuerpo, pero que mi espíritu les acompaña hasta que sus espíritus se unan a mi Aurora.»

Y me contaba muchas cosas más, igualmente extrañas, como una hermosa parábola que me explicaba siendo muy pequeño aún y que ahora no puedo recordar a causa de mis muchos años.

Hoy me han dicho que ya no volveré a verle nunca más. Pero, ¿cómo voy a creer eso? Todavía oigo sus risas, el eco de sus pisadas aún resuena en mi patio y, cuando beso a mi hija en la cara, siento aún que su perfume vuelve a mi corazón y que su hermoso cuerpo se encuentra entre mis brazos.

Pero, ¿no es extraño que María no me haya vuelto a hablar de su primogénito? A veces me pareció que la nostalgia que sentía de su hijo era menor que la mía. Pues ella se encontraba rígida como una estatua de bronce, meditando a plena luz del día, mientras que mi corazón se derretía y corría a raudales por mi pecho.

Pero, ¡quién sabe! Tal vez ella conoce cosas que yo ignoro. ¡Y ojalá me cuente el misterio que sabe y que yo no alcanzo a descifrar!

ASAF, ORADOR DE TIRO

¿Que puedo decir del verbo de Jesús? Sin duda alguna que una fuerza extraordinaria que había dentro de Él impregnaba sus parábolas de un encanto irresistible para quienes le escuchaban. Puede que en ello influyera también su hermosura y el resplandor que brillaba en su rostro.

La gente se extasiaba más contemplándole que escuchando sus argumentos. Pero Él hablaba con frecuencia con el poder de un espíritu elevado, que ejerce un dominio absoluto en cuantos le escuchan.

Yo había escuchado de muchacho a oradores de Roma, de Atenas y de Alejandría. Pero aquel joven Nazareno no se parecía a ninguno de ellos. Aquéllos se preocupaban mucho de ordenar sus palabras de un modo espectacular que encantara a los oídos, pero, cuando oías hablar al Profeta de Nazaret, sentías que el alma se te escapaba y que se iba a vagar por regiones lejanas e inexploradas. Contaba historias y predicaba enseñanzas mediante parábolas. Pero nadie había oído en toda Siria parábolas como las de Jesús; parecía que las entretejía fuera del tiempo, como las estaciones del año fabrican sus telas con hilos de siglos y de milenios.

Por ejemplo, empezaba sus predicaciones diciendo: «Salio un día a sembrar un labrador...», o: «Había un rico que tenía muchos viñedos...», o: «Contó un pastor sus ovejas al caer de la tarde y vio que le faltaba una...»

Estas palabras llegaban a la intimidad más sencilla de quienes le escuchaban y a su pasado más apacible y tranquilo, pues en el fondo de nuestros corazones, todos somos labradores y a todos nos gustan las viñas.

Y en los pastos de nuestra memoria siempre hay un pastor, un rebaño y una oveja perdida. Lo mismo que hay allí una reja de arado, un lagar y una era.

Efectivamente, el Nazareno estaba en el secreto de nuestro yo más antiguo y conocía el hilo consistente con el que se encuentra tejido.

Los oradores griegos y romanos han hablado a sus oyentes de la vida tal y como la concibe el pensamiento, pero el Nazareno hablaba de un anhelo que surge de lo más íntimo del corazón. Aquéllos han visto la vida con ojos quizás más claros que los tuyos o los míos, pero el Nazareno veía la vida a la luz de Dios.

Muchas veces pensé que hablaba a las multitudes como hablaría un monte a la llanura. Y en sus palabras había un impulso al que nunca hubiesen llegado los oradores atenienses o romanos.

MARÍA MAGDALENA

Cuando le vi por primera vez era el mes de junio. Se hallaba a solas caminando por los trigales cuando yo pasé con mis sirvientas.

El ritmo de sus andares difería del de los demás hombres, pues movía su cuerpo de un modo que yo no había visto hasta entonces.

Los hombres no andan de un modo tan acompasado, pero hoy no sabría decir si andaba despacio o deprisa.

Mis sirvientas le señalaban con el dedo y cuchicheaban con timidez. Me detuve un momento y levanté la mano en señal de saludo. Pero Él no me respondió ni con una mirada. En ese momento le detesté y sentí que la sangre me corría alterada. Me quedé fría y hasta llegué a temblar como si estuviera en medio de una horrible nevada.

Esa noche soñé con Él, y a la mañana siguiente me dijeron que había estado gritando en sueños y que había tenido un dormir muy agitado.

En agosto volví a verle a través de mi ventana. Estaba descansando a la sombra del ciprés que hay en el jardín de mi casa. Estaba tan inmóvil que parecía una de esas estatuas que se ven en Antioquía y en otras ciudades del Norte.

Llegó una sirvienta mía que era egipcia y me dijo: «Ahí está otra vez ese hombre, sentado en el jardín.»

Le observé con detenimiento y mi espíritu se emocionó hasta lo más profundo, pues era realmente hermoso y su cuerpo era puro y cada una de sus partes parecía amar a las restantes.

Me puse entonces mi mejor vestido de Damasco, salí de casa y me dirigí a Él. ¿Era mi soledad la que me impulsaba hacia Él o era el perfume de su cuerpo? ¿Fue el ansia de mis ojos ansiosos de hermosura o era su belleza la que buscaba la luz de mis ojos? Todavía no lo sé.

Por debajo de mis perfumados ropajes asomaban las sandalias doradas que me había regalado el general romano —sí, eran nada menos que esas sandalias—. Cuando estuve a su lado, le saludé diciéndole:

«Buenos días.»

«Buenos días, María», me contestó.

Luego me miró, y sus oscuros ojos vieron en mí lo que no había visto hasta entonces ningún hombre. Me sentí como desnuda bajo su mirada, y de pronto me avergoncé. Aunque Él sólo me había dado los buenos días, le pregunté:

«¿Quieres venir a mi casa?»

«¿No estoy ya en tu casa?», me dijo Él.

Entonces no entendí sus palabras, pero ahora sí sé su significado.

«¿No quieres compartir conmigo mi pan y mi vino?», insistí yo.

«Sí, María —replicó—. Pero no ahora.» ¡No ahora! ¡No ahora! Había en su voz el sonido del mar, del viento y de los árboles. Y cuando me dijo esto, era la Vida la que hablaba a la Muerte.

Porque habréis de saber, amigos míos, que yo estaba muerta, que era una mujer separada de su alma, que vivía lejos de este yo que hoy veis en mí. Había pertenecido a todos los hombres, sin ser de ninguno. Todos me maldecían y envidiaban a un tiempo. Pero cuando la aurora de sus ojos iluminó los míos, desaparecieron y se apagaron todas las estrellas de mi noche, y me convertí en María solamente, una mujer que abandonaba el mundo que había conocido para encontrarse consigo misma en un mundo nuevo.

Le dije otra vez:

«Ven a compartir conmigo mi pan y mi vino.»

«¿Por qué insistes en que sea tu huésped?», me preguntó.

Me limité a decir:

«Te suplico que entres en mi casa.»

Al hablarle sentí que todo lo que había en mi de tierra y de cielo se unía a mi solicitud.

Me miró entonces fijamente y mi espíritu se iluminó con la luz de sus ojos.

«Tú tienes muchos amantes —me dijo—, mas yo soy el único que te quiere. Los demás hombres se aman a si mismos a través de ti, pero yo te quiero por ti misma. Amo tu alma. Los demás hombres aman en ti una belleza que se marchitará antes de que se acaben tus años, pero la hermosura que yo amo en ti no se ajará jamás. A esa Belleza no le dará miedo al final de tus días mirarse al espejo, pues su imagen no te agraviará. Yo sólo amo lo que hay de invisible en ti.»

Y luego añadió en voz baja:

«Ahora vete, y si no quieres verme a la sombra de este ciprés que es tuyo, seguiré mi camino.»

Yo le pedí entre lágrimas: «Ven, Maestro, a mi casa. Tengo incienso para perfumarte y una jofaina de plata para lavar tus pies. Aunque eres extranjero, no me resultas extraño. Por eso te suplico que entres en mi casa.»

Entonces se levantó y me miró como miran las estaciones del año a los campos. Sonrió y volvió a decirme:

«Todos los hombres se aman a sí mismos a través de ti, pero yo te quiero por ti misma. Sólo amo tu salvación.»

Dicho esto, siguió su camino. Y nadie podría caminar como Él lo hizo. ¿Era un hábito divino surgido de mi jardín, que avanzaba hacia el Este? ¿Era una tempestad que lo sacudía todo para devolverlo a sus verdaderos cimientos?

No lo supe entonces, pero ese día el crepúsculo que había en sus ojos mató a la bestia que existía en mí. Y yo me convertí en una mujer, en María, en María Magdalena.

FILEMÓN, BOTICARIO GRIEGO

El Nazareno era, sin duda, el maestro de los médicos de su pueblo y de sus pueblos colindantes. Ningún hombre ha sabido tanto como él de nuestros cuerpos, de sus elementos y de sus propiedades. Ha curado a mucha gente de numerosas y extrañas enfermedades, que ni los griegos ni los egipcios conocían.

Dicen que incluso resucitaba a los muertos, invocándolos. Independientemente de que esto sea verdad o no, ello confirma su poder, pues sólo a quien ha hecho grandes cosas se le atribuyen otras mayores aún.

También dicen que Jesús había visitado la India y Mesopotamia y que los sacerdotes de esos países le habían enseñado sus ciencias ocultas y el conocimiento de todo lo que escondemos en lo más recóndito de nuestros cuerpos. ¡Quién sabe! Tal vez ese conocimiento se lo habían suministrado los dioses directamente, sin la mediación de sacerdotes, pues lo que los dioses mantienen oculto a los hombres durante siglos, pueden revelárselo de pronto a un solo hombre, hasta el punto de que si Apolo pone su mano en el corazón de cualquier individuo vulgar puede hacer de él un hombre sabio e importante.

Muchas puertas fueron abiertas a sirios y a tibetanos. Pero había muchas más aún que seguían cerradas y selladas para ellos; sin embargo, esas puertas cedieron al paso de este hombre que consiguió entrar en el Templo del Alma que es el cuerpo y descubrir a los espíritus malignos que militan contra nuestras fuerzas y nuestros nervios, separándolos de los espíritus buenos que hilan con los hilos de nuestros nervios, calmándolos.

Creo que Jesús curaba a los enfermos mediante la oposición y la resistencia, aunque de un modo que resultaba desconocido a nuestros filósofos. Sorprendía a la fiebre con su tacto glaciar y la hacía remitir; los órganos atrofiados sanaban ante la fuerza de su admirable serenidad.

El Nazareno había descubierto la savia que fluye dentro de la corteza carcomida y marchita de nuestro árbol, pero ignoro cómo podía llegar con sus dedos hasta tocar esa savia. Llegó también a descubrir el acero puro al que cubre la herrumbre, pero nadie podría explicar cómo desenmohecía a la espada devolviéndole su brillo.

A veces me pareció que captaba el mal más profundo que sufren todos los seres que crecen bajo el sol, y que aliviaba ese dolor fortaleciendo y ayudando a quienes lo padecían no sólo en su sabiduría, sino señalando la forma en que él superaba y aniquilaba sus propios dolores hasta quedar sano.

Sin embargo, no le interesaba demasiado considerarse como un médico. Le preocupaba más la cuestión religiosa y política de su país. Y siento que así fuera, pues no hay nada que necesitemos más que un cuerpo sano. Pero cuando a los sirios como él les aqueja alguna enfermedad, en lugar de buscar su medicina, se entregan a discusiones especulativas de carácter religioso.

Fue una lástima que el mayor de los médicos que ha existido prefiriera contentarse con lanzar discursos por las plazas.

SIMÓN, EL QUE LLAMABAN PEDRO

Estaba yo a orillas del lago de Galilea cuando vi por primera vez a mi Maestro y Señor Jesús. Mi hermano Andrés y yo habíamos echado las redes al agua y nos disponíamos a pescar. Las olas eran elevadas, pues el tiempo era muy malo, lo que hizo que nuestra pesca fuera muy escasa. A causa de esto nuestros corazones se hallaban apenados.

De pronto se detuvo Jesús ante nosotros como si hubiera surgido de la nada, ya que no le habíamos visto acercarse. Luego nos llamó por nuestros nombres y dijo:

«Si me seguís, os llevaré a una ensenada cerca de esta costa donde hay abundantes peces.»

Cuando le miré, se me escapó la red de las manos, porque una llama me iluminó interiormente y le reconocí. No obstante, mi hermano Andrés le dijo:

«Conocemos todas las ensenadas de estas costas y sabemos que en estos días en que hace tanto viento los peces buscan las profundidades adonde no pueden llegar nuestras redes.»

Y Jesús contestó:

«Seguidme a las orillas de un mar más grande y os haré pescadores de hombres. Y nunca sacaréis vuestras redes vacías.»

Entonces abandonamos nuestra barca y nuestras redes y le seguimos; aunque, a decir verdad, yo me sentí impulsado por la fuerza invisible que le acompañaba.

Caminaba yo a su lado, casi sin respirar, lleno de asombro; mi hermano Andrés venía detrás no menos atónito y maravillado.

Sin embargo, mientras andábamos por la arena cobré ánimos y le dije:

«Señor, mi hermano y yo te seguiremos e iremos a donde tú vayas. Pero si quisieras visitar nuestra casa esta noche, la llenarías de bendiciones. Nuestra casa no es grande ni nuestros techos elevados, nuestra comida es frugal, pero si te hospedas en nuestra choza la convertirás en un palacio, y si compartes nuestro pan, nos envidiarán todos los príncipes de la tierra.»

A lo que él contestó:

«Muy bien, seré vuestro huésped esta noche.»

Al oír sus palabras, mi corazón se regocijó profundamente, de modo que caminamos con Él hasta llegar a nuestra casa.

Cuando estábamos ya en el umbral, Jesús se detuvo y dijo:

«La paz sea en esta casa y en todos cuantos la habitan.»

Luego entró y nosotros le seguimos.

Mi esposa, mi suegra y mi hija le agasajaron, y arrodilladas ante Él, le besaron el borde del manto. Estaban asombradas de que Él, el Elegido y Bienamado, se hubiese dignado venir a dormir bajo nuestro humilde techo. Le habían conocido en el río Jordán cuando Juan el Bautista había revelado su poder a la muchedumbre.

Inmediatamente, mi esposa y mi suegra empezaron a preparar la cena. Mi hermano Andrés, aunque era un hombre tímido y vergonzoso, mostraba una fe en Jesús más honda que la mía. Mi hija, que tenía entonces unos doce años, se puso a su lado y le cogió de un pliegue de su túnica como si temiera que nos abandonase y reemprendiera su camino a través de la noche. Se pegaba a Él como una oveja perdida que ha encontrado de nuevo a su pastor.

Luego, nos sentamos a la mesa. Tomó Él el pan y sirvió el vino, y dijo:

«Amigos, bendecidme y acompañadme en esta comida como nuestro Padre nos ha bendecido al dárnosla.»

Esto lo dijo antes de probar bocado, respetando así la antigua costumbre según la cual es el huésped quien hace el papel de anfitrión. Al estar con Él a la mesa, nos parecía en lo más íntimo de nuestro ser que estábamos sentados en el festín de un gran rey.

Mi hija Petronila, como era muy pequeña e inocente, miraba extasiada el rostro del Señor y seguía con mucha atención todos sus movimientos y ademanes. Y vi un velo de lágrimas en sus ojos.

Cuando se levantó de la mesa, le seguimos todos y se situó bajo una gran parra. Y Él nos habló y le escuchamos con los corazones alborozados como pájaros.

Habló de la segunda venida del Hijo del Hombre y de las puertas del cielo que entonces se abrirían de par en par, y de los ángeles que descienden para traer paz y alegría a los hombres y luego se elevan hasta Dios para llevarle nuestros anhelos y nuestras ansias.

Luego, me miró a los ojos hasta penetrar en lo más hondo de mi ser. Fue entonces cuando dijo:

«Te he elegido a ti y a tu hermano, por lo que debéis venir conmigo. Habéis trabajado hasta extenuaros. Ahora haré que descanséis. Llevad mi yugo y aprended de mí, porque mi alma rebosa paz y en ella encontrarán vuestras almas su patria y vuestras necesidades su satisfacción.»

Y mi hermano Andrés y yo nos pusimos inmediatamente en pie. Yo le dije:

«Maestro, te seguiremos hasta los últimos confines de la tierra, y aunque nuestra carga fuera tan pesada como un monte, la soportaríamos alegremente a tu lado. Y si caemos en medio del camino, sabremos que hemos caído en el sendero que conduce hasta el cielo, y nos sentiremos satisfechos.»

Y mi hermano Andrés añadió:

«Maestro, queremos ser hilos para tu telar a fin de que tus manos hagan de nosotros lo que quieran, pues ansiamos ser el lienzo que uses para tu divino manto.»

Mi esposa alzó entonces el rostro y dijo alegre a pesar de sus lágrimas:

«¡Bendito seas tú que vienes en nombre del Señor, bendito sea el vientre que te llevó y los pechos que te amamantaron!»

Mi hija estaba echada a sus pies, abrazándolos contra su pecho, como el pájaro que busca cobijo en su nido. La madre de mi esposa se mantenía callada en el umbral, aunque su manto estaba impregnado de lágrimas

Jesús se acercó a ella y levantándole la cara con una mano, la miró a los ojos y le dijo:

«Eres la madre de todos estos amigos míos. Lloras de alegría, y yo guardaré tus lágrimas entre mis recuerdos.»

En ese momento se elevó la hermosa luna sobre el horizonte. Jesús la miró un momento y dijo a continuación:

«Es tarde, id a vuestros lechos, y que Dios vele vuestros sueños y vuestro descanso. Yo me quedaré bajo esta parra hasta el amanecer. Hoy he echado mis redes y he pescado dos hombres. Me siento satisfecho. Que paséis buena noche.»

Pero mi suegra insistió:

«Señor, te hemos preparado un lecho; te ruego que entres en la casa y que descanses.»

A lo que contestó Jesús:

«En verdad te digo que desearía descansar, pero no bajo un techo. Dejadme dormir esta noche bajo el palio de esta parra y la luz de las estrellas.»

Ella se apresuró a sacar un colchón, una almohada y unas mantas. Jesús sonrió y dijo:

«Hoy dormiré sobre una cama que ha sido hecha dos veces.»

Entonces le dejamos solo y entramos en casa. Mi hija fue la última en hacerlo, y le miraba insistentemente hasta que cerré la puerta.

De este modo conocí a mi Señor y Maestro

Y aunque han pasado muchos años desde entonces, lo recuerdo como si hubiese sido hoy.

CAIFÁS, EL SUMO SACERDOTE

Al hablar de ese Jesús, de su vida y de su muerte, es menester considerar dos cosas irrefutables: hay que conservar la Torah a toda costa, y hay que proteger a nuestro pueblo permaneciendo bajo las fuertes manos de Roma.

Pues bien, ese hombre significa un grave peligro para nosotros y para Roma; nos estaba desafiando. Había envenenado las mentes del pueblo sencillo y lo había lanzado, como por arte de magia, contra nosotros y contra el César.

Hasta mis esclavos y esclavas, después de oírle hablar en la plaza pública, se llenaron de ideas subversivas y se volvieron hoscos y rebeldes. Muchos de ellos escaparon de mi casa para regresar al desierto del que procedían.

La Torah —no lo olvidéis— es el fundamento de nuestra fuerza y el torreón de nuestra victoria. Nadie puede destruirnos mientras tengamos en las manos esa fuerza invencible. De igual modo, nadie puede destruir Jerusalén, cuyas murallas y muros se asientan en la antigua piedra que colocó David con sus propias manos.

Si ha de crecer y fructificar la semilla de Abraham, este suelo ha de permanecer limpio de toda mancha. Y ese Jesús trataba de mancillarlo con su constante incitación a la rebeldía. Por eso dimos muerte a ese hombre deliberadamente y con la conciencia tranquila. Y mataremos igualmente a todo el que transgreda la ley de Moisés o profane nuestra herencia sacrosanta.

Nosotros, junto con Poncio Pilato, advertimos el peligro que suponía ese hombre y comprendimos que lo más prudente era poner fin a su vida. Ahora me estoy ocupando de que sus discípulos tengan el mismo fin y de que sus lenguas sean igualmente acalladas, para aniquilar sus enseñanzas y su doctrina.

Para que el judaísmo sobreviva, hay que reducir a polvo a todo el que lo persiga. Y antes de que muriese mi religión, cubriría de ceniza mis cabellos grises, como hiciera el profeta Samuel, rasgaría esta túnica que he recibido de Aarón, y me ceñiría un cilicio hasta el fin de mis días.

JUANA, MUJER DEL MAYORDOMO DE HERODES

Jesús no era casado, pero era amigo de las mujeres y las defendía. Las comprendía como siempre quisieron ellas ser comprendidas, con el más puro Amor.

Amaba a los niños con la fe y la comprensión que debieran mostrar siempre los hombres hacia ellos. En su mirada se unía la ternura de un padre, el amor de un hermano y la abnegación de un hijo.

Cogía a un niño pequeño, lo sentaba en las rodillas y decía:

«En este niño está vuestra fuerza y vuestra libertad, porque de ellos es el reino del espíritu.»

Dicen que Jesús no observaba escrupulosamente la ley de Moisés y que era demasiado indulgente con las mujerzuelas de Jerusalén y de otros pueblos. Por aquel tiempo yo también era tenida por pecadora porque amaba a un saduceo con el que no estaba casada. Un día en que estaba en mi casa con mi amante, llegaron los saduceos, me prendieron y me encarcelaron. Cuando me vi libre, corrí en busca de mi amante, pero éste me había abandonado dejandome completamente sola. Más tarde me llevaron a la plaza pública donde Jesús estaba predicando a la multitud. Me pusieron ante su presencia con el propósito de tenderle una trampa. Pero Jesús no me juzgó. Por el contrario, increpó a mis acusadores y lanzó sobre ellos la vergüenza con la que querían cubrirme. Luego, me ordenó que me fuera en paz.

Desde ese día, los insípidos frutos de la vida se hicieron dulces a mis labios y las flores inodoras adquirieron para mí un delicioso aroma.

Y fui una mujer que nunca volvió a tener malos pensamientos y a la que nadie recordó su pasado. Me sentí libre y nunca tuve que volver a bajar la frente

REBECA, LA NOVIA DE CANÁ

Lo que voy a contar sucedió antes de que Él fuese conocido por el pueblo.

Estaba yo en el jardín de mi madre cuidando las flores, cuando Él se detuvo en nuestra puerta.

Y dijo:

«Tengo sed. ¿Quieres darme agua de tu pozo?»

Entré en la casa, cogí una copa de plata, la llené de agua y vertí en ella unas gotas del ánfora con esencia de jazmín.

Él bebió complacido y vi que se sentía satisfecho.

Entonces me miró a los ojos y me dijo:

«Mi bendición sea contigo.»

Cuando dijo esto, sentí como si una ráfaga de viento rodeara mi cuerpo y lo hiciera vibrar. Perdí la timidez y me atreví a decirle:

«Señor, soy la prometida de un joven de Caná de Galilea. Voy a casarme con él el cuarto día de la semana que viene. ¿Quieres asistir a mi boda y bendecir con tu presencia mi matrimonio?»

A lo que él me contestó:

«Iré, niña mía.»

Nunca lo olvidaré. Me dijo «niña mía». Imaginaos: Él era un muchacho joven y yo apenas había cumplido veinte años.

Luego, prosiguió su camino. Yo me quedé en la puerta de mi jardín hasta que oí a mi madre que me llamaba.

El cuarto día de la semana siguiente, mi familia me llevó a la casa de mi novio, y allí me entregaron a él en matrimonio.

Y vino Jesús, acompañado de su madre y de su hermano Santiago. Se sentaron en torno a la mesa con los demás invitados, mientras sus amigas cantaban las canciones nupciales que compusiera el rey Salomón.

Jesús comió nuestros manjares y bebió nuestro vino, mientras me sonreía al resto de la gente. Y prestaba atención a las canciones que el novio canta a su amada en el momento de llevarla al tálamo nupcial, así como otros cánticos que hablan de un joven viñador enamorado de la hija del dueño de la viña, que la llevó a casa de su madre; y del príncipe que se prendó tan locamente de una doncella que le puso la corona de sus padres y le entregó su cetro... Me pareció que incluso escuchaba otras canciones que yo no podía oír.

Cuando ya la tarde declinaba, vino el padre de mi novio y susurró a la madre de Jesús: «Aún no ha acabado el día de la boda y ya no queda vino para nuestros invitados.»

Oyó Jesús lo que le estaban diciendo a su madre en secreto y respondió: «El copero sabe que aún hay en las tinajas bastante vino para beber.»

Y era verdad, pues mientras estuvieron allí los invitados hubo todo el buen vino que quisieron tomar.

De pronto, Jesús empezó a hablarnos. Nos habló de las maravillas de la tierra y del cielo; de las flores celestiales que se abren cuando cae la noche sobre la tierra, y de las rosas terrenales que se abren cuando el día oculta las estrellas.

Contó también historias y parábolas, y todos los que le oíamos nos sentíamos tan profundamente conmovidos que le mirábamos fijamente a los ojos y nos parecía estar viendo visiones celestiales que nos hacían olvidar los manjares, el vino y las canciones. Al escucharle, creí vagar por un país lejano y desconocido.

Al cabo de un rato dijo uno de los comensales al padre de mi novio:

«Has dejado el mejor vino para el final del banquete, al contrario de lo que hacen otros.»

Y todos creyeron que Jesús había obrado el milagro de hacer que tuviesen mejor vino al final del banquete de bodas que al principio.

También yo creí que Jesús había multiplicado el vino, lo que no me asombró, pues en su voz escuché muchos milagros y supe de muchas maravillas.

Desde entonces, guardo esa voz en lo más íntimo de mi corazón, incluso después de haber dado a luz a mi primer hijo.

Y hasta hoy en día, siguen recordando las palabras de nuestro invitado en nuestra aldea y en las aldeas vecinas. Y la gente dice:

«El espíritu de Jesús de Nazaret es el mejor y el más añejo de los vinos.»

UN FILÓSOFO PERSA EN DAMASCO

No puedo prever el destino de ese Hombre ni predecir lo que les ocurrirá a sus discípulos, porque la semilla que hay escondida en el corazón de la manzana es un árbol invisible. Pero si esa semilla cae en una roca queda aniquilada.

Para mí, el antiguo Dios de Israel es cruel e implacable, por lo que los israelitas deberían buscar otro Dios: un Dios que fuera apacible y misericordioso, que les tratara con compasión y ternura, y que descendiese con los rayos del sol y caminara por sus estrechos senderos, en lugar de ese viejo Dios suyo, sentado eternamente en el sitial del juez para pesar faltas y medir errores.

Israel debería dar a luz a un Dios que no fuese de corazón celoso y que no recordara de continuo las faltas y las culpas de su pueblo. Un Dios que no se vengase de su pueblo castigando a los hijos por los pecados de sus padres hasta la tercera y la cuarta generación.

Los hombres de aquí, de Siria, son iguales a los de cualquier otra parte. Se miran en el espejo de su entendimiento y allí descubren a su Dios. Modelan los dioses a su imagen y semejanza, y adoran al que refleja su propia imagen. Porque lo que realmente hace el hombre es invocar sus ansias lejanas para que se despierten y se cumplan todos sus deseos.

No hay nada más profundo en todo el cosmos que el alma del hombre. El alma es lo profundo invocándose a sí mismo, porque en ese alma no hay otra voz que hable ni otros oídos que escuchen.

Nosotros mismos, en Persia, desearíamos contemplar nuestros rostros en el disco del sol y ver danzar nuestros cuerpos en el fuego que encendemos en nuestros altares.

Por todo ello, ese Dios de Jesús al que llamó Padre, no resultará extraño al pueblo del Maestro, dado que creo que responderá a sus deseos y necesidades.

Los dioses de Egipto arrojaron las piedras que llevaban a cuestas y escaparon al desierto de Nubia, para vivir libremente entre quienes aún están libres de conocimientos.

Los dioses de Grecia y de Roma son soles que caminan hacia su ocaso. Se parecían demasiado a los hombres para poder sobrevivir cuando éstos se pusieron a pensar y a meditar. El bosque a cuya sombra había surgido su magia, lo talaron las hachas de los atenienses y de los alejandrinos.

También en estas tierras la humildad y la modestia de los juristas de Beirut y de los ermitaños de Antioquía han hecho descender a los dioses de los elevados sitiales que ocupaban antaño. Ahora ya no se ve más que a ancianos y a mujeres decrépitas encaminarse a los templos de sus antepasados. Sólo los exhaustos echan de menos el comienzo del camino cuando ya se encuentran al final de éste.

Pero ese Jesús, ese Nazareno, ha predicado un Dios lo bastante grande como para caber en todas las almas, sin diferenciarse de cualquiera de ellas, que conoce lo suficiente a sus criaturas como para no castigarlas, que las ama demasiado como para recordar sus pecados. Y ese Dios del Nazareno traspasará el umbral de los hijos de la tierra y se sentará junto a sus hogares, y será una bendición dentro de sus casas y una luz en su camino.

Pero mi Dios es el Dios de Zoroastro, el Dios que es sol en el cielo y fuego en la tierra, que es luz en el pecho del hombre. Y estoy contento. No necesito otro Dios.

DAVID, UNO DE SUS SEGUIDORES

Yo no llegué a entender el significado de sus sermones hasta después que nos dejó. No comprendí sus parábolas hasta que éstas tomaron forma ante mis ojos y se encarnaron en cuerpos que ahora caminan junto a mí en el transcurso de mis días.

Permitidme que os cuente lo que me sucedió. Estaba yo una noche en mi casa meditando y recordando las palabras y los hechos del Maestro para registrarlos en un libro, cuando entraron tres ladrones. Y aunque sabía que venían a robarme, estaba tan invadido por la Fe y por el Espíritu y tan absorto en mis meditaciones, que ni les hice frente con mi espada, ni tan siquiera les pregunté lo que estaban haciendo.

Seguí escribiendo mis recuerdos de Jesús.

Cuando se hubieron marchado los ladrones, recordé lo que dijo el Maestro: «Si alguien te quita la túnica, dale también el manto.»

Entonces lo entendí.

Mientras estaba consignando sus palabras y sus ejemplos, no había en la tierra nadie capaz de lograr que interrumpiera mi trabajo, aunque me quitaran todas mis pertenencias, porque, a pesar del interés que tenía por proteger y defender mis bienes y mi persona, sabía dónde se encontraba el Mayor Tesoro.

LUCAS

Jesús despreciaba a los hipócritas y les recriminaba con dureza. Su cólera caía sobre ellos cual fulminante tempestad. Su voz era un trueno en sus oídos y hacía temblar sus corazones.

Buscaron su muerte impulsados por el miedo terrible que le tenían. Actuaban como los topos, bajo la oscura tierra, tratando de minar el sendero de su vida. Pero Él nunca se dejó sorprender por sus trampas. En el espejo de sus manos veía al perezoso y al pecador, a todos aquellos que se tambalean y acaban cayendo a la orilla del camino.

Él se compadecía de todos, y su anhelo era elevarlos hasta su altura y llevar su carga. Muchas veces quiso que apoyaran sus debilidades y flaquezas sobre su brazo firme y fuerte.

Sus juicios eran menos severos con el mentiroso, el ladrón o el asesino, que con los hipócritas de rostro enmascarado y manos escondidas. ¡Cuántas veces me detuve a pensar en aquel corazón que acogía de un modo tan bondadoso a los que venían del árido desierto de la vida, para darles albergue y descanso, consuelo y paz en su Santuario, cuyas puertas estaban abiertas a todos, menos a los hipócritas!

Estábamos una vez descansando junto a Él en el huerto de los granados, y le dije:

«Maestro, perdonas a los pecadores y consuelas a los débiles y a los enfermos; sólo rechazas a los hipócritas.»

«Has hecho bien al incluir a los pecadores entre los débiles y los enfermos. Les perdono la debilidad de su cuerpo y la enfermedad de su espíritu. Porque el pesado fardo que supone su incapacidad para cumplir con su deber les ha sido puesto por sus antepasados o por la codicia de sus vecinos.

Pero no tolero a los hipócritas, porque cargan el pesado yugo sobre la cerviz de los humildes y de los sencillos.

Los débiles a los que llamas pecadores son como polluelos implumes, que se han caído de su nido, mientras que el hipócrita es un buitre que acecha desde una roca la muerte de una presa para lanzarse sobre ella.

Los débiles son seres humanos perdidos en el desierto, pero no sucede lo mismo con los hipócritas, que conocen los caminos y se ríen entre la arena y los vientos. Por eso no admito la compañía de los hipócritas.»

Así habló nuestro Maestro. Yo no entendí entonces sus palabras, como las entiendo ahora.

Luego, se unieron los hipócritas de toda Judea, le prendieron y le condenaron a muerte. Pensaron que así cumplían la Ley y justificaban su crimen. El arma que esgrimieron contra Él en el Sanedrín fue la Ley de Moisés.

Y así, quienes violaban la Ley al despuntar la aurora y volvían a quebrantarla a la Puesta del sol, le condenaron a muerte.

MATEO

Un día de siega nos invitó Jesús, junto con un grupo de amigos, a subir a la montaña. Exhalaba la tierra sus aromas y, como la hija de un rey el día de su boda, lucía todas sus joyas. Y era el cielo el novio de la tierra.

Cuando hubimos llegado a lo alto detúvose Jesús en un bosque de laureles y dijo:

«Descansad aquí y serenad vuestras mentes y afinad las cuerdas de vuestro corazón, porque tengo muchas cosas que deciros.»

Nos recostamos sobre la hierba, rodeados de estivales flores. Jesús se sentó en medio de nosotros, poblando con su voz la sierra. Y dijo:

«Bienaventurados los buenos de espíritu.

Bienaventurados los que no se encadenan a sus propiedades, porque ellos serán los realmente libres.

Bienaventurados los que no recuerdan sus dolores y en sus penas aguardan la alegría.

Bienaventurados los que tienen hambre de Verdad y de Belleza, porque su hambre les conducirá hasta el pan y su sed les llevará hacia la fuente.

Bienaventurados los que se apiadan y compadecen porque su piedad y su compasión les servirán de consuelo.

Bienaventurados los puros de corazón porque se unirán a Dios.

Bienaventurados los pacificadores porque sus espíritus se cernirán sobre los campos de batalla y harán del campo del alfarero un encantador jardín.

Bienaventurados los que son perseguidos porque sus pies tendrán veloces alas.

Alegraos y regocijaos porque habéis hallado el Reino de los Cielos en el interior de vuestros espíritus. Antaño se persiguió a quienes cantaron las canciones de ese Reino, e igualmente os perseguirán a vosotros; pero en ello estribará vuestra gloria y vuestro honor.

Vosotros sois la sal de la tierra, pero si la sal se vuelve insípida, ¿cómo se salará lo que alimenta el corazón del hombre?

Vosotros sois la luz del mundo. No escondáis esa luz debajo de un celemín, sino que alumbre desde lo alto a todos los que buscan la ciudad de Dios.

No penséis que he venido a destruir la ley de los escribas y fariseos, pues los días que he de pasar con vosotros están contados y medidas mis palabras, de modo que sólo dispongo de unas horas para acabar de daros una segunda ley y un Nuevo Testamento.

Se os ha dicho que no matéis, pero yo os digo que no os enfadéis siquiera sin motivo. Os han exhortado los ancianos a que llevéis al templo vuestros becerros, vuestros corderos y vuestras palomas, y a que los sacrifiquéis en el altar para que Jehová aspire el aroma de vuestras ofrendas y os perdone así vuestros pecados.

Pero yo os digo: ¿podéis apaciguar la cólera de Aquel cuyo trono se eleva por encima del sereno y silencioso abismo y cuyos brazos abarcan el espacio por entero?

Id más bien a hacer las paces con vuestro hermano antes de acudir al templo, y dad con amor a vuestro vecino cuanto tengáis, porque en el alma de éstos ha edificado Dios un templo que nunca será destruido y en su alma ha erigido un altar que jamás será abatido.

Se os ha dicho "ojo por ojo y diente por diente", pero yo os digo que no os resistáis al mal, porque la resistencia alimenta al mal y lo hace fuerte. Y sólo los débiles se vengan. Quien tiene un alma fuerte perdona y su perdón honra al ofendido. La gente sólo sacude o apedrea al árbol cargado de frutos.

No os inquiete el mañana, pensad más bien en el presente, porque al hoy le basta su milagro.

Cuando deis algo vuestro no os vanagloriéis, sino mirad más bien la necesidad de aquel a quien dais, pues todo lo que deis a quien lo necesite os será devuelto por el Padre en mucha mayor abundancia. Dad a cada uno según su necesidad, porque el Padre no da sal al sediento, ni piedras al hambriento, ni leche a quien ya ha sido destetado. No deis lo sagrado a los perros ni echéis perlas a los cerdos, porque vuestros dones serían una burla para ellos, y entonces se burlarán también de vuestros dones y tal vez su odio les impulse a poner en peligro vuestra vida

No acumuléis tesoros que se pudran o que los ladrones puedan robar. Atesorad riquezas que no pueden pudrirse ni robarse y que cuantos más ojos las contemplen más esplendor y belleza adquieran, porque donde estuviere vuestro tesoro estará vuestro corazón.

Se os ha dicho que hay que pasar por la espada al asesino, crucificar al ladrón y apedrear a la ramera, pero yo os digo que vosotros no sois inocentes del crimen del asesino, de la culpa del ladrón, ni del pecado de la ramera, y que cuando sus cuerpos son castigados se denigra lo más íntimo de vosotros.

En verdad os digo que ningún hombre ni mujer cometen un pecado por sí solos. Todo crimen es cometido por todos los hombres. Y quien sufre el castigo sólo rompe un eslabón de la cadena que cuelga de vuestros pies, pagando quizá con su dolor el precio de vuestra efímera alegría.»

Así habló Jesús, y yo, impulsado por el respeto y la veneración quise arrodillarse ante él, pero mi timidez me impedía moverme y decir algo. Más tarde cobré confianza y le dije:

«Señor, quisiera orar, pero mi lengua es torpe. Enséñame tú a rezar.»

Y contestó jesús:

«Cuando quieras rezar, deja que sea tu fervor el que entone las palabras de tu oración. El fervor que ahora me anima desde lo más íntimo de mi ser me impele en este momento a orar así:

Padre nuestro que estás en los cielos y en la tierra;
sagrado es tu nombre;
hágase en nosotros tu voluntad, al igual que se hace en
[el Cosmos.
Danos el pan que necesitamos hoy.
En tu compasión, perdónanos y ayúdanos a perdonar-
[nos unos a otros.
Condúcenos a Ti y llévanos de la mano en nuestra oscu-
[ridad,
porque tuyo es el Reino y tuyo es nuestro poder y nues-
[tra perfección.»

Y era la hora del ocaso cuando bajó Jesús de la montaña seguido por todos. Mientras caminaba tras Él, iba yo repitiendo su oración y recordando cuanto había dicho, pues sabía que las palabras que aquel día habían caído como copos de sus labios cristalizarían hasta eternizarse y que las alas que se habían cernido sobre nuestras cabezas llegarían a golpear la tierra como cascos de acero.

JUAN, HIJO DE ZEBEDEO

Habréis observado que unos llaman a Jesús «el Mesías», otros «el Verbo», otros «el Nazareno» y otros «el Hijo del Hombre». Voy a tratar de explicar el significado de estos nombres tal y como yo entiendo esta cuestión.

El Mesías, que ya existía desde los tiempos antiguos, es la llama de Dios que habita en el espíritu del hombre. Es el hálito de la vida y se encarna en un cuerpo como el nuestro. Es la voluntad de Dios. Es la primera Palabra, que quiso hablar con nuestra voz y morar en nuestros oídos para que pudiéramos entender y aprender. Y el Verbo del Señor nuestro Dios edificó una morada de carne y hueso y se hizo hombre como vosotros y como yo, porque no podíamos oír la canción del viento incorpóreo ni ver a nuestro Yo andando entre la niebla.

El Mesías vino muchas veces al mundo y recorrió muchos países, pero los hombres le consideraron siempre un extraño y le tuvieron por loco. Con todo, no se apagó en el vacío el sonido de su voz, porque la mente del hombre retiene lo que la memoria no es capaz de retener y conservar. El Mesías es nuestra profundidad más insondable y nuestra elevación más infinita. Él es quien guía al hombre hacia la eternidad. ¿No habéis oído hablar de Él en las encrucijadas de caminos de la India, en el país de los Magos y en los destierros arenosos de Egipto?

Aquí, al norte de nuestro país, vuestros poetas de antaño cantaron alabanzas a Prometeo, el que robó el fuego a Júpiter, porque había realizado las aspiraciones del hombre y había roto los barrotes de la jaula que encerraba las esperanzas humanas, liberándolas. También entonaron cánticos a Orfeo, quien con su voz y su cítara vivificó y hechizó los espíritus de animales y de hombres. Y, ¿no habéis oído hablar del rey Mitra y de Zoroastro, el profeta persa, que despertaron de los sueños? Pero nosotros nos convertimos en ese hombre ungido que es el Mesías cuando cada mil años nos reunimos en el Templo Invisible. Es entonces cuando se encarna uno de nosotros y a su llegada nuestro silencio se convierte en cantos, pese a lo cual muchas veces no aciertan a oír nuestros oídos ni a ver nuestros ojos.

Jesús el Nazareno nació y creció como nosotros. Sus padres eran como los nuestros y Él era como uno de nosotros. Pero el Mesías, el Verbo, que existía en el principio, el Espíritu que quería que viviéramos una vida más plena y perfecta se fundió con todo su ser en la persona de Jesús, vino a Él y se hizo uno con Él. Y el espíritu era la mano hábil de Dios cuya cítara era Jesús, el Espíritu era un salmo y Jesús era su melodía. Y Jesús, el Hombre de Nazaret era el huésped, el Tabernáculo y el pregonero del Mesías que con nosotros caminó bajo el sol y nos llamó amigos. En ese tiempo las montañas y los cerros de Galilea, sus quebradas y valles sólo tuvieron oídos para su voz. Yo era entonces un mozo que seguía sus pasos a través del sendero para oír las palabras del Mesías de labios de Jesús de Galilea.

Sin duda querréis saber ahora por qué algunos de nosotros le llamábamos el Hijo del Hombre. A Él le gustaba que le llamáramos así, porque conocía el hambre y la sed que experimentamos los hombres que buscamos nuestro Yo superior. El Hijo del Hombre es el

Mesías tierno y bondadoso que hay en todos nosotros. Es Jesús el Nazareno que vino a conducir a todos sus hermanos hacia el Elegido que Dios ha ungido con el óleo sacro de su santidad, y hacia el Verbo que en el principio estaba con Dios.

En mi interior habita Jesús de Galilea, el Hombre que se situó por encima de todos los hombres, el Poeta que nos hizo poetas a todos. Pero, sobre todo, Él es el Espíritu que llama a la puerta de nuestros espíritus para que despierten y salgan a dar la bienvenida a la Verdad desnuda y sin impedimento alguno.

UN JOVEN SACERDOTE DE CAFARNAÚM

Era un mago de los pies a la cabeza, un brujo caprichoso e inconsecuente que embaucaba a la gente sencilla con sus conjuros y sortilegios. Hacía juegos malabares con las parábolas de nuestros profetas y con todo lo que nuestros antepasados consideraron sagrado.

Ponía por testigos suyos hasta a los muertos y de las calladas tumbas obtenía poder y seguidores. Asediaba a las mujeres de Jerusalén y a las mozas campesinas, con la astucia de la araña que atrapa a una mosca en su red. Y ello tiene una explicación porque las mujeres son débiles y tienen la cabeza hueca, y siguen a todo hombre que es capaz de excitar su pasión insatisfecha con palabras dulces y cariñosas. Si no hubiera sido por esas estúpidas mujeres y por los lisiados que se dejaron engañar por su espíritu perverso, su nombre se habría borrado de la memoria de los hombres.

Y, ¿quiénes eran los hombres que le seguían? Pertenecían a la horda de los subyugados y oprimidos, que nunca se habrían rebelado contra sus legítimos amos, dada su estupidez, su cobardía e ignorancia. Pero cuando les prometió que les situaría en elevados puestos en su reino, se entregaron a sus fantásticas promesas, como se ofrece la blanca arcilla a las manos del alfarero.

¿Acaso no sabéis que el esclavo sólo sueña con ser grande y que el débil y miserable se cree un león?

El Galileo era un farsante y un embaucador, un hombre que perdonaba los pecados de todos los pecadores para poder oír alabanzas y vítores de sus bocas inmundas.

Calmó el hambre de los desesperados y de los miserables para que le escucharan y para que aumentaran las filas de su séquito.

Violó el sábado con quienes lo profanaban, con vistas a que se pusieran de su parte los que estaban fuera de la ley.

Condenó e insultó a nuestros altos sacerdotes para que el Sanedrín se preocupara por su causa y para que aumentara su fama a través de la oposición.

Muchas veces repetí que aborrecía a ese hombre. Le llegué a odiar más que a los romanos que gobiernan nuestro país. Para colmo, procedía de Nazaret, un lugar maldito por nuestros profetas, estercolero de los gentiles, del que nada bueno podía salir.

UN LEVITA RICO DE CERCA DE NAZARET

Jesús era un buen carpintero. Las puertas que fabricaba nunca eran abiertas por los ladrones, y las ventanas que hacía se abrían admirablemente al soplo del viento que va del Oeste al Este. Hacía cofres con madera de cedro, muy pulimentados y resistentes. Sus arados y horquillas de madera de encina eran tan fuertes como dóciles a las manos del labrador. También hacía atriles para nuestras sinagogas con madera dorada de morera, y sobre los dos lados donde se pone la sagrada Torah tallaba dos alas abiertas, bajo las cuales había cabezas de toro, palomas y ciervos de rasgados ojos.

Su arte se inspiraba en el estilo de los caldeos y de los griegos, pero en sus obras había algo que no era ni caldeo ni griego. En la construcción de mi casa intervinieron muchas manos a lo largo de treinta años. Busqué albañiles y carpinteros de todos los pueblos de Galilea. Cada uno de ellos poseía su propia habilidad y yo estaba contento con los trabajos que me hicieron. Pero mirad esas dos puertas y aquellas ventanas que son obra de Jesús el Nazareno. Por su primor, su esmero y su sólida estabilidad parecen burlarse de todas las demás obras de mi casa. ¿No veis que esas dos puertas son diferentes de todas las demás? ¿Y esa ventana que se abre hacia el Este no es distinta de las otras ventanas?

Todas las puertas y ventanas de mi casa son sensibles al paso de los años, pero estas que él construyó permanecen firmes y sólidas ante la embestida de los elementos.

Mirad esos travesaños: las tablas están unidas unas a otras por clavos que las atraviesan y que han sido remachados por un lado y otro. Su solidez es prueba de su maestría y de su meticulosidad.

Pero lo más sorprendente y extraño de todo es que ese hombre cuyo trabajo valía el salario de dos obreros, apenas quería percibir el de uno solo.

A ese trabajador le consideran hoy un profeta de Israel. Si por aquel entonces yo hubiese sabido que ese joven que manejaba la sierra y el cepillo era un profeta, en lugar de encargarle trabajos de carpintería, le hubiese pedido que me hablara. Y hubiese pagado sus parábolas con un doble jornal.

Muchos hombres trabajan en mi casa y en mis campos. Pero, ¿cómo distinguiré entre los hombres que manejan arados y herramientas a aquel que es instrumento en las manos de Dios?

Sí, ¿cómo distinguiré y conoceré la mano de Dios?

UN PASTOR DEL SUR DEL LÍBANO

Fue en los días finales del verano cuando le vi aparecer por aquel camino con tres de sus discípulos. Estaba anocheciendo. De cuando en cuando se detenía para contemplar el prado desde un recodo distinto del camino.

Yo estaba tocando la flauta mientras el rebaño pastaba en torno a mí. Cuando estuvo cerca de mí se detuvo. Yo me levanté, me dirigí hacia él y me quedé de pie en su presencia. Entonces me preguntó:

«¿Dónde se encuentra la tumba de Elías? ¿Está cerca de aquí?»

Le contesté:

«Está allí, Señor, debajo de aquel montón de piedras. Todavía hoy todo el que pasa sigue la costumbre de poner una piedra más encima de ella.»

El me dio las gracias y se marchó seguido de sus amigos.

Tres días después, otro pastor llamado Gamaliel me dijo que aquel hombre que había pasado era un profeta de Judea. Pero no le creí. Pese a todo, recordé su rostro durante varias lunas.

Cuando llegó la primavera, pasó otra vez Jesús por este prado. Esta vez iba solo.

Yo no estaba tocando la flauta ese día porque había perdido una de mis ovejas y me sentía apenado y con el corazón oprimido.

Fui a su encuentro y me detuve ante Él porque deseaba que me consolara. Él me miró y me dijo:

«Hoy no tocas tu flauta. ¿A qué se debe la pena de tus ojos?»

Le respondí:

«He perdido una de mis ovejas. La he buscado por todas partes, pero no la he encontrado. Yo no sé qué hacer.»

Él se quedó callado unos instantes. Luego sonrió y me dijo:

«Espérame aquí. Yo encontraré tu oveja.»

Y se alejó hasta que desapareció de mi vista entre los cerros.

Volvió tras una hora con la oveja en los hombros. Se detuvo ante mí. La oveja le miraba a la cara con unos ojos iguales a los míos. Entonces abracé a mi oveja lleno de alegría.

Jesús puso su mano en mi hombro y me dijo:

«Desde ahora amarás a esta oveja más que a ninguna otra de tu rebaño, porque estaba perdida y la has encontrado.»

Volví a abrazar a la oveja muy contento.

Cuando levanté la cabeza para dar las gracias a Jesús, Él andaba ya muy lejos. Y yo no tuve el valor de seguirle.

JUAN EL BAUTISTA, A UNO DE SUS DISCÍPULOS

No me quedaré callado en esta oscura prisión mientras la voz de Jesús se eleva en el campo de batalla. Nadie me prenderá ni encadenará mi libertad mientras Él esté libre.

Me dicen que las víboras reptan en torno a sus piernas, pero yo respondo que las víboras aumentarán su fuerza para aplastarlas bajo sus talones.

Yo soy sólo el trueno de su relámpago. Aunque yo hablé primero, la palabra que inicié fue su palabra y mi intención la suya.

Me llevaron preso cuando estaba desprevenido, y tal vez hagan lo mismo con Él. Pero no lo harán antes de que el Nazareno diga cuanto ha de decir. Y Él los vencerá.

Su carro guerrero pasará sobre ellos y los cascos de sus caballos los pisotearan, y Él saldrá victorioso.

Vendrán contra Él con espadas y lanzas, mas Él les opondrá la fuerza del Espíritu.

Se vertirá por la tierra su sangre, pero sus jueces y verdugos reconocerán sus heridas y dolores y se bautizarán con sus lágrimas hasta quedar limpios de sus pecados.

Sus legiones marcharán hacia ciudades con arietes de hierro, pero en su carrera se ahogarán en el río Jordán, mientras que las murallas y las torres de Jesús se elevaran y los escudos de sus guerreros brillarán más intensamente bajo la luz del sol.

Cuentan que me alié con Él para incitar al pueblo a la rebelión contra el reino de Judea; pero yo digo (¡y cuánto ansío inflamar mis palabras!) que si ese foso de vicio e iniquidad lo consideran un reino, dejemos que se hunda y que quede destruido para siempre jamás. Dejemos que tenga el mismo destino que Sodoma y Gomorra. Dejemos que Jehová se olvide de esa raza y que esta tierra quede reducida a un montón de cenizas.

Sí, tras los sólidos muros de esta cárcel, yo soy un aliado de Jesús de Nazaret. Él conducirá mis ejércitos con su caballería y su infantería. Pues yo, a pesar de ser un capitán del ejército de Jehová, no soy digno de atarle las correas de sus sandalias.

Id donde Él está y repetidle mis palabras. Imploradle en mi nombre que os consuele y bendiga.

No estaré ya aquí mucho tiempo. Cada noche, entre un despertar y otro, siento que unos pies pisan mi cuerpo con lentos pasos, y cuando presto oídos siento que la lluvia cae sobre mi tumba.

Id a Jesús y decidle que Juan de Cedrón, cuya alma se llena y se vacía de fantasmas, reza por Él, mientras a su lado se alza muy cerca el sepulturero y el verdugo tiende ya su mano pidiendo su paga.

JOSÉ DE ARIMATEA

Si pudieran saberse los propósitos primeros de Jesús, yo me sentiría feliz de relatároslos. Pero ningún hombre puede tocar la viña sagrada, ni ver la savia santa que nutre sus sarmientos. Y aunque yo he saboreado el fruto de esa viña y bebido el vino nuevo del lagar, no me siento capaz de contároslo todo, aunque puedo deciros lo que sé de Él.

Nuestro bienamado Maestro apenas si vivió como profeta tres estaciones. Fueron la primavera de sus canciones, el verano de su amor y el otoño de su pasión. Cada una de estas estaciones abarca mil años.

La primavera de sus canciones transcurrió en Galilea. Fue allí donde reunió en torno a él a sus queridos amigos y donde en las orillas del lago azul habló por vez primera del Padre, de la liberación de la esclavitud y del perdón. A orillas de ese lago de Galilea perdimos nuestro yo para encontrar nuestro camino que conduce hacia el Padre; mas, ¡qué insignificante es lo que hemos perdido al lado de semejante ganancia! Allí los ángeles entonaron sus salmos y sus cánticos en nuestros oídos, invitándonos a dejar la árida tierra para alcanzar en el gozo del Paraíso los anhelos del corazón.

Allí habló de los verdes campos y los prados en flor, de las mesetas, los montes y barrancos del Líbano donde crecen los blancos lirios que no quieren ser alcanzados por las caravanas cubiertas por el polvo de los llanos. Nos habló del rosal silvestre que ríe bajo el sol y ofrece el aroma de su incienso a las brisas que soplan por los campos. Y se complacía diciendo:

«Los lirios y el rosal silvestre sólo viven un día, pero ese día es una eternidad vivida en libertad.»

Una tarde estábamos sentados a la orilla de un arroyo. Y nos dijo Jesús:

«Contemplad el curso de esas aguas y escuchad la melodía de su susurro. Por siempre estarán buscando el mar, y a pesar de ese eterno anhelo suyo, nunca dejan de cantar los misterios del mar, desde una melodía a otra. ¡Ojalá busquéis al Padre como ese arroyo busca y canta al mar!»

Luego vino el verano de su amor, y llegó el mes de junio, que es el mes del éxtasis enamorado. No habló entonces sino del hombre común y corriente: del vecino, del compañero de viaje, de los amigos de la infancia.

Nos habló del peregrino que se dirige de Oriente a Egipto, del labrador que vuelve a su casa con los bueyes en el atardecer, del huésped imprevisto al que la noche tenebrosa conduce a nuestra puerta. Y nos decía:

«Vuestro vecino es vuestro yo desconocido que se hace visible. Su rostro se refleja en vuestras aguas tranquilas, y si las miráis con atención veréis en ellas vuestro propio semblante.

Si escucháis en el silencio de la noche, le oiréis hablar y sus palabras serán el latido de vuestro propio corazón.

Sed para él como quisiérais que él fuera para vosotros.

Tal es mi ley, y así os lo predico a vosotros y a vuestros hijos, para que la transmitáis a las generaciones venideras, hasta que se acaben los tesoros del tiempo y desaparezcan las arcas de los siglos.»

Y otro día nos dijo:

«No estáis solos con vosotros mismos. Estáis en las acciones de los otros hombres y, aunque ellos no lo sepan, están con vosotros en todo momento del día.

No comentarán ellos un crimen sin que antes vuestra mano les haya armado. No caerán sin que caigáis con ellos, y no se levantarán sin que vosotros os levantéis con ellos. Su camino hacia el Templo es vuestro camino, mas si escapan al desierto, donde caerán fatalmente, les acompañaréis en su caída.

Tú y tu prójimo sois dos semillas sembradas en un mismo campo. Juntos crecéis y unidos os mecéis en el viento. Y ninguno de vosotros puede pretender el dominio del campo, porque una semilla que se desarrolla día a día no podría pretender ni siquiera el patrimonio de su propio éxtasis.

Hoy estoy con vosotros y mañana partiré hacia occidente, mas antes de marcharme os digo que vuestro vecino es vuestro yo invisible, que se transfigura a vuestros ojos hasta hacerse visible. Buscadlo con amor para hallaros a vosotros mismos, porque únicamente de este modo llegaréis a convertiros en hermanos míos.»

Luego vino el otoño de su pasión.

Y nos habló de la libertad tal y como la predicaba en Galilea en la primavera de sus canciones. Pero ahora intentaba que sus palabras llegaran a lo más profundo de nuestro entendimiento. Nos habló de las hojas que sólo cantan cuando se sienten mecidas por el viento, del hombre, al que comparaba con con una copa escanciada por el Angel del oficio diario para calmar la sed de otro. Llena o vacía esa copa presentará su brillante cristal en la mesa del Todopoderoso.

He aquí sus palabras:

«Vosotros sois la copa y sois el vino. Bebed ese vino hasta la embriaguez, o recordadme y vuestra sed se verá aplacada.»

Y un día que marchábamos hacia el Norte nos dijo:

«Jerusalén, que se enorgullece de su altura, descenderá al abismo de los infiernos, y en medio de sus ruinas estaré yo a solas. Su templo quedará reducido a escombros y oiréis los gritos de las viudas y de los huérfanos por sus pórticos y galerías. En su prisa por huir, los hombres no reconocerán a sus hermanos, pues el miedo les mantendrá aturdidos. Pero ese día, cuando dos de vosotros se reúnan en mi nombre, que miren hacia Occidente y me verán y oirán que el eco de mis palabras resuena en sus oídos.»

Y cuando hubimos subido a la colina de Betania, nos dijo:

«Vamos a Jerusalén. La ciudad nos espera. Pasaré por sus puertas montando en un pollino y hablaré a la muchedumbre.

Muchos hay que quieren prenderme y cargarme de cadenas, e incluso hay muchos que avivan el fuego en el que quieren hacerme arder. Mas con mi muerte encontraréis vida y libertad.

Habrán de buscar el soplo de la Vida que se cierne sobre el corazón y el pensamiento, como revolotea la golondrina entre el campo y su nido. Pero el hálito de mi vida ha escapado ya de ellos y por eso jamás me vencerán.

Las murallas que edificó mi padre en torno a mí no serán derribadas y nadie profanará el sepulcro que Él santificó.

Cuando llegue la aurora, el sol coronará mi cabeza y estaré unido a vosotros para empezar una jornada que será duradera y cuyo ocaso nunca llegará.

Dicen los escribas y los fariseos que la tierra tiene sed de mi sangre. Quisiera calmar con mi sangre esa sed de la tierra. Pero las gotas de esa sangre harán que fructifiquen y que crezcan encinas y arces, cuyas bayas y semillas serán llevadas por el viento del Este a otras tierras.»

Luego estuvo un rato callado y añadió:

«Judea quiere un rey que marche contra las legiones de Roma, mas no he de ser yo ese rey. Las coronas de Sión fueron forjadas para sienes menores que las mías y el anillo de Salomón es pequeño para mi dedo.

Mirad mi mano. ¿No veis que es demasiado fuerte para empuñar un cetro y demasiado robusta como para necesitar esgrimir una espada?

No deseo que el sirio luche contra el romano. Pero con mis palabras sabréis despertar a esa ciudad dormida para que mi espíritu le hable en su segunda aurora.

Mis palabras habrán de ser un ejército invisible, con caballos y carros de combate, y sin hachas ni lanzas derrotaré a los sacerdotes de Jerusalén y triunfaré sobre los Césares.

No me sentaré en un trono que han ocupado esclavos para gobernar a otros esclavos, ni me sublevaré contra los hijos de Roma. Pero seré una tormenta en su cielo y un cántico en sus almas. Todos me invocarán llamándome Jesús, el Ungido.»

Estas fueron las palabras que dijo cerca de las murallas de Jerusalén, antes de entrar en la ciudad.

Y lo que dijo quedó grabado en nuestras almas como con un cincel.

NATANAEL

Dicen que Jesús de Nazaret era manso y humilde. Dicen también que era justo y recto, pero débil, y que muchas veces aparecía temeroso ante los fuertes y poderosos, y que cuando estuvo en presencia del tribunal no era sino un cordero delante de leones.

Pero yo digo que Jesús tenía autoridad sobre todos los hombres y que nadie estaba tan seguro como Él de su fuerza, y así lo proclamaba por las colinas y los valles de Galilea y por las ciudades de Judea y Fenicia.

¿Qué hombre débil y apocado es capaz de decir que él es la vida y el camino que lleva a la verdad?

¿Qué hombre tenido por manso y humilde se atreve a decir que está en Dios, nuestro Padre, y que Dios, nuestro Padre está en él?

¿Quién que no tenga conciencia de su propia fuerza osa decir que quien no crea en él no cree ni en esta vida ni en la vida eterna?

¿Quién que no esté seguro del mañana puede proclamar que, antes de que se extinga el eco de sus palabras, vuestro mundo desaparecerá reducido a cenizas?

¿Dudaba Jesús de sí mismo cuando dijo a quienes pretendían tentarle con una ramera: «Quien esté limpio de pecado que tire la primera piedra.»?

¿Acaso temió a los poderosos cuando arrojó a los mercaderes del atrio del templo, contando éstos como contaban con la protección de los sacerdotes?

¿Estaban rotas sus alas cuando exclamó: «Mi reino está por encima de vuestros reinos de la tierra.»?

¿Se parapetaba detrás de las palabras cuando repetía una y otra vez: «Destruid este templo, que yo lo reconstruiré en tres días.»?

¿Se atrevería un cobarde a apuntar con un dedo a los poderosos y llamarles falsos, ruines y profanadores?

¿Podemos considerar manso y humilde a un hombre con la valentía suficiente para decir tales cosas a quienes gobernaban en Judea?

Por supuesto que no. El águila no construye su nido en un sauce llorón, y el león no busca su guarida entre los helechos.

Me asquean los débiles y los humildes cuando dicen que Jesús también lo era para justificar así la pequeñez de sus corazones y la flaqueza de sus almas. Y me sublevan también los que andan en puntillas y tratan de consolarse asegurando que el Maestro era de su misma condición.

Sí, mi corazón siente náuseas ante tales individuos. Pues yo predico el Evangelio del Cazador vigoroso, cuyo espíritu montaraz jamás se verá doblegado.

SABAS DE ANTIOQUÍA

Un día escuché a Saulo de Tarso predicando en esta ciudad el Evangelio de Jesús a los judíos. Ahora se hace llamar Pablo, el apóstol de los gentiles. Yo le conocía de niño y por aquel tiempo perseguía a los seguidores del Nazareno. Aún recuerdo su alegría y su satisfacción cuando vio apedrear a aquel joven iluminado llamado Esteban.

Realmente, este Pablo es un hombre extraño. No parece un ser libre, pues en ocasiones se asemeja a un animal perseguido y herido por los cazadores y que se refugia en el bosque para ocultar su dolor a los ojos de todos.

No habla de Jesús ni repite sus enseñanzas. Predica más bien al Mesías anunciado por los antiguos profetas. Y aunque es un judío instruido se dirige en griego a sus correligionarios, idiomas que habla con titubeos e impropiedad.

Con todo, es un individuo que tiene una fuerza oculta, cuya confianza se ve robustecida cuando ve gente a su alrededor, pues acuden bastantes personas a escuchar sus predicaciones. Él les asegura cosas en las que antes no creía.

Quienes conocimos a Jesús y oímos sus sermones sabemos que enseñó al hombre cómo romper las cadenas de su esclavitud para que pudiera liberarse de su pasado.

Por el contrario, Pablo forja nuevas cadenas para el hombre de mañana y golpea el yunque con su martillo en nombre de alguien a quien desconoce.

El Nazareno quería que viviéramos el instante con pasión y con éxtasis, pero el hombre de Tarso nos manda que cumplamos estrictamente las leyes escritas en los libros antiguos.

Jesús infundió su aliento en el hombre a quien ya le faltaba el hálito de la vida. Y yo, en la soledad de mis noches, creo y comprendo.

Cuando Jesús se sentaba a la mesa contaba historias que hacían las delicias de los comensales y sazonaba con su alegría la comida y la bebida.

Pablo, en cambio, trata de racionarnos el pan y el vino.

Comprenderéis por qué prefiero volver mi rostro hacia el otro camino.

SALOMÉ, A UNA AMIGA

Era como los álamos
que relucen al sol;
era como un lago que entre aisladas colinas
se asoma bajo el sol;
era como la nieve de las cumbres
completamente blanca a los rayos del sol.

Era como todo eso,
y por ello le amé.
Pero me asustaba su presencia
y mis pies no soportaban el peso de mi amor,
por lo que nunca pude abrazarme a sus pies.

Yo intentaba decirle:
«Maté a tu amigo en un arrebato de pasión:
¿podrás Tú perdonarme mi pecado?
Ya que eres compasivo y que te apiadas,
¿podrías liberar mi juventud
de su ciega ignorancia
para que logre así dirigirme a tu luz?»

Sé que Él me hubiese perdonado que bailara
para pedir la sagrada cabeza de su amigo.
Creo que hubiera extraído de mi caso
sabrosas enseñanzas.
Pues no existía en el mundo un valle de hambre
que Él no hubiese atravesado,
ni un desierto de sed que no hubiese cruzado.

Era como los álamos,
como un lago entre cerros,
como la nieve que cubre los montes en el Líbano,
y yo ansiaba calmar la sed de mis labios
entre los pliegues de su túnica.

Pero estaba tan lejos de mí
y era tanto mi miedo y mi vergüenza,
que mi madre me impedía verle,
a pesar de mis ansias de seguirle.

Cada vez que pasaba por mi puerta
mi corazón sufría con su hechizo,
y mi madre me miraba ceñuda y con desprecio,
obligándome a cerrar la ventana
y a retirarme a la alcoba de mi lecho.
Entonces exclamaba:
«¿Quién es Ése sino uno de tantos
que comen langostas del desierto?

¿Quién es sino un embaucador, un revoltoso,
un impostor falaz y subversivo,
que incita a rebelarse a nuestro pueblo,
que, a poco que pudiera, nos arrebataría
el cetro y la corona,
para traer a zorros y a chacales
de su tierra maldita
a aullar en nuestras cámaras
y a ocupar nuestro trono?

Vete a ocultar tu rostro de la luz;
y aguarda el día en que caerá sin duda su cabeza,
pero no en tu bandeja.»

Todo esto me decía mi madre,
pero mi corazón no conservaba sus palabras,
porque yo internamente le quería
y su amor inflamaba mi sueño.

Y ahora que Él se ha marchado,
y con Él algo enorme que en mi pecho existía,
quién sabe si no ha muerto en mí la juventud,
que ya no puedo seguir conservando
desde que dieron muerte
al Dios que era la juventud en sí.

RAQUEL, UNA DE LAS DISCÍPULAS

Con frecuencia he pensado si Jesús sería una persona de carne y hueso como nosotros o bien un pensamiento incorpóreo que aleteara en la Razón, una idea que se ofreciese a la visión del hombre.

A menudo he considerado si Jesús no sería un sueño que numerosos hombres tuviéramos a la vez, un sueño perteneciente a un dormir más profundo que el dormir mismo y un amanecer más sereno que todas las auroras.

Me parece que, al contarnos ese sueño unos a otros, empezamos a creer que era realidad, y que al darle un cuerpo con nuestra imaginación y prestarle una voz con nuestros anhelos, acabamos convirtiéndole en un ser de verdad, en una materialización de nuestra existencia.

Pero no, Él no era un sueño. Le percibimos durante tres años. Le vimos con nuestros propios ojos a plena luz del día. Tocamos sus manos y le seguimos de acá para allá, oímos sus predicaciones y fuimos testigos de sus admirables hechos. ¿Íbamos a ser una idea en pos de otra idea, un sueño que aletea en el mundo de los sueños?

A menudo nos parece que los grandes acontecimientos son algo ajeno a nuestra vida cotidiana y banal, aunque su naturaleza se encuentre muy arraigada en la nuestra. La naturaleza de tales sucesos, por muy repentina que sea su aparición y muy veloz su acontecer, se mide por siglos y por generaciones.

Jesús de Nazaret fue, pues, el gran Acontecimiento. Ese Hombre, cuyos padres y hermanos conocemos, fue en sí mismo un milagro que se produjo en Judea. Y si acumuláramos a sus pies todos sus prodigios, el montón no le llegaría al tobillo. Y todo el río de los años y de los siglos no lograría borrar el recuerdo que tenemos de Él.

Jesús era un monte ardiendo en medio de la noche, pero al pie de ese monte el calor era tibio y dulce, como un resplandor que brilla en una colina. En el cielo era una tempestad, pero en la neblina del amanecer resultaba un murmullo que se esparce suavemente.

Jesús era un torrente que se precipita desde la cumbre al llano devastando cuanto encuentra a su paso, pero a la vez resultaba inocente como la risa de un niño.

Yo esperaba cada año que la primavera llegase a aquel valle, y aguardaba que brotaran lirios y ciclámenes, pero siempre mi alma se apenaba porque no podía disfrutar esa primavera que anhelaba. Pero cuando llegó Jesús a mis estaciones, Él fue realmente la primavera de mis sueños; en Él se habían realizado las promesas de los años venideros. Llenó de alegría mi corazón y crecí como la violeta, como una modesta flor, tímida y deslumbrada bajo la luz de su advenimiento. Y ahora todos los cambios de las estaciones futuras no conseguirán que se esfume de nuestro mundo ese hechizo suyo.

No, Jesús no era un fantasma, ni una idea creada por la imaginación de los poetas; era un ser humano como tú y como yo, aunque sólo en lo relativo a la vista, el oído y el tacto; en lo demás se distinguía de todos nosotros.

Jesús tenía un carácter alegre y, merced a la alegría, conoció el dolor de los hombres, y desde la más alta cumbre de sus pesares atisbó el gozo de los hombres.

Tuvo visiones que nosotros no percibíamos, y oía voces que no llegaban a nosotros. Al hablar, se dirigía a veces a muchedumbres invisibles, y con frecuencia predicaba, a través de nosotros, a pueblos que aún están por venir.

Jesús estaba a menudo solo. Se hallaba con nosotros, pero no era uno de nosotros. Vivía en la tierra, pero pertenecía al cielo. Y únicamente podíamos penetrar en el reino de su soledad cuando estábamos a solas.

Nos amaba con bondadosa ternura. Su corazón era un lagar al que podíamos acercarnos con una copa y beber hasta saciarnos.

Había algo que no lograba entender de Jesús: tenía la costumbre de aparecer alegre ante sus oyentes, hacía bromas con ellos, les relataba divertidas historias, jugaba con las palabras y se reía de todo corazón, incluso en sus momentos más tristes, cuando sus ojos se mostraban distantes y su voz apenada. Ahora sí que lo entiendo.

Hay momentos en que me parece que la tierra es una mujer embarazada de su primer hijo, que ese primogénito lo dio a la luz en el momento de nacer Jesús, y que, cuando Él murió, fue como si el hombre muriese por primera vez. Pues, ¿no os pareció que aquel viernes sombrío la tierra enmudeció y que los cielos entraron en guerra consigo mismos? Y cuando desapareció su rostro de nuestra vista, ¿no sentisteis que sólo éramos unos recuerdos que vagan en la niebla?

CLEOFÁS DE BETRÚN

Cuando habló Jesús, el mundo guardó silencio para escucharle. Sus palabras no eran para nuestros oídos, sino para los elementos con los que Dios creó la tierra.

Habló a la mar, esa madre de enorme pecho que nos dio la vida y la luz. Habló a la montaña, nuestra hermana mayor, cuya cima es una promesa y una esperanza. Habló a los ángeles, más allá de la mar y de la montaña, a quienes confiábamos nuestros sueños antes de que el barro del que estamos hechos se secara y endureciese los rayos del sol.

Y todavía sus palabras duermen en nuestra memoria como una canción de amor medio olvidada, que a veces se abre paso a impulso de nuestros ideales. Su voz era sencilla, alegre y agradable. La melodía de sus palabras resonaba como el agua serena sobre un terreno reseco.

Un día alzó los brazos al cielo y sus dedos eran como las ramas de un sicomoro. Y dijo con poderosa voz:

«Los profetas antiguos os hablaron y sus palabras llenan aún vuestros oídos, pero yo os digo que vaciéis vuestros oídos de cuanto habéis escuchado.»

Esa frase de Jesús «pero yo os digo» no la pronunciaba un hombre de nuestra raza y de nuestro mundo, sino que la profería una legión de ángeles que surcaba el cielo de Judea.

Una y otra vez recitaba los preceptos de la ley y de los profetas para luego añadir: «pero yo os digo».

Esas palabras, «pero yo os digo», resultaban ardientes; eran olas del mar que nunca habían llegado a conocer las costas de nuestros pensamientos. ¡Cuántas estrellas luminosas había en esas palabras buscando la oscuridad del alma y su pobreza, y cuántas almas velaban a la espera de ese amanecer!

Quien trate de comentar las predicaciones de Jesús habrá de tener su Verbo o el eco de su Verbo, lo cual a mí me falta. No dispongo del Verbo ni de su eco.

Os ruego, pues, que me perdonéis por haber iniciado un relato que no puedo acabar, ya que su final no está aún en mis labios. Es todavía una canción de amor que se extiende en el viento.

NAAMAN, DE LA TRIBU DE GAD

Sus discípulos se dispersaron porque, antes de que le condenaran a muerte, Jesús les predijo tremendos dolores. Y así fue. Los cazaron como a ciervos y a zorros del campo, y aún sigue lleno de flechas el carcaj de sus corazones.

Pero cuando los prendían y los llevaban ante el tribunal, esos discípulos iban alegres y sus rostros resplandecían como el de la novia el día de su boda. Jesús les legó también el don de la alegría.

Tenía yo un amigo del Norte que se llamaba Esteban. Por predicar el nombre de Jesús y decir que era el Hijo de Dios, le prendieron y le apedrearon en la plaza pública.

Cuando estaba en el suelo extendió los brazos en cruz, pues quiso morir igual que su Maestro. Sus brazos eran dos alas de una paloma dispuesta a emprender el vuelo. Antes de que se apagara el brillo de sus ojos vi que sus labios sonreían. Y su sonrisa se asemejaba al hálito que sopla antes de que acabe el invierno como esperanza y presagio de la futura primavera.

¿Cómo describir aquella sonrisa? Parecía que Esteban trataba de decir: «Quiero que sepas, amigo mío, que si en otra vida me apedrearan otros hombres en la plaza de su ciudad, no dejaría de predicar y de anunciar el nombre de Jesús, por la Verdad y la Razón que habían en él, y por la Verdad y la Razón que yo ahora poseo.»

Entre el público que se divertía con el martirio de Esteban, vi a un hombre que observaba con deleite la lluvia de piedras que caían sobre mi amigo. Se llamaba Saulo de Tarso, y era quien había entregado a Esteban a los sacerdotes y a los romanos para que lo lapidaran.

Saulo era calvo y bajo de estatura, de espalda con joroba y desproporcionado en cuanto a las partes de su cuerpo. A mí no me gustó.

Me han dicho que ahora va por las plazas predicando a Jesús, pero me resulta difícil creerlo. De cualquier forma, la tumba no detiene el avance de Jesús hacia el campamento de sus enemigos para dominar su brutalidad y hacer que se rindan sus jefes.

Con todo, sigue sin gustarme ese hombre de Tarso, pese a que me han dicho que, después de la muerte de Esteban, su ira se calmó y que sufrió una conversión cuando iba camino de Damasco. Pero ese Pablo no puede ser nunca un discípulo sincero: su cabeza prima sobre su corazón.

Puede, empero, que mi juicio sea equivocado. Reconozco que con frecuencia me equivoco al opinar sobre la gente.

TOMÁS

Mi abuelo, que era jurista, me dijo un día: «Velemos por la Verdad, pero sólo cuando ésta se nos revele con claridad meridiana.»

Cuando Jesús me llamó, yo le seguí, porque su invitación era más poderosa que mi voluntad, pero seguí recordando el consejo de mi abuelo.

Cuando Jesús hablaba, quienes le escuchaban se estremecían como ramas movidas por el viento. Yo también le escuchaba, pero permanecía insensible, pese a lo cual le amaba.

Hace ya tres años que nos dejó; hoy no somos más que un grupo disperso de discípulos que canta y glorifica su nombre por diferentes sitios. Por aquel entonces mis amigos me llamaban Tomás «el escéptico», porque la sombra de mi abuelo seguía acompañándome y yo continuaba queriendo tocar la verdad con las manos. Llegaba al extremo de palpar con mi mano las heridas antes de fiarme de mi propio dolor. Pero hoy sé que un hombre que ama de corazón y sin embargo conserva en su mente una sombra de duda es un esclavo condenado a remar como galeote en lo oscuro de un barco. Ese esclavo se duerme sobre su remo y sueña con su libertad, hasta que le despierta el látigo del amo.

Yo era como ese esclavo que sueña con su libertad, pero el recuerdo de mi abuelo se cernía sobre mí. Mi carne necesitaba que llegara el momento de sufrir un latigazo. Hasta en presencia del Nazareno cerraba los ojos y no veía más que mis manos encadenadas al remo. La duda produce un dolor tan solitario que nos hace olvidar que ella y la fe son hermanas gemelas. La duda es un desdichado animalillo que se ha perdido; aunque le encuentre su madre y le estreche contra su pecho, él la esquivará con desconfianza y con miedo.

Hasta que no sane de sus heridas, la duda ignorará el camino de la verdad. Dudé de Jesús hasta que Él se me manifestó y puse mis dedos en sus heridas. Entonces, ante la Verdad, creí. Desde ese momento me liberé de todas las vacilaciones que heredara de mi abuelo. El muerto que había en mí enterró a sus muertos, y el vivo que hay ahora en mí vivirá para el Rey Ungido, Aquel a quien llaman el Hijo del Hombre.

Ayer me dijeron que debo ir a predicar su nombre a los persas y a los hindúes. Estoy dispuesto para el viaje. Y desde hoy hasta el fin de mis días, al alba y al ocaso, veré a mi Señor en toda su majestad y escucharé sus palabras.

ELMADÁN, EL LÓGICO

Me pedís que hable de Jesús Nazareno, y es mucho lo que tengo que deciros, aunque todavía no es tiempo de hacerlo.

Todo cuanto os diga será la verdad pura y llana, pues toda palabra que no expresa una verdad carece de todo valor.

Estamos ante un hombre desequilibrado, enemigo de todo orden, de un pordiosero que combatió toda forma de propiedad, y de un borracho que sólo se alegraba y convivía con réprobos y vividores.

Como no era ni un digno hijo del Estado ni un ciudadano protegido por el Imperio, ni disfrutaba de derechos o patrimonios como los demás compatriotas útiles, se burlaba del Estado y del Imperio.

Vivía libre y despreocupado como las aves en el aire. Por eso los cazadores le derribaron con sus flechas.

Ningún hombre que arremete con su ariete contra las torres del pasado se libra del derrumbe de las piedras. Y nadie puede abrir las compuertas de las represas de sus antepasados sin que le arrastre el aluvión y le ahogue. Es la ley. Como ese Nazareno violó y quebrantó esa ley, fue aniquilado junto con sus discípulos.

Ha habido muchos como Él, que han querido cambiar el curso de nuestro destino, y fueron ellos los quebrantados y los que hubieron de cambiar de idea porque resultaron derribados.

Al pie de las murallas de la ciudad crece una parra que no da uvas. Se extiende trepando por las piedras de la muralla. Si esa vid se dijera: «Con mi fuerza y mi peso destruiré estas murallas», ¿que dirían las otras plantas? Por supuesto que se burlarían de sus ridículas y necias pretensiones.

Eso es lo que hace que yo también me ría de ese hombre y de sus ilusos discípulos.

UNA DE LAS MARÍAS

Llevaba siempre la frente alta y la luz del Señor brillaba constantemente en sus ojos.

Con frecuencia estaba triste, pero su tristeza era el bálsamo de una ternura que dispensaba a las heridas de los dolientes y una compañía que hacía a los solitarios.

Cuando sonreía, su sonrisa era la propia de quienes ansían lo desconocido. Era como polvo de estrellas descendiendo sobre los párpados de los niños, como un trozo de pan en la boca.

Era triste, pero su tristeza era de esas que hacen estremecerse los labios y que al abrirlos se convierte en sonrisa.

Su sonrisa era como el velo dorado que cubre el bosque en los días de otoño, y a veces parecía un rayo de luna a orillas de un lago.

Sonreía como si los labios cantaran en un festín nupcial.

Pero era triste, con esa tristeza de las aves que no quieren remontarse por encima de sus compañeras de vuelo.

ROMANUS, UN POETA GRIEGO

Jesús era un poeta. Miraba a través de nuestros ojos y oía mediante nuestros oídos. Nuestras palabras mudas estaban siempre en sus labios y sus dedos palpaban lo que nosotros no alcanzamos a percibir.

De su alma salían volando incontables pájaros cantores: unos rumbo al Norte, otros hacia el Sur. Las bellas y olorosas flores que crecen al borde de los caminos y que rodean las colinas le marcaban el camino por el que debía dirigir sus pasos para llegar al cielo.

¡Cuántas veces le vi inclinarse para tocar la hierba húmeda! En mi corazón le oí dirigirse a las hojas de hierba: «¡Mis pequeñas y verdes hojas de hierba!, estaréis conmigo en mi Reino, como las encinas de Bizanthe y los cedros del Líbano.»

Amaba todo lo hermoso: el rubor en las mejillas de un niño, la mirra y las resinas perfumadas del Sur... Aceptaba con amor la granada o el vaso de vino que se le ofrecía con amor, sin importarle que procedieran de un extraño en la posada humilde o de un opulento anfitrión. Y amaba las flores del almendro. Una vez le vi llenarse las manos de ellas y cubrirse el rostro con sus pétalos. Parecía querer que su amor abarcara a todos los árboles de la tierra.

Conocía el mar y los cielos, y habló de las perlas que tienen una luz que no procede de la nuestra y de las estrellas que nos velan en nuestra noche. Conocía las montañas como sólo las conocen las águilas, y conocía los valles como sólo los conocen los arroyos y los ríos. Había un desierto en sus silencios y un huerto inmenso en sus palabras.

Jesús era un poeta que moraba en las alturas, y sus canciones, aunque eran entonadas para nuestros oídos, también las escucharon los oídos de otros pueblos donde la vida es eterna juventud y el tiempo un amanecer permanente.

Antaño me creía un poeta, pero cuando me encontré con Él en Betania supe lo que es pulsar un instrumento de una sola cuerda delante de quien dominaba todos los instrumentos, pues en su voz se habían dado cita la risa del trueno, el llanto de la lluvia y la alegre danza del viento entre los árboles.

Cuando supe todo eso, mi cítara se convirtió en un instrumento de una sola cuerda y mi voz no pudo ya seguir tejiendo ni recuerdos del pasado ni esperanzas del futuro. Por eso dejé de lado mi cítara y me callé para siempre. Pero todos los días, al anochecer, afino mis oídos para escuchar las canciones de Jesús, príncipe de todos los poetas.

LEVÍ, UN DISCÍPULO

Una tarde pasó Jesús por mi casa, y despertó mi alma de su sopor. Me dijo:

«Ven y sígueme, Leví.»

Y ese día le seguí.

Al día siguiente por la tarde le pedí que honrara mi casa como huésped. Él traspasó mi umbral con sus amigos y bendijo a mi esposa, a mis hijos y a mí.

Había en mi casa otros huéspedes: eran escribas y sabios, pero en su corazón resultaban adversos a Jesús.

Cuando estábamos sentados a la mesa le preguntó uno de los escribas: «¿Es cierto que tú y tus discípulos quebrantáis la ley que prohíbe encender fuego en sábado?»

Y le respondió Jesús:

«Es cierto que encendemos fuego en sábado, porque queremos inflamar el sábado y quemar con esa antorcha los secos rastrojos que se acumulan el resto de los días de la semana.»

Y añadió otro escriba:

«Nos hemos enterado que bebes vino con los impuros en la posada.»

A lo que replicó Jesús:

«También a ellos queremos reconfortarles con ese vino. ¿Acaso no hemos venido a compartir el pan y la copa con los desheredados de entre vosotros? Pocos, muy pocos son los que sin tener plumas aún se arriesgan a desafiar a los vientos, y muchos son los que teniendo alas y largas plumas no se atreven a abandonar su nido. Pero nosotros damos con nuestro pico alimento por igual a los decididos y a los perezosos.»

Entonces intervino otro de los escribas:

«¿Crees que no sé que te pones de parte de las rameras de Jerusalén?»

Vi que al responderle en el rostro de Jesús se reflejaban las cumbres rocosas del Líbano.

«Lo que dices es cierto —le contestó—. El día del juicio se presentarán esas mujeres delante del trono de mi Padre y Señor y serán purificadas con sus propias lágrimas. Pero a vosotros se os juzgará y se os atará con las cadenas de vuestros propios juicios. Babilonia no fue arrasada a causa de las rameras; Babilonia fue reducida a cenizas para que los ojos de los hipócritas que habitaban en ella no volvieran a ver la luz del sol.»

Otros escribas deseaban preguntarle más cosas, pero les hice callar con una seña, ya que sabía que les derrotaría a todos y no quería que mis huéspedes se avergonzaran en mi casa.

Hacia la medianoche los escribas se marcharon con aire cabizbajo.

Yo cerré los ojos. Me sentía arrebatado por el éxtasis. Y vi a siete doncellas con túnicas blancas rodeando a Jesús. Estaban todos en pie, con los brazos cruzados sobre el pecho y el rostro inclinado humilde y reverentemente. Cuando observé con atención a través de la niebla de mi aparición, vislumbré el rostro de una de esas muchachas que resplandecía: era el rostro de la pecadora que vivía en Jerusalén.

Entonces abrí los ojos y miré a Jesús, viendo que sonreía.

Luego volví a cerrarlos y en el globo luminoso de mi revelación aparecieron siete hombres con vestiduras blancas en torno al Maestro. Los miré fijamente: uno de ellos era el ladrón que después sería crucificado a la derecha de Jesús.

Pasada la medianoche, Jesús abandonó mi casa acompañado de sus amigos.

UNA VIUDA DE GALILEA

No tenía más que un hijo. Trabajaba en nuestro campo y estaba contento de su trabajo hasta que oyó a ese hombre al que llaman Jesús predicar a la muchedumbre. Entonces se transformó de pronto, como si se hubiese apoderado de él un espíritu extraño y maligno. Dejó el campo, dejó la huerta y acabó abandonándome a mí también. Se convirtió en un haragán y se fue a vivir entre mendigos. Ese Jesús de Nazaret debe ser un mal hombre, pues, ¿qué hombre que sea bueno es capaz de separar a un hijo de su madre?

Lo último que me dijo mi hijo fue:

«Me voy como discípulo suyo al Norte porque he rehecho mi vida y la he fundado en la roca del Nazareno. Tú me has dado el ser, y te lo agradezco, pero un deber más importante me obliga ahora a marcharme. Te dejo nuestro fértil campo y toda la plata y el oro que poseemos. Sólo te cogeré la ropa que llevo puesta y este báculo.»

Dicho esto, se marchó.

Ahora los romanos y los sacerdotes han prendido a Jesús y le han crucificado. ¡Y han hecho bien, porque un hombre que le arrebata un hijo a su madre no puede venir de Dios. No puede ser amigo quien nos quita a nuestros hijos para enviarlos como mensajeros a las ciudades de los gentiles.

Sé que mi hijo no regresará ya nunca a mi lado. Estoy convencida de ello, porque lo he visto en sus ojos. Por eso aborrezco a Jesús el Nazareno, que fue el culpable de que me quedara sola en este campo que hoy está yermo y en esta huerta abandonada. Y odio también a todos los que le alaban.

Hace pocos días me dijeron que Jesús explicó una vez:

«Mi padre, mi madre y mis hermanos son los que escuchan mi palabra y me siguen.»

¿Por qué han de dejar los hijos a sus madres para seguirle a Él? ¿Por qué mi hijo ha de olvidar la leche que le di por una fuente cuyas aguas desconoce? ¿Por qué ya no ha de acordarse del calor de mis brazos para ir al frío país del Norte, extraño y hostil?

Sí, yo odio al Nazareno, porque me ha robado al único hijo que tenía.

JUDAS, EL PRIMO DE JESÚS

Sucedió una noche de agosto. Estábamos con el Maestro en un prado no lejos del lago, que los antiguos llamaban Prado de las Calaveras. Y estaba Jesús recostado sobre la hierba contemplando las estrellas. De pronto, se acercaron corriendo a nosotros dos hombres muy agitados, con grandes muestras de dolor en sus rostros. Se arrodillaron ante Jesús y Él se puso en pie.

Les preguntó:

«¿De dónde venís?»

«De Maqueronte», replicó uno de ellos.

Jesús le miró con un aire de turbación y luego le interrogó con preocupación:

«¿Qué sabéis de Juan el Bautista?»

«Hoy le han decapitado en la prisión de la fortaleza.»

Jesús alzó la cabeza y echó a andar por un sendero. Al cabo de cierto tiempo se acercó adonde estábamos nosotros. Y dijo:

«Estaba en manos de Herodes matar al Profeta antes de hoy. Verdad es que ese rey ha saboreado todos los placeres de sus pueblos. Los reyes de antaño no eran tan tardos en ofrecer la cabeza de un Profeta a los cazadores de cabezas. No siento tanto la suerte que ha corrido Juan, sino el destino de Herodes que ha permitido pasarle por la espada. ¡Pobre rey! ¡Es como un animal capturado y conducido con un anillo y una cadena! ¡Qué desgraciados son esos monarcas! Andan entre tinieblas, y quien camina en la sombra caerá sin remedio. ¿Qué cabe esperar de un mar estancado e infecto sino peces muertos? No rechazo a los reyes, pero sólo cuando son más sabios que sus súbditos pueden gobernar...»

Luego miró a los que acababan de llegar y a nosotros, y continuó diciendo:

«Juan nació herido, y la sangre de su herida manaba de sus palabras y de sus enseñanzas. Era una libertad que aún no se había liberado de sí misma y su entrega sólo soportaba a los rectos y a los justos. Realmente era una voz que clamaba entre quienes teniendo oídos no escuchan, y yo le amé por su tristeza y su soledad, al igual que amé su orgullo y su rebeldía, que entregó junto con su cabeza al verdugo antes de doblegarse al polvo de las sepulturas. En verdad os digo que Jesús, el hijo de Zacarías, fue el último de su raza y que como sus antepasados ha sido asesinado entre el templo y el altar. «

De nuevo se alejó Jesús de nosotros para volver posteriormente y continuar diciendo:

«Así ha sucedido y así seguirá ocurriendo: quienes gobiernan un instante matan a quienes gobernarán durante siglos. Continuamente se sentarán en sus tronos y juzgarán al hombre aún no nacido para condenarle a muerte antes de que cometa ningún crimen. El hijo de Zacarías estará conmigo en mi Reino y vivirá eternamente.»

Se dirigió entonces a los discípulos de Juan el Bautista para decirles:

«Toda acción tiene su mañana. Puede que yo sea el mañana de esa acción. Id a los amigos de mi amigo y decidles que yo estaré con ellos.»

Se retiraron entonces aquellos dos hombres, y parecían menos tristes y más sosegados que cuando aparecieron.

Jesús volvió a recostarse en la hierba y se puso a contemplar las estrellas nuevamente. Era ya noche avanzada. Yo me recosté también no lejos de Él, tratando con todo mi corazón de dormir. Pero una mano misteriosa me golpeaba insistente la puerta de mi corazón. De este modo permanecí despierto hasta que Jesús y el alba me llamaron para reemprender nuestro camino.

UN HOMBRE DEL DESIERTO

Yo era un extranjero en Jerusalén. Vine a la Ciudad Santa en peregrinación para conocer el Gran Templo y hacer una ofrenda ante el altar como agradecimiento a Dios porque mi mujer había dado a luz dos hijos gemelos para mi tribu.

Una vez ofrecido mi sacrificio, me quedé en el pórtico contemplando a los fariseos, a los mercaderes y a los que vendían palomas para las ofrendas. El alboroto de la multitud llegaba hasta los cielos.

En ese momento apareció de pronto un hombre que se detuvo con la rapidez de un rayo ante los mercaderes y cambistas. Su porte era majestuoso e imponente. Sostenía en la mano un látigo hecho de piel de cabra, y empezó a volcar las mesas de los cambistas y a fustigar a los vendedores de animales.

Le escuché gritar con poderosa voz:

«¡Dejad que esas palomas vuelen hacia el cielo, pues allí están sus nidos!»

Ante su presencia, hombres y mujeres huían despavoridos, y Él se movía entre todos cual torbellino por encima de un arenal.

Todo esto ocurrió en un breve momento. Después, el atrio del templo quedó solitario. Únicamente permanecía allí aquel hombre, mientras sus amigos se mantenían a cierta distancia.

Volví la cara y vi a alguien en un extremo del atrio. Me dirigí a él y le pregunté:

«¿Puedes decirme quién es ese hombre que se alza ahí en pie como si fuera otro templo?»

Y el otro me respondió:

«Es Jesús el Nazareno, un profeta que ha aparecido últimamente en Galilea. Aquí en Jerusalén le odian todos.»

«Pues mi corazón ha sido lo bastante fuerte como para solidarizarme con su látigo, y lo bastante sumiso y reverente como para arrodillarme a sus pies», le contesté yo.

Luego, Jesús se dirigió hacia donde le aguardaban sus acompañantes. Y tres palomas de las que había soltado de sus jaulas se posaron en sus hombros. Jesús las acarició con gran ternura y prosiguió su camino. Y avanzaba mil leguas a cada paso que daba.

Decidme ahora: ¿qué poder tenía Él para castigar a esos cientos de hombres y de mujeres y para que ellos se dispersaran sin oponerle resistencia alguna? Me dijeron que todos le odiaban, pero nadie se atrevió a hacerle frente. ¿Le había arrancado los colmillos al odio mientras se dirigía al atrio del Templo?

PEDRO

A la caída de la tarde llegamos una vez a Betsaida. Todos estábamos muy cansados y el polvo del camino cubría nuestras ropas. Encontramos una gran mansión rodeada de un jardín a cuya puerta estaba su dueño.

Jesús se dirigió a él:

«Estos hombres están cansados y tienen los pies lastimados y doloridos de tanto caminar. Déjales que duerman en tu casa, pues la noche es fría y ellos necesitan descanso y calor.»

Pero el rico replicó:

«Esos hombres no dormirán en mi casa.»

Insistió Jesús:

«Déjales al menos que duerman en tu jardín.»

«No permitiré que duerman en mi jardín», contestó el dueño de la casa.

Entonces Jesús se volvió hacia nosotros y nos advirtió:

«Aquí tenéis un ejemplo de lo que os reserva el mañana. Este presente es un anuncio de vuestro futuro. Os cerrarán todas las puertas, y ni los jardines que se extienden bajo las estrellas os servirán de lecho, pues hallaréis sus verjas encadenadas.

Si vuestros pies resisten el cansancio del camino y sois capaces de sufrir hasta el final, encontraréis un ánfora con agua para lavaros y un lecho donde dormir, y tal vez pan y vino. Mas si no hallarais nada de eso, no olvidéis que ese día habréis atravesado uno de mis desiertos. Ahora vámonos de este lugar.»

El rico se quedó turbado y su rostro parecía demudado. Refunfuñó unas palabras que no pude oír y cabizbajo se perdió en el interior de su jardín.

Jesús reemprendió la marcha seguido de todos nosotros.

MALAQUÍAS, UN ASTRÓLOGO BABILONIO

Me preguntáis acerca de los milagros de Jesús. Esta es mi respuesta.

Cada mil años el sol, la luna, la tierra y sus hermanos los planetas se encuentran en linea recta. Luego se dispersan lentamente y esperan que pase otro millar de años.

Más allá de las estaciones, no hay milagros en el cielo, pero ni vosotros ni yo conocemos todas las estaciones. ¿Qué me decís entonces si resulta que toda una estación aparece encarnada en una sola persona? Pues en Jesús se han fundido todos los elementos de nuestros cuerpos y de nuestros sueños, de acuerdo con la ley, y todo lo que era anterior a su tiempo encontró en él su madurez y su momento oportuno.

Dicen que daba la vista a los ciegos y el movimiento a los paralíticos, que expulsaba a los demonios de los cuerpos de los locos. Pero, ¿acaso la ceguera no es sino un pensamiento oscuro que puede ser vencido mediante un pensamiento llameante y luminoso? ¿No es un órgano seco un miembro inerte que puede ser puesto en movimiento mediante la energía? Y esos elementos perturbadores de nuestra vida que son los espíritus malignos, ¿no pueden ser expulsados de nosotros por los ángeles de la paz y de la serenidad?

Dicen también que invocaba a los muertos y los devolvía a la vida. Decidme lo que es la muerte y yo os diré lo que es la vida.

Una vez vi en un campo el retoño de una encina: era una plantita modesta, inapreciable y sin importancia. La primavera siguiente descubrí que aquel retoño había echado hondas raíces y que se había convertido en una enorme encina que se alzaba bajo el sol.

Quizá penséis que esto es un milagro, pero ese milagro se realiza mil veces, sin que nos demos cuenta, en la somnolencia de cada otoño y la pasión de cada primavera.

¿Por qué no puede obrarse entonces un milagro en el espíritu del hombre? ¿No pueden unirse todas las estaciones en la mano de un solo Hombre Ungido o en sus labios? Si nuestro Dios ha otorgado a la tierra la capacidad de dar vida en sus entrañas a las semillas, de transmitir el soplo de la vida a otro corazón, aunque esté aparentemente muerto?

He hablado de estos milagros que en realidad no me asombran tanto como el gran Milagro que supone ese Hombre en sí, ese Caminante que ha convertido en oro puro la escoria que había en mí, y que me ha enseñado a amar a los que me odian. Al hacerlo me ha consolado y ha otorgado a mi dormir los ensueños más dulces

Este es el milagro de mi vida. Mi alma estaba ciega y mi corazón andaba errante a causa de mi errónea conducta. Mi alma estaba presa de inquietudes. En realidad, me encontraba muerto.

Pero ahora veo claramente y camino con la frente muy alta, porque he recobrado la salud. Hoy vivo para ver y proclamar los milagros que se han operado en mi persona a toda hora del día.

No soy uno de sus discípulos. Soy un viejo astrólogo que recorre los caminos del cielo en cada estación. Ya me encuentro en el ocaso de mi vida, y siempre que busco su amanecer lo que estoy buscando realmente es la juventud de Jesús.

La vida busca eternamente la juventud, pero en mi caso la sabiduría va en pos de visiones apocalípticas.

UN FILÓSOFO

Cuando Él estaba con nosotros nos miraba con detenimiento, al igual que observaba el mundo que nos rodea, porque sus ojos no se velaron con el paso de los años. Todo lo veía claro a la luz de su juventud. A pesar de que conocía la belleza con toda profundidad, siempre se asombraba de ella y de su esplendor.

Se situaba frente a la tierra como lo hiciera el primer hombre el mismo día en que fue creado. Nosotros, en cambio, como tenemos los sentidos embotados, contemplamos la diáfana luz del día, y no vemos absolutamente nada. Escuchamos con toda atención, y nada oímos. Extendemos nuestras manos, y nada palpamos. Y si quemaran ante nosotros todo el incienso de Arabia, no oleríamos lo más mínimo y proseguiríamos nuestro camino.

No vemos al labrador volviendo a su casa al atardecer, ni oímos la flauta del pastor cuando conduce su rebaño al aprisco, ni alargamos nuestros brazos hacia la puesta de sol, ni nuestro olfato ansía aspirar el perfume de las rosas de Sharon.

No reconocemos como reyes a quienes no poseen un reino, ni oímos el sonido de un arpa si alguien no pulsa sus cuerdas, ni advertimos la presencia de un niño jugando en un olivar, pues lo confundimos con un árbol, y todas nuestras palabras han de brotar de nuestros labios de carne, pues si no todos nos sentiríamos mudos y sordos.

Miramos, y no vemos; escuchamos, y no oímos; comemos y bebemos, pero no saboreamos. En esto reside la diferencia que hay entre Jesús Nazareno y nosotros, porque sus sentidos se renovaban constantemente, y el mundo era para Él siempre algo nuevo. Para Él, el balbuceo de un niño no era menos que el grito de la Humanidad entera, mientras que para nosotros no es más que el balbuceo de un niño. Para Jesús, el tallo del amarillo ranúnculo era una aspiración hacia Dios, mientras que para nosotros no es más que un simple tallo.

IRÍA, UN ANCIANO DE NAZARET

Era un extraño a nuestro ambiente. Su vida estaba velada por un oscuro manto. No seguía la senda de la bienaventuranza sino que prefirió el camino de los malvados e impuros.

Durante su niñez se rebeló contra la leche de nuestra naturaleza y la rechazó. En su juventud ardió como un montón de estopa durante la noche. Hombres así son concebidos cuando está baja la marea y nacen cuando se han desencadenado violentas tempestades, en medio de las cuales viven un día desapareciendo luego para siempre.

¿No recordáis cuando era un niño y discutía petulantemente con nuestros sabios doctores, burlándose de su autoridad? ¿No recordáis cuando era joven y manejaba la sierra y el cepillo de carpintero, que prefería estar solo antes de frecuentar la compañía de nuestros hijos y de nuestras hijas en los días de fiesta?

No devolvía el saludo a los que pasaban, como si no estuvieran amasados de su mismo barro. Me lo encontré una vez en el campo y le saludé. Él se limitó a sonreírme y su sonrisa me pareció orgullosa e insultante. Otro día fue mi hija a coger uva a la viña; lo encontró, le saludó y el no respondió a su saludo. En cambio se puso a hablar con todos los que trabajaban en la viña como si mi hija no estuviera entre ellos.

Cuando abandonó a su familia y se hizo vagabundo, se convirtió en un simple charlatán. En aquel entonces, su voz era como una garra que se clavara en nuestras carnes. Aún se recuerda el eco doloroso y amargo que dejaban sus palabras en nuestras mentes. Y es que no hacía sino hablar mal de nosotros, de nuestros padres y de nuestros abuelos. Su lengua era una flecha envenenada que dirigía a nuestras almas.

Así era Jesús.

Si hubiera sido hijo mío, le habría reclutado con las legiones romanas que hay en Arabia y hubiese pedido al capitán que le pusiera en primera línea de batalla para que le matasen los arqueros enemigos. Así me habría librado de su insolencia y de su soberbia. Pero, afortunadamente, no tengo hijos. ¿Qué habría sido de mí si me hubiese salido un hijo enemigo de su pueblo? Mis canas se habrían cubierto con la ceniza de la vergüenza y mi blanca barba habría sido deshonrada.

NICODEMO, POETA Y EL MÁS JOVEN DE LOS MIEMBROS DEL SANEDRÍN

Hay muchos necios que afirman que Jesús se interpuso entre Él y su propio sendero, que estaba en lucha consigo mismo, que desconocía sus propias ideas y que, al faltarle ese conocimiento, se engañaba y acabó extraviándose. Claro que también hay muchas lechuzas que no conocen más cantos que los que se asemejan a sus propios chillidos.

Vosotros y yo conocemos a esos charlatanes que disfrutan haciendo juegos de palabras, que sólo respetan a los que les superan en burlas y engaños, y que llevan sus cabezas en cestos al mercado y las venden por lo primero que les dan. Conocemos a enanos que desafían a gigantes que tocan el cielo con la cabeza. Y sabemos lo que diría la zarza a la encina y al cedro.

Me dan pena esas gentes que no pueden subir y trepar a las alturas. Pero mi compasión no les infunde luz, como tampoco lo haría la compasión de todos los ángeles del cielo.

Conozco al espantapájaros, cuyos andrajos se mueven en medio de los trigales, a pesar de lo cual está muerto para las espigas y para el viento cantor.

Conozco a la araña que sin tener alas teje sus redes para cazar insectos voladores.

Conozco a los impostores y a los que tocan cuernos y golpean tambores, y cuyo estrépito les impide oír el canto de la alondra en el cielo y el sonido de la brisa matutina en el bosque.

Conozco al que rema en todos los ríos pero desconoce el manantial del que brotan, y al que recorre todas las corrientes pero no se atreve a descender al mar donde desembocan.

Conozco al que ofrece sus manos inexpertas al arquitecto del templo, y cuando le rechazan, dice en la oscuridad de su corazón: «Destruiré cuanto construyan.»

Conozco a todos ésos: son los que critican a Jesús y le acusan de contradictorio porque una vez dijo: «Os traigo la paz», y otro día exclamó: «Os traigo una espada». No pueden comprender que lo que quiso decir realmente es que traía la paz a quienes querían la paz y que ponía una espada entre quien quería la paz y el que quería la guerra.

Se asombran de que Aquel que dijo: «Mi reino no es de este mundo», dijera también: «Dad al César lo que es del Cesar». Ignoran que si de verdad desean ser libres para entrar en el Reino que sus almas ansían, no han de discutir con el guardián que vigila la satisfacción de sus necesidades, sino pagar alegremente su miserable tributo.

Tales hombres son los que dicen: «Predicó la bondad, la misericordia y el amor al prójimo, pero no se preocupó de su madre ni de sus hermanos cuando le buscaban por las calles de Jerusalén.» No saben que su madre y sus hermanos, temiendo perderle, querían que volviera a ocupar su banco de carpintero. Mas Él quería abrirnos los ojos para que viéramos la luz de un nuevo día. Su madre y sus hermanos querían conservarle vivo a la sombra de la muerte, pero Él prefirió morir en aquel monte para permanecer vivo en nuestra mente, que nunca duerme.

Conozco a esos topos que excavan galerías sin ningún propósito concreto. ¿No son los que acusan a Jesús de autoalabarse cuando dijo muy convencido a la muchedumbre: «Yo soy el camino y la puerta de la salvación», y hasta a asegurar luego que Él era la vida y la resurrección?

Pero Jesús no estaba pretendiendo más que lo que pretende mayo a su llegada.

Es cierto que afirmó que Él era el camino, la vida y la resurrección. Soy testigo de ello. Pero, ¿tenía que dejar de decir una luminosa verdad sólo por el hecho de que era demasiado brillante?

¿No os acordáis de mí? Soy aquel Nicodemo que nunca se apartaba de la ley y que no creía más que en ella, que respetaba los mandamientos y los preceptos. Miradme ahora. Soy un hombre que marcha al compás de la vida y que sonríe al sol cuando despunta el día hasta que cae el sol y se esconde detrás de los montes.

¿Por qué os detenéis ante la palabra «salvación»? Yo alcancé la salvación gracias a Jesús. No me preocupa lo que puede ocurrirme mañana, porque sé que Jesús fortaleció mis sueños e hizo de ellos mis mejores amigos y compañeros de camino.

¿Seré menos que un hombre porque creo en un ser que es más que un hombre?

Las barreras de carne y hueso se derrumbaron cuando me tendió la mano y me habló Jesús, el poeta de Galilea. Entonces me insufló un espíritu que me elevó por las alturas, y en medio del cielo mis alas entonaron el cántico del cielo puro. Cuando descendí con el viento y manifesté mis ideas ante el Sanedrín, me arrebataron mis alerones. Mas no por ello perdí mi canción, ni aun en medio de los sacerdotes y escribas, pues mi cántico sigue ascendiendo con alas implumes, y nada de lo que hay de miserable en este mundo podrá arrebatarme mi tesoro.

Ya he dicho bastante. Dejad que los sordos entierren en sus oídos muertos el balbuceo de la vida. Yo estoy contento con la melodía armoniosa que brota de la lira de Jesús, esa lira que él sostenía y pulsaba en su espíritu mientras le clavaban en la cruz y con su sangre regaba la tierra.

JOSÉ DE ARIMATEA, DIEZ AÑOS DESPUÉS

Dos fuentes manaban del corazón del Nazareno: la de su parentesco con Dios, a quien llamaba Padre, y la del Amor, que relacionó con el Reino del Mundo Sublime.

¡Cuántas veces, en mis horas de soledad, pensé en Él y seguí el curso de esos dos ríos que manaban de su Corazón! A las orillas del primero de esos ríos descubrí mi alma, que unas veces era una mendiga errante y otras una princesa en su jardín.

Luego seguí el curso del segundo de los ríos y en mi camino encontré a un hombre a quien habían golpeado y robado unos ladrones, pero que conservaba una sonrisa en los labios. Poco después descubrí a los ladrones que le habían robado y vi que en sus rostros había surcos de lágrimas que no habían sido derramadas. Después oí en mi interior el murmullo de aquellos dos ríos, y me llené de gozo.

Cuando visité a Jesús el día antes de que le prendieran Poncio Pilato y los sacerdotes, pasamos mucho tiempo hablando de infinidad de cosas. Cuando le dejé, estaba totalmente convencido de que Él era el Rabí y el Señor de esta tierra que habitamos.

Hace ya mucho tiempo que fue abatido el cedro, pero su aurora y su perfume perdurarán siempre e inundarán hasta la eternidad los cuatro confines de la tierra.

JORGE DE BEIRUT

Él y sus amigos estaban en el bosque de olivos que hay detrás de la cerca de mi casa. Jesús empezó a hablar, y yo me acerqué a escucharle. Le habría reconocido inmediatamente, pues su fama había llegado a estas costas antes de que Él las visitara por primera vez.

Cuando hubo acabado de hablar, me dirigí a Él y le dije:

«Ven conmigo, Señor, y hónrame con tu presencia.»

Me miró sonriente y me contestó:

«Hoy no, amigo mío, hoy no.»

Sus palabras eran una bendición y su voz me envolvía como una prenda de mucho abrigo en una noche helada.

Luego miró a sus discípulos y añadió:

«Ved a este hombre. No nos conoce, pero no nos considera forasteros y nos invita a su casa. En verdad os digo que en mi Reino no habrá extranjeros. Nuestra vida no es sino la de todos los hombres, y nos ha sido dada para que podamos conocer a todos los demás hombres, y al conocerles, amarles.

Los actos de todos los hombres no son sino nuestros actos, tanto los públicos y manifiestos como los íntimos y escondidos. Os ruego que no seáis un solo yo, sino varios, y que seáis el dueño de la casa y el que no tiene hogar, el campesino y el ave que pica los granos antes de que se duerman en la tierra, el que da con gratitud y el que recibe con dignidad y reconocimiento. La belleza del día no se reduce a lo que veis, sino que abarca también a lo que ven otros. Por eso os he elegido entre *los muchos* que me han elegido a mí.»

Luego se volvió hacia mí, me sonrió y me dijo:

«Lo que he dicho vale también para ti, pues tú también recordarás mis palabras.»

Volví a suplicarle

«Señor, ¿visitarás mi casa?»

Y Él me replicó:

«Conozco tu corazón, por lo que ya he visitado la mejor de tus casas.»

Y cuando se disponía a marcharse con sus discípulos, agregó:

«¡Ojalá que tu casa sea lo bastante grande como para que puedas hospedar en ella a todos los peregrinos de la tierra.»

MARÍA MAGDALENA

Su boca parecía el corazón de una granada. Profundas resultaban las sombras de sus ojos. Él era cordial y tierno, como todo el que está seguro de su fuerza. He visto en sueños a todos los reyes de la tierra postrados a sus pies con el mayor respeto.

Quisiera describir su rostro, mas ¿cómo voy a hacerlo? Era como una noche sin penumbra, como una mañana carente del alboroto diario. Era un rostro triste y sin embargo alegre.

Recuerdo el día en que alzó los brazos al cielo: sus dedos separados parecían ramas de fresno. Y le recuerdo paseando al atardecer. En realidad no andaba: era un camino sobre otro camino, como la nube que flota sobre la tierra y desciende a ella para darle ánimo e insuflarle vida.

Cuando me acercaba a Él y le hablaba, era un hombre cuyo enérgico semblante irradiaba confianza y daba fuerzas a los ojos que le contemplaban.

Un día al verme me preguntó:
«¿Qué quieres, María?»
No le contesté. Mis alas se plegaron sobre mis secretos y un gran calor atravesó mi cuerpo ruborizándome las mejillas.
Como no pude soportar su luz, aparté el rostro y pasé de largo.
En ese momento sentí que me abandonaba la vergüenza y que me quedaba sólo con mi pudor y con el deseo de estar a solas para que sus dedos pudieran tañer las cuerdas de mi corazón.

JOZAM DE NAZARET, A UN ROMANO

Tú, amigo mío, como todos los romanos, prefieres imaginar la vida que vivirla, y prefieres gobernar la tierra antes que ser gobernado por el espíritu. Prefieres conquistar los pueblos y ser maldecido por sus miembros, que quedarte en Roma y vivir feliz y bendecido.

Tú no piensas más que en ejércitos conquistadores y en naves que surcan los mares. ¿Cómo vas a entender entonces a Jesús de Nazaret, el Hombre modesto, humilde y solitario, que vino sin ejércitos ni legiones a edificar un reino y un imperio en el espacio libre de nuestros corazones?

¿Cómo puedes entender a ese Hombre que, sin ser guerrero, vino armado con la fuerza del Cielo? No era un dios, sino un hombre como tú y como yo, pero en él se hallaban unidos la mirra de la tierra y el incienso del cielo, y en sus palabras se entremezclaban nuestros balbuceos con el murmullo de lo invisible. En su voz escuchábamos una canción insondable.

Sí, Jesús era un Hombre, no un dios, y ahí radica nuestro asombro y nuestra sorpresa.

Pero vosotros, los romanos, sólo os maravilláis de los dioses, y no os causa admiración ningún hombre. Por eso no podéis comprender al Nazareno.

Jesús estaba en posesión del Pensamiento joven, y vosotros sólo domináis el pensamiento viejo.

Hoy sois nuestros gobernantes, pero llegará un día...

¿Quién sabe si ese hombre sin ejércitos ni barcos gobernará el mundo del futuro?

Quienes vamos en pos del Espíritu derramaremos sudor y sangre atravesando la tierra entera detrás de Él. Pero Roma no será más que un blanco esqueleto tendido al sol.

Sufriremos mucho, pero con paciencia, y acabaremos obteniendo la victoria. Roma será vencida. Pero si Roma, derrotada y humillada, invoca su nombre, Él infundirá en sus huesos nueva vida para que vuelva a ponerse en pie y ser una ciudad viva entre las ciudades de la tierra.

Todo esto lo hará Jesús, judío como yo, sin ejércitos ni esclavos que remen en sus galeras. Él solo.

EFRAÍM DE JERICÓ

Cuando vino por segunda vez Jesús a Jericó, salí a su encuentro para decirle:

«Maestro, mi hijo tomará esposa mañana; te ruego que vengas a la fiesta nupcial y que nos honres, como honraste la boda de Caná de Galilea.»

Y contestó Él:

«Es verdad que asistí una vez a una boda, mas no estaré presente en otra. Mi alma es ahora la novia.»

Pero yo insistí:

«Te suplico, Maestro, que asistas a la boda de mi hijo.»

Jesús sonrió y su sonrisa equivalía a un reproche. Luego preguntó:

«¿Por qué me lo pides? ¿Es que no tienes suficiente vino?»

«Mis cántaros y mis jarras están llenos —le dije—. A pesar de ello, Maestro, te pido que vengas a la boda de mi hijo.»

Él repuso:

«¡Quién sabe! Tal vez vaya, si tu corazón fuera un altar en su templo.»

Al día siguiente se casó mi hijo. Jesús no vino al banquete de bodas, y a pesar de que acudió mucha gente, tenía la impresión de que no había asistido nadie. Ni siquiera yo, que era quien recibía a los invitados, tenía conciencia de que estaba en la boda.

¡Quién sabe! Puede que mi corazón no fuese un altar cuando le invité y que sólo deseara presenciar en mi casa un segundo milagro.

JESÚS, EL HIJO DEL HOMBRE

BARCA, UN MERCADER DE TIRO

Creo que ni los judíos ni los romanos entendieron a Jesús de Nazaret, que ni siquiera le entendieron sus propios discípulos, esos que hoy predican en su nombre.

Los romanos le mataron, y ello fue un error capital. Los galileos quisieron convertirle en un dios, y eso fue otra equivocación.

Jesús era el corazón del hombre. Yo he surcado los siete océanos con mis naves; he traficado con reyes y príncipes y me he visto envuelto en trampas y estafas en los mercados de lejanas ciudades. Pero no he conocido a hombre alguno que haya entendido tan bien a los mercaderes como Jesús.

Una vez le oí contar esta parábola:

«Un comerciante se iba de viaje a un país extranjero. Tenía dos siervos. Dio a cada uno un puñado de oro y les dijo: "Me marcho a tierras lejanas en busca de ganancias. Haced lo mismo vosotros aquí con este oro. Sed sagaces y meticulosos en vuestros tratos, tanto al dar como al recibir."

Pasado un año regresó el comerciante. Llamó a sus siervos y les pregunto qué habían hecho con su oro.

Y dijo el primero:

"Mira, maestro, los beneficios que he obtenido de mis compras y de mis ventas."

Y replicó el comerciante:

"Quédate con esas ganancias, pues has obrado bien y has sido leal conmigo y contigo mismo."

Se adelantó entonces el otro y señaló:

"Señor, tenía miedo de perder tu oro, y no he hecho compra ni venta alguna. Aquí en esta bolsa tienes intacto el oro que me diste."

Replicó su señor:

"¡Hombre de poca fe! Más provechoso te hubiera sido negociar y perder que no hacer nada, porque al igual que el comerciante, en adelante, servirás a otro."»

Cuando Jesús, sin ser comerciante, habló así, reveló el secreto del comercio.

Sus ejemplos evocaban también ciudades y países lejanos que no he conocido en mis viajes, pero que me resultaban más familiares que mi casa y mis bienes.

Pero ese joven nazareno no era un dios. Siento que los discípulos de ese hombre sabio y justo quieran convertirlo en un dios.

FUMIA, PITONISA DE SIÓN

Tomad vuestras arpas y juntas cantemos,
pulsad esas cuerdas de plata y de oro,
pues quiero cantar al hombre indomable
que supo en el valle dar muerte al dragón,
y luego apiadado miró a aquella fiera
que había matado.

Tomad vuestras arpas y juntas cantemos
al roble altanero que se alza en la cumbre,
a aquel cuya alma remonta los cielos
y abarca en sus brazos al inmenso mar,
que besó a la muerte sus pálidos labios,
pero ante la vida se puso a temblar.

Tomad vuestras arpas y juntas cantemos
al buen cazador que cruzó los montes,
señaló a la fiera y lanzando un dardo,
derribó por tierra cuernos y colmillos.

Tomad vuestras arpas y juntas cantemos
al joven valiente que llegó a domar
los pueblos del monte y los pueblos del llano
que nos enroscaban cual sierpe en la arena.
No venció a pigmeos, sino a viles gigantes,
que hambrientos de carne, de sangre sedientos,
nuestros pobres cuerpos quisieron matar.

Y que cual halcón veloz y dorado
sólo con el águila se quiere medir,
pues sus vastas alas, inmensas y altivas,
nunca emularían con su gran ventaja
al de corto vuelo.

Tomad vuestras arpas y juntas cantemos
la alegre canción del mar y las rocas.
Los dioses han muerto y hoy duermen en paz

en la isla olvidada de un mar olvidado,
mientras en su trono se encuentra triunfante
quien muerte les diera.

Aún era muy joven, y la primavera
sólo le había hecho apuntar la barba;
su estío era un niño todavía en su campo.
Tomad vuestras arpas y juntas cantemos
a la tempestad que ruge en los bosques,
rompiendo las ramas secas y desnudas,
pero hunde en la tierra las vivas raíces
para que recojan la savia del suelo.

Tomad vuestras arpas y juntas cantemos
la canción eterna de aquel al que amamos.
Y ahora, compañeras, quedaos inmóviles,
dejad vuestras manos sin pulsar las arpas,
pues a Él no podemos cantarle canciones.
El débil murmullo de nuestros cantares
no podría vencer su enorme tormenta
ni horadar el muro de su gran silencio.

Dejad vuestras arpas. Venid a mi lado,
que quiero contaros todos sus prodigios,
narraros sus dichos,
puesto que los ecos que su voz despierta
son mucho más hondos que nuestra pasión.

BENJAMÍN, UN ESCRIBA

Dicen que Jesús era enemigo de Roma y de los judíos. Pero yo os digo que no era hostil a ningún hombre ni a ninguna raza. Yo le oí decir:

«Ni los pájaros del cielo ni las cumbres de los montes se preocupan por las serpientes que reptan en sus oscuros escondites. Dejad que los muertos entierren a los muertos, pero vosotros envolveos en la vestidura de vuestro yo, aunque estéis entre los vivos, y elevaos hacia lo alto.»

Yo no era discípulo suyo, pero le seguí con la muchedumbre que iba tras Él tratando de contemplar su rostro. Miraba a Roma y nos miraba a nosotros, los esclavos de Roma, como el padre que mira a sus hijos viendo cómo se pelean por un juguete. Y desde su posición alta, se reía.

Jesús era más grande que la provincia de Judea y que el Estado romano mismo. También era más grande que la revolución. Vivía solitario en su retiro y en estado de permanente vigilia. Lloró por cosas por las que nosotros no hemos llorado nunca, y se sonrió ante nuestra rebelión y nuestra desobediencia.

Jesús era el inicio de un nuevo Reino en la tierra, un Reino que nunca tendrá fin.

Era hijo y nieto de todos los reyes que han elevado el Reino del Espíritu, y nuestro reino sólo ha sido y será regido por el Espíritu.

ZAQUEO

Creéis por lo que se dice delante de vosotros. Mejor sería que creyéseis en lo que no se dice, porque lo que la gente calla está más cerca de la verdad que sus palabras

Me preguntáis si Jesús hubiera podido evitar suntuosa muerte y salvar a sus discípulos y a sus seguidores de la persecución.

Mi respuesta es que sí, que, si hubiera querido, se hubiese salvado de la muerte, pero que no lo hizo ni se preocupó de proteger por la noche a su rebaño de los lobos.

Predijo su destino y el futuro que les estaba reservado a sus fieles amigos, hasta el punto de que profetizó lo que nos sucedería a cada uno de nosotros. No buscaba la muerte, pero la aceptó, como acepta el invierno, la primavera y la cosecha el labrador que entierra la simiente en el corazón de la tierra, como el constructor que busca la piedra mayor para usarla en los cimientos de su edificio.

El grupo de Jesús estaba compuesto por hombres procedentes de los valles de Galilea y de las laderas del Líbano. Nuestro Maestro pudo devolvernos a nuestro país para que viéramos su juventud en nuestros jardines hasta que nos llegara la vejez y nos llamase con su murmullo desde el fondo de los años.

¿Había algo que nos impidiera volver a los templos de nuestros pueblos donde se leía a los profetas y se descifraba lo que cada uno guardaba en su corazón?

¿No pudo habernos dicho: «Voy a oriente con el viento del Este», y despues despedirse con una sonrisa en los labios?

Sí, podía habernos dicho: «Volved con vuestras familias porque el mundo no está dispuesto a recibirme. Volveré dentro de mil años. Hasta entonces enseñad a vuestros hijos y descendientes para que sepan aguardar mi regreso.»

Podía habernos dicho todo esto si lo hubiese querido. Pero sabía que para construir el templo invisible tenía necesariamente que ponerse Él como piedra angular de sus cimientos y ponernos luego a nosotros como piedrecitas que reforzaran el armazón de cemento.

También sabía que la savia de un árbol que eleva sus ramas hasta el cielo sólo procede de sus raíces. Por eso derramó su sangre en esas raíces, sin pretender que su acto fuera un sacrificio, sino más bien una ventaja. La muerte desvela los misterios, y la muerte de Jesús reveló el misterio de su vida.

Si hubiera huido, habríais conquistado el mundo vosotros y sus enemigos. Por eso no huyó, porque nadie lo gana todo sin haberlo dado todo.

Jesús pudo haber escapado de la muerte y vivir hasta una ancianidad avanzada, pero conocía el ciclo de las estaciones y quiso cantar la canción de su alma.

¿Qué hombre armado se enfrenta a un mundo desarmado para vencerle por un corto espacio de tiempo, si puede conquistar ese mundo durante siglos?

Me preguntáis también quiénes dieron realmente muerte a Jesús, si fueron los romanos o los sacerdotes de Jerusalén. Sabed que no fueron ellos, sino la Humanidad en pleno la que se concentró en el Calvario para rendirle veneración.

JONATÁN

Un día fuimos mi amada y yo a remar a un lago de agua dulce, rodeado por los montes del Líbano. Paseábamos bajo los sauces llorones, disfrutando de la frescura umbría que se extendía en torno a nosotros. Mientras yo remaba y se deslizaba la barquilla, mi amada cantó así:

«¿Qué otra flor, si no es el loto, conoce el agua y el sol?
¿Qué otro corazón, si no es el tuyo, conocerá la tierra y el cielo?
Mira, amado mío, esa dorada flor que flota
entre el cielo y el lago tranquilo y hondo,
como flotamos tú y yo en el amor,
un amor que ha sido desde siempre
y nunca tendrá fin.

Amor, hunde tus remos
y déjame que pulse mi laúd,
seguiremos así a los sauces llorones y a los lirios del agua.

En Nazaret vive un poeta
cuyo corazón es semejante al loto.
Conoce cómo es una mujer,
y sabe de su sed que brota de las aguas
y de su hambre de sol,
aunque sus labios se encuentren ya saciados.
Dicen que habita en Galilea,
mas yo te digo que Él está ahora aquí,
remando con nosotros.
¿No logras ver su rostro, amado mío?
¿No le ves allí donde se cruza
la rama de aquel sauce y su reflejo?
¿No ves que allí se mueve
al igual que nosotros nos mecemos encima de esta barca?

¡Qué hermoso y agradable es conocer, amado,
lo joven de la vida, con su goce constante.
¡Cuánto ansío verte siempre empuñando esos remos
y tener yo en mis manos las cuerdas del laúd!,
aquí donde el loto sonríe, bajo el rayo de sol,
y el sauce se introduce en las aguas
acompañado de la voz de mis cuerdas.

Amor, hunde tus remos
y déjame que pulse mi laúd.
En Nazaret hay un profeta,

que nos conoce a ambos
y nos ama. Amor, hunde tus remos
y déjame que pulse mi laúd.

JUANA DE BETSAIDA

La hermana de mi padre nos había dejado cuando era joven para irse a vivir a una choza cerca de una viña que había heredado de mi abuelo. Vivía sola e iba a visitarle la gente de los alrededores porque curaba las enfermedades con hierbas frescas, con raíces y con flores secadas al sol. Los campesinos pensaban que era una adivina e incluso algunos la llamaban bruja y hechicera.

Un día me llamó mi padre para decirme:

«Lleva a mi hermana estas hogazas de pan, esta jarra de vino y este cesto de uva.»

Cargué a mi borrico con todo eso y fui a la choza de mi tía, quien al verme se alegró mucho.

Mientras estábamos sentadas las dos a la sombra, pasó un hombre que saludó a mi tía diciéndole:

«Buenas tardes tengáis y que caiga sobre vosotras la bendición de la noche.»

Entonces mi tía se puso en pie con gran respeto y le respondió:

«Buenas tardes tengas Tú, Maestro de los buenos espíritus y vencedor de los malos.»

Aquel hombre la miró con una mirada tierna y prosiguió su camino. Yo me reí interiormente, pues pensé que mi tía estaba loca, aunque hoy sé muy bien que no era así

«Escúchame, hija mía y entérate de lo que te.voy a decir. Ese hombre que acaba de pasar por delante de nosotras como la sombra de un águila que vuela entre el cielo y la tierra vencerá a los Césares y a su imperio, derribará al toro alado de Caldea y al león con cabeza humana de Egipto, y gobernará al mundo. Esta tierra por la que camina será aniquilada, y Jerusalén que se asienta orgullosa entre sus montes sucumbirá repudiada entre una humareda ante el viento de la desolación.»

Cuando dejó de hablar, mi risa se convirtió en paz, y le pregunté:

«¿Quién es ese hombre, a qué país pertenece, de qué tribu procede? ¿Cómo llegará a vencer a grandes monarcas y a ricos imperios?»

Y ella me replicó

«Nació en este país, pero nosotros ya le habíamos vislumbrado en los sueños de nuestros anhelos antes de que viniera a este mundo y desde el comienzo de los tiempos. Pertenece a todas las tribus, aunque no es de ninguna y vencerá con su palabra verdadera y con su fogoso espíritu.»

Se puso entonces en pie y erguida como una roca añadió:

«Que el Angel de Jehová me perdone por lo que voy a decir, pero a ese hombre le matarán y envolverán su juventud con un sudario, y dormirá junto al interior silencioso de la tierra, y las doncellas de Judea le llorarán.»

Levantó los brazos hacia el cielo y prosiguió:

«Pero sólo morirá su cuerpo físico. Su espíritu sobrevivirá y, junto con sus legiones, se extenderá desde esta tierra donde nace el sol hasta aquella en cuyo horizonte muere el atardecer, y su nombre será el primero entre los pueblos.»

Mi tía era una profetisa de avanzada edad cuando me dijo esto, y yo era sólo una niña, un campo agreste y sin cultivar, una piedra que aún no había sido usada en la construcción de un muro. Pero todo lo que contemplé en aquel momento en el espejo de su mente, se ha realizado ahora ante mis ojos. Jesús resucitó de entre los muertos, y condujo a hombres y mujeres al país donde se pone el sol. La ciudad que le entregó a sus enemigos fue reducida a escombros. En la sala donde le condenaron a muerte, chillan hoy los búhos y las lechuzas, mientras la noche derrama el rocío de su corazón sobre los mármoles derruidos.

Hoy ya soy vieja y ando encorvada por el peso de los años. Mis padres murieron y mi pueblo se dispersó. Después de aquel día volví a verle una sola vez, y escuché su voz. Fue en una meseta que se extendía entre los montes, y estaba dirigiéndose a sus discípulos y amigos. Pero hoy, a pesar de mi vejez y de mi triste soledad, Él me visita en mis sueños. Se acerca a mí como un ángel de blancas alas y acalla con su gracia el terror de mis noches, conduciéndome a un mundo elevado, repleto de sublimes sueños.

Sigo siendo un campo sin cultivar y una fruta verde, unida aún a la rama. Lo único que poseo es el calor del sol y el recuerdo de aquel Hombre.

Sé que no volverá a aparecer en mi pueblo ni un nuevo rey, ni un nuevo profeta, ni un nuevo sacerdote, tal y como predijo mi tía, porque pasaremos por este mundo como fluye la corriente de un río, y nuestros nombres serán olvidados eternamente.

Pero quienes se han cruzado con Él en medio de la corriente serán recordados por ello.

MANASÉS, UN ABOGADO DE JERUSALÉN

Solía escucharle. Sus labios estaban siempre prestos a hablar. Pero yo le admiraba más como un hombre que como un jefe. Sus predicaciones no me agradaban, tal vez porque estuvieran más allá de mi comprensión intelectual. Además, yo no necesito ni pretendo que nadie me predique o me aconseje.

Con todo, me fascinaban, no las argumentaciones de sus discursos, sino su voz y sus ademanes. Me agradaban, pero nunca llegaron a convencerme, porque su discurso era ambiguo, lírico y muy reticente.

He conocido a otros como Él, pero no fueron tan permanentes, perseverantes y persuasivos en el mantenimiento de sus principios, ni tan firmes en sus luchas. Éstos encantaban a su auditorio, pero nunca llegaron al centro mismo de los corazones.

¡Qué lástima que sus implacables enemigos le persigan y que exijan su muerte! No creo que sea necesario eliminar a ese hombre, con el agravante de que esa hostilidad duplicará su fiereza y convertirá su ternura en un poder arrollador. Pues no es raro que al oponernos dialécticamente a alguien le estemos dando ánimos a quien no los tiene, como tampoco es extraño que demos alas a aquel ante quien nos arrodillamos.

No conozco a sus enemigos, pero estoy convencido de que el miedo que tienen a ese hombre que nunca ha hecho daño a nadie, le ha prestado fuerzas hasta convertirle en un gran peligro para todos los que se oponen a Él.

NEFTALÍ DE CESAREA

Ese hombre cuyo recuerdo colma vuestros días y cuya sombra os persigue en vuestras noches, es hiel para mi boca. A pesar de ello, insistís en sacrificar mis oídos hablándome de Él, y perturbáis mi mente narrándome sus hechos.

No soporto escuchar lo que ha dicho y principalmente lo que ha hecho. Su nombre me irrita tanto como el de su lugar de procedencia. No quiero saber nada que se refiera a Él.

¿Por qué convertís en un profeta a un hombre que no era más que una sombra? ¿Por qué veis una torre en ese montón de arena y un lago en ese hueco formado por la pezuña de un caballo en el que se han acumulado unas gotas de agua?

No desprecio el eco que resuena en las cuevas de los valles, ni las sombras alargadas que proyecta el crepúsculo, pero no quiero oír las sandeces ni las ensoñaciones que pueblan vuestros cerebros, ni escrutar el efecto que provocan en vuestros ojos.

¿Qué ha dicho Jesús de Nazaret que antes no hubiera proferido Hillel? ¿Qué sabiduría manifiesta ese nazareno que antes no hubiese proclamado Gamaliel? ¿Cómo pueden compararse sus palabras indecisas y sus balbuceos con la voz de Filón? ¿Qué címbalos ha tocado que no hubieran sido tañidos antes de que Él naciera?

Oigo el eco que resuena en las cuevas de los silenciosos valles y contemplo las sombras que el crepúsculo proyecta en la tierra, pero no tolero que el corazón de ese hombre encuentre eco en otros corazones, ni admito que se considere un profeta el fantasma de los visionarios charlatanes.

¿Quién se atreve a añadir algo a lo que dijo Isaías? ¿Quién osa cantar después de haberlo hecho el rey David? ¿Renacerá la sabiduría después de que Salomón fuera a reunirse con sus antepasados? ¿Qué podemos decir después de lo que dijeron nuestros profetas, cuyas lenguas eran puñales y cuyos labios parecían llamaradas de fuego? ¿Acaso dejaron alguna espiga para que la recogiera este espigador de Galilea? ¿Dejaron alguna fruta caída para que la tomara este pordiosero del Norte?

No supo hacer otra cosa que partir el pan que habían horneado nuestros antepasados y escanciar el vino que sus sagrados pies exprimieron. Respeto más al alfarero que al que compra el ánfora, y considero más a quienes trabajan en sus telares que a los patanes opulentos que usan sus telas.

¿Quién era y quién es ese Jesús de Nazaret?: Un hombre que no se atrevió a vivir defendiendo sus ideas, por lo que se encontró con la muerte que se había merecido.

Os ruego, pues, que no molestéis mis oídos con lo que pudo haber dicho y hecho ese hombre. Mi corazón rebosa con la gracia de los santos profetas de antaño. Y eso me basta.

JUAN, EL DISCÍPULO AMADO, EN SU ANCIANIDAD

Me pedís que os hable de Jesús, pero, ¿cómo voy a tocar en esta caña hueca la canción de amor divino que colmó el universo? En todos los acontecimientos de la vida diaria Jesús veía que el Padre estaba presente ante Él. Le veía en las nubes y en la sombra que éstas proyectaban sobre la tierra. Veía el rostro del Padre reflejado en los tranquilos estanques y en las huellas de sus pasos marcadas en la arena. Y muchas veces cerraba los ojos para contemplar en su interior su mirada divina.

La noche le hablaba con la voz del Padre, y cuando estaba solo sentía que le invocaban los ángeles. Al ir a descansar por la noche percibía el murmullo de los cielos en esos momentos.

Con frecuencia se sentía muy feliz con nosotros, y nos llamaba hermanos. ¡Imaginad! ¡Él, que era el Verbo que estaba con Dios en el principio, nos llamaba hermanos a nosotros, que apenas éramos unas humildes sílabas pronunciadas ayer mismo!

Me preguntáis por qué le llamé Verbo primigenio. Pues escuchad. En el principio Dios se movió en el espacio, y de su inconmensurable movimiento surgió la tierra y sus estaciones. Se movió Dios nuevamente y brotó la vida a raudales. Y el ansia de la vida buscó las alturas y las profundidades, para que cada vez hubiera la mayor cantidad de sí misma.

Luego habló Dios, y sus palabras se hicieron hombre, un espíritu formado del Espíritu de Dios. Y al hablar Dios así, el Mesías fue su primer Verbo, un Verbo perfecto.

Cuando vino al mundo Jesús de Nazaret, supimos del nacimiento del primer Verbo surgido de la boca de Dios. Y la voz del Verbo se hizo carne y sangre. Así, Jesús el Ungido es la primera Palabra que dijo Dios al mundo, al igual que el manzano de un huerto que hubiera florecido y dado frutos un día antes que los demás árboles. Y en el huerto de Dios ese único día había abarcado un ciclo completo.

Aunque todos somos hijos del Altísimo, el Ungido era su Hijo primogénito, que se hizo carne en el cuerpo de Jesús Nazareno y habitó entre nosotros, que le vimos con nuestros propios ojos.

Os digo todo esto para que lo entendáis no sólo con la mente, sino sobre todo con el espíritu. La mente pesa y mide, pero el espíritu llega al corazón de la vida y abarca sus misterios, pues la semilla del espíritu nunca muere.

El viento sopla, pero después amaina. El mar tiene su flujo y su reflujo. Pero el corazón de la vida es un tranquilo círculo iluminado por sólidas y eternas estrellas.

MANUS DE POMPEYA, A UN GRIEGO

Al igual que sus vecinos los fenicios y los árabes, los judíos no dejan a su dios descansar ni por un momento en las alas del viento. Se preocupan demasiado de Él y discuten por cuestiones de oración, de culto y de sacrificio.

Mientras los romanos nos ocupamos de construir templos con preciados mármoles, observamos que esos pueblos semitas dedican mucho tiempo a discutir la naturaleza de su dios. En nuestros raptos de apasionado amor por nuestros dioses, los romanos cantamos y bailamos en torno a los altares de Júpiter, Juno, Marte y Venus. En cambio, ellos, en estos momentos, se ponen un cilicio, se cubren la cabeza de ceniza, y lamentan y maldicen el día en que nacieron.

Sin embargo, Jesús, ese hombre que reveló a su pueblo que Dios es un ser que ama la felicidad y el placer, fue perseguido y crucificado por ellos. Esa gente no se siente dichosa con un dios feliz. Y es extraño que los compañeros de Jesús y hasta sus discípulos, que conocieron su alegría y le oyeron reír, hicieran una imagen de su dolor y la adoraran. Esa imagen no les eleva hasta su dios, sino que rebaja a ese dios al nivel de ellos mismos.

No obstante, creo que ese filósofo llamado Jesús, que no se distingue mucho de Sócrates, gobernará pronto a su pueblo y quizá extienda sus doctrinas a otras naciones. Pues todos somos criaturas entristecidas y nos hallamos llenos de dudas infantiles. Así, cuando alguien nos dice «¡Alegrémonos como los dioses!», no podemos sino escuchar su voz. Por eso es raro que el sufrimiento de ese hombre haya sido elevado a la categoría de dogma. Si esos hombres descubrieran a otro Adonis, rendirían un solemne culto a su asesinato. ¡Qué lástima que no prestaran atención a su risa!

Pero entre un romano y un griego debemos reconocer que si volviéramos a oír por las calles de Atenas la risa de Sócrates, quedaríamos extasiados y nos olvidaríamos de la copa de cicuta aunque nos halláramos en el templo de Dioniso.

¿No se detienen incluso hoy nuestros padres en las esquinas de las calles para comentar sus males y disfrutar, aunque sólo sea por un momento, recordando el triste final que tuvieron todos nuestros grandes hombres?

PONCIO PILATO

Antes de que sus enemigos lo trajeran a mi presencia, mi mujer me había hablado de Él varias veces, pero nunca me interesó.

Como todas las de su casta, mi mujer es muy soñadora, y últimamente se ha dedicado a esos ritos y supersticiones orientales que resultan tan nocivas para el imperio. Si esas supersticiones hallan eco en el corazón de nuestras mujeres, aumentará el peligro que implican, hasta el punto de que pueden traernos la ruina.

Egipto murió y su poder empezó a declinar cuando las caravanas de árabes le llevaron del desierto a su Dios único. Y el esplendor de Grecia se derrumbó cuando partió Astarté de las costas de Siria para conquistar el corazón de los griegos con sus siete doncellas.

Yo no había visto nunca a Jesús, antes de que me lo entregaran como malhechor y enemigo de su pueblo y de Roma. Le llevaron a mi palacio con los brazos atados a la espalda con resistentes sogas. Yo estaba sentado en mi sitial del estrado y Jesús avanzó hacia mí con paso decidido y largo. Se detuvo ante mí con la cabeza erguida.

No puedo explicar lo que pasó por mí en ese momento. Pero lo cierto es que, sin pretenderlo, sentí la necesidad de abandonar mi sitial y de arrodillarme ante Él. Me parecía que el César había entrado en mi palacio, porque quien estaba delante de mí era mayor que la propia Roma. Esta sensación me duró un cierto tiempo, pero cuando pasó vi que quien tenía ante mis ojos era un individuo simple y humilde, al que su pueblo acusaba de traición. Yo era su gobernador y su juez.

Le pregunté por qué le habían llevado a mí, pero Él se imitó a mirarme sin responder. Había una gran compasión en sus ojos, como si fuera mi gobernador y mi juez.

Se oyó entonces el griterío que provocaba fuera el populacho, pero Jesús permanecía en silencio y sereno, y sus ojos parecían mirarme con lástima.

Salí y me situé en la escalinata del palacio. Cuando el pueblo me vio, cesó en su alboroto.

«¿Qué queréis que haga con este hombre?», pregunté a la muchedumbre.

Y se levantó un grito unánime:

«¡Crucifícale! Es enemigo nuestro y de Roma.»

Se alzaron algunas voces entre el pueblo para acusarle:

«¡Dijo que destruía el templo! ¡Quiere ser rey! ¡No tenemos más rey que el César!»

Entonces volví a la sala del tribunal, y allí estaba Él a solas, con la cabeza erguida. Recordé lo que había leído en un filósofo griego: «El solitario es el más fuerte de los hombres.» Y era verdad. En ese momento el nazareno era más fuerte que todo su pueblo. No sentí por Él compasión alguna, porque se hallaba por encima de toda piedad.

Entonces le pregunté:

«¿Eres Tú el rey de los judíos?»

Él no replicó.

Volví a preguntarle:

«¿Has dicho alguna vez que eres el rey de los judíos?»

Él me miró y respondió con voz serena:

«Tú me has proclamado rey. Tal vez para esto vine al mundo, para dar testimonio de la verdad.»

¡Imaginad qué extraña situación! ¡Un hombre hablando de la verdad cuando su pueblo le traía a mí para que lo mandara ajusticiar! Mi impaciencia hizo que alzara la voz y que le dijera como si hablase consigo mismo:

«Y, ¿qué es la verdad?, ¿de qué le sirve a un inocente la verdad cuando la mano del verdugo se alza sobre su cabeza?»

«Nadie puede gobernar el mundo, si no es por el espíritu y la verdad», añadió Jesús.

«¿Vienes tú del Espíritu?», le pregunté.

«Aunque no lo sepas, también tú vienes del espíritu», me dijo.

Pero, ¿qué era el espíritu y qué era la verdad, cuando yo para salvar al Estado y para mantener celosamente las costumbres y los ritos de mi pueblo, iba a entregar al suplicio a un inocente? Ningún hombre, ninguna raza, ningún imperio se detendría nunca ante una verdad en su camino hacia la consecución de sus fines.

Volví a insistir:

«¿Eres tú el rey de los judíos?»

Y Él me replicó:

«Tú eres quien lo dice. Antes de este momento, yo he conquistado el mundo.»

De todo lo que había dicho, esto era lo único impropio, porque, como sabéis, Roma era la única que se había impuesto en todo el mundo.

En ese momento volvió a alzarse el griterío del pueblo con mayor intensidad que antes.

Le dije al reo:

«¡Sígueme!»

Nos detuvimos ambos en las escalinatas del palacio.

Cuando el pueblo le vio, se produjo un gran alboroto. Y en medio de aquel clamor tempestuoso sólo se discernía esta condenación:

«¡Crucifícale!, ¡crucifícale!»

Se lo devolví a los sacerdotes que me lo habían llevado diciéndoles:

«Haced lo que queráis con este inocente. Si queréis, llevaos a algunos de mis soldados para que le custodien.»

Ellos se lo llevaron, y yo ordené que escribieran sobre la cruz encima de su cabeza: «Jesús Nazareno, rey de los judíos.» Aunque quizá hubiera sido mejor poner: «El rey Jesús Nazareno.»

Le desnudaron y le crucificaron.

Yo habría podido salvarle, pero eso hubiera provocado una insurrección en el pueblo. La prudencia aconseja a quien gobierna una provincia romana aceptar pacientemente los escrúpulos religiosos y las supersticiones del pueblo vencido y conquistado.

Hoy sigo creyendo que aquel hombre era algo más que un insurrecto. Las órdenes que dicté en aquella dramática situación no emanaron de mi voluntad, sino de mi deseo de proteger la seguridad de Roma.

Después de cierto tiempo abandonamos Siria, y desde aquella fecha mi mujer se encontraba triste y melancólica. Muchas veces la he visto vagar por este jardín tan hermoso, con el rostro triste, como si en su corazón se diera una tragedia. Luego me enteré que siempre estaba hablando de Jesús con otras damas romanas.

¡Mirad, pues, cómo aquel hombre a quien condené a muerte, sale del reino de las sombras para introducirse en mi casa!

Mientras tanto, yo sigo preguntándome desde lo más íntimo de mi alma: ¿Qué es la verdad? ¿Qué es la verdad?

¿Será posible que aquel Sirio nos esté conquistando en la quietud de la noche?

Pero no debe ser así, pues Roma debe prevalecer imperiosamente sobre los sueños y las pesadillas de nuestras mujeres.

BARTOLOMÉ EN ÉFESO

Dicen los enemigos de Jesús que dirigía sus predicaciones a los esclavos y a los repudiados, incitándoles a la rebelión contra sus amos. Y añaden que, al proceder Él de la plebe, apelaba a los de su clase, aunque trataba de ocultar su origen.

Pero consideremos quiénes eran los seguidores de Jesús y cómo les dirigía éste.

Al principio eligió para que le ayudaran en su obra a un grupo de hombres procedentes del Norte, todos ellos libres, y de espíritu fuerte y audaz, que en los últimos veinte años han asombrado al mundo por su intrepidez, su voluntad inamovible y su valentía ante la muerte. ¿Cabe pensar que esos hombres eran esclavos o repudiados? La nobleza de Antioquía, Bizancio, Roma y Atenas, ¿se iba a dejar embaucar por las palabras de un dirigente de esclavos? Esos grandes adalides y príncipes del Líbano y de Armenia, que están tan orgullosos de su cuna, ¿iban a abandonar sus prebendas y su jerarquía para aceptar que Jesús era un profeta de Dios?

El Nazareno no estaba con el esclavo contra su amo, ni estaba con el señor frente al siervo, porque era un hombre superior a todos los hombres y no estaba en contra de nadie. Los arroyos que corrían por sus venas cantaban a un tiempo con dolor y con fuerza.

Si la nobleza radica en ser protector, Jesús Nazareno era el más noble de la tierra, y si la libertad está en el pensamiento, en la palabra y en la acción, Él era el más libre de los hombres. Si el linaje elevado consiste en el orgullo que sólo se rinde ante el amor y en la reserva siempre gentil y afectuosa, entonces Jesús era el mayor aristócrata de la humanidad.

No olvidéis que sólo los fuertes y veloces ganarán los laureles de la carrera, y que Jesús fue coronado por quienes le amaban y seguían, y por sus enemigos, a pesar de que éstos no se percataran de ello.

Incluso ahora recibe por sus triunfos los trofeos de las sacerdotisas de Artemisa en los lugares secretos de su templo.

MATEO

Una tarde pasó Jesús por la prisión que había en la Torre de David. Nosotros íbamos tras Él. De pronto le vimos detenerse y apoyar sus mejillas en el muro de la prisión, exclamando:

«¡Hermanos de mi antiguo día!, mi corazón se enternece con los vuestros detrás de estos muros. Desearía que estuvierais libres en mi libertad y que marcharais conmigo y con mis compañeros.

Estáis prisioneros, pero no solos. Muchos son los prisioneros que caminan por el ancho de las calles, aunque sus alas están atrofiadas. Son como los pavos reales: aletean, pero no pueden volar.

¡Hermanos de mi segundo día!, pronto os visitaré en vuestras celdas y os ofreceré mi hombro para aligeraros de vuestro peso, porque el inocente y el criminal no se hallan separados: se encuentran tan unidos como los dos huesos que forman el brazo.

¡Hermanos de este día de hoy, que es mi día, habéis nadado contra la corriente de las ideas de vuestros enemigos, y éstos os han hecho prisionero. Dicen que yo también nado contra esa corriente. Puede que pronto me lleven a mí también junto a vosotros, como transgresor de la ley entre quienes la han transgredido.

¡Hermanos de un día que aún no ha llegado!, estos muros caerán por tierra, y con sus cascotes construirán otras mansiones las manos de Aquel cuyo martillo es la luz y cuyo cincel es el viento. Y os alzaréis libres en la libertad de mi nuevo día.»

Así habló Jesús; luego, prosiguió su camino. Pero mientras atravesaba la Torre de David, su mano fue acariciando el muro.

ANDRÉS

La muerte es menos amarga que la vida sin su voz. Los días enmudecieron y se aquietaron cuando se apagó su voz. Sólo queda el eco que devuelve a mi recuerdo sus palabras, pero no su voz.

Una vez le oí decir:

«Id anhelantes a los campos y sentaos junto a los lirios, y oiréis cómo cantan bajo los rayos del sol. Los lirios no tejen telas para vestirse, ni preparan madera ni piedras para albergarse, pero cantan. Y quien trabaja por la noche colma sus necesidades y el rocío de su bondad moja sus pétalos.

¿Y acaso no os va a cuidar también a vosotros Aquel que no conoce el cansancio ni sabe detener su trabajo?»

Y en otra ocasión le oí decir:

«Los pájaros del cielo están en paz, porque vuestro Padre los protege y los tiene contados, al igual que los cabellos de vuestras cabezas. No caerá ningún ave a los pies del cazador, ni encanecerá ni caerá en el vacío de la ancianidad cabello alguno de vuestras cabezas si no es con su voluntad.»

Y otra vez dijo:

«Os he oído murmurar en vuestros corazones diciendo: "Nuestro Dios debería ser más clemente y compasivo con nosotros, que somos hijos de Abraham, que con quienes no le conocieron desde el principio."

Pero yo os digo que es justo que el dueño de la viña pague por igual al vendimiador a quien requiere para trabajar al amanecer que al que lo hace a la caída de la tarde. Pues, ¿acaso no les paga de su propia bolsa y según su voluntad?

Así mi Padre abrirá las puertas de su casa a los pueblos cuando éstos acudan a llamar en ellas. Y las abrirá a cualquiera de vosotros, porque sus oídos gozan con el mismo amor de la melodía nueva y de la canción antigua a la que ya está acostumbrado. Si bien, festeja con alegría y de un modo particular la nueva canción, porque es la cuerda menor y más débil de su corazón.»

En otro momento dijo:

«Recordad lo que os digo. Un ladrón es un hombre que está necesitado, un mentiroso es un hombre que tiene miedo, y el cazador que es prendido por el guardabosque de vuestras noches es atrapado también por el guardabosque de su propia oscuridad. Compadeceos de todos ellos.

Si llaman a la puerta de vuestra casa, abridla e invitadles a vuestra mesa, pues si no los aceptáis seréis responsables de cuanto hagan.»

Un día le seguí a la plaza de Jerusalén, junto con otros muchos. Allí nos contó la parábola del hijo pródigo y la del mercader que vende cuanto tiene para comprar una preciada perla. Mientras nos hablaba, llegaron unos fariseos conduciendo a una mujer a la que acusaban de adulterio. Se pusieron frente a Jesús y le dijeron:

«Esta mujer faltó a su promesa de fidelidad, pues fue sorprendida en adulterio.»

Jesús puso su mano en la frente de aquella pecadora y la miró largamente a los ojos. Luego se volvió hacia los fariseos, los observó con detenimiento, se inclinó y se puso a escribir con un dedo en la tierra los nombres y los pecados de todos los que la habían conducido a Él. Y mientras escribía, vi que los acusadores se fueron marchando uno por uno llenos de vergüenza.

Antes de que terminara de escribir, sólo quedábamos allí aquella mujer y nosotros, sus discípulos.

Entonces volvió a mirar a la acusada y le dijo:

«Has amado en extremo, pero quienes te han traído a mí han amado muy poco y sólo te han conducido a mi presencia para tenderme una trampa. Ahora vete en paz, ya no hay nadie que te acuse. Y si quieres que tu sensatez sea tan grande como tu amor, búscame, porque el Hijo del Hombre no te juzgará.»

Yo me pregunté si no le diría esto porque Él tampoco estaba libre de pecado. Pero desde ese día he reflexionado mucho y ahora sé que el puro de corazón disculpa la sed que conduce a aguas putrefactas, y que sólo quien tiene los pies firmes puede tender la mano al que se tambalea.

Y una y otra vez afirmo que la muerte es menos amarga que la vida sin escuchar su voz.

UN RICO

Jesús criticaba a los ricos. Y un día le pregunté: «¿Señor, qué puedo hacer para alcanzar la paz del espíritu?»

Me aconsejó que diera mis bienes a los pobres y le siguiera.

Como Él no posee nada, desconoce la sensación de seguridad y de libertad que dan los bienes, y la dignidad y la estimación pública que confieren.

Tengo en mi casa ciento cuarenta mayordomos y sirvientes: unos trabajan en mis huertos y viñas y otros conducen mis barcos a tierras lejanas.

Si yo le hubiese hecho caso y hubiera dado mis bienes a los pobres, ¿qué habría pasado con mis sirvientes y criados, y con sus correspondientes familias? Se hubieran convertido en mendigos y vagabundos como Él y sus discípulos, y ahora andaban errantes por las puertas de la ciudad y por el atrio del templo.

No. Ese buen hombre no había sondeado el secreto que supone el oro. Como Él y sus discípulos vivían de la caridad pública, creyó que todos los hombres deberían vivir de la misma manera. Pero fijaos en la contradicción que esto supone: ¿Es deber de los ricos dar sus bienes a los pobres? ¿Deben éstos poseer la copa y el pan del rico antes de que éste les acepte en su mesa? ¿Cómo puede el señor de un palacio dar hospedaje a sus invitados si antes no es dueño y señor de sus posesiones?

La hormiga que almacena alimentos para el invierno es más sabia que la cigarra, que un día está muy alegre cantando, pero otro pasa hambre.

El último sábado dijo uno de sus seguidores en medio de la plaza:

«En el portal del cielo, donde Jesús pone sus sandalias, nadie es digno de posar su cabeza.»

Pero yo me pregunto: ¿en el portal de qué casa puede dejar ese hombre vagabundo y simple de corazón sus sandalias, si nunca tuvo casa, ni portal, y con frecuencia va descalzo?

JUAN EN PATMOS

Deseo volver a hablar de Él nuevamente.

Dios me dio la voz y unos labios ardientes, pero me negó el arte de la oratoria.

Mas, aunque no merezca el Verbo perfecto, invoco a mi corazón para que hable por mis labios.

Jesús me amaba, no sé por qué.

Yo le amaba porque había dado alas a mi espíritu elevándole por encima de cabeza y le había hecho descender a profundidades insondables.

El amor es un misterio sagrado.

Los verdaderos amantes no precisan palabras para expresar su amor, pero quienes no aman creen que el amor es una burla cruel.

Jesús nos llamó a mí y a mi hermano cuando estábamos trabajando en el campo.

Yo entonces era joven y mis oídos sólo conocían la voz del amanecer, pero el clarín de su voz puso fin a mi trabajo y dio inicio a la era de mi amor apasionado.

Y desde ese momento todo se redujo para mí a caminar bajo el sol y adorar la Belleza de la hora.

¿Podéis concebir algo tan sublime que escapa a toda posible manifestación, o una belleza tan sumamente radiante que su luz no llega a nuestros ojos?

¿Podéis escuchar en sueños una voz que se muestra tímida a causa de su amor?

Jesús me llamó y yo le seguí.

Esa tarde volví a la casa de mi madre para tomar mi segunda vestidura.

Y dije a mi madre: «Jesús el Nazareno quiere unirme a los suyos.»

Y dijo ella: «Sigue tu camino, hijo mio, como lo ha seguido tu hermano.»

Y seguí a Jesús.

Él me daba órdenes, pero era sólo para liberarme.

El amor es hospitalario y generoso con sus huéspedes, mas para quien no ha sido llamado, su mansión es un espejismo y una burla.

También queréis que os explique los milagros de Jesús.

Todos somos el signo milagroso de los tiempos, y Nuestro Señor y Maestro es el punto medio de esos tiempos.

Pero no era deseo suyo que se conocieran sus poderes.

Una vez le oí decir a un paralítico: «Levántate y vete a casa, pero no digas al sacerdote que te he curado.»

El espíritu de Jesús no estaba con los paralíticos, sino más bien con los fuertes y erguidos.

Su alma buscaba a otras almas para protegerlas, y su Espíritu entero visitaba a otros espíritus.

Y, al hacerlo, su Espíritu alteraba a esas almas y a esos espíritus.

Parecía que se había producido un milagro, mas para nuestro Maestro y Señor era algo tan sencillo como la respiración cotidiana.

Permitidme hablar ahora de otras cosas.

Un día paseábamos a solas Él y yo por un huerto. Ambos teníamos hambre y nos acercamos a un manzano silvestre.

Había sólo dos manzanas colgando de las ramas.

Él sacudió el árbol con las dos manos, de forma que cayeron al suelo las manzanas.

Las recogió y me tendió una, reservando la otra en su mano.

Tenía tanta hambre que me comí la fruta a toda prisa.

Después le miré y vi que aún tenía la otra manzana en la mano.

Y me la dio diciéndome: «Cómete ésta también.»

La cogí avergonzado y mi hambre me incitó a comérmela.

Cuando proseguimos nuestro camino, contemplé su rostro.

Pero, ¿cómo puedo explicaros lo que vi?

Vi una noche en la que ardían las velas en el espacio.

Eran las velas de un sueño que estaba más allá de nuestro alcance.

Era un mediodía en el que los pastores se sienten satisfechos porque sus rebaños se encuentran pastando.

Era una tarde serena, un dulce sosiego y un feliz retorno al hogar.

Era un dormir tranquilo y un soñar sin ensueños.

Todo esto observé en su rostro.

Me había dado las dos manzanas, y yo sabía que tenía tanta hambre como yo.

Pero ahora sé que, al dármelas, su necesidad se había visto satisfecha, pues había cogido y comido la fruta de otro árbol.

Os contaría muchas más cosas de Él; pero, ¿cómo puedo hacerlo?

Cuanto mayor es el amor, más difícil es de expresar.

Y cuando la memoria se encuentra cargada de recuerdos busca el silencio profundo.

PEDRO

Una vez en Carfarnaúm mi Señor y Maestro nos habló así: «Vuestro prójimo es vuestro otro yo que vive tras las paredes de vuestra casa, pero el conocimiento mutuo derribará todos los muros.

¿Quién sabe si vuestro prójimo no es sino vuestro yo más perfecto encarnado en otro cuerpo? Procurad, pues, amarle tanto como os amáis a vosotros mismos.

También es una manifestación del Todopoderoso a quien no conocéis.

Vuestro prójimo es un campo por el que se pasea la primavera de vuestras esperanzas con sus verdes atavíos. En él sueña el invierno de vuestro deseo con las cumbres nevadas.

Vuestro prójimo es un espejo en el que se refleja vuestra imagen con una alegría que no conocéis y una tristeza que ignoráis.

Quisiera que amarais al prójimo como yo os he amado. Entonces le pregunté: «¿Cómo puedo amar a aquel prójimo mío que no me ama y que codicia mis bienes? ¿Cómo puedo amar a quien me robaría lo que poseo?»

Y Él respondió:

«Cuando estás arando y tu siervo va sembrando la simiente detrás de ti, ¿te detienes para mirar hacia atrás y espantar a la alondra que se posa en el suelo para calmar su hambre picando alguno de tus granos? Si así lo hicieras, no serías digno ni de la bendición ni de la abundancia de tu cosecha.»

Cuando me hubo dicho esto, me llené de vergüenza y guardé silencio, pero no me desanimé porque Él me dirigió una sonrisa.

UN ZAPATERO DE JERUSALÉN

Yo no le quería, pero tampoco le odiaba. Le escuchaba no para enterarme de lo que decía, sino para oír el sonido de su voz, que me agradaba mucho.

Todo lo que decía resultaba vago e incomprensible a mis oídos y a mi cerebro. Pero la música de su voz me sonaba clara y sonora.

A decir verdad, de no ser por lo que he oído de labios de la gente sobre sus enseñanzas, jamás habría podido saber si estaba a favor o en contra del judaísmo.

JOSÉ, LLAMADO EL JUSTO

Dicen que era un patán, una rama sin importancia, procedente de una semilla común y corriente; que resultaba tosco y sin cultivar.

También dicen que sólo el viento peinaba sus cabellos y que únicamente la lluvia lavaba su rostro y sus vestiduras.

Añaden que era un loco, y atribuyen sus palabras a la influencia de los demonios.

Pero considerad que ese hombre al que desprecian ha desafiado a sus enemigos y que sus palabras siguen causándoles miedo, porque ningún ser humano pudo resistir su mirada.

Cantó una canción cuyo eco nadie podrá evitar: volará de generación en generación, de siglo en siglo, recorrerá los océanos y se elevará de una esfera a otra, recordando los labios que la entonaron y el gran Espíritu que la ideó.

Era un ser extraño, sí, un peregrino que se encaminaba hacia un santuario, un viajero que llamó a nuestras puertas, un huésped procedente de lejanas tierras.

Como no encontró entre nosotros nadie que le ofreciera un hospedaje afable y generoso, regresó al lugar que le estaba destinado desde la creación del mundo.

SUSANA DE NAZARET, VECINA DE MARÍA

Conocía a María, la madre de Jesús, desde antes de que se casara con José el carpintero, cuando éramos solteras.

Por aquel entonces María solía tener visiones y oír voces, y hablaba de mensajeros del cielo que la visitaban en sueños.

La gente de Nazaret estaba muy preocupada por ella y observaba sus idas y venidas. La miraban con cariño, pues su frente era alta y sus pasos espaciosos.

Pero no faltaba quien decía que estaba loca, porque vivía como encerrada en sí misma.

Yo la consideraba como una mujer mayor, a pesar de encontrarse en plena juventud, porque en su primavera sus flores estaban ya abiertas y sus frutos ya habían madurado.

Había nacido y crecido entre nosotros, pero era como una extraña del Norte. En sus ojos se traducía el asombro del extranjero que no nos ha visto nunca.

Era tan altanera como aquella otra María que una vez se marchó desde el Nilo al desierto con sus hermanos.

Luego celebró sus esponsales con José el carpintero.

Cuando María estaba embarazada de Jesús, solía dar paseos por el valle que se extiende entre los montes y volvía al oscurecer trayendo en sus ojos una belleza encantadora y una cierta tristeza.

Me contó una amiga que, cuando nació Jesús, María dijo a su madre: «Aunque no soy más que un árbol que aún no ha sido podado, ¡mira qué fruto he dado!» Marta, la comadrona, la oyó.

Al cabo de tres días fui a hacerle una visita. Sus ojos parecían asombrados y sus pechos se hallaban grávidos de leche. Tenía a su hijo en su regazo, como una ostra que guarda el tesoro de su perla.

Todos queríamos al niño de María y seguíamos su desarrollo con miradas de afecto, pues rebosaba vitalidad.

Pasaron las estaciones, sucediéronse las lunas, y el niño se convirtió en un muchacho alegre, lleno de risas.

Nadie sabía lo que llegaría a ser ese niño, pues parecía ajeno a nuestra raza. Nadie se decidía a reprenderle, a pesar de que era testarudo y atrevido, lo que muchas veces le hacía correr peligro. Cuando jugaba con otros niños, no podía decirse que los demás jugaran con Él.

Tenía doce años cuando ayudó a un ciego a atravesar el arroyo, y le condujo hacia el camino firme.

El ciego, agradecido, le preguntó:

«¿Quién eres, niño?»

«No soy un niño, soy Jesús», le respondió.

Y el ciego volvió a interrogarle:

«¿Quién es tu padre?»

«Dios es mi padre», replicó Jesús.

Se rió el ciego y añadió:

«Llevas razón, hijo mío, entonces, ¿quién es tu madre?»

«Yo no soy tu hijo —contestó Jesús—, y mi madre es la tierra.»

Entonces el ciego comentó:

«Luego quien me ha conducido a través del arroyo ha sido el hijo de Dios y de la tierra.»

Y añadió Jesús:

«Te conduciré a dondequiera que vayas y mis ojos acompañarán tus pies.»

Creció Jesús como una esbelta palmera de nuestros jardines.

Cuando tenía diecinueve años era un mozo guapo como un gamo. Sus ojos resultaban dulces como la miel y estaban llenos de la sorpresa del día.

Y en su boca se daba la sed de los rebaños que han atravesado el desierto, ante el lago transparente.

Acostumbraba a andar a solas por el campo, mientras le seguían con ternura nuestros ojos y los de todas las muchachas de Nazaret.

Pero cuando nos miraba, nos llenábamos de vergüenza.

El amor se muestra cohibido y avergonzado ante la belleza, pero ésta será siempre objeto de amor.

Luego, el paso de los años le permitió hablar en el templo y en los jardines de Galilea.

A veces María le seguía para escuchar sus palabras y oír en ellas el eco de su propia alma. Pero cuando Él iba a Jerusalén con sus amigos, no le acompañaba porque en las calles de la ciudad solían burlarse de los que procedíamos del Norte, aunque fuéramos con ofrendas al templo.

Y María era demasiado orgullosa como para someterse a las burlas de la gente del Sur.

Jesús visitó otros lugares del Este y del Oeste. Aunque no sabíamos por qué tierras andaba, nuestros corazones le seguían.

Entre tanto, María le esperaba en la puerta de su casa, y al atardecer se quedaba con los ojos fijos en el camino por donde había de volver.

Pero cuando Jesús regresaba a su casa, venía María a decirnos:

«Es demasiado grande para ser hijo mío; su elocuencia rebasa el silencio de mi corazón. ¿Como voy a tener, entonces, derecho a Él?»

Observé que María no podía creer que un llano engendra una montaña. En su candoroso corazón no advertía que la falda de un monte es un camino hacia la cumbre.

Ella sabía que Jesús era un hombre, pero no se atrevía a reconocerlo como hijo suyo.

Un día que Jesús había ido al lago para encontrarse con los pescadores, me susurró María:

«¿Qué es el hombre sino un inquieto ser surgido de la tierra y del deseo, y que se alza para dirigirse al cielo?

Mi hijo es un anhelo que viene de muy lejos. Es el ansia de todos nosotros por elevarnos hasta las estrellas.

¿He dicho mi hijo? ¡Dios me perdone! Pero en mi corazón siento que soy su madre.»

Es difícil seguir hablando de Jesús y de María. Pero aunque mis palabras sean espinas en mi garganta o lleguen a vosotros como un paralítico que se arrastra, no puedo dejar de contaros lo que he visto y oído.

Cuando el año se hallaba en todo su esplendor y las rojas anémonas adornaban las cumbres de los montes, dijo Jesús a sus discípulos: «Venid conmigo a Jerusalén para celebrar el sacrificio del cordero pascual.»

Ese mismo día acudió María a mi casa para decirme:

«Jesús se va a la Ciudad Santa. ¿Quieres venir conmigo y le seguiremos con las demás mujeres?»

Al punto nos pusimos en camino detrás de María y de su hijo, hasta llegar a Jerusalén. A las puertas de la ciudad nos recibió un grupo de gente, porque los discípulos habían anunciado su llegada.

Pero esa misma noche Jesús y los que le seguían dejaron la ciudad.

Nos dijeron que se habían ido a Betania.

María se quedó con nosotras en la posada aguardando su vuelta.

La noche del jueves siguiente le prendieron fuera de las murallas y le hicieron prisionero.

Cuando nos enteramos, María no dijo ni una sola palabra, pero en sus ojos apareció el cumplimiento de aquella promesa de dolor y de alegría futuros que habíamos observado en ella en Nazaret cuando estaba recién casada.

No lloró. Se movía entre nosotros como el espíritu de una madre que no quiere llorar por el alma de su hijo.

Nos sentamos en el suelo, mientras ella andaba erguida por la habitación, yendo y viniendo.

A veces se detenía para mirar por la ventana a lo lejos, mientras se alisaba el cabello con las manos.

Cuando despuntó el día, seguía en pie en medio de nosotras como una bandera que ondea solitaria después que su ejército se ha dado a la fuga.

Cuando nos enteramos del futuro que aguardaba a su hijo, nos echamos todas a llorar. Pero ella no lo hizo.

Sus huesos eran de bronce y sus tendones parecían los nervios de una vieja encina. Sus ojos alcanzaron la dimensión amplia y temeraria del cielo.

¿Habéis oído cantar a una calandria cuando han quemado su nido?

¿Habéis visto a una mujer cuyo dolor está mucho más allá del llanto o a un corazón herido que se eleva por encima de su propio dolor?

Si no estuvisteis ese día con María ni os abrazó la Madre Invisible, no habéis visto a una mujer en semejante estado.

En aquella hora serena, cuando los cascos del silencio golpeaban el pecho de las que estábamos insomnes, entró Juan, el hijo menor de Zebedeo, diciendo: «Madre María, Jesús se va. Vayamos tras Él.»

Puso María su mano en el hombro de Juan y salieron seguidos de nosotras.

Cuando llegamos a la Torre de David, vimos a Jesús cargado con una cruz. Le rodeaba una gran muchedumbre.

Iban también dos hombres con sus cruces a cuestas.

María empezó a seguirle con la cabeza erguida, y andaba con paso firme con nosotras en pos de su hijo.

Tras ella iban —¡ay!— Sión y Roma, es decir, el mundo entero para vengarse de sí mismo en la persona del único hombre libre.

Cuando llegamos al monte, ya le habían clavado en la cruz.

Miré a María. Su rostro no era el de una mujer desolada. Era el semblante de la tierra fértil, que continuamente da hijos a luz y que siempre los entierra dolorida.

Asomó entonces a sus ojos el recuerdo de la infancia de su hijo, y exclamó:

«¡Hijo mío, que no eres mi hijo!, ¡hombre que un día habitó en mis entrañas!, tu fuerza y tu valor me glorifican. Sé que cada gota de sangre que mana de tus manos será un manantial que luego será río y bañará a pueblos y a naciones. Mueres en medio de la tormenta, como un día murió mi corazón al ponerse el sol. Por eso no te lloraré.»

En ese momento deseaba taparme la cara con el manto y escapar hacia mi tierra del Norte. Entonces oí a María decir:

«¡Hijo mío, que no eres mi hijo! ¿Qué has dicho al hombre que hay crucificado a tu derecha para hacerle feliz en sus dolores, hasta el punto de que parece haberse esfumado de su rostro la sombra de la muerte, y que ya no separa los ojos de ti?

Ahora me sonríes, y esa sonrisa me dice que has vencido al mundo.»

Miró entonces Jesús a su madre y dijo: «María, sé desde ahora la madre de Juan.»

Luego se dirigió a Juan: «Sé un hijo cariñoso para esta mujer. Vete con ella a su casa y que tu sombra se proyecte en aquel umbral donde yo tantas veces me he sentado. Haz esto en memoria mía.»

María levantó hacia Él su mano derecha, y era como un árbol con una sola rama. Volvió a decir:

«¡Hijo mío, que no eres mi hijo! Si esto viene de Dios, ojalá que nos arme de paciencia y nos dé el conocimiento de la verdad. Y si viene del hombre, que Dios le perdone para siempre.

Si viene de Dios, la nieve del Líbano será tu sudario; y si viene sólo de estos sacerdotes y de estos soldados, mi manto cubrirá tu desnudez.

¡Hijo mío, que no eres mi hijo!, lo que Dios hace aquí no perecerá, y lo que el hombre destruye seguirá en pie, pero de un modo que escapará a la visión del hombre.»

En ese momento el cielo lo devolvió a la tierra, y se produjo un grito y un suspiro.

Y también María lo entregó al hombre, como quien pone un bálsamo sobre una herida.

Y dijo María: «¡Mirad! Acaba de marcharse. La batalla ha terminado y vuelve a resplandecer la estrella. Ya ha llegado la nave al puerto, y quien estuvo un día en mi regazo gravita hoy sobre el espacio.»

Nos acercamos a ella, y continuó: «Hasta muerto se sonríe. Ha vencido al mundo. Me siento orgullosa de ser la madre de un vencedor.»

Y María volvió a Jerusalén apoyada en Juan, el discípulo joven y amado.

Era una mujer cuya misión ya estaba cumplida.

Cuando llegamos a la puerta de la ciudad, miré su rostro con detenimiento y me quedé maravillada. Si es cierto que ese día la cabeza de Jesús estuvo más erguida y alzada que las de los demás hombres, no lo estuvo menos la de María.

Todo esto sucedió en primavera.

Ahora estamos en otoño. María ha vuelto a su casa y vive sola.

Desde hacía dos sábados sentía yo una gran pena en mi corazón, porque mi hijo me había abandonado para ir a Tiro en busca de una nave con la que se haría a la mar. Me dijo que quería ser marino.

Y añadió que ya no volvería nunca más.

Una tarde fui a visitar a María.

La encontré sentada ante el telar, pero no trabajaba. Se hallaba ensimismada con la mirada perdida en el horizonte, más allá de Nazaret.

«¡Salud, María!», le dije.

«Ven y siéntate a mi lado —me dijo tendiéndome una mano—. Contemplemos el sol derramando su sangre sobre estos montes.»

Me senté junto a ella y miramos el paisaje a través de la ventana.

Después de un cierto tiempo dijo María: «¿A quién crucificará el sol en este ocaso?»

Impulsada por la preocupación que me había llevado a aquella casa, le expliqué: «He venido a ti en busca de consuelo. Mi hijo me ha dejado para hacerse a la mar. Me he quedado sola en mi casa.»

María me replicó: «Quisiera consolarte; pero, ¿qué puedo hacer?»

«Me consolaré si me hablas de tu hijo», le contesté.

María me sonrió. Me puso la mano en el hombro y dijo:

«Te hablaré de Él. Lo que a ti te consuele, me aliviará a mi también.»

Entonces me habló de Jesús y de todo lo que había ocurrido desde el principio.

Al oírle hablar, me parecía que no hacía diferencias entre su hijo y el mío, pues me dijo:

«También mi hijo es navegante como el tuyo. ¿Por qué no has de confiar a tu hijo al ansia de las olas como yo ofrecí al mio?

La mujer será siempre un vientre y una cuna, pero nunca una tumba.

Morimos para dar vida a la vida, como nuestros dedos tejen una túnica que jamás usaremos.

Por eso sufrimos, pero en ese dolor se esconde nuestro gozo.»

Así habló María.

La dejé y Volví a mi casa, y aunque ya se había ocultado la luz del día, me senté ante el telar y me puse a tejer la tela que nunca vestiré.

FELIPE

Cuando murió nuestro Bienamado, murió con Él la humanidad entera. Todas las cosas se quedaron inmóviles e incoloras.

Luego, se oscureció el oriente y de sus profundidades surgió una tempestad huracanada que barrió la tierra. Los ojos del cielo se abrían y se cerraban, y cayó la lluvia a raudales hasta lavar la sangre que brotaba abundante de sus manos y pies.

Yo también desfallecí, pero desde la profundidad de mi abandono le oí decir: «¡Padre, perdónalos, porque no saben lo que hacen!»

Y su voz buscó mi espíritu sumergido, y fui devuelto a la orilla.

Abrí los ojos y vi su pálido cuerpo colgando de las nubes. Sus palabras se encarnaron en mi alma y me convertí en un hombre nuevo. Desde entonces no he vuelto a sentir el dolor.

¿Quién se afligiría por el mar cuando se quita el velo de su rostro, o por una montaña que se ríe al sol?

¿Qué corazón humano, que estuviese herido, sería capaz de decir semejantes palabras?

¿Qué juez ha perdonado a sus jueces? ¿Ha retado alguna vez el amor al odio estando tan seguro de su fuerza?

¿Cuándo ha oído la humanidad el sonido de un clarín como éste, que hizo temblar al cielo y a la tierra?

¿Se ha oído hasta hoy que una victima se apiade de sus asesinos? ¿Se ha visto a un meteoro detener su carrera por atención a un topo?

Se sucederán las estaciones y avanzarán hasta envejecer los años antes de que desaparezca de la tierra el eco de estas palabras: «¡Padre, perdónalos, porque no saben lo que hacen!»

Y si vosotros y yo renacemos una y otra vez, recordaremos siempre esas palabras.

Regresaré a mi casa. Me pondré otra vez a mendigar delante de mi puerta, pero ahora lo haré con la frente muy alta.

BÁRBARA, LA AMONITA

Jesús era paciente con los simples y con los ignorantes, como el invierno que aguarda la primavera.

Era paciente como la montaña ante el impulso del viento.

Respondía con dulzura a los agrios interrogatorios a los que le sometían sus enemigos.

Incluso guardaba silencio ante sofismas y argumentos erróneos, porque era fuerte, y el fuerte es capaz de ser indulgente.

Pero Jesús era también impaciente.

No soportaba a los hipócritas.

No cedía ante los perversos ni ante los mentirosos.

Nadie pudo vencerle.

Era impaciente con quienes no creían en la luz porque vivían en la sombra y con quienes buscaban señales en el cielo, en lugar de hacerlo en sus corazones.

Era impaciente con quienes pesaban y medían el día y la noche, en vez de confiar sus sueños al alba o al ocaso.

Jesús era paciente, pero también era el más impaciente de los hombres con esos que he citado.

Exigía tejer la tela, aunque se tuviera que estar muchos años delante del telar manejando los hilos, pero no permitía que nadie desgarrase ni una pulgada de la tela una vez acabada.

LA MUJER DE PILATO, A UNA DAMA ROMANA

Paseaba yo con mis doncellas por un huerto de las afueras de Jerusalén, cuando le vi rodeado de un pequeño grupo de hombres y mujeres, a los que estaba hablando en un lenguaje que sólo entendí a medias.

Pero no se necesita lengua alguna para captar una columna de luz o una montaña de cristal. El corazón entiende lo que la boca no puede pronunciar ni el oído logra escuchar.

Hablaba a sus amigos del amor y del poder. Sé que les hablaba del amor porque su voz era melodiosa, y sé que les hablaba del poder porque en sus gestos avanzaban ejércitos y legiones. Él era agradable y tierno. Ni siquiera mi esposo habla con semejante autoridad.

Cuando me vio pasar por delante del grupo, se calló un instante y me miró con ternura. Me sentí humillada ante sus ojos y presentí que me hallaba frente a un dios.

Desde aquel día su imagen me visita en mi retiro y sus ojos penetran en las profundidades de mi alma cuando los míos están cerrados. Su voz se impone en la quietud de mis noches.

Estoy eternamente cautiva del hechizo de aquel hombre; mis penas se han serenado y mis lágrimas me han liberado.

Tú nunca has visto a ese hombre, amiga mía; y ya no podrás verle nunca.

Ha desaparecido del alcance de nuestros sentidos; pero ahora no hay ser alguno que esté tan cerca de mí como Él.

UN HOMBRE DE LAS AFUERAS DE JERUSALÉN HABLA DE JUDAS ISCARIOTE

El viernes día 17 del mes de nisán, víspera de la Pascua, aporreó con violencia Judas la puerta de mi casa.

Cuando entró, me quedé atónito de miedo y de estupor. Su rostro estaba lívido y descompuesto. Sus manos temblaban como ramas secas movidas por el viento. Sus ropas estaban empapadas como si hubiera salido de un río. Es cierto que aquella tarde se había desencadenado una gran tormenta, con lluvia y fuerte viento.

Me miró fijamente y con mucha seriedad. Las cuencas de sus ojos eran dos oscuras cavernas y sus pupilas estaban enrojecidas de sangre.

Entonces me explico: «He entregado a Jesús de Nazaret a sus enemigos. que son también los míos.»

Se retorció las manos y continuó:

«Jesús me había asegurado que derrotaría a sus enemigos, es decir, a los enemigos de nuestro pueblo. Yo le creí, y por eso le seguí. Pero no era sino un inepto, un incapaz de conseguir la victoria. ¡Nos engañó a todos! ¡Frustró nuestras esperanzas!

Cuando nos invitó a seguirle, nos prometió a todos sus discípulos un reino grande y poderoso, y tratamos de agradarle sometiéndonos a su voluntad, con la esperanza de obtener altos puestos en su corte. Nos fiamos de Jesús, creyendo que nos haría príncipes temporales y que trataría a los romanos con las mismas humillaciones y escarnios con que ellos nos habían tratado a los israelitas.

Cada vez que nos aseguraba estas promesas en sus predicaciones sobre nuestro reino, mi corazón se alegraba de oírle. Hasta llegué a creer que yo sería uno de sus elegidos para dirigir sus ejércitos y que me proclamaría capitán de sus legiones. Por eso seguí sus pasos con toda sumisión.

Pero descubrí que no era un reino lo que Jesús perseguía, que no era de los romanos de quien quería liberarnos. Su reino no era más que el reino del espíritu. Tuve la desgracia de escuchar sus sermones sobre el amor, la caridad para con el prójimo, el perdón de las faltas ajenas, y todas esas majaderías que encantan a las mujeres simples y aldeanas. Entonces sentí que poco a poco me embargaba una profunda amargura y que mi alma se iba endureciendo.

De pronto, el reino de Judea prometido pareció convertirse en esa música con la que los tocadores de flauta reconfortan el ánimo de los vagabundos y los mendigos. Ese Jesús a quien creíamos un ánfora llena de ambrosía, no era sino una humilde flor, sin savia ni vigor, en cuyos pétalos brillaban unas cuantas gotas de rocío.

Yo le amaba tanto como los de mi tribu y le vi como la esperanza de vencer el yugo extranjero. Pero me di cuenta de que no hacía absolutamente nada para liberarnos de nuestra esclavitud, y que incluso hablaba de dar al Cesar lo que es del César, todo lo cual despertaba mi desesperación y ahogaba mis esperanzas.

Cuando vi que mis ilusiones se desvanecían, me dije: "Quien mata mis esperanzas merece morir, pues mis expectativas valen más que la vida de cualquier hombre."»

Luego, Judas inclinó la cabeza y apretó los puños. Mientras estaba callado, presentí la tragedia de su crimen, porque a continuación explicó:

«Le entregué y hoy le han crucificado... Pero murió en la cruz como un rey. Murió en medio de una gran tempestad, como mueren los libertadores, como los hombres ilustres, que alcanzan la inmortalidad por encima del sudario y de la tumba.

Durante su agonía se mostró tierno y compasivo; su corazón rebosaba piedad. Hasta se compadeció de mí, que le había entregado.»

Entonces le respondí: «Has cometido una grave falta, Judas.»

Y dijo él: «Pero si murió como un rey, ¿por qué no vivió entonces como un rey?»

Yo insistí: «Has cometido un horrible crimen.»

Él se sentó en un banco y se quedó inmóvil y callado como una piedra.

Yo empecé a dar vueltas por el cuarto, lleno de un hondo pesar, mientras exclamaba: «¡Qué gran delito has cometido!»

Pasado un rato, Judas se puso en pie y me miró fijamente, hablándome con una voz lastimera como el sonido que produce un vaso cascado:

«Mi corazón estaba limpio de pecado. Esta misma noche iré a buscarle a su reino; me arrodillaré en su presencia y le pediré perdón.

Él murió como un rey y yo lo haré como un traidor, pero siento en mi corazón que me perdonará.»

Dicho esto, se envolvió en su manto empapado de agua y prosiguió:

«He hecho bien en venir esta noche a tu casa, aunque sé que te he causado un gran dolor. ¿Me perdonas tú también?

Di a tus hijos, a tus hermanos y a tus nietos que Judas Iscariote entregó a Jesús de Nazaret a sus enemigos porque creyó que era hostil a su pueblo.

Y añade que el mismo día de su tremendo error, Judas siguió al rey de los judíos hasta las gradas de su trono para ofrecerle su alma y esperar su juicio.

Diré a Jesús que también mi sangre estaba ansiosa de regar la tierra, y mi alma perversa se verá libre.»

Echó entonces Judas la cabeza hacia atrás, la apoyó en la pared y se puso a llorar amargamente mientras decía:

«¡Oh Dios, cuyo temido nombre nadie pronuncia sin que los dedos de la muerte toquen sus labios!, ¿por qué me has hecho arder en un fuego sin luz?

¿Por qué infundiste en el Galileo esas ansias extremas de una tierra desconocida y me cargaste a mí con el peso de un deseo que no sobrepasa las paredes de mi hogar? ¿Quién es este Judas que tiene las manos manchadas de sangre?

Ayúdame a expulsarlo de mi cuerpo, porque no es más que un montón de harapos y un arma inservible.

Ayúdame a lograrlo esta noche.

Me desespera esta libertad sin alas. Quiero una prisión mayor que ésta.

Quiero fluir como un río de lágrimas hacia el amargo mar.

Prefiero disfrutar de tu compasión antes que golpear las puertas de mi corazón.»

Así habló Judas. Luego, abrió la puerta y desapareció en medio de la tormenta.

Tres días después estuve en Jerusalén y me enteré de todo lo que había pasado. Judas se había ahorcado encima de un peñasco.

Desde ese día he pensado mucho. He visto que quienes amaban a Jesús el Nazareno odian también a Judas Iscariote. Pero yo no siento odio hacia él, porque creo haber llegado a entenderle. Llevó una vida gris llena de deseos de corto alcance. Era un pájaro de débiles alas que sólo podía volar a ras del suelo. Era una nube que flotaba sobre este país esclavizado por los romanos, mientras el gran profeta ascendía a las alturas.

Judas suspiraba por un reino que esperaba gobernar.

Jesús soñaba con un reino superior en el que todos los hombres fuéramos soberanos.

SARKIS, UN VIEJO PASTOR GRIEGO
AL QUE LLAMABAN EL LOCO

Vi en sueños a Jesús y a Pan, mi dios, sentados juntos en el corazón de un bosque.

Cada uno festejaba las palabras del otro, mientras el arroyo que corría a su lado participaba de sus alegrías. La risa de Jesús era más abierta. Estuvieron mucho tiempo conversando.

Pan habló de la tierra y sus secretos, de sus hermanos con cuernos y pezuñas, de los sueños, de las raíces nuevas, y, sobre todo, de la savia que despierta y se alza cantando cuando llega la primavera.

Jesús habló de los retoños de los bosques, de las flores, de los frutos y de las semillas que germinarán en una estación que aún está por venir.

Habló de los pájaros que vuelan y cantan en el cielo sin límites.

Y recordó a los blancos ciervos de las llanuras que el ojo del Altísimo cuida mientras pastan.

Y a Pan le gustaron tanto las palabras del nuevo dios, que las aletas de su nariz se estremecían de satisfacción.

En ese mismo sueño vi que Pan y Jesús se durmieron a la sombra de un árbol. Luego, Pan cogió su flauta y se puso a tocar.

Su música hizo que se estremecieran los árboles; trepidaron las hojas y se echaron a temblar los helechos. Yo sentí una especie de miedo.

Dijo Jesús: «Sabes unir en tu flauta, hermano mío, los claros del bosque y las cumbres de las montañas.»

Entonces Pan entregó su instrumento a Jesús y le dijo:

«Toca tú ahora; es tu turno.»

«Esa caña es demasiado grande para mis labios —contestó Jesús—. Tocaré con mi flauta.»

Tomó, pues, Jesús su flauta y empezó a tocar.

Y oí a la lluvia cayendo sobre las hojas y el murmullo de los arroyos entre los montes y la caída suave de la nieve en la cumbre de las colinas.

Y el palpitar de mi corazón, que había latido al compás del viento, volvió al viento; y todas las olas de mi pasado se dieron cita en mi playa y volví a ser Sarkis el pastor, y la flauta de Jesús se convirtió en las flautas de incontables pastores que conducían a mil rebaños.

«Tu juventud te hace más apto para la flauta que mi vejez —dijo entonces Pan—. En mi sosiego ya había oído yo antes tu canción y tu nombre.

Tu voz y tu nombre son dulces y sagrados.

Subirán poderosos con la savia a las ramas o correrán a raudales por montes y llanuras.

Aunque nunca se lo oí pronunciar a mi padre, tu nombre no me resulta extraño. Tu flauta me lo trajo a la memoria.

Toquemos juntos ahora.»

Y tocaron ambos sus flautas.

Su música conmovió por igual al cielo y a la tierra, y un intenso temor se adueñó de todo ser vivo.

Oí el rugido de los animales y la ansiedad del bosque; el llanto de quienes están solos y la queja de los que añoran lo desconocido.

Oí a la doncella suspirando por su amado, y el jadear del infortunado cazador persiguiendo a su presa.

Por último, la música de ambos volvió a pacificarse, y cielos y tierra entonaron un cántico unidos.

Todo esto vi y oí en mi sueño.

ANÁS

Pertenecía a la plebe, y además de ser ladrón y charlatán, hacía propaganda de sí mismo. Apelaba a los impuros y a los desheredados, y por eso hubo de seguir la senda de los malvados y de los corrompidos.

Se burlaba de nosotros y de nuestras leyes; escarnecía nuestro honor y nuestra dignidad. En su insania llegó a decir que destruiría el Templo y que profanaría los lugares sagrados. Era un desvergonzado y un orgulloso; por eso le condenamos a una muerte vil y humillante.

Procedía de Galilea, tierra de gentiles; era un forastero de esos pueblos del Norte donde todavía Astarté y Adonis disputan a Israel y a su Dios el dominio del pueblo.

Jesús, que al principio se limitó a repetir tartamudeando las palabras de nuestros profetas, terminó vociferando y arengando en esa lengua bastarda que suele emplear la canalla que le seguía.

¿Qué otra cosa podía yo hacer sino condenarle a muerte?

¿No soy el sumo sacerdote, guardián del Templo y custodio de la ley? ¿Podía volverle la espalda y decir con toda tranquilidad: «Es un loco más. Dejadle en paz hasta que su locura le agote, pues los locos y los idiotas que están poseídos por los espíritus malignos no constituyen un obstáculo en el camino de Israel»?

¿Cómo podría hacer oídos sordos ante sus palabras cuando nos insultaba llamándonos mentirosos, hipócritas, lobos e hijos de víboras?

No hubiera podido justificar mi silencio alegando que era un loco. Estaba muy seguro de sí mismo, y por eso se atrevió a retarnos y a desprestigiarnos.

Le mandé crucificar como castigo y como ejemplo de los que estuvieron marcados por su maldito sello.

Sé que mucha gente, incluyendo a algunos miembros del Sanedrin, me han censurado por eso, pero entonces tenía plena conciencia, como la tengo ahora, de que es preferible que muera un hombre a que un pueblo se vea abocado al caos y al aniquilamiento.

Judea ha sido conquistada por un enemigo extranjero, pero no podemos consentir que un enemigo de dentro nos sojuzgue también.

Ninguno de esos malditos del Norte puede impurificar nuestro Santuario ni mancillar con su sombra el Arca de la Alianza.

OTRA VECINA DE MARÍA

Cuarenta días después de su muerte, todas las vecinas fueron a consolarla y a cantar elegías a su casa.

Y una de las mujeres entonó esta canción:

> ¿Adónde te has marchado, Primavera, adónde,
> y hacia qué otro cielo se elevó tu perfume?
> ¿Por que campos caminas
> y hacia qué firmamentos elevas la cabeza
> para expresar cuanto esconde tu alma?
>
> Se volverán estériles los campos
> y sólo contaremos con huertos infecundos
> y desiertos eriales.

El sol resecará cuanto verdea
y darán nuestros huertos ácidas manzanas
y nuestras viñas no producirán más que uvas amargas.
Sufriremos de sed por no tener vino
y ansiará nuestro olfato tu perfume y tu aroma.

¿Adónde te has marchado, primogénita flor
de nuestra Primavera, adónde?
¿Volverás con nosotros?

¿No nos vendrán a ver de nuevo tus jazmines?
¿No crecerán las flores a orillas del camino
para decirnos que tenemos raíces
que se hunden también profundas en la tierra,
y que nuestros suspiros seguirán ascendiendo
por siempre hacia los cielos?

¿Adónde te has marchado, Jesús, adónde?
¡Oh hijo de María, mi vecina y mi amiga
de mi hijo compañero!

¿Adónde te has marchado primera Primavera?
¿Hacia qué otros lugares dirigiste tus pasos?
¿Volverás con nosotros?
Y cuando llegue la pleamar de tu amor,
¿visitarás la playa solitaria que late en nuestros sueños?

AHAZ, EL MESONERO

Me acuerdo muy bien de la última vez que vi a Jesús el Nazareno. Judas había venido al mediodía de ese jueves a encargarme que preparase una cena para Jesús y sus discípulos.

Me dio dos monedas de plata y me dijo: «Compra todo lo que necesites para la cena.»

Cuando se hubo ido, me indicó mi mujer: «¡Qué gran honor para nosotros!» Lo decía porque Jesús se había convertido en un gran profeta y había hecho muchos milagros.

Al caer la tarde llegó Jesús con sus discípulos; subieron al piso de arriba y se sentaron a la mesa; pero se les veía callados y taciturnos, como si el pájaro de la muerte volara sobre sus cabezas.

Los dos años anteriores habían venido también a mi casa, pero entonces se habían mostrado alegres y contentos; partían el pan, escanciaban el vino y cantaban nuestras viejas canciones. Luego, escuchaban a Jesús que acostumbraba a hablarles hasta la medianoche con gran animación; por último, le dejaban solo porque así lo deseaba.

Él permanecía despierto toda la noche; desde mi cama escuchaba el sonido de sus pasos.

Pero esta última vez ni Él ni sus amigos estaban contentos; les noté preocupados. Mi mujer había preparado peces del lago de Galilea, perdices de Hurán rellenas de arroz y granos de granadas. Yo les serví vino de mi cosecha.

Luego les dejé, porque observé que deseaban estar solos.

Se quedaron hasta avanzada la noche; luego bajaron juntos, dispuestos a marcharse; pero Jesús se detuvo un momento al pie de la escalera. Nos miró a mi mujer y a mí, y poniendo la mano en la cabeza de mi hija señaló:

«Buenas noches a todos. Volveremos otra vez a vuestra casa y no nos iremos tan pronto como hoy. Nos quedaremos hasta que salga el sol.

Volveremos para pediros más pan y más vino. Nos habéis tratado bien y os recordaremos cuando estemos en nuestra casa y nos sentemos a nuestra mesa.»

Yo le contesté: «Ha sido un honor servirte, Señor. Los otros mesoneros me envidian porque me visitas, pero yo me siento orgulloso y me burlo de ellos cuando les veo en el mercado.»

Y dijo Jesús: «Todos los mesoneros deben considerar que es un honor servir, pues quien da pan y vino es hermano del que siega y hace las gavillas para llevarlas a la era, y del que estruja las uvas en el lagar. Sois generosos porque ofrecéis vuestra abundancia incluso al que no trae a vuestra casa más que su hambre y su sed.»

Luego se dirigió a Judas Iscariote, que llevaba la bolsa con el dinero común, y le dijo: «Dame dos monedas de plata.»

«Son las últimas que quedan en la bolsa», indicó Judas al entregárselas.

Jesús le miró y le dijo: «Pronto tendrás esa bolsa llena de monedas de plata.»

Entonces puso las dos monedas en mi mano y me dijo: «Compra con ellas una blusa de seda para tu hija y pídele que se la ponga el día de Pascua en memoria mía.»

Volvió a mirar a mi hija, le dio un beso en la frente y se dispuso a marcharse diciendo: «Buenas noches a todos.»

Y desaparecieron.

Me han dicho que todo lo que hablaron esa noche lo escribió uno de sus discípulos en un pergamino, pero yo os lo cuento como lo oí de sus labios. Recordaré mientras viva el sonido melodioso de su voz cuando nos dijo: «Buenas noches a todos.»

Si queréis saber más cosas de aquel nuevo profeta, preguntádselas a mi hija. Ya se ha hecho una mujer, y no cambiaría los recuerdos de su infancia por todo el oro del mundo. Ella os sabrá explicar las cosas mejor que yo.

BARRABÁS

Me soltaron a mí, y a Él le crucificaron. Pero luego Él ascendió y yo fui abatido.

Le apresaron y le ofrecieron como sacrificio pascual.

Una vez libre de mis cadenas, me uní a la muchedumbre que le seguía. Pero yo era un hombre vivo que se dirigía a su tumba.

Hubiera sido preferible que hubiese huido al desierto, donde el sol purifica de la deshonra. Pero acompañé a los que le designaron para que cargase con mis pecados.

Yo estuve presente cuando le clavaron en la cruz.

Veía y oía, pero tenía la sensación de estar fuera de mi cuerpo.

El ladrón que había crucificado a su derecha le dijo: «¿Cómo es que tu sangre mana como la mía, Jesús Nazareno?»

Y le respondió Jesús:

«Si no fuera por el clavo que sujeta mi mano, te la tendería para saludarte. Nos han crucificado juntos, pero hubiese querido que tu cruz estuviera más cerca de la mía.»

Miró luego hacia abajo y vio a su madre y a un muchacho que estaba junto a ella.

Y le dijo: «¡Madre, he ahí a tu hijo! Mujer, ese hombre llevará estas gotas de mi sangre a las tierras del Norte.»

Cuando oyó los llantos de las mujeres de Galilea, se lamentó: «Ved cómo lloran ellas, mientras yo me consumo de sed. Me pusieron tan alto que no puedo recoger sus lágrimas. No tomaré hiel y vinagre para apagar mi sed.»

Entonces abrió mucho los ojos, miró al cielo y exclamó: «Padre, ¿por qué me has abandonado?»

Y agregó luego con compasión y misericordia: «¡Padre, perdónalos porque no saben lo que hacen!»

Al pronunciar estas últimas palabras me pareció ver a toda la humanidad arrodillada ante Dios y pidiendo perdón por la crucifixión de un solo Hombre.

Poco después exclamó en alta voz: «¡Padre, en tus manos encomiendo mi espíritu!»

Guardó silencio un momento y levantando la cabeza añadió: «Todo está consumado... pero sólo en este monte.»

Y cerró los ojos.

Los relámpagos desgarraron el velo oscuro del cielo, y se oyó un terrible trueno.

Hoy sé que quienes le mataron en mi lugar me condenaron a un tormento eterno.

Su crucifixión duró apenas una hora.

Pero la mía durará hasta el fin de mis días.

CLAUDIO, UN CENTURIÓN ROMANO

Después que le prendieron, me lo entregaron. Poncio Pilato me ordenó que le custodiase hasta el día siguiente.

Él dejó que mis soldados le condujeran sin oponerles resistencia.

A medianoche dejé a mi mujer y a mis hijos y me dirigí a los cuarteles.

Tenía la costumbre de hacer una ronda nocturna para inspeccionar las tropas a mi cargo. Esa noche pasé por la sala de armas donde estaba el preso.

Algunos de mis soldados y unos muchachos judíos se estaban divirtiendo a sus expensas entre abundantes burlas. Le habían quitado las vestiduras y puesto en la cabeza una corona formada por ramas de espino.

Se hallaba al pie de una columna, con una caña sujeta a las manos, a manera de cetro, mientras los otros bailaban y gritaban a su alrededor.

Cuando me vio entrar, uno de ellos exclamó: «¡Mira, centurión! ¡El rey de los judíos!»

Me detuve ante Él y me quedé mirándole. De pronto me sentí avergonzado sin saber por qué.

Yo había combatido en las Galias y en Hispania; había estado en peligro de muerte varias veces.

Nunca había sentido miedo ni me había acobardado. Pero cuando aquel hombre me miró, perdí todo mi valor y me sentí desfallecer. Parecía que mis labios estuvieran señalados porque no pude pronunciar ni una sola palabra.

Abandoné inmediatamente aquella sala.

Esto ocurrió hace treinta años. En aquel entonces mis hijos eran pequeños. Hoy son hombres que sirven al César y a Roma.

Siempre que se reúnen para recibir mis consejos, les hablo de aquel hombre que afrontó la muerte con la savia de la vida en los labios y la compasión hacia sus verdugos en los ojos.

Ya soy viejo. He vivido intensamente, pero creo con toda sinceridad que ni Pompeyo ni César tenían las dotes de mando de aquel Galileo.

Porque después de su muerte, a la que se entregó sin oponer resistencia alguna, surgió en la tierra un ejército inmenso para defender su nombre y luchar por Él.

Y a pesar de que esté muerto, le sirven y veneran de un modo que ni César ni Pompeyo pudieron esperar durante su vida de sus soldados y partidarios.

SANTIAGO, EL HERMANO DEL MAESTRO

Mil veces me ha venido a la memoria el recuerdo de aquella noche, y mil veces más volverá aún a mi mente.

Olvidará la tierra los surcos que abrieron su pecho, y la mujer hará lo propio con el dolor y el contento del parto. Pero yo no olvidaré aquella noche mientras viva.

Cuando al atardecer estábamos fuera de las murallas de Jerusalén, nos dijo Jesús: «Vayamos a la ciudad a cenar a la posada.»

Al llegar era ya de noche y todos teníamos hambre. El posadero nos saludó cordialmente y nos condujo al comedor situado en el piso de arriba.

Jesús nos invitó a sentarnos a la mesa, pero Él se quedó en pie mirándonos a todos.

Y dijo al dueño de la posada: «Tráeme un jarro, una palangana y una toalla.»

Nos volvió a mirar y pidió con ternura: «Quitaos las sandalias.»

Le obedecimos sin entender lo que quería hacer.

Entonces llegó el posadero con lo que Jesús le había pedido. Fue en ese momento cuando nos explicó sus intenciones: «Ahora os lavaré los pies, pues he de quitar de ellos el polvo del camino antiguo para que podáis entrar libres en el nuevo.»

Nos quedamos perplejos y avergonzados.

Simón Pedro se puso en pie y exclamó: «¿Cómo voy a consentir que mi Maestro y Señor me lave los pies?»

Y contestó Jesús: «Os lavaré los pies para que siempre recordéis que quien sirve a los hombres será el más grande de los hombres.»

Nos fue mirando luego uno por uno y continuó: «El Hijo del Hombre que os ha elegido como hermanos y cuyos pies fueron ungidos ayer con ungüentos de Arabia y enjugados con los cabellos de una mujer, desea, a su vez, lavaros los pies.»

Echó agua en la palangana, la tomó y de rodillas nos fue lavando los pies, empezando por Judas Iscariote.

Cuando hubo acabado, se sentó a la mesa. Su rostro resplandecía como el alba que se levanta sobre un campo de batalla tras una noche de sangriento combate.

El posadero y su mujer trajeron comida y vino.

Antes de que Jesús me lavara los pies, tenía hambre, pero después había perdido el apetito. Sentía en la garganta un fuego sagrado que ningún vino podía apagar.

Tomó Jesús un pan y lo repartió a trozos entre todos diciendo: «Tal vez no volveremos a comer pan juntos. Comamos este pan en recuerdo de los días que pasamos unidos en Galilea.»

Luego, echó vino de la jarra en un cáliz, bebió de él y nos lo pasó diciendo: «Bebed esto en memoria de la sed que hemos sufrido juntos, y bebedlo también como en una vendimia nueva y mejor. Cuando me haya ido y ya no me siente entre vosotros, y os reunáis aquí o en cualquier otro sitio, bebed como lo estáis haciendo ahora. Mirad luego a vuestro alrededor y tal vez me veáis sentado en vuestra mesa.»

Dicho esto, repartió entre nosotros pescados y perdices, como el ave que alimenta a sus crías.

A pesar de que comimos poco, nos sentíamos saciados, y aunque sólo bebimos un sorbo cada uno, nos pareció que aquel cáliz era como un espacio entre esta tierra y otra distinta.

Cuando acabamos, dijo Jesús: «Antes de dejar esta mesa, pongámonos en pie y cantemos los cánticos de alegría que entonábamos en Galilea.»

Nos pusimos en pie y cantamos unidos. Su voz destacaba entre las nuestras, y cada una de sus notas vibraba con singular armonía.

Luego nos fue mirando uno por uno y dijo: «Me despido de vosotros por ahora. Salgamos de esta sala y vayamos a Getsemaní.»

Juan, el hijo de Zebedeo, preguntó: «¿Por qué te despides de nosotros, Maestro?»

Y replicó Jesús:

«No dejéis que se turbe vuestro corazón. Os dejo sólo para prepararos un lugar en la casa de mi Padre. Pero si tuvierais necesidad de mí, volveré a vuestro lado. Os escucharé cuando me llaméis, y estaré donde vuestro espíritu me invoque.

No olvidéis que la sed conduce al lagar, y el hambre al banquete de bodas.

Vuestro anhelo os llevará hasta el Hijo del Hombre, porque ese anhelo es el manantial sagrado del amor y el camino seguro que os conduce hasta el Padre.»

Volvió Juan a hablar para pedir: «¿Cómo podemos estar alegres si hablas de dejarnos? ¿Por qué dices que te vas a separar de nosotros?»

Y replicó Jesús:

El ciervo perseguido presiente la flecha del calor antes de tenerla clavada en el pecho, y el río presiente el mar antes de llegar a la costa. Lo mismo le sucede al Hijo del Hombre, que ha recorrido todos los caminos de los hombres.

Antes de que vuelvan a brotar los almendros con el calor del sol, mi árbol habrá echado raíces en otro campo.»

Entonces fue Simón Pedro quien tomó la palabra: «No nos dejes ahora, Maestro. No nos prives de la alegría de tu presencia. Iremos adonde vayas, y allí donde te hospedes, estaremos nosotros también.»

Puso Jesús las manos en los hombros de Simón Pedro y le dijo: «¡Quién sabe si no me negarás antes de que acabe esta noche, y si no me abandonarás antes de que yo te deje!»

Luego dijo súbitamente: «¡Vámonos de aquí!»

Dejamos, pues, la posada y cuando llegamos a las puertas de la ciudad, advertimos que Judas no venía con nosotros. Atravesamos el valle de la Gehena. Jesús iba delante, y le seguíamos todos hechos una piña.

Cuando hubimos llegado a un huerto de olivos, Jesús se detuvo y nos dijo: «Esperad aquí una hora.»

Aunque estábamos en plena primavera, la noche era fría. Las moreras habían reverdecido y los manzanos se encontraban en flor. Un intenso perfume salía de los huertos.

Cada uno de nosotros se recostó bajo un árbol. Yo me eché a la vera de un pino, envuelto en mi manto.

Jesús nos dejó solos internándose en el huerto. Yo le estuve observando mientras los demás se iban durmiendo.

Estuvo un rato inmóvil, y luego empezó a dar cortos paseos.

Por último, le vi levantar los ojos al cielo y extender los brazos hacia el Este y el Oeste.

En cierta ocasión había dicho: «El cielo, la tierra y hasta el infierno proceden del hombre.» Recordando entonces aquellas palabras suyas comprendí que quien se paseaba por aquel huerto de olivos era el cielo hecho hombre. Pensé que las entrañas de la tierra no son un principio ni un fin, sino más bien un vehículo y una parada, un momento de asombro y de sorpresa. Vi también el infierno en el valle que llaman la Gehena, y que se extendía entre donde estaba Jesús y la Ciudad Santa.

Mientras estaba allí tumbado en el suelo y envuelto en mi manto, le oí hablar, pero no con alguno de nosotros. Tres veces le oí pronunciar la palabra «Padre». Pero eso es todo lo que pude escuchar.

Pasado un rato, bajó los brazos y se quedó en pie, como en éxtasis, al igual que un ciprés que se alzara entre mis ojos y el cielo.

Finalmente, se dirigió a donde estábamos nosotros y nos dijo: «Despertad y levantaos, pues ha llegado mi hora. El mundo se alza en armas contra mí dispuesto a la lucha.»

Y añadió: «Hace un momento he oído la voz de mi Padre. Si no vuelvo a veros, recordad que el vencedor no tendrá paz hasta que no sea vencido.»

Cuando nos levantamos y nos acercamos a Él, vimos que su rostro era como el cielo estrellado que envuelve el desierto.

Luego nos fue besando a todos en las mejillas. Sentí que sus labios ardían como la mano de un niño con fiebre.

En ese instante oímos un gran rumor y una algarabía como de tropa, que venían de la entrada del huerto. Parecía que se trataba de una multitud, pues conforme se iban acercando se percibían voces y gritos. De pronto apareció un grupo de hombres provistos de linternas y de armas, que andaban a toda prisa.

Jesús nos dejó y salió a su encuentro. Les conducía Judas Iscariote.

Eran soldados romanos con espadas y lanzas, y gente de Jerusalén con garrotes y picas.

Judas se acercó a Jesús y le besó. Luego se volvió a los hombres que venían armados y les dijo: «Este es el Hombre.»

Y dijo Jesús a Judas: «Has tenido mucha paciencia, Judas. Esto pudiste haberlo hecho ayer.»

Luego se volvió a los hombres armados y les dijo: «Podéis prenderme. Pero procurad que vuestra jaula sea lo bastante grande para encerrar estas alas.»

Se lanzaron sobre Él y le apresaron entre gritos y voces.

El miedo hizo presa en nosotros, que tratamos de escapar echando a correr. Yo me lancé a la carrera a través del huerto y hui sin fuerzas para razonar y sin oír otra voz que la de mi propio terror.

Las dos o tres horas que quedaban de aquella noche las empleé en huir y ocultarme. El amanecer me sorprendió en una aldea cercana a Jericó.

¿Por qué abandoné a Jesús? No lo sé. Me sentía triste y avergonzado de mi cobardía.

Lleno de remordimientos, volví sobre mis pasos y llegué a Jerusalén. Allí me enteré de que Jesús estaba encarcelado y que nadie podía hablar con Él.

Poco después le crucificaron, y su sangre convirtió en barro el polvo de la tierra.

Yo sigo en vida, pero alimentándome con el panal de miel que su vida fabricara.

SIMÓN DE CIRENE

Iba hacia el campo cuando le vi con la cruz a cuestas seguido de una multitud.

Me sumé a los que iban a su lado.

Su pesada carga le hacía detenerse algunas veces conforme le iban faltando las fuerzas.

Entonces se dirigió a mí un soldado romano para decirme: «Tú que eres fuerte y robusto, ven a llevar la cruz de este hombre.»

Cuando oí estas palabras, mi alma se llenó de gozo y cargué contento con la cruz.

Era pesada, pues estaba hecha con madera de pino impregnada por las lluvias del invierno.

Jesús me miró mientras el sudor de la frente le empapaba la barba.

Se dirigió a mí diciéndome: «¿También tú bebes de este cáliz? En verdad te digo que lo apurarás conmigo hasta el fin de los tiempos.»

Posó su mano en mi hombro y así avanzamos juntos hacia el monte Calvario.

Pero con su mano puesta en mi hombro yo no sentía el peso de la cruz, sino sólo el contacto de Jesús. Era como si tocara mi hombro el ala de un pájaro.

Por fin llegamos a la cumbre, que era donde le iban a crucificar.

No pronunció palabra alguna ni emitió el menor quejido cuando le clavaron las manos y los pies.

Tampoco se estremeció su cuerpo bajo los golpes del martillo.

Parecía como si sus manos y sus pies hubieran estado ya muertos y en ese instante volvieran a la vida bañados en sangre. También daba la sensación de que sus manos buscaran los clavos, como un príncipe solicita su cetro, y que ansiaba que le elevaran a las alturas.

Me sentía tan perplejo que ni siquiera me compadecí de Él.

Ahora, el hombre cuya cruz transporté se ha convertido en mi cruz, pues si me volvieran a decir que cargarse con la cruz de ese hombre, la llevaría gustoso hasta que mi camino desembocase en el sepulcro; pero le rogaría que pusiera su mano en mi hombro.

Esto sucedió hace muchos años. Sin embargo, cuando en el campo voy trazando un surco, o cuando el sueño se va acercando a mi cuerpo, siempre pienso en aquel Hombre Bienamado.

Y siento el ala de su mano aquí, en mi hombro izquierdo.

CIBOREA, LA MADRE DE JUDAS

Mi hijo era un hombre bueno y virtuoso. Cariñoso y muy tierno conmigo, quería a su familia y a sus compatriotas. Odiaba a nuestros enemigos, esos malditos romanos que se visten con púrpura sin hilar ni una hebra ni sentarse ante el telar, y que cosechan y almacenan sin arar ni sembrar.

Apenas tenía diecisiete años, le prendieron por primera vez cuando le sorprendieron lanzando flechas contra la guardia romana que había pisoteado nuestra viña al pasar.

Ya a esa edad hablaba a los muchachos del pueblo de la gloria de Israel y de muchas otras cosas que yo no llegaba a entender.

Ese hijo mío tan cariñoso era el único que tenía.

Bebió la vida de estos pechos que ahora ya están secos y dio sus primeros pasos en este jardín, agarrado a estas temblorosas manos mías, cuyos dedos parecen frágiles cañitas.

Con estas mismas manos, que entonces eran jóvenes y lozanas como uvas del Líbano, le hice sus primeras sandalias, dibujando el patrón en un lienzo que me diera mi madre. Todavía las conservo ahí, en ese arca que se encuentra cerca de la ventana.

Como era mi primer hijo, cuando echó a andar, me pareció que era yo quien daba los primeros pasos, pues las mujeres no andamos hasta que somos conducidas por nuestros hijos.

Ahora me dicen que se ha dado muerte, que se ahorcó encima de una roca, arrepentido por haber traicionado a su amigo Jesús de Nazaret.

Sé que mi hijo ha muerto, pero estoy convencida de que no ha traicionado a nadie, porque amaba a sus compatriotas y sólo odiaba a los romanos.

Su única meta era la gloria de Israel, y sólo hacia ella dirigía sus palabras y sus actos.

Cuando se encontró con Jesús en el camino, me dejó a mí para seguirle a Él. Yo sabía que Judas se equivocaba al seguir a otro hombre, pues había nacido para mandar y no para que le mandaran.

Al despedirse de mí, le dije que cometía un error, pero no quiso escucharme.

Nuestros hijos no quieren oír a sus padres; son la pleamar de hoy que no escucha a la de ayer.

Os ruego que no me preguntéis más cosas sobre mi hijo.

Le quise y siempre le querré.

Si el amor estuviera en la carne, quemaría la mía con un hierro al rojo vivo para alcanzar la paz. Pero el amor reside en el alma, y por eso resulta inalcanzable.

No quiero seguir hablando. Id a preguntadle a otra madre que es más digna y honorable que la de Judas.

Dirigíos a la madre de Jesús. También su corazón fue traspasado por un puñal. Ella os hablará de mí, y lo entenderéis todo mejor.

UNA MUJER DE BIBLOS

¡Llorad conmigo, hijas de Astarté,
y vosotras, amantes de Tammuz!
Que vuestros corazones se enternezcan
hasta llorar lágrimas de sangre.
Porque Aquel que fue hecho de oro y de marfil
ya no está con nosotras.
Le embistió el jabalí en lo oscuro del bosque,
y sus colmillos desgarraron su cuerpo...
Ahora yace cubierto por las hojas del año que pasó.
El eco de sus pasos ya no despertará
a las semillas que duermen en el seno de la primavera.
Ya no vendrá su voz con la aurora a mi ventana:
viviré siempre sola.

¡Llorad conmigo, hijas de Astarté,
y vosotras, amantes de Tammuz!,
porque mi Bienamado se escapó de mis brazos.
Aquel que hablaba como un río,
Aquel cuya voz era gemela del tiempo.
Aquel cuya boca era un dolor de fuego que luego se hizo dulce,
Aquel en cuyos labios el acíbar se convertía en miel.

¡Llorad conmigo, hijas de Astarté,
y vosotras, amantes de Tammuz!,
llorad conmigo en torno a su ataúd,
como lloran los astros,
mientras los pétalos de la luna
llueven sobre su cuerpo malherido.
Mojad con vuestras lágrimas las sábanas de seda de mi lecho,
donde se recostó una vez mi Bienamado en mi sueño
y se alejo de mí al despertarme.

Os exhorto, hijas de Astarté,
y a vosotras, amantes de Tammuz,
a que desnudéis vuestros pechos.
¡Llorad y consoladme,
pues ha muerto Jesús de Nazaret!

MARÍA MAGDALENA, TREINTA AÑOS DESPUÉS

Una vez más os digo que Jesús, con su muerte, triunfó sobre la muerte, que se levantó de su sepulcro en espíritu y en fuerza, y que caminó en nuestra soledad, visitando el jardín de nuestro amor y de nuestras ansias.

No yace en aquella cueva labrada en la piedra.

Nosotros, que le amamos, le vimos con estos mismos ojos a los que Él dio la luz; y le tocamos con estas manos que Él nos enseñó a abrir y a tender.

Sois muchos los que no pensáis como Él, y yo os conozco a todos, porque yo he sido uno de vosotros. Mañana seréis menos. Pero, decidme, ¿es preciso romper el laú para encontrar la música que lleva dentro? ¿Es necesario talar el árbol antes de obtener sus frutos?

Vosotros negáis a Jesús porque alguien del Norte le proclamó como Hijo de Dios, pero vosotros os odiáis entre sí, porque cada uno de vosotros se cree más que un hermano para los demás.

Vosotros le aborrecéis porque hay quien dice que nació de mujer virgen y no de la semilla de algún hombre. Vosotros no sabéis de las madres que van a la tumba todavía vírgenes, ni de los hombres que las lloran en sus sepulturas ahogados en su sed. Vosotros ignoráis que la Tierra y el Sol se desposaron, y que es la propia Tierra quien nos conduce al desierto y a la montaña.

Hay un río que discurre entre los que aman a Jesús y los que le odian; entre los que creen en Él y los que no. Cuando el tiempo tienda un puente para unir ambas orillas, comprenderéis entonces que quien vivió en nosotros no morirá, porque en verdad era el Hijo de Dios, al igual que lo somos nosotros; y que Él fue parido por una mujer virgen al igual que nosotros hemos nacido de la Tierra, que también es virgen.

OPINA UN HOMBRE DEL LÍBANO. TREINTA AÑOS DESPUÉS

Soberano de los poetas.
Soberano de las parábolas calladas.
Siete veces he nacido y siete veces he muerto,
después de tu rápida venida y nuestra apresurada acogida.
Me siento vivo de nuevo recordando el tiempo en
cuyo espacio se alzó tu tempestad,
entre un único amanecer y un único crepúsculo.
He recorrido muchos caminos y navegado muchos mares,
y en todos los lugares en que me hallé
escuché a los hombres pronunciar tu nombre,
bien en las oraciones o en los pensamientos profundos,
porque los hombres se dividen entre los que te alaban y los que
[te maldicen.
Tus discípulos viven todavía entre nosotros,
y nos ofrecen consuelo y alivio.
También tus enemigos moran entre los hombres,
y esto fortalece nuestra fe.
Tu madre vive entre nosotros, y su luz
es el reflejo en el rostro de todas las madres,
y su mano mece la cuna de todos los niños.
María Magdalena, la mujer que truncó sus penas en amor,
aún nos acompaña.
Y Judas, el hombre ruín que se persigue a sí mismo
buscando su propia eliminación,
todavía pisa nuestro suelo.
Juan, en su bella juventud, sigue con nosotros.
Y Simón Pedro, el impetuoso que negó tu nombre para
[protegerse,
continúa compartiendo nuestra hoguera.
Y Caifás y Anás disfrutan aún de la luz de la mañana,
juzgando y sentenciando al culpable y al inocente,
sin sentir remordimiento por la pena del condenado.

La mujer adúltera habita entre nosotros,
con su hambre de pan todavía sin cocer,
habitando en su casa desierta.
Poncio Pilatos aún no ha concluido de lavarse las manos,
continúa Jerusalem sosteniendo la aljofaina y Roma el jarro,
para lavar los millares de manos que esperan su turno.

Soberano de los poetas.
Soberano de todas las palabras y de todos los cantos.
Han levantado templos para gloria de tu nombre,
y en cada techo han alzado tu cruz como testimonio de tu paso,
que no para alegría de tu Espíritu,
pues tu alegría se alza más allá de nuestros pensamientos.
Sólo pretenden glorificar a quien no han comprendido,
porque, ¿pueden sentir consuelo ante alguien igual a ellos,
ante una misericordia igual a la suya,
ante un amor y una piedad idéntica a la que ellos tienen?
No desean alabar al hombre primigenio.
No lo conocen y quieren ser su igual.
Quieren vivir anónimamente y portar su propia melancolía,
por eso huyen del consuelo de la felicidad.
Y es por ello que a pesar de vivir rodeados de gente y de parientes,
deciden vivir su soledad, inclinándose hacia Levante cuando
sopla el viento del Oeste.
Te proclaman el Mesías y desean unirse a tu corte,
pero no desean sino ungirse a sí mismos con el óleo santo.

Soberano de los juglares. Tus lágrimas caen como el rocío en Mayo.
Tu risa es como las blancas olas del mar,
y tus palabras traducen el torpe balbucear de sus bocas.
Tu sonrisa les da la felicidad cuando no eran capaces de reír.
Has llorado por sus pupilas, que no sabían llorar.
Tus palabras fueron el buen padre para su mente,
y la madre cariñosa para su aliento.
Siete veces he nacido y siete veces he muerto,
y una segunda vez puedo admirarte:
guerrero entre los guerreros, poeta entre los poetas, rey de reyes,
y un hombre que desnuda su amistad a los compañeros que hacen
[su camino.
Cada día los sacerdotes se inclinan al pronunciar tu nombre,
y los mendigos invocan tu nombre para pedir limosna:

«¡En nombre de Jesús, una limosna, para comer!»
Aunque los hombres nos suplicamos y rogamos entre nosotros,
en verdad es a ti al único que suplicamos y rogamos.
Nuestras necesidades y ambiciones son como la marea,
alta en primavera y baja en otoño.
No importa lo grandes o pequeños que seamos,
lo ricos o pobres, a nuestros labios siempre asoma tu nombre.
Eres el Señor Eterno de la eterna bondad.

Soberano de nuestra vida solitaria.
Por todas partes veo a tus hermanos silenciosos,
liberados de las cadenas,
hijos de la Tierra y del Cielo,
como aves del aire y lirios del campo.
Viven tu vida y piensan como tú,
recitan tus poemas, pero no encuentran la felicidad.
Sufren por no poder morir en la Gran Cruz.
Pero ellos sufren el martirio del mundo,
y muchos son los crucificados sin que nadie atienda a su sacrificio.
Y todo lo hacen para que tu Dios sea el suyo,
y tu Padre su padre.

Soberano del amor.
La doncella te espera en su alcoba perfumada;
y te esperan las solteras y las casadas,
las licenciosas y las beatas.
Te aguardan tras el cristal de su ventana,
consolándose en sus ensoñaciones.

Soberano de nuestra ansia callada,
el corazón del mundo se estremece
con el latido de tu corazón,
pero no le consume tu canto.
El mundo oye tu voz serenamente,
pero no se alza de su asiento
para escalar la cima de tus montes.
Quiere el hombre soñar tu mismo sueño
pero no despertar cuando llega tu aurora,
que es tu sueño mayor.
Pretenden contemplar con tus ojos,
mas no alcanzan tu trono con pasos vacilantes.

Son muchos, sin embargo, los que se han encaramado a ese trono
invocando tu nombre,
con tu influjo coronando sus testas,
y han convertido tu dorada visita
en coronas y en centros que muestran su poder.

Soberano, soberano de luz,
tu mirada da ojos a los dedos del ciego,
aún hay quien te desprecia
y se burla de ti,
Hombre demasiado débil y dulce para poder ser Dios,
Dios demasiado humano para hacer que te adoren.
Sus himnos y sus rezos,
sus misas y rosarios
se dirigen tan sólo a su yo encarcelado.
Y, sin embargo, Tú eres su yo lejano,
su grito más distante,
sus ansias y su anhelo.

Soberano, espíritu del cielo,
caballero y señor de los sueños más bellos,
aún hoy caminas con nosotros,
y ni espadas ni flechas impedirán tu avance,
pues todas nuestras lanzas no detienen tus pasos.
Desde lo alto nos llega tu sonrisa
y pese a ser más joven que nosotros,
te has convertido en Padre de los hombres.
Poeta, cantor, corazón infinito,
Dios bendiga tu nombre,
y el seno que te llevó
y los pechos que te dieron su leche.
¡Y que se apiade Dios de los seres humanos!

MÁXIMAS
ESPIRITUALES

1

Reflexionando sobre una gota de rocío descubrí el secreto del mar.

2

¿Dónde puedo encontrar a un hombre que se rija por la razón y no por los hábitos y los deseos?

3

Conforme aumentan los dones, disminuyen los amigos.

4

Si eres pobre, no vayas con quien mide a los hombres con la vara de la riqueza.

5

Prefiero ser el soñador más humilde y con sueños menos claros que el rey de los que carecen de sueños y de deseos.

6

La belleza y la verdad constituyen los dones más importantes que concede la vida: el primero lo descubrí en un corazón amante; el segundo, en manos de un trabajador.

7

Aunque la gente habla de las plagas estremeciéndose de miedo, cuando se refiere a destructores como Alejandro y Napoleón muestran un reverente éxtasis.

8

Ahorrar es ser generoso con todos menos con los avaros.

9

Les vi comiendo y descubrí quiénes eran.

10

Un hombre no puede caer más bajo que cuando convierte sus sueños en oro y plata.

11

Dijo alguien a un parlanchín empedernido:
—Tus palabras alivian y curan el corazón que sufre.
Entonces aquél se calló y quiso ser médico.

12

¿Qué puedo decir de quien me abofetea cuando le doy un beso en la cara, y de quien me besa los pies cuando le abofeteo?

13

¡Qué dura es la vida de quien pidiendo amor recibe pasión!

14

Si quieres caminar hacia Dios, acércate a los demás.

15

El matrimonio es la vida o la muerte; no hay término medio.

16

Preservadme de quien dice: «Soy la luz que ilumina el camino a los demás.» Pero acercadme a quien busca su camino a la luz de los demás.

17

La vida según la mente es una esclavitud, a menos que la mente se haya convertido en una parte del cuerpo.

18

Hay quien piensa que le hago un guiño cuando en realidad estoy cerrando los ojos para no verle.

19

Mis evidencias convencen al ignorante, y las evidencias del sabio me convencen a mí. Pero aquel cuyo razonamiento se halla a mitad de camino entre la sabiduría y la ignorancia, ni puedo convencerle yo a él, ni puede convencerme él a mí.

20

Si el objetivo de la religión es obtener un premio, si el patriotismo responde a intereses egoístas y si se utiliza la educación como instrumento de lucro, prefiero ser ateo, apátrida e ignorante.

21

Día llegará en que la humanidad niegue estar emparentada con nosotros, como nosotros negamos estar emparentados con los monos.

22

Unos oyen con los oídos, otros con el estómago, otros con el bolsillo y otros no oyen nada en absoluto.

23

Si hubiera dos hombres semejantes, el mundo no sería lo bastante grande para contenerlos.

24

Hay almas que son como las esponjas: al estrujarlas no sacas de ellas más que lo que han absorbido de ti.

25

La historia del hombre es nacer, casarse y morir, y nacer, casarse y morir, y nacer, casarse y morir. Pero viene un loco con extrañas ideas y dice que ha soñado con un mundo distinto cuyos seres más lúcidos sueñan con algo más que nacer, casarse y morir.

26

Quien nunca ha sembrado una simiente, ni ha puesto un ladrillo, ni ha tejido una prenda, pero se dedica enteramente a la política, constituye un desastre para su patria.

27

Cuando nos adornamos, reconocemos nuestra fealdad.

28

Dicen que guardar silencio significa conformidad, pero yo os digo que en el silencio habitan el rechazo, la rebelión y el desprecio.

29

Aún no he descubierto a un ignorante cuyas raíces no se hundan en mi alma.

30

La verdad es hija de la inspiración: el análisis y la discusión nos alejan de la verdad.

31

Quien te perdona un pecado que no has cometido, se perdona a sí mismo su propio pecado.

32

Un expósito es un niño cuya madre le concibió con amor y con fe, y le parió con miedo y con el desvarío de la muerte. Le envolvió con lo que quedaba vivo de su corazón, le dejó a la puerta del orfanato y se marchó con la cabeza inclinada por el peso de su cruz. Y para rematar su tragedia la ofendemos.

33

La ambición es una forma de trabajo.

34

Lo que diferencia a un necio de un sabio es más tenue que una tela de araña.

35

Hay quien busca el placer en el dolor y quien no es capaz de lavarse más que con inmundicias.

36

Tener miedo al infierno es ya estar en el infierno, y desear el cielo es ya estar en el cielo.

37

No debemos olvidar que aún existen hombres de las cavernas y que las cavernas son nuestros corazones.

38

Podemos cambiar con las estaciones, pero las estaciones no nos cambiarán a nosotros.

39

Lo que me gusta de la literatura es la rebeldía, la perfección y la abstracción, y lo que odio en ella es la imitación, la tergiversación y la complejidad.

40

Si has de escoger entre dos males, elige el evidente en lugar del escondido, a pesar de que el primero parezca mayor que el segundo.

41

Libradme de quien no dice la verdad si no está atormentado, de quien obra bien pero tiene malas intenciones y de quien logra autoestimación a costa de criticar a los demás.

42

¿Dónde acaba la canción del mar, en la playa o en el corazón de quienes la escuchan?

43

El rico trata de emparentar con el aristócrata y el aristócrata busca esposa entre los ricos, pero unos y otros se desprecian entre sí.

44

La mayor parte de nosotros dudamos entre la rebelión silenciosa y la sumisión habladora.

45

Quien tiene mala intención nunca logra su propósito.

46

El estado supremo del alma consiste en obedecer a aquello contra lo que se rebela nuestra mente, y el estado más bajo de la mente consiste en rebelarse contra lo que el alma obedece.

47

Me alimentan con la leche de la compasión. ¡Si supieran que me destetaron de esa leche el día mismo que nací!

48

Un hombre es espiritual si habiendo experimentado todo lo terreno se ha rebelado contra ello.

49

Es raro que la virtud no me haya reportado más que perjuicios, mientras que la maldad no me ha causado nunca daño alguno. A pesar de ello, sigo siendo un fanático de mi virtud.

50

Oh, corazón, si el ignorante dice que el alma muere con el cuerpo, contéstale que la flor perece pero que la semilla sobrevive. Esta es la ley de Dios.

51

Si quieres ver el valle, sube a la cima del monte; si quieres ver la cima del monte, elévate hasta las nubes; pero si quieres abarcar las nubes, cierra los ojos y piensa.

52

La vida nos besa las dos mejillas de día y por la mañana, pero se ríe de nuestros actos de noche y por la madrugada.

53

Escucha a la mujer cuanto te mira, no cuando te habla.

54

El canto es la juventud del corazón, y el pensamiento es su madurez; pero la oratoria es su ancianidad.

55

¿Qué escucha la canción del arroyo cuando habla la tempestad?

56

¡Qué dura es la vida para quien desea morir, pero sigue en vida por el bien de aquellos a los que ama!

57

Andaba errante por un lugar inexplorado de la tierra, cuando me cogieron y me convirtieron en esclavo. Luego me liberaron y me convertí en un ciudadano más; sucesivamente fui mercader, erudito, ministro, rey y tirano. Luego me destronaron y me convertí en agitador, maleante, embaucador y vagabundo, para acabar siendo un esclavo perdido en el mundo inexplorado de mi alma.

58

Tan unidos están el cuerpo y el alma como el cuerpo y su medio ambiente.

59

No te contentes con poco: quien lleve a la fuente de la vida un cántaro vacío, volverá con dos cántaros llenos.

60

Quien nos mire a través de los ojos de Dios, verá nuestra más desnuda realidad.

61

Dios hizo la verdad con muchas puertas para acoger a todos los creyentes que llamen a ellas.

62

La flor que crece hasta alcanzar las nubes no se marchitará jamás, y la canción que entonan los labios de las novias del amanecer no se perderá nunca.

63

Quien filosofa es como un espejo que refleja objetos que no puede ver, como una cueva que devuelve el eco de voces que no oye.

64

Poeta es quien, después de haber leído un poema suyo, te hace sentir que aún no ha compuesto sus mejores versos.

65

El tirano espera obtener vino dulce de uvas agrias.

66

¿Quién puede pasear por el fondo del mar como si estuviera en un jardín?

67

¿Crees que puedes entender una materia conociendo sus objetivos? ¿Puedes experimentar el sabor del vino mirando la jarra que lo contiene?

68

Surgió una luz de mi oscuridad e iluminó mi camino.

69

Nuestras almas atraviesan espacios de la vida que no pueden medirse con ese invento del hombre que son las unidades de tiempo.

70

Quien se releva a sí mismo lo que su conciencia le prohíbe, comete un pecado. Pero también lo comete quien se niega a sí mismo lo que su conciencia le ha revelado.

71

La poesía es el secreto del alma. ¿Por qué balbucearla entonces con palabras?

72

La poesía es una llama en el corazón y la retórica son copos de nieve. ¿Cómo unir entonces la llama con la nieve?

73

La poesía es la comprensión del todo. ¿Cómo vas a comunicársela entonces a quien no entiende más que una parte?

74

¡Con qué seriedad aconseja el glotón al hambriento que soporte los tormentos del hambre!

75

En el pasado, los gobiernos se consideraban representativos si eran el fruto de una revolución; hoy, si son una consecuencia económica.

76

Una nación débil debilita a sus miembros fuertes y robustece a los miembros débiles de una nación poderosa.

77

El dolor del amor canta, la tristeza del conocimiento habla, la melancolía del deseo susurra y la angustia de la pobreza llora. Pero hay un dolor más hondo que el amor, más sublime que el conocimiento, más fuerte que el deseo y más amargo que la pobreza. Es mudo y carece de voz, y sus ojos brillan como estrellas.

78

El secreto de la canción está entre la vibración de la voz del que canta y el latir del corazón del que escucha.

79

El amor es una felicidad temblorosa.

80

Cuando te sucede una desgracia y tiendes a contársela a tu prójimo, le das una parte de tu corazón. Si es bueno, te dará las gracias; si es insensible, te despreciará.

81

No progresas mejorando lo que ya ha sido hecho, sino esforzándote por realizar lo que queda por hacer.

82

La verdad que necesita ser demostrada es sólo una verdad a medias.

83

Libradme de la sabiduría que no llora, de la filosofía que no ríe y del orgullo que no inclina la cabeza delante de un niño.

84

Hay entre nosotros asesinos que nunca han derramado ni una gota de sangre, y ladrones que jamás han robado, y mentirosos que siempre han dicho la verdad.

85

Al bajar la marea escribí unas palabras en la arena y puse en ellas todo mi corazón y toda mi alma. Volví cuando subió la marea a leer lo que había escrito y sólo encontré mi ignorancia.

86

Quien sólo mira el camino por donde pasa y la pared donde se apoya es corto de vista.

87

Creen que es virtud lo que me acosa a mí y alivia a mi prójimo, y pecado lo que me alivia a mí y acosa a mi prójimo. Que sepan que puedo ser santo y pecador en mi retiro solitario, lejos de todo prójimo.

88

Examina tus cuentas de ayer y verás que aún estás en deuda con los demás y con la vida.

89

La ternura y la amabilidad no son signos de debilidad o de desesperación, sino muestras de fuerza y de decisión.

90

La pobreza puede ocultar arrogancia, y el dolor a causa de la desgracia puede tratar de buscar una máscara para disimular.

91

El salvaje que tiene hambre arranca una fruta del árbol y se la come. El ciudadano de la sociedad civilizada que tiene hambre le compra una fruta a uno que se la compró a otro que se la compró a su vez a quien la cogió del árbol.

92

Planté mi dolor en el terreno de la paciencia y obtuve frutos de felicidad.

93

El arte es un tránsito de lo conocido a lo desconocido.

94

¡Qué desgraciada es aquella nación en la que cada una de sus tribus asegura que es una nación!

95

La educación no siembra semillas en ti, pero hace que germinen tus semillas.

96

Comes deprisa y andas despacio. ¿Por qué no comes entonces con los pies y andas con las manos?

97

Al sabio que estaba hecho de pensamiento y de afectividad, le fue concedido el habla. Al investigador que estaba hecho de habla, le fueron concedidos un poco de pensamiento y un poco de afectividad.

98

El entusiasmo es un volcán en cuya cumbre no crece nunca la hierba de la indecisión.

99

La inspiración consiste en ver una parte del todo con la parte del todo que hay en ti.

100

La contradicción es la forma más baja de la inteligencia.

101

Observar que las artimañas del zorro triunfan sobre la justicia del león, hace que el creyente dude de la justicia.

102

Temer al diablo es una forma de dudar de Dios.

103

El hecho de que existan esclavos es una muestra de la imperfección de los reyes.

104

La dificultad que hallamos para lograr nuestra meta constituye el camino más corto para llegar a ella.

105

Me dicen: «Si ves dormir a un esclavo, no le despiertes, porque puede estar soñando con la libertad.» Y yo contesto: «Si ves dormir a un esclavo, despiértale y háblale de la libertad.»

106

A la luz de los ojos del hombre, el mundo parece mayor de lo que es.

107

Cuando la tierra exhala, nos da luz; cuando inhala, estamos destinados a morir.

108

En la mente de algunos, eso que llamamos inteligencia no es más que una inflamación local.

109

El arte aparece cuando la visión íntima del artista y la manifestación de la naturaleza concuerdan para descubrir nuevas formas.

110

El matrimonio es un descenso voluntario del alma más elevada hasta el nivel del caído.

111

La compulsión es un espejo en el que quien se mire largo rato verá a su yo interior tratando de suicidarse.

112

Lo que consideras feo no es más que la traición que lo externo hace al yo interno.

113

Todos somos prácticos respecto a nuestros intereses e idealistas para con lo que afecta a los demás.

114

Compadezco a aquel cuya lengua y labios se deshacen en palabras de elogio, mientras extiende la mano mendigando.

115

Virtuoso es aquel que no se perdona a sí mismo las imperfecciones de los demás.

116

Quien se da cuenta que para la gente la profecía es como el fruto en el árbol, conoce la unidad de la vida.

117

La historia no se repite excepto en las mentes de quienes no saben historia.

118

El mal es un ser incongruente, pues le da pereza obedecer la ley de continuidad de la congruencia.

119

¿Por qué algunos cogen agua de tu mar y se enorgullecen de su arroyuelo?

120

Libre es quien soporta paciente la carga del esclavo.

121

La belleza es más sublime en el corazón de quien la ansía que en los ojos de quien la contempla.

122

Los proverbios carecen de sentido hasta que se encarnan en hábitos.

123

La necesidad de ser explicado constituye un signo de la debilidad de un texto.

124

La fe es una certeza del corazón, que está por encima de toda comprobación.

125

La humanidad es una diosa dividida por fuera y unida por dentro.

126

Quien se viste sus mejores galas para asistir al funeral de su vecino, se vestirá de harapos el día de la boda de su hijo.

127

Según el proverbio árabe, no existe el ave fénix, ni el vampiro, ni el verdadero amigo del alma; pero yo os digo que he encontrado a todos ellos entre mis vecinos.

128

El creador no escucha al crítico, a menos que se convierta en un creador estéril.

129

La prosperidad llega a través de la explotación de la tierra y de la distribución de lo que ésta produce.

130

El justo está cerca del corazón de los hombres, pero el misericordioso está cerca del corazón de Dios.

131

Los excesos se deben unas veces a la locura y otras al ingenio.

132

Quien compadece a la mujer, la desprecia. Quien le atribuye los males de la maldad, la oprime. Quien considera que la bondad y la maldad de la mujer se deben a su propia bondad y maldad, es descaradamente pretencioso. Pero quien la acepta como la hizo Dios, le hace justicia.

133

La pobreza es una imperfección temporal, pero la riqueza excesiva es una enfermedad crónica.

134

Los recuerdos constituyen un obstáculo en el camino de la esperanza.

135

Nuestro peor error es preocuparnos por los errores de los demás.

136

Siempre que hablo cometo errores, porque mis pensamientos surgen en el mundo de las abstracciones y mis afirmaciones en el mundo de las relaciones.

137

La poesía es un relámpago. Se convierte en una simple composición literaria cuando es una combinación de palabras.

138

Si no fuera por la vista y el oído, la luz y el sonido no serían más que vibraciones confusas en el espacio. Igualmente, si no fuera por el corazón al que amas, hubieras sido un polvo liviano que el viento arrastra y desparrama.

139

El amor apasionado es una sed insaciable.

140

Sólo quien es honesto cree al sincero.

141

Si quieres entender a una mujer, observa sus labios cuando sonríe; mas para conocer a un hombre es mejor observar el blanco de sus ojos cuando está enojado.

142

Un hombre me dio un cordero y yo le di una camella. Luego me entregó dos corderos y yo le pagué con dos camellas. Por último vino a mi corral y contó mis nueve camellos. Entonces me dio nueve corderos.

143

El más útil de los hombres es el que está lejos de los hombres.

144

Tu yo tiene dos partes: una imagina que se conoce a sí misma y la otra que la gente la conoce.

145

La ciencia y la religión están en perfecto acuerdo, pero la ciencia y la fe se encuentran en completo desacuerdo.

146

Quienes les están sometidos son los más ansiosos en saber cosas de los reyes.

147

Cuidar a un paciente es una forma de conversación.

148

Si la existencia no hubiera sido mejor que nada, no existiría el ser.

149

Cuando llegues al final de tu peregrinación, lo encontrarás todo hermoso, aunque tus ojos no hayan visto nunca la belleza.

150

Echaré mis joyas a los cerdos para que las devoren y mueran de glotonería o de indigestión.

151

¿Cómo va a cantar quien tiene la boca llena de inmundicias?

152

Hay dos clases de poetas: el intelectual, que ha adquirido una personalidad, y el inspirado, que tenía ya una personalidad antes de iniciar su aprendizaje humano. Pero en poesía la diferencia entre la inteligencia y la inspiración es como la que existe entre las uñas afiladas que desgarran la piel y los labios etéreos que besan y curan las heridas del cuerpo.

153

Para entender el corazón y la mente de una persona, no mires lo que ha conseguido sino lo que aspira a conseguir.

154

Quien contempla las imágenes pequeñas y cercanas difícilmente verá las grandes y lejanas.

155

Me avergüenzan las alabanzas, pero el que me alaba sigue contando mis dones, con lo que me hace parecer desvergonzado a la vista de todos.

156

Cuando pensaba en Jesús, siempre le veía o en el pesebre de niño mirando a su madre por primera vez, o en la cruz mirando a su madre por última vez.

157

Todos somos guerreros en la batalla de la vida, pero unos son generales y otros simples soldados.

158

Las almas son hogueras cuyas cenizas son los cuerpos.

159

La pluma es un cetro. Pero, ¡qué pocos reyes hay entre los escritores!

160

Quien oculta sus intenciones tras floridas palabras de alabanza es como una mujer que trata de ocultar su fealdad tras los cosméticos.

161

Si supiera la causa de mi ignorancia sería sabio.

162

La mariposa seguirá volando por el campo y las gotas de rocío brillarán sobre la hierba, cuando las pirámides de Egipto se hayan derrumbado y ya no existan los rascacielos de Nueva York.

163

¿Cómo vamos a oír la canción de los campos si nuestros oídos están llenos del clamor de la ciudad?

164

El comercio es un robo, excepto cuando es un intercambio.

165

El mejor hombre es aquel que se sonroja cuando le alabas y se queda callado cuando le difamas.

166

El dolor que acompaña al amor, a la creación y a la responsabilidad, también produce placer.

167

Lo que un hombre manifiesta se distingue de lo que esconde, como la lluvia que cae en el campo se diferencia de la nube que se vislumbra amenazadora por encima de los montes.

168

El químico que sea capaz de extraer de los elementos de su corazón compasión, respeto, añoranza, paciencia, compunción, sorpresa y clemencia, y combinarlos entre sí hasta formar uno sólo, podrá crear ese átomo al que llamamos «amor».

169

Quien necesita apremio para realizar un acto noble no podrá realizarlo nunca.

170

Al fuerte la soledad le robustece, pero al débil le marchita.

171

Dicen que, si nos comprendemos a nosotros mismos, comprenderemos a todos los demás. Pero yo os digo que cuando amamos a los demás aprendemos algo de nosotros mismos.

172

Nunca me ha impedido nadie hacer algo en lo que no estuviese interesado él.

173

La fama abruma los hombros del individuo excelente, y la gente le juzga por la forma en que lleve ese peso. Si lo lleva sin detenerse, le proclamarán héroe, pero si resbala y se cae, le considerarán un impostor.

174

El optimista ve la rosa sin reparar en sus espinas; el pesimista se fija en las espinas sin contemplar la rosa.

175

Las ansias y los deseos son la ocupación de la vida. Hemos de luchar para concretar las ansias de la vida y realizar sus deseos, aunque ello vaya en contra de nuestra voluntad.

176

Quien no llega a entender el carácter de Sócrates, queda fascinado ante Alejandro. Cuando no puede entender a Virgilio, alaba a

César. Si su mente no logra captar el pensamiento de Laplace, toca su tambor y su cuerpo ante Napoleón. Y he observado que quienes admiran a Alejandro, a César o a Napoleón, siempre muestran un toque de servilismo.

177

Cuando el hombre inventa una máquina, la maneja; luego, la máquina empieza a manejarle a él y le convierte en esclavo de su esclavo.

178

La virtud de ciertos ricos consiste en enseñarnos a despreciar la riqueza.

179

La oratoria es una artimaña con la que la lengua engaña al oído, pero la elocuencia es la unión del alma y el corazón.

180

La civilización empezó cuando por vez primera el hombre cavó la tierra y plantó una simiente.

181

La religión empezó cuando por primera vez el hombre vio que el sol se compadecía de la semilla que había sembrado en la tierra.

182

El arte empezó cuando el hombre glorificó al sol con un himno de acción de gracias.

183

La filosofía empezó cuando el hombre comió el producto de la tierra y sufrió una indigestión.

184

La valía de un hombre radica en las pocas cosas que crea y en los muchos bienes que acumula.

185

No es verdadera riqueza la que está por encima de las necesidades de un hombre.

186

Toda nación es responsable de cada acción de sus miembros.

187

¿Quién puede separarse de sus dolores y de su soledad sin que se resienta su corazón?

188

La voz llega al cielo porque no necesita las alas de sus labios ni de su lengua. Igualmente, no lleva consigo su nido de águilas, sino que se eleva solitaria en el vasto cielo.

189

El amor no sabe hasta qué punto es profundo mientras no llega el momento de la separación.

190

La fe capta la verdad antes de lo que puede hacerlo la experiencia.

191

La mayoría de los escritores remiendan sus harapientas ideas con retales que sacan de los diccionarios.

192

Las inhibiciones y las prohibiciones religiosas hacen más daño que la anarquía.

193

Las redes de la ley están pensadas para atrapar sólo a criminales de poca monta.

194

La modestia fingida es imprudencia embellecida.

195

La valentía, que es el sexto sentido, descubre el camino más corto para llegar al triunfo.

196

La castidad del cuerpo puede ser un signo de un espíritu mezquino.

197

Sálvame, Señor, de la lengua de la víbora y de quien no logra alcanzar la fama a la que aspira.

198

Aún no me he encontrado con un vanidoso que no esté desconcertado interiormente.

199

Tenemos miedo a la muerte, pero ansiamos dormir y tener bellos sueños.

200

Algunos que son demasiado escrupulosos para robar tus bienes, no ven, en cambio, nada malo en manosear tus pensamientos.

201

Nuestro dolor por los muertos puede ser una forma de envidia.

202

Todos admiramos la fuerza, pero ésta impresiona más a la mayoría cuando no tiene forma ni estabilidad. Pocos son los que respetan la fuerza cuando está claramente definida y tiene unos objetivos significativos.

203

La luz de las estrellas que se apagaron hace mucho tiempo sigue llegando a nosotros. Lo mismo sucede con los grandes hombres que murieron hace siglos, pero que aún nos hacen llegar las radiaciones de su personalidad.

204

Quien ha sabido granjearse el amor de los pobres es un rey de reyes.

205

No hay comodidad alguna en la actual civilización que no produzca incomodidad.

206

Tu confianza en los demás y las dudas que abrigues respecto a ellos están íntimamente unidas con la confianza que tengas en ti mismo y con las dudas que tu persona te suscite.

207

Exigimos libertad de palabra y libertad de prensa, aunque no tengamos nada que decir ni nada que valga la pena imprimir.

208

A quienes me alabáis ese modo de vida consistente en un «feliz término medio», os contesto: «¿Quién quiere estar tibio, ni frío ni caliente, o temblar entre la vida y la muerte, o ser como la gelatina, ni líquida ni sólida?»

209

La fuerza suele ir asociada con la tolerancia.

210

En nosotros, el amor y la vacuidad son como el flujo y el reflujo del mar.

211

La pobreza se esconde en el pensamiento antes de rendirse al dinero.

212

El hombre sólo descubre, nunca puede ni podrá inventar.

213

La labor de la filosofía consiste en descubrir el camino más corto entre dos puntos.

214

¿No sería más económico que los gobiernos construyeran asilos para los cuerdos en lugar de hacerlos para los locos?

215

La piedra más sólida de un edificio es la que se encuentra en la parte inferior de los cimientos.

216

Cuando no premié
a quien me alabó,
refunfuñó y se quejó.
Yo lo sufrí en silencio
y la gente se rió de él.

217

Hasta las leyes de la vida se pliegan a las leyes de la vida.

218

La indolencia de mi pueblo me enseñó a ser atrevido.

219

El más digno de alabanza es aquel a quien, injustamente, la gente se niega a alabar.

220

El auténtico hombre religioso no abraza una religión, y quien la abraza no tiene religión.

221

La mayoría de los hombres que tienen delicados sentimientos se apresuran a herir tus sentimientos para impedir que tú te adelantes a ellos en herir los suyos.

222

El escritor que saca sus ideas de un libro es como quien pide dinero prestado para volverlo a prestar a su vez.

223

Cuando escribí sobre mi puerta: «Antes de entrar, deja fuera tus tradiciones», nadie se atrevió ya a visitarme ni a abrir mi puerta.

224

Distingue entre el regalo que insulta y el regalo que es una muestra de respeto.

225

Hablamos más de quien no está de acuerdo con nosotros que de quien sí lo está.

226

Nunca dudé de la verdad que no necesitaba explicación alguna, a menos que descubriera que había que analizar la explicación.

227

La dulzura está más cerca de la amargura que de la decadencia, por muy dulce que ésta parezca.

228

La esencia de todo lo que hay en la tierra —lo visible y lo oculto— es espiritual. Al penetrar en el reino de lo invisible mi cuerpo se cubre con mi espíritu. El que intente separar el cuerpo del espíritu, o el espíritu del cuerpo, alejará su corazón de la verdad. La flor y su perfume son una sola cosa. Quien niega el color y la forma de la flor diciendo que sólo es un perfume que se extiende en el aire es porque está ciego. Son como aquellos a los que falta el sentido del olfato, para quienes las formas no son más que formas y matices carentes de perfume.

229

Todo lo creado está dentro de ti, y todo lo que hay en ti existe en la creación. Tu contacto con las cosas cercanas no tiene límites; más aún, no hay distancia suficiente que te separe de las cosas más lejanas. Desde lo más bajo a lo más sublime, desde lo más pequeño a lo más grande, existe igualmente en ti. En un átomo se encuentran todos los elementos de la tierra. Una gota de agua contiene los secretos de todos los océanos. En un impulso de la mente se encuentran todos los impulsos de todas las leyes de la existencia.

230

Dios ha puesto a un apóstol en cada alma para que nos guíe por el camino de la iluminación. Pero muchos buscan la verdad de lo externo sin caer en la cuenta de que se encuentra en su interior.

231

Mediante la educación, la vida de la mente va avanzando gradualmente del experimento científico a la teoría intelectual, de ésta al sentimiento espiritual y de éste a Dios.

232

Aún seguimos observando las conchas marinas como si fuera lo único que arrojase el mar de la vida a las playas del día y de la noche.

233

El árbol que trata de engañar a la vida viviendo a la sombra, se marchita cuando lo sacan de la tierra y lo plantan al sol.

234

Los idiomas, los gobiernos y las religiones están formados por el polvo dorado que se levanta a ambos lados del camino por el que se abre paso la vida noble del hombre.

235

El espíritu de Occidente es amigo nuestro si lo aceptamos, pero se convierte en enemigo si nos dejamos poseer por él. Es amigo nuestro si le abrimos nuestros corazones, y enemigo si se los entregamos. Es amigo nuestro si cogemos de él lo que nos conviene, y enemigo si dejamos que nos use según su conveniencia.

236

El agotamiento es una condena para todo pueblo o nación: es una agonía somnolienta, una especie de letargo semejante a la muerte.

237

El alfarero puede moldear una jarra con arcilla, pero no puede hacerlo con arena ni con grava.

238

Sólo se afligen y se lamentan quienes, cuando están ante el trono de la vida, se marchan sin dejar en sus manos ni una gota del sudor de sus frentes ni de las frentes ni de la sangre de sus corazones.

239

Devoramos el pan de la caridad porque tenemos hambre: nos vuelve a dar la vida; luego, nos mata.

240

¡Qué terrible es el afecto de quien pone un ladrillo en una parte de un edificio y destruye una pared de otro lado!

241

¡Qué salvaje es el amor de quien planta una flor y asola todo un campo, de quien nos da la vida un día y nos arroja a las tinieblas por toda una eternidad!

242

El corazón, los labios y los dedos de un poeta son instrumentos que pueden hacer revivir un idioma. El poeta es un intermediario entre el poder creador y el pueblo. Es el telégrafo que transmite las noticias del mundo del espíritu al mundo de la investigación. El poeta es el padre y la madre de un idioma, que va donde él vaya. Cuando muere el poeta, el idioma se arrodilla junto a su tumba, llorando abandonado, hasta que viene otro poeta y lo levanta.

243

La desgracia de los hijos depende de las dotes de los padres. Y aquel que no las niegue, será esclavo de la muerte hasta que exhale el último suspiro.

244

Los estremecimientos de aquellos a los que sacude la tormenta les hace parecer que están vivos. Pero en realidad han estado muertos desde el día en que nacieron y yacen sin enterrar, mientras sus cuerpos exhalan el hedor de la decadencia.

245

Los muertos tiemblan ante la tempestad, pero los vivos caminan con ella.

246

¡Qué extraños son los que se adoran a sí mismos, porque es carroña lo que adoran!

247

El alma encierra misterios que ninguna hipótesis puede alcanzar ni ninguna conjetura revelar.

248

Como nació del miedo y vive cobardemente, el hombre se oculta entre las grietas de la tierra cuando ve acercarse una tempestad.

249

El pájaro posee un honor que el hombre no tiene. El hombre vive encerrado en sus leyes y tradiciones elaboradas, pero los pájaros viven de acuerdo con la ley natural de Dios, que hace que la tierra gire alrededor del sol.

250

Una cosa es creer y otra hacer. Muchos hablan como el mar, pero sus vidas son como pantanos estancados. Otros alzan sus cabezas por encima de las cumbres de los montes, mientras sus almas se adhieren a las oscuras paredes de las cuevas.

251

La adoración no exige reclusión ni soledad.

252

La oración es el canto del corazón que se abre paso hasta el trono de Dios, aunque se enrede entre los lamentos de miles de almas.

253

Dios hizo que nuestros cuerpos fuesen templos para nuestras almas, por lo que deben mantenerse fuertes y limpios para que sean dignos del dios que los habita.

254

¡Qué lejos me siento de los demás cuando estoy junto a ellos, y qué cerca cuando estoy distante!

255

La gente sólo respeta la maternidad cuando se viste con el ropaje de sus leyes.

256

El amor, como la muerte, todo lo cambia.

257

Las almas de algunos son como pizarras escolares donde el tiempo escribe signos, reglas y ejemplos, para borrarlos después con una esponja húmeda.

258

La realidad de la música radica en esa vibración que queda en los oídos una vez que el cantante acaba su canción y el músico deja de pulsar sus cuerdas.

259

¿Qué puedo decir de quien me pide dinero prestado para comprar una espada con la que atacarme?

260

Me dijo mi enemigo: «Ama a tu enemigo.» Y yo le obedecí y me amé a mí mismo.

261

Dijo el negro al blanco: «Si fuera gris, sería indulgente contigo.»

262

Muchos que conocen el precio de todo, ignoran el valor de todo.

263

La historia de todos los hombres está escrita en sus frentes, pero en un idioma que sólo sabe leer quien ha recibido una revelación.

264

Enséñame el rostro de tu madre y te diré quién eres.

265

Sé quién es tu padre: ¿cómo pretendes que no le conozca a *él?*

266

La libertad de quien alardea de ella es una esclavitud.

267

Algunos me dan las gracias en público, no para mostrarme su agradecimiento, sino para que la gente sepa que se han dado cuenta de mi talento y por eso les admiren.

268

El buen gusto no consiste en escoger correctamente, sino en captar en algo la unidad natural que existe entre sus cantidades y sus cualidades.

269

La vulgaridad de algunos es preferible a la delicadeza de otros.

270

Cuando la gente odia lo que no puede comprender, se parece a quien tiene mucha fiebre y cualquier manjar exquisito le resulta insulso.

271

Me gustan los niños barbilampiños y también los hombres de barba cerrada, si es que de verdad han dejado la cuna y los pañales.

272

El lobo devora al cordero en la oscuridad de la noche, pero las manchas de sangre se pueden seguir viendo al día siguiente.

273

Las épocas de marcha pisotean las obras, pero no arrasan sus sueños ni debilitan sus impulsos creadores. Éstos persisten porque forman parte del espíritu eterno, aunque de cuando en cuando se oculten o se duerman, como el sol en el ocaso y la luna al amanecer.

274

La muchacha libanesa es como una fuente que brota del corazón de la tierra y fluye a través de sinuosos valles. Como no puede encontrar una salida hacia el mar, se convierte en un lago tranquilo en cuya superficie ascendente se reflejan las estrellas y el brillo de la luna.

275

¿Acaso no he sobrevivido al hambre y a la sed, sufriendo dolores y burlas en favor de la verdad que el cielo ha despertado en mi corazón?

276

La verdad es la voluntad y el propósito de Dios que se han concretado en el hombre.

277

Seguiré el camino hasta donde me lleven mi destino y mi pasión por la verdad.

278

El hombre cuya riqueza es heredada construye su casa con dinero arrebatado al débil y al pobre.

279

Los últimos saltitos del pájaro malherido son dolorosos, involuntarios y ciegos; pero quienes presencian esta espantosa danza, saben quién la provocó.

280

Quien utiliza las Sagradas Escrituras como una amenaza para conseguir dinero es un traidor. Quien usa la cruz como espada es un hipócrita. Quien adora la mesa en lugar de los altares es un glotón y un lobo disfrazado de cordero. Quien corre tras una moneda que rueda hasta las más lejanas tierras es un ser con hambre de riqueza. Quien roba a las viudas y a los huérfanos es un tramposo, una criatura monstruosa, con pico de águila, garras de tigre, dientes de hiena y colmillos de víbora.

281

Dios ha dado alas a vuestros espíritus para que vuelen por el inmenso cielo del amor y la libertad. ¡Qué triste es que cortéis vuestras alas con vuestras propias manos y que vuestro espíritu sufra arrastrándose por el suelo como un gusano!

282

Desgraciada la nación que deja la religión por la creencia, el sendero en el campo por el callejón de la ciudad, la sabiduría por la lógica.
Desgraciada la nación que no hila la ropa que usa, ni planta lo que come, ni prensa la uva del vino que bebe.
Desgraciada la nación conquistada que considera que la pompa del vencedor es la perfección de la virtud, y para cuyos ojos es hermosa la fealdad del conquistador.

Desgraciada la nación que combate las ofensas en sueños, pero se arrodilla ante el mal cuando está despierta.

Desgraciada la nación que no alza la voz más que en los funerales, que sólo muestra su cariño ante el sepulcro y que para rebelarse espera a que su cuello esté ya bajo el filo de la espada.

Desgraciada la nación cuya política es sutileza, cuya filosofía es prestidigitación y cuya industria es remiendos.

Desgraciada la nación que recibe a un conquistador con pífanos y tambores, y que luego le abuchea para recibir a otro conquistador con cantos y trompetas.

Desgraciada la nación cuyo sabio carece de voz, cuyo campeón es ciego y cuyo abogado es un charlatán.

283

El arte de los egipcios consiste en lo escondido.

El arte de los caldeos consiste en el cálculo.

El arte de los griegos consiste en la proporción.

El arte de los romanos consiste en el eco.

El arte de los chinos consiste en la etiqueta.

El arte de los hindúes consiste en sopesar el bien y el mal.

El arte de los judíos consiste en su sentido de la predestinación.

El arte de los árabes consiste en la reminiscencia y en la exageración.

El arte de los persas consiste en la melindrosidad.

El arte de los franceses consiste en el refinamiento.

El arte de los ingleses consiste en el análisis y en la autocomplacencia.

El arte de los españoles consiste en el fanatismo.

El arte de los italianos consiste en la belleza.

El arte de los alemanes consiste en la ambición.

El arte de los rusos consiste en la tristeza.

EL FEZ Y LA INDEPENDENCIA

He leído hace poco un artículo de una persona culta que protestaba sobre el comportamiento de la tripulación de un barco francés que viajaba de Siria a Egipto. Se lamentaba de que le hubieran hecho quitarse o, mejor, de que hubieran intentado que se quitara el fez mientras comía en su mesa.

Todos sabemos que los occidentales piensan que es de buena educación comer con la cabeza descubierta. La protesta de nuestro hombre me asombró, porque muestra el apego que tienen los orientales a ciertos hábitos simbólicos que, según ellos, embellecen la vida cotidiana.

Me sorprendí tanto como una vez en que un príncipe hindú rechazó mi invitación de asistir a la ópera en Milán.

«Si me hubiera invitado usted a visitar el Infierno de Dante —me dijo—, hubiese aceptado encantado. Pero no a la ópera. No puedo sentarme en un sitio donde me obligan a que me quite el turbante y me prohíben fumar.»

Me agrada que un oriental muestre apego aunque sea a una sombra de sus tradiciones, pero hay que aceptar ciertas verdades desagradables.

Si nuestro culto amigo, que se sintió ofendido por tener que quitarse el fez en un barco europeo, hubiese recordado que su noble tocado había sido fabricado en Europa, le hubiese sido más sencillo quitárselo.

Sería preferible que tan independiente petición de derechos empezara afirmándose en la cultura y en la industria nacional. Nuestro culto amigo podría haber recordado que sus antepasados sirios viajaban a Egipto en barcos sirios, usando ropas hiladas, tejidas y confeccionadas por manos sirias. Sería preferible que él usara también ropas confeccionadas en su país y que viajara igualmente en un barco construido y mandado por sirios.

El error de nuestro culto amigo consiste en protestar por los resultados, sin atender en modo alguno a las causas. Así se comportan la mayoría de los orientales, que insisten en ser orientales sólo en cuestiones pequeñas y banales, y se enorgullecen de cosas que no son ni pequeñas ni banales y que han recibido de los occidentales.

Permítanme nuestro hombre culto y todos los que usan fez que les diga lo siguiente: «Fabricad vuestro fez en vuestros talleres; decidid lo que preferís hacer con él cuando navegáis en un barco, cuando escaláis un monte o cuando entráis en una cueva.»

El cielo sabe que no escribo esto para iniciar un debate sobre si se debe usar o no el fez en determinada ocasión. Su objetivo va más allá de la mera discusión sobre un fez cualquiera puesto en cualquier cabeza que corona cualquier cuerpo tembloroso.

ASSILBAN

(Comedia en un acto)

Lugar: La casa de Yusif Mussirrah en Beirut.
Época: Una noche de primavera en 1901.

Personajes:

    Paul Assilban, músico y escritor.
    Yusif Mussirrah, escritor y erudito.
    Helen Mussirrah, hermana de Yusif.
    Salem Mowad, poeta y tocador de laúd.
    Khalil Bey Tamer, funcionario del gobierno.

Al alzarse el telón se ve un bello y espacioso salón de la mansión de Yusif Mussirrah. En escena varias mesas repletas de libros, revistas y diarios desparramados. Khalil Bey Tamer está fumando con una pipa turca, Helen borda y Yusif Mussirrah fuma un cigarrillo.

Khalil *(dirigiéndose a Yusif)*

He leído hoy tu artículo en el «Bellas Artes» y me ha gustado mucho. Si no fuera por su tono europeo, diría que es lo mejor que he leído hasta ahora. Pero me parece que la educación occidental es nociva.

Yusif

Puede que lleves razón, amigo mío, aunque tus actos están en contra de tus opiniones. Te vistes con ropa europea, usas en la cocina objetos occidentales y te sientas en sillas europeas Más aún, dedicas más tiempo a leer libros occidentales que árabes.

Khalil

Esos son hechos banales; no guardan relación con la auténtica cultura.

Yusif

¡Claro que tienen una relación vital y esencial! Si meditas el tema con mayor atención, verás que las artes reflejan y son influidas por las costumbres, los estilos, las tradiciones religiosas y sociales, y por todos los aspectos de nuestra vida.

Khalil

Soy oriental y seguiré siéndolo a pesar de mis ropas europeas. Deseo con toda sinceridad que la literatura árabe se vea libre de influencias europeas.

Yusif

¿Condenarías entonces a la literatura árabe a la extinción?

Khalil

¿Por qué dices eso?

Yusif

Porque si las culturas antiguas no se revitalizan produciendo cultura moderna, están condenadas a la muerte intelectual.

Khalil

¿Cómo demuestras eso?

Yusif

De mil maneras.

(En ese momento entran en la habitación Paul Assilban y Salem Mowad. Los tres que estaban en escena se ponen en pie en señal de respeto).

Yusif

Bien venidos a nuestro hogar, hermanos. *(Se dirige a Paul Assilban.)* Bien venido, ruiseñor de Siria.

(Helen mira a Paul, sus mejillas se ruborizan y su rostro manifiesta una expresión de alegría.)

SALEM

Te ruego, Yusif, que retires tus palabras de alabanza.

YUSIF

¿Por qué?

SALEM *(con burlona seriedad)*

Porque Paul ha hecho algo que no merece honores ni respeto. Se ha dejado llevar por un extraño estado de ánimo. Es un loco.

PAUL *(a Salem)*

¿Te he traído para que cuentes mis defectos?

HELEN

¿Qué ha pasado, Salem? ¿Qué más defectos has descubierto en Paul?

SALEM

No he descubierto ningún defecto nuevo, sino un defecto antiguo llevado a tal extremo que parece nuevo.

YUSIF

Cuéntanos qué ha pasado.

SALEM *(dirigiéndose a Paul)*

¿Prefieres que sea yo quien lo diga, Paul, o deseas contarlo tú mismo?

PAUL

Lo que preferiría es que te quedaras callado como una tumba o mudo como el corazón de una vieja.

SALEM

Entonces hablaré.

PAUL

Veo que estás decidido a echarnos a perder la velada.

SALEM

No, pero me gustaría contarles a nuestros amigos lo que ha pasado para que sepan la clase de hombre que eres.

HELEN *(dirigiéndose a Salem)*

Cuéntanos qué ha pasado. *(Dirigiéndose a Paul.)* Puede que el crimen que Salem desea revelar sólo sirva para poner de relieve tus virtudes, Paul.

PAUL

No he cometido ningún crimen, ni he adquirido ninguna virtud. Pero lo que nuestro amigo quiere discutir no merece ser contado. Por otro lado, no me gusta ser objeto de estériles discusiones.

HELEN

Bueno, escuchemos la historia.

SALEM *(lía un cigarrillo y toma asiento junto a Yusif)*

Sin duda sabrán, señores, la fiesta nupcial que ha ofrecido Jalal Pacha para celebrar el matrimonio de su hijo. Invitó a todos los notables de la ciudad, incluso a este bribón *(señalando a Paul)* y a mí. A mí me invitaron porque la gente cree que soy la sombra de Paul, y encima Paul se niega a cantar si yo no le acompaño con el láud.

Siguiendo las distintas costumbres de Paul, llegamos tarde. Allí estaban el gobernador, el obispo, hermosas señoras, personas cultas, poetas, ricachones y jefes.

Cuando nos sentamos entre incensarios y copas de vino, los invitados miraban a Paul tan intensamente como si fuera un ángel bajado del cielo. Las hermosas señoras le ofrecían vino y flores, imitando el recibimiento que las mujeres atenienses hacían a los héroes cuando volvían de la guerra.

En suma, nuestro amigo Paul fue objeto de honores y respeto... Cogí el laúd y toqué un rato antes de que Paul abriera la boca para cantar un poema de Al Farid. El público era todo oídos, como si El Mussoli hubiese vuelto de la eternidad para susurrar en sus oídos una melodía mágica y divina. De pronto Paul dejó de cantar. El público pensó que seguiría cantando una vez que se hubiese aclarado la garganta con un poco de vino. Pero Paul se quedó callado.

PAUL

¡Calla, no digas más disparates! Estoy seguro de que no les interesa a nuestros amigos.

YUSIF

Te ruego que nos dejes escuchar lo que falta.

PAUL

Parece que prefieren su charla a mi presencia. Adiós.

HELEN *(mirando tiernamente a Paul)*

Siéntate, Paul; sea como sea el resto de la historia, todos estamos de tu parte. *(Paul se sienta con resignación.)*

SALEM

Decía que el pobre Paul había cantado un poema de Al Farid y que se había detenido. Eso era igual que entregar a sus pobres y hambrientos oyentes un trozo de pan de los dioses, para derribar luego la mesa a puntapiés y romper las jarras y los vasos. Bueno, pues allí estaba sentado, más callado que la Esfinge en las arenas del Nilo. Las hermosas señoras se iban levantando una tras otra para rogarle que cantase, pero él se negó pretextando que le dolía la garganta. Luego fueron las autoridades quienes se lo pidieron, pero Paul se mantuvo en sus trece, como si Dios le hubiera convertido el corazón en una piedra y su arte en una coquetería. Pasada la medianoche Jalal Pacha le llamó aparte, puso en su mano un montón de dinares y le dijo: «Sin tu canto decaen los ánimos de esta fiesta. Te pido que aceptes este regalo no como un pago, sino como una muestra de mi afecto y de la admiración que siento por ti. No nos decepciones.» Paul arrojó los dinares y dijo con la actitud de un rey vencedor: «Me estás insultando. Yo no he venido aquí a venderme; he venido porque quería desearte felicidad.»

Jalal Pacha perdió el control de sus nervios y dijo palabras descorteses, ante lo cual nuestro susceptible Paul abandonó la mansión maldiciendo con pesar. Recogí mi laúd y me fui detrás de él, dejando a las bellas señoras, el vino y los deliciosos manjares del banquete. Todo eso sacrifiqué en favor de mi obstinado amigo, que ni siquiera me ha agradecido ni me ha alabado mi devoción por él.

YUSIF *(riendo)*

Realmente es una historia interesante, digna de ser escrita con agujas en las pupilas de los ojos.

SALEM

No, si no he terminado. Falta lo más interesante. Ningún narrador de cuentos persa o hindú ha ideado nunca un final más diabólico.

PAUL *(dirigiéndose a Helen)*

Me quedaré por ti, pero te ruego que le digas a esa rana que deje de croar.

HELEN

Déjale hablar, Paul; te garantizo que todos estamos de tu parte.

SALEM *(enciende otro cigarrillo antes de seguir)*

Dejamos la mansión de Jalal Pacha. Paul iba maldiciendo a los ricos y yo maldiciendo a Paul interiormente. Pero, ¿pensáis que de la casa de Jalal Pacha nos fuimos a la nuestra? Escuchad y asombraos. Como todo el mundo sabe, la casa de Habib Saadi está al lado de la de Jalal Pacha; sólo las separa un pequeño jardín. A Habib le gusta cantar, beber y soñar, e idolatra a este ídolo *(señalando a Paul)*. Cuando dejamos la mansión de Pacha, Paul se quedó unos instantes en medio de la calle restregándose la frente como un general en jefe que planea una campaña contra un país rebelde, Luego, de pronto, se encaminó a la casa de Habib y llamó a la puerta. Apareció Habib en camisón, restregándose los ojos y bostezando. Al vernos a Paul y a mí, que llevaba el laúd debajo del brazo, sus ojos brillaron de alegría, como si el cielo se hubiera abierto y nos hubiera traído a su casa.

«¿Qué os trae por aquí a estas horas?», nos preguntó. Y contestó Paul: «Venimos a celebrar en tu casa la boda del hijo de Jalal Pacha.» Y preguntó Habib: «¿Es que la casa de Pacha no es lo bastante grande para vosotros?» Y replicó Paul: «La mansión de Pacha no tiene buenos oídos para nuestra música. Por eso hemos venido a la tuya. Trae el arak y los aperitivos y no preguntes más.»

Nos sentamos cómodamente. Cuando Paul hubo acabado su segunda copa, abrió todas las ventanas que daban a la casa de Jalal Pacha, me entregó el laúd y me dijo: «Moisés, aquí tienes tu báculo; conviértelo en una serpiente y tócalo bien y durante mucho rato.» Le obedecí, cogí el laúd y me puse a tocar. Paul volvió la cara hacia la casa de Pacha y cantó a pleno pulmón.

(Salem hace una pausa y luego continúa en un tono más grave).

SALEM

Hace quince años que conozco a Paul. Fuimos juntos a la escuela. Le he oído cantar cuando estaba triste y cuando estaba alegre. Le he oído gemir como una viuda que pierde a su único hijo; le he oído modular la voz como un joven enamorado y cantar como un guerrero victorioso. Le he oído entonar susurrantes melodías en el silencio de la noche para deleite de los que se iban a dormir. Le he oído cantar en los valles del Líbano, al unísono con las campanas lejanas de una iglesia, llenando el espacio de magia y de veneración. Le he oído cantar mil veces, y pensaba que conocía todo lo que es capaz de hacer. Pero anoche, cuando cantó frente a la casa de Pacha, me dije: «¡Qué poco sabía de la vida de este hombre!» Ahora empiezo a entenderle. Antes sólo había oído cantar a su lengua, pero anoche oí cantar a su alma y a su corazón...

Paul cantó un verso tras otro. Me pareció que sobre nuestras cabezas flotaban las almas de los amantes, susurrando, recordando el pasado lejano, descubriendo las esperanzas y los sueños de la humanidad que la noche había cubierto con su velo. Sí, señores, este hombre *(señalando a Paul)* subió anoche por la escala del arte hasta alcanzar su más alto peldaño, llegó a las estrellas y sólo al amanecer descendió a la tierra. En aquel entonces había subyugado a sus enemigos, convirtiéndoles en taburetes para sus pies. Cuando oyeron su voz, los invitados de Pacha inundaron las ventanas y algunos se sentaron bajo los árboles del jardín. La divina y embriagadora melodía les hizo disculpar a este ídolo que los había humillado e insultado. Unos le aclamaban y alababan, mientras otros le maldecían. Los invitados me contaron que Jalal Pacha rugió como un león, y que iba de arriba abajo del vestíbulo maldiciendo a Paul e insultando a los invitados que habían dejado el banquete para escucharle. Bien, y ahora que habéis escuchado el final, ¿qué pensáis de este genio loco?

YUSIF

No voy a censurar a Paul. Presumo de entender sus intenciones íntimas. Sé que esto es un asunto personal que sólo le concierne a él. Entiendo que el temperamento de un artista, especialmente de un músico, es algo que se aleja de lo corriente. No sería justo considerar sus actos con la misma medida. El artista, y por artista se entiende quien crea imágenes nuevas para expresar sus sentimientos e ideas, es un ser extraño para quienes le rodean, incluyendo a sus amigos. Mira hacia el Este cuando los demás miran al Oeste. Ni él mismo sabe qué es lo que le emociona interiormente. Se siente desgraciado entre quienes arman jarana y alegre entre los tristes. Es débil entre los fuertes y fuerte entre los débiles. Les guste o no a los demás, está por encima de la ley.

KHALIL

El sentido de tus palabras, Yusif, no se distingue del de tu artículo sobre las bellas artes. Déjame que te repita que el espíritu europeo que defiendes será algún día nuestra ruina como pueblo y como nación.

YUSIF

¿Es que explicas el comportamiento de Paul en función de esa influencia europea que tanto rechazas?

KHALIL

Me asombra la actitud de Paul, lo cual no quiere decir que no me cause respeto.

YUSIF

¿No tiene Paul derecho y libertad para hacer lo que prefiera con su música y con su arte?

KHALIL

En teoría sí, tiene derecho a hacer lo que quiera. Pero me parece que nuestro sistema social no tolera esa forma de libertad. Nuestras corrientes, costumbres y tradiciones toleran lo que hizo Paul anoche sin convertirle en blanco de críticas.

HELEN

¿Por qué no le dejamos que hable, ya que es el centro de este interesante debate? Estoy convencida de que sabrá defenderse.

PAUL *(tras una pausa)*

Me hubiera gustado que Salem no hubiese iniciado esta discusión. Lo que ocurrió anoche es un asunto zanjado, pero ya que, como dijo Khalil, soy blanco de críticas, les diré a ustedes lo que pienso de la cuestión.

Todos saben que he sido blanco de críticas durante mucho tiempo. Han dicho que soy un hombre mimado y caprichoso, que no merezco honor alguno. ¿A qué puede deberse una crítica tan amarga? Es un ataque a algo de mi carácter que yo no puedo cambiar, y que tampoco cambiaría si estuviera en mi mano hacerlo. Me refiero a mi independencia, que me impide venderme o dejarme seducir por la adulación. En esta ciudad abundan los músicos y los cantantes; hay muchos poetas, críticos y entendidos, y también muchos mendigos y aduladores. Todos venden su voz, su pensamiento y su conciencia por una moneda, y nuestros ricachones compran con monedas a artistas y entendidos, y los muestran en sus mansiones como exhiben por calles y parques sus caballos y carruajes.

Sí, amigos, sí: los cantantes y los poetas de Oriente son poco más que esclavos y aduladores. Se les exige que canten en las bodas, que hablen en los banquetes, que lloren en los funerales, que hagan panegíricos ante las tumbas... Son como máquinas que muestran alegría o dolor. Cuando no se necesitan esas máquinas, se les deja de lado como objetos usados. No culpo de ello a los ricos; culpo a los propios cantantes, poetas y entendidos por no respetarse a sí mismos. Los culpo de no despreciar la mezquindad y la pobreza de alma, los culpo de no preferir la muerte a la humillación.

KHALIL *(excitado)*

Pero anoche el anfitrión y los invitados te suplicaron que cantaras. ¿Cómo puedes decir que cantar era una humillación para ti?

PAUL

Si anoche hubiese podido cantar en casa de Pacha, lo hubiera hecho de buena gana. Pero cuando miré a mi alrededor sólo vi a esos ricos, en cuyos oídos tintinean los sonidos del omnipotente dinar, y cuya sabiduría de la vida consiste en elevarse a costa de los demás. Gente así no sabe distinguir la poesía buena de la mala, la auténtica música de un chocar de cacerolas. No voy a crear imágenes para los ciegos, ni dejaré que mi alma emita sonidos para los sordos.

La música es el lenguaje del espíritu. Su corriente escondida vibra entre el corazón del cantante y el alma del oyente. A quienes no pueden oír ni entender, el cantante no puede ofrecerles lo que encierra su corazón. La música es un violín de cuerdas tensas y sensibles. Si esas cuerdas se aflojan, no pueden vibrar. Anoche, cuando miré a los invitados de Pacha, se aflojaron las cuerdas de mi corazón. Sólo vi falsedad y vacío, necedad e infecundidad, ostentación y arrogancia. Me suplicaron que cantara porque les volví la espalda. Si me hubiese comportado como un mal cantante, me hubieran pagado sin escucharme.

KHALIL *(en son de broma)*

Pero te marchaste a la casa de Habib y estuviste cantando por despecho desde medianoche hasta el amanecer.

PAUL

Canté porque deseaba manifestar lo que mi corazón contenía y reprender a la noche, a la vida y al tiempo. Sentía una enorme necesidad de tensar las cuerdas de mi alma, que se habían aflojado en casa de Pacha.

Pero eres libre de decir que lo hice por despecho. El arte es un pájaro que se sube libremente a los cielos o que anda errante y feliz por la tierra. Nadie puede comprar o vender el espíritu artístico. Los orientales debemos aprender esta verdad. Los artistas, que son tan escasos como el azufre rojo, deberían respetarse a sí mismos, porque son copas que rebosan de vino divino.

YUSIF

Estoy de acuerdo contigo, Paul. Esto me ha hecho ver algo nuevo: que eres un verdadero artista y que sólo soy admirador de las artes. La diferencia que existe entre tú y yo es como la que se da entre el vino añejo y las uvas ácidas.

SALEM

Pues a mí no me convences ni me convencerás. Tu filosofía es un malestar causado por la infección extranjera.

YUSIF

Si anoche hubieses oído cantar a Paul, no hablarías de malestar. *(En este momento entra una criada y anuncia:* «El refrigerio está servido.»)

YUSIF *(levantándose de su asiento)*

El kanafé está preparado, y resulta tan dulce como la voz de Paul.

(Todos se ponen en pie. Yusif, Khalil y Salem abandonan el escenario. Paul y Helen se quedan rezagados y se miran sonriendo amorosa y ardientemente.)

HELEN *(susurrando)*

¿Sabes que anoche te oí cantar?

PAUL *(sorprendido)*

¿Qué quieres decir, querida Helen?

HELEN *(avergonzada)*

Estaba en casa de mi hermana María cuando te oí. Pasé la noche con ella porque su marido había salido de la ciudad y le daba miedo quedarse sola.

PAUL

¿Tu hermana vive en el Parque de los Pinos?

HELEN

No, vive enfrente de la casa de Habib.

PAUL

Entonces, ¿me oíste cantar de verdad?

HELEN

Sí, oí la llamada de tu alma desde medianoche hasta el amanecer. Oí a Dios que hablaba con tu voz.

YUSIF *(llamando desde la habitación de al lado)*

¡Se está enfriando el kanafé!

(Helen y Paul abandonan la escena. Telón).

VUESTRO LÍBANO Y EL MÍO

Vosotros tenéis un Líbano vuestro y yo tengo otro mío.
El vuestro es el Líbano político, con sus problemas.
El mío es el Líbano de la naturaleza en su hermosura plena.
Vuestro Líbano tiene programas y conflictos.
El mío tiene sueños y esperanza.
Estad contentos con vuestro Líbano, como yo lo estoy con el mío, con ese Líbano libre de mi visión.
Vuestro Líbano es una trama enmarañada de cuestiones políticas que el tiempo trata de deshacer.
Mi Líbano es una cadena de cimas y de montes que se alzan con reverencia y majestad hacia el azul del cielo.
Vuestro Líbano es un problema internacional que aún está por resolver.
Mi Líbano son los valles tranquilos y fascinantes, el murmullo de las campanas de una iglesia, los susurrantes arroyos...
Vuestro Líbano es un enfrentamiento entre un enemigo del Oeste y otro del Sur.
Mi Líbano es una oración con alas que revolotea por la mañana cuando los pastores sacan a pastar a sus rebaños, y también al ocaso cuando vuelven los campesinos de sus campos y viñedos.
Vuestro Líbano es un censo de incontables cabezas.
Mi Líbano es un monte sereno que se asienta entre el mar y la llanura, como un poeta entre una eternidad y otra.
Vuestro Líbano es un engaño de zorro que lucha con la hiena, y una artimaña de hiena que lucha con el lobo.
Mi Líbano es una guirnalda de recuerdos de muchachas alegres bajo la luz de la luna, y de vírgenes que cantan por la era y el lagar.
Vuestro Líbano es una partida de ajedrez entre un obispo y un general.
Mi Líbano es un templo en el que halla cobijo mi alma cuando le causa hastío esta civilización que avanza sobre ruedas rechinantes.

Vuestro Líbano son dos hombres: uno que paga impuestos y otro que los cobra.

Mi Líbano es un hombre que apoya la cabeza en el brazo a la sombra de los sagrados cedros, ajeno a todo menos a Dios y a la luz del sol.

Vuestro Líbano es el comercio, los puertos, los correos...

El mío es una idea lejana, un cariño fogoso, una palabra divina que la tierra susurra en los oídos del espacio.

Vuestro Líbano son los funcionarios, los empleados, los directores...

Mi Líbano es la juventud que crece, el hombre maduro que resuelve y la edad de la sabiduría.

Vuestro Líbano son representantes y comisiones.

Mi Líbano es una reunión, una tertulia en torno al fuego en las noches de tormenta, cuando la nieve pura aclara la oscuridad.

Vuestro Líbano son partidos y sectas.

El mío es la juventud escalando rocosos montes, vadeando arroyos, vagando por los campos...

Vuestro Líbano son discursos, conferencias y debates.

El mío es el canto del ruiseñor, el susurrar de las ramas de los árboles, el eco de la flauta del pastor en la llanura...

Vuestro Líbano son disfraces, ideas copiadas y engaños.

El mío es la simple verdad desnuda.

Vuestro Líbano son leyes, reglas, documentos y cartas credenciales de diplomáticos.

El mío está en contacto con los secretos de la vida, que conoce sin saberlo; mi Líbano es un ansia cuya sensible punta llega al extremo más distante de lo oculto, creyendo que es un sueño.

Vuestro Líbano es un anciano ceñudo que se mesa la barba pensando sólo en sí mismo.

Mí Líbano es un muchacho erguido como una torre, sonriente como el amanecer y que piensa en los demás tanto como en sí mismo.

Vuestro Líbano aspira a separarse y al mismo tiempo a unirse a Siria.

Mi Líbano no se separa ni se une ni se extiende ni se empequeñece.

Vosotros tenéis un Líbano vuestro y yo tengo otro mío.

Vosotros tenéis un Líbano con sus hijos y yo tengo el mío con sus hijos.

Pero, ¿quiénes son los hijos de vuestro Líbano?

Permitidme que os enseñe su realidad.

Son aquellos cuyas almas nacieron en los hospitales de Occidente, cuyas mentes se despertaron en el regazo de los avaros que representan el papel de generosos.

Son como ramas flexibles que se mecen de izquierda a derecha. Tiemblan desde que sale el sol hasta que se pone, pero no saben que lo hacen.

Son como un barco sin mástil y sin timón en el que chocan las olas. Su capital es el escepticismo y su puerto una cueva de duendes. Pues, ¿no son cuevas de duendes todas las capitales europeas?

Estos hijos del Líbano son fuertes y elocuentes entre ellos, pero ante los europeos se muestran silenciosos y débiles.

Son libres y ardientes reformadores, pero sólo en los periódicos o en las tribunas.

Croan como ranas y dicen: «Nos estamos librando de nuestro antiguo enemigo.» Pero su antiguo enemigo está dentro de sus cuerpos.

Marchan en los cortejos fúnebres cantando al son de las trompetas, pero lanzan lamentos y se rasgan las vestiduras en las cabalgatas nupciales.

No conocen más hambre que la del bolsillo. Si se encuentran con alguien que tiene hambre espiritual, se apartan de él diciendo: «No es sino un espectro que anda en un reino de fantasmas.»

Son como esclavos que se consideran libres porque han sustituido sus grilletes oxidados por otros nuevos y relucientes.

Ésos son los hijos de vuestro Líbano. ¿Alguno de ellos es tan firme como las rocas del Líbano, tan noble como los montes del Líbano, tan limpio y fresco como la brisa vivificante del Líbano?

¿Alguno de ellos puede mantener que su vida ha sido una gota de sangre de las venas del Líbano, o una lágrima de sus ojos, o una sonrisa de sus labios?

Ésos son los hijos de vuestro Líbano. ¡Qué grandes son a vuestros ojos y qué pequeños a los míos!

Permitidme ahora que os muestre a los hijos de mi Líbano.

Son los campesinos que convierten un terreno pedregoso en huertos y jardines.

Son los pastores que llevan su rebaño de un valle a otro para que se reproduzcan y se multipliquen, y ofreceros así su carne para que comáis y su lana para que os vistáis.

Los hijos de mi Líbano son los viñadores que pisan la uva para hacer buen vino.

Son los padres que cultivan moreras y las madres que hilan la seda.

Son los esposos que cultivan trigo y las esposas que forman gavillas.

Son los albañiles y los alfareros, los que hilan y los que construyen campanarios.

Son los poetas y los cantores que vierten su alma en nuevos versos.

Son los que dejan el Líbano sin una moneda, para ir a otro país con el corazón repleto de entusiasmo y la decisión de volver con las manos llenas de la prodigalidad de la tierra y la frente adornada con los laureles de la victoria.

Son los que se adaptan a su nuevo medio y se les aprecia dondequiera que vayan.

Éstos son los hijos de mi Líbano, antorchas que nunca se apagarán, sal que nunca puede echarse a perder.

Caminan con paso firme hacia la verdad, la belleza y la perfección.

¿Qué heredará el Líbano y sus hijos de *vosotros* sino hipocresía, falsedad y estupidez?

¿Creéis que el aire recogerá los espectros mortuorios y el aliento sepulcral?

¿Imagináis que la vida esconde su cuerpo con harapos?

De verdad os digo que el retoño de olivo que el campesino plantó al pie de la montaña durará más que nuestras realizaciones y que vuestros actos. Y que el arado de madera tirado por una pareja de bueyes a través de las mesetas del Líbano es más glorioso que vuestras esperanzas y ambiciones.

A vosotros os digo —y pongo la conciencia del universo por testigo— que la canción del hortelano en las laderas del Líbano es más valiosa que el parloteo de vuestros notables.

Recordad que no sois nada. Pero cuando descubráis vuestra pequeñez, mi aversión hacia vosotros se convertirá en simpatía y en cariño. ¡Qué pena que no me entendáis!

Vosotros tenéis un Líbano vuestro y yo tengo otro mío.

Vosotros tenéis un Líbano con sus hijos. Si os hacen felices las burbujas que sólo tienen aire, contentaos con ellas. Pero yo me siento feliz y contento con mi Líbano. Y la relación que mantengo con él es una mezcla de dulzura, satisfacción y serenidad.

HISTORIA DE UNA VIRGEN

Una flor que no pudo tocar mano alguna,
vivió y murió como una virgen.

Como sus enemigos eran superiores en número, el general no tuvo más remedio que ordenar:

«Para evitar pérdidas de vidas y de municiones debemos retirarnos a una ciudad que el enemigo no conozca y planear allí una nueva estrategia. Atravesaremos el desierto, pues es preferible emprender ese camino que caer en poder del enemigo. Pasaremos por conventos y monasterios que sólo ocuparemos para conseguir alimentos y provisiones.»

Las tropas acataron la orden, pues no veían otra alternativa para afrontar la crítica situación.

Durante varios días avanzaron por el desierto, soportando cansancio, calor, hambre y sed. Un día avistaron un imponente edificio que parecía una antigua fortaleza. Su puerta parecía la de una ciudad amurallada. Al verla, sus corazones se llenaron de gozo. Pensaron que era un convento, donde podrían descansar y conseguir alimentos.

Cuando abrieron la puerta, nadie salió a recibirles durante un cierto tiempo. Luego apareció una señora vestida con un hábito negro que sólo dejaba su rostro al descubierto.

Explicó al comandante que aquel lugar era un convento, que debían tratarle como a tal y que no podían hacer daño alguno a sus monjas. El comandante le aseguró protección y le pidió alimento para sus tropas. Se atendió a los hombres en el amplio jardín del convento.

El comandante era un hombre de unos cuarenta años, de carácter vil y descontrolado. Estaba tenso e inquieto porque deseaba acostarse con una mujer, de modo que decidió violar a una de aquellas religiosas. La perversa lujuria le inducía a profanar aquel lugar sagrado que las monjas habían ocupado para estar en comunicación con Dios y rezarle constantemente, lejos de este mundo engañador y corrompido.

Una vez que hubo tranquilizado a la madre superiora, el perverso comandante subió por una escalera que llevaba a la celda de una de las religiosas, a la que había entrevisto por una ventana. Los años de constante oración y solitaria renuncia no habían logrado borrar de su inocente rostro todos los encantos de la femineidad. Había acudido al convento para refugiarse del mundo pecador y adorar a Dios, lejos de la disipación mundana.

Al entrar en la celda, el criminal desenvainó la espada, amenazando con matarla si pedía socorro.

Ella sonrió y se quedó callada, como si accediera a cumplir los deseos del comandante. Luego le miró y le dijo:

—Sentaos y descansad; parecéis fatigado.

Él se sentó a su lado, seguro de su presa. Y dijo ella:

—¡Cómo os admiro a los militares! ¡No os da miedo lanzaros en brazos de la muerte!

A lo que aquel estúpido y cobarde contestó:

—Las circunstancias nos obligan a guerrear. Si no fuera porque sería tachado de cobarde, huiría antes de tener que mandar a un maldito ejército.

—Pero, ¿es que no sabéis —preguntó ella sonriendo— que en este sagrado lugar tenemos un ungüento que, extendiéndolo en el cuerpo, protege hasta de la estocada de la espada más afilada?

—¡Qué maravilla! ¿Dónde está ese ungüento? Lo usaré.

—Muy bien, os daré un poco.

En una época en que la gente creía aún en tales supersticiones, el comandante no puso en duda la palabra de aquella santa hermana.

Destapó ella un pote y le enseñó un ungüento blanco.

Cuando lo vio, el comandante empezó a dudar. Pero la religiosa tomó un poco, se frotó el cuello con él y le dijo:

—Os lo demostraré, por si no me creéis. Empuñad vuestra espada y heridme en el cuello con todas vuestras fuerzas.

El comandante dudaba, pero ella le insistía a que le hiriera. Finalmente aceptó.

Casi pierde el sentido al ver que la cabeza de aquella monja se separaba del cuerpo y rodaba por el suelo, mientras el tronco se desplomaba exánime. Entonces comprendió que la hermana le había tendido una trampa para impedir que la mancillara.

Allí estaba muerta... El comandante sólo veía dos cosas ante él: el cadáver de la virgen y el pote de ungüento. Sus ojos iban del ungüento al cuerpo decapitado.

Entonces perdió la razón, abrió la puerta de un empujón y salió corriendo con la espada ensangrentada en la mano, mientras gritaba a sus tropas:

—¡Daos prisa, daos prisa! ¡Dejemos este lugar!

Estuvo corriendo hasta que le alcanzaron algunos de sus hombres. Le encontraron llorando como un niño asustado y diciendo:

—¡La he matado! ¡La he matado!

VUESTRO PENSAMIENTO Y EL MÍO

Vuestro pensamiento es un árbol que hunde sus raíces en el terreno de la tradición y cuyas ramas crecen alimentadas por la savia de la continuidad.

Mi pensamiento es una nube que vaga por el aire. Se convierte en gotas que, al caer, forman un arroyuelo que canta camino de la mar. Luego sube hacia los cielos convertido en vapor.

Vuestro pensamiento es una tierna hoja que se mece en todas direcciones, hallando en ello su deleite.

Vuestro pensamiento es nuevo, y día y noche me pone a prueba a mí y yo lo pongo a prueba a él.

Vosotros tenéis vuestro pensamiento y yo poseo el mío.

Vuestro pensamiento os permite creer en la desigual batalla del fuerte contra el débil y en las tretas que los astutos emplean contra los ingenuos.

Mi pensamiento crea en mí el deseo de trabajar la tierra con mi azada, de recoger los granos con mi hoz y de construir mi casa con piedra y argamasa; de hilar mis ropas con hebras de lino y de lana.

Vuestro pensamiento os impulsa a uniros con la riqueza y con la fama.

El mío me impele a confiar en mí mismo.

Vuestro pensamiento está a favor del prestigio y de la ostentación.

El mío me aconseja y me ruega que deje a un lado la fama y considerarla como un grano de arena arrojado a la playa de la eternidad.

Vuestro pensamiento infunde arrogancia y superioridad en vuestros corazones.

El mío siembra en mí amor a la paz y deseo de independencia.

Vuestro pensamiento os lleva a soñar con palacios, repletos de muebles de sándalo incrustados de joyas y de lechos con colchas de seda.

Mi pensamiento me dice suavemente al oído: «Sé limpio de cuerpo y alma, aunque no tengas donde reclinar la cabeza.»

Vuestro pensamiento os lleva a aspirar a títulos y cargos.

El mío me exhorta a servir humildemente.

Vosotros tenéis vuestro pensamiento y yo poseo el mío.

Vuestro pensamiento es la ciencia social, un diccionario de religión y de política.

El mío es un sencillo axioma.

Vuestro pensamiento habla de la mujer hermosa, de la fea, de la virtuosa, de la ramera, de la inteligente y de la necia.

El mío ve en todas las mujeres a la madre, a la hermana o a la hija de un hombre.

El tema de vuestros pensamientos son los ladrones, los criminales y los asesinos.

El mío determina que los ladrones son los hijos del monopolio; los criminales, la progenie de los tiranos, y los asesinos, los parientes consanguíneos de los asesinados.

Vuestro pensamiento dicta leyes, elige cortes, nombra jueces y aplica castigos.

El mío explica que cuando un hombre dicta una ley, la transgrede o la obedece. Si existe una ley fundamental, todos somos iguales ante ella. Quien rechaza al mezquino, es igualmente mezquino. Quien se enorgullece de despreciar al pecador, se enorgullece de despreciar a toda la humanidad.

Vuestro pensamiento se interesa por los expertos, por los artistas, por los intelectuales, por los filósofos y por los sacerdotes.

El mío habla del amante y del amigo, del sincero, del honesto, del justo, del amable y del mártir.

Vuestro pensamiento predica el judaísmo, el brahmanismo, el budismo, el cristianismo y el islamismo.

En mi pensamiento sólo existe una religión universal, cuyos diferentes caminos no son sino los dedos de la mano amante del Ser Supremo.

En vuestro pensamiento hay ricos, pobres y arruinados.

Mi pensamiento defiende que no hay más riqueza que la vida; que todos somos mendigos y que no hay más benefactor que la vida. Vosotros tenéis vuestro pensamiento y yo poseo el mío.

Según vuestro pensamiento, la grandeza de las naciones consiste en la política, los partidos, las conferencias, las alianzas y los tratados.

Pero el mío proclama que la importancia de las naciones radica en el trabajo: en el campo, en los viñedos, en el telar, en la curtiduría, en la cantera, en la serrería, en la oficina y en la imprenta.

Vuestro pensamiento defiende que la gloria de las naciones la constituyen los héroes, y canta alabanzas a Ramsés, a Alejandro, a César, a Aníbal y a Napoleón.

Pero el mío sostiene que los auténticos héroes son Confucio, Lao-Tsé, Sócrates, Platón, Abi-Taleb, Al Gazali, Jalal Ud-Din Rumi, Copérnico y Pasteur.

Vuestro pensamiento ve la fuerza en los ejércitos, los cañones, los barcos de guerra, los submarinos, los aviones y el gas venenoso.

Pero el mío afirma que la fuerza radica en la razón, en la decisión y en la verdad. Por muy larga que sea la resistencia de un tirano, acabará siempre perdiendo.

Vuestro pensamiento distingue entre el pragmático y el idealista, la parte y el todo, el místico y el materialista.

El mío habla del amante y del amigo, del sincero, del honesto, del justo, del amable y del mártir.

El mío descubre que la vida es *una*, y sus tablas, pesos y medidas no coinciden con vuestras tablas, pesos y medidas. Aquel a quien consideráis un idealista, puede ser un hombre práctico.

Vosotros tenéis vuestro pensamiento y yo poseo el mío.

Vuestro pensamiento se interesa por las ruinas, los museos, las momias y los fósiles.

Pero el mío flota en la niebla siempre renovada y en las nubes.

Vuestro pensamiento tiene su trono en el cerebro. Al vanagloriaros de ello, le glorificáis.

Mi pensamiento anda errante por oscuros y lejanos valles.

Vuestro pensamiento hace que suenen trompetas cuando queréis danzar.

El mío prefiere la angustia de la muerte a vuestras músicas y a vuestras danzas.

Vuestro pensamiento es el de la charlatanería y el de los falsos placeres.

El mío es el pensamiento de quien se encuentra perdido en su tierra, de quien se siente extranjero en su patria, de quien descubre que está solo en medio de su familia y de sus amigos.

Vosotros tenéis vuestro pensamiento y yo poseo el mío.

LA PROCESIÓN

LA PROCESIÓN

EL MUNDO ILUSORIO

EL SABIO

Este mundo no es más que una taberna
Donde el Padre Tiempo reina y prima,
Complaciendo sólo a aquellos empapados
De discordantes sueños, sin rima.
Pues la gente bebe y se desboca cual
Los corceles de la loca ambición;
Algunos son ruidosos en sus rezos,
Y a otros les domina el deseo de posesión.
Pocos en esta tierra saben saborear la vida
Sin hastiarse de los dones que ella entrega,
Y sin desviar sus aguas hacia las copas
En que su fantasía flota y navega.
Entonces si encuentras un alma sobria
En medio de esta francachela,
Maravíllate de cómo la luna encuentra
Dosel en esta nube de tormenta.

EL JOVEN

No hay confusión en el bosque
Causada por ilusión o vino,
Pues las nubes han dotado al arroyo
Con elixir superfino.
Aun así a la droga se vuelcan los humanos
Como al pecho que les da de mamar;
Y llegan a la edad del destete
Sólo cuando alcanzan el reposo final.
¡Dame el caramillo y canta!
Pues gracioso refugio es la canción,
Y el son del caramillo permanece
Cuando se empaña y desvanece la ilusión.

DE LA BONDAD Y EL RANGO

EL SABIO

El bien debe fluir libremente en el hombre,
Tal como vive el mal más allá de la tumba;
Mientras, los dedos del Tiempo mueven los peones,
Luego destruyen al de baja y noble cuna.
No digas: «Ahí va un hombre culto»,
Ni tampoco: «Ese es un noble conductor».
Los mejores hombres están en el rebaño
Y se dejan guiar por el pastor.

EL JOVEN

En el bosque nadie guía,
Ni las bandadas se aíslan aparte,
Invierno y Primavera no son rivales,
Y todos a su turno hacen su parte.
¡Dame el caramillo y canta!
Pues la canción guía a la mente,
Y dura más el son del caramillo
Que los rangos de la gente.

DE LA VIDA Y LA TRISTEZA

EL SABIO

La vida no es más que un letargo perturbado
Por los sueños que sugiere la voluntad;
El alma triste con tristeza oculta
Sus secretos, y la alegre, con ansiedad.

EL JOVEN

En el bosque nadie sufre
Ni está abatido por las congojas.
Sólo compasión traen los céfiros
Para susurrarles a las hojas.
¡Dame el caramillo y canta!
Deja que la canción borre el sufrir,
Pues el son del caramillo permanece
Cuando el pasado se une al porvenir.

DE LA RELIGIÓN

EL SABIO

La religión es un campo bien sembrado,
Plantado y regado por el deseo
De uno que aspiró al Paraíso,
O que temió al Infierno y al Fuego.
Sí, si no fuera por el Juicio Final
No hubieran adorado a Dios,
Ni tampoco se hubieran arrepentido,
Salvo para ganar un destino mejor
Como si la religión fuera otro aspecto
De las transacciones de su diario comercio:
Perderían si la descuidaran,
Pero perseverando obtendrán buen precio.

EL JOVEN

No hay Credo en la espesura
Ni horrendo descreimiento;
El canto de los pájaros no afirma
Ni a la Verdad, ni a la Dicha, ni al Lamento.
Los credos de la gente surgen, para perecer
Como sombras en la oscuridad.
Ninguna fe sobrevivió a Taha*
Ni a Cristo, para verter su luminosidad.

---

* Profeta mahometano.

DE LA JUSTICIA

EL SABIO

La justicia de esta tierra hará que el Jinn
Ante el mal uso de la palabra llore,
Y si los muertos pudieran verla
Se mofarían de la justicia de este orbe.
Sí, con la muerte y la prisión castigamos
Al pequeño transgresor que a la ley desacata,
Y honores, riquezas y total respeto
Conferimos al mayor pirata.
Robar una flor es vileza,
Robar un campo entero, hidalguía;
Quien mata el cuerpo debe morir,
Pero queda libre el que al espíritu asesina.

EL JOVEN

No hay justicia en la espesura
Ni tampoco punición.
Cuando el sauce hace sombra
Sobre la tierra sin aprobación,
Nadie oye decir al ciprés:
«Este acto es contrario al derecho y a la ley.»
Nuestra Justicia Humana, cual la nieve,
Se derrite avergonzada ante la luz del Astro Rey.
¡Dame el caramillo y canta!
La canción del alma es juez sublime,
Y el son del caramillo permanece
Después del fin de la culpa y del crimen.

DE LA VOLUNTAD Y EL DERECHO

EL SABIO

El Derecho pertenece a la Voluntad. Pues si el Alma
Fuerte prevalece, la débil se puede convertir
En esclava de los cambios, malos o buenos,
Y puede con el viento ir y venir.
No niegues entonces que la Voluntad del Alma
Es más fuerte que el Poder de la mano,
Y que el débil sólo accede al trono
De aquellos que no distinguen lo bueno de lo malo.
¡Ved! En la madriguera del león hay un olor
Que aleja al zorro y a su cría,
Cuando el león está ahí
O en el bosque de cacería.
Y así sucede con algunos pájaros
Que, aunque volando por la atmósfera vasta,
Siguen temiendo al halcón,
Quien, moribundo, mantiene el orgullo de su casta.

EL JOVEN

La Naturaleza no tolera al débil
Ni permite al voluntarioso vacilar.
Cuando el león ruge amenazante,
El bosque no se siente flaquear.
La voluntad del hombre son oscilantes sombras
Que en la imaginación florecen,
Y los derechos de la humanidad pasan,
Y como las hojas otoñales perecen.
¡Dame el caramillo y canta!
La canción da Voluntad al Alma
Y el son del caramillo permanece
Cuando el sol se oscurece y se calma.

DE LA CIENCIA Y EL CONOCIMIENTO

EL SABIO

El conocimiento sigue caminos diferentes.
Del principio pero no del fin somos conscientes,
Pues el Tiempo y el Destino deben regir el curso
Porque nuestra vista alcanza hasta el recodo solamente.
El conocimiento más preciado es un sueño
Al que el sabio se aferra, valiente
Ante el ridículo, y sereno avanza
Desdeñado y humilde entre la gente.
Tal es el profeta, que arriba
Envuelto en el manto de una futura razón,
Entre la gente ataviada con antiguas vestiduras,
Y que no puede ver que se le ofrece un don.
Es un extraño en esta vida,
Está ajeno al que lo culpa o lo aclama,
Porque él sostiene la Antorcha de la Verdad,
Aunque lo devore su llama.
Es el más fuerte, aunque parece
El más manso y tolerante.
Está lejano del que a él
Está próximo, y del que está distante.

EL JOVEN

El actual conocimiento de la gente
Es como una niebla sobre el prado:
Para cuando el sol se eleve sobre el horizonte
La bruma ante sus rayos se habrá disipado.

DE LA LIBERTAD

EL SABIO

El libre en esta tierra con su lucha
Construye para confinarse una prisión
Cuando se libera de sus allegados,
Es esclavo de las caricias del amor y de la razón.

EL JOVEN

No hay en el bosque hombre libre,
Ni tampoco esclavo subyugado.
Los honores no son más que fugaces apariencias
Semejantes a la espuma del mar encrespado.
Si el césped bajo el almendro se encontrara
De repente cubierto de capullos
No reclamaría privilegios de nobleza,
Ni negaría a las malezas su saludo.

DE LA FELICIDAD Y LA ESPERANZA

EL SABIO

La felicidad es un mito que perseguimos,
Y que al concretarse nos irrita;
Como el río que fluye correntoso a la llanura,
Y que a su llegada se enturbia y debilita.
Pues el hombre sólo es feliz
Cuando aspira a las alturas;
Cuando logra su meta, pierde interés
Y anhela nuevas aventuras.
Si encuentras a uno que es feliz
Y que, aunque improbable en la raza humana,
Se siente satisfecho con su sino,
Te ruego no perturbes su Nirvana.

EL JOVEN

No hay esperanza en el bosque,
Ni desesperanza allí se encuentra,
¿Por qué habría el bosque de anhelar las partes
Cuando el *todo* allí se centra?
¿Por qué buscar la esperanza en el bosque,
Cuando el Objetivo es toda la naturaleza?
Pues la esperanza no es más que una dolencia,
Tal como el rango, la fama y la riqueza.
¡Dame el caramillo y canta!
Pues la canción es luz y gozo,
Y el son del caramillo es un anhelo
Inalcanzable para el ocioso.

DE LA BENEVOLENCIA

EL SABIO

La benevolencia de algunos se asemeja
A una valva pulida, de sedosa textura,
Que en su interior no alberga a la preciosa perla
Y que ignora por cierto de sus hermanos la amargura.
Cuando encuentres a alguien fuerte
Y benevolente también, deja que tus ojos se deleiten;
Pues es una gloria contemplar sus virtudes,
Hasta para aquellos que no ven.

EL JOVEN

Nadie en la espesura es benevolente
Ni maleable, nadie tiembla acobardado.
Allí la esbelta caña y el roble
Luchan por erguirse, lado a lado.
Aunque al pavo real se le ha otorgado
Su plumaje púrpura como manto,
Él está ajeno a su belleza
Y es inconsciente de su encanto.
¡Dame el caramillo y canta!
Pues la canción al dócil sabe confortar,
Y el son del caramillo sobrevive
Al débil y al fuerte por igual.

DEL AMOR

EL SABIO

Olvidadas están las glorias
De los intrépidos conquistadores,
Pero ni aun cuando se acabe el tiempo
Olvidaremos a los grandes amores.
En el corazón de un macedonio imaginamos
Un campo de muerte y de dolor
Mientras que en el corazón de Qais* hallamos
Un venerable templo dedicado al amor.
Y en el triunfo del primero
Sólo hallamos una derrota ignominiosa,
Mientras que el fracaso del segundo
Se convierte en victoria jubilosa.
Pues el amor sólo en el alma mora,
No en el cuerpo, y como el vino
Debe animar nuestro espíritu
Para recibir el don del Amor Divino.
Y desde el trono impusieron su opresión.

EL JOVEN

En el bosque se hallan rastros
De aquellos que amaron con pasión;
Como reyes rigieron y reinaron
Son nada más que palabras desvaídas
En las páginas de su crimen;
La desbordante pasión, en sazón
En todo el bosque, reina sublime.

---

* Majnun Laila (el hechizado de Laila), amante ideal para los árabes.

DEL AMOR

EL SABIO

Si encuentras a un amante perdido,
Y que, aunque perplejo, rechaza toda orientación,
Desdeñoso, aunque de sed se muere,
Y que en su propio hambre halla satisfacción;
Oirás a la gente decir: «¿Qué busca en un amor
Tan grande este joven hechizado?»
«¿Qué aguarda tan pacientemente
De su Kismet y su sino, esperanzado?»
«¿Por qué malgasta sus ensangrentadas lágrimas
Por una que no es bella, ni siquiera honrada?»
De esa gente di: «Han nacido muertos,
No saben reflexionar, de la vida no saben nada.»

EL JOVEN

En los bosques nadie acusa a los amantes
Por sus citas, ni tampoco nadie los espía.
Cuando la gacela se precipita rauda
Para recibir a su compañero con alegría,
Las águilas no demuestran asombro
Ni dicen: «Esto nunca se ha visto, ni antaño.»
Porque en la naturaleza sólo a los humanos
Nos parece lo normal extraño.

DEL ALMA Y LA FERTILIDAD

EL SABIO

La razón de la existencia del alma
En el alma misma impera;
Ningún retrato puede mostrar su esencia
Ni expresar su sustancia verdadera.
Algunos dicen que cuando las almas intentan
Alcanzar la perfección, se confunden con la nada,
Cual si fueran el fruto maduro que cae
Del árbol, abatido por el viento y la helada.
Otros afirman que el cuerpo
Es el todo absoluto, y que, a su final,
El alma o la mente, inexistentes,
No podrán dormir ni tampoco despertar.
Como si el alma fuera una frágil sombra
Reflejada en un arroyo transparente,
Que se borra cada vez que las aguas
Se enturbian, desvaneciéndose de repente.
Todos están errados, pues la chispa
No perece con el cuerpo o con el alma;
Porque todo lo que el Viento Norte inquieta
El Viento del Este torna a la calma.

EL JOVEN

La distinción entre cuerpo y alma
En el bosque no es respetada.
El aire es etérea agua
Y el rocío, agua perlada.
La fragancia es sólo extensión de la flor;
La tierra es la flor y sus despojos;
En las sombras de los álamos las huríes,
Creyendo que es noche, cierran los ojos.

DEL ALMA Y LA FERTILIDAD

EL SABIO

El cuerpo es vientre materno del alma,
Donde ella mora hasta su maduración,
Y cuando torna a elevarse a las alturas
El cuerpo vuelve a convertirse en embrión.
El alma es un infante, y es día de suerte
Cuando nace a la vida sin accidente,
Pero algunas son por siempre estériles
Y se quiebran como ramas inexorablemente.
Intrusos tales no dan a luz,
Pues el alma no florece del árbol que ya se secó;
Y la arcilla cocida, ya rígida,
A hombre o mujer jamás engendró.

EL JOVEN

Ni a los intrusos sin escrúpulos
Ni a los estériles la Naturaleza tolera,
¡Sí! La semilla del dátil ha guardado
Todos los secretos de la palmera
Y el panal es un símbolo
Del sembradío y del colmenar;
Estéril es la palabra extraída
De la «Imposibilidad de Procrear».
¡Dame el caramillo y canta!
Pues las canciones son formas que fluyen
Y el son del caramillo permanece
Cuando lo anormal y lo extraño se reúnen.

DE LA MUERTE Y LA INMORTALIDAD

EL SABIO

La muerte terrenal es, para el hijo
De la tierra, el final de toda gloria,
Pero para aquel que ha nacido etéreo
Es apenas el comienzo de su victoria.
Si abrazas el alba en sueños,
¡Eres inmortal! Si tus ojos llegas a cerrar
Por toda la larga noche, por cierto te perderás
En el letargo, como en un profundo mar.
Porque aquel que al suelo se aferra en la vigilia,
Hasta el fin de sus días se arrastrará,
Pero el que con bravura a la muerte enfrente,
Airosamente, como si fuera un mar, la cruzará.

EL JOVEN

No existe la muerte en la naturaleza,
Allí ninguna tumba está esperando;
Aunque la primavera concluya,
La vida continúa si se está gozando.
El miedo a la muerte es una ilusión
En el pecho de los sabios anidada;
El que vive una primavera solamente
Es igual al que goza de una vida ilimitada.
¡Dame el caramillo y canta!
Pues la canción es Inmortalidad,
Y el son del caramillo permanece
Cuando concluye la dicha y la felicidad.

LA CONCLUSIÓN DEL JOVEN

¡Dame el caramillo y canta!
Olvida todo lo que hemos afirmado,
Las palabras son sólo notas de aco iris,
Cuéntame ahora la dicha que has saboreado.
¿Te has internado en el bosque alguna vez,
Desdeñando palacios como vivienda?
¿Has seguido el curso del arroyo,
Has trepado a los peñascos a la vera de la senda?
¿Te has bañado en fragancia alguna vez,
Y con sábanas de luz te has secado?
¿En etéreos y resplandecientes cálices
El vino de la aurora has paladeado?
¿Has descansado en el ocaso
Bajo la viña cargada de racimos,
Como yo lo he hecho contemplando
Su madurez de un dorado cristalino?
¿Alguna vez ha sido la hierba tu lecho
De vastedad celestial tapizado,
Y te has despreocupado del futuro,
Olvidando por entero tu pasado?
¿Has sentido alguna vez que el silencio nocturno
Te circunda como un mar ondulante,
Que el seno de la noche alberga
A tu lado un corazón palpitante?
¡Dame el caramillo y canta!
Olvida todos los males y consuelos;
La Humanidad es como un verso escrito
Sobre la superficie de un arroyuelo.
¿Qué hay de bueno, te ruego me digas,
En abrirse paso a través de la turba de la vida,
Entre el tumulto de las discusiones
Las protestas y la interminable porfía;
Cavando cual un topo en la oscuridad,
Apenas a una tela de araña asido,
Siempre frustrada la ambición,
Hasta que los muertos se reúnen con los vivos?

LA RECAPITULACIÓN DEL SABIO

Si hubiera podido pulsar los días con mis dedos
Sólo en el bosque los hubiera sembrado,
Pero las circunstancias nos empujan
Por los estrechos senderos que Kismet ha marcado
Pues no podemos cambiar lo que nuestro sino ha dispuesto
Cuando nuestra voluntad comienza a flaquear.
Reafirmamos nuestro ego con excusas
Y ayudamos al Destino, hasta que nos llega a matar.

ALAS ROTAS

PREFACIO

Tenía yo dieciocho años de edad cuando el amor me abrió los ojos con sus mágicos rayos y tocó mi espíritu por vez primera con sus dedos de hada, y Selma Karamy fue la primera mujer que despertó mi espíritu con su belleza y me llevó al jardín de su hondo afecto, donde los días pasan como sueños y las noches como bodas.

Selma Karamy fue la que me enseñó a rendir culto a la belleza con el ejemplo de su propia hermosura y la que, con su cariño, me reveló el secreto del amor: fue ella la que cantó por vez primera, para mí, la poesía de la vida verdadera.

Todo joven recuerda su primer amor y trata de volver a poseer esa extraña hora, cuyo recuerdo transforma sus más hondos sentimientos y le da tan inefable felicidad, a pesar de toda la amargura de su misterio.

En la vida de todo joven hay una «Selma», que súbitamente se le aparece en la primavera de la vida, que transforma su soledad en momentos felices y que llena el silencio de sus noches con música.

Por aquella época estaba yo absorto en profundos pensamientos y contemplaciones, y trataba de entender el significado de la naturaleza y la revelación de los libros y de las Escrituras, cuando oí al Amor susurrando en mis oídos a través de los labios de Selma. Mi vida era un estado de coma, vacía como la de Adán en el Paraíso, cuando vi a Selma en pie, ante mí, como una columna de luz. Era la Eva de mi corazón, que lo llenó de secretos y maravillas, y que me hizo comprender el significado de la vida.

La primera Eva, por su propia voluntad, hizo que Adán saliera del Paraíso, mientras que Selma, involuntariamente, me hizo entrar en el Paraíso del amor puro y de la virtud, con su dulzura y su amor; pero lo que ocurrió al primer hombre también me sucedió a mí, y la espada de fuego que expulsó a Adán del Paraíso fue la misma que me atemorizó con su filo resplandeciente y me obligó a apartarme del paraíso de mi amor, sin haber desobedecido ningún mandato y sin haber probado el fruto del árbol prohibido.

Hoy, después de haber transcurrido muchos años, no me queda de aquel hermoso sueño sino un cúmulo de dolorosos recuerdos que aletean con alas invisibles en torno mío, que llenan de tristeza las profundidades de mi corazón y que llevan lágrimas a mis ojos, y mi bien amada, la hermosa Selma, ha muerto, y nada queda de ella para preservar su memoria, sino mi roto corazón y una tumba rodeada de cipreses. Esa tumba y este corazón es todo lo que ha quedado para dar testimonio de Selma.

El silencio que custodia la tumba no revela el secreto de Dios, oculto en la oscuridad del ataúd, y el crujido de las ramas cuyas raíces absorben los elementos del cuerpo no descifran los misterios de la tumba, pero los suspiros de dolor de mi corazón anuncian a los vivientes el drama que han representado el amor, la belleza y la muerte.

¡Oh, amigos de mi juventud, que estáis dispersos en la ciudad de Beirut!: cuando paséis por ese cementerio, junto al bosque de pinos, entrad en él silenciosamente y caminad despacio, para que el ruido de vuestros pasos no turbe el tranquilo sueño de los muertos, y deteneos humildemente ante la tumba de Selma; reverenciad la tierra que cubre su cuerpo y decid mi nombre en un hondo suspiro, al tiempo que decís internamente estas palabras:

«Aquí, todas las esperanzas de Gibran, que vive como prisionero del amor más allá de los mares, todas sus esperanzas, fueron enterradas. En este sitio perdió Gibran su felicidad, vertió todas sus lágrimas y olvidó su sonrisa.

Junto a esa tumba crece la tristeza de Gibran, al mismo tiempo que los cipreses, y sobre la tumba de su espíritu arde todas las noches como una lámpara votiva consagrada a Selma, y entona a coro con las ramas de los árboles un triste lamento, en lastimero duelo por la partida de Selma, que ayer, apenas ayer, era un hermoso canto en los labios de la Vida, y que hoy es un silente secreto en el seno de la tierra.»

¡Oh, camaradas de mi juventud! Os conjuro, en nombre de aquellas vírgenes que vuestros corazones han amado, a que coloquéis una guirnalda de flores en la desamparada tumba de mi bien amada, pues las flores que coloquéis sobre la tumba de Selma serán como gotas de rocío desprendidas de los ojos de la aurora, para refrescar los pétalos de una rosa que se marchita.

I. CALLADA TRISTEZA

Vecinos míos, vosotros recordáis con placer la aurora de vuestra juventud y lamentáis que haya pasado; pero yo recuerdo la mía como un prisionero recuerda los barrotes y los grilletes de su cárcel. Vosotros habláis de aquellos años entre la infancia y la juventud como de una época de oro, libre de confinamientos y de cuidados, pero a aquellos años yo los considero una época de callada tristeza que caía como una semilla en mi corazón, y crecía en él, y que no encontraba salida hacia el mundo del conocimiento y la sabiduría, hasta que llegó el amor y abrió las puertas de mi corazón e iluminó sus recintos.

El amor me dio lengua y lágrimas. Seguramente recordáis los jardines y los huertos, las plazas públicas y las esquinas que presenciaron vuestros juegos y oyeron vuestros inocentes cuchicheos; yo también recuerdo hermosos parajes del norte del Líbano. Cada vez que cierro los ojos veo aquellos valles, llenos de magia y dignidad, cuyas montañas, cubiertas de gloria y grandeza, trataban de alcanzar el cielo. Cada vez que cierro mis oídos al clamor de la ciudad, oigo el murmullo de aquellos riachuelos y el crujido de aquellas ramas. Todas esas bellezas a las que me refiero ahora, y que ansío volver a ver, como niño que ansía los pechos de su madre, hirieron mi espíritu, prisionero en la oscuridad de la juventud como el halcón que sufre en su jaula al ver una bandada de pájaros que vuela libremente por el anchuroso cielo. Aquellos valles y aquellas montañas pusieron el fuego en mi imaginación, pero amargos pensamientos tejieron en torno a mi corazón una red de negra desesperanza.

Cada vez que iba yo a pasear por aquellos campos volvía decepcionado, sin saber la causa de mi decepción. Cada vez que miraba yo el cielo gris sentía que el corazón se me encogía. Cada vez que oía yo el canto de los pájaros y los balbuceos de la primavera, sufría, sin comprender la razón de mi sufrimiento. Dicen que la simplicidad hace que un hombre sea vacío, y que ese vacío le hace despreocupado. Acaso sea esto cierto entre quienes nacieron muertos y viven como cadáveres helados; pero el muchacho sensible que siente mucho y lo ignora todo es la más desventurada criatura que alienta bajo el sol, porque se debate entre dos fuerzas. La primera fuerza le impulsa hacia arriba, y le muestra lo hermoso de la existencia a través de una nube de sueños; la segunda le arrastra hacia la tierra, llena sus ojos de polvo y le anonada de temores y hostilidad.

La soledad tiene suaves, sedosas manos, pero sus fuertes dedos oprimen el corazón y lo hacen gemir de tristeza. La soledad es el aliado de la tristeza y el compañero de la exaltación espiritual.

El alma del muchacho que siente el peso de la tristeza es como un blanco lirio que empieza a desplegar sus pétalos. Tiembla con la brisa, abre su corazón en la aurora y vuelve a cerrar sus pétalos al llegar las sombras de la noche. Si ese muchacho no tiene diversiones, ni amigos, ni compañeros de juegos, su vida será como una reducida prisión en la que no ve nada, sino telarañas, y no oye nada, sino el reptar de los insectos.

Tal tristeza que me obsesionaba en mi juventud no era por falta de diversiones, porque si hubiera querido las habría tenido; tampoco era por falta de amigos, porque habría podido tenerlos. Tal tristeza obedecía a un dolor interno que me impulsaba a amar la soledad. Mataba en mí la inclinación a los juegos y a las diversiones, quitaba de mis hombros las alas de la juventud y hacía que fuera yo como un estanque entre dos montañas, que refleja en su quieta superficie las sombras de los fantasmas y los colores de las nubes y de los árboles, pero que no puede encontrar una salida, para ir cantando hacia el mar.

Tal era mi vida antes de que cumpliera yo dieciocho años. El año que los cumplí es como la cima de una montaña en mi vida, porque despertó en mí el conocimiento y me hizo comprender las vicisitudes de la humanidad. En ese año volví a nacer, y a menos que una persona vuelva a nacer, su vida seguirá siendo una hoja en blanco en el libro de la existencia. En ese año vi a los ángeles del cielo mirarme a través de los ojos de una hermosa mujer. También vi a los demonios del infierno rabiando en el corazón de un hombre malo. Aquel que no ve a los ángeles y a los demonios en toda la belleza y en toda la malicia de la vida estará muy lejos del conocimiento, y su espíritu estará ayuno de afecto.

II. LA MANO DEL DESTINO

En la primavera de aquel maravilloso año estaba yo en Beirut. Los jardines estaban llenos de flores de Nisán y la tierra tenía una alfombra de verde césped, que era como un secreto de la tierra revelado al Cielo. Los naranjos y los manzanos, que parecían huríes, o novias enviadas por la Naturaleza para inspirar a los poetas y excitar la imaginación, llevaban blancas huestes de perfumados capullos.

La primavera es hermosa en todas partes, pero es más hermosa en el Líbano. Es un espíritu que vaga por toda la Tierra, pero que hace su morada en el Líbano, conversando con reyes y profetas, cantando con los ríos los Cantares de Salomón y repitiendo con los sagrados cedros del Líbano los recuerdos de antiguas glorias. Beirut, libre de los lodos del invierno y del polvo del verano, en la primavera es como una novia, o como una sirena que se sienta a orillas de un arroyo y que se seca la suave piel a los rayos del sol.

Un día, en el mes de Nisán, fui a visitar a un amigo cuya casa estaba algo apartada de la brillante y hermosa ciudad. Mientras charlábamos, un hombre de aspecto digno, como de unos sesenta años de edad, entró en la casa. Al levantarme a saludarle, mi amigo me lo presentó como Farris Efendi Karamy, y luego mi amigo pronunció mi nombre, con palabras elogiosas. El anciano me miró un momento y se tocó la frente con las puntas de los dedos, como si estuviera tratando de recordar algo. Luego, se acercó a mí sonriente y me dijo: «Es usted hijo de un amigo mío muy querido, y me da mucho gusto ver a ese amigo en la persona de usted.»

Muy conmovido por las palabras del anciano, me sentí atraído hacia él como un pájaro cuyo instinto lo lleva a su nido antes de la inminente tormenta. Al sentarnos, me contó su amistad con mi padre y recordó el tiempo que habían pasado juntos. Los ancianos gustan de remontar sus recuerdos a los días de su juventud, como los extranjeros que ansían volver a su propio país. Se complacen en referir anécdotas del pasado, así como el poeta se complace en recitar su mejor poema. El anciano vive espiritualmente en el pasado, porque el presente pasa para él velozmente, y el futuro le parece una aproximación al olvido de la tumba. Así transcurrió una hora llena de viejos recuerdos, como las sombras de los árboles sobre el césped. Cuando Farris Efendi se levantó para marcharse, me puso la mano izquierda en el hombro y estrechó mi mano derecha, diciendo: «No he visto a tu padre desde hace veinte años. Espero que le sustituyas con frecuentes visitas a mi casa.» Agradecido, le prometí cumplir ese deber de amistad hacia un querido amigo de mi padre.

Al salir el anciano, le pedí a mi amigo que me contara algo más acerca de él. Mi amigo me dijo: «No conozco a ningún hombre en Beirut cuya riqueza le haya hecho amable y cuya bondad le haya hecho rico. Es uno de esos raros hombres que vienen a este mundo y se van de él sin hacer daño a nadie, pero las personas de esa clase generalmente sufren mucho y son víctimas de la opresión, porque no son lo suficientemente hábiles para salvarse de la maldad de los demás. Farris Efendi tiene una hija, de carácter muy parecido al suyo, cuya belleza y gentileza están más allá de toda descripción, y también ella sufrirá mucho, porque la riqueza de su padre ya la está colocando al borde de un horrible precipicio.»

Al pronunciar mi amigo estas palabras, noté que su rostro se ensombrecía. Luego, mi amigo continuó: «Farris Efendi es un buen anciano, de noble corazón, pero le falta fuerza de voluntad. La gente le maneja como a un ciego. Su hija le obedece, a pesar de ser orgullosa e inteligente, y tal es el secreto que gravita en la vida de padre e hija. Este secreto lo descubrió un mal hombre, que también es obispo, y cuya maldad se cobija a la sombra del Evangelio. Este prelado da la apariencia de ser amable y noble. Es la cabeza religiosa de esta tierra de gente piadosa. La gente le rinde obediencia y le venera. Y conduce a esta gente como un rebaño de ovejas hacia el matadero. Este obispo tiene un sobrino, lleno de odio y de corrupción. Más tarde o más temprano, día llegará en que colocará a su sobrino a su derecha y a la hija de Farris Efendi a su izquierda, y, al alzar su impura mano y al pronunciar los votos del matrimonio sobre las cabezas de estos dos jóvenes, unirá una virgen pura a un sucio degenerado, colocando el corazón del día en las entrañas de la noche. Es todo lo que puedo decirte acerca de Farris Efendi y de su hija, así que te ruego que no me hagas más preguntas al respecto.»

Al decir esto, mi amigo volvió la cabeza hacia la ventana, como si estuviera tratando de resolver los problemas de la existencia humana y de concentrarse en la belleza del universo.

Al salir de esa casa, le dije a mi amigo que pensaba yo visitar a Farris Efendi unos días después, con el propósito de cumplir mi promesa, y por la amistad que había unido a él y a mi padre. Se quedó mirándome un momento y noté un cambio en la expresión de su rostro, como si mis escasas y simples palabras le hubieran dado una nueva idea. Luego, me miró a los ojos de extraña manera, con una mirada en que se mezclaban el amor, la piedad y el temor; con la mirada de un profeta que prevé lo que nadie más puede anticipar. Luego, sus labios temblaron levemente, pero mi amigo no dijo nada al dirigirme yo a la puerta. Esa extraña mirada se grabó en mí y no pude comprender su significado hasta que maduré en el mundo de la experiencia, donde los corazones se comprenden uno a otro intuitivamente y donde los espíritus maduran con el conocimiento.

III. LA ENTRADA AL SANTUARIO

Unos cuantos días después, la soledad hizo presa de mí, y me cansé de los estultos rostros de los libros: alquilé un carruaje y me dirigí a la casa de Farris Efendi. Cuando llegamos al pinar en que la gente solía realizar meriendas campestres, el conductor del carruaje tomó un camino privado, bajo la sombra de los sauces, que lo bordeaban a cada lado. Al atravesar el pinar, pudimos ver la belleza de los verdes prados, los viñedos y muchas flores de Nisán, de colores vivos, que empezaban a abrirse.

Unos cuantos minutos después, el carruaje se detuvo ante una casa solitaria, en medio de un hermoso jardín. Saturaban el aire los aromas de las rosas, de las gardenias y del jazmín. Al bajar del carruaje y entrar en el espacioso jardín, vi a Farris Efendi, que salía a mi encuentro. Me invitó a entrar en la casa cordialmente y se sentó a mi lado, como un padre feliz que vuelve a ver a su hijo, y me abrumó con preguntas acerca de mi vida, de mi futuro y de mi educación. Le contesté, y mi voz estaba llena de ambición y celo, porque en mis oídos repicaba con campanas el himno de la gloria, y sentía yo que me lanzaba en mi velero por el calmado mar de los sueños esperanzados. En eso estábamos, cuando una hermosa joven, vestida con bellísimo vestido de seda blanca, apareció tras las cortinas de terciopelo de la puerta y caminó hacia mí. Farris Efendi y yo nos levantamos de nuestros asientos.

«Mi hija Selma», dijo el anciano. Luego, me presentó, diciendo: «El destino me ha devuelto a un querido viejo amigo, en la persona de su hijo.» Selma se quedó mirándome un momento, como si dudara que un visitante pudiera entrar en su casa. Sentí la mano de la muchacha como un blanco lirio y un extraño sobresalto agitó mi corazón.

Volvimos a tomar asiento en silencio, como si Selma hubiese llevado a aquel aposento un espíritu celestial digno de mudo respeto. Al darse cuenta de aquel súbito silencio, la joven me sonrió y dijo: «Mi padre me ha contado muchas veces las anécdotas de su juventud, y de los viejos tiempos en que él y el padre de usted llevaban estrecha amistad. Si el padre de usted le ha contado lo mismo, este encuentro no es el primero entre nosotros.»

El anciano estaba complacido de oír a su hija expresarse así, y dijo: «Selma es muy sentimental. Todo lo ve con los ojos del espíritu.» Luego, reanudó su conversación, con mucho tacto, como si hubiera encontrado en mí un hechizo mágico que le hubiera llevado, en alas del recuerdo, a los días pasados.

Mientras le miraba, pensando en cómo sería yo en mis años posteriores, él se quedó mirándome, como un sereno y viejo árbol que ha soportado muchas tormentas, y al que la luz solar le proyectara la sombra sobre un renuevo que se estremeciera ante la brisa de la aurora.

Pero Selma permanecía silenciosa. De cuando en cuando, me miraba a mí, y luego a su padre, como si estuvieran leyendo al mismo tiempo el primero y el último capítulo del drama de la vida. El día transcurrió rápidamente en aquel jardín, y podía yo ver a través de la ventana el fantasmal beso amarillo del ocaso sobre las montañas del Líbano. Farris Efendi siguió relatando sus experiencias, que yo le escuchaba absorto, y había tanto entusiasmo en mí, que su tristeza se convirtió en alegría.

Selma estaba sentada cerca de la ventana, mirándonos con sus tristes ojos y sin hablar, aunque la belleza tiene su propio lenguaje celestial, más misterioso que las voces de las lenguas y de los labios. Es un lenguaje misterioso, intemporal, común a toda la humanidad; un calmado lago que atrae a los riachuelos cantarinos hacia su fondo y los hace silenciosos.

Sólo nuestros espíritus pueden comprender la belleza, o vivir y crecer con ella. Intriga a nuestras mentes; no podemos describirla con palabras; es una sensación que nuestros ojos no pueden ver y que se deriva tanto del que observa como de quien es observado. La verdadera belleza es un rayo que emana de lo más santo del espíritu e ilumina el cuerpo, así como la vida surge desde la profundidad de la tierra, para dar color y aroma a una flor.

La verdadera belleza reside en la concordancia espiritual que llamamos amor, y que puede existir entre un hombre y una mujer.

¿Acaso mi espíritu y el de Selma se tocaron aquel día en que nos conocimos, y aquel anhelo de llegar hasta ella hizo que la considerase la más hermosa mujer bajo el sol? ¿O acaso estaba yo intoxicado con el vino de la juventud, que me hacía imaginar lo que nunca existió?

¿Acaso mi juventud cegó mis ojos naturales y me hizo imaginar el brillo de sus ojos, la dulzura de su boca y la gracia de todo su cuerpo? ¿O acaso fueron ese brillo, esa gracia y esa dulzura, los que abrieron mis ojos y me mostraron la felicidad y la tristeza del amor?

Difícil es dar respuesta a estas preguntas, pero puedo decir sinceramente que en aquella hora sentí una emoción que nunca había tenido; un nuevo cariño que posaba calmadamente en mi corazón, como el espíritu que vagaba sobre las aguas en el momento de la creación del mundo, y también puedo decir que de ese cariño nacieron mi felicidad y mi tristeza. Así terminó la hora de mi primer encuentro con Selma y así quiso el cielo libertarme de las cadenas de mi solitaria juventud, para permitirme caminar en la procesión del amor.

El amor es la única libertad que existe en el mundo porque eleva tanto al espíritu, que las leyes de la humanidad y los fenómenos naturales no alteran su curso.

Al levantarme de mi asiento para marcharme, Farris Efendi se acercó a mí y me dijo serenamente: «Ahora, hijo mío, ya conoces el camino a esta casa, y debes venir a menudo y sentir que acudes a la casa de tu padre. Considérame tu padre y a Selma, tu hermana.» Al decir esto, el anciano se volvió hacia Selma, como si le pidiera que confirmara aquella declaración. La joven movió la cabeza en señal de asentimiento y me miró como quien vuelve a ver a una persona que se conoce desde hace mucho.

Aquellas palabras que pronunció Farris Efendi Karamy me colocaron al lado de su hija, en el altar del amor. Fueron palabras de un canto celestial que terminó tristemente, aunque había empezado en la más viva exaltación; elevaron nuestros espíritus al reino de la luz y de la trémula llama; fueron la copa de la que al mismo tiempo bebimos la felicidad y la amargura.

Salí de aquella casa. El anciano me acompañó hasta el borde del jardín, mientras mi corazón se agitaba como los labios temblorosos de un hombre sediento.

IV. LA ANTORCHA BLANCA

Acababa de terminar el mes de Nisán y yo seguía visitando la casa de Farris Efendi, y seguía viendo a Selma en aquel hermoso jardín, contemplando su belleza, maravillándome de su inteligencia y oyendo los silentes pasos de la tristeza. Sentía yo que una mano invisible me llevaba hacia ella.

En cada visita percibía yo un nuevo significado de su belleza y una nueva intuición de su dulce espíritu, hasta que la joven llegó a ser como un libro cuyas páginas pude entender, y cuyos elogios podía yo cantar, pero que nunca podría terminar de leer. Una mujer a la que la Providencia ha dotado de belleza espiritual y corporal es una verdad, a la vez manifiesta y secreta, que sólo podemos comprender mediante el amor y a la que sólo podemos tocar con la virtud, y cuando hacemos el intento de describir a tal mujer, su imagen se desvanece como el vapor.

Selma Karamy poseía belleza corporal y espiritual, pero, ¿cómo describirla a quien no la haya conocido? ¿Puede un hombre muerto recordar el canto de un ruiseñor, y la fragancia de una rosa, y el susurro de un arroyo? ¿Puede un prisionero cargado de pesadas cadenas seguir a la brisa de la aurora? ¿Acaso el orgullo me impide hacer la descripción de Selma sólo con palabras, ya que no puedo pintarla con luminosos colores?

El hombre hambriento en el desierto no se negará a comer pan duro, si el Cielo no hace llover sobre él el maná y las codornices. En su blanco vestido de seda, Selma estaba esbelta como un rayo de luz de la luna que pasara al través del cristal de la ventana. Caminaba graciosa y rítmicamente. Hablaba en voz baja y con dulces entonaciones; las palabras salían de sus labios como gotas de rocío que cayeran de los pétalos de las flores, al agitarlas el viento.

Pero, ¡qué decir del rostro de Selma! Ninguna palabra podría describir su expresión, que reflejaba ora gran sufrimiento interno, ora exaltación celestial.

La belleza del rostro de Selma no era clásica; era como un sueño de revelación que no se puede medir ni circundar, ni copiar con el pincel de un pintor, ni con el cincel de un escultor. La belleza de Selma no residía propiamente en sus cabellos de oro, sino en la virtud y en la pureza que los rodeaban; no en sus grandes ojos, sino en la luz que emanaba de ellos; no en sus rojos labios, sino en la dulzura de sus palabras; no en su cuello de marfil, sino en el suave arco de su frente. Tampoco residía su belleza en la línea perfecta de su cuerpo, sino en la nobleza de su espíritu, que ardía como una blanca antorcha entre la tierra y el cielo. Su belleza era como el don de la poesía. Pero los poetas son personas desventuradas, pues, por más alto que se eleven sus espíritus, siempre estarán envueltos en una atmósfera de lágrimas.

Selma era muy pensativa, más que parlanchina, y su silencio era como una música que le llevaba a uno a un mundo de sueños y que le hacía a uno escuchar los latidos del propio corazón y ver los fantasmas de los propios pensamientos y sentimientos al lado de uno, como si nos miraran a los ojos.

Selma tenía un aura de profunda tristeza que la acompañó toda su vida, y que acentuaba su extraña belleza y su dignidad, como un árbol en flor que nos parece más bello cuando lo vemos envuelto en la niebla del alba.

La tristeza fue un lazo de unión para su espíritu y para el mío, como si viéramos en el rostro del otro lo que el corazón sentía, y como si oyéramos al mismo tiempo el eco de una voz oculta. Dios había creado dos cuerpos en uno, y la separación no podría ser sino una cruel agonía.

Los espíritus melancólicos reposan al unirse con otros espíritus afines. Se unen afectuosamente, como un extranjero al ver a un compatriota suyo en tierras lejanas. Los corazones que se unen por la tristeza no serán separados por la gloria de la felicidad. El amor que se purifica con lágrimas seguirá siendo eternamente puro y hermoso.

V. LA TEMPESTAD

Un día, Farris Efendi me invitó a cenar en su casa. Acepté, y mi espíritu, hambriento del divino pan que el Cielo había puesto en las manos de Selma, estaba hambriento, sobre todo de ese pan espiritual que da más hambre a nuestros corazones mientras más comemos de él. Era ese pan que Kais, el poeta árabe, Dante y Safo probaron, y que incendió sus corazones; el pan que la diosa prepara con la dulzura de los besos y la amargura de las lágrimas.

Al llegar a la casa de Farris Efendi vi a Selma sentada en un banco del jardín, descansando la cabeza en el tronco de un árbol y con el aspecto de una novia ataviada con su blanco vestido de seda, o como un centinela que custodiara aquellos parajes.

Silenciosa y reverentemente me acerqué a ella y me senté a su lado. No podía yo hablar, así que recurrí al silencio, único lenguaje del corazón, pero sentí que Selma estaba escuchando mi mensaje sin palabras y que observaba el fantasma de mi alma en mis ojos.

Al cabo de unos minutos, el anciano salió de la casa y me saludó con la cordialidad de siempre. Al extender la mano hacia mí, sentí como si estuviera bendiciendo los secretos que nos unían a mí y a su hija. Luego, el anciano dijo: «La cena está servida, hijos míos; entremos a comer.» Nos levantamos de nuestros asientos y le seguimos; los ojos de Selma brillaban, pues un nuevo sentimiento se había añadido a su amor, al oír que su padre nos decía «hijos míos».

Nos sentamos a la mesa y disfrutamos de la buena comida y del vino añejo, pero nuestras almas estaban viviendo en un mundo muy lejano; éramos tres personas inocentes, que sentían mucho y sabían poco; se estaba desarrollando un drama entre un anciano que amaba a su hija y quería su felicidad, una joven de veinte años que miraba hacia el futuro con ansiedad y un joven que soñaba y se preocupaba, y que aún no probaba el vino de la vida, ni su vinagre, y que trataba de llegar hasta la altura del amor y del conocimiento, pero que era incapaz de alzarse por sí mismo. Allí estábamos los tres, sentados a la luz del crepúsculo, comiendo y bebiendo en aquella casa solitaria, custodiada por los ojos de Dios, pero en los fondos de nuestras copas se ocultaban la amargura y la angustia.

Al término de la cena, una de las criadas anunció la presencia de un hombre en la puerta, que deseaba ver a Farris Efendi. «¿Quién es?», preguntó el anciano. «El mensajero del obispo», dijo la criada. Hubo un momento de silencio, durante el cual Farris Efendi miró a su hija, como un profeta que consultara al firmamento para adivinar su secreto. Luego dijo: «Que entre.»

Poco después, un hombre, en uniforme oriental y que llevaba un gran bigote retorcido en las puntas, entró en el aposento y saludó al anciano con estas palabras: «Su Ilustrísima, el obispo, le ha enviado a usted su carruaje particular; desea tratar asuntos importantes con usted.» El rostro del anciano se ensombreció y su sonrisa se borró. Tras un momento de honda reflexión, se acercó a mí y me dijo en tono amistoso: «Espero encontrarte aquí cuando vuelva, pues Selma disfrutará de tu compañía en este lugar solitario.»

Y diciendo esto, se volvió hacia Selma, y al tiempo que sonreía le preguntó a la muchacha si estaba de acuerdo. La joven asintió con la cabeza, pero sus mejillas se tornaron rojas y, con voz más dulce que la música de la lira, dijo: «Padre, haré lo posible para que nuestro huésped esté contento.»

Selma observó el carruaje que llevaba a su padre a casa del obispo, hasta que desapareció de nuestra vista. Luego, se sentó frente a mí en un diván forrado de seda verde. Parecía un lirio doblado hacia la alfombra de verde césped por la brisa de la aurora. Fue voluntad del Cielo que aquella noche estuviera yo a solas con Selma, en su hermosa casa rodeada de árboles, donde el silencio, el amor, la belleza y la virtud moraban juntos.

Ambos guardábamos silencio, esperando que el otro hablara, pero no es el lenguaje hablado el único medio de comprensión entre dos almas. No son las sílabas que salen de los labios y de las lenguas las que unen a los corazones.

Hay algo más alto y puro de cuanto la boca puede pronunciar. El silencio ilumina nuestras almas, susurra en nuestros corazones y los une. El silencio nos separa de nosotros mismos, nos hace viajar como en un velero por el firmamento del espíritu y nos acerca al Cielo; nos hace sentir que los cuerpos no son más que prisioneros y que este mundo es sólo un lugar de exilio transitorio.

Selma me miró, y sus ojos reflejaban el secreto de su corazón. Luego, me dijo en voz baja: «Vayamos al jardín; sentémonos bajo los árboles y contemplemos la Luna saliendo tras las montañas.» Obedecí y me levanté de mi asiento, pero vacilé. Le dije:

«¿No crees que es mejor permanecer aquí, y esperar a que la Luna esté alta e ilumine el jardín?» Y añadí: «La oscuridad oculta los árboles y las flores. No podremos ver nada.»

Y ella me contestó: «Si la oscuridad oculta los árboles y las flores a nuestros ojos, no podrá ocultar el amor a nuestros corazones.»

Y al pronunciar estas palabras en un extraño tono de voz, Selma volvió la mirada hacia la ventana. Guardé silencio, pesando cada palabra de mi amada y saboreando el significado de cada sílaba. Luego, me miró como si lamentara lo que acababa de confesarme y trató de alejar esas palabras de mi oído con la magia de sus ojos. Pero aquellos ojos, en vez de hacerme olvidar lo que la joven acababa de expresar, repitieron en la profundidad de mi ser, más clara y eficazmente, las dulces palabras que ya se habían grabado en mi memoria, para toda la eternidad.

Cada belleza y cada grandeza de este mundo es creada por una sola emoción, o por un solo pensamiento en el interior del hombre. Cada cosa que vemos hoy, realizada por pasadas generaciones, fue, antes de adquirir su apariencia, antes de aparecer, un solo pensa-

miento en la mente de un hombre o un solo impulso en el corazón
de una mujer. Las revoluciones que han derramado tanta sangre, y
que han transformado las mentes humanas para orientarlas hacia la
libertad, fueron una idea de un hombre, que vivió entre miles de
hombres. Las devastadoras guerras que han destruido imperios fueron un pensamiento que existió en la mente de un individuo. Las
supremas enseñanzas que han cambiado el destino de la humanidad
fueron inicialmente las ideas de un hombre, cuyo genio le distinguió
de su medio. Un solo pensamiento hizo que se construyeran las pirámides, un solo pensamiento fundó la gloria del islam y un solo pensamiento causó el incendió de la biblioteca de Alejandría.

Un solo pensamiento acudirá en la noche a la mente del hombre,
y ese pensamiento puede elevarle hasta la gloria o reducirle al asilo
para locos. Una sola mirada de mujer puede hacer del hombre el más
feliz del mundo. Una sola palabra de un hombre puede hacernos
ricos o pobres.

La palabra que pronunció Selma aquella noche me suspendió
entre mi pasado y mi futuro, como a un barco anclado en medio del
océano. Aquella palabra despertó a mi ser del letargo de la juventud,
del sueño de la soledad, y me lanzó al escenario de la vida, en que la
vida y la muerte representan sus respectivos papeles.

El aroma de las flores se mezclaba con la brisa cuando salimos al
jardín y nos sentamos silenciosamente en un banco, cerca de un
arbusto de jazmín, a escuchar la respiración de la Naturaleza dur-
miente, mientras en el azul del cielo los ojos de lo inefable presen-
ciaban nuestro drama.

La Luna salió tras el monte Sunín y alumbró las costas, las colinas y las montañas. Y podíamos ver las aldeas desparramadas por el
valle como apariciones que de pronto surgieran ante algún conjuro
de la nada. Podíamos contemplar la belleza de todo el Líbano bajo
los plateados rayos de la Luna.

Los poetas occidentales piensan en el Líbano como en un sitio
legendario, olvidado, puesto que por allí pasaron David, Salomón y
los profetas; como el jardín del Edén, perdido tras la caída de Adán
y Eva. Para esos poetas occidentales, la palabra *Líbano* es una poé-
tica expresión, que asocian a la montaña cuyas laderas están perfumadas por el incienso de los Santos Cedros. Les recuerda los templos de cobre y mármol erectos, firmes e impenetrables, y los rebaños
de ciervos pastando en los verdes valles. Aquella noche, yo mismo
vi al Líbano de ensueño, con los ojos de un poeta.

Así cambia la apariencia de las cosas según las emociones, y así vemos la magia y la belleza en las cosas, pero lo que sucede es que la belleza y la magia están realmente en nosotros mismos.

Mientras los rayos de la Luna brillaban en el rostro, en el cuello y en los brazos de Selma, parecía una estatua de marfil, esculpida por los dedos de algún adorador de Ishtar, la diosa de la belleza y del amor. Y, mirándome, mi amada me dijo: «¿Por qué callas? ¿Por qué no me cuentas algo de tu pasado?» Al mirarla, mi mutismo desapareció y mis labios se abrieron, y le dije: «¿No oíste lo que te dije al encaminarnos a este huerto? El espíritu que oye el susurro de las flores y el canto del silencio también puede oír el estremecimiento de mi alma y el clamor de mi corazón.»

Selma ocultó el rostro en las manos y me dijo, con voz vacilante: «Sí, te oí: oí una voz que venía del seno de la noche y un clamor surgiendo del corazón del día.»

Y olvidando mi pasado, mi existencia misma, todo lo que no fuera Selma, le repliqué: «Y yo también te oí, Selma. Oí una música regocijante que vibraba en el aire y que hizo que todo el universo se estremeciera.»

Al oír estas palabras, mi amada cerró los ojos, y en sus labios vi una sonrisa de placer, mezclado con tristeza. Me susurró suavemente: «Ahora sé que hay algo más alto que el cielo, y más hondo que el océano, y más extraño que la vida, la muerte y el tiempo. Ahora sé lo que no sabía antes de conocerte...»

En aquel momento, Selma llegó a ser para mí una persona más querida que una amiga, más íntima que una hermana y más adorable que una novia. Llegó a ser un pensamiento supremo, una emoción incontrolable, un hermoso sueño que vivía en mi espíritu.

Nos equivocamos al pensar que el amor nace de una larga camaradería y de perseverante enamoramiento. El amor es el renuevo y el vástago de la afinidad espiritual, y a menos que se cree esa afinidad en un momento dado, no se creará en años ni en generaciones.

Luego, Selma alzó la cabeza y miró al horizonte, en el que el monte Sunín se encuentra con el cielo, y dijo: «Ayer eras como un hermano para mí, con el que vivía y con el que me sentaba calmadamente a charlar, bajo los cuidados de mi padre. Ahora, siento la presencia de algo más misterioso y dulce que el cariño a un hermano: un sentimiento de naciente amor que no había conocido y un temor que al mismo tiempo embarga a mi corazón de tristeza y felicidad.»

Y le respondió: «Esta emoción que nos llena de temor y que nos estremece cuando traspasa nuestros corazones es la ley de la Naturaleza, que guía a la Luna alrededor de la Tierra, y al Sol alrededor de Dios.»

En seguida, mi amada me puso una mano en la cabeza y me acarició el pelo. Su rostro brillaba y caían lágrimas de sus ojos, como gotas de rocío en los pétalos de un lirio, y me dijo: «¿Quién creerá nuestra historia? ¿Quién creerá que en estas horas hemos franqueado los obstáculos de la duda? ¿Quién creerá que el mes de Nisán, que nos unió, es el mes que nos detuvo en el silencio más santo de la Vida?»

Su mano estaba todavía en mi cabeza mientras decía esto, y no habría yo cambiado esa mano por una corona real, ni por una guirnalda de gloria; nada me parecía más valioso y amable que aquella hermosa, suave mano, cuyos dedos jugueteaban con mi pelo.

Y le dije: «La gente no creerá nuestra historia, porque no sabe que el amor es la única flor que crece y florece sin el concurso de las estaciones; pero, ¿fue realmente el mes de Nisán el que nos reunió y es esta hora la que nos ha suspendido en el recinto más santo de la Vida? ¿No es la mano de Dios la que nos acercó y la que hizo que seamos prisioneros uno del otro, hasta que terminen nuestros días y todas nuestras noches? La vida del hombre no empieza en el seno materno, y nunca termina con la muerte, en la tumba, y este firmamento, lleno de luz de luna y de estrellas, no está ayuno de almas que se aman, ni de espíritus intuitivos.»

Al retirar Selma la mano de mi pelo, sentí una vibración eléctrica en las raíces de los cabellos, y la sensación se mezcló a la suave caricia de la brisa nocturna. Y como un devoto que recibe la bendición divina al besar el altar en un santuario, tomé la mano de Selma y mis ardientes labios depositaron un largo beso en ella, e incluso ahora el recuerdo de aquel beso funde mi corazón y su dulzura me extasía.

Transcurrió así una hora, y cada minuto de ella fue un año de amor. El silencio de la noche, la luz de la Luna, las flores y los árboles nos hicieron olvidar toda realidad que no fuera el amor, cuando, de pronto, oímos el galope de unos caballos y el chirrido de las ruedas de un carruaje. Despertados de nuestro placentero arrobamiento, y vueltos bruscamente del mundo de los sueños al mundo de la perplejidad y de las penas, nos dimos cuenta de que el anciano había regresado de su visita. Nos levantamos de nuestros asientos y caminamos por el huerto, para salir a su encuentro.

Al llegar el carruaje a la entrada del jardín, Farris Efendi bajó de él y caminó lentamente hacia nosotros, con la cabeza inclinada hacia delante, como si estuviera llevando una pesada carga. Se acercó a Selma, le colocó las manos en los hombros y la miró profundamente. Las lágrimas corrían por el arrugado rostro del anciano y sus labios temblaban con forzada sonrisa triste. Con voz quebrada por la emoción, le dijo: «Amada Selma, hija mía, muy pronto te alejarán de los brazos de tu padre, para que vayas a los brazos de otro hombre. Muy pronto el Destino te arrancará de esta solitaria casa y te llevará al espacioso mundo, y este jardín perderá la presión de tus pasos y tu padre será un extraño para ti. Ya está decidido. ¡Que Dios te bendiga!»

Al oír estas palabras, el rostro de Selma se ensombreció y sus ojos se helaron, como si hubiera sentido una premonición de la muerte. Luego, lanzó un grito, como un ave a la que se abate de un tiro, y con visible dolor, temblando, dijo con voz quebrada: «¿Qué dices? ¿Qué quieres decir? ¿Adónde me vas a enviar?»

Luego, miró a su padre como tratando de descifrar su secreto. Un momento después, dijo: «Comprendo. Lo comprendo todo. El obispo te ha pedido mi mano y ha preparado una jaula para este pajarillo de alas rotas. ¿Es este tu deseo, padre?»

La respuesta del anciano fue un profundo suspiro. Condujo a Selma al interior de la casa, con ternura, y mientras yo permanecí en pie en el jardín, sintiendo que la perplejidad me invadía en oleadas, como una tempestad sobre las hojas de otoño. Luego, los seguí hasta la sala y, para evitar una escena molesta, estreché la mano del anciano, dirigí una larga mirada a Selma, mi hermosa estrella, y salí de la casa.

Cuando iba yo llegando al extremo del jardín, oí la voz del anciano que me llamaba y me volví para ir a su encuentro. Me tomó de la mano y se disculpó diciendo: «Perdóname, hijo mío. Te he echado a perder la noche con mis lágrimas, pero por favor ven a verme cuando mi casa esté vacía, y me encuentre yo solo y desesperado. La juventud, mi querido hijo, no armoniza con la noche; pero tú tendrás la bondad de venir a verme y de recordarme aquellos días de mi juventud compartidos con tu padre, y me darás las noticias que haya en la vida, la cual ya no me contará entre sus hijos. ¿Vendrás a visitarme cuando Selma se vaya y me quede yo aquí, completamente solo?»

Mientras el anciano pronunciaba estas tristes palabras, estreché su mano silenciosamente y sentí que unas lágrimas tibias caían de sus ojos hasta mi mano. Temblando de tristeza y de afecto filial, salí de aquella casa con el corazón anonadado de pena. Pero antes de salir alcé el rostro y él vio lágrimas en mis ojos; se inclinó hacia mí, me dio un beso en la frente y me dijo: «¡Adiós, hijo mío! ¡Adiós!»

Las lágrimas de un anciano son más potentes que las de un joven, porque constituyen el residuo de la vida en un cuerpo que se va debilitando. Las lágrimas de un joven son como una gota de rocío en el pétalo de una rosa, mientras que las de un anciano son como una hoja amarillenta que cae al embate del viento, cuando se aproxima el invierno.

Cuando salí de la casa de Farris Efendi Karamy, la voz de Selma aún vibraba en mis oídos; su belleza me seguía como un espectro y las lágrimas de su padre se iban secando en mi mano.

Mi vida fue como la salida de Adán del Paraíso, pero la Eva de mi corazón no estaba conmigo para hacer del mundo entero un Edén. Aquella noche, en que había yo nacido por segunda vez, sentí también que había visto el rostro de la muerte por vez primera.

Así, el sol puede dar vida y matar poco después, con su calor, los sembrados campos.

VI.   EL LAGO DE FUEGO

Todo lo que hace el hombre secretamente en la oscuridad de la noche será revelado claramente a la luz del día. Las palabras que se pronuncian en privado se convertirán inesperadamente en conversación común. Los actos que hoy escondemos en los rincones de nuestra casa, mañana serán pregonados en cada calle.

Así, los fantasmas de la oscuridad revelaron el propósito de la entrevista del obispo Bulos Galib con Farris Efendi Karamy y la conversación que sostuvieron fue repitiéndose por todo el vecindario, hasta que llegó a mis oídos.

La discusión que tuvo lugar aquella noche entre el obispo Bulos Galib y Farris Efendi no fue acerca de los problemas de los pobres, de las viudas y de los huérfanos. El propósito principal de mandar llamar a Farris Efendi y de llevarle en el coche del obispo fue pedir la mano de Selma para el sobrino del obispo, Mansour Bey Galib.

Selma era la hija única del acaudalado Farris Efendi, y la elección del obispo cayó en Selma, no por su belleza y su noble espíritu, sino por el dinero de su padre, que garantizaría a Mansour Bey una gran fortuna y haría de él un hombre importante.

Los jefes religiosos del Cercano Oriente no se conforman con su propia opulencia, sino que tratan de que todos los miembros de sus familias tengan posiciones de dominio y formen parte de la clase opresora. La gloria de un príncipe se transmite por herencia a su primogénito, pero la exaltación de un jefe religioso debe ser como un contagio entre sus hermanos y sobrinos. Así, los obispos cristianos, los imanes mahometanos y los sacerdotes brahmanes se convierten en pulpos que atrapan a sus presas con muchos tentáculos y succionan su sangre con muchas bocas.

Cuando el obispo pidió la mano de Selma para su sobrino, la única respuesta que recibió del anciano fue un profundo silencio y amargas lágrimas, pues le dolía perder a su hija única. El alma de cualquier hombre tiembla cuando se le separa de su hija única, a la que ha criado amorosamente y que ya se ha convertido en hermosa joven.

La tristeza de los padres cuando se casa una hija es igual a su felicidad cuando se casa un hijo, porque un hijo aporta a la familia un nuevo miembro, mientras que una hija, al casarse, se aleja de la familia.

Farris Efendi tuvo que plegarse a la petición del obispo, aunque con renuencia, porque Farris Efendi sabía muy bien que el sobrino del obispo era un hombre peligroso, lleno de odio, malvado y corrompido.

En el Líbano, ningún cristiano puede oponerse a la voluntad de su obispo sin perder su buena fama. Ningún hombre puede desobedecer a su jefe religioso sin perder su buena reputación. El ojo no podría resistirse a la amenaza de una lanza sin recibir cruel herida, y la mano que empuñara la espada contra el jefe espiritual sería arrancada del brazo.

Supongamos que Farris Efendi se hubiera opuesto a la voluntad del obispo, y que no hubiera obedecido a su deseo; la reputación de Selma se habría enlodado y su nombre habría corrido de boca en boca, irreparablemente sucio. Porque, para la zorra, los racimos de uvas que están demasiado altos están verdes y no son apetecibles.

De esta manera, el destino hizo presa de Selma y la condujo, como a una humillada esclava, a la numerosa procesión de las sufridas mujeres orientales, y así cayó ese noble espíritu en la trampa, después de haber volado libremente con las blancas alas del amor, bajo un cielo nimbado de luz de luna y aromatizado con la esencia de las flores.

En algunos países, la riqueza de los padres es una fuente de sufrimientos para los hijos. El fuerte y pesado cofre que el padre y la madre han utilizado como garantía de seguridad y de riqueza llega a ser una estrecha y oscura prisión para las almas de sus herederos. El todopoderoso Dinar, la moneda a la que la gente rinde culto, llega a ser un demonio que castiga el espíritu y aniquila a los corazones. Selma Karamy fue una de esas víctimas de la riqueza de sus padres y de la voracidad de su prometido. Si no hubiera sido por la riqueza de su padre, Selma viviría aún, sana y feliz.

Transcurrió una semana. El amor de Selma era mi único pensamiento, que por la noche me cantaba canciones, y que me despertaba al alba para revelarme el misterio de la vida y los secretos de la Naturaleza. Un amor como el que yo sentía por Selma es un amor celestial, desprovisto de celos, rico, y que nunca hace daño al espíritu. Es una profunda afinidad que sumerge el alma en una fuente de alegría; es una gran hambre de afecto y ternura que, cuando se satisface, llena el alma de bondad y riqueza; es una ternura que crea esperanza sin agitar el alma, transformando la tierra en paraíso, y la vida en un dulce y hermoso sueño. Por las mañanas, cuando caminaba yo por los campos, veía un signo de la Eternidad en el despertar de la Naturaleza, y al sentarme en la playa escuchaba las olas, entonando el cántico de la Eternidad. Y al caminar por las calles veía yo la belleza de la vida y el esplendor de la humanidad, en la apariencia de los transeúntes y en los movimientos de los trabajadores.

Aquellos días pasaron como fantasmas y desaparecieron como nubes, y pronto no dejarían en mí sino tristes recuerdos. Los ojos con los que solía yo mirar la belleza de la primavera y el despertar de la Naturaleza ya no podían ver sino la furia de la tempestad y la miseria del invierno. Mis oídos, que antes oían con agrado el canto de las olas, ya sólo oían el ulular del viento y el embate del mar contra los acantilados. El alma que antes observaba feliz el vigor incansable de la humanidad y la gloria del universo sentía la tortura del conocimiento de su decepción y frustración. Nada había sido más hermoso que aquellos días de amor, y nada era más amargo que aquellas horribles noches de tristeza.

El fin de semana, no pudiendo ya contenerme, me dirigí una vez más a casa de Selma, al santuario que la Belleza había erigido y que el Amor había colmado de bendiciones, en la que el espíritu podía rendir culto y el corazón podía arrodillarse humildemente y orar. Al entrar nuevamente en el jardín, sentí que un poder ignoto me sacaba de este mundo y me colocaba en una esfera sobrenatural, liberada de la lucha y de las penalidades. Como un místico que recibiera una revelación celestial, me vi a mí mismo entre los árboles y las flores, y al aproximarme a la casa vi a Selma, sentada en un banco a la sombra del jazmín, donde habíamos estado juntos hacía una semana, aquella noche que la Providencia había elegido para que nacieran al mismo tiempo mi felicidad y mi tristeza.

Mi amada no hizo ningún movimiento, ni habló, al acercarme a ella. Parecía saber intuitivamente que iba yo a llegar y, al sentarme a su lado, me miró un momento y exhaló un profundo suspiro; luego, volvió la cabeza y miró hacia el cielo. Al cabo de un momento lleno de mágico silencio, se volvió hacia mí y, temblando, tomó mi mano entre las suyas y me dijo con desmayada voz: «Mírame, amigo mío: examina mi rostro y lee en él lo que quieres saber y lo que no puedo decirte. Mírame, amado mío; mírame, hermano mío.»

La miré atentamente y vi que aquellos ojos que días antes habían sonreído como labios felices, y que habían aleteado como un ruiseñor, estaban hundidos y helados con la tristeza y el dolor. Su rostro, que había sido como un lirio que abriera sus pétalos bajo la caricia del sol, se había marchitado y no mostraba ningún color. Sus dulces labios eran como dos rosas anémicas que el otoño ha dejado en sus tallos. Su cuello, que había sido una columna de marfil, se inclinaba hacia delante, como si ya no pudiese soportar la carga del dolor que albergaba su cabeza.

Observé todos estos cambios en el rostro de Selma, pero para mí eran como una nube pasajera que cubre el rostro de la Luna y la hace más bella. Una mirada que revela un dolor interno añade más belleza al rostro, por más tragedia y dolor que refleje; en cambio, el rostro que silencioso no exterioriza ocultos misterios no es hermoso, por más simétricas que sean sus facciones. La copa no atrae a nuestros labios, a menos que veamos el color del vino a través del cristal transparente.

Aquella tarde, Selma era como una copa rebosante de vino celestial, especiado con lo amargo y lo dulce de la vida. Sin saberlo, mi amada simbolizaba a todas las mujeres orientales, que no abandonan el hogar de sus padres hasta que les echan al cuello el pesado yugo del esposo, y que no salen de los amantes brazos de sus madres hasta que van a vivir en calidad de esclavas a otro lugar, donde tienen que soportar los malos tratos de la suegra.

Seguí mirando a Selma, y escuchando los gritos de su espíritu deprimido, y sufriendo junto con ella, hasta que sentí que el tiempo se había detenido y que el universo había vuelto a la nada. Lo único que podía yo ver eran sus grandes ojos que me miraban fijamente, y lo único que podía sentir era su fría y temblorosa mano, que apretaba la mía.

Salí de mi letargo al oír que Selma decía con voz queda: «Ven, amado mío; hablemos del horrible futuro antes de que llegue. Mi padre acaba de salir para ver al hombre que va a ser mi compañero hasta la muerte. Mi padre, al que Dios escogió como autor de mis días, se entrevistará con el hombre que el mundo ha escogido para que sea mi amo por el resto de mis días. En el corazón de esta ciudad, el anciano que me acompañó en mi juventud verá al hombre joven que será mi compañero en los años futuros. Esta noche, ambas familias fijarán la fecha del matrimonio. ¡Qué extraña e impresionante hora! La semana pasada, a esta misma hora, bajo este mismo jazmín, el Amor besó mi alma por primera vez, mientras el Destino estaba escribiendo la palabra decisiva de mi vida en la mansión del obispo. Y ahora, mientras mi padre y mi pretendiente están fijando el día del matrimonio, veo que tu espíritu vaga en torno mío como un pájaro sediento, que aletea desesperado sobre un manantial, vigilado por una hambrienta serpiente. ¡Ah, cuán grande es esta noche y cuán hondo es su misterio!»

Al oír esas palabras, sentí que el oscuro fantasma de la desesperanza se apoderaba de nuestro amor, para aniquilarlo en su infancia, y le dije: «Este pájaro seguirá aleteando sobre ese manantial hasta que la sed lo aniquile, o hasta que caiga en las fauces de una serpiente, y sea presa del reptil.»

Y Selma me replicó: «No, amado mío; ese ruiseñor debe seguir viviendo y cantando, hasta que llegue la oscuridad, hasta que pase la primavera, hasta el fin del mundo, y debe seguir cantando eternamente. Su voz no debe sofocarse, porque da vida a mi corazón, y sus alas no deben quebrarse, porque su movimiento ahuyenta las nubes de mi corazón.»

Luego, dije en un susurro: «Selma, amada mía, la sed matará a ese ruiseñor, y si no la sed, el miedo.»

Y ella me respondió inmediatamente, con labios temblorosos: «La sed del alma es más dulce que el vino de las cosas materiales, y el temor del espíritu es más valioso que la seguridad del cuerpo. Pero escucha, amado mío; escúchame con atención: este día estoy en el umbral de una nueva vida, de la que nada sé. Soy como un ciego que camina a tientas y que procura no caer. La riqueza de mi padre me ha llevado al mercado de esclavas y ese hombre codicioso me ha comprado. No le conozco ni le amo, pero aprenderé a amarle, le obedeceré, le serviré y le haré feliz. Le daré todo lo que una débil mujer puede darle a un hombre fuerte.

Pero tú, amado mío, aún estás en lo mejor de la vida. Puedes caminar libremente por la senda espaciosa de la vida, alfombrada de flores. Eres libre para atravesar el ancho mundo, haciendo de tu corazón una antorcha que ilumine tu camino. Puedes pensar, hablar y actuar libremente; puedes escribir tu nombre en el rostro de la vida, pues eres hombre; puedes vivir como un amo, porque la riqueza de tu padre no te llevará al mercado de esclavos, y no te comprarán ni te venderán; puedes casarte con la mujer que elijas, y antes de que viva en tu hogar puedes albergarla en tu corazón y puedes intercambiar confidencias con ella, sin ningún obstáculo.»

Reinó un momento el silencio y luego Selma continuó:

«Pero, ¿es hora de que la Vida nos aparte para que tú puedas alcanzar la gloria del hombre y para que yo me vaya a cumplir con los deberes de la mujer? ¿Para esto el valle se traga en sus profundidades la canción del ruiseñor, y para esto el viento esparce los pétalos de la rosa, y para esto los pies han apisonado el vino? ¿Fueron en vano todas esas noches que pasamos a la luz de la Luna bajo el jazmín, donde nuestras almas se unieron? ¿Hemos volado velozmente hacia las estrellas hasta que se cansaron nuestras alas, y estamos descendiendo ahora al abismo? ¿O acaso el Amor estaba dormido cuando vino a nosotros, y al despertar montó en ira y decidió castigarnos? ¿O quizá nuestros espíritus transformaron la brisa de la noche en un viento huracanado que nos hizo pedazos y nos barrió, como si fuéramos polvo, a la profundidad del valle? Nosotros no hemos desobedecido a ningún mandamiento, ni hemos probado el fruto prohibido; así que, dime, ¿qué nos obliga a abandonar este paraíso? Nosotros nunca hemos conspirado ni nos hemos rebelado; entonces, ¿por qué estamos bajando al infierno? No, no; los momentos que nos unieron son más grandes que los siglos, y la luz que iluminó nuestros espíritus es más fuerte que la oscuridad; si la tempestad nos separa en este océano borrascoso, las olas nos unirán nuevamente en la playa tranquila, y si esta vida nos mata, la muerte nos unirá. El corazón de una mujer no cambia con el tiempo ni con las estaciones; incluso si muere cada día, en la eternidad, nunca perece. El corazón de una mujer es como un campo, convertido en campo de batalla; después de que los árboles se han desarraigado, y que el césped se ha quemado, y que las rocas se han teñido de roja sangre, y después de que la tierra se ha sembrado de huesos y de cráneos, ese campo permanece quieto y silencioso, como si nada hubiera pasado; porque la primavera y el otoño vuelven a su debido tiempo y reanudan su labor.

Y ahora, amado mío, ¿qué haremos? ¿Cómo nos separaremos y cuándo volveremos a encontrarnos? ¿Hemos de considerar que el amor fue un visitante extranjero, que llegó en la noche y nos abandonó por la mañana? ¿O supondremos que este cariño fue un sueño que llegó a nosotros mientras dormíamos y se marchó cuando despertamos?

¿Consideraremos que esta semana fue una hora de ebriedad, a la que seguirá la serenidad? Alza el rostro y mírame, bien amado; abre la boca y déjame oír tu voz. ¡Háblame! ¿Te acordarás de mí después de que esta tempestad haya hundido el barco de nuestro amor? ¿Oirás el susurro de mis alas en el silencio de la noche? ¿Oirás mi espíritu vagando y aleteando en torno tuyo? ¿Escucharás mis suspiros? ¿Verás mi sombra aproximarse a ti con las sombras del anochecer y verás que luego se desvanece con el resplandor de la aurora? Dime, amado mío, ¿qué serás después de haber sido un mágico rayo de luz para mis ojos, una dulce canción para mis oídos y unas alas para mi alma? ¿Qué serás después?»

Al oír estas palabras, sentí que mi corazón se deshacía, y le contesté: «Seré lo que tú quieras que sea, amada mía.»

Y a continuación ella me dijo: «Quiero que me sigas amando como ama un poeta sus melancólicos pensamientos. Quiero que me recuerdes como un viajero recuerda el quieto estanque en que se reflejó su imagen, al saciar la sed en cristalinas aguas. Quiero que me recuerdes como recuerda una madre a su hijo muerto antes de nacer, y quiero que me recuerdes como un rey misericordioso recuerda a un prisionero, muerto antes de que llegara el perdón real. Quiero que seas mi compañero y que visites a mi padre y le consueles en su soledad, porque pronto le abandonaré y seré una extraña para él.»

Y yo le contesté: «Haré todo lo que me has dicho y haré de mi alma un abrigo para tu alma, y de mi corazón una residencia para tu belleza, y de mi pecho una tumba para tus penas. Te amaré, Selma, como las praderas aman a la primavera, y viviré en ti la vida de una flor bajo los rayos del sol. Cantaré tu nombre como el valle canta el eco de las campanas de las iglesias aldeanas; escucharé el lenguaje de tu alma como la playa escucha el cuento de la olas. Te recordaré como un extraño recuerda su amado país, como un hambriento recuerda un banquete, como un rey destronado recuerda los días de su gloria, como un prisionero recuerda las horas de su libertad. Te recordaré como un labrador recuerda las gavillas de trigo en su era y como un pastor recuerda los verdes prados y los amenos arroyos.»

Selma escuchaba mis palabras con el corazón palpitante, y agregó: «Mañana, la verdad será fantasmal y el despertar será como un sueño. ¿Acaso un amante estará satisfecho con abrazar a un fantasma, o acaso un hombre sediento saciará la sed con el manantial de un sueño?»

Y yo le contesté:

«Mañana, el Destino te colocará entre una familia pacífica, pero a mí me enviará al mundo lleno de luchas y guerras. Tú estarás en el hogar de una persona cuya buena suerte le ha hecho el más afortunado de los hombres, al gozar de tu belleza y de tu virtud, mientras que yo llevaré una vida de sufrimientos y temores. Tú entrarás por la puerta de la vida, mientras que yo entraré por la puerta de la muerte. A ti te recibirán con hospitalidad, mientras que yo llevaré una existencia solitaria, pero erigiré una estatua de amor y le rendiré culto en el valle de la muerte. El amor será mi único remedio para mis penas, y beberé el amor como un vino, y lo llevaré como un traje. En las auroras, el amor me despertará de mi sueño y me llevará a un campo lejano, y al mediodía me llevará a la sombra de los árboles, donde me guareceré, junto con los pájaros, del calor del sol. Por la tarde, el amor me hará hacer una pausa antes del ocaso, para oír el adiós de la Naturaleza, que se despide cantando la luz del día, y el amor me mostrará fantasmales nubes que surcarán el cielo. Por las noches, el amor me abrazará y dormiré soñando con el mundo celestial donde moran felices los espíritus de los amantes y de los poetas. En la primavera, caminaré al lado del amor entre violetas y jazmines y beberé las últimas gotas del invierno en los cálices de los lirios. En el verano, haremos almohadas con heno, y el césped será nuestro lecho, y el cielo azul nos cobijará mientras contemplamos las estrellas y la Luna.

En el otoño, el amor y yo iremos a los viñedos y nos sentaremos cerca del lugar, y observaremos cómo se desnudan las uvas de sus adornos de oro, y las aves migratorias pasarán en bandadas sobre nosotros. En el invierno, el amor y yo nos sentaremos cerca del fogón a contarnos historias de hace mucho tiempo y crónicas de lejanos países. Mientras dure mi juventud, el amor será mi maestro; en mi edad madura será mi auxiliar, y en mi vejez será mi delicia. Amada Selma mía, el amor estará conmigo hasta el fin de mi vida, y después de la muerte la mano de Dios nos volverá a unir.»

Todas estas palabras salieron de lo profundo de mi corazón, como llamas que salen, ávidas, de una fogata, para luego desaparecer, convertidas en cenizas. Selma lloraba, como si sus ojos fueran labios que me contestaran con lágrimas.

Aquellos a quienes el amor no ha dado alas no pueden volar detrás de la nube de las apariencias, para ver el mágico mundo en que el espíritu de Selma y el mío existían unidos en aquella hora, al mismo tiempo triste y feliz. Aquellos a quienes el amor no ha elegido no oyen cuando el amor llama. Esta historia no es para ellos. Porque, aunque comprendieran estas páginas, no serían capaces de captar los significados ocultos que no se visten de palabras y que no pueden imprimirse en el papel; pero, ¿qué clase de ser humano es aquel que nunca ha bebido el vino con la copa del amor, y qué espíritu es el que nunca ha acudido reverentemente al iluminado altar del templo, cuyo piso está constituido por los corazones de los hombres y de las mujeres, y cuyo techo es el secreto palio de los sueños? ¿Qué flor es esa en cuyos pétalos la aurora nunca ha dejado caer una gota de rocío? ¿Qué arroyuelo es ese que perdió su curso sin llegar hasta el mar?

Selma alzó el rostro hacia el cielo y se quedó contemplando las estrellas que tachonaban el firmamento. Extendió las manos, sus ojos parecieron agrandarse y sus labios temblaron. En su pálido rostro podía yo ver los signos de la tristeza, de la opresión, de la desesperanza y del dolor. Y mi amada exclamó: «¡Oh, Señor!, ¿qué ha hecho esta pobre mujer para ofenderte? ¿Qué pecado ha cometido para merecer tal castigo? ¿Por qué crimen se le ha infligido este castigo eterno? Señor, tú eres fuerte y yo soy débil. ¿Por qué me has hecho sufrir este dolor? Tú eres grande y todopoderoso, mientras que yo no soy más que una insignificante criatura que se arrastra ante tu trono. ¿Por qué me has aplastado con tu pie? Tú eres la estruendosa tempestad y yo soy como el polvo, ¿por qué, mi Señor, me has arrojado a esa fría tierra? Tú eres poderoso y yo soy desvalida, ¿por qué me estás destruyendo? Tú has creado a la mujer con amor; entonces, ¿por qué, con amor, la aniquilas? ¿Por qué con tu mano izquierda la precipitas al abismo? Esta pobre mujer lo ignora. En su boca tú soplaste el aliento de la vida y en su corazón sembraste las semillas de la muerte. Le mostraste el camino de la felicidad, pero la has conducido al camino de la miseria; en su boca pusiste un canto de felicidad, pero luego cerraste sus labios con la tristeza y paralizaste su lengua con el dolor de la agonía. Con tus misteriosos dedos curas sus heridas, pero con tus manos también das dolor a sus placeres. En su lecho pusiste el placer y la paz, pero a su lado eriges obstáculos y temor. Hiciste que en ella surgiera el afecto, por tu voluntad, y de su afecto surge la vergüenza. Tu voluntad le mostró la belleza de la Creación, pero su amor por la belleza se ha convertido en un hambre terrible. Le hiciste beber la vida en la copa de la muerte, y la muerte, en la copa de la vida.

Tú purificaste a esta mujer con lágrimas, y con lágrimas su vida transcurre. ¡Oh, Señor!, tú me has abierto los ojos con amor, y con amor me has cegado. Tú me has besado con tus divinos labios y me has golpeado con tu divina mano poderosa. Tú has plantado en mi corazón una rosa blanca, pero alrededor de la rosa has puesto una barrera de espinas. Tú has unido mi presente con el espíritu de un joven al que amo, pero has unido mi vida al cuerpo de un hombre desconocido. Así pues, Señor, ayúdame a ser fuerte en esta lucha mortal y asísteme para que pueda ser veraz y virtuosa hasta la muerte. ¡Hágase tu voluntad, oh Dios!»

Hubo un gran silencio. Selma miró hacia abajo, pálida y cansada; sus brazos cayeron y su cabeza se inclinó, y me pareció como si una tempestad hubiera roto la rama de un árbol y la hubiera arrojado al suelo, seca y muerta.

Le tomé la fría mano y se la besé, pero cuando traté de consolarla, era yo el que necesitaba más consuelo. Guardé silencio, pensando en nuestro dolor y escuchando los latidos de mi corazón. Ni ella ni yo dijimos nada más.

El dolor extremo es mudo, por lo que nos sentamos en silencio, petrificados, como columnas de mármol enterradas bajo la arena después de un terremoto. Ninguno quería escuchar al otro, porque las fibras de nuestros corazones se habían debilitado y sentíamos que hasta un suspiro podría romperlas.

Era la medianoche y podíamos ver la Luna en creciente alzándose detrás del monte Sunín, y parecía la Luna, en medio de las estrellas, como el rostro de un cadáver en un ataúd rodeado de las vacilantes luces de unos cirios. Y el Líbano parecía un anciano cuya espalda estuviera doblada por la edad y cuyos ojos fueran un golfo de insomnio, observando la oscuridad y esperando a la aurora; como un rey que estuviera sentado sobre las cenizas de su trono, en las ruinas de su palacio.

Las montañas, los árboles, los ríos, cambian de apariencia con las vicisitudes de los tiempos y con las estaciones, así como el hombre cambia con sus experiencias y sus emociones. El solitario chopo que a la luz del día parece una novia vestida, parecerá una columna de humo en la noche; la gigantesca roca que se yergue desafiante en el día, parecerá un miserable mendigo en la noche, con la tierra como lecho y el cielo como frazada, y el riachuelo que vemos saltando en la montaña y al que oímos cantar el himno de la eternidad, por las noches nos parecerá un río de lágrimas, llorando como una madre que ha perdido a su hijo, y el monte Líbano, que una semana antes nos parecía majestuoso, cuando la Luna era llena y nuestro espíritu estaba gozoso, nos parecía triste y solitario aquella noche.

Nos pusimos en pie y nos dijimos adiós, pero el amor y la desesperación estaban entre nosotros, como dos fantasmas, uno de ellos extendiendo sus alas, y con los dedos en nuestras gargantas, el otro; llorando uno, y el otro riendo sarcásticamente.

Al tomar la mano de Selma y llevarla a mis labios, mi amada se me acercó y me dio un beso en la frente, para luego dejarse caer en el banco de madera. Cerró los ojos y dijo suspirando quedamente: «¡Oh, Dios, ten piedad de mí y cura mis alas rotas!»

Al dejar a Selma en el jardín, sentí que todos mis sentidos se cubrían con espeso velo, como un lago cuya superficie está oculta por la niebla.

La belleza de los árboles, la luz de la Luna, el profundo silencio que reinaba, todo en mi entorno me pareció feo y espantoso. La verdadera luz que me había mostrado la belleza y la maravilla del universo se había convertido en una gran llama que consumía mi corazón, y la música eterna que antes escucharan mis oídos se volvió un estruendoso grito, más aterrorizante que el rugido de un león.

Llegué a mi habitación y, como un pájaro herido derribado por el cazador, me dejé caer en el lecho, repitiendo las palabras de Selma: «¡Oh, Dios, ten piedad de mí y cura mis alas rotas!»

VII. ANTE EL TRONO DE LA MUERTE

El matrimonio, en estos días, es una farsa en manos de los jóvenes casaderos y de los padres. En la mayoría de los países, los hombres casaderos ganan y los padres pierden el juego. La mujer se considera como un bien de consumo, se persigue y pasa de una casa a otra, como algo que se compra. Con el tiempo, la belleza de la mujer se marchita y llega a ser una especie de mueble viejo al que se arrincona en un oscuro rincón.

La civilización moderna ha hecho a la mujer un poco más lúcida, pero ha incrementado sus sufrimientos, por la codicia del hombre. La mujer de épocas pasadas solía ser una esposa feliz, pero la mujer de hoy suele ser una miserable y desventurada amante. En el pasado, caminaba ciegamente en la luz, pero ahora camina en la oscuridad con los ojos abiertos. Antes era hermosa en su ignorancia, virtuosa en su simplicidad y fuerte en su debilidad. Hoy, se ha vuelto fea en su ingenuidad, y superficial e insensible en su conocimiento. ¿Llegará el día en que la belleza y el conocimiento, la ingenuidad y la virtud, y la debilidad del cuerpo, aunada a la fuerza espiritual, se conjuguen en una mujer?

Soy de los que creen que el progreso espiritual es la norma de la vida humana, pero el avance hacia la perfección es lento y doloroso. Si la mujer se eleva en un aspecto y se retrasa en otro, es porque el áspero sendero que conduce a la cima de la montaña no está libre de las emboscadas que le tienden los ladrones, los mentirosos y los lobos.

La extraña generación actual existe entre el sueño y la vigilia activa. Tiene en sus manos el suelo del pasado y las semillas del futuro. Sin embargo, en cada ciudad encontramos a una mujer que simboliza el futuro.

En la ciudad de Beirut, Selma Karamy era el símbolo de la futura mujer oriental, pero, como muchos que viven adelantándose a su tiempo, fue víctima del presente y, como una flor arrancada de su tallo y barrida por la corriente de un río, tuvo que caminar en la doliente procesión de las derrotadas.

Mansour Bey Galib y Selma se casaron, y se fueron a vivir a una hermosa casa en Ras Beirut, donde residían los acaudalados dignatarios. Farris Efendi Karamy se quedó en su casa solitaria, en medio de su jardín y de sus huertos, como un pastor solitario entre su rebaño.

Pasaron los días y las noches festivas de las bodas, pero la luna de miel dejó recuerdos de amarga tristeza, así como la guerra deja calaveras y huesos muertos en el campo de batalla. La dignidad de la ceremonia del matrimonio, en Oriente, inspira nobles ideas en los corazones de los desposados, pero al terminar las fiestas tales nobles ideas suelen caer en el olvido como grandes rocas al fondo del mar. El entusiasmo primero se convierte en huellas sobre la arena, que sólo durarán hasta que las barran las olas.

Se fue la primavera, y pasaron también el verano y el otoño, pero mi amor por Selma crecía cada vez más, hasta que se convirtió en una especie de culto mudo, como lo que siente un huérfano por el alma de su madre que se ha ido al Cielo. Y mi sufrimiento se convirtió en una ciega tristeza que sólo podía verse a sí misma, y la pasión que había arrancado lágrimas de mis ojos fue sustituida por una depresión que succionaba la sangre de mi corazón, y mis suspiros de cariño se convirtieron en una constante oración por la felicidad de Selma y la de su esposo, y porque su padre tuviera paz.

Mis esperanzas y mis oraciones fueron vanas, porque el dolor de Selma era una enfermedad interna que sólo la muerte podía curar.

Mansour Bey era un hombre al que todos los lujos de la vida le habían llegado fácilmente; pero, a pesar de ello, era insaciable y rapaz. Después de casarse con Selma este hombre no se condolió de la soledad del anciano padre de su esposa y deseaba secretamente su muerte, para poder heredar lo que quedaba de la fortuna del anciano.

El carácter de Mansour Bey era muy parecido al de su tío; la única diferencia entre ambos era que el obispo lo obtenía todo secretamente, al amparo de sus ropas talares y de la cruz de oro que llevaba colgada al cuello, mientras que su sobrino cometía sus fechorías sin recato alguno. El obispo iba a la iglesia por las mañanas y pasaba el resto del día robando a las viudas, a los huérfanos y a los ignorantes. En cambio Mansour Bey ocupaba sus días en la búsqueda continua de placeres sexuales. Los domingos, el obispo Bulos Galib predicaba el Evangelio; pero durante el resto de la semana nunca practicaba lo que predicaba y sólo se ocupaba de las intrigas políticas de la región. Y por medio del prestigio y de la influencia de su tío, Mansour Bey hacía un gran negocio, consiguiendo puestos políticos a quienes pudieran proporcionarle, a cambio, considerables sumas de dinero.

El obispo Bulos era un ladrón que se ocultaba en la noche, mientras que su sobrino Mansour Bey era un timador que caminaba orgullosamente y hacía todos sus tortuosos negocios a la luz del día. Sin embargo, los pueblos de las naciones orientales confían en hombres como éstos: lobos y carniceros que arruinan a sus países con sus codiciosas intrigas y que aplastan a sus vecinos con mano de hierro.

¿Por qué lleno estas páginas con palabras acerca de los traidores que arruinan a las naciones pobres, en vez de reservar todo el espacio para la historia de una desventurada mujer de corazón roto? ¿Por qué derramo lágrimas por los pueblos oprimidos, en vez de reservar todas mis lágrimas para el recuerdo de una débil mujer cuya vida fue aniquilada por los dientes de la muerte?

Pero, mis queridos lectores, ¿no creen ustedes que tal mujer es como una nación oprimida por los sacerdotes y por los malos gobernantes? ¿No creen ustedes que un amor frustrado que lleva a una mujer a la tumba es como la desesperación que aniquila a los pueblos de la Tierra? Una mujer es, respecto a una nación, como la luz a la lámpara. ¿No será débil la luz si el aceite de la lámpara escasea?

Pasó el otoño y el viento hizo caer de los árboles las hojas amarillentas, dando paso al invierno, que llegó con aullidos de fiera. Aún vivía yo en la ciudad de Beirut, sin más compañía que mis sueños, que antes habían elevado mi espíritu hacia el cielo y que luego lo enterraron profundamente en el seno de la tierra.

El espíritu triste encuentra consuelo en la soledad. Aborrece a la gente, como un ciervo herido se aparta del rebaño, y vive en una cueva, hasta que sana o muere.

Un día, supe que Farris Efendi estaba enfermo. Salí de mi solitaria morada y caminé hasta la casa del anciano, tomando una nueva ruta, un sendero solitario entre olivos, pues quería evitar el camino principal, muy transitado por carruajes.

Al llegar a la casa del anciano, entré y encontré a Farris Efendi acostado en el lecho, débil y pálido. Sus ojos estaban hundidos, y parecían dos profundos, oscuros valles, poblados por fantasmas de dolor. La sonrisa que siempre había dado vida a aquel rostro estaba distorsionada por el dolor y la agonía, y los huesos de sus nobles manos parecían ramas desnudas temblando ante la tempestad. Al acercarme y pedirle noticias de su salud, volvió el pálido rostro hacia mí y en sus temblorosos labios se esbozó una sonrisa, y me dijo con débil voz: «Ve, hijo mío, al otro cuarto, a consolar a Selma y dile que venga a sentarse a mi lado.»

Entré en la habitación contigua a la del anciano y encontré a Selma recostada en un diván, con la cabeza entre los brazos y con el rostro pegado a una almohada, para que su padre no oyera sus sollozos. Acercándome sigilosamente, pronuncié su nombre con voz que más parecía un suspiro que un susurro. Se volvió atemorizada, como si despertara de una pesadilla, y se sentó, mirándome a los ojos, dudando si era yo un fantasma o un ser viviente. Tras un profundo silencio, que nos llevó en alas del recuerdo a la hora en que estábamos embriagados con el vino del amor, Selma se secó las lágrimas y me dijo: «¡Ve cómo el tiempo nos ha cambiado! ¡Ve cómo el tiempo ha cambiado el curso de nuestras vidas, dejándonos con este aspecto ruinoso! En este mismo sitio, la primavera nos unió con lazos de amor, y en este sitio nos ha conducido ante el trono de la muerte. ¡Qué hermosa era la primavera y qué terrible es el invierno!»

Y al decir esto, Selma volvió a cubrirse el rostro con las manos, como si quisiera ocultar sus ojos del espectro del pasado que estaba ante ella. Le puse una mano en la cabeza y le dije: «Ven, Selma, ven, y seamos dos fuertes torres ante la tempestad. Enfrentémonos al enemigo como valerosos soldados y opongámosle nuestras almas. Si resultamos muertos en la batalla, moriremos como mártires; si vencemos, viviremos como héroes. Retar a los obstáculos y a las dificultades es más noble que retirarse a la tranquilidad. Las palomillas que revolotean alrededor de la lámpara hasta morir son más admirables que el topo, habitante de oscuro túnel. Ven, Selma, y caminemos por este áspero sendero con firmeza, con los ojos hacia el sol, para que no veamos las calaveras ni las serpientes entre las rocas y entre las espigas. Si el miedo nos detiene en medio del camino, sólo oiremos burlas de las voces de la noche, pero si llegamos valerosamente a la cima de la montaña nos reuniremos con los espíritus celestiales, cantando en triunfo y alegría. Ten valor, Selma; enjuga esas lágrimas y borra la tristeza de su rostro. Levántate y sentémonos cerca del lecho de tu padre, porque su vida depende de tu vida y tu sonrisa es su único remedio.»

Me miró bondadosa y cariñosamente, y me dijo: «¿Me estás pidiendo que tenga paciencia, cuando eres tú quien más lo necesita? ¿Dará un hombre hambriento su pan a otro hombre hambriento? ¿O un hombre enfermo dará su medicina a otro hombre, cuando él mismo la necesita desesperadamente?»

Se levantó, inclinó ligeramente la cabeza, y caminamos hasta la habitación del anciano y nos sentamos a cada lado del lecho. Selma sonrió forzosamente y simuló paciencia, y su padre trató de hacerle creer que se sentía mejor y que ya se estaba poniendo bueno; pero padre e hija tenían conciencia de la tristeza del otro, y oían suspiros no exhalados. Eran como dos fuerzas iguales, tirando una de otra silenciosamente y anulándose. El padre tenía el corazón transido por el dolor de la hija. Eran dos almas puras: una que partía y la otra que agonizaba de dolor, y que se abrazaban con amor ante la muerte. Y yo estaba en medio de estas dos almas, con mi propio corazón turbado. Éramos tres personas unidas y aniquiladas por la mano del Destino: un anciano que parecía una morada en ruinas tras la inundación, una joven mujer cuyo símbolo era un lirio segado por el afilado borde de una segadora y un joven que apenas era un débil retoño, marchitado por una nevada, y los tres éramos juguetes en manos del Destino.

Farris Efendi hizo un débil movimiento y extendió la temblorosa mano hacia Selma y, con la voz vibrante de ternura y amor, le dijo: «Toma mi mano, hija mía.» Selma hizo lo que su padre le pedía, y el anciano dijo: «He vivido lo suficiente y he disfrutado de los frutos de las estaciones. He experimentado todas la fases de la vida con ecuanimidad. Perdí a tu madre cuando tenías tres años, y te dejó como un preciado tesoro en mis manos. Te vi crecer, y tu rostro reprodujo las facciones de tu madre, como las estrellas se reflejan en un estanque de aguas tranquilas. Tu carácter, tu inteligencia y tu belleza son los de tu madre; hasta tu manera de hablar y tus gestos y ademanes. Has sido mi único consuelo en esta vida, porque fuiste la imagen de tu madre en palabras y actos. Ahora, estoy viejo y el único reposo para mí está en las suaves alas de la muerte. Consuélate, hija mía, porque he podido vivir hasta verte convertida en mujer. Sé feliz, porque viviré en ti después de mi muerte. Mi partida de hoy no será diferente de mi partida de mañana u otro día cualquiera, porque nuestros días son caducos, cual las hojas de otoño. La hora de mi muerte se aproxima a grandes pasos y mi alma ansía unirse al alma de tu madre.»

Al pronunciar estas palabras dulces amorosamente, la faz del anciano estaba radiante de gozo. Luego, el anciano sacó de debajo de la almohada un pequeño retrato enmarcado en oro. Con los ojos en el retrato, el agonizante le dijo a su hija: «Ve a tu madre, hija mía, en este retrato.»

Selma se enjugó las lágrimas, y después de contemplar largo rato la foto, la besó varias veces y volvió a llorar. Y exclamó: «¡Madre mía, amada madre mía!» Luego, volvió a posar los labios en el retrato, como si quisiera imprimir el alma en esa imagen.

La más bella palabra en labios de los seres humanos es la palabra *madre*, y el llamado más dulce es *madre mía*. Es una palabra llena de esperanza y de amor; una dulce y amable palabra que surge de las profundidades del corazón. La madre lo es todo: es nuestro consuelo en la tristeza, nuestra esperanza en el dolor y nuestra fuerza en la debilidad. Es la fuente del amor, de la misericordia, de la conmiseración y del perdón. Quien pierde a su madre pierde a un alma pura que bendice y custodia constantemente al hijo.

Todo en la Naturaleza habla de la madre. El Sol es la madre de la Tierra, y le da su alimento de calor; nunca deja al universo por las noches sin antes arrullar a la Tierra con el canto del mar y con el himno que entonan las aves y los arroyos. Y la Tierra es la madre de los árboles y de las flores. Les da vida, los cuida y los amamanta. Los árboles y las flores se vuelven madres de sus grandes frutos y de sus semillas. Y la madre, el prototipo de toda existencia, es el espíritu eterno, lleno de belleza y amor.

Selma Karamy no conoció a su madre, pero lloró al ver la fotografía de su progenitora y exclamó: *¡Madre mía!* La palabra *madre* está oculta en nuestros corazones, y acude a nuestros labios en horas de tristeza y en horas de felicidad, como el perfume que emana del corazón de la rosa y se mezcla con el aire diáfano, así como con el aire nebuloso.

Selma contempló la imagen de su madre y la besó muchas veces, hasta que, exhausta, se dejó caer en el lecho de su padre.

El anciano le puso ambas manos en la cabeza y le dijo: «Hijita mía, te he mostrado un retrato de tu madre en el papel; pero escucha bien y haré que oigas sus propias palabras.»

Selma alzó la cabeza, como un pajarillo en el nido que oye el aletear de su madre, y miró atentamente a su padre.

Farris Efendi abrió la boca y dijo: «Tu madre te estaba criando cuando perdió a su propio padre; gritó y lloró, pero era una mujer sensata y paciente. Se sentó a mi lado, en esta misma habitación, en cuanto terminó el funeral, me tomó la mano y me dijo: "Farris, mi padre ha muerto y tú eres mi único consuelo en este mundo. Los afectos del corazón están divididos como la ramas del cedro; si el cedro pierde una rama vigorosa, sufre, pero no muere. Dará toda su savia a la rama contigua, para que crezca y llene el espacio vacío." Esto fue lo que tu madre me dijo cuando murió su padre y tú deberás decir lo mismo cuando la muerte se lleve mi cuerpo al lugar del descanso, y mi alma, a Dios.»

Selma le respondió con lágrimas y pesadumbre: «Cuando mi madre perdió a su padre, tú ocupaste el lugar de mi abuelo; pero, ¿quién tomará tu lugar cuando te hayas ido? Ella se quedó al cuidado de un amante y verdadero esposo, ella encontró consuelo en su hijita, pero, ¿quién será mi consuelo cuando mueras? Tú has sido mi padre y mi madre, y el compañero de mi juventud.»

Y diciendo estas palabras, Selma volvió el rostro y me miró. Y tomando una orilla de mi traje dijo: «Éste es el único amigo que tendré después de que te hayas ido; pero, ¿cómo puede consolarme, si él mismo sufre? ¿Cómo puede un corazón roto encontrar consuelo en un alma atormentada y decepcionada? Una mujer triste no puede hallar consuelo en la tristeza de su prójimo, ni un ave puede volar con las alas rotas. Él es el amigo de mi alma, pero ya he colocado una pesada carga de tristeza sobre él y he oscurecido su vista con mis lágrimas, al punto de que no puede ver sino la oscuridad. Es un hermano a quien quiero tiernamente, pero es como todos los hermanos: comparte mi tristeza y mis lágrimas, con lo que aumenta mi amargura y quema mi corazón.»

Las palabras de Selma apuñalaron mi corazón y sentí que no podía soportar más dolor. El anciano la escuchaba con expresión dolida, temblando como la luz de una lámpara al viento. Luego, extendió la mano y dijo: «Déjame irme en paz, hija mía. He roto los barrotes de esta jaula vieja; déjame volar y no me detengas, porque tu madre me está llamando. El cielo está claro y el mar está en calma, y mi velero está a punto de zarpar; no demores su viaje. Deja que mi cuerpo repose con los que ya están gozando del reposo eterno; deja que mi sueño termine y que mi alma despierte con la aurora; que tu alma bese a la mía con el beso de la esperanza; que no caigan gotas de tristeza o amargura en mi cuerpo, pues las flores y el césped rechazarían su alimento. No derrames lágrimas de dolor en mi mano, pues crecerían espinas en mi tumba. No ahondes arrugas de agonía en mi frente, pues el viento, al pasar, podría leer el dolor de mi frente y se negaría a llevar el polvo de mis huesos a las verdes praderas... Te amé mucho, hija mía, mientras viví, y te amaré cuando esté muerto, y mi alma velará por ti y te protegerá siempre.»

Luego, Farris Efendi me miró con los ojos entornados y me dijo: «Hijo mío, sé un verdadero hermano para Selma, como tu padre lo fue para mí. Sé su amparo y su amigo en la necesidad, y no dejes que lleve luto por mí, porque llevar luto por los muertos es una equivocación. Relátale cuentos agradables y cántale los cantos de la vida, para que pueda olvidar sus penas. Recuérdame y dale más recuerdos a tu padre; pídele que te cuente de nuestra juventud y dile que lo quise en la persona de su hijo, en la última hora de mi vida.»

Reinó el silencio y podía yo ver la palidez de la muerte en el rostro del anciano. Luego, nos miró a uno y otro, y susurró: «No llaméis al médico, pues podría prolongar mi sentencia en esta cárcel con su medicina. Han terminado los días de la esclavitud y mi alma busca la libertad de los cielos. Y tampoco llaméis al sacerdote, porque sus conjuros no podrían salvarme, si soy un pecador, ni podrían apresurar mi llegada al Cielo, si soy inocente. La voluntad de la humanidad no puede cambiar la voluntad de Dios, así como un astrólogo no puede cambiar el curso de los astros. Pero después de mi muerte, que los médicos y los sacerdotes hagan lo que les plazca, pues mi barco seguirá con las velas desplegadas hasta el lugar de mi destino final.»

A la medianoche, Farris Efendi abrió los cansados ojos por última vez y los enfocó en Selma, que estaba arrodillada a un lado de la cama. Trató de hablar el agonizante, pero no pudo hacerlo, pues la muerte ya estaba ahogando su voz. Sin embargo, hizo un último esfuerzo y dijo: «La noche ha pasado... ¡Oh, Selma...!» Luego, inclinó la cabeza, su rostro se volvió blanco y pude ver una última sonrisa en sus labios, al exhalar el último suspiro.

Selma tocó la mano de su padre. Estaba fría. Luego, la joven alzó la cabeza y miró el rostro de quien le había dado la vida. Estaba cubierto por el velo de la muerte. Selma estaba tan anonadada por el dolor, que no podía derramar más lágrimas, ni suspirar, ni hacer movimiento alguno. Por un momento se quedó mirándole como una estatua, con los ojos fijos; luego, se inclinó hacia delante hasta tocar el piso con la frente y dijo: «¡Oh, Señor, ten misericordia de nosotros y cura nuestras alas rotas!»

Farris Efendi Karamy murió; su alma fue abrazada por la eternidad y su cuerpo volvió a la Tierra. Mansour Bey Galib se posesionó de su fortuna y Selma se convirtió en una prisionera de por vida; una vida de dolor y sufrimientos.

Yo me sentí perdido entre la tristeza y la ensoñación. Los días y las noches se cernían sobre mí como el águila sobre su presa. Muchas veces traté de olvidar mi desventura ocupándome en la lectura de libros y escrituras de generaciones pasadas, pero era como tratar de extinguir el fuego con el aceite, pues no podía yo ver en la procesión del pasado sino tragedias, y no oía yo sino llantos y gemidos de dolor. El libro de Job me atraía más que los Salmos y prefería las lamentaciones de Jeremías al Cantar de Salomón. *Hamlet* estaba más cerca de mi corazón que todos los demás dramas de los escritores occidentales. Así, la desesperación debilita nuestra vida y cierra nuestros oídos. En tal estado de ánimo, no vemos más que los espectros de la tristeza y no oímos más que el latir de nuestros agitados corazones.

VIII.   ENTRE CRISTO E ISHTAR

En medio de los jardines y colinas que unen la ciudad de Beirut con el Líbano hay un pequeño templo, muy antiguo, cavado en la roca, rodeado de olivos, almendros y sauces. Aunque este templo está como a un kilómetro de la carretera principal, en la época de mi relato muy pocas personas aficionadas a las reliquias y a las ruinas antiguas habían visitado este santuario. Era uno de los muchos sitios interesantes escondidos y olvidados que hay en el Líbano. Por estar tan apartado, se había convertido en un refugio para las personas religiosas y en un santuario para amantes solitarios.

Al entrar en este templo, el visitante ve en el muro oriental un antiguo cuadro fenicio esculpido en la roca, que representa a Ishtar, diosa del amor y de la belleza, sentada en su trono, rodeada de siete vírgenes desnudas, en diversas actitudes. La primera de ellas lleva una antorcha; la segunda, una guitarra; la tercera, un incensario; la cuarta, una jarra de vino; la quinta, un ramo de rosas; la sexta, una guirnalda de laurel; la séptima, un arco y una flecha, y las siete miran a Ishtar reverentemente.

En el segundo muro hay otro cuadro, más moderno que el primero, que representa a Cristo clavado en la cruz, y a su lado están su doliente Madre, María Magdalena y otras dos mujeres, llorando. Este cuadro bizantino tiene una inscripción que demuestra que se esculpió en el siglo XV o en el XVI *.

En el muro occidental hay dos tragaluces redondos, a través de los cuales los rayos del sol entran en el recinto e iluminan las imágenes, que dan la impresión de estar pintadas con agua dorada. En medio del templo hay un altar rectangular, de mármol, con viejas pinturas a los lados, algunas de las cuales apenas pueden distinguirse bajo las petrificadas manchas de sangre, que demuestran que el pueblo antiguo ofrecía sacrificios en esa roca y vertían perfume, vino y aceite sobre ella.

No hay nada más en este pequeño templo, excepto un profundo silencio, que revela a los vivientes los secretos de la diosa y que habla sin palabras de pasadas generaciones y de la evolución de las religiones. Tal espectáculo lleva al poeta a un mundo muy lejano, y convence al filósofo de que los hombres nacieron con tendencia hacia la religiosidad; sintieron los hombres la necesidad de lo invisible y crearon símbolos, cuyo significado divulgó los secretos, los deseos de su vida y de su muerte.

En este templo casi desconocido, me reunía yo con Selma una vez al mes, y pasaba varias horas en su compañía, contemplando esas extrañas imágenes, pensando en el Cristo crucificado y meditando en las jóvenes y en los jóvenes fenicios que vivieron, amaron y rindieron culto a la belleza en la persona de Ishtar, quemando incienso ante su estatua y derramando perfume en su santuario, en un pueblo del que no ha quedado más rastro que su nombre, repetido por la marca del tiempo ante el rostro de la eternidad.

---

* Los estudiosos de las religiones antiguas saben que la mayoría de ls iglesias cristianas de Oriente habían sido templos de los antiguos dioses fenicios y griegos. En Damasco, en Antioquía y en Constantinopla hay muchas construcciones cuyas paredes repitieron los ecos de himnos paganos; estos sitios fueron convertidos en templos cristianos, y luego, en mezquitas.

Resulta difícil describir con palabras los recuerdos de aquellas horas de mis encuentros con Selma; aquellas celestiales horas llenas de dolor, felicidad, tristeza, esperanza y miseria espiritual.

Nos reuníamos secretamente en el viejo templo a recordar los viejos días, a hablar de nuestro presente, a atisbar con recelo el futuro y a sacar gradualmente a la superficie los ocultos secretos de las profundidades de nuestros corazones, exponiéndonos las quejas de nuestra frustración y nuestro sufrimiento, tratando de consolarnos con esperanzas imaginarias y sueños melancólicos. De cuando en cuando nos calmábamos, enjugábamos nuestras lágrimas y empezábamos a sonreír, olvidándonos de todo, excepto del amor; nos abrazábamos hasta que nuestros corazones se estremecían; luego, Selma me daba un casto beso en la frente y llenaba mi corazón de éxtasis; yo le devolvía el beso al inclinar ella su cuello de marfil, mientras sus mejillas se coloreaban ligeramente de rojo, como el primer rayo de la aurora en la frente de la montaña. Contemplábamos silenciosamente el lejano horizonte, donde las nubes se teñían con el color naranjado del ocaso.

Nuestra conversación no se limitaba al amor; de cuando en cuando hablábamos de diferentes temas y hacíamos comentarios. Durante el curso de la conversación Selma hablaba del lugar de la mujer en la sociedad, de la huella que la generación pasada había dejado en su carácter, de las relaciones entre marido y mujer, porque la miran detrás del velo sexual y no ven en ella sino lo externo; la miran a través de una lente de aumento de odio, y no encuentran en ella sino debilidad y sumisión.

En una ocasión me dijo, señalando los cuadros esculpidos del templo: «En el corazón de esta roca están dos símbolos que reflejan la esencia de los deseos de la mujer y que revelan los secretos de su alma, que oscila entre el amor y la tristeza, entre el cariño y el sacrificio, entre Ishtar sentada en su trono y María al pie de la cruz. El hombre adquiere gloria y fama, pero la mujer paga el precio.»

Sólo Dios supo el secreto de nuestros encuentros, además de las bandadas de pájaros que volaban sobre el templo. Selma solía ir en su coche a un sitio llamado parque del Pachá, y desde allí caminaba hasta el templo, donde me encontraba, esperándola ansiosamente.

No temíamos que nos observaran, ni nuestras conciencias nos reprochaban nada; el espíritu purificado por el fuego y lavado por las lágrimas está por encima de lo que la gente llama vergüenza y oprobio; está libre de las leyes de la esclavitud y de las viejas costumbres que ponen trabas a los afectos del corazón humano.

Ese espíritu puede comparecer orgullosamente y sin vergüenza alguna ante el trono de Dios.

La sociedad humana se ha plegado durante setenta siglos a leyes corrompidas, hasta el punto de no poder entender el significado de las leyes superiores y eternas.

Los ojos del hombre se han acostumbrado a la pálida luz de las velas y no pueden contemplar la luz del Sol. La enfermedad espiritual se hereda de generación en generación, hasta llegar a ser parte de la gente, que la considera no una enfermedad, sino un don natural, que Dios impuso a Adán. Si estas personas encuentran a alguien liberado de los gérmenes de tal enfermedad, piensan que ese individuo vive en la vergüenza y en el oprobio.

Los que piensan mal de Selma Karamy porque salía del hogar de su esposo para entrevistarse conmigo en el templo están enfermos y forman parte de esos débiles mentales que consideran a los sanos unos rebeldes. Son como insectos que se arrastran en la oscuridad por miedo a que los pisen los transeúntes.

El prisionero oprimido que puede escapar de su cárcel y no lo hace, es un cobarde. Selma, prisionera inocente y oprimida, no pudo liberarse de sus cadenas. ¿Se la puede censurar porque mirase a través de la ventana de su prisión los verdes campos y el espacioso cielo? ¿Dirá la gente que Selma fue infiel por salir de su casa para ir a sentarse a mi lado entre Cristo e Ishtar? Que la gente diga lo que quiera: Selma había pasado por los pantanos que sumergen a otros espíritus, y había llegado a un mundo que no podían alcanzar los aullidos de los lobos, ni el cascabeleo de las serpientes.

Que la gente diga lo que quiera de mí, porque el espíritu que ha visto el espectro de la muerte no puede atemorizarse con los rostros de los ladrones; el soldado que ha visto brillar sobre su cabeza las espadas, y correr arroyos de sangre bajo sus pies, camina imperturbable, a pesar de las piedras que le arrojan los niños callejeros.

IX.   EL SACRIFICIO

Un día, a finales de junio, cuando la gente salía de la ciudad para ir a la montaña huyendo del calor del verano, fui, como siempre, al templo a reunirme con Selma, llevando conmigo un librito de poemas andaluces. Al llegar al templo, me senté a esperar a Selma, leyendo a intervalos mi libro, recitando aquellos versos que llenaban mi corazón de éxtasis y que traían a mi memoria el recuerdo de los reyes, de los poetas y caballeros que se despidieron de Granada, pues tuvieron que dejarla, con lágrimas en los ojos y tristeza en los corazones; que tuvieron que dejar sus palacios, sus instituciones y sus esperanzas. Al cabo de una hora, vi a Selma que caminaba por los jardines y se acercaba al templo; se iba apoyando en su paraguas, como si estuviera soportando todas las preocupaciones del mundo sobre sus hombros. Al entrar en el templo, y sentarse a mi lado, noté un cambio en sus ojos y me apresuré a preguntarle qué le ocurría.

Selma intuyó mi pensamiento, me puso una mano en la cabeza y me dijo: «Acércate a mí; ven, amado mío, y deja que sacie mi sed, porque la hora de la separación ha llegado.»

Yo le pregunté: «¿Se enteró tu esposo de nuestras citas aquí?» Y ella me respondió: «A mi esposo no le importa nada de mi persona, ni se molesta en averiguar lo que haga, pues está muy ocupado con esas pobres muchachas a las que la pobreza ha llevado a las casas de mala fama; esas muchachas que venden sus cuerpos por pan, amasado con sangre y lágrimas.»

Y le pregunté: «¿Qué te impide que vuelvas a este templo a sentarte a mi lado, reverentemente, ante Dios? ¿Te exige tu conciencia que nos separemos?»

Y Selma me contestó, con lágrimas en los ojos: «No, amado mío, mi espíritu no exige que nos separemos, porque tú eres parte de mí. Mis ojos nunca se cansan de mirarte, porque tú eres la luz de mis ojos; pero si el Destino dispuso que yo tuviera que caminar por el áspero sendero de la vida cargada con cadenas, no es justo que tu suerte sea como la mía. No puedo decirte todo, porque mi lengua está muda de dolor; mis labios están sellados por la pena y no pueden moverse; sólo puedo decirte que temo que caigas en la misma trampa que yo caí.»

Luego, le pregunté: «¿Qué quieres decir, Selma, y de quién tienes miedo?» Mi amada se llevó las manos al rostro y dijo: «El obispo ya ha descubierto que cada mes he estado saliendo de la tumba en que me enterró.»

Y yo le pregunté: «¿El obispo descubrió que nos vemos aquí?» Y ella contestó: «Si lo hubiera descubierto, no me estarías viendo sentada aquí a tu lado, pero algo sospecha y ha ordenado a sus sirvientes y espías que me vigilen bien. He llegado a sentir que la casa en que vivo y el sendero por el que camino están llenos de ojos que me vigilan, y de dedos que me señalan, y de oídos al acecho de mis pensamientos.»

Guardó silencio un momento y luego añadió, con lágrimas que mojaban sus mejillas: «No temo al obispo, pues el agua no asusta a los ahogados, pero temo que tú caigas en una trampa y seas su víctima; tú aún eres joven y libre como la luz del Sol. No temo al oscuro destino que ha disparado todas sus flechas a mi pecho, pero temo que la serpiente muerda tu pie y detenga su ascensión hacia la cima de la montaña en que el futuro te espera con sus placeres y sus glorias.»

Y yo repliqué: «Quien no ha sido víctima de las mordeduras de las serpientes del día y quien no ha sentido las tarascadas de los lobos de la noche, puede decepcionarse ante los días y las noches. Pero escúchame, Selma; escucha bien: ¿Es la separación el único medio de evitar la maldad de las personas? ¿Acaso se ha cerrado la senda del amor y de la libertad, y no queda más salida que la sumisión a la voluntad de los esclavos de la muerte?»

Y ella respondió: «No queda más remedio que separarnos y decirnos adiós.»

Con espíritu rebelde, le tomé la mano y le dije, nervioso: «Nos hemos sometido a la voluntad de la gente durante mucho tiempo; desde que nos conocimos hasta este momento nos han dirigido los ciegos y, juntos con ellos, hemos rendido culto a sus ídolos. Desde que te conocí hemos estado en manos del obispo como dos pelotas con las que ha jugado a su antojo. ¿Nos hemos de someter a su voluntad hasta que la muerte nos lleve? ¿Acaso Dios nos dio el soplo de la vida para colocarlo bajo los pies de la muerte? ¿Nos dio Él la libertad para hacer de ella una sombra de la esclavitud? Quien extingue el fuego de su propio espíritu con sus propias manos, es un infiel a los ojos del Cielo, pues el Cielo encendió el fuego que arde en nuestros espíritus. Quien no se rebela contra la opresión, es injusto consigo mismo. Te amo, Selma, y tú me amas también, y el amor es un tesoro precioso, es el don que Dios da a los espíritus sensibles y de altas miras. ¿Desperdiciaremos tal tesoro, para que los cerdos lo dispersen y lo pisoteen? Este mundo está lleno de maravillas y de bellezas. ¿Por qué hemos de vivir en el estrecho túnel que el obispo y sus secuaces han cavado para nosotros? La vida está llena de felicidad y de libertad; ¿por qué no quitamos este pesado yugo de tus hombros y por qué no rompemos las cadenas de tus pies, para caminar libremente hacia la paz? Levántate y dejemos este pequeño templo, para ir al templo mayor de Dios. Salgamos de este país y de toda esta esclavitud e ignorancia, y vayamos a otro país muy lejano, donde no nos alcancen las manos de los ladrones. Vayamos a la costa al amparo de la noche y tomemos un barco que nos lleve a otro lado del océano, donde podamos llevar una nueva vida de felicidad y comprensión. No vaciles, Selma, porque estos minutos son más preciosos para nosotros que las coronas de los reyes, y más sublimes que los tronos de los ángeles. Sigamos la columna de luz que nos conduzca, desde este árido desierto, hasta los verdes campos donde crecen las flores y las plantas aromáticas.»

Selma movió la cabeza negativamente y se quedó mirando el techo del templo; una triste sonrisa apareció en sus labios y dijo: «No, no, amado mío. El Cielo ha puesto en mi mano una copa llena de vinagre; me he obligado a beberla hasta las heces, hasta que sólo queden unas cuantas gotas, que beberé pacientemente. No soy digna de una nueva vida de amor y paz; no soy suficientemente fuerte para gustar de los placeres y de las dulzuras de la vida, porque un pájaro con las alas rotas no puede volar por el espacioso cielo. Los ojos acostumbrados a la débil luz de una vela no son lo bastante fuertes para contemplar el Sol. No me hables de felicidad; su recuerdo me hace sufrir. No menciones en mi presencia la paz; su sombra me aterroriza; mírame y te mostraré la santa antorcha que el Cielo ha encendido en las cenizas de mi corazón. Tú bien sabes que te amo como una madre a su único hijo, y que el amor me ha enseñado a protegerte hasta de mí misma. Es el amor purificado con fuego el que me impide seguirte a tierras lejanas. El amor mata mis deseos, para que puedas vivir libre y virtuosamente. El amor limitado exige la posesión del amado, pero el amor ilimitado sólo pide para sí mismo. El amor que aparece en la ingenuidad y el despertar de la juventud se satisface con la posesión y se reafirma con los abrazos. Pero el amor nacido en el firmamento y que ha bajado a la tierra con los secretos de la noche no se satisface sino con la eternidad y la inmortalidad; no hace reverencias sino a la deidad.

Cuando supe que el obispo quería impedirme salir de la casa de su sobrino y despojarme de mi único placer, me paré ante la ventana de mi habitación y miré hacia el mar, pensando en los vastos países que hay más allá y en la libertad real y en la personal independencia que se pueden encontrar allá. Me vi a mí misma viviendo a tu lado, protegida por la sombra de tu espíritu y sumergida en el océano de tu cariño. Pero todos estos pensamientos que iluminan el corazón de una mujer y que la hacen rebelarse contra las viejas costumbres, y desear vivir a la sombra de la libertad y de la justicia, me hicieron reflexionar que así nuestro amor será limitado y débil, indigno de alzarse ante el rostro del Sol. Grité como un rey despojado de su reino y de sus tesoros, pero inmediatamente vi tu rostro a través de mis lágrimas, y tus ojos que me miraban, y recordé lo que un día me dijiste: "Ven, Selma, ven y seamos fuertes torres ante la tempestad. Enfrentémonos como valerosos soldados al enemigo y opongámonos a sus armas. Si nos matan, moriremos como mártires, y si vencemos, viviremos como héroes. Retar a los obstáculos y a las penalidades es más noble que retirarse a la tranquilidad." Estas palabras, amado mío, las pronunciaste cuando las alas de la muerte se cernían sobre el lecho de muerte de mi padre; las recordé ayer, mientras las alas de la desesperación se cernían sobre mi cabeza. Me sentí más fuerte y sentí, incluso en la oscuridad de mi prisión, una especie de preciosa libertad que paliaba nuestras dificultades y disminuía nuestras tristezas. Descubrí que nuestro amor era tan profundo como el océano, tan alto como las estrellas y tan espacioso como el cielo. Vine a verte, y en mi débil espíritu hay una nueva fuerza, y esta fuerza es la capacidad de sacrificar algo muy grande, para obtener alto todavía más grande; es el sacrificio de mi felicidad, para que puedas seguir siendo virtuoso y honorable a los ojos de la gente y para que estés lejos de sus traiciones y de su persecución...

En otras ocasiones, al venir a este sitio, sentía yo que pesadas cadenas me impedían caminar; pero hoy vine con una nueva determinación que se ríe de las cadenas y acorta el camino. Venía yo a este templo como un fantasma asustado; hoy vine como una mujer valerosa que siente lo imperioso del sacrificio y que conoce el valor del sufrimiento; como una mujer que quiere proteger a su amado de la gente ignorante y de su propio espíritu hambriento. Me sentaba yo a tu lado como una sombra temblorosa; hoy vine a mostrarte mi ser verdadero, ante Ishtar y ante Cristo.

Soy un árbol que ha crecido en la sombra, y hoy extendí mis ramas para temblar un poco a la luz del día. Vine a decirte adiós, amado mío, y espero que nuestra despedida sea tan bella y tan terrible como nuestro amor. Que nuestra despedida sea como el fuego, que dobla el oro y que lo hace más resplandeciente.»

Selma no me permitió hablar ni protestar, sino que me miró, con los ojos brillantes, con una gran dignidad en el rostro, y parecía un ángel que impusiera silencio y respeto. Luego me abrazó fuertemente, lo que nunca había hecho antes, y puso sus suaves brazos alrededor de mi cuello y estampó un profundo, largo, dulcísimo beso en mi boca.

Al irse ocultando el Sol, retirando sus rayos de aquellos jardines y de aquellos huertos, Selma caminó hacia la parte central del templo y contempló largamente sus muros y sus ángulos, como si quisiera verter la luz de sus ojos en las imágenes y en los símbolos. Luego, dio otros pasos al frente y se arrodilló con reverencia ante la imagen de Cristo, besó sus pies y susurró: «¡Oh Cristo!, he escogido tu cruz y he abandonado el mundo de placeres y felicidad de Ishtar; he llevado la corona de espinas y he rechazado la corona de laurel; me he bañado con sangre y lágrimas, y he rechazado el perfume y el incienso; he bebido vinagre de la copa que tendría que dar vino y néctar; acéptame, Señor, entre tus fieles y condúceme a Galilea, junto con los que han elegido tu camino, contentos en sus sufrimientos y gozosos en sus tristezas.»

Luego, Selma se levantó, me miró y me dijo: «Ahora, volveré feliz a mi oscura cueva, donde reside el horrible fantasma. No me tengas lástima, amado mío, y no te entristezcas por mí, porque el alma que ve una vez la sombra de Dios no volverá a tener miedo, desde entonces, a los fantasmas de los demonios. Y el ojo que ha visto el cielo no será cerrado por los dolores del mundo.»

Y al acabar de decir estas palabras, Selma salió del santuario; permanecí allí, perdido en un hondo mar de pensamientos, absorto en el mundo de la revelación, donde Dios se sienta en su trono y donde los ángeles registran los actos de los seres humanos, donde las almas recitan la tragedia de la vida y donde las novias del Cielo cantan los himnos del amor, de la tristeza y de la inmortalidad.

La noche ya había llegado cuando salí de mi meditación, y me encontré estupefacto, en los jardines, repitiendo el eco de cada palabra que había pronunciado Selma, recordando su silencio, sus actos, sus movimientos, sus expresiones y el toque de sus manos, hasta que me di cuenta cabal del significado de la despedida y del dolor de la soledad. Me sentí deprimido y con el corazón roto. Fue entonces cuando descubrí que los hombres, aunque nazcan libres, seguirán siendo esclavos de las estrictas leyes que sus mayores promulgaron, y que el firmamento, que imaginamos inmutable, es la sumisión del día de hoy a la voluntad del día de mañana, y la sumisión del ayer a la voluntad del presente.

Muchas veces, desde aquella noche, he pensado en la ley espiritual que hizo que Selma prefiriera la muerte a la vida, y muchas veces he comparado la nobleza del sacrificio con la felicidad de la rebelión para saber cuál de las dos actitudes es más noble y más hermosa; pero hasta ahora he obtenido sólo una verdad de todo ello, y esta verdad es la sinceridad, que es la que puede hacer que todas nuestras acciones sean hermosas y honorables. Y esta sinceridad estaba en Selma Karamy.

X.   LA LIBERTADORA

Cinco años del matrimonio de Selma transcurrieron sin que hubiera hijos que reforzaran los lazos espirituales entre ella y su esposo, lazos que hubieran podido acercar a sus almas contrastadas.

La mujer estéril es vista con desdén en todas partes, porque la mayoría de los hombres desean perpetuarse en su posteridad.

El hombre común considera a su esposa, cuando no puede tener hijos, como a un enemigo; la detesta, la abandona y desea su muerte. Mansour Bey Galib era de esa clase de hombres; en lo material, era como la tierra: duro como el acero y codicioso como un sepulcro. Su deseo de tener un hijo que llevara su nombre y prolongara su reputación hizo que odiara a Selma, a pesar de su belleza y de su dulzura.

Un árbol que crece en una cueva no da fruto, y Selma, que vivía en la parte oscura de la vida, no concebía...

El ruiseñor no hace nido en la jaula, a menos que la esclavitud sea el sino de su raza... Selma era una prisionera del dolor, y era voluntad del Cielo que no hubiese otro prisionero que le hiciera compañía. Las flores del campos son hijas del afecto del Sol y del amor de la Naturaleza, y los hijos de los hombres son las flores del amor y de la compasión.

El espíritu del amor y de la compasión nunca reinó en su hermosa casa de Ras Beirut. Sin embargo, se arrodillaba Selma todas las noches y pedía a Dios un hijo en quien encontrar compañía y consuelo... Oró hasta que el Cielo oyó sus plegarias.

El árbol de la cueva floreció y al fin dio fruto. El ruiseñor enjaulado empezó a hacer su nido con las plumas de sus alas.

Selma extendió los encadenados brazos hacia el Cielo y recibió el precioso don, y nada en el mundo pudo hacerla más feliz que saber que iba a ser madre...

Esperó ansiosamente, contando los días y ansiando el tiempo en que el canto más dulce del Cielo, la voz de su hijo, sonara como campanillas de cristal en sus oídos.

Empezó Selma a ver la aurora de un futuro menos negro, a través de sus lágrimas...

Era el mes de Nisán cuando Selma estaba en el lecho del dolor y del trabajo del parto, donde luchaban la vida y la muerte. El médico y la comadrona se preparaban para entregar al mundo a un nuevo huésped. Pero a altas horas de la noche Selma empezó a gritar, con gritos que eran una separación de la vida... Un grito que se prolongó en el firmamento de la nada... Un grito de fuerza debilitada ante la quietud de fuerzas superiores... El grito de mi pobre Selma, que se debatía entre los pies de la vida y entre los pies de la muerte...

Al alba, Selma dio a luz un varón. Al abrir los ojos la madre, vio rostros sonrientes en toda la habitación, y luego vio que la vida y la muerte aún luchaban en su lecho. Cerró los ojos y exclamó, por primera vez: «¡Oh, hijo mío!» La comadrona envolvió al recién nacido en pañales de seda y le puso junto a su madre, pero el médico se quedó mirando a Selma, moviendo tristemente la cabeza.

Gritos de gozo despertaron a los vecinos, que se precipitaron a felicitar al padre por el nacimiento de su heredero, pero el médico miró a Selma y al hijo, y movió tristemente la cabeza.

Los sirvientes corrieron a dar la buena nueva a Mansour Bey sin saber que el médico seguía considerando a Selma y al niño con honda preocupación.

Al salir el sol, Selma se llevó al niño al pecho y el niño abrió los ojos y miró a su madre. El médico tomó al niño de los brazos de Selma y, con lágrimas en los ojos, dijo: «Es un huésped que se va...»

El niño falleció mientras los vecinos celebraban con el padre en la gran sala de la casa y mientras bebían vino a la salud del heredero. Selma miró al médico y le rogó: «Déme a mi hijo y deje que le dé un beso...»

Y aunque el niño estaba muerto, los sonidos de las copas entrechocando por los brindis de alegría resonaban en la gran sala.

El niño nació al alba y murió al llegar los primeros rayos del sol...

Nació con un pensamiento, murió con un suspiro y desapareció como una sombra.

No vivió para consolar y acompañar a su madre.

Su vida había empezado al terminar la noche, y cesó al principiar el día, como una gota de rocío vertida por los ojos de la oscuridad y secada al contacto de la luz.

Fue una perla que la marea arrojó a la costa y que la misma marea devolvió a las profundidades del mar...

Un lirio que acababa de abrirse del capullo de la vida y que aplastó el pie de la muerte.

Fue un huésped querido que iluminó un instante el corazón de Selma, y cuya partida mató su alma.

Tal es la vida de los hombres, la vida de las naciones, la vida de soles, lunas y estrellas.

Y Selma miró intensamente al médico, y gritó: «¡Déme a mi hijo y déjeme abrazarle; déme a mi hijo y déjeme darle el pecho!»

Pero el doctor inclinó la cabeza y su voz se quebró al decir: «Señora, su hijo está muerto; tenga paciencia.»

Al oír estas palabras del médico, Selma dio un terrible grito. Luego, permaneció inmóvil un momento y sonrió, como con alegría. Su rostro se iluminó como si hubiera descubierto algo, y dijo dulcemente: «Déme a mi hijo; quiero tenerle cerca de mí, aunque esté muerto.»

El médico le llevó el niño muerto a Selma y se lo puso en los brazos. Selma le abrazó, luego volvió el rostro a la pared y le habló a su hijo en estos términos: «Hijo mío, has venido por mí; has venido a mostrarme el camino que conduce a la playa. Aquí estoy, hijo mío; llévame y salgamos de esta oscura cueva.»

Un minuto después, un rayo de sol penetró entre las cortinas de las ventanas e iluminó dos cuerpos inmóviles, que yacían en la cama, custodiados por la profunda dignidad del silencio y protegidos por las alas de la muerte. El médico salió de la habitación con lágrimas en los ojos, y cuando llegó a la gran sala, la celebración se convirtió en un funeral; pero Mansour Bey Galib nunca pronunció una palabra de lamento, ni derramó una sola lágrima. Se quedó en pie, inmóvil como una estatua, con una copa de vino en la mano derecha.

Al día siguiente, Selma fue amortajada con su blanco vestido de novia y puesta en un ataúd; la mortaja del niño fueron sus pañales de seda; su ataúd, los brazos de su madre; su tumba, el calmado pecho que no le alimentó. Eran dos cuerpos en un solo ataúd, y seguí reverentemente el cortejo que acompañó a Selma y a su hijo hasta su último reposo.

Al llegar al cementerio, el obispo Galib empezó a cantar los salmos funerarios, mientras los demás sacerdotes oraban y en los indiferentes rostros de todos ellos vi un velo de ignorancia y vacuidad.

Al bajar el féretro, uno de los asistentes dijo en voz baja: «Es la primera vez que veo a dos cuerpos en un ataúd.» Otra persona dijo:

«Parece como si el niño hubiera venido a rescatar a su madre de un esposo inmisericorde.»

Y otra persona exclamó: «Miren a Mansour Bey: dirige la vista el cielo, como si sus ojos fueran de hielo. No parece que haya perdido a su esposa y a su hijo en un solo día.» Y otra persona más comentó: «Su tío, el obispo, volverá a casarle mañana con una mujer más rica y más fuerte.»

El obispo y los sacerdotes siguieron cantando y murmurando plegarias hasta que el sepulcro terminó de llenar la fosa. Luego, todos se fueron acercando, uno a uno, a ofrecer sus respetos y sus condolencias al obispo y a su sobrino, con tiernas palabras, pero yo me quedé aparte, solitario, sin un alma que me consolara, como si Selma y su hijo no hubieran significado nada para mí.

El cortejo salió del cementerio; el sepulturero se quedó cerca de la nueva tumba, sosteniendo una pala en la mano.

Me acerqué al sepulturero y le pregunté: «¿Recuerda usted dónde enterró a Farris Efendi Karamy?»

Me miró un momento y luego señaló la tumba de Selma, y dijo: «Ahí mismo; puse a su hija sobre él, y en el pecho de su hija reposa su nieto, y encima de ellos llené la fosa con tierra, con esta pala.»

Y yo le dije: «En esta fosa también ha enterrado usted mi corazón.»

Y mientras el sepulturero desaparecía detrás de los álamos, no pude más; me dejé caer sobre la tumba de Selma y lloré.

EL PROFETA

ALMUSTAFÁ, el elegido y bien amado, el que era un amanecer en su propio día, aguardó durante doce años en la ciudad de Orfalese la vuelta del barco que debía devolverle a su isla natal.

Y a los doce años, en el séptimo día de Yeleol, el mes de las cosechas, subió a la colina, más allá de los muros de la ciudad, y miró hacia el mar. Y vio su barco emergiendo de la bruma.

Se abrieron, entonces, de par en par las puertas de su corazón y su júbilo votó sobre el océano. Cerró los ojos y meditó en los silencios de su alma.

Sin embargo, cuando descendía de la colina, cayó sobre él una tristeza honda y pensó en su corazón: ¿Cómo partir en paz y sin pena? No, no abandonaré esta ciudad sin una grieta en el alma.

Interminables fueron los días de dolor que pasé entre sus muros e interminables fueron las noches de soledad y, ¿quién puede separarse sin pena de su soledad y de su dolor?

Demasiados fragmentos de mí espíritu he dejado en estas calles y son muchos los hijos de mi anhelo que corren desnudos entre las colinas. No puedo dejarlo sin aflicción y sin pena.

No es una túnica la que hoy me saco, sino mi propia piel, que desgarro entre mis manos.

Y no es un pensamiento el que dejo, sino un corazón, endulzado por el hambre y la sed.

Sin embargo, no puedo detenerme más.

El mar, que lleva todas las cosas hacia su seno, me llama y debo embarcarme.

Porque quedarse, aunque las horas palpiten en la noche, es congelarse y cristalizarse, y ser ceñido por un molde.

Desearía llevar conmigo todo lo de aquí, pero, ¿cómo hacerlo?

Una voz no puede llevarse la lengua y los labios que le dieran un sonido. Sola debe buscar el éter.

Y sola, sin su nido, volará el águila cruzando el sol.

Entonces, cuando llegó al pie de la colina, miró al mar otra vez y vio a su barco acercándose al puerto y, sobre la proa, los marineros, los hombres de su propia tierra.

Y su alma los llamó diciendo:

Hijos de mi anciana madre, jinetes de las mareas: ¡cuántas veces habéis surcado mis sueños! Y ahora venís en mi vigilia, que es mi sueño más profundo.

Estoy preparado para partir, y mis ansias, con las velas desplegadas, aguardan el viento.

Respiraré una vez más este aire quieto, miraré sólo una vez hacia atrás, amorosamente.

Y luego estaré junto a vosotros, marino entre marinos.

Y tú, inmenso mar, madre sin sueño.

Tú que eres la paz y la libertad para el río y el arroyo.

Permite un rodeo más a esta corriente, un murmullo más a esta cañada.

Y luego iré a tu encuentro, como una gota sin límites a un océano sin límites.

Así, caminando, vio a lo lejos que hombres abandonaban sus campos y sus viñas y se encaminaban apresuradamente hacia la ciudad.

Y oyó sus voces gritando su nombre de lugar a lugar, contándose el uno al otro que su barco había llegado.

Y se dijo a sí mismo:

¿Será el día de la partida el día del encuentro?

¿Y será mi crepúsculo mi verdadero amanecer?

¿Y qué ofreceré al que dejó su arado en la mitad del surco, o al que ha detenido la rueda de su lagar?

¿Se volverá mi corazón un árbol cargado de frutos que yo recoja para regalárselos?

¿Fluirán mis deseos como una fuente para colmar sus copas?

¿Será un arpa bajo los dedos del Poderoso o una flauta a través de la cual fluya su aliento?

He buscado el silencio, ¿qué tesoros he hallado en él que pueda ofrecer sin desconfianza?

Si este es mi día de cosecha, ¿en qué campos sembré la semilla y en qué estaciones, mi cosecha?

Si esta es, en verdad, la hora en que he de levantar mi antorcha, no es mi llama la que arderá en ella.

Oscura y vacía levantaré mi antorcha.

Y el guardián de la noche la llenará de aceite y la encenderá.

En palabras decía estas cosas. Pero mucho quedaba sin decir en su corazón. Porque él no podía expresar su más profundo secreto.

Y cuando entró en la ciudad, toda la gente vino a él, clamándole a una voz.

Y los viejos se adelantaron y dijeron:

No nos abandones.

Tú has sido un mediodía en nuestro crepúsculo y tu juventud nos ha dado sueños para soñar.

Tú no eres un extranjero entre nosotros; no eres un huésped, sino nuestro hijo bien amado.

Que no sufran nuestros ojos la sed de su rostro.

Y los sacerdotes y las sacerdotisas le dijeron:

No permitas que las olas del mar nos separen, ni que los años que pasaste aquí se conviertan en un recuerdo.

Tú caminaste como un espíritu entre nosotros y tu sombra ha sido una luz sobre nuestros rostros.

Te hemos amado mucho. Nuestro amor fue sin palabras y muchos velos lo han cubierto.

Pero ahora clama en voz alta por ti y ante ti se descubren. Y es verdad que el amor no conoce su hondura hasta el momento de la separación.

Y vinieron también a suplicarle. Pero él no les respondió. Inclinó la cabeza y aquellos que estaban a su lado vieron caer lágrimas sobre su pecho.

Él y la gente se dirigieron, entonces, hacia la gran plaza, frente a la cual estaba situado el templo.

Y salió del santuario una mujer llamada Almitra. Era una profetisa.

Y él la miró con indecible ternura, porque fue la primera que le buscó y creyó en él cuando apenas si había estado un día en la ciudad.

Y ella le saludó, diciendo:

Profeta de Dios, buscador de lo supremo; largamente has hurgado las distancias buscando tu barco.

Y ahora tu barco ha llegado y debes marcharte.

Profundo es tu anhelo por la tierra de sus recuerdos y por el lugar de tus mayores deseos. Pero nuestro amor no te atará y nuestras necesidades no detendrán tu paso.

Pero sí te pedimos que, antes de que nos dejes, nos hables y nos ofrezcas tu verdad.

Y nosotros la daremos a nuestros hijos y a los hijos de nuestros hijos, y ella no morirá.

En tu soledad, has velado durante nuestros días, y en tu vigilia has sido el llanto y la risa de nuestro sueño.

Descúbrenos ahora ante nosotros mismos y dinos todo lo que te ha sido mostrado entre el nacimiento y la muerte.

Y él respondió:

Pueblo de Orfalese, ¿de qué puedo yo hablar sino de lo que en cada momento se agita en vuestras almas?

* * *

Dijo Almitra: Háblanos del Amor.

Y él alzó su cabeza, miró a la gente y la quietud descendió sobre todos. Entonces, con fuerte voz, dijo:

Cuando el amor os llame, seguidlo.
Aunque su camino sea duro y penoso.
Y entregaos a sus alas que os envuelven.
Aunque la espada escondida entre ellas os hiera.
Y creed en él cuando os hable.
Aunque su voz aplaste vuestros sueños, como hace el viento del Norte, el viento que arrasa los jardines.

Porque así como el amor os da gloria, así os crucifica.
Así como os da abundancia, así os poda.
Así como se remonta a lo más alto y acaricia vuestras ramas más débiles, que se estremecen bajo el sol.
Así caerá hasta vuestras raíces y las sacudirá en un abrazo con la tierra.

Como a gavillas de trigo él os une a vosotros mismos.
Os desgarra para desnudaros.
Os cierne, para libraros de los pliegues que cubren vuestra figura.
Os pulveriza hasta volveros blancos.
Os amasa, para que lo dócil y lo flexible renazca de vuestra dureza.
Y os destina luego a su fuego sagrado, para que podáis ser sagrado pan en la sagrada fiesta de Dios.
Todo esto hará el amor en vosotros para acercaros al conocimiento de vuestro corazón y convertiros, por ese conocimiento, en fragmento del corazón de la Vida.

Pero si vuestro miedo os hace buscar solamente la paz y el placer del amor...

... Entonces sería mejor que cubrierais vuestra desnudez y os alejarais de sus umbrales.

Hacia un mundo sin primavera donde reiréis, pero no con toda vuestra risa, y lloraréis, pero no con todas vuestras lágrimas.

El amor no da más que de sí mismo y no toma nada más que de sí mismo.

El amor no posee ni es poseído.

Porque el amor es todo para el amor.

Cuando améis no digáis: «Dios está en mi corazón», sino más bien: «Yo estoy en el corazón de Dios.»

Y no penséis en dirigir el curso del amor porque será él, si os halla dignos, quien dirija vuestro curso.

El amor no tiene otro deseo que el de realizarse.

Pero si amáis y no podéis evitar tener deseos, que vuestros deseos sean éstos:

Fundirse y ser como el arroyo, que murmura su melodía en la noche.

Saber del dolor del exceso de ternura.

Ser herido por nuestro propio conocimiento del amor.

Y sangrar voluntaria y alegremente.

Despertar al alba con un alado corazón y dar gracias por otro día de amor.

Despertar al mediodía y meditar el éxtasis amoroso.

Volver al hogar cuando la tarde cae, volver con gratitud.

Y dormir con una plegaria por el amado en el corazón y una canción de alabanza en los labios.

* * *

ENTONCES, Almitra habló otra vez:

¿Qué nos diréis sobre el Matrimonio, Maestro?

Y esta fue su respuesta:

Nacisteis juntos y juntos permaneceréis para siempre.

Estaréis juntos cuando las blancas alas de la muerte esparzan vuestros días.

Y también en la memoria silenciosa de Dios estaréis entre vosotros.

Amaos con devoción, pero no hagáis del amor una atadura.

Haced del amor un mar móvil entre las orillas de vuestras almas.

Llenaos uno al otro vuestras copas, pero no bebáis de una misma copa.

Compartid vuestro pan, pero no comáis del mismo trozo.

Cantad y bailad juntos, y estad alegres, pero que cada uno de vosotros sea independiente.

Las cuerdas de un laúd están separadas aunque vibren con la misma música.

Dad vuestro corazón, pero no para que vuestro compañero se adueñe de él.

Porque sólo la mano de la Vida puede contener los corazones.

Y permaneced juntos, pero no demasiado juntos.

Porque los pilares sostienen el templo, pero están separados.

Y ni el roble crece bajo la sombra del ciprés ni el ciprés bajo la del roble.

* * *

Y UNA MUJER, que sostenía un niño contra su seno, dijo: Háblanos de los Niños.

Y él dijo:

Vuestros hijos no son vuestros hijos.

Son los hijos y las hijas de la Vida, deseosa de perpetuarse.

Vienen a través vuestro, pero no vienen de vosotros.

Y aunque están a vuestro lado, no os pertenecen.

Podéis darles vuestro amor, pero no vuestros pensamientos.

Porque ellos tienen sus propios pensamientos.

Podéis cobijar sus cuerpos, pero no sus almas.

Porque sus almas viven en la casa del porvenir, que está cerrada para vosotros, aun para vuestros sueños.

Podéis esforzaros en ser parecidos a ellos, pero no busquéis hacerlos a vuestra semejanza.

Porque la vida no se detiene ni se distrae con el ayer.

Vosotros sois el arco desde el que vuestros hijos, como flechas vivientes, son impulsados hacia lo lejos.

El Arquero es quien ve el blanco en la senda del infinito y os doblega con Su poder para que Su flecha vaya veloz y lejana.

Dejad, alegremente, que la mano del Arquero os doblegue.

Porque, así como Él ama la flecha que vuela, ama también la estabilidad del arco y su constancia.

* * *

ENTONCES, un hombre rico dijo: Háblanos del Dar.

Y él respondió:

Dais muy poco cuando dais lo que es vuestro como patrimonio.

Cuando dais algo de vuestro interior es cuando realmente dais.

¿Qué son vuestras posesiones sino cosas que atesoráis por temor a necesitarlas mañana?

Y mañana, ¿qué traerá el mañana al perro que, demasiado previsor, entierra huesos en la arena sin huellas mientras sigue a los peregrinos hacia la ciudad santa? ¿Y qué es el temor a la necesidad, sino la necesidad misma?

¿No es, en realidad, el miedo a la sed, cuando el manantial está lleno, la sed inextinguible?

Hay quienes dan poco de lo mucho que tienen y lo dan buscando el reconocimiento, y su deseo oculto daña sus regalos.

Y hay quienes tienen poco y lo dan todo.

Son éstos los creyentes en la vida y en la magnificencia de la vida y su cofre nunca estará vacío.

Hay quienes dan con alegría y esa alegría es su fortuna.

Y hay quienes dan con dolor y ese dolor es su bautismo.

Y hay quienes dan y no saben del dolor de dar, ni buscan la alegría de dar, ni dan conscientes de la virtud de dar.

Dan como el mirto, que en el hondo valle ofrece su fragancia a los aires.

A través de las manos de los que como ésos son, Dios habla y desde el fondo de sus ojos Él sonríe sobre el mundo.

Es bueno dar algo cuando ha sido pedido, pero es mejor dar sin demanda, comprendiendo.

Y, para la mano abierta, la búsqueda de aquel que recibirá es mayor alegría que el dar mismo.

¿Y hay algo, acaso, que pueda guardarse?

Todo lo que tenéis será entregado algún día:

Dad, pues, ahora que la estación de dar es vuestra y no de vuestros herederos.

Decís a menudo: «Daría, pero sólo a quien lo mereciera.»

Los árboles en vuestro huerto no hablan de ese modo, ni los rebaños en vuestra pradera.

Ellos dan para vivir, ya que guardar es perecer.

Todo aquel que merece recibir sus días y sus noches, merece de vosotros todo lo demás.

Y aquel que mereció beber el océano de la vida, merece llenar su copa en vuestra pequeña fuente.

¿Habrá un mérito mayor que el de aquel que da el valor y la confianza —no la caridad— del recibir?

¿Y quiénes sois vosotros para que los hombres os muestren su seno y os descubran su soberbia, para atreveros a ver desnudos sus merecimientos y sin vacilaciones su soberbia?

Mirad primero si vosotros mismos merecéis dar y ser el instrumento de dar.

Porque, a la verdad, es la vida la que da a la vida, mientras que vosotros, que os creéis dadores, no sois más que testigos.

Y vosotros, los que recibís —y todos vosotros sois de ellos— no asumáis el peso de la gratitud, si no queréis colocar un yugo sobre vosotros y sobre quien os da.

Elevaos, más bien, con el dador en su dar como en unas alas.

Porque exagerar vuestra deuda es no comprender su generosidad, que tiene el libre corazón de la tierra como su madre y a Dios como su padre.

* * *

ENTONCES, un viejo que tenía una posada dijo: Háblanos del Comer y del Beber.

Y él respondió:

¡Si pudierais vivir de la fragancia de la tierra y, como las plantas en el aire, ser alimentados por la luz!

Pero, ya que es necesario matar para comer y robar al recién nacido la leche de su madre para saciar vuestra sed, haced de ello un acto de adoración.

Y haced que vuestra mesa sea un altar en el que lo limpio y lo inocente, el mar y la pradera, sean sacrificados a aquello que es más limpio y aún inocente en el hombre.

Cuando sacrifiquéis un animal, decidle en vuestro corazón: «El mismo poder que te sacrifica, me sacrifica también a mí; yo también seré destruido.

La misma ley que te entrega en mis manos me dejará a mí en manos más poderosas.

Tu sangre y mi sangre son la savia que alimenta el árbol del cielo.»

Y, cuando mordáis una manzana, decidle en vuestro corazón:
«Tu pulpa ha de vivir en mi cuerpo.

Y las semillas de tu mañana florecerán en mi corazón.

Y tu fragancia será mi aliento.

Y gozaremos juntos en las estaciones de la eternidad.»

Y, en el otoño, cuando reunáis las uvas de vuestras parras para el lagar, decid en vuestro corazón:
«Yo soy también una parra y mi fruto será pisoteado en el lagar.

Y como vino nuevo será guardado en vasos eternos.»

Y en el invierno, cuando sorbáis el vino, que haya en vuestro corazón un canto para cada copa.

Y que vibre en ese canto la memoria de los días otoñales y un recuerdo para la parra y para el lagar.

* * *

LUEGO, dijo el labrador: Háblanos del Trabajo.

Y el Maestro respondió, diciendo:

Trabajáis para acompañar el ritmo de la tierra y del alma de la tierra.

Quien está ocioso es un extraño en medio de las estaciones y un prófugo de la procesión de la vida, que marcha en amistad y sumisión orgullosa hacia el infinito.

Cuando trabajáis, sois una flauta a través de cuyo corazón el murmullo de las horas se convierte en melodía.

¿Quién de vosotros querrá ser una caña silenciosa y muda cuando todo canta al unísono?

Se os ha dicho siempre que el trabajo es una maldición y la labor una desgracia.

Pero yo os digo que, cuando trabajáis, realizáis una parte del más lejano sueño de la tierra, asignada a vosotros al nacer ese sueño.

Y trabajando estáis, en verdad, amando a la vida.

Y amarla a través del trabajo es estar muy cerca del más profundo secreto de la vida.

Pero si en vuestro dolor afirmáis que el nacer es un desgarramiento y sostener la carne una maldición escrita en vuestra frente, yo os respondo que sólo el sudor de vuestra frente lavará lo que está escrito.

Os han dicho también que la vida es oscuridad y, en vuestra fatiga, os hacéis eco del jadear del fatigado.

Pero yo os digo que la vida es oscuridad cuando no hay un impulso.

Y todo saber es inútil cuando no hay trabajo.

Y todo trabajo es vacío cuando no hay amor.

Porque cuando trabajáis con amor estáis en armonía con vosotros mismos, y con los otros, y con Dios.

¿Y qué es trabajar con amor?

Es tramar la tela con hilos extraídos de vuestro corazón, como si vuestro amado fuera a usar esa tela.

Es levantar una casa con cariño, como si con vuestra amada fuerais a habitar en ella.

Es sembrar con ternura y cosechar con gozo, como si con vuestra amada fuerais a gozar del fruto.

Es infundir en todas las cosas que hacéis el aliento de vuestro propio espíritu.

Es saber que todos los muertos benditos se hallan ante vosotros, observando.

A menudo he oído decir como si fuera en sueños: «El que trabaja en mármol y encuentra la forma de su propia alma en la piedra, es más noble que el que labra la tierra.»

«Y aquel que arrebata el arco iris para colocarlo en una tela transformada en la imagen de un hombre, es más que el que hace las sandalias para nuestros pies.»

Pero yo os digo, no en sueños, sino en la vigilia del mediodía, que el viento habla con la misma dulzura a los robles gigantes que a la menor de las hojas de hierba.

Y que sólo es grande aquel que transforma la voz del viento en una melodía, hecha más dulce por la gravitación de su propio amor.

El trabajo es amor hecho visible.

Y si no podéis trabajar con amor, sino solamente con disgusto, es mejor que dejéis vuestra tarea y os sentéis a la puerta del templo y recibáis limosna de los que trabajan gozosamente.

Porque si horneáis el pan con indiferencia, estáis haciendo un pan amargo que no alcanza para mitigar el hambre.

Y si protestáis al pisar las uvas, vuestro murmurar destila veneno en el vino.

Y si cantáis, aunque fuera como los ángeles, pero no amáis el cantar, estáis entorpeciendo los oídos de los hombres para las voces del día y las voces de la noche.

* * *

Entonces pidió una mujer: Háblanos de la Alegría y de la Tristeza.

Y él respondió:

Vuestra alegría es vuestra tristeza sin máscara.

Y de un mismo manantial surgen vuestra risa y vuestras lágrimas.

No puede ser de otro modo.

Mientras más profundo cave el pesar en vuestro corazón, más espacio habrá para vuestra alegría.

¿No es la copa que contiene vuestro vino la misma que estuvo quemándose en el horno del alfarero?

¿Y no es el laúd que serena vuestro espíritu la misma madera que fue tallada con cuchillos?

Mirad en el fondo de vuestro corazón cuando estéis contentos: comprobaréis que sólo lo que os produjo tristeza os devuelve alegría.

Y mirad de nuevo en vuestro corazón cuando estéis tristes: comprobaréis que estáis llorando por lo que fue vuestro deleite.

Algunos de vosotros tenéis la costumbre de afirmar: «La alegría es mejor que la tristeza», y otros: «No, la tristeza es un sentimiento superior.»

Pero yo os digo que son inseparables.

Llegan juntos y cuando uno de ellos se sienta con vosotros a la mesa, el otro espera durmiendo en vuestro lecho.

En verdad, estáis suspensos, como fiel de balanza, entre vuestra alegría y vuestra tristeza.

Sólo cuando estáis vacíos vuestro peso permanece quieto y equilibrado.

Así, cuando el que cuida el tesoro os levante para pesar su oro y su plata, es necesario que vuestra alegría y vuestro pesar suban y bajen.

* * *

UN ALBAÑIL, entonces, se acercó y dijo: Háblanos de las Casas.

Y él respondió, diciendo:

Levantad con vuestra imaginación una enramada en el bosque antes que una casa dentro de las murallas de la ciudad.

Porque así como tendréis huéspedes en vuestro atardecer, así el peregrino que habita en vosotros huirá siempre hacia la distancia y la soledad.

Vuestra casa es vuestro cuerpo grande.

Crece en el sol y duerme en la quietud de la noche, y siempre sueña.

¿No es cierto que sueña? ¿Y que, al soñar, deja la ciudad por el bosque o la colina?

¡Ah, si pudiera juntar vuestras casas en mi mano y, como un sembrador, desparramarlas por el bosque y la llanura!

Los valles serían vuestras calles y los senderos verdes vuestras alamedas; os buscaríais el uno al otro en los viñedos; luego volveríais con la fragancia de la tierra adherida a vuestras vestiduras.

Pero todo eso aún está lejos.

En su miedo, vuestros antecesores os colocaron demasiado juntos. Y ese miedo aún ha de durar. Durante un tiempo los muros de vuestra ciudad separarán vuestro corazón de vuestros campos.

Y, decidme, pueblo de Orfalese, ¿qué tenéis en esas casas? ¿Y qué guardáis con puertas y candados?

¿Tenéis paz, el quieto empuje que revela vuestro poder?

¿Tenéis recuerdos, los arcos lucientes que unen las cimas del espíritu?

¿Tenéis ese fulgor que guía el corazón desde las casas hechas de madera y piedra hasta la montaña sagrada?

Decidme, ¿los tenéis en vuestras casas?

¿O tenéis solamente comodidad y el ansia de comodidad, esa cosa fugaz que entra en una casa como un huésped y luego se convierte en dueño y después en amo y señor?

¡Ay!, y termina siendo un domador, y con látigo y garfio juega con vuestros mayores deseos.

Aunque sus manos son sedosas, su corazón es de hierro.

Arrulla vuestro sueño y sólo para colocarse junto a vuestro lecho y escarnecer la dignidad del cuerpo.

Se burla de vuestros sentidos y los echa en el cardal como si fuesen frágiles vasos.

En verdad os digo que el ansia de comodidad seca la pasión del alma y luego camina haciendo muecas en el funeral.

Pero vosotros, criaturas del espacio, vosotros, apasionados en la quietud, no seréis atrapados o domados.

Vuestra casa no será un ancla, sino un mástil.

No será la cinta brillante que cubre una herida, sino el párpado que protege el ojo.

No plegaréis vuestras alas para atravesar sus puertas, ni inclinaréis la cabeza para que no toque su techo, ni temeréis respirar por miedo a que sus paredes se agrieten o se derrumben.

No viviréis en tumbas hechas por los muertos para los vivos y, aunque lujosa y magnificiente, vuestra casa no se apoderará de vuestro secreto, ni encerrará vuestro anhelo.

Porque lo que en vosotros es ilimitado habita en la casa del cielo, cuya puerta es la niebla de la mañana y cuyas ventanas son las canciones y los silencios de la noche.

* * *

Y UN TEJEDOR dijo: Háblanos del Vestir.

Y él habló, diciendo:

Vuestra ropa cubre mucho de vuestra belleza y, sin embargo, no cubre lo que no es bello.

Y aunque buscáis la ropa que os haga sentir libres en vuestra intimidad, es fácil que halléis en ella un arnés y una cadena.

¿Seríais capaces de enfrentar al sol y al viento con más de vuestra piel y menos de vuestra ropas?

Porque el aliento de la vida nos llega con la luz del sol y la mano de la vida con el viento.

Algunos de vosotros afirmáis: «Es el viento del Norte el que ha tejido las ropas que usamos.»

Y yo os digo: ¡Ay! Fue el viento del Norte.

Pero la vergüenza fue su telar y la debilidad de carácter dio sus hilos.

Y rió en el bosque cuando terminó su trabajo.

No olvidéis que el pudor no es protección contra los ojos del impuro.

Y cuando el impuro ya no exista, ¿qué será el pudor sino los grillos y la impureza de la mente?

Y no olvidéis que la tierra goza con vuestros pies desnudos y que los vientos anhelan jugar con vuestro pelo.

* * *

Y UN MERCADER pidió: Háblanos del Comprar y el Vender.

Y él respondió:

La tierra os ofrece sus frutos y vosotros no sufriréis necesidad si sólo aprendéis a colmar vuestras manos.

Es en el intercambio de los frutos de la tierra donde encontraréis abundancia y satisfacción.

Pero si ese intercambio no es llevado a cabo con amor y bondadosa justicia, algunos serán impulsados por la codicia y otros sufrirán hambre.

Así, cuando vosotros, trabajadores del mar, de los campos y los viñedos, encontréis a tejedores, alfareros y vendedores de especias en el mercado...

... Invocad al espíritu guía de la tierra para que os acompañe y santifique las medidas y para que pese al valor de acuerdo con el valor.

Y no toleréis que el de manos estériles, el que busca vender palabras al precio de vuestra labor, intervenga en vuestras transacciones.

A ese hombre habréis de decirle:

«Ven con nosotros a los campos o acompaña a nuestros hermanos al mar y arroja tu red.

Que la tierra y el mar serán generosos para ti como lo son para nosotros.»

Y si acudieran los cantores y los bailarines y los tocadores de flauta, no os olvidéis de comprar de sus dones.

Porque también ellos son cosechadores de frutos e incienso, y lo que ellos traen, aunque hecho de sueño, es abrigo y alimento para vuestro espíritu.

Y, antes de abandonar el mercado, comprobad que nadie se marche con las manos vacías.

Porque el espíritu señor de la tierra no descansará en paz sobre los vientos hasta que la necesidad del último de vosotros no haya sido satisfecha.

* * *

ENTONCES, uno de los magistrados de la ciudad se acercó y dijo: Háblanos del Crimen y el Castigo.

Y él respondió, diciendo:

Es cuando vuestro espíritu vaga en el viento.

Que vosotros, solos y desamparados, cometéis una falta para con los demás y, por tanto, para con vosotros mismos.

Y a causa de esa falta cometida, debéis llamar a la puerta del bienaventurado y esperar algunos minutos.

Como el océano es el dios de vuestro yo:

No conoce los caminos del topo ni busca los orificios de la serpiente.

Pero el dios de vuestro yo no habita sólo en vuestro ser.

Mucho en vosotros es aún hombre y mucho en vosotros no es hombre todavía, sino una forma grotesca que camina dormida entre la niebla, en busca de su propio despertar.

Y del hombre que hay en vosotros quiero yo hablar ahora.

Porque es él y no el dios de vuestro yo, ni la forma grotesca que camina en la niebla, el que conoce el crimen y el castigo del crimen.

A menudo os he oído hablar de aquel que comete una falta como si no fuera uno de vosotros, sino un extraño y un intruso en vuestro mundo.

Pero yo os digo que, así como el piadoso y el honrado no pueden elevarse más allá de lo más sublime que existe en cada uno de vosotros...

... Así el débil y el malvado no pueden caer más bajo que lo más bajo que existe también en cada uno de vosotros.

Y, así como una sola hoja no se vuelve amarilla sino con el invisible conocimiento del árbol todo...

... Así el que falta no puede hacerlo sin la voluntad secreta de todos vosotros.

Como una procesión marcháis juntos hacia el Dios de vuestro yo.

Sois el camino y sois sus peregrinos.

Y cuando uno de vosotros cae, cae para que quienes le siguen no tropiecen con el mismo escollo.

¡Ay! Y cae por los que le precedieron, por aquellos que, siendo su andar más rápido y seguro, no removieron, sin embargo, el escollo del camino.

Os hablo con verdad, aunque las palabras pesen duramente sobre vuestros corazones.

El asesinado es también responsable de su propia muerte.

Y el robado es también culpable de ser robado.

El justo no es inocente de los hechos del malvado.

Y el de las manos limpias no es ajeno a lo que el felón hace.

Sí, muchas veces el reo es la víctima del injuriado. Pero, más a menudo, el condenado es el que lleva la carga del que no tiene culpa.

No podéis separar al justo del injusto ni al bueno del malvado.

Porque ellos permanecen juntos ante la faz del sol, así como el hilo blanco y el negro están juntos en la trama del tejido.

Y cuando el hilo negro se rompe, el tejedor debe revisar la tela entera y controlar también el telar.

Si alguno de vosotros trajera a juicio a la mujer infiel...

... Haced que pese también el corazón de su marido en la balanza y mida la verdad de su alma.

Y haced que aquel que ha de castigar al ofensor mire en el espíritu del ofendido.

Y si alguno de vosotros castigara en nombre de la justicia y descargara su hacha en el tronco malo, haced que recuerde sus raíces.

Y encontrará, en verdad, las raíces de lo bueno y lo malo, lo fructífero y lo estéril, juntas y entrelazadas en el silente corazón de la tierra.

Y vosotros, magistrados, que tenéis la obligación de ser justos:

¿Qué juicio pronunciaríais sobre aquel que, aunque honesto en su conducta, fuera un ladrón de espíritu?

¿Qué pena impondríais al que mata la carne y es, él mismo, destruido en el espíritu?

¿Y cómo juzgaríais a aquellos cuyo remordimiento es mayor que su pecado?

¿No es el remordimiento la justicia administrada por la ley misma que desearíais servir?

Sin embargo, no podréis cargar al inocente de remordimiento, ni librar de remordimientos el corazón del culpable.

Y el remordimiento vendrá en la noche, espontáneamente, para que los hombres despierten y contemplen su propio corazón.

Y vosotros, que pretendéis legislar sobre lo que es justo o injusto, ¿cómo podréis hacerlo si no miráis todos los hechos en la plenitud de la luz?

Sólo así sabréis que el erecto y el caído no son sino un solo hombre, de pie en el crepúsculo, entre la noche de su yo deforme y el día de su dios interior.

Y que la torre del templo no es más alta que la piedra más humilde de sus cimientos.

* * *

ENTONCES, un abogado dijo: Pero, ¿qué nos decís de nuestras Leyes, maestro?

Y él respondió:

Os hace felices dictar leyes.

Y, no obstante, gozáis más al violarlas.

Como los niños que juegan a la orilla del océano y levantan, con obstinada paciencia, torres de arena y las destruyen luego entre risas.

Sin embargo, mientras construís vuestras torres, el océano deposita más arena en la playa.

Y, cuando las destruís, el océano ríe junto a vosotros.

En verdad, el océano ríe siempre con el inocente.

Pero, ¿y aquellos para quienes la vida no es un océano y las leyes de los hombres no son fugaces castillos de arena...

... Aquellos para quienes la vida es una piedra y la ley un cincel con el que tallarían a su gusto?

¿Qué del lisiado que odia a los que danzan?

¿Qué del buey que ama su yugo y juzga al alce y al ciervo del bosque como vagabundos sin ley?

¿Y la vieja serpiente, incapaz de librarse de su piel, que llama a los demás desnudos y libertinos?

¿Y aquel que llegó temprano a la fiesta de bodas y, una vez que se cansó y hartó de comer y beber, se aleja diciendo que todas las fiestas son inmorales y los concurrentes violadores de la ley?

¿Qué diré de ellos sino que también ellos están a la luz del sol, pero dándole la espalda?

Ven sólo sus sombras y sus sombras son sus leyes.

¿Y qué es el sol para ellos, sino algo que produce sombras?

¿Y qué es el acatar las leyes, sino el encorvarse y rastrear sus sombras sobre la tierra?

Pero a vosotros, que camináis mirando el sol, ¿qué imágenes dibujadas en la tierra serán capaces de conteneros?

Y si vosotros viajáis con el viento, ¿qué veleta dirigirá vuestro andar?

¿Qué ley humana os atará si rompéis vuestro yugo lejos de la puerta donde los hombres han construido sus prisiones?

¿Y quién es el que os llevará a juicio si desgarráis vuestra ropa, pero no la abandonáis en el camino?

Pueblo de Orfalese: podéis cubrir el tambor y podéis aflojar las cuerdas de la lira, pero: ¿quién impedirá a la alondra del cielo que deje de cantar?

* * *

Y UN ORADOR dijo: Háblanos de la Libertad.

Y él dijo:

A las puertas de la ciudad y a la lumbre de vuestros hogares os he visto hincados, adorando vuestra propia libertad.

Así como los esclavos se humillan ante un tirano y lo alaban aun cuando los martiriza.

¡Oh, sí! En el jardín del templo y a la sombra de la ciudadela he visto a los más libres de vosotros utilizar su libertad como un yugo y un dogal.

Y mi corazón sangró porque sólo seréis libres cuando aun el deseo de perseguir la libertad sea un arnés para vosotros y cuando dejéis de hablar de la libertad como de una meta y una realización.

Seréis en verdad libres, no cuando vuestros días estén libres de cuidado y vuestras noches vacías de necesidad y pena.

Sino, más bien, cuando la necesidad y la angustia rodeen vuestra vida y, sin embargo, seáis capaces de elevaros sobre ellas desnudos y sin ataduras.

¿Y cómo haréis para elevaros más allá de vuestros días y vuestras noches sin romper las cadenas que atasteis alrededor de vuestro mediodía, en el amanecer de vuestro entendimiento?

En verdad, eso que llamáis libertad es la más peligrosa de vuestras cadenas, a pesar de que sus eslabones brillen al sol y deslumbren vuestros ojos.

¿Y qué sino fragmentos de vuestro propio yo desecharéis para poder ser libres?

Si lo que deseáis abolir es una ley injusta, debéis saber que esa ley fue escrita con vuestras propias manos sobre vuestras propias frentes.

No la borraréis quemando vuestros Códigos ni lavando la frente de vuestros jueces, aunque vaciéis todo un mar sobre ella.

Y si es un tirano el que queréis deponer, tratad primero que su trono, erigido en vuestro interior, sea destruido.

Porque, ¿cómo puede un tirano obligar a los libres y a los dignos sino a través de un sometimiento en su propia libertad y una vergüenza en su propio orgullo?

Y si es un dolor el que queréis borrar, ese dolor fue elegido por vosotros más que impuesto a vosotros.

Y si es un miedo el que queréis borrar, el lugar de ese miedo está en vuestro corazón y no en el puño del ser temido.

En verdad, todo lo que percibís se mueve en vosotros como luces y sombras apareadas.

Y cuando la sombra huye desvanecida para siempre, la luz que queda se convierte en sombra de otra luz.

Así, vuestra libertad, cuando pierde sus cadenas, se vuelve ella misma cadena de una libertad mayor.

* * *

Y LA SACERDOTISA volvió a tomar la palabra: Háblanos de la Razón y de la Pasión.

Y él respondió, diciendo:

Vuestra alma es, a veces, un campo de batalla sobre el que vuestra razón y vuestro juicio combaten contra vuestra pasión y vuestro apetito.

Desearía poder ser el pacificador de vuestra alma y cambiar la discordia y la rivalidad de vuestros elementos en unidad y armonía. Pero, ¿cómo hacerlo si vosotros mismos no sois los pacificadores y los amigos de todos vuestros elementos?

Vuestra razón y vuestra pasión son el timón y las velas de vuestra alma viajera.

Si vuestras velas o vuestro timón se rompieran, no podríais más que agitaros e ir a la deriva o permanecer inmóviles en medio del mar. Porque la razón, gobernando sola, es una fuerza limitadora, y la pasión, desgobernada, es una llama que se quema hasta su propia destrucción.

Por tanto, haced que vuestra alma exalte a vuestra razón a la altura de la pasión, para que sea capaz de cantar.

Y dirigid vuestra pasión con el razonamiento, para que pueda vivir a través de su diaria resurrección y, como el ave fénix, elevarse de sus propias cenizas.

Desearía que considereseis vuestro propio juicio y vuestro apetito como dos huéspedes queridos.

No honraríais, con seguridad, a uno más que al otro, porque quien es más atento con uno de ellos pierde el amor y la fe de ambos.

Entre las colinas cuando os sentéis a la sombra fresca de los álamos, compartiendo la paz y la serenidad de los campos y praderas distantes, dejad que vuestro corazón diga en silencio: «Dios descansa en la razón.»

Y cuando llegue la tormenta y el viento poderoso sacuda el bosque y los truenos y relámpagos proclamen la majestad del cielo, dejad a vuestro corazón decir sobrecogido: «Dios se mueve en la pasión.»

Y ya que sois un soplo en la esfera de Dios y una hoja en el bosque de Dios, deberíais descansar en la razón y moveros en la pasión.

* * *

Y UNA MUJER pidió: Háblanos del Dolor.

Y él dijo:

Vuestro dolor es la eclosión de la celda que encierra vuestro entendimiento.

Así como la semilla de la fruta debe romperse para que su corazón se ofrezca al sol, así debéis vosotros conocer el dolor.

Y si pudierais mantener vuestro corazón maravillado ante los diarios milagros de la vida, vuestro dolor no os parecería menos maravilloso que vuestra alegría.

Y aceptaríais las estaciones de vuestro corazón así como habéis aceptado siempre las estaciones que pasan sobre vuestros campos.

Y esperaríais serenamente los inviernos de vuestra pena.

Mucho de vuestro dolor es elección de vuestro espíritu.

Es el remedio amargo con el que el médico que hay dentro de vosotros cura vuestro ser enfermo.

Por tanto, tened confianza en el médico y bebed el remedio en silencio y tranquilidad.

Porque su mano, aunque dura y pesada, tiene como guía la tierna mano del Invisible.

Y el vaso con que brinda, aunque queme vuestros labios, ha sido moldeado con la arcilla que el Alfarero ha humedecido con sus propias lágrimas sagradas.

* * *

ENTONCES, un hombre se acercó y dijo: Háblanos del Conocimiento Interior.

Y él respondió:

Vuestros corazones saben, en silencio, los secretos de los días y las noches...

... Pero vuestros oídos sufren por el sonido del conocimiento de vuestro corazón.

Querríais saber en palabras, lo que siempre supisteis en espíritu.

Querríais tocar con vuestras manos el cuerpo desnudo de vuestros sueños.

Y sería bueno que así lo hicierais.

El manantial escogido en vuestra alma necesita brotar y correr murmurando hacia el mar.

Y el tesoro de vuestros infinitos secretos sería revelado a vuestros ojos.

Pero no pongáis balanzas para pesar vuestro desconocido tesoro.

Y no registréis los secretos de vuestro conocimiento con cuchillos y sondas.

Porque el yo es un mar inconmensurable.

No digáis: «He hallado la verdad», sino más bien: «He hallado una verdad.»

No digáis: «He hallado la senda del espíritu.» Decid más bien: «He encontrado al espíritu caminando en mi senda.»

Porque el espíritu es peregrino de todas las sendas.

El espíritu no camina en línea recta, ni crece como el bambú.

El alma se despliega como un loto de pétalos innumerables.

* * *

ENTONCES, un pedagogo, dijo: Háblanos del Enseñar.

Y él respondió:

Nadie puede descubrirnos más de lo que descansa dormido a medias en el amanecer de nuestro conocimiento.

El pedagogo que camina a la sombra del templo, en medio de sus discípulos, no les ofrece su sabiduría, sino, más bien, su fe y su afecto.

Si él es sabio de verdad, no os pedirá que entréis en la casa de su sabiduría, sino que os guiará hasta el umbral de vuestro propio espíritu.

El astrónomo puede hablaros de su comprensión del espacio, pero no puede daros ese conocimiento.

El músico puede describirnos el ritmo que existe en todo ámbito, pero no puede daros el oído que detiene el ritmo ni la voz que le sirve de eco.

Y el entendido en la ciencia de los números puede hablaros de los valores del peso y la medida, pero no puede conduciros a ellas.

La visión de un hombre no cede sus alas a otro hombre.

Y así como cada uno de vosotros se halla solo ante el conocimiento de Dios, así debe cada uno de vosotros estar solo en su comprensión de Dios y en su conocimiento de la tierra.

* * *

UN HOMBRE joven pidió: Háblanos de la Amistad.

Y él dijo:

Vuestro amigo es la respuesta a vuestras necesidades.
Él es el campo que sembráis con amor y cosecháis con agradecimiento.
Y él vuestra mesa y vuestro hogar.
Porque vosotros os precipitáis hacia él con vuestro hambre y lo buscáis sedientos de paz.

Cuando vuestro amigo os hable con sinceridad, no temáis vuestro propio «no», ni detengáis el «sí».
Y cuando él permanezca en silencio, que vuestro corazón no cese de oír su corazón.
Porque cuando hay amistad, todos los pensamientos, todos los deseos, todas las esperanzas nacen y se comparten en espontánea alegría.

Cuando os separéis de un amigo, no sufráis.
Porque lo que más amáis en él se volverá nítido en su ausencia, como la montaña es más clara desde el llano para el montañés.

Y no permitáis más propósito en la amistad que la consolidación del espíritu.
Porque el amor que no busca más que la dilucidación de su propio misterio, no es amor sino una red que, lanzada, sólo recoge lo inútil.
Que lo mejor de vosotros sea para vuestro amigo.
Si él ha de conocer el menguante de vuestra marea, que también conozca su creciente.
Porque, ¿qué amigo es el que buscáis para matar las horas?
Buscadlo siempre para vivir las horas.
Porque él existe para colmar vuestra necesidad, no vuestro vacío.
Y permitid que haya risa y placeres compartidos en la dulzura de la amistad.

Porque en el rocío de las pequeñas cosas el corazón encuentra su alborada y se refresca.

* * *

Y un retórico dijo: Dinos del Hablar.

Y él respondió:

Habláis cuando cesáis de estar en paz con vuestros pensamientos.
Y cuando sois incapaces de habitar en la soledad de vuestro corazón, vivís en vuestros labios, y el sonido de vuestras palabras es diversión y pasatiempo.
Y en muchas de vuestras palabras el pensamiento es asesinado.
Porque el pensamiento es un pájaro del espacio que, en una jaula de palabras, puede, en verdad, abrir las alas, pero es incapaz de volar.
Algunos hay entre vosotros que buscan al hablador por miedo a estar solos.
El silencio de la soledad revela ante sus ojos un yo decrépito y ansía escapar.
Y hay quienes hablan y, sin conocimiento ni premeditación, revelan una verdad que ni ellos mismos comprenden.

Y hay quienes poseen la verdad, pero no la traducen en palabras.
Cuando encontréis a vuestro amigo a la vera del camino o en el mercado, dejad que el espíritu mueva vuestros labios y guíe vuestra lengua.
Que la voz en vuestra voz hable al oído en su oído.
Porque su alma guardará la verdad de vuestro corazón, como el sabor del vino persiste en la memoria...
... Cuando el dolor está lejos y el vaso ya no existe.

* * *

Y un astrónomo dijo: Maestro, ¿y qué nos dices del Tiempo?

Y él respondió:

Mediríais el tiempo, lo infinito.
Ajustaríais vuestra conducta e incluso dirigiríais la ruta de vuestro espíritu de acuerdo con las horas y las estaciones.

Del tiempo haríais una corriente a cuya orilla os sentaríais a observarlo rodar.

Sin embargo, lo eterno en vosotros es consciente de la eternidad de la vida.

Y sabe que el ayer es sólo la memoria del hoy y el mañana es el ensueño del hoy.

Y que aquello que canta y piensa en vosotros habita aún los límites de aquel primer momento que sembró las estrellas en el espacio.

¿Quién de entre vosotros no siente que su capacidad de amar excede todos los límites?

Y, a pesar de ello, ¿quién no siente ese mismo amor, aunque sin límites, rodeado en el centro de su ser y no moviéndose sino de un pensamiento de amor a otro pensamiento de amor, ni de un acto de amor a otro acto de amor? ¿Y no es el tiempo, como el amor, indiviso y sin etapas?

Pero sí; en vuestro pensamiento, debéis medir el tiempo en períodos; que cada período encierre todos los restantes.

Y que el hoy abrace al pasado con remembranza y al futuro con deseo.

* * *

Y UNO DE LOS ANCIANOS de la ciudad dijo: Háblanos de lo Bueno y de lo Malo.

Y él dijo:

Puedo hablar de lo bueno, no de lo malo.

Porque, ¿qué es lo malo sino lo bueno torturado por su propia hambre y su propia sed?

En verdad, cuando lo bueno está hambriento, busca alimentarse en cavernas oscuras, y cuando está sediento, bebe hasta de las aguas estancadas.

Sois buenos cuando sois uno con vosotros mismos.

Sin embargo, cuando no lo sois, no sois malos.

Porque una casa desunida no es una cueva de ladrones; es sólo una casa desunida.

Y un barco sin timón puede vagar sin rumbo entre islotes peligrosos y no hundirse hasta el fondo.

Sois buenos cuando tratáis de dar de vosotros mismos.

Sin embargo, no sois malos cuando buscáis la ganancia que os enriquecerá.

Pero cuando lucháis por obtener, no sois más que una raíz que se prende a la tierra y succiona su seno.

Seguramente la fruta no puede decir a la raíz: «Sé como yo, madura y plena, y dando siempre de tu abundancia.»

Porque para la fruta el dar es una necesidad, como el recibir es una necesidad para la raíz.

Sois buenos cuando estáis completamente despiertos en vuestro discurso.

Sin embargo, no sois malos cuando dormís mientras vuestra lengua titubea sin propósito.

Y aun un vacilante hablar puede fortalecer una lengua débil.

Sois buenos cuando camináis hacia vuestra meta firmemente y con pasos audaces.

No sois, empero, malos cuando camináis cojeando hacia ella.

Aun aquellos que cojean no retroceden.

Pero vosotros que sois fuertes y briosos, cuidaos de no cojear delante del lisiado, imaginando que eso es bondad.

Sois buenos en incontables modos y no sois malos cuando no sois buenos.

Sois solamente perezosos y dejados.

Es una lástima que los ciervos no puedan enseñar su velocidad a las tortugas.

En vuestro anhelo por vuestro yo-gigante reposa vuestra grandeza y ese anhelo se encuentra en cada uno de vosotros.

Pero en algunos de vosotros ese ansia es un torrente que corre con fuerza hacia el mar, llevando los secretos de las colinas y las canciones de los bosques.

Y en otros es un hilo de agua que se pierde en ángulos y curvas, y se consume antes de alcanzar la playa.

Pero no dejemos que el que mucho anhela le diga al que anhela poco: «¿Por qué avanzas tan lentamente y te detienes tanto?»

Porque el que es verdaderamente bueno no pregunta al desnudo «¿Dónde están tus vestidos?», ni al vagabundo desamparado: «¿Qué le ha ocurrido a tu casa?»

* * *

Entonces, una sacerdotisa dijo: Háblanos del Orar.

Y él respondió:

Oráis en vuestra angustia y en vuestra necesidad; deberíais también hacerlo en la plenitud de vuestro júbilo y en vuestros días de abundancia.

Porque, ¿qué es la oración sino el expandirse de vuestro ser en el éter viviente?

Y es para vuestra paz que volcáis vuestra oscuridad en el espacio; es también para vuestro gozo que derramáis el amanecer de vuestro corazón.

Y si no podéis sino llorar cuando vuestra alma os llama a la oración, ella os enjugará una y otra vez hasta que encontréis la risa.

Cuando oráis, os elevéis para hallar en lo alto a los que en ese mismo momento están orando y a quienes sólo encontraríais en la oración.

Por tanto, que vuestra visita a ese invisible templo no sea más que éxtasis y dulce comunión.

Porque, si entrarais al templo solamente a pedir, no recibiréis.

Y si entrarais a pedir por el bien de los otros, no seréis oídos.

Basta con que entréis en el templo invisible.

No puedo enseñaros cómo orar con palabras.

Dios no oye vuestras palabras sino cuando Él mismo las pronuncia a través de vuestros labios.

Y yo no puedo enseñaros la oración de los mares y los bosques y las montañas.

Pero vosotros, nacidos de las montañas, los bosques y los mares, podéis hallar su plegaria en vuestro corazón.

Y si solamente escucháis en la quietud de la noche, les oiréis diciendo, en silencio:

«Nuestro Señor, que eres nuestro ser alado, es Tu voluntad la que quiere en nosotros.

Es Tu anhelo, en nosotros, el que anhela.

Es Tu impulso el que, en nosotros, cambia nuestras noches, que son Tuyas; en días, que son también Tuyos.

No podemos pedirte nada porque Tú sabes cuáles son nuestras necesidades antes de que nazcan en nuestro ser:

Tú eres nuestra necesidad, y dándonos más de ti, nos lo ofreces todo.»

* * *

Y UN ERMITAÑO que visitaba todos los años la ciudad, se adelantó y dijo: Háblanos del Placer.

Y él respondió, diciendo:

El placer es un canto de libertad, pero no es libertad.
Es el florecer de vuestros deseos, pero no su fruto.
Es una llamada de la profundidad a la altura, pero no es lo profundo ni lo alto.

Es lo aprisionado que toma alas, pero no es el espacio confirmado.
¡Ah! En verdad, el placer es una canción de libertad.
Y yo deseo que la cantéis con el corazón pleno, pero no que perdáis el corazón en el canto.
Algunos jóvenes entre vosotros buscan el placer como si lo fuese todo y son juzgados por ello y censurados.
Yo no los juzgaría ni censuraría. Los dejaría buscarlo.
Porque encontrarán el placer pero no lo encontrarán sólo...
... Siete son sus hermanas y la peor de ellas es más hermosa que el placer.
¿No habéis oído del hombre que escarbaba la tierra buscando raíces y encontró un tesoro?
Y algunos mayores entre vosotros recuerdan los placeres con arrepentimiento, como faltas cometidas en la embriaguez.
Pero el arrepentimiento es el nublarse de la mente y no su castigo.
Deberían ellos recordar sus placeres con gratitud como recordarían la cosecha de un verano.
Sin embargo, si los conforta el arrepentirse, dejad que se arrepientan.
Y algunos hay, entre vosotros, que no son ni jóvenes para buscar, ni viejos para recordar.
Y, en su miedo a buscar y recordar, huyen de todos los placeres para no olvidar el espíritu u ofenderlo.
Pero esa denuncia misma es su placer.
Y, así, ellos también encuentran un tesoro, escarbando con manos temblorosas para buscar raíces.
Pero, decidme: ¿quién es el que puede ofender al espíritu?
¿Ofende el ruiseñor la quietud de la noche? ¿Acaso la luciérnaga ofende a las estrellas?

¿Y molestan al viento vuestro fuego o vuestro humo?

¿Creéis que es el espíritu un estanque quieto que podéis enturbiar con un bastón?

A menudo, al negaros placer, no hacéis otra cosa que guardar el deseo en los reposos de vuestro ser.

¿Quién no sabe que lo que parece omitido aguarda el mañana?

Aun vuestro cuerpo sabe de su herencia y su justa necesidad, y no será engañado.

Y vuestro cuerpo es el arpa de vuestra alma.

Y sois vosotros los que podéis sacar de él dulce música o sonidos confusos.

Y ahora os estáis preguntando en vuestro corazón:

«¿Cómo distinguiremos lo que es bueno de lo que no es bueno en el placer?»

Id a vuestros campos y a vuestros jardines y aprenderéis que el placer de la abeja es reunir miel de las flores.

Pero es también placer de la flor el ceder su miel a la abeja.

Porque una flor es fuente de vida para la abeja.

Y una abeja es un mensajero de amor para la flor.

Y para ambos, abeja y flor, el dar y el recibir placer son una necesidad y un éxtasis.

Pueblo de Orfalese, sed en vuestros placeres como las abejas y las flores.

* * *

Y UN POETA pidió: Háblanos de la Belleza.

Y él dijo:

¿Dónde hallaréis la belleza y cómo haréis para encontrarla si ella misma no es vuestro camino y vuestro guía?

¿Y cómo hablaréis de ella si ella misma no enhebra vuestras palabras?

El agraviado y el injuriado dicen: «La belleza es amable y bondadosa.

Camina entre nosotros como una madre joven, casi avergonzada de su propia gloria.»

Y el apasionado dice: «No, la belleza debe infundir temor y contrición.

Como la tempestad que sacude la tierra bajo nuestros pies y el cielo sobre nuestros cabellos.»

El cansado y rendido dice: «La belleza es hecha de blandos murmullos. Habla en nuestro espíritu.

Su voz se rinde a nuestros silencios como una débil luz que se estremece por temor a las sombras.»

Pero el inquieto dice: «La hemos oído dar voces entre las montañas.

Y, con sus voces, se oyó rodar de cascos y batir de alas y rugir de fieras.»

Durante la noche, los serenos de la ciudad dicen: «La belleza vendrá del Este, con el alba.»

Y, al mediodía, los trabajadores y los viajeros dicen: «La hemos visto inclinarse sobre la tierra desde las ventanas del crepúsculo.»

En el invierno, el que se halla entre la nieve dice: «Vendrá con la primavera, saltando sobre las colinas.»

Y en el calor del verano, los cosechadores dicen: «La vimos danzando con las hojas de otoño y llevaba torbellinos de nieve sobre su pelo.»

Todas estas cosas habéis dicho de la belleza.

Pero, en verdad, hablasteis, no de ella, sino de vuestras necesidades insatisfechas.

Y la belleza no es una necesidad, sino un éxtasis.

No es una boca sedienta, ni una mano vacía que se extiende.

Sino, más bien, un corazón ardiente y un alma encantada.

No es la imagen que véis, ni la canción que escucháis.

Sino, más bien, una imagen que soñáis cerrando los ojos y una canción que escucháis tapándoos los oídos.

No es la savia que corre debajo de la rugosa corteza, ni el ala sometida por la garra.

Sino, más bien, un jardín eternamente en flor y una bandada de ángeles eternamente en vuelo.

Pueblo de Orfalese, la belleza es la vida, cuando la vida descubre su rostro esencial y sagrado.

Pero vosotros sois la vida y vosotros sois el velo.

La belleza es la eternidad que se contempla a sí misma en un espejo.

Pero vosotros sois la eternidad y vosotros sois el espejo.

Porque, ¿qué es morir sino erguirse desnudo?

¿Y qué es dejar de respirar, sino dejar el aliento libre de sus inquietos vaivenes para que pueda elevarse y expandirse y, ya sin trabas, buscar a Dios?

Sólo cuando bebáis en el río del silencio cantaréis de verdad.

Y sólo cuando hayáis alcanzado la cima de la montaña comenzará vuestro ascenso.

Y sólo cuando la tierra reclame vuestros miembros, bailaréis de verdad.

* * *

Y UN VIEJO SACERDOTE pidió: Háblanos de la Religión.

Y él dijo:

¿Acaso he hablado hoy de otra cosa?

¿No son todos los actos y todos los pensamientos religión?

¿Y aun aquello que no es acto ni pensamiento, sino un milagro y una sorpresa brotando siempre en el alma, aun cuando las manos pican la piedra o atienden el telar?

¿Quién puede separar su fe de sus acciones o sus creencias de sus trabajos?

¿Quién es capaz de desplegar sus horas ante sí mismo, diciendo: Esto para Dios y esto para mí, esto para mi espíritu y esto para mi cuerpo?

Todas nuestras horas son alas que baten a través del espacio de persona a persona.

El que usa su moralidad como su más bella vestidura mejor andará desnudo.

El sol y el viento no agrietarán su piel.

Y aquel que define su conducta por medio de normas, apresará su pájaro-cantor en una jaula.

El canto más libre no surge detrás de las rejas ni dentro de las jaulas.

Y aquel para quien la adoración es una ventana que puede abrirse pero también cerrarse aún no conoce la mansión de su espíritu, que tiene ventanas que se extienden desde el alba hasta el alba.

Vuestra vida de todos los días es vuestro templo y vuestra religión.

Cada vez que en él entréis, llevad con vosotros todo lo que tenéis.

Llevad el arado y la fragua, el martillo y la guitarra.

Y todo lo que habéis hecho por gusto o por necesidad.

Porque en recuerdos, no podéis elevaros por encima de vuestras obras ni caer más bajo que vuestros fracasos.

Y llevad con vosotros a todos los hombres.

Porque, en la adoración, no podéis volar más lejos que sus esperanzas ni humillaros más bajo que sus angustias.

Y si llegáis a conocer a Dios, no os convirtáis en explicadores de enigmas.

Mirad más bien a vuestro alrededor y lo veréis jugando con vuestros hijos.

Y mirad hacia lo alto; lo veréis caminando en la nube, desplegando sus brazos en el rayo y descendiendo en la lluvia.

Lo veréis sonriendo en las flores y elevándose luego para agitar sus manos desde los árboles.

* * *

Y ENTONCES habló Almitra, diciendo: Queremos preguntarte ahora sobre la Muerte.

Y él respondió:

Queréis conocer el secreto de la muerte.

Pero, ¿cómo lo hallaréis si no lo buscáis en el corazón de la vida?

El búho, cuyos ojos atados a la noche son ciegos en el día, no puede descubrir el misterio de la luz.

Si en verdad queréis contemplar el espíritu de la muerte, abrid de par en par vuestro corazón en el cuerpo de la vida.

Porque la vida y la muerte son una, así como son uno el río y el mar.

En lo profundo de vuestras esperanzas y deseos descansa vuestro conocimiento del más allá.

Y como las semillas soñando bajo la nieve, así vuestro corazón sueña con la primavera.

Confiad en vuestros sueños, porque en ellos está escondido el camino a la eternidad.

Vuestro miedo a la muerte no es más que el temblor del pastor cuando está en pie ante el rey, cuya mano va a posarse sobre él, como un honor.
¿No está contento el pastor, bajo su miedo, de llevar la marca del rey?
¿No le hace eso, sin embargo, más consciente de su temblor?

* * *

Y LLEGÓ la noche.
Y Almitra, la profetisa, dijo: Sea bendecido este día y este lugar y tu espíritu que se ha manifestado.

Y él respondió: ¿Fui yo el que habló? ¿No fui también uno de los que escucharon?

Descendió, entonces, las gradas del templo y todo el pueblo le siguió. Y él subió a su barco y se irguió sobre el puente.
Y, mirando de nuevo a la gente, alzó la voz y dijo:
Pueblo de Orfalese: el viento me obliga a marchar lejos.
No tengo la prisa del viento, pero debo irme.
Nosotros, los trotamundos, buscando siempre el camino más solitario, no comenzamos un día donde hemos terminado otro y no hay aurora que nos encuentre donde nos dejó el atardecer.
Aun cuando la tierra duerme, nosotros viajamos.
Somos las semillas de una planta tenaz y es en nuestra madurez y plenitud de corazón que somos entregados al viento y esparcidos por doquier.

Breves fueron mis días entre vosotros y aún más breves las palabras que he dicho.
Pero, si mi voz se hace débil en vuestros oídos y mi amor se desvanece en vuestro recuerdo, entonces volveré.
Y con un corazón más pleno y unos labios más dóciles al espíritu, hablaré.
Sí, he de volver con la marea.
Y aunque la muerte me esconda y el gran silencio me envuelva, buscaré, sin embargo, nuevamente vuestros espíritus.

Y mi búsqueda no será en vano.

Si algo de lo que he dicho es verdad, esa verdad se revelará en una voz más clara y en palabras más cercanas a vuestros pensamientos.

Me voy con el viento, pueblo de Orfalese, pero no hacia la nada.

Y, si este día no es la realización plena de vuestras necesidades y mi amor, que sea una promesa hasta que ese día llegue.

Las necesidades del hombre cambian, pero no su amor, ni su deseo de que este amor satisfaga sus necesidades.

Sabed, pues, que desde el silencio más grande he de volver.

La niebla que se aleja en el alba, dejando solamente el rocío sobre los campos, se eleva y se vuelve nube para caer después convertida en lluvia.

Y no he sido diferente de la niebla.

En la quietud de la noche he caminado por vuestras calles y mi espíritu habitó en vuestras casas.

Y los latidos de vuestro corazón estuvieron en mi corazón y vuestro aliento acarició mi cara.

Yo os conozco a todos.

¡Ay! Yo he sabido de vuestra alegría y de vuestro dolor, y, cuando dormíais, vuestros sueños florecían en mis sueños.

Y, a menudo, fui entre vosotros como un lago entre montañas.

Reflejé vuestras cumbres y vuestras laderas y aun el fluir de vuestros pensamientos y vuestros deseos, en manadas.

Y vino a mi silencio el torrente de risas de vuestros niños y los ríos anhelantes de vuestra juventud.

Y, cuando llegaron a lo más profundo de mi ser, los torrentes y los ríos no cesaron de cantar.

Pero algo más dulce que las risas y más febril que los anhelos vino hacia mí.

Fue lo infinito en vosotros.

El hombre inmenso del que sois apenas las células y nervios.

Aquél en cuyo canto todas vuestras canciones no son más que un latido apagado.

Es en el hombre inmenso en el que sois inmensos.

Y es al mirarlo que yo os vi y os amé.

Porque, ¿qué distancias puede alcanzar el amor que no participen de esa esfera inconmensurable?

¿Qué visiones, qué intuiciones podrán superar ese vuelo?

Como un roble gigante, cubierto de flores de manzano, es el hombre inmenso que habita en vosotros.

Su poder os ata a la tierra, su fragancia os eleva en el espacio y, en su durabilidad, sois inmortales.

Se os ha dicho que, como una cadena, sois tan partes como vuestro más débil eslabón.

Eso es sólo una parte de la verdad. Sois también tan fuertes como vuestro eslabón más fuerte.

Mediros por vuestra más pequeña acción es como calcular el poder del océano por lo instantáneo de su espuma.

Juzgaros por vuestras fallas es como culpar a las estaciones por su inconstancia.

¡Ay! Sois como un océano.

Y aunque barcos pesados esperan la marea en vuestras playas, vosotros, como el océano, no debéis apurar vuestras mareas.

Sois también como las estaciones.

Y aunque en vuestro invierno neguéis vuestra primavera.

La primavera, latiendo en vosotros, sonríe en su ensueño y no se ofende.

No penséis que yo os hablo de este modo para que vosotros os digáis: «No ha visto más que lo bueno que hay en nosotros.»

Yo sólo os digo en palabras lo que vosotros mismos sabéis en vuestro pensamiento.

Y, ¿qué es el conocimiento que dan las palabras sino una sombra del conocimiento inefable?

Vuestros pensamientos y mis palabras son ondas de una memoria sellada que protege el registro de nuestros ayeres.

Y de los antiguos días, cuando la tierra no nos conoció ni se conoció ella misma.

Y de las noches, cuando la tierra estuvo atormentada en confusión.

Sabios vinieron a vosotros a daros de su sabiduría. Yo he venido a tomar de vuestra sabiduría.

Y he aquí que he hallado lo que es más sublime que la sabiduría misma.

Es un espíritu ardiente en vosotros que junta cada vez más de sí mismo.

Mientras vosotros, ausentes de su expansión, lloráis el marchitarse de vuestros días.

Es la vida en busca de vida en los cuerpos amedrentados por la tumba.

No hay tumbas aquí.

Estas montañas y llanuras son una cuota y un peldaño.

Cada vez que paséis cerca del campo donde dejasteis a vuestros antecesores descansando, mirad bien y os veréis a vosotros mismos y veréis a vuestros hijos tomados de la mano.

En verdad, a menudo os divertís sin saberlo.

Otros han venido a quienes, por doradas promesas hechas a vuestra fe, habéis entregado riquezas, poder y gloria.

Menos que una promesa os he dado yo; sin embargo, habéis sido más generosos conmigo.

Me habéis dado la sed más profunda para mis años postreros.

No hay seguramente para un hombre regalo más grande que aquel que hace de todos sus anhelos labios sedientos y de toda su vida un arroyo de agua fresca.

Y allí mi honor y mi premio:

Cada vez que voy al arroyo a beber, encuentro sedienta el agua viviente.

Y ella me bebe mientras yo la bebo.

Algunos de vosotros me habéis juzgado orgulloso y exacerbadamente esquivo cuando se trataba de aceptar regalos.

Soy, en verdad, demasiado orgulloso para recibir salario, pero no regalos.

Y aunque he comido bayas entre las colinas, cuando hubierais querido sentarme a vuestra mesa.

Y dormido en el pórtico del templo cuando me hubierais acogido alegremente.

¿No fue acaso vuestro cuidado, amante de mis días y mis noches, el que preparó la comida grata a mi boca y ciñó con visiones mi sueño?

Yo os bendigo aún más por esto:

Vosotros dais mucho y no sabéis que dais.

Verdaderamente, la bondad que se emula a sí misma en un espejo se convierte en piedra.

Y una buena acción que se califica a sí misma con nombres tiernos se vuelve pariente de una maldición.

Y algunos de vosotros me habéis llamado solitario y embriagado en mi propio aislamiento.

Y habéis dicho: «Se consulta con los árboles del boque, pero no con los hombres.

Se siente, solitario en las cumbres de los montes, y mira nuestra ciudad a sus pies.»

Verdad es que he ascendido colinas y caminado por lugares remotos.

¿Cómo podría haberos visto sino desde una gran altura o desde una gran distancia?

¿Cómo se puede estar cerca de la verdad, a menos que se esté lejos?

Y otros, entre vosotros, me han llamado sin palabras, diciendo:

«Extranjero, extranjero; amante de cumbres inalcanzables, ¿por qué vives entre las cimas, donde las águilas hacen sus nidos?

¿Por qué buscas lo imposible?

¿Qué tormentas quieres atrapar en tu red?

¿Y qué vaporosos pájaros cazas en el cielo?

Ven y sé uno como nosotros.

Desciende y calma tu hambre con nuestro pan y apaga tu sed con nuestro vino.»

Y decían estas cosas en la soledad de sus almas.

Pero, si su soledad hubiera sido más profunda, hubieran sabido que lo que yo buscaba era el secreto de vuestra alegría y vuestro dolor.

Y que cazaba solamente lo mejor de vuestro ser, que divaga en las alturas.

Pero el cazador fue también el cazado.

Porque muchas de mis flechas sólo dejaron mi arco para hincarse en mi propio pecho.

Y el que volaba también se arrastró.

Porque, cuando mis alas se extendían al sol, su sombra sobre la tierra fue una tortuga.

Y el creyente fue también el escéptico.

Porque yo he puesto a menudo mi dedo en mi propia llaga para poder creer más en vosotros y conoceros mejor.

EL VAGABUNDO

Le encontré en un cruce de caminos. Aquel hombre no llevaba en sus manos más que un bastón. Una capa cubría sus ropas y un velo de tristeza su cara.

Nos saludamos mutuamente y le dije:

«Ven a hospedarte en mi casa.»

Y vino.

Mi esposa y mis hijos nos estaban esperando a la puerta de casa. El les saludó y ellos se alegraron de que hubiera venido.

Luego, nos sentamos a la mesa; nos hacía felices aquel hombre con el aura de silencio y de misterio que le rodeaba.

Cuando hubimos cenado, nos sentamos junto al fuego y yo le pregunté sobre sus vagabundeos.

Aquella noche nos contó muchas historias. Y también la noche siguiente.

Las historias que he recogido aquí son fruto de sus días amargos, aunque él nunca se mostró amargado. Están escritas con el polvo de los caminos y la paciencia de las caminatas.

Cuando, pasados tres días, nos dejó, ya no le veíamos como un huésped que nos abandona, sino como uno más de nosotros, que estaba en el jardín a punto de entrar en la casa.

VESTIDURAS

Un día, la Belleza y la Fealdad se encontraron en la orilla del mar. Y dijeron:

«Vamos a bañarnos.»

Se desnudaron y nadaron por el agua. Poco después, la Fealdad volvió a la orilla y se puso las ropas de la Belleza. Después se marchó.

La belleza salió también del mar, pero no encontró sus vestiduras, y como era demasiado vergonzosa para ir desnuda, se puso la ropa de la Fealdad. Luego, prosiguió también su camino.

Y hasta ahora hombres y mujeres confunden a la una con la otra.

Sin embargo, hay algunos que, al ver el rostro de la Belleza, descubren que no lleva la ropa que le pertenece. Y otros reconocen el rostro de la Fealdad, pues sus ropas no lo ocultan a sus ojos.

CANCIÓN DE AMOR

En cierta ocasión, un poeta escribió una hermosa canción de amor. Hizo muchas copias de ella y se las mandó a sus amigos y conocidos, hombres y mujeres, incluyendo a una muchacha a la que sólo había visto una vez y que vivía más allá de las montañas.

Pasados dos o tres días, llegó un mensajero de parte de aquella muchacha, trayendo una carta. La carta decía:

«Déjame que te diga que estoy sumamente emocionada con la canción de amor que me has escrito. Ven pronto para hablar con mis padres y para hacer los preparativos de nuestra boda.»

Y el poeta le respondió con otra carta donde le decía:

«Amiga: la canción que le envié a usted no era más que una canción de amor salida del corazón de un poeta, que puede ser cantada por todos los hombres y dirigirse a cualquier mujer.»

Entonces, ella le escribió nuevamente:

«¡Hipócrita y mentiroso! Desde hoy hasta que me entierren, odiaré por tu culpa a todos los poetas.»

LÁGRIMAS Y RISAS

Una noche, a orillas del Nilo, se encontraron una hiena y un cocodrilo. Se pararon y se saludaron.

Dijo la hiena:

«¿Qué tal te ha ido la jornada, señor?»

«Muy mal —respondió el cocodrilo—. A veces mi dolor y mi tristeza me hacen llorar, pero la gente dice: "Son lágrimas de cocodrilo", y eso me hace mucho más daño de lo que puedes pensar.»

Entonces la hiena replicó:

«Hablas de tu dolor y de tu tristeza, pero por un momento piensa en mí. Contemplo la belleza del mundo y cuando veo las cosas maravillosas y admirables que contienen, me lleno de gozo y me pongo a reír y a reír, como ríen los días. Pero los habitantes del bosque dicen: "No es más que la risa de la hiena."»

EN LA FERIA

Llegó del campo a la Feria una muchacha muy bonita. En su cara había un lirio y una rosa. El atardecer estaba en sus cabellos y el alba sonreía en sus labios.

En cuanto la guapa forastera apareció ante sus ojos, los muchachos se asomaron e hicieron un corro en torno a ella. Uno quería que bailara con él, otro quería cortar una torta en su honor y todos deseaban besar sus mejillas. En última instancia, ¿no era una hermosa feria?

Pero la muchacha se asombró y se sintió molesta, y pensó mal de los muchachos. Les reprendió e incluso les dio una bofetada a uno o a dos de ellos. Luego huyó.

Cuando por la tarde iba camino de su casa, se dijo:

«¡Qué enfadada estoy! ¡Qué grosero y qué mal educados son estos chicos! ¡Rebasan el límite de mi paciencia!»

Pasó un año, a lo largo del cual aquella muchacha pensó muchas veces en ferias y en muchachos. Entonces volvió a la Feria con el lirio y la rosa en su cara, el atardecer en sus cabellos y la sonrisa del alba en sus labios.

Pero esta vez los muchachos, cuando la vieron, le dieron la espalda. Y estuvo todo el día sola, sin que nadie se fijara en ella.

Cuando por la tarde iba camino de su casa, lloraba en su corazón:

«¡Qué enfadada estoy! ¡Qué groseros y qué mal educados son estos chicos! ¡Rebasan el límite de mi paciencia!»

LAS DOS PRINCESAS

En la ciudad de Shawakis vivía un príncipe al que todos, hombres, mujeres y niños, querían. Hasta los animales del campo se acercaban a él para saludarle.

Pero la gente decía que su esposa no le amaba; más aún, que le odiaba.

Un día, la princesa de una ciudad cercana vino a visitar a la princesa de Shawakis. Se sentaron, se pusieron a hablar y su conversación derivó hacia sus respectivos esposos.

La princesa de Shawakis le dijo apasionada:

«Envidio lo feliz que eres con tu príncipe y esposo, a pesar de tantos años de casados. Yo odio al mío porque no me pertenece a mí sola; soy la más desdichada de las mujeres.»

La princesa que había ido a visitarla, la miró y dijo:

«Amiga mía, la verdad es que tú quieres a tu marido y que sigues sintiendo por él una encendida pasión. Para una mujer, eso es la vida, como lo es la primavera para un jardín. En cambio, compadécenos a mi esposo y a mí, pues nos soportamos el uno al otro con paciente silencio. ¡Y tú y todo el mundo llamáis a eso felicidad!»

EL RELÁMPAGO

Un día de tormenta estaba un obispo cristiano en su catedral, y se le acercó una mujer que no era cristiana para decirle:

«Yo no soy cristiana. ¿Podré salvarme del fuego del Infierno?»

El obispo la miró y replicó:

«No, sólo se salvan los que han sido bautizados en el agua y en el espíritu.»

Aún estaba hablando, cuando, con gran estruendo, cayó un rayo sobre la catedral y le prendió fuego.

Acudieron corriendo los hombres de la ciudad y pudieron salvar a la mujer, pero el obispo fue pasto de las llamas.

EL ERMITAÑO

Había una vez un ermitaño que vivía entre verdes colinas. Era puro de espíritu y dulce de corazón. Todos los animales de la tierra y todas las aves del cielo se acercaban a él por parejas, y él les hablaba. Formaban un círculo en torno a él y le escuchaban alegres, sin marcharse hasta ya entrada la noche. Entonces, el ermitaño les despedía bendiciéndoles antes de entregarlo al viento y a la selva.

Una tarde que estaba hablando del amor, levantó la cabeza un leopardo y dijo el ermitaño:

«Nos estás hablando del amor. Dinos, señor, ¿dónde está tu compañera?»

Y contestó el ermitaño:

«Yo no tengo compañera.»

Un grito de sorpresa surgió de aquel corro de cuadrúpedos y de aves. Y empezaron a decirse los animales entre sí: «¿Cómo es capaz de hablarnos de amor y de compañerismo si no sabe nada de eso?»

Y poco a poco, con cierto desdén, le fueron abandonando.

Aquella noche, el ermitaño se echó sobre su estera, con la cara hacia el suelo, y se puso a llorar amargamente, golpeándose el pecho con las manos.

DOS SERES IGUALES

Un día, el profeta Sharía encontró a una niña en un jardín.

Y dijo la niña:

«Buenos días tengas, señor.»

A lo que contestó el profeta:

«Buenos días tengas tú, señora.»

Después de un instante, agregó:

«Veo que estás sola.»

Entonces la criatura se rió complacida y señaló:

«Me costó mucho perderme de mi aya. Cree que estoy detrás de aquel seto, pero, como ves, estoy aquí.»

Luego, miró al profeta y siguió diciendo:

«Tú también estás solo. ¿Qué hiciste con tu aya?»

«Mi caso es distinto —replicó el profeta—. La verdad es que no puedo perderme de ella con frecuencia. Pero hoy, cuando vine a este jardín, ella me estaba buscando detrás de aquel seto.»

La niña aplaudiendo exclamó:

«¡Entonces eres como yo! ¿A que es bueno perderse?»

Luego, preguntó:

«¿Y tú quién eres?»

«Me llaman el profeta Sharía. Ahora dime quién eres tú», preguntó a su vez el hombre.

«Soy simplemente yo —dijo la niña—, y mi aya me está buscando sin saber que estoy aquí.»

Entonces el profeta miró hacia el cielo y dijo:

«Yo también me escapé de mi aya por un instante. Pero ella me encontrará.»

«También yo sé que mi aya me encontrará», dijo la niña.

Y en aquel momento se oyó la voz de una mujer que llamaba a la niña por su nombre.

«¿Ves? —dijo la niña—. Ya te dije que me encontraría.»

En ese mismo instante se oyó otra voz que decía:

«¿Dónde estás, Sharía?»

Y dijo el profeta:

«¿Ves?, hija mía. También a mí me han encontrado.»

Y mirando hacia el cielo, contestó Sharía:

«Aquí estoy.»

LA PERLA

Dijo una ostra a otra que estaba a su lado:

«Siento un gran dolor dentro de mí. Es pesado y redondo y me lastima.»

Y la otra, complacida, dijo con arrogancia:

«Alabados sean el cielo y el mar. Yo no siento dolor alguno dentro de mí. Me encuentro bien por dentro y por fuera.»

En ese momento, un cangrejo que pasaba por allí y que había oído a las dos ostras, dijo a la que se encontraba bien por dentro y por fuera:

«Sí, te sientes bien, pero el dolor que soporta tu vecina es una perla de inimitable belleza.»

CUERPO Y ALMA

Un hombre y una mujer se sentaron junto a una ventana abierta a la primavera. Estaban el uno junto al otro, y dijo la mujer:

«Te quiero. Eres guapo y rico, y siempre vas bien vestido.»

Y contestó el hombre:

«Te quiero. Eres una hermosa idea, algo demasiado etéreo para poder cogerlo con las manos, una canción en medio de mis sueños.»

Entonces, la mujer se levantó furiosa y exclamó:

«Señor, déjame ya, por favor. No soy una idea, ni una cosa que pasa por tus sueños. Soy una mujer. Preferiría que me desearas como esposa y como madre de los niños por nacer.»

Y se separaron.

El hombre hablaba a su corazón:

«¡Otro sueño que se esfuma!»

Y la mujer decía:

«¿Qué pensar de un hombre que se esfuma como un sueño?»

EL REY

El pueblo que habitaba en el reino de Sadik rodeó el palacio de su rey proclamando la rebelión contra él. Bajó el rey por la escalinata de su palacio llevando su corona en una mano y su cetro en la otra. La majestuosidad de su porte acalló a la muchedumbre.

El rey se detuvo frente a ellos y les dijo:

«Amigos, como ya no sois súbditos míos, os devuelvo mi corona y mi cetro. Seré uno más de vosotros, un hombre cualquiera, y, como tal, trabajaré a vuestro lado y nuestra tierra fructificará mejor. No hay necesidad de un rey. Vayamos, pues, a los sembrados y a los viñedos y trabajemos codo con codo. Sólo debéis decirme a qué campo o a qué viñedo he de dirigirme. Ahora todos sois reyes.»

El pueblo se maravilló y una capa de silencio se cernió sobre ellos, pues aquel rey al que consideraban la causa de su descontento, les devolvía la corona y el cetro, y se convertía en uno de ellos.

Luego, cada uno se fue por su camino, y el rey se dirigió a un prado acompañado por un hombre.

Pero el reino de Sadik no iba bien sin un rey, y el velo del descontento pendía aún sobre la tierra. La gente decía a voz en grito por los mercados que alguien les debía gobernar y que necesitaban un rey que les dirigiera. Entonces, jóvenes y ancianos dijeron al unísono:

«¡Tendremos nuestro rey!»

Buscaron, pues, al rey y le encontraron ocupándose de las faenas del campo. Le condujeron hasta su trono y, tras devolverle la corona y el cetro, dijeron:

«Ahora, gobiérnanos con magnanimidad y con justicia.»

A lo que él contestó: «Os gobernaré con magnanimidad, y que los dioses me ayuden a regiros con justicia.»

Luego, llegaron a su presencia ciertos hombres y mujeres para hablarle de un barón que les maltrataba y esclavizaba. Inmediatamente el rey llamó al barón a su presencia y le dijo:

«En la escala de valores de Dios, la vida de un hombre es igual a la de cualquier otro hombre. Como tú no sabes valorar la vida de los que trabajan tus tierras y tus viñedos, quedas desterrado. Abandonarás este reino para siempre.»

Al día siguiente, se presentó otro grupo ante el rey y le hablaron de la cruel condesa que había al otro lado de las colinas, la cual les había reducido a la miseria. De inmediato, el rey mandó llamar a la condesa y la condenó al destierro diciéndole:

«Quienes labran nuestros campos y cuidan nuestros viñedos son más nobles que nosotros, los que comemos el pan que ellos fabrican y bebemos el vino de sus lagares. Como tú no sabes esto, abandonarás estas tierras y vivirás lejos de este reino.»

Vinieron luego otros hombres y mujeres para decir al monarca que el obispo les hacía acarrear piedras y tallarlas para la catedral, pero que no les pagaba nada a pesar de que las arcas del obispo se hallaban repletas de plata y oro, mientras ellos tenían los bolsillos vacíos y el estómago hambriento.

El rey requirió la presencia del obispo, y cuando le tuvo delante, dijo:

«Esa cruz que llevas en el pecho debería significar que das vida a la vida. Pero tú has tomado la vida sin devolver nada. Abandonarás, pues, este reino para no volver jamás.»

Hasta la siguiente luna nueva, todos los días acudieron hombres y mujeres junto al rey para exponerle las cargas que pesaban sobre ellos, y cada día, hasta la luna nueva, era desterrado de aquel reino algún opresor.

El pueblo de Sadik estaba maravillado, y había alegría en sus corazones.

Cierto día se presentó un numeroso grupo de viejos y de jóvenes que rodeó la torre del monarca, preguntando por él.

«Y ahora, ¿qué queréis de mí? —les preguntó—. Tened, os devuelvo lo que vosotros deseasteis que tuviera.»

«¡No, no! —gritaron ellos—. Tú eres nuestro legítimo rey. Has limpiado esta tierra de víboras y has aniquilado a los lobos. Hemos venido a cantarte nuestro agradecimiento. La corona es el símbolo de tu majestad y el cetro de tu gloria.»

«¡No, no! —replicó el rey—. Vosotros sois los reyes. Cuando pensabais que era inepto y mal gobernante, vosotros erais los ineptos y los ingobernables. Ahora la tierra fructifica porque vosotros queréis que así sea. Yo no existo más que en vuestros actos. No hay alguien que gobierne. Sólo existen los que se gobiernan a sí mismos.»

Volvió el rey a su torre con la corona y el cetro. Y jóvenes y ancianos, muy contentos, se fueron cada uno por su lado.

Y cada uno de ellos se vio a sí mismo como un rey con la corona en una mano y el cetro en la otra.

SOBRE LA ARENA

Dijo un hombre a otro:

«Hace ya mucho, estando la marea alta, escribí con mi bastón una palabras en la arena. Y aún se detiene la gente para leerlas, procurando que no se borren.»

Y dijo el otro hombre:

«Yo también escribí unas palabras sobre la arena, pero lo hice cuando estaba baja la marea, y las olas del inmenso mar las borraron, por lo que su existencia fue muy corta. Pero dime, ¿qué fue lo que escribiste?»

Y el primer hombre contestó:

«Escribí: "Yo soy lo que soy". ¿Y tú?, ¿qué escribiste?»

Y replicó el otro:

«Yo escribí: "No soy más que una gota de este inmenso mar."»

TRES REGALOS

Había una vez un amable príncipe que vivía en la ciudad de Becharre, al que todos sus súbditos querían y respetaban.

Pero un hombre sumamente pobre se quejaba del príncipe y estaba constantemente lanzando por su lengua pestes y censuras.

El príncipe lo sabía, pero era paciente.

Por fin decidió atender aquel caso. De modo que, una noche de invierno, llamó un criado del príncipe a la puerta de aquel hombre llevando un saco de harina de trigo, un paquete de jabón y una bolsa de azúcar.

«El príncipe te manda estos regalos como recuerdo», le dijo el criado.

El hombre se alegró, pues pensó que aquellas dádivas eran un homenaje que el príncipe le tributaba. Conque muy orgulloso fue a buscar al obispo para contarle lo que había hecho el príncipe.

«¿Veis cómo el príncipe me quiere como amigo?», le dijo al obispo.

Pero éste contestó:

«¡Qué príncipe más sabio y tú qué poco entiendes! Nuestro príncipe habla por símbolos. La harina es para tu estómago vacío; el jabón para tu sucia piel, y el azúcar para que endulces tu amarga lengua.»

Desde entonces, aquel hombre se avergonzó de sí mismo, y su odio al príncipe creció más que nunca. Pero a quien más odiaba era al obispo que había interpretado los regalos del príncipe.

No obstante, a partir de ese momento no volvió a decir nada.

PAZ Y GUERRA

Estaban tres perros tomando el sol mientras conversaban.

Dijo el primer perro con aire soñador:

«Verdaderamente es maravilloso vivir en estos tiempos en que reinan los perros. Mirad con qué facilidad viajamos por tierra, por mar y hasta por el cielo. Pensad por un momento en todo lo que se ha inventado para nuestra comodidad, para nuestros ojos, oídos y narices.»

Y añadió el segundo perro:

«Ahora entendemos mejor el arte y ladramos a la luna con más ritmo que nuestros antepasados. Y cuando nos miramos en el agua vemos nuestros rostros con más claridad que los de antaño.»

Entonces consideró el tercero:

«Pues a mí, lo que más me interesa y lo que entretiene mi mente es la pacífica comprensión que existe entre los distintos Estados caninos.»

En este momento vieron que se acercaba el lacero de la perrera.

Los tres perros salieron a escape y se perdieron calle abajo. Mientras corrían, el tercer perro iba diciendo:

«¡Corred, por Dios y por vuestras vidas, corred! ¡Que nos persigue la civilización!»

LA BAILARINA

Había una vez una bailarina que llegó con sus músicos a la corte del príncipe de Birkasha. Admitida en la corte, bailó ante el príncipe al son del laúd, la flauta y la cítara.

Bailó la danza de las llamas, la danza de las espadas y las lanzas, la danza de las estrellas y la danza del espacio. Por último, bailó la danza de las flores al viento.

Después, se acercó al trono del príncipe e hizo una reverencia. El príncipe le pidió que subiera a su lado y le dijo:

«Hermosa mujer, hija de la gracia y del encanto, ¿desde cuándo tienes ese arte? ¿Cómo es que dominas a todos los elementos con tus ritmos y tus canciones?»

Y la bailarina, inclinándose otra vez ante el príncipe, contestó:

«Poderosa y agraciada Majestad, no sé qué responder a tus preguntas. Lo único que sé es que el alma del filósofo mora en su cabeza, que el alma del poeta se encuentra en su corazón, pero que el alma de la bailarina palpita en todo su cuerpo.»

LOS DOS ÁNGELES

Una tarde se encontraron dos ángeles en las puertas de una ciudad. Se saludaron y se pusieron a hablar.

«¿Qué haces estos días y qué misión te han asignado?», preguntó uno de ellos.

Y respondió el otro:

«Me han encomendado custodiar a un hombre sumido en el pecado, que vive en el valle de abajo, el más depravado de los mayores pecadores. Te garantizo que es una tarea muy importante y difícil.»

El otro ángel señaló:

«Esa misión es fácil. He conocido a muchos pecadores y he sido guardián numerosas veces. Pero ahora me han asignado a un hombre bueno que vive al otro lado del bosque. Y te aseguro que se trata de una misión extremadamente difícil y sutil.»

Y contestó el otro ángel:

«No seas presuntuoso. ¿Cómo va a ser más difícil custodiar a un santo que a un pecador?»

Dijo entonces el primer ángel:

«Eres un impertinente al llamarme presuntuoso. No he dicho más que la verdad. Además, creo que el presuntuoso eres tú.»

Desde ese momento los ángeles se pusieron a discutir y pelearse, primero de palabra y luego con puños y alas.

Cuando se estaban peleando, apareció un arcángel, que, después de haberles separado, les preguntó:

«¿Por qué os peleáis? ¿De qué se trata? ¿No sabéis que es impropio de dos ángeles de la guarda pelearse a las puertas de una ciudad? Decidme cuál es el motivo de vuestra disputa.»

Hablaron ambos a la vez, y cada uno argumentaba a favor de su tesis, sosteniendo que su misión era la más difícil y que en consecuencia le correspondía un premio mayor.

El arcángel sacudió la cabeza mientras reflexionaba.

Por fin les dijo:

«Amigos, ahora no puedo aclararos quién merece más recompensa y honor. Pero, como puedo hacerlo, en bien de la paz y de la buena custodia, os encomiendo a cada uno la misión del otro, ya que tanto insistís diciendo que la misión de vuestro compañero es más sencilla. Marchaos ahora lejos de aquí y que vuestros encargos os hagan felices.»

Una vez recibieron la orden, cada uno de los ángeles se marchó al lugar adonde le llevaba su misión. Pero ambos miraban muy disgustados al arcángel. Y se decían interiormente:

«¡Estos arcángeles nos hacen cada vez la vida más difícil a los ángeles!»

Se detuvo entonces el arcángel y se puso a reflexionar otra vez. Y se dijo interiormente:

«La verdad es que debemos ser prudentes y guardar a nuestros ángeles de la guarda.»

EL ÁGUILA Y LA CALANDRIA

Una vez se encontraron en una roca que había en la cumbre de una montaña un águila y una calandria.

Dijo entonces la calandria:

«Buenos días, señora.»

El águila la miró desde arriba y con desgana le contestó:

«Buenos días.»

Y añadió la calandria:

«Espero que todo os vaya bien.»

«Sí, todo va bien —dijo el águila—. Pero, ¿no sabes tú que las águilas somos las reinas de las aves y que no debes dirigirnos la palabra si no te hablamos antes?»

A lo que contestó la calandría:

«Me permito hacerte ver que soy capaz de volar tan alto como tú y que puedo cantar y deleitar a las criaturas de la tierra, mientras que tú no me proporcionas placer alguno.»

El águila se enfureció y dijo:

«¡Placer y deleite! Eres un ser presuntuoso y pequeño. De un sólo picotazo podría aniquilarte. No tienes ni el tamaño de una de mis patas.»

Entonces la calandria empezó el vuelo y se posó en el lomo del águila para picotearle las plumas. Se enfureció aún más el águila y emprendió un rápido vuelo en orden a desembarazarse del pajarillo. Pero no lo lograba. Por último se dirigió a la roca de la colina, atormentada por el pequeño ser que llevaba en el lomo y maldiciendo el destino de aquel incidente.

En ese momento se acercó una tortuga y se echó a reír al ver aquella situación. Se reía tanto que estuvo a punto de dar la vuelta al caparazón y quedarse patas arriba.

La miró el águila con orgullo, diciéndole:

«Y tú, que eres una criatura lenta que se arrastra por la tierra, ¿de qué te ríes?»

Contestó la tortuga:

«Me río al verte convertida en caballo y cabalgada por ese pajarito. Ese pajarito es la mejor de las aves.»

A lo que el águila respondió:

«Métete en tus cosas. Esto es una cuestión de familia entre mi hermana la calandria y yo.»

LA ESTATUA

Había una vez un hombre que vivía entre las colinas y que tenía una estatua cincelada por un maestro antiguo. Estaba apoyada boca abajo en el quicio de su puerta, y su dueño apenas le prestaba atención.

Un día pasó por su casa un hombre de ciencia que venía de la ciudad, y, al ver la estatua, le preguntó al dueño si la vendía.

Éste se rió y contestó:

«¿Quién va a querer esta estatua tan horrible y tan sucia?»

«Te daré por ella una moneda de plata», afirmó el hombre de la ciudad.

El otro se asombró mucho, pero se puso muy contento.

La estatua fue transportada a la ciudad a lomos de un elefante. Pasadas varias lunas, el hombre de las colinas visitó la ciudad, y deambulando por las calles, vio a una numerosa muchedumbre apiñada ante una tienda y a un hombre que a voz en grito pregonaba:

«¡Venid, acercaos a contemplar la estatua más bella y admirable del mundo! Sólo cuesta dos monedas de plata contemplar la obra maestra más asombrosa de cuantas existen.»

El hombre de las colinas entregó inmediatamente dos monedas de plata y entró en la tienda para contemplar la estatua que antes había vendido por una sola moneda.

EL CAMBIO

Una vez en un cruce de caminos un poeta pobre se encontró con un rico tonto, y se pusieron a hablar. Por lo que decían, ninguno de ellos estaba contento con su suerte.

Llegó entonces el ángel del camino, se acercó a ellos y puso cada una de sus manos en los hombros de aquellos dos individuos. Se produjo el milagro: ambos intercambiaron sus posesiones.

Y se alejaron. Pero, ¡oh portento!, el poeta miró y vio que sólo tenía en su mano un puñado de arena, y el tonto cerró los ojos y no halló en su corazón más que huidizas nubes.

AMOR Y ODIO

Una mujer dijo a un hombre:

«Te quiero.»

Y contestó el hombre:

«Mi corazón piensa que merece tu amor.»

Y prosiguió la mujer:

«¿No me quieres?»

El hombre se limitó a levantar los ojos hacia ella y se calló.

Entonces exclamó la mujer:

«¡Te odio!»

Y dijo el hombre:

«Entonces es que mi corazón es también merecedor de tu odio.»

SUEÑOS

Un hombre tuvo un sueño, y al despertar, fue a ver a un adivino para que se lo interpretara.

Dijo el adivino al hombre:

«Cuéntame los sueños que tienes cuando estás despierto y yo te explicaré lo que significan. Pero los sueños que tienes mientras duermes no entran dentro de mi sabiduría ni de tu imaginación.»

EL LOCO

En el jardín de un manicomio conocí a un muchacho guapo y de pálido rostro que estaba internado allí.

Me senté a su lado en un banco y le pregunté:

«¿Por qué estás aquí?»

Él me miró con asombro y respondió:

«Aunque es una pregunta inadecuada, te contestaré. Mi padre quiso que fuera un calco suyo, al igual que mi tío. Mi madre deseaba que fuera la imagen de su ilustre padre. Mi hermana me ponía como ejemplo a seguir a su marido, que era navegante. Y mi hermano pensaba que debía ser un atleta tan excelente como él.

Mis profesores de filosofía, de música y de lógica eran terminantes en su deseo de que fuese un reflejo de sus imágenes en un espejo.

Por eso vine aquí. Me pareció más sano. Al menos en este lugar podré ser yo mismo.»

Dicho esto, se volvió hacia mí y preguntó:

«Dime tú a mí ahora si has venido aquí a educar y a dar buenos consejos.»

«No —le contesté yo—. Sólo estoy de visita.»

Y él agregó:

«¡Ah! ¡Eres uno de los que viven en el manicomio, pero al otro lado de mi pared!»

LAS RANAS

Un día de verano le dijo una rana a una compañera suya:

«Me temo que a la gente de aquella casa le molesta nuestro canto.»

Y la compañera le contestó: «¡Y eso qué importa! ¿No nos molestan ellos con sus charlas durante nuestro silencio diurno?»

La primera rana insistió: «No olvides que a veces cantamos demasiado por la noche.»

Y la segunda rana indicó: «Y tú no olvides que ellos hablan y gritan mucho más durante el día.»

Entonces la primera rana añadió: «¿Y qué me dices del sapo que molesta a todo el vecindario con ese croar suyo que va contra las leyes de Dios?»

Y la otra rana dijo: «¿Y tú que me dices del político, del sacerdote y del científico que vienen hasta estas orillas para llenar el aire de ruidos y sonidos desagradables?»

La primera rana propuso entonces: «De acuerdo, pero portémonos mejor que los seres humanos. Guardemos silencio por la noche y conservemos nuestro canto en el corazón, aunque la luna reclame nuestro ritmo y las estrellas nuestra rima. Callemos al menos una o dos noches, o incluso tres.»

«Vale —dijo su compañera—. Veremos a dónde nos conduce tu generoso corazón.»

Aquella noche las ranas guardaron silencio y estuvieron también calladas la segunda y hasta la tercera.

Y aunque resulte difícil de creer, la charlatana mujer que vivía en la casa que había junto al lago, cuando bajó el tercer día a desayunar, le dijo a su marido:

«No he podido dormir estas tres últimas noches. Me sentía segura cuando me dormía oyendo el croar de las ranas. Debe haber ocurrido algo porque llevan tres noches sin cantar y estoy a punto de volverme loca por no poder dormir.»

Cuando la rana oyó esto, se volvió a su compañera y guiñándole el ojo le dijo: «¿Qué te parece? ¡Y nosotras que casi nos volvemos locas a causa de nuestro silencio!»

Su compañera asintió: «Tienes razón. El silencio de la noche pesaba sobre nosotras. Ahora veo que no es preciso que dejemos de cantar pensando en la comodidad de quienes necesitan llenar con ruido su vacío.»

Y aquella noche la luna no reclamó inútilmente sus ritmos, ni las estrellas sus rimas.

LAS LEYES

Había hace años un poderoso rey muy sabio, que deseaba redactar un conjunto de leyes para sus súbditos.

Convocó entonces a un millar de sabios pertenecientes a mil tribus distintas y les hizo venir a su castillo para que redactaran dichas leyes.

Los sabios cumplieron su tarea.

Pero cuando entregaron al rey las mil leyes escritas en pergamino y éste las hubo leído, su alma se echó a llorar amargamente porque ignoraba que hubiese mil clases de crímenes en su reino.

Llamó entonces a su escriba, y con una sonrisa en los labios, escribió él mismo sus leyes, las cuales no pasaron de siete.

El millar de sabios se retiraron enfadados a sus tribus, llevándose las leyes que habían redactado. y cada tribu obedeció las leyes de sus correspondientes sabios. Esta es la razón de que incluso hoy haya mil leyes.

Es un gran país, pero tiene mil cárceles y las prisiones están repletas de hombres y mujeres que han transgredido mil leyes.

Es un país, sí, pero ese pueblo desciende de mil legisladores y de un solo rey sabio.

AYER, HOY Y MAÑANA

Dije a un amigo mío:

«La ves del brazo de ese hombre. Ayer mismo iba de mi brazo.»

Y dijo mi amigo:

«Y mañana irá del mío.»

Seguí diciendo:

«Mírala sentada a su lado. Ayer mismo se sentaba a mi lado.»

Y aseguró él:

«Mañana se sentará al mío.»

Insistí:

«Mira cómo bebe de su copa; ayer mismo bebía de la mía.»

Y él señaló:

«Mañana lo hará de la mía.»

Entonces continué:

«Observa con qué cariño le mira y qué aire de entrega hay en su mirada. Pues igual me miraba a mí ayer mismo.»

Y mi amigo añadió:

«Así me mirará a mí mañana.»

Le pregunté:

«¿Oyes cómo susurra canciones de amor en sus oídos? Son las mismas canciones de amor que ayer mismo susurraba en los míos.»

Y replicó mi amigo:

«Y mañana las susurrará en los míos.»

Proseguí:

«Mira. Le abraza. Ayer mismo me abrazaba a mí.»

Y agregó mi amigo:

«Mañana me abrazará a mí igual.»

Yo exclamé entonces:

«¡Qué mujer más rara!»

Pero él me aclaró:

«Esa mujer es como la vida, a la que todos los hombres poseen; como la muerte, que conquista a todos los hombres y, como la eternidad, que envuelve a todos los hombres.»

EL FILÓSOFO Y EL ZAPATERO REMENDÓN

En cierta ocasión fue un filósofo al taller de un zapatero remendón a llevarle unos zapatos estropeados. Y el filósofo le dijo al zapatero:

«Remiéndame estos zapatos, por favor.»

«Ahora estoy remendando los zapatos de otro —replicó el zapatero—, y todavía me tengo que ocupar de otros antes de arreglarte los tuyos. Pero deja aquí tus zapatos, y usa hoy este par. Mañana puedes venir a recoger los tuyos.»

El filósofo se enfadó y dijo:

«Yo no uso zapatos que no sean míos.»

Y contestó aquel zapatero:

«¿Tú eres filósofo y no puedes ponerte zapatos de otros? Al final de esta calle hay otro zapatero que entiende a los filósofos mejor que yo. Ve a que te los remiende él.»

LOS CONSTRUCTORES

En Antioquía, donde el río Assi va a parar a la mar, se construyó un puente para unir una mitad de la ciudad con la otra. Lo construyeron con enormes piedras que transportaron desde lo alto de las colinas a lomos de mulas de Antioquía.

Cuando estuvo acabado el puente, pusieron en el pilar en griego y en arameo una inscripción que decía: «Este puente fue construido por el rey Antíoco II.»

Y la gente atravesaba el manso río Assi pasando por el puente.

Cierta tarde, un joven al que algunos tenían por loco, descendió al pilar donde estaba grabada la inscripción, la cubrió con carbón y puso encima: «Las piedras de este puente fueron traídas de las montañas a lomos de mulas. Quien atraviesa este puente en uno o en otro sentido, cabalga a lomos de las mulas de Antioquía, que edificaron el puente.»

Cuando la gente leía lo que había escrito, unos se reían y otros se sorprendían. Alguien dijo: «Yo sé quién ha escrito esto. ¿No es uno que está medio loco?»

Pero una mula dijo, riéndose, a otra: «¿No te acuerdas que fuimos nosotras quienes transportamos esas piedras? Pues hasta ahora decían que el puente lo había construido el rey Antíoco.»

LA TIERRA DE ZAAD

En el camino de Zaad, un viajero encontró a un hombre que vivía en una aldea cercana. El viejo, señalando una gran extensión de terreno, le preguntó:

«¿No fue éste el campo de batalla donde el rey Ahlam derrotó a sus enemigos?»

«Nunca ha sido un campo de batalla. En ese terreno se elevaba antaño la gran ciudad de Zaad, pero un gran incendio la redujo a cenizas. Ahora es una buena tierra, ¿no?»

El viajero y el hombre se separaron.

Una media legua más lejos, el viajero encontró a otro hombre, y señalando nuevamente la extensión del terreno le aseguró: «De modo que ahí era donde antaño estaba la ciudad de Zaad.»

«En ese terreno no hubo ninguna ciudad —afirmó el otro—. Lo que sí hubo fue un monasterio, que destruyeron los pueblos del Sur.»

Poco después, en la misma ruta de Zaad, el viajero encontró a otro individuo, y señalando otra vez el terreno preguntó:

«¿No había en este terreno un gran monasterio?»

Pero aquel hombre replicó: «No, nunca hubo ningún monasterio por estos alrededores, pero según nuestros padres y nuestros antepasados, en este terreno cayó una vez un gran meteoro.»

Prosiguió el viajero su camino, admirándose en su corazón. Y encontró a un hombre muy anciano, al que, después de saludarle, le preguntó: «Señor, viniendo por esta ruta he encontrado a tres hombres de esta región, y a los tres les he ido preguntando la historia de este terreno. Cada uno de ellos me ha negado lo que me había dicho el anterior, a la vez que me contaba otra nueva historia.»

El anciano levantó la cabeza y me explicó: «Amigo, cada uno y los tres te han contado lo que pasó realmente, pero somos pocos los que podemos añadir afirmaciones a otras afirmaciones diferentes, para elaborar de este modo una verdad.»

EL CINTURÓN DE ORO

En la ruta hacia Salamis, la Ciudad de las Columnas, se encontraron un día dos hombres y siguieron juntos su camino. Al mediodía llegaron a un ancho río que no tenía puente. Para cruzarlo, tenían que echarse a nadar o buscar otra ruta que desconocían.

De modo que resolvieron: «Nademos; además, el río no es demasiado ancho.» Se zambulleron y nadaron.

Uno de los hombres, que siempre había sabido de ríos y torrentes, empezó a desorientarse en medio de la corriente y a ser arrastrado por la fuerza de las aguas, mientras que el otro, que nunca había nadado hasta entonces, cruzó el río en línea recta y se detuvo en un banco de arena. Cuando vio a su compañero luchando aún contra la corriente, se volvió a tirar al agua y le llevó hasta la orilla.

El hombre que había sido arrastrado por la corriente preguntó: «¿No decías que casi no sabes nadar? ¿Cómo has cruzado el río con tanta rapidez y seguridad?»

Y el otro hombre le contestó: «¿Ves, amigo, este cinturón que rodea mi cuerpo? Pues está lleno de monedas de oro que he ganado para mi esposa y mis hijos durante un año de trabajo. Y mi esposa y mis hijos estaban sobre mis hombros mientras yo nadaba.»

Y aquellos dos hombres prosiguieron juntos su camino hacia Salamis.

LA TIERRA ROJIZA

Dijo un árbol a un hombre: «Te daré mis frutos, porque mis raíces se hunden en lo profundo de esta tierra rojiza.»

Y contestó el hombre al árbol: «¡Cuánto nos parecemos! También mis raíces se hunden en lo profundo de esta tierra rojiza. Y esta tierra que te da a ti poder para concederme tus frutos, me enseña a mí a recibirlos con gratitud.»

LA LUNA LLENA

Se alzaba gloriosa la luna sobre el pueblo, y todos los perros de éste empezaron a ladrarle.

Sólo uno no ladraba, y dijo a los demás con un tono serio:

«No la despertéis de su sueño tranquilo, ni atraigáis a la luna hacia la tierra con vuestros ladridos.»

Entonces todos los perros dejaron de ladrar, por lo que se creó un terrible silencio. Pero el perro que les había hablado siguió ladrando toda la noche pidiendo que se hiciera silencio.

EL PROFETA ERMITAÑO

Había una vez un profeta ermitaño que cada tres lunas bajaba a la ciudad y en las plazas públicas hablaba de la necesidad de dar y de compartir. Como era elocuente, su fama se extendió por la comarca.

Una tarde acudieron a su ermita tres hombres y, después de saludarle, le dijeron:

«Hablas de la necesidad de dar y de compartir, y tratas de enseñar a quienes tienen mucho para que den algo a quienes no poseen nada. Estamos convencidos de que tu fama te ha reportado riquezas. Ahora ven y danos algo de tus riquezas, porque estamos necesitados.»

«Amigos —les contestó el ermitaño—: no tengo más que esta cama, esta estera y esta jarra de agua; os lo podéis llevar, si queréis. No tengo oro ni plata.»

Entonces le miraron con desdén y le dieron la espalda, pero el hombre que iba el último se detuvo en la puerta un momento y le gritó:

«¡Impostor! ¡Mentiroso! Enseñas y predicas lo que tú no practicas.»

EL VINO AÑEJO

Había una vez un rico, que estaba muy orgulloso de su bodega y del vino que guardaba en ella, especialmente de una vasija de vino añejo que reservaba para una ocasión que sólo él sabía.

Fue a hacerle una visita el gobernador del Estado, y el rico, después de pensarlo, se dijo: «No voy a abrir esa vasija por un simple gobernador.»

Otro día fue a verle el obispo de la diócesis, y se dijo: «No, no destaparé la vasija porque no sabrá apreciar su valor ni el aroma agradará su olfato.»

En otra ocasión fue a comer con él el príncipe del reino. Pero él pensó: «Mi vino es demasiado majestuoso para un simple príncipe.»

Y hasta el día que se casó su propio hijo, consideró: «No, estos invitados no se han de beber esa vasija.»

Pasaron los años, y el rico se murió y le enterraron como una semilla o bellota.

Al día siguiente del entierro, la vasija de su preciado vino y el resto de las vasijas fueron repartidas entre los vecinos. Y nadie notó su antigüedad. Pues para ellos todo lo que se echa en una copa era simplemente vino.

LOS DOS POEMAS

Hace ya varios siglos se encontraron dos poetas que iban camino de Atenas, y les alegró verse.

Uno de ellos preguntó al otro: «¿Qué has compuesto últimamente? ¿Cómo suena tu lira?»

Y el otro respondió muy ufano: «Acabo de terminar el mayor de mis poemas, tal vez el mayor poema que se haya escrito en Grecia: es una invocación al supremo Zeus.»

Sacó entonces de debajo de la capa un papiro y dijo: «Aquí lo tienes; lo llevo encima y me gustaría leértelo. Vamos a sentarnos a la sombra de ese ciprés blanco.»

Y el poeta leyó su poema, que era muy largo.

«Es un gran poema —dijo el otro con amabilidad—. Pervivirá a través de los años y te dará gloria.»

El primer poeta, muy seguro de sí mismo, preguntó entonces al otro: «¿Y tú, qué has escrito últimamente?»

«He escrito poco —replicó el otro—. Sólo ocho versos sobre un niño que juega en un jardín.»

Y recitó sus versos.

«No está mal, no está mal», dijo el primer poeta.

Y se despidieron.

Hoy, al cabo de dos mil años, los ocho versos del poeta se leen en todos los idiomas, y gustan y se valoran mucho.

Y aunque el otro poema ha pervivido a lo largo de los años en librerías y en manuales escolares, aunque se recuerda, no se lee ni gusta.

LADY RUTH

Había una vez tres hombres que miraban una casa blanca que se elevaba solitaria y a lo lejos sobre una verde colina. Dijo uno de ellos: «Aquella es la casa de Lady Ruth, una vieja bruja.»

Señaló el segundo: «Te equivocas, Lady Ruth es una bella mujer que vive allí consagrada a sus sueños.»

«Los dos estáis en un error —intervino el tercero—. Lady Ruth es la propietaria de estas tierras y les chupa la sangre a sus siervos.»

Y siguieron haciendo su camino discutiendo sobre Lady Ruth.

Al llegar a un cruce de caminos encontraron a un anciano, y uno de ellos le preguntó: «¿Podrías decirnos algo de esa Lady Ruth que vive en la casa blanca de la colina?»

El anciano levantó la cabeza y dijo sonriendo: «Tengo noventa años y recuerdo a Lady Ruth desde que era niño. Lady Ruth murió hace ochenta años. Ahora la casa está vacía. Los murciélagos anidan allí y la gente dice que ese lugar está embrujado.»

EL GATO Y EL RATÓN

Cierta tarde un poeta conoció a un campesino. El poeta era huraño y el campesino tímido, pero se pusieron a hablar.

Dijo el campesino: «Voy a contarte una historieta que he oído últimamente. Un ratón cayó en una ratonera, y mientras se estaba comiendo el queso que había en ella, llegó un gato. El ratón se echó a temblar, pero inmediatamente se dio cuenta de que en la ratonera estaba seguro.

«Amigo mío —le dijo entonces el gato—, es la última vez que comes.»

«Sí —replicó el ratón—, tengo una vida y, por tanto, sólo puedo morir una vez. Pero, ¿y tú? Dicen que tienes siete vidas. ¿No significa eso que morirás siete veces?»

El campesino miró entonces al poeta y le dijo: «¿Verdad que es una historia extraña?»

El poeta no le contestó, pero se fue diciendo para sus adentros: «Es cierto, los poetas tenemos siete vidas, siete vidas para estar seguros. Y siete muertes, y siete veces moriremos. Quizá fuera mejor tener sólo una vida, aunque hubiera que vivirla atrapado en una trampa y con un trozo de queso como último alimento, al igual que le sucede a un campesino. Porque, ¿acaso los poetas no pertenecemos a la estirpe de los leones del desierto y de la selva?»

MALDICIÓN

Me dijo una vez un viejo hombre de mar:

«Hace treinta años mi hija se fugó con un marinero. Y yo maldije en mi corazón a los dos, porque quería a mi hija más que a nada en el mundo.

Poco después el marinero se hundió con su barco en el fondo del mar, y con él iba mi amada hija a la que perdí.

Aquí tienes al asesino de un joven y de su esposa. Fue mi maldición quien los destruyó. Y ahora, que camino hacia la tumba, busco el perdón de Dios.»

Así habló aquel anciano. Pero sus palabras sonaban a petulancia, y parecía que aún se sentía orgulloso del poder de su maldición.

LAS GRANADAS

Había una vez un hombre que tenía varios granados en su huerta. Y en los otoños ponía las granadas en bandejas de plata junto a la fachada de su casa, y sobre las bandejas escribía un cartel que decía: «Tomad una gratis. Sois bienvenidos.»

Pero la tente pasaba sin coger la fruta.

Reflexionó entonces el hombre, y al otoño siguiente, en lugar de poner las granadas en bandejas de plata junto a la fachada de su casa, colocó un anuncio con letras grandes que decía: «Tenemos las mejores granadas de la tierra, pero las vendemos por más monedas de plata que ninguna otra granada.»

No lo podréis creer, pero todos los hombres y mujeres del vecindario llegaron corriendo a comprarlas.

UN DIOS Y VARIOS DIOSES

En la ciudad de Kifalis se puso un sofista a predicar en la escalinata del templo sobre la existencia de varios dioses. Y el pueblo se decía para sus adentros: «Eso ya lo sabemos. ¿Acaso no viven entre nosotros y nos siguen dondequiera que vayamos?»

Poco después, se puso otro hombre en la plaza del mercado y decía: «Dios no existe.» Al oírle, algunos se alegraron, pues temían a los dioses.

Llegó otro día un hombre muy elocuente y dijo: «Sólo hay un Dios.» Y entonces todo el pueblo se apenó, pues en sus corazones temían más el juicio de un Dios que el de varios dioses.

Por aquella misma época apareció otro hombre que dijo al pueblo: «Hay tres dioses y habitan en el viento como uno sólo, y tienen una madre hermosísima que es a un tiempo su compañera y su hermana.»

Entonces se sintieron reconfortados, porque en lo más íntimo de su corazón pensaban: «Tres dioses en uno deben desaprobar nuestras faltas, pero su hermosa madre será tal vez la abogada de nuestras pobres debilidades.»

Todavía hay hoy en la ciudad de Kifalis quienes se pelean y discuten sobre la existencia de varios dioses y de ninguno, y sobre la existencia de un dios y de tres dioses, en uno, y sobre cierta bella madre de los dioses.

LA SORDA

Había una vez un rico que estaba casado con una joven completamente sorda.

Una mañana, mientras desayunaban, le dijo ella: «Ayer estuve en el mercado, y había vestidos de seda de Damasco, collares de Persia y brazaletes de Yamán. Creo que todo eso lo han traído las caravanas a la ciudad. Y ahora mírame, yo vestida de harapos, a pesar de ser la esposa de un hombre rico. Debo comprar algunas de esas cosas tan bonitas.»

«Querida —le replicó su esposo, que aún se estaba tomando el café del desayuno—, no hay razón alguna para que no vayas al mercado y te compres todo lo que quieras.»

«¡Conque no! —replica la esposa sorda—. ¡Siempre dices que no! ¿Tengo que presentarme siempre cubierta de harapos delante de nuestros amigos, deshonrando así a tu fama y a mi gente?»

Y continuó el esposo: «Yo no he dicho que no; puedes ir al mercado y comprarte la ropa más bonita y esas joyas que han traído a la ciudad.»

Pero la esposa interpretó otra vez mal sus palabras y contestó: «Eres el más miserable de los ricos. Me niegas toda belleza y hermosura, mientras las otras mujeres de mi edad se pasean por los jardines de la ciudad con lujosos vestidos.»

Y empezó a llorar. Mientras las lágrimas le caían en el pecho, exclamó nuevamente: «Siempre me dices que no y que no, cuando quiero un vestido o una joya.»

Desde ese día, la esposa joven y sorda se presentaba ante su marido cada vez que quería algo con una lágrima en los ojos. Y él, en silencio, tomaba un puñado de oro y se lo ponía en la falda.

Pero sucedió que la sorda se enamoró de un joven que solía hacer largos viajes. Y cuando él se iba, ella se sentaba a llorar.

Cuando el esposo la encontraba llorando, pensaba: «Debe haber llegado otra caravana con vestidos de seda y joyas raras.»

Y tomaba otro puñado de oro y se lo daba.

LA BÚSQUEDA

Hace mil años, en la pendiente de la montaña del Líbano, se encontraron dos filósofos, y dijo uno al otro: «¿Adónde vas?»

«Busco la fuente de la juventud que mana entre estas colinas —replicó el otro—. He descubierto unos escritos que hablan de esa fuente y dicen que mana en dirección al sol. Y tú, ¿qué buscas?»

«Yo busco el misterio de la muerte», contestó el otro.

Entonces cada uno de ellos pensó que el otro carecía de muchos conocimientos y empezaron a discutir y a acusarse de ceguera espiritual.

Mientras estaban los filósofos discutiendo a voz en grito, pasó por allí un extranjero al que en su ciudad tenían por tonto, y al oír discutir a aquellos hombres, se detuvo un momento para escuchar sus razones.

Luego se acercó y les dijo: «Amigos, en realidad ambos sois de la misma escuela filosófica y habláis de lo mismo, aunque con distintas palabras. Uno de vosotros busca la fuente de la juventud, y el otro el misterio de la muerte. Pero ambas cosas son una sola y como la misma cosa moran en vosotros.»

Y el extranjero se marchó diciendo: «Hasta siempre, sabios.» Y se reía con risa complaciente.

Los dos filósofos estuvieron mirándose en silencio un momento, y luego se echaron a reír. «¿Y por qué no continuamos juntos nuestra búsqueda?», dijo uno.

EL CETRO

Dijo un rey a su esposa: «Señora, no eres una verdadera reina. Resultas demasiado vulgar y poco agraciada para ser mi compañera.»

Y le contestó su esposa: «Señor, te crees rey, pero no eres más que un pobre parlanchín.»

Estas palabras irritaron al rey, que cogiendo el cetro de oro en sus manos, golpeó a la reina en la frente.

En ese momento apareció el ayuda de cámara, y dijo: «¡Basta, Majestad, basta! Ese cetro lo fabricó el mayor artista de la tierra. Algún día, tú y la reina seréis olvidados, pero ese cetro seguirá siendo un bello objeto de generación en generación. Y ahora, señor, que has hecho sangre con él en la cabeza a Su Majestad, ese cetro será todavía más famoso y recordado.»

EL CAMINO

Vivía entre las colinas una mujer que sólo tenía un hijo y que era el primero que le había nacido.

El niño murió de fiebre mientras le estaba cuidando el médico.

Abrumada por la tristeza, gritó la madre al médico: «Dime, dime, ¿qué ha destruido la fortaleza y silenciado su canción?»

«Ha sido la fiebre», contestó el médico.

«Y, ¿qué es la fiebre?, preguntó la madre.

«No sé explicártelo —replicó el médico—. Es algo infinitamente pequeño que visita el cuerpo y que no podemos ver con nuestros ojos.»

Por la tarde vino el sacerdote para consolarla. Y ella lloraba y gritaba diciendo: «¡Ay! ¿Por qué he perdido a mi hijo, a mi único hijo, a mi primer hijo?».

Y contestó el sacerdote: «Hija mía, es la voluntad de Dios.»

«¿Y qué es Dios? ¿Dónde está? —preguntó entonces la mujer—. Quiero ver a Dios y rasgarme el pecho ante él y hacer que brote sangre de mi corazón a sus pies.»

Y contestó el sacerdote: «Dios es infinitamente grande. No lo podemos ver con nuestros ojos.»

Entonces exclamó la mujer: «¡Lo infinitamente pequeño mató a mi hijo por voluntad de lo infinitamente grande! Y, ¿qué somos nosotros?, dime.»

En ese momento entraba la madre de la mujer con el sudario para el niño muerto, y al oír las palabras del sacerdote y el llanto de su hija, dejó el sudario, la cogió entre sus manos y le dijo: «Hija mía, nosotros somos lo infinitamente pequeño, lo infinitamente grande y el camino que hay entre ambos.»

LA BALLENA Y LA MARIPOSA

Una tarde se encontraron en una diligencia un hombre y una mujer que ya se conocían.

El hombre era poeta, y cuando se hubo sentado al lado de la mujer, decidió entretenerla durante el viaje con cuentos, propios e inventados por otros.

Pero mientras él iba hablando, se durmió la mujer. De pronto, la diligencia dio una sacudida, y ella, despertándose, dijo: «Me ha gustado tu interpretación de la fábula de Jonás y la ballena.»

«¡Pero, señora! —contestó el poeta—. ¡Si os he estado contando una de mis historias sobre una mariposa y una rosa blanca y de cómo se portaba la una con la otra!»

PAZ CONTAGIOSA

Dijo una rama en flor a su rama de al lado:
«¡Qué día más aburrido y vacío!»
Y respondió la otra rama:
«¡Sí que es un día aburrido y vacío!»

En ese momento pasó volando un gorrión por encima de una de las ramas y otro se posó muy cerca.

Y dijo gorjeando uno de los gorriones:

«Me ha abandonado mi compañera.»

Y añadió llorando el otro gorrión:

«Mi compañera también se ha marchado para no volver. Pero, ¡qué importa!»

Entonces empezaron ambos a discutir y a enfadarse, y pronto estaban peleándose y llenando el aire de ruidos desagradables.

De pronto, descendieron del cielo otros dos gorriones y se posaron tranquilamente entre los dos agitados pájaros. Y volvió a reinar la paz y la calma.

Luego, se alejaron los cuatro volando por parejas.

La primera rama dijo entonces a la de al lado:

«¡Qué jaleo han organizado!»

Y contestó la otra:

«De cualquier modo, ahora todo está tranquilo y pacífico. Y si en las alturas hay paz, creo que los que viven abajo también deben hacer las paces. ¿No podrías balancearte con el viento un poco más cerca de mí?»

Y replicó la primera rama:

«Tal vez lo haga en favor de la paz antes de que se haya ido la primavera.»

Y luego se balanceó para abrazarla impulsada por el fuerte viento.

LA SOMBRA

Un día de junio dijo la hierba a la sombra de un olmo:

«Te mueves tan constantemente de derecha a izquierda que no me dejas en paz.»

Y replicó la sombra:

«¡No soy yo, no soy yo! Mira al cielo. Verás entre el cielo y la tierra un árbol movido por el viento de Este a Oeste.»

Y la hierba miró hacia arriba y vio por primera vez el árbol. Y dijo en su corazón:

«¿Cómo es que existe una hierba más alta que yo?»

Luego, se calló.

SETENTA

Dijo el joven poeta a la princesa:
«¡Te quiero!»
«Yo también te quiero, hijo mío», replicó la princesa.
«Yo no soy tu hijo. Soy un hombre y te quiero.»
Y ella contestó:
«Soy madre de hijos e hijas, que a su vez son padres y madres de hijos e hijas; y uno de los hijos de mis hijos es mayor que tú.»
El joven poeta insistió:
«Pero yo te quiero.»
Poco después murió la princesa. Pero, antes de que el gran suspiro de la tierra recibiera nuevamente su último suspiro, dijo desde su alma:
«Mi bien amado, mi único hijo, mi joven poeta, llegará un día en que nos volveremos a encontrar y entonces ya no tendré setenta años.»

CON DIOS

Iban dos hombres por el valle, y dijo uno al otro señalando los montes: «¿Ves esa ermita? Pues allí vive un hombre que hace ya mucho tiempo se apartó del mundo. Busca a Dios y a nadie más en la tierra.»
«No encontrará a Dios —agregó el otro— hasta que no deje esa ermita y la soledad que le rodea, y vuelva a nuestro mundo a compartir nuestras alegrías y nuestras penas, a bailar con nuestras bailarinas en las fiestas de esponsales, y a llorar con los que lloran junto al ataúd de nuestros muertos.»
Y el otro hombre, aunque en su corazón se hallaba convencido, añadió:
«Estoy de acuerdo con lo que dices, pero creo que ese ermitaño es un buen hombre. Y, ¿no podría darse el caso de que un solo buen hombre hiciera con su ausencia mayores bienes que la aparente bondad de tantos?»

EL RÍO

En el valle de Kadisha, por donde pasa el majestuoso río, se encontraron dos pequeños arroyos y se pusieron a hablar.
Dijo un arroyo a otro:

«¿Qué tal has llegado, amigo? ¿Cómo ha sido tu camino?»

Y replicó el otro:

«Mi camino ha sido de lo más desastroso. Se había roto la rueda del molino y el granjero que me llevaba desde el cauce hasta sus plantas se murió. Y tuve que bajar por la fuerza y filtrándome por la suciedad de quienes no hacen nada más que sentarse y caldear su pereza al sol.

¿Y el tuyo cómo fue, hermano?»

«Mi camino fue distinto —contestó el otro arroyo—. Bajé de las colinas entre fragantes flores y tímidos sauces; hombres y mujeres bebían de mí con copas de plata, y los niños metían sus piececitos rosados en mis orillas, y alrededor de mí todo era risa y dulces canciones. ¡Qué pena que tu camino no haya sido alegre!»

En ese momento habló el río con potente voz:

«¡Venid, venid, iremos hacia la mar! ¡Venid, venid, pues en mí olvidaréis vuestros errantes caminos, hayan sido tristes o alegres! ¡Venid, venid! Y vosotros y yo lo olvidaremos todo cuando hayamos alcanzado el corazón de nuestra madre, la mar.»

LOS DOS CAZADORES

Cierto día de mayo se encontraron la Alegría y la Tristeza a la orilla de un lago. Tras saludarse, se sentaron a charlar junto a las aguas tranquilas.

La alegría habló de la belleza de la tierra, del encanto diario de la vida en el bosque y en las colinas, y de las canciones que se escuchaban al amanecer y al ocaso.

Y la Tristeza estaba de acuerdo con todo lo que había dicho la Alegría, pues la Tristeza sabía la magia de la hora y la belleza de aquellas cosas.

A su vez, la Tristeza habló elocuentemente de los campos y las colinas en mayo.

Después de una larga conversación, la Alegría y la Tristeza estuvieron de acuerdo en todo cuanto conocían.

En ese momento pasaban por la otra orilla del lago dos cazadores. Miraron hacia la ribera opuesta, y dijo uno de ellos:

«¿Quiénes serán aquellas dos personas?»

Y dijo el otro: «¿Has dicho dos? Yo sólo veo a una.»

Insistió el primer cazador: «Pues hay dos.»

Y aseguró el segundo: «Yo sólo veo una, y el reflejo que proyecta en las aguas del lago es también uno.»

«No, hay dos —replicó el primer cazador—, y el reflejo que proyectan en las tranquilas aguas muestra también a dos personas.»

Pero el segundo repitió: «Sólo veo a una.»

Y el otro: «Veo a dos personas con toda claridad.»

Todavía hoy, un cazador sigue diciendo que el otro ve doble, mientras que se compañero insiste: «Mi amigo está un poco ciego.»

EL OTRO VAGABUNDO

Una vez encontré a un hombre en el camino. También él estaba un poco loco, y me habló del siguiente modo:

«Soy un vagabundo. Con frecuencia voy por la tierra y me parece que me encuentro entre pigmeos, y que, como mi cabeza se halla setenta pies más alta de la tierra que las suyas, tengo ideas más elevadas y más libres.»

«Pero, para decir verdad, no ando entre los hombres, sino sobre ellos. Y no pueden ver de mí más que mis pisadas en sus campos cultivados.»

«Varias veces les he oído discutir sobre el tamaño y la forma de mis pisadas. Y hay algunos que dicen: "Son huellas de un mamut que vagaba por la tierra hace mucho tiempo." Y otros discrepan: "No, aquí cayeron meteoritos procedentes de las lejanas estrellas."»

«Pero tú, amigo mío, sabes muy bien que no son más que las pisadas de un vagabundo.»

LÁGRIMAS
Y
SONRISAS

PALABRAS PRELIMINARES

Jamás cambiaría las risas de mi corazón por las riquezas de la gente; ni me contentaría haciendo que las lágrimas de mi angustia interior se trocaran en paz. Deseo ardientemente que toda mi vida en este mundo esté hecha de lágrimas y sonrisas.

Las lágrimas que purifican mi corazón
y me descubren el secreto de la vida y sus misterios,
la risa que se acerca a mi prójimo:
las lágrimas que me unen a los desdichados,
la risa que es el símbolo del gozo de mi ser.

Prefiero mil veces morir feliz que vivir una existencia absurda y estéril.

Me embarga un ansia eterna de amor y belleza. Ahora sé que los afortunados no son más que unos infelices. Mi espíritu se reconforta más con los suspiros de los que se quieren que con las melodías arrancadas a una lira.

La flor cierra sus pétalos cuando cae la noche, y el Amor la adormece. Y cuando sale el Sol, abre los labios para recibir sus besos, anunciados por esas masas de nubes pasajeras que vienen y se van.

La vida de las flores es esperanza, cumplimiento y paz. Está hecha de lágrimas y sonrisas.

El agua se evapora y sube hasta convertirse en nubes que se ciernen sobre cumbres y valles. Cuando las impulsa el viento, caen sobre los campos y llenan los arroyos que corren felices hacia el mar.

La vida de las nubes es una vida de encuentros y de despedidas; de lágrimas y de sonrisas.

Del mismo modo, el alma se separa del cuerpo y vuela hacia el reino animal, trasladándose como una nube por valles de tristeza y montes de alegría, hasta que le impulsa el viento de la muerte y regresa a su lugar de origen: ese océano infinito de amor y de belleza que es Dios.

LA CREACIÓN

Lanzó Dios un suspiro desde lo más hondo de su Alma y con él creó la belleza. Le dio su bendición y le otorgó gracia y bondad. Ofrecióle el cáliz de la felicidad diciéndole:

«No bebas de este cáliz hasta que no hayas olvidado el pasado y el futuro, pues la felicidad no es sino algo transitorio.»

Le dio también el cáliz de la tristeza diciéndole:

«Bebe de este cáliz y entenderás lo que significan los momentos fugaces de felicidad que hay en la vida, porque la tristeza es algo que siempre está presente.»

Y le concedió Dios un amor que la abandonaría para siempre en el momento que sintiera por primera vez la alegría terrenal, y una dulzura que desaparecería cuando llegara a conocer las lisonjas de este mundo.

Y la llenó de sabiduría celestial para que la condujese por el camino recto, y colocó en lo más íntimo de su corazón unos ojos que vislumbraran lo que está escondido, y la creó cariñosa y benigna para con todo. Vistióla con una túnica de esperanza, bordada por los ángeles del cielo con hilos sacados al arco iris. Y evitó que cayera en las tinieblas de la confusión, que es la autora de la vida y de la luz.

Tomó luego Dios el escaso fuego que arde en el hogar de la ira, y el viento arrasador de los desiertos de la ignorancia, y las arenas afiladas de las playas del egoísmo, y la tierra apelmazada que los siglos han pisoteado, y mezclándolo todo formó al Hombre. Concedióle el poder ciego que le llena de furor y le enloquece, con esa locura que sólo se apaga ante el deseo apremiante; y le llenó de vida, que es el fantasma de la muerte.

Y Dios rió y lloró. Sintió que le embargaba el amor y la compasión por el Hombre, y le privó de su protección.

¡APIÁDATE DE MI CORAZÓN, OH ALMA MÍA!

¿Por qué lloras, Alma mía?
¿Acaso no conoces mi flaqueza?
Tus lágrimas me hieren con flechas,
pues no sé en qué consiste mi falta.
¿Hasta cuándo habré de lamentarme?
Sólo dispongo de palabras humanas
para interpretar tus sueños,
tus ansias y tus órdenes.

Contémplame, Alma mía.
He pasado días enteros observando
tus enseñanzas. ¡Mira bien
lo que sufro! He agotado mi vida
siguiendo tus dictados.

Mi corazón ha sido ensalzado en el trono,
pero ahora ya no es más que un esclavo.
La paciencia era mi compañera,
mas ahora se ha vuelto en contra mía.
La juventud era mi esperanza
pero ahora censura mi abandono.

¿Por qué me hostigas, Alma mía?
He rehusado el placer
y he abandonado el gozo de la vida
por seguir el sendero
que tú me has obligado a recorrer.
Hazme justicia, o llama a la muerte
para que caiga sobre mí,
pues la justicia es una de tus virtudes.
¡Apiádate de mi corazón, oh Alma mía!
Has derramado tanto amor en mí
que no puedo llevarlo.
Tú y el amor sois un poder inquebrantable,
la materia y yo somos una debilidad inquebrantable.
¿Acabará alguna vez la lucha
entre el fuerte y el débil?

¡Apiádate de mí, oh Alma mía!
Me has mostrado la inasible fortuna
Tú y la fortuna habitáis encima de los montes,
la desgracia y yo vivimos juntos,
abandonados en lo hondo del valle.
¿Acaso se unirán alguna vez
el valle y la montaña?

¡Apiádate de mí, oh Alma mía!
Me has enseñado la belleza,
pero luego la has ocultado.
Tú y la belleza habitáis en la luz,
la ignorancia y yo nos unimos en la oscuridad.
¿Invadirá alguna vez la luz a las tinieblas?

Tus goces llegan con el final,
y ahora te revelas anticipadamente;
mas este cuerpo sufre por la vida
mientras existe.
En esto radica, Alma mía, el descontento.

Huyes a toda prisa hacia la eternidad,
mientras mi cuerpo fluye lento hacia el fin.
Tú no le esperas,
y él no puede darse prisa.
En esto radica, Alma mía, la tristeza.

Asciendes veloz, por orden de los cielos,
pero este cuerpo mío se desploma
por la ley de la gravedad. No le consuelas
y él no te ama.
En esto radica. Alma mía, la desdicha.

Eres rica en sabiduría,
pero este cuerpo mío es tardo en comprender.
Tú no te arriesgas,
y él no puede seguirte.
En esto radica, Alma mía, el borde de la
desesperación.

En la noche callada
visitas al enamorado
y gozas con el deleite que te da su presencia.
Este cuerpo será eternamente
la víctima angustiada de la esperanza y la separación.
En esto radica, Alma mía, el tormento implacable.

¡Apiádate de mí, oh Alma mía!

LOS DOS NIÑOS

Estaba el príncipe asomado al balcón de su palacio, y dirigióse a
la gran muchedumbre que se había congregado ante él.

«Dejadme que os dé a vosotros y a esta afortunada y gran nación
mis parabienes por el nacimiento del nuevo príncipe que llevará el

apellido de mi noble familia, y de quien podréis sentiros orgullosos. Él es el nuevo representante de esta ilustre estirpe, y de él depende el gran futuro del reino. ¡Alegraos y cantad!»

La voz de la multitud, embriagada de alegría y de agradecimiento, llenó el aire con jubilosos cánticos, mientras aceptaba al nuevo tirano que pondría en sus cuellos el yugo opresor, gobernando a los débiles con crueldad despótica, explotando sus cuerpos y apoderándose de sus almas. El pueblo cantaba a este terrible destino y brindaba entusiasmado por la salud del nuevo emir.

En este momento otro niño abría sus ojos a la vida del reino. Mientras la multitud alabada a los poderosos y se degradaba ensalzando a un tirano en potencia, y mientras los ángeles del cielo derramaban lágrimas sobre la debilidad del pueblo y el despotismo de sus gobernantes, una mujer enferma meditaba. Vivía en una vieja choza medio en ruinas, y a su lado, en una tosca cuna y envuelto en pañales hechos de harapos, su niño recién nacido se moría de hambre. Era una muchacha pobre y desgraciada a quien la gente despreciaba. Su esposo había muerto víctima de la opresión del príncipe, dejando sola a una mujer a quien Dios había enviado esa noche a un compañero pequeño, que no le dejaría trabajar ni ganarse el sustento.

Cuando se dispersó la multitud y el silencio se apoderó del vecindario, la desdichada muchacha acunó al niño en su regazo y contempló su rostro, llorando sobre él como si estuviera bautizándole con sus lágrimas. Con voz debilitada por el hambre, miró al niño y le dijo:

«Por qué has dejado el reino del espíritu para venir a compartir conmigo las tristezas del mundo? ¿Por qué has abandonado a los ángeles y al inmenso cielo, para venir a morar a esta pobre tierra de los hombres, llena de angustia, de opresión y de crueldad? No puedo darte nada, a excepción de mis lágrimas. ¿Te vas a alimentar de lágrimas, en vez de leche? No tengo piezas de seda para vestirte, ¿cómo van a darte calor mis brazos desnudos? Los animalitos pastan en los prados y regresan a cobijarse en sus establos; las avecillas picotean las simientes y duermen tranquilas en las ramas de los árboles. Mientras que tú, cariño mío, sólo tienes una madre desamparada que te quiere.»

Luego, acercó la boca al niño a su pecho seco y le rodeó fuertemente con sus brazos, pretendiendo que los dos cuerpos se fundieran en uno solo como antes de nacer su pequeño. Dirigió despacio sus ojos encendidos al cielo y exclamó:

«¡Apiádate, Dios mío, de mis infortunados compatriotas!»

En ese instante, las nubes dejaron al descubierto el rostro de la
luna, y sus rayos, introduciéndose por las rendijas de aquella humilde choza, cayeron sobre los dos cuerpos abrazados.

LA VIDA DEL AMOR

PRIMAVERA

Ven, amada mía, y andemos por las cumbres,
pues se ha hecho agua la nieve, y la vida ha despertado
de su letargo y vaga por montes y por valles.
Sigamos las huellas de la primavera hasta los campos remotos
y subamos por las laderas para elevar la inspiración
por encima de los fértiles y húmedos prados.

Al amanecer la primavera se ha despojado
de sus dormidas ropas invernales
y las ha colocado sobre los cidros y los melocotoneros,
que parecen novias en la ceremonia ritual
de la noche de Kedre.

Los brotes de la vida se abrazan como amantes,
e irrumpe en las rocas la danza de los arroyos,
entonando canciones de alegría.
Brotan de pronto flores del corazón de la naturaleza,
como surge la espuma del pródigo corazón de la mar.

Ven, amada mía, bebamos en los cálices de las lilas
las últimas lágrimas que derramó el invierno
Serenemos el alma con esa cascada de trinos
y vaguemos embriagados de la brisa que corre.
Sentémonos en esa roca donde se esconden las violetas,
y observemos la ternura que tienen al besarse.

VERANO

Internémonos, amada mía, en los campos,
pues se acerca el momento de la cosecha

y los ojos del sol hacen madurar las mieses.
Ofrezcámonos a los frutos de la tierra,
como el espíritu alimenta los granos de alegría
de las semillas del amor en la hondura del corazón.

Llenemos nuestras alforjas con frutos de la naturaleza,
como la vida pródiga colma de infinita bondad
los límites de nuestras almas.
Hagámonos un lecho de flores,
que sea el cielo nuestra sábana,
y reclinemos muy juntos nuestras dos cabezas,
teniendo como almohada tierna hierba.

Descansemos del trabajo diario,
y escuchemos el eterno murmullo del arroyo.

OTOÑO

Llevemos al lagar las uvas de las viñas
y guardemos el vino en añejos barriles,
como guarda el espíritu el saber de los siglos
en eternas vasijas.

Regresemos a casa,
pues el viento ha arrancado las hojas cenicientas
y ha amortajado las flores secas que susurran elegías al verano.

Ven a casa, eterna amada mía,
que las aves peregrinas emigraron hacia el calor
y dejaron solitarias las praderas heladas.
El mirto y el jazmín se han quedado sin lágrimas.

Retirémonos, pues el cansado arroyo
dejó ya de cantar; y se desbordan espumeantes
las ramblas entre vivos lamentos;
Los antiguos y precavidos montes
han guardado sus alegres ropajes.
Ven, amada mía, que la naturaleza
se encuentra ya cansada y ha despedido al estusiasmo
con su canción serena y satisfecha.

INVIERNO

Ven a mí, compañera de toda la vida,
ven a mí, y no dejes que el invierno nos separe.
Siéntate a mi lado, aquí, junto al hogar,
pues el fuego es el único fruto que reporta el invierno.

Háblame de ese gozo que te llena el corazón, pues es más sublime
[que los enfurecidos elementos
que rugen detrás de nuestra puerta.
Asegura postigos y cerrojos,
pues me deprime ese aspecto irritado del cielo,
y el ver cómo la nieve sepulta la campiña
hace que mi alma llore.

Alimenta con aceite la lámpara,
y no dejes que se apague su luz.
Acércala a tu rostro para que pueda leer entre mis lágrimas
aquello que tu vida a mi lado ha escrito con tus facciones.
Trae ese vino otoñal. Bebamos y cantemos
la canción del recuerdo a la siembra azarosa que se hizo en
[primavera,
al desvelo incansable que supuso el verano,
y al premio del otoño con su amable cosecha.

Ven muy cerca de mí, amada de mi alma;
que ya el fuego se apaga, ocultándose en las cenizas.
Abrázame, porque me siento solo.
La luz es mortecina y el vino que bebimos
nos cierra ya los ojos.
Mirémonos antes de que se cierren por completo.
Búscame con tus brazos y ciñe mi cintura.
Deja que el sueño una nuestras almas.
Bésame, amada mía, pues el invierno nos ha dejado sólo
nuestros trémulos labios.
Estás a mi lado, eterna mía,
¡qué profundo y qué inmenso ha de ser el mar de nuestro sueño.
y qué cerca está el amanecer!

DONDE HABITA LA RIQUEZA

Mi corazón, cansado, se despidió de mí y se marchó a donde habita la riqueza. Cuando llegó a esa sagrada ciudad, que el alma había alabado y ensalzado, empezó a andar de un lado para otro, pues se quedó desconcertado al no encontrar allí lo que siempre había imaginado. En aquella ciudad no había ni poder, ni opulencia, ni autoridad.

Y mi corazón, dirigiéndose a la hija del amor, le dijo:

«Amor, ¿dónde puedo encontrar la satisfacción? He oído que ha venido a hacerte compañía.»

Y contestó la hija del amor:

«La satisfacción se ha ido a predicar su buena nueva a la ciudad que gobierna la avidez y la corrupción. No tenemos necesidad de ella.»

La riqueza no pide satisfacción, pues ésta es un premio terreno y sus ansias se colman con objetos materiales. La satisfacción pertenece al corazón.

El alma eterna no está nunca satisfecha; su fin es buscar eternamente lo sublime.

De modo que mi corazón se dirigió a la belleza de la vida y le dijo:

«Tú que eres la sabiduría plena, descríbeme cómo es el misterio de la mujer.»

«¡Ay, corazón del hombre! —me contestó ella—; la mujer no es más que tu reflejo, aquello que tú eres, y se encuentra dondequiera que estés. Es como la religión que no observa el ignorante, como la luna no oculta por las nubes, como la brisa que está limpia de polvo.»

Y mi corazón se dirigió a la sabiduría, hija del amor y la belleza, y le dijo:

«Concédeme sabiduría, para que la comparta con los míos.»

«No hables de sabiduría, sino de riqueza —me replicó ella—, pues la auténtica riqueza no procede de nada externo, sino que nace en lo más hondo de la vida. Compártela con los tuyos.»

LA CANCIÓN DEL MAR

La playa es mi amada
y yo su amante.
El amor nos vincula,

mas la luna, celosa, me separa de ella.
Me acerco presuroso, me resisto a alejarme,
despidiéndome con un breve y porfiado adiós.

De pronto me rebelo en el azul del horizonte
y derramo mis espumas de plata
en su arena de oro,
formando una mezcla brillante.

Aplaco su sed e inundo su corazón.
Ella suaviza mi voz
y serena mi espíritu.
Cuando amanece, le susurro al oído versos de amor,
y ella me abraza tiernamente.

Al caer de la tarde, canto la melodía de la esperanza;
lleno su rostro de dulces besos.
Soy terrible y veloz, mientras que ella
es tranquila, paciente y reflexiva.
En su inmenso regazo se aquieta mi paciencia.
Cuando sube la marea, la colmo de caricias,
y cuando baja, me arrodillo a sus pies en actitud orante.

¡Cuántas veces ha bailado en torno a las sirenas
que salían de las profundidades y se encaramaban
a las crestas de mis olas para contemplar las estrellas!
¡Cuántas veces he escuchado a los enamorados
repudiar su pequeñez, y les he ayudado a suspirar!

¡Cuántas veces he herido a las grandes rocas
y las he calmado sonriendo,
aunque nunca ellas me han brindado sus risas!

¡Cuántas veces he salvado a almas que se ahogaban
y las he llevado hasta mi amada la playa,
para que ella les diera fuerza,
a la vez que agotaba las mías!

¡Cuántas veces he robado piedras preciosas
a las profundidades para ofrecérselas
a mi amada la playa. Ella las recoge en silencio,
y soy feliz ya que siempre acude a recibirme!

En la noche sin forma, cuando los seres
persiguen al fantasma del sueño,
me levanto, canto por un instante,
luego lanzo un suspiro, pues siempre estoy despierto.
¡Ay! ¡La vigilia ha agotado mis fuerzas!
Pero soy un enamorado y es muy fuerte
la verdad del amor.
Puedo cansarme, mas nunca he de morir.

SÓLO SE ES POETA DESPUÉS DE MORIR

Las alas negras de la noche envolvieron la ciudad que la naturaleza había cubierto con un manto inmaculado de nieve. Los hombres abandonaban las calles buscando el calor del hogar, mientras el viento del Norte arrasaba los jardines. En las afueras se entreveía la silueta de una vieja choza medio cubierta por la nieve y a punto de derrumbarse. En un oscuro rincón de la cabaña, con los ojos fijos en la luz mortecina de una lámpara de aceite que el viento hacía temblar, un muchacho agonizaba en su humilde lecho. Era un hombre en la plenitud de la vida. Veía que se acercaba la hora que le libraría de las garras de la vida, y esperaba la visita de la muerte con agradecimiento. En su rostro demacrado se vislumbraban los primeros destellos de esperanza y en sus labios asomaba una sonrisa de amargura que contradecían sus ojos bondadosos.

Era un poeta que se moría de hambre en la ciudad de las riquezas eternas. Vino a este mundo a alegrar el corazón de los hombres con palabras de sentido y de belleza profundos. Era un alma noble, a la que había enviado la diosa de la comprensión para que calmara y llenase de bondad el espíritu del hombre. Mas, ¡ay!, aquel joven se marchaba contento de la tierra, sin que le conmoviera el hecho de no haber recibido ni una sola sonrisa de sus extraños habitantes.

El hombre agonizaba, y no había nadie a su lado salvo la fiel compañía de la lámpara de aceite y algunos papeles en los que había escrito sus más profundas ideas. Recobrando las pocas fuerzas que aún no le habían abandonado, elevó los ojos al cielo. Recorrió el techo con una mirada de desesperación, como si intentase contemplar las estrellas cubiertas por las nubes, y dijo:

«Ven, hermosa muerte; mi alma te llama. Acércate y líbrame de las cadenas de la vida, pues me he cansado de arrastrarlas. Ven, tierna muerte, y sepárame de estos semejantes míos que me miran con extrañeza porque les traduzco el lenguaje de los ángeles. Date prisa, serena muerte, y aléjame de la muchedumbre que me relegó al más negro olvido, pues yo no soy como ellos que oprimen a los débiles. Ven, plácida muerte, y cúbreme con tus blancas alas, pues mis compatriotas me desprecian. Muerte, cíñeme con tus brazos tiernos y compasivos. Deja que tus labios rocen los míos, que no conocen el sabor de los besos de una madre, que nunca acariciaron las mejillas de un hermano, ni los dedos de una mujer amada. Ven, amada muerte, y llévame contigo.»

En ese momento apareció junto al lecho del agonizante poeta un ángel dotado de una belleza divina y sobrenatural, en cuyas manos llevaba un ramo de lilas. Le envolvió en sus alas y cerró sus ojos para que sólo viera con los ojos del espíritu. Puso en sus labios un beso cariñoso y prolongado que imprimió en su rostro el gesto de eterna plenitud. Luego, la habitación se quedó vacía, a excepción de los pergaminos y de las páginas en los que el poeta había escrito tan amarga e inútilmente.

Siglos después, cuando los habitantes de la ciudad se despertaron del letargo sofocante de la ignorancia y vislumbraron los primeros destellos de la sabiduría, le elevaron un monumento en el parque más hermoso de la ciudad, y dedicaron una fiesta anual a honrar a aquel poeta, cuyos escritos les habían liberado. ¡Qué cruel es la ignorancia humana!

PAZ

Serenóse la tormenta tras haber torcido las ramas de los árboles y lanzado todo el peso de su cólera sobre las mieses que crecían en los campos. Salieron las estrellas como resabios maltrechos de lejanos truenos y el silencio llenó los cielos como si la naturaleza no hubiese entablado nunca su combate.

Entonces, entró una muchacha en su cuarto y, gimiendo, se arrodilló junto al lecho. Su corazón estaba rebosante de angustia, pero al final pudo despegar los labios.

«Haz, Señor, que vuelva sano y salvo a mi casa —exclamó—. He agotado mis lágrimas y ya no tengo nada que ofrecerte, Señor magnánimo y compasivo. Se ha acabado mi paciencia y la desgracia trata de apoderarse de mi corazón. Señor, sálvale de las garras inexorables de la guerra. Líbrale de la muerte implacable, pues se encuentra en manos de los poderosos. Salva, Señor, a mi amado, que es hijo tuyo, de su enemigo, que es también tu enemigo. Sácale del camino donde le ha puesto el destino y guíale hasta las puertas de la muerte. Permite que le vea, o ven a llevarme con él.»

Entró entonces un muchacho tranquilamente en la casa. Llevaba la cabeza cubierta de vendas impregnadas de la vida que se le escapaba.

Se acercó a ella y la abrazó entre lágrimas y sonrisas. Luego, cogió su mano, se la llevó a sus labios febriles y con una voz transida por una profunda tristeza, por la alegría del reencuentro y por la incertidumbre de sus reacción, le dijo:

«No tengas miedo, pues soy el motivo de sus oraciones. Regocíjate, porque la paz me ha traído sano y salvo hasta ti, y la humanidad nos ha devuelto lo que la codicia trató de arrebatarnos. No te aflijas; sonríe, amada mía. No te asombres, que el amor tiene poder para alejar a la muerte y encanto para abatir al enemigo. Soy tuyo. No me mires como a un fantasma que sale de la morada de la muerte para venir a la morada de tu hermosura. No temas. Ahora soy la verdad, salida del fuego y las espadas, para mostrar a los míos la victoria del amor sobre la guerra. Soy la palabra que anuncia el comienzo de la felicidad y de la paz.»

Después, guardó silencio. pero sus lágrimas hablaban el lenguaje del corazón. Los ángeles de la felicidad rodearon aquella casa, y sus dos corazones recuperaron la unidad que les había sido arrebatada.

Cuando amaneció, los dos seguían en pie en medio del campo, contemplando la hermosura de la naturaleza herida por la tempestad. Después de un hondo y reconfortante silencio, el soldado miró al sol que salía y dijo a su amada:

«Mira, la oscuridad está dando a luz el sol.»

EL CRIMINAL

En la acera de la calle, extendiendo la mano a los que pasaban, se hallaba sentado un muchacho robusto, aunque debilitado por el hambre. Repetía mendigando la triste cantilena de su fracaso en la vida, acosado por el hambre y la humillación.

Cuando anocheció, sus labios y su boca estaban resecos, y su mano seguía tan vacía como su estómago.

Reuniendo las pocas fuerzas que le quedaban consiguió salir de la ciudad y se sentó debajo de un árbol, echándose a llorar con amargura. Mientras el hambre le corroía las entrañas, elevó sus asombrados ojos al cielo y dijo:

«Señor, fui al rico a pedirle trabajo, pero él me rechazó a causa de mi pobreza. Llamé a la puerta de la escuela y me negaron el consuelo porque tenía las manos vacías. Busqué una ocupación que me procurara el sustento, pero todas las puertas se mantuvieron cerradas. Me puse a mendigar con desesperación, pero cuando me veían los que te adoran, exclamaban: "Eres fuerte y perezoso. No debieras pedir limosna."»

«Señor, mi madre me parió, porque fue voluntad tuya. Ahora la tierra me devuelve a ti antes de que haya llegado mi hora.»

De pronto su semblante cambió. Se puso en pie. Sus ojos tenían el brillo de la decisión. Talló con una rama una vara fuerte y resistente y señalando con ella la ciudad exclamó:

«Pedí un trozo de pan con la fuerza de mi voz y me fue negado. Ahora lo conseguiré con la fuerza de mis brazos. Pedí un trozo de pan apelando a la compasión y al amor, pero la gente no escuchó mi llamada. Ahora lo cogeré recurriendo a la maldad.»

Los años implacables convirtieron a aquel muchacho en un ladrón, en un asesino y en un destructor de almas. Fulminó a sus enemigos, amasó una fabulosa fortuna y con ella venció a los poderosos. Entonces el robo se convirtió en algo legal; la autoridad llegó a ser despotismo; el oprimir a los débiles fue moneda corriente, y la gente sobornó y aduló.

De este modo, la primera muestra del egoísmo humano convirtió a los pacíficos en criminales e hizo asesinos a los hijos de la mansedumbre. De este modo creció la primitiva codicia humana y vive ahora, como un constante azote.

EL LUGAR DONDE JUEGA LA VIDA

Una hora detrás de la belleza,
y el amor se hace merecedor de todo un siglo de gloria,
que el débil asustado concede al poderoso.

De esa hora procede la verdad del hombre,
y durante ese siglo duerme la verdad
en los brazos inquietos de un sueño intranquilo.

En esa hora los ojos del alma ven la ley natural,
y durante ese siglo se imponen las leyes humanas
y se encadena por la férrea opresión.

Esa hora inspiró a Salomón sus cantares,
y ese siglo fue el ciego poder
que destruyó el templo de Baalbek.

Esa hora fue la Hégira de Mahoma
y ese siglo olvidó a Alá, el Gólgota y el Sinaí.
Es más noble una hora dedicada a llorar y a lamentar
la igualdad arrebatada a los débiles
que un siglo lleno de avidez y codicia.

Esa hora contempló al corazón transido de dolor,
iluminado por el fuego del amor,
y desde ese siglo, el ansia de verdad
yace en las entrañas de la tierra.

Esa hora es la raíz que debe revivir,
esa hora es la hora de la contemplación,
de la meditación, de la oración,
la hora de la nueva era del bien.

Y ese siglo es la vida de Nerón,
desperdiciada en correr detrás de vestiduras
que sólo están hechas de materia terrena.

Así es la vida.
Representada en escenarios durante eras,
registrada en la tierra durante siglos,
inexplorada durante años,
cantada como un himno diariamente,
ensalzada solamente una hora.
Pero esa hora es una piedra preciosa de la eternidad.

LA CANCIÓN DE LA FORTUNA

El hombre y yo somos amantes.
Él me desea, yo suspiro por él;
mas, ¡ay!, entre nosotros se ha interpuesto
la que siembra desgracias,
esa cruel y exigente,
que ejerce una vacía seducción,

a quien llaman materia.
Nos sigue por doquier y nos vigila
igual que un centinela,
llenando de inquietudes a mi amante.

Busco a mi amante en los bosques,
bajo los árboles, en las orillas de los lagos,
mas no le encuentro, porque la materia
le ha empujado hacia el griterío de la ciudad
y le ha sentado en el trono
de las riquezas de metálico brillo.

Le llamo con la voz del conocimiento
y con el cántico de la sabiduría;
no me escucha, porque la materia
le ha encerrado en la cárcel
del egoísmo, donde habita la codicia.

Le busco por los campos de la satisfacción,
pero estoy sola, porque mi rival me ha encarcelado
en la cueva de la glotonería
y de la avidez; allí me ha sujetado
con hirientes cadenas de oro.

Le llamo al salir el sol, cuando la naturaleza sonríe,
pero él no me oye, pues la opulencia
ha empañado sus ojos embriagándolos con un sueño malsano.
Le he entretenido al oscurecer,
cuando reina el silencio
y se duermen las flores,
mas él no me responde
pues el miedo a lo que traerá la aurora
enturbia sus ideas.

Se esfuerza en amarme,
me busca en sus acciones,
mas sólo me hallará
en los actos de Dios.

Me busca en sus grandiosas construcciones,
cimentadas en los huesos de otros;

me susurra desde sus montes
de plata y de oro;
mas sólo me hallará cuando venga
a la mansión de la sencillez
que Dios ha edificado
al borde de la fuente del cariño.

Desea besarme delante de sus cofres,
mas sus labios tan sólo besarán los míos
en la riqueza de la brisa pura.

Me pide que comparta con él
sus riquezas de fábula,
mas no abandonaré la fortuna de Dios,
ni me despojaré de mis bellos ropajes.

Trata de engañar por término medio,
pero yo sólo busco el centro de su corazón.
Lastima su corazón en la pequeña celda,
pero yo enriquecería su corazón con mi amor.

Mi amado ha aprendido a compadecer
a mi enemiga, la materia,
y hasta llora por ella;
yo le enseñaría a derramar lágrimas de amor
y a mostrar compasión en los ojos del alma
por todo cuanto existe
y a suspirar contento
por llorar de este modo.

El hombre es mi amado,
tan sólo a él he de pertenecer.

LA CIUDAD DE LOS MUERTOS

Ayer me alejé de la vocinglera multitud y me interné en los campos hasta llegar a una colina en la que la naturaleza había desplegado sus dones más hermosos. Entonces pude respirar.

Miré hacia atrás, y la ciudad apareció ante mí con sus espléndidas mezquitas y sus lujosas mansiones, enturbiada por el humo de las fábricas.

Empecé a reflexionar sobre la misión del hombre, pero sólo pude concluir que su vida es igual a lucha y a dolor. Después intenté no pensar en lo que habían hecho los hijos de Adán, y presté atención a los campos, que son el trono de la gloria de Dios. En un lugar apartado vi un cementerio rodeado de álamos.

Allí, entre la ciudad de los muertos y la de los vivos, me senté a pensar; consideré el eterno silencio de los primeros y la infinita tristeza de los últimos.

Vi que en la ciudad de los vivos había esperanza, desesperación, amor, odio, alegría, tristeza, riqueza, pobreza, fidelidad e infidelidad.

En la ciudad de los muertos yace la tierra que, en el silencio de la noche, la naturaleza convierte en vegetales, luego en animales y por último en hombres. Mientras mi alma se perdía en ese laberinto, vi que se acercaba un cortejo lenta y ceremoniosamente, acompañado de una banda que llenaba el aire de una triste melodía. Era un majestuoso funeral. El muerto iba seguido de los vivos que lloraban su partida. Al llegar a la sepultura, los sacerdotes empezaron a rezar y a quemar incienso, y los músicos a tocar sus instrumentos llorando al que había desaparecido. Luego, fueron pasando uno a uno los altos clérigos y recitaron sus responsos con cuidada entonación.

Por último, la muchedumbre se marchó, dejando al muerto descansando en un hermoso y enorme panteón, labrado en mármol y bronce por expertas manos, y repleto de lujosas y artísticas coronas de flores.

Quienes habían acudido a despedirle regresaron a la ciudad, y yo me quedé mirándoles de lejos. Mientras hablaba conmigo mismo, el sol se ponía en el horizonte y la naturaleza andaba atareada preparando los sueños.

Vi entonces a dos hombres que avanzaban jadeando por el peso de un ataúd de pino, y tras ellos a una mujer pobremente vestida, con un niño en brazos. Tras ella corría un perrillo que, con desconsolados ojos, miraba unas veces a la mujer y otras al ataúd.

Era un modesto funeral. Aquel huésped de la muerte entregaba a la insensible sociedad una esposa desgraciada, un niño que compartía sus penas y un fiel perro cuyo corazón conocía la marcha de su amo.

Cuando llegaron a la sepultura, pusieron el ataúd en una fosa alejada del cuidado césped y de los mármoles. Luego se fueron, tras haber elevado unas sencillas oraciones a Dios. El perro se volvió para mirar por última vez la tumba de su amigo, mientras el pequeño grupo desaparecía detrás de los árboles.

Miré la ciudad de los vivos y me dije: «Ese sitio es sólo de unos pocos.» Luego observé la armoniosa ciudad de los muertos y me dije: «También este sitio es sólo de unos pocos. ¡Ay, Señor!, ¿dónde está el cielo de todos?»

Dicho esto, miré hacia las nubes que se interponían entre los rayos más potentes y hermosos del sol. Y escuché una voz que me dijo: «¡Allí!»

LA CANCIÓN DE LA LLUVIA

Soy las hebras húmedas de plata que los dioses
lánzaron desde el cielo. La naturaleza me toma
para adornar sus campos y sus vallas.

Soy las bellas perlas que la hija del alba
arranca a la corona de Ishtar
para hermosear los jardines.

Cuando lloro, ríen las colinas;
cuando estoy abatida, se alegran las flores;
cuando estoy melancólica, todo sonríe con júbilo.

El campo es el amante de la nube
y yo soy el comprensivo mensajero que les une.
Sacio la sed de uno,
sano el dolor de la otra.

La voz del trueno anuncia mi llegada;
el arco iris señala mi partida.

Soy como la vida en la tierra,
que empieza bajo desencadenados elementos
y acaba en las enormes alas de la muerte.

Surjo del corazón del mar,
me elevo con la brisa;
cuando veo que un campo está indigente,

prodigo mil pequeñas caricias
a sus flores y árboles.

Mis dedos delicados
golpean suavemente las ventanas,
y mi anuncio es toda una canción de bienvenida.
Todos pueden oírme,
mas sólo me comprende
aquel que es muy sensible.

El calor del aire me da a luz,
pero yo la oscurezco,
igual que la mujer derrota al hombre
con la fuerza que de él saca.

Soy el suspiro del mar,
la risa de los campos,
las lágrimas del cielo.

Soy igual que el amor;
suspiro desde el profundo mar del afecto,
río desde el vigoroso reino del espíritu,
lloro desde el cielo infinito del recuerdo.

LA VIUDA Y SU HIJO

Cayó la noche sobre el norte del líbano y la nieve cubrió las aldeas que circundan el valle Kadicha, haciendo que campos y prados parecieran una hoja arrugada, en la que se encontraban escritos la infinidad de actos de la furiosa naturaleza. Volvían los hombres a sus casas dejando las calles desiertas, mientras el silencio envolvía la noche.

En una casa que había cerca de esas aldeas vivía una mujer que estaba haciendo girar la rueca junto al fuego. A su lado, su único hijo miraba unas veces al fuego y otras a su madre.

Los truenos ensordecedores retumbaron en la casa, y el pequeño se asustó. Abrazóse a su madre, buscando en su cariño la protección que necesitaba. Ella le acercó a su pecho y le dio un beso; después, le sentó en sus rodillas.

«No tengas miedo, hijo mío —le dijo—, que la naturaleza sólo está midiendo su infinito poder con la debilidad del hombre. Hay un Ser Supremo más allá de la nieve que cae, de los negros nubarrones y del viento que silba, y Él sabe lo que la tierra necesita, porque la creó, y mira a los desposeídos con ojos de misericordia.

Sé valiente, niñito mío; la naturaleza sonríe en primavera, ríe en verano y bosteza en otoño; pero ahora llora, con sus lágrimas impregna la vida que hay oculta en su seno.

Duérmete, vida mía; tu padre nos contempla desde la eternidad. La nieve y los truenos nos acercan a él.

Duerme, cariño mío; que esta blanca manta que nos abriga del frío, protege a las semillas; y esto que parece una guerra hará crecer bellas flores cuando llegue Nisán.

Del mismo modo, cielo mío, el amor del hombre sólo madura después de la dolorosa y reveladora separación, de la triste paciencia y de la melancolía desesperada. Duérmete, pequeño mío; los dulces sueños verán que tu alma no teme a la terrible oscuridad de la noche ni a la escarcha despiadada.»

El pequeño miró a su madre con ojos de sueño y le dijo:

«Mis párpados se cierran, mamá; pero no puedo irme a dormir sin haber rezado antes mis oraciones.»

Contempló la mujer aquel rostro con ojos enturbiados, y le dijo:

«Repite conmigo, niño mío: Tan piedad, Señor, de los pobres y protégelos del invierno; abriga sus delgados cuerpos con tus manos benignas; cuida a los huérfanos que duermen en casas miserables y sufren hambre y frío. Escucha, Señor, el clamor de las viudas que no tienen quien las proteja y que tiemblan de miedo por sus niños. Abre, Señor, los corazones a todos los hombres, para que puedan ver las desgracias de los pobres. Apiádate de quienes sufren y llaman a las puertas, y guía a los viajeros hacia lugares cálidos. Ocúpate, Señor, de los pajarillos, y protege a los árboles y a los campos del furor de las tormentas, porque Tú eres misericordioso y ofreces amor.»

Cuando el sueño se apoderó del alma del niño, la madre le acostó en su cuna y le dio un beso en cada ojo con temblorosos labios. Luego regresó junto al fuego y volvió a hacer girar la rueca para tejer las ropas de su hijo.

EL POETA

Es un puente entre su mundo y el mundo futuro;
es una fuente de agua pura de la que puede beber
toda alma que tenga sed.

Cuando veo mis ojos interiores,
contemplo la sombra de su sombra;
cuando rozo la yema de mis dedos,
percibo su vibrar;
cuando muevo las manos,
trato de captar su presencia,
lo mismo que un lago que refleja
las estrellas brillantes.

Mis lágrimas la muestran,
lo mismo que las gotas de rocío,
traspasadas de luz,
revelan el secreto
de la rosa marchita.

La contemplación ha compuesto este canto,
el silencio lo ha propagado,
los gritos le han rehuido,
la verdad lo ha implicado,
los sueños lo repiten
y lo entiende el amor;
la vigilia lo oculta
y el alma es quien lo canta.

Es la canción del amor,
¿Qué Caín o Esaú pueden entonarla?
Su aroma supera al del jazmín.
¿Qué cariño puede estremecerla?

Está unida al corazón,
como el secreto de una muchacha.
¿Qué cariño puede estremecerla?
¿Quién se atreve a mezclar
el rugido del mar
y el canto del ruiseñor?
¿Quién puede comparar
la tempestad que truena
y el suspiro de un niño?
¿Quién se atreve a decir en alta voz
lo que sólo el corazón debe pronunciar?
¿Qué mortal se atreve a cantar con su voz
la canción de Dios?

RISAS Y LÁGRIMAS

Cuando el sol abandonó el jardín y echó la luna sus numerosos rayos sobre las flores, me senté bajo los árboles a pensar en los fenómenos del universo, mirando a través de las ramas la infinidad de estrellas que brillaban como lentejuelas de plata sobre un tapiz azul. Escuchaba a lo lejos el susurrar inquieto del arroyo que, saltarín y apresurado, se dirigía hacia el valle.

Cuando los pájaros buscaron el cobijo de las ramas, cerraron sus pétalos las flores y se hizo un silencio terrible, y escuché el sonido de unos pasos en la hierba. Presté atención y vi a una pareja de jóvenes que se acercaba a mi árbol. Se sentaron bajo sus ramas. Yo podía verles, pero no ellos a mí.

Miró el muchacho a ambos lados y oí que luego dijo:

«Siéntate, amor mío, a mi lado; escucha mi corazón. Sonríe, porque tu felicidad es prenda de nuestro futuro. Sé feliz, porque estos claros días se regocijan con nuestro júbilo.

Mi alma me pone en guardia contra las dudas de tu corazón, pues dudar del amor es pecado.

Pronto serás la reina de estas inmensas tierras que ilumina esa luna maravillosa. Pronto serás la dueña de mi palacio, y tendrás a tus órdenes siervos y criadas.

Sonríe, amor mío, como sonríe el oro en los cofres de mi padre.

Mi corazón no quiere esconderte su secreto. Nos esperan doce meses de viajes y placeres. Pasaremos un año derrochando el oro de mi padre en los lagos azules de Suiza, contemplando los monumentos de Italia y de Egipto, descansando bajo los cedros sagrados del Líbano. Conocerás a princesas que envidiarán tus joyas y vestidos.

Todo esto haré por ti. ¿Estás contenta?»

Luego les vi pisotear las flores, como los ricos pisotean los corazones de los pobres. Cuando les perdí de vista, empecé a comparar el dinero con el amor, y a analizar el puesto que ocupa cada uno de ellos en mi corazón.

¡El dinero! ¡Causa del falso amor, fuente de luz ficticia y de felicidad superficial; río de aguas contaminadas, desesperanza de la vejez!

Andaba aún errante por el inmenso desierto de la meditación, cuando una pareja mal vestida y fantasmal pasó por mi lado y se sentó en la hierba. Eran un muchacho y una muchacha, que habían salido de la choza que se alzaba en una granja cercana para venir a este lugar inhóspito y solitario.

Tras un rato de absoluto silencio, escuché las siguientes palabras, entrecortadas de suspiros, que pronunciaban unos labios entristecidos:

«¡No llores, amor mío! El amor que nos abre los ojos y somete nuestros corazones nos ofrece la bondad de la paciencia. Consuélate de nuestro infortunio, porque hemos hecho un voto y hemos entrado en el santuario del amor, porque nuestro amor aumentará con las adversidades, porque en nombre del amor sufriremos todos los impedimentos que brinda la pobreza, los rigores de la desgracia y el vacío de la separación. Lucharé contra esta pobreza hasta vencerla, y pondré en tus manos el coraje que te ayudará a realizar a pesar de todo el viaje de la vida.

El amor, que es Dios, acogerá nuestras lágrimas y nuestros suspiros como el incienso que arde ante su altar, y nos dará fortaleza como recompensa. Adiós, amor mío; he de partir antes de que desaparezca esa pálida luna.»

Con una voz pura, en la que se mezclaban la frágil llama del amor, la amargura desesperada del deseo y la dulzura decidida de la paciencia, añadió:

«Adiós, cariño mío.»

Se separaron y su idílica conversación fue apagada por los gemidos de mi corazón que lloraba.

Contemplé a la naturaleza sumida en su letargo, y tras una profunda reflexión, descubrí la realidad de un hecho que se repite infinitas veces, de algo que no se puede obtener por la fuerza, ni lograr por las influencias, ni comprar con dinero; de algo que ni las lágrimas del tiempo consiguen borrar, ni la tristeza llega a matar; de algo que no pueden mostrar ni los lagos azules de Suiza, ni los admirables monumentos de Italia.

Se trata de algo que se fortalece con la paciencia, que crece a pesar de los obstáculos, que busca cobijo en invierno, que florece en primavera, que hace soplar la brisa en verano y que da frutos en otoño. Descubrí el amor.

LA CANCIÓN DE LA FLOR

Soy la palabra cariñosa que pronuncia y repite
la voz de la naturaleza;
Soy una estrella que ha caído
de la bóveda azulada del cielo
sobre la verde alfombra.

Soy la hija que engendraron
los elementos durante el invierno,
y que la primavera ha dado a luz.
Me arrulló el verano en su regazo
y me dormí en el lecho del otoño.

Al alba me hago una con la brisa
para anunciar que ya llega la luz;
y cuando cae la tarde me uno a los pájaros
para darle mi adiós de despedida.

Se adornan las llanuras
con mis bellos colores,
y mi aroma se extiende por el aire.

Cuando rondo los sueños,
los ojos de la noche me contemplan,
y al despertar veo el sol,
que es el único ojo de que dispone el día.

Vierto rocío como si fuese vino,
escucho los cantos de las aves
y bailo al rítmico vaivén de la hierba.

Soy el regalo del amante,
soy el ramo de novia,
soy el recuerdo de un momento de dicha,
soy el obsequio último que hacen los vivos a los muertos:
estoy hecha de penas y alegrías.

Siempre miro hacia arriba,
sólo veo la luz,
nunca miro hacia abajo
para captar la sombra.
Este es el saber que ha de buscar el hombre.

UNA VISIÓN

En medio del campo, junto a un arroyo de cristal, vi una jaula
cuya armazón y barrotes habían debido ser hechos por manos muy

expertas. En un extremo de la jaula yacía muerto un pajarillo y en el otro había dos recipientes: uno vacío de agua y otro vacío de comida. Guardé una actitud reverente, como si el ave sin vida y el murmullo del agua mereciesen respeto y silencio. Pues, ciertamente, aquello era digno de ser meditado por el corazón y la inteligencia.

Me entregué a la reflexión y pronto vi que aquella pobre criatura había muerto de sed al lado de un arroyo, y de hambre en medio de abundantes sembrados, que eran cuna de vida, como un rico que, encerrado en su jaula de oro, se muriese de hambre rodeado de montones de monedas.

Lo que tenía entonces ante los ojos no era ya una jaula, sino un esqueleto humano, y en vez de aquel pájaro muerto, me pareció ver un corazón humano, cuya sangrante y profunda herida parecía los labios de una mujer entristecida. De esa herida surgió una voz que me dijo:

«Soy el corazón humano, cautivo en la materia y víctima de las leyes de este mundo.

Estuve preso en la jaula de leyes que hizo el hombre, al lado del arroyo de la vida, en el reino divino de la belleza.

Morí despreciado en medio de la admirable creación, porque no quise disfrutar de la libertad que me dispensó a raudales el bondadoso Dios.

Según piensa el hombre, todo lo que, por ser bello, despierta amor y deseo, acarrea desgracias. De acuerdo con su juicio, todo lo que se ansía, por ser divino, no es nada.

Soy el extraviado corazón humano, encadenado en la celda miserable de los dictados de los hombres, sujeto por las cadenas de la autoridad terrena, muerto y olvidado para la alegre humanidad, cuya lengua está trabada y en cuyos ojos jamás asoman lágrimas.»

Todo esto escuché, y vi que estas palabras brotaban como un hilo de sangre de la herida de aquel corazón.

Dijo mucho más, pero mis ojos empañados y mi alma dolorida no me dejaron ver ni escuchar.

VENCEDORES

A la orilla de un lago, a la sombra de cipreses y sauces, el hijo de un granjero miraba fijamente las aguas tranquilas y calladas.

Se había sentido atraído por la naturaleza, donde todo evoca el amor; donde las ramas se abrazan, las flores se atraen, las plantas tiernas se balancean, los pájaros se llaman entre sí, y Dios predica por doquier su buena nueva.

El día anterior, ese joven había visto a una muchacha que estaba en compañía de otras en ese mismo lago, y se había enamorado perdidamente de ella desde el momento en que la miró.

Pero cuando se enteró que era la hija del emir, reprochó a su corazón que hubiese abierto sus puertas. Sin embargo, los reproches no desvían nunca al corazón de su propósito, ni la soledad aleja al hombre de la verdad. Entre su inteligencia y su corazón, el hombre es como un tierno arbolillo a merced de los vientos del Norte y del Sur.

Miró a su alrededor con los ojos bañados en lágrimas y vio unas humildes violetas que crecían junto a un noble jazminero. En un mismo árbol había un colibrí y un petirrojo. Pero el clamor de su corazón le obsesionaba con la idea de que las hierbecillas que crecen junto a las raíces del árbol majestuoso acaban hiriendo a éste.

Lloró de pena, mientras las horas se iban desvaneciendo como vaporosos fantasmas.

«Lo que aquí veo es el amor burlándose de mí —dijo, suspirando tiernamente—, y convirtiendo mis esperanzas en dolor y mis deseos en desgracia.

El amor que venero eleva mi corazón hasta el palacio del emir y le hace bajar a la choza del granjero, trayéndome a la mente la imagen de una muchacha rodeada de admiradores, servida por esclavos y escoltada por el linaje de sus antepasados.

¡Voy a seguirte, amor!

¿Qué quieres de mí? He ido de tu mano por el camino en llamas, y cuando abrí los ojos, no vi más que tinieblas. Mis labios se entreabrieron, pero tú sólo les has permitido pronunciar palabras de dolor. Amor, has despertado en mi corazón su ansia con la dulzura de tu presencia. ¿Por qué luchas conmigo, si eres fuerte y yo débil?

¿Por qué me oprimes, si eres justo y yo inocente?

¿Por qué me lastimas, si eres mi mismo ser?

¿Por qué me debilitas, si eres mi fortaleza?

¿Por qué me sumes en este estado salvaje, si eres mi guardián?

Estoy en tus manos, y no seguiré más camino que el tuyo. Obedecer tus designios alegra mi alma, bajo la umbría intemperie que proyectan tus alas.

Los arroyos corren presurosos hacia su amante, el mar.

Las flores sonríen a su novio, el sol.

Las nubes descienden sobre su prometido, el valle.

Pero las flores no me ven, los arrollos me desconocen y las nubes me ignoran.

Me siento solo y lejos de quien no me acepta como soldado de la guardia de su padre, ni como criado de su palacio... Lejos de quien hasta ignora que existo.»

Se quedó un rato en silencio, como si tratara de aprender el lenguaje que susurra el arroyo y el murmullo de las hojas. Luego añadió:

«Tú, cuyo nombre no me atrevo a decir, encerrada tras las sombras de la gloria, los muros de la dignidad y las puertas de hierro, ¿dónde podrás reunirte conmigo, si no es en la eternidad? Allí podremos formular las leyes de la igualdad y de la sinceridad.

Te has apoderado de este corazón mío, bendecido por el Amor, y has sometido a quien Dios había ensalzado.

Ayer vivía en paz y sin preocupaciones en este campo, mientras que hoy soy prisionero del corazón que me falta.

Cuando te vi, hermosa mía, comprendí por qué vine a este mundo.

Al saber que eras princesa y tener en cuenta mi pobreza, comprendí que Dios posee un secreto que los hombres ignoran, que un camino escondido lleva al espíritu a lugares donde el amor deja atrás los usos de esta tierra. Al mirarte a los ojos, supe que ese camino conduce a un paraíso cuya puerta es el corazón humano.

Cuando comparé tu posición con mi desgracia, me pareció que eran como un gigante y un enano enzarzados en un duro combate, y sentí que esta tierra ya no era mi patria.

Ayer te vi rodeada de muchachas, como una rosa entre mirtos, y sentí que era una visión que me deparaban los cielos. Pero al saber la gloria de tu padre, comprendí que las manos que cortaran esa rosa sangrarían por no haber visto a tiempo las espinas que escondía, y que lo entrevisto en mi sueño se desvanecería al despertar.»

El muchacho se puso en pie y con pasos lentos y tristes se dirigió a una fuente. Tapóse la cara con las manos y, desesperado, exclamó:

«Ven a llevarme, muerte, pues no es justa esta tierra donde las espinas lastiman a las rosas. Ven a librarme de este mundo donde imperan las diferencias y donde, privando al amor de su gloria celestial, se rinde tributo a algo tan vacío como el linaje. Ayúdame, muerte, porque la eternidad es el único sitio al que aspiro, pues en él puedo esperar a mi amada.»

Era ya el crepúsculo, y aún andaba él errante en cuerpo y alma, mientras el sol sacaba sus rayos de los campos. Se cobijó bajo el árbol donde se había detenido la hija del emir. Inclinó la cabeza sobre el pecho como si tratase de evitar que el corazón le estallara.

En ese momento salió de entre los sauces una hermosa muchacha, arrastrando el vestido sobre la verde hierba. Se acercó a él y le puso su dulce mano en la cabeza. El joven, preso de locura, la miró fijamente sin dar crédito a sus ojos. ¡Era la hija de emir!

Se arrodilló a sus pies como Moisés ante la zarza ardiente, y trató de hablar, pero las lágrimas se habían anticipado a las palabras.

La princesa le abrazó y puso un beso en sus labios; secó sus lágrimas con sus mejillas, y con una voz más dulce que el sonido de la música le dijo:

«Has aparecido en medio de mis tristes sueños y tu imagen ha acabado con mi soledad. Eres el compañero de mi alma perdida, mi otra mitad que me fue arrebatada cuando vine a este mundo.

Me he escapado del palacio para verte, y ahora estás a mi lado. He dejado la gloria de mi padre para marcharme contigo a tierras lejanas y para que bebamos juntos la copa de la vida y de la muerte. Huyamos lejos de este país.»

Caminaron juntos entre los árboles hasta que les ocultó la oscuridad de la noche. Pero pronto les envolvió un rayo de luz cada vez más intenso. En ese momento ya no temían ni a las tinieblas, ni a los castigos del emir.

En el lugar más remoto de la tierra los soldados del emir encontraron dos esqueletos humanos. Del cuello de uno colgaba un candado de oro y junto a él había una gran piedra. En ambos estaban inscritas estas palabras:

Lo que la muerte se lleva
nadie lo puede recobrar;
lo que los cielos han bendecido
nadie lo puede castigar;
lo que el amor ha unido
nadie lo puede separar;
lo que la eternidad ha deseado
nadie lo puede cambiar.

LA CANCIÓN DEL AMOR

Soy la mirada del amante,
el vino del espíritu
y el aliento del corazón.
Soy una rosa:
mi corazón se abre al alba,
y una muchacha me besa
y me pone en su pecho.

Soy la morada de la verdadera fortuna,
la causa del placer
y el principio de la paz
y la serenidad.
Cuando la juventud se apodera de mí,
olvida sus faenas,
y toda su vida se torna un dulce sueño.

Soy el entusiasmo del poeta,
la invención del artista,
la inspiración del músico.

Soy el altar sagrado,
que se alza en el corazón de un niño,
al que su madre, cariñosa, adora.
Rechazo las exigencias,
mas me pliego
cuando veo llorar a un corazón.
Mi plenitud persigue los deseos del alma,
y me alejo del vacuo griterío.

Me mostré a Adán por medio de Eva,
y el destierro fue su destino;
pero me revelé a Salomón
y mi presencia le llenó de sabiduría.

Sonreía Helena, y ella destruyó Troya;
mas coroné a Cleopatra
y la paz imperó en el valle del Nilo.

Soy como el tiempo,
que construye hoy

y derriba mañana.
Soy como un dios
que crea y que destruye.
Soy más tierno que el suspiro de una violeta,
soy más violento que la rugiente tempestad.

No me seducen sólo con regalos;
no me descorazona la separación;
no me acosa la pobreza;
no me ponen a prueba los celos;
no revela la locura mi presencia.

Investigadores, soy la verdad buscando la verdad.
y vuestra verdad investigándome,
aceptándome y protegiéndome,
decidirá mi comportamiento.

LOS DESEOS

En el silencio de la noche llegó a la tierra la Muerte, procedente de Dios. Se cernió sobre la ciudad y observó las casas. Vio a las almas suspendidas de las alas de los ensueños y a la gente sumida en el letargo onírico.

Cuando desapareció la luna tras el horizonte y la ciudad se quedó completamente a oscuras, avanzó silenciosa entre las casas procurando no tocar nada hasta que llegó a un palacio. Atravesó sin inmutarse verjas, puertas, cerrojos y candados y se detuvo junto al lecho de un rico.

Tocó la Muerte la frente del que estaba durmiendo y éste abrió los ojos espantado. Al ver al espectro, empezó a decir con una voz temblorosa por la cólera y el pánico:

«¡Vete, pesadilla terrible! ¡Déjame, espantoso fantasma! ¿Quién eres? ¿Cómo has podido llegar hasta aquí? ¿Qué quieres? ¡Sal inmediatamente! ¡Soy el dueño de este palacio y puedo ordenar a mis siervos y criados que te maten ahora mismo!»

Habló entonces la Muerte, y sus palabras sonaron atronadoras aunque tiernas:

«¡Soy la Muerte! ¡Arrodíllate ante mí!»

«¿Qué quieres? —preguntó el hombre—. ¿Por qué has venido si aún no he acabado mi tarea? ¿Cómo te atreves a enfrentarte a un poder como el mío? Dirígete al débil, y llévatelo.

Me asquean tus garras ensangrentadas y tus cuencas vacías. Me molesta a la vista contemplar tus alas horribles y tu cuerpo esquelético.»

Se detuvo de pronto y se horrorizó al tomar conciencia de la situación.

«¡No, no! —prosiguió—. ¡Muerte compasiva! No tengas en cuenta lo que he dicho, pues el miedo me hace ver lo que me oculta el corazón.

Toma un puñado de oro o llévate las almas de mis siervos, pero déjame. Estoy en deuda con la vida. Poseo las riquezas de mi pueblo. Mis barcos no han llegado aún a puerto. Mis cosechas están por recoger. Llévate lo que quieras, pero perdóname la vida. ¡Oh, Muerte! Tengo harenes repletos de bellísimas mujeres. No tengo más que un hijo. Le quiero con locura, porque es lo único que me alegra la vida. Te ofrezco mi supremo sacrificio: ¡llévatelo, pero perdóname!»

Y murmuró la Muerte:

«Tú no eres rico, sino lastimosamente pobre.»

Tomó entonces de la mano a aquel esclavo de la tierra, cogió lo que era en realidad y se lo entregó a los ángeles para que realizaran la difícil tarea de enmendarle.

Y la Muerte echó a andar despacio entre las casas de los pobres, hasta que se detuvo ante la que le pareció más miserable. Entró en ella y se acercó al lecho donde dormía plácidamente un muchacho. Tocó la Muerte sus ojos y el joven se incorporó bruscamente cuando la vio junto a él. Entonces le dijo en un tono esperanzado y afectuoso:

«¡Aquí estoy, hermosa Muerte! Recibe mi alma, tú que eres la esperanza de mis sueños. ¡Hazlos realidad! ¡Abrázame, amada Muerte! Eres compasiva; no me dejes. Eres la envidia de Dios; llévame junto a Él. Eres la mano derecha de la verdad y el corazón del bien. No me desprecies. ¡Cuántas veces te he llamado! Pero nunca venías. Te he buscado, y siempre me rehuías. Te he llamado, y no me has hecho caso. Ahora me escuchas. ¡Abraza mi alma! ¡Muerte querida!»

Posó la Muerte su mano con ternura en los labios temblorosos del muchacho, cogió lo que era en realidad y lo guardó bajo sus alas para protegerlo durante el viaje.

Cuando regresaba al cielo, se volvió y susurró su máxima: «Sólo entrarán en la eternidad quienes en la tierra la buscaron.»

LA CANCIÓN DEL HOMBRE

He estado aquí desde el comienzo
y aquí estoy aún.
Aquí me quedaré hasta que acabe el mundo,
pues no hay final para mi ser
sumido en el dolor.

He vagado por el cielo infinito,
por el mundo ideal,
y he volado por el firmamento
pero aquí estoy, cautivo de la reflexión.

Escuché las enseñanzas de Confucio
y la sabiduría de Brahma;
me senté junto a Buda bajo el árbol de la ciencia,
pero aquí estoy, sumido en la ignorancia y la herejía.

Estaba en el Sinaí cuando Jehová
se dirigió a Moisés;
contemplé los milagros
que hizo el Nazareno en el Jordán;
me encontraba en Medina
cuando llegó Mahoma a visitarla;
pero aquí estoy, prisionero de la desorientación.

Presencié el poder de Babilonia
conocí el esplendor de Egipto,
vi la grandeza guerrera de Roma,
pero mis primeras enseñanzas me hicieron ver
lo débil y lo triste de esos logros.

Conversé con los magos de Ain Dour;
discutí con los sacerdotes de Asiria;
medité con los profetas de Palestina;
pero aún estoy buscando la verdad.

Descubrí sabiduría en la apacible India,
investigué la antigüedad de Arabia,
escuché cuanto puede escucharse,
pero mi corazón es sordo y ciego.

Padecí bajo tiránicos gobernantes,
sufrí la esclavitud del invasor furioso,
soporté el hambre que impusieron los déspotas,
pero aún poseo un secreto poder
que me ayuda a luchar cuando despunta el día.

Mi mente está colmada, mi corazón vacío;
mi sangre es vieja, mi corazón de niño;
aunque mi corazón tal vez se encuentre joven,
ansío envejecer y que llegue el momento
de regresar a Dios, pues sólo entonces
se sentirá saciado mi corazón ansioso.

He estado aquí desde el comienzo
y aquí estoy aún.
Aquí me quedaré hasta que acabe el mundo,
pues no hay final para mi ser
sumido en el dolor.

AYER Y HOY

Un hombre que había llegado a reunir una gran cantidad de oro se paseaba por el jardín de su palacio, acompañado de sus preocupaciones. Sobre su cabeza revoloteaba la inquietud como revolotea el buitre en torno a la carroña. Acercóse a un bello lago rodeado de espléndidas esculturas de mármol.

Se sentó allí a mirar el agua que brotaba de los mascarones como fluyen libremente los pensamientos de la imaginación de un enamorado. Se quedó contemplando fijamente su palacio situado en un cerro como un lugar en la mejilla de una muchacha. Su fantasía le mostró las páginas del drama de la vida. Él las iba leyendo con los ojos bañados en lágrimas, lo que le impedía ver lo poco que ha aportado el hombre a la naturaleza.

Recordó con tristeza las imágenes de sus años pasados, que los dioses habían tejido primorosamente, hasta que ya no pudo soportar su angustia.

«Ayer llevaba a pastar mi rebaño a los verdes valles —dijo en voz alta—, y me alegraba mi forma de vida. Tocaba la flauta y llevaba la frente alta. Hoy soy cautivo de la vida. El oro lleva al oro, luego a la negligencia y por último a la pena lacerante.

Ayer era como un pájaro cantor que vuela libremente por el campo. Hoy soy esclavo de las riquezas sucias, de las costumbres de la ciudad y de los individuos acosados que dan gusto a quienes les rodean plegándose a las normas estrechas y peculiares de los hombres. Nací para ser libre y para disfrutar de las cosas buenas de la vida, pero soy un animal de carga con tanto oro encima que mi lomo está a punto de inclinarse.

¿Dónde están los prados abiertos, los arroyos cantarines, el aire puro, la proximidad de la naturaleza? ¡Todo lo he perdido! No me queda más que la soledad que me apena, el oro que me ridiculiza, los esclavos que se burlan de mí cuando no estoy y el palacio que he edificado en holocausto de mi felicidad, y en cuya grandeza he extraviado mi corazón.

Ayer iba errante por praderas y montes con la hija de un beduino. La virtud era nuestra compañera, el amor nuestra ciencia y la luna nuestra guía. Hoy estoy rodeado de mujeres hermosas pero vacías, que se venden por oro y diamantes. Ayer vivía sin preocupaciones, compartiendo con los pastores las cosas buenas de la existencia; corriendo, jugando, trabajando, cantando y bailando juntos al son de la verdad del corazón. Hoy estoy entre los que me rodean como un cordero asustado, cercado por los lobos. Cuando voy por un camino, me miran con odio y me señalan con envidia o entre burlas, y cuando paseo por el jardín no veo a mi alrededor más que individuos enfadados.

Ayer era rico en felicidad, y hoy soy pobre en oro.

Ayer era un pastor alegre que contemplaba a mi rebaño como un rey misericordioso mira a sus satisfechos súbditos. Hoy soy un esclavo de una riqueza que me ha robado la belleza de la vida que antaño conocí.

¡Perdóname, Juez mío! Yo no sabía que la riqueza destrozaría mi vida y me encerraría en la cárcel de la necedad y de la torpeza. Lo que creía que iba a ser el cielo no es más que un infierno eterno.»

Se puso en pie con dificultad y se dirigió lentamente al palacio diciendo entre suspiros:

«¿Es esto lo que la gente llama riqueza? ¿Es éste el dios al que sirvo y adoro? ¿Es esto lo que busco en la tierra? ¿Por qué no cambiarlo por un momento de felicidad? ¿Quién va a venderme un bello pensamiento a cambio de un montón de oro? ¿Quién va a darme un poco de amor a cambio de un puñado de piedras preciosas? ¿Quien va a concederme esa mirada capaz de ver el interior de los corazones a cambio de mis arcas?»

Cuando llegó a las puertas de su palacio, miró hacia la ciudad como Jeremías miró a Jerusalén. Levantó los brazos y exclamó con una voz que era un triste lamento:

«¡Habitantes de la ruidosa ciudad que vivís en las tinieblas y os lanzáis a la desgracia, que predicáis la hipocresía y decís necedades!, ¿hasta cuándo permaneceréis en la ignorancia? ¿Hasta cuándo os quedaréis en lo más sórdido de la vida sin frecuentar sus jardines? ¿Por qué os vestís con ropas estrechas y harapientas si la naturaleza ha tejido hermosas vestiduras de seda? La luz de la lámpara está a punto de apagarse, y hay que alimentarla de aceite. La mansión de la fortuna auténtica está llena de grietas, y hay que renovarla y protegerla. Quienes comercian con la ignorancia os han arrebatado el tesoro de vuestra paz, y hay que recuperarlo.»

En ese momento se detuvo ante él un pobre y extendió la mano para pedirle limosna. Miró al mendigo, entreabrió los labios, brilló en sus ojos la ternura y su rostro resplandeció de bondad. Era como si ese ayer por el que gemía junto al lago hubiese vuelto a saludarle. Abrazó con afecto a aquel pobre y le llenó las manos de oro diciéndole en un tono sincero y rebosante de amor:

«Vuelve mañana y tráete a los que sufren como tú. Recuperaréis todas vuestras posesiones.»

Luego entró en el palacio pensando:

«Todo lo que hay en esta vida es bueno; incluso el oro, porque también él nos da una lección. El dinero es como un instrumento de cuerda. Quien no sabe tocarlo como es debido, sólo escuchará melodías desafinadas. El dinero es como el amor: mata de un modo lento y doloroso a quien lo rechaza, pero da vida a quien lo dirige a los demás.»

DELANTE DEL TRONO DE LA BELLEZA

Una oscura noche abandonaré el rostro desagradable de la gente y el griterío ensordecedor de la ciudad y dirigí mis cansados pies hacia un valle abierto. Siguiendo el curso embriagador de un arroyo y los trinos armoniosos de los pájaros, llegué a un lugar solitario donde las ramas de los árboles se entrelazaban impidiendo que el sol tocase el suelo.

Como mi alma inquieta sólo conocía el espejismo de la vida y no la ternura, me detuve un momento ante lo que estaba viendo.

Me encontraba sumido en la meditación y mi alma volaba por los cielos cuando una hurí, con una hoja de parra como único vestido, apareció de pronto ante mis ojos llevando una guirnalda de amapola entre sus dorados cabellos. Comprendiendo mi asombro, me saludó diciendo:

«No temas, soy la ninfa del bosque.»

Yo le pregunté:

«¿Cómo es posible que siendo tan bella vivas en un lugar así? Te ruego que me digas quién eres y de dónde vienes.»

Sentándose en la verde hierba con delicadeza me contestó:

«Soy el símbolo de la naturaleza, la virgen eterna que veneraron tus antepasados y en cuyo honor construyeron templos y santuarios en Baalbek y Djabeil.»

Yo me atreví a señalar:

«Esos templos y santuarios están ya en ruinas y los restos de mis antepasados forman hoy parte de la tierra. No queda nada que conmemore tu divinidad, excepto algunas páginas olvidadas en algún libro de historia.»

«Hay diosas —me contestó— que sólo viven mientras lo hacen quienes las veneran y que desaparecen cuando mueren éstos. Pero otras vivimos una vida eterna e infinita. Mi vida pertenece al mundo de la belleza, y ese mundo lo verás dondequiera que mires, pues esa belleza es la propia naturaleza. Ella es la que infunde alegría a los pastores de los montes, gozo a los aldeanos de los campos y placer a los pueblos laboriosos que habitan en montañas y llanuras. Esa belleza eleva al sabio hasta el trono de la verdad.»

«¡La belleza tiene un poder inmenso!», añadí.

«Los seres humanos le tienen miedo a todo, incluso a ellos mismos —me replicó—. Teméis al cielo, que proporciona paz espiritual; teméis a la naturaleza, que es el reino de la serenidad y de la quietud; teméis al Dios de los dioses y decís que es colérico, cuando es bueno y misericordioso.»

Estuvimos un largo rato en silencio, mientras yo me dejé llevar por un dulce sueño. Al fin pedí:

«Háblame de esa belleza que cada uno interpreta y define según la concibe. Conozco mil formas de honrarla y venerarla.»

«La belleza es lo que cautiva el alma —respondió— y lo que prefiere dar a recibir. Cuando estás ante ella, sientes que unas manos que tienes ocultas en tu interior salen a la luz para captarla y llevarla al reino de tu corazón. Es algo espléndido que encierra a un tiempo alegría y tristeza, algo oculto que puedes ver, algo impreciso que puedes entender, algo silencioso que puedes oír; es lo más sagrado, que empieza en ti y supera en mucho tu imaginación terrena.»

Después la ninfa se acercó a mí y me puso en los ojos su mano perfumada. Luego desapareció y yo me quedé solo en el valle. Cuando volví a la ciudad, observé que ya no me molestaba su griterío. En mi interior iba repitiendo sus palabras: «La belleza es lo que cautiva tu alma y que prefiere dar a recibir.»

TÚ QUE ME CONDENAS, DÉJAME

Tú que me condenas, déjame,
por el amor que une tu alma
con la de tu amada;
por aquello que une al espíritu
con el cariño de una madre
y ata tu corazón con un amor de hijo.
Vete y déjame
con mi dolorido corazón.

Déjame que navegue por el mar de mis sueños;
espera que llegue mañana,
pues el mañana es libre de hacer conmigo
lo que quiera.
Tu vuelo no es más que la sombra
que avanza al lado del espíritu
hasta la fosa de la vergüenza,
para mostrarle la tierra tosca y fría.

Tengo un corazoncito dentro de mí
y quiero sacarlo de su cárcel
y ponérmelo en la palma de la mano
para examinarlo a fondo y descubrir su secreto.

No le apuntes con tus flechas,
para que no se asuste y desaparezca
antes de haber derramado
la sangre de ese secreto,
en holocausto ante el altar de la fe
que le infundió la Divinidad
cuando le dio amor y belleza.

Sale el sol y canta el ruiseñor
y el mirto extiende su perfume en el aire.
Deseo librarme del sueño cómodo del error.
No me detengas tú que me condenas.

No me contradigas recordándome
los leones de la selva
o las serpientes del valle,
pues mi alma no teme a la tierra
ni acepta advertencias sobre el mal,
antes de que el mal llegue.

No me aconsejes tú que me condenas,
pues las desgracias me han abierto el corazón,
las lágrimas han limpiado mis ojos
y los errores me han enseñado
el lenguaje de los corazones.

No hables de destierro,
pues mi juez es mi conciencia
y ella me defenderá y protegerá
si soy inocente,
y me negará la vida
si soy culpable.

La procesión del amor se pone en marcha;
la belleza enarbola su bandera;
la juventud toca las trompetas de la felicidad;
no perturbes mi contrición
tú que me condenas.

Déjame andar, pues el camino es pródigo
en rosas y hierbabuena,
y huele el aire a limpio.

No me tientes con riquezas y fama,
pues mi corazón rebosa bondad
y se engrandece con la gloria de Dios.

No me hables de pueblos, de leyes
ni de reinos, pues mi cuna
es la tierra entera
y todos los hombres son hermanos míos.

Aléjate de mí, pues con tus inútiles palabras
me estás quitando el arrepentimiento
que es fruto de la luz.

LA LLAMADA DEL ENAMORADO

¿Dónde estás, amada mía?
¿En aquel pequeño paraíso,
regando las flores que te miran
como miran los niños
los pechos de sus madres?

¿O en tu aposento,
donde elevaron en tu honor
un santuario a la virtud,
sobre el que ofreciste en sacrificio
mi corazón y mi alma?

¿O entre libros, en pos del saber humano,
tú que rebosas sabiduría del cielo?
¿Dónde estás, compañera de mi alma?
¿Rezando en el templo
o invocando a la naturaleza
en esos campos que eran
el cielo de tus sueños?

¿Estás en las moradas de los pobres,
consolando al que sufre
con la ternura de tu alma
y llenando sus manos de tu bondad?
Eres el espíritu de Dios que vaga por doquier,
y puedes resistir el paso de los siglos.

¿Recuerdas el día que nos conocimos,
cuando nos envolvía el aura de tu espíritu
y volaban alrededor los ángeles del amor
elevando oraciones a los actos del alma?

¿Recuerdas cuando nos sentamos
a la sombra de las ramas,
para protegernos de la gente,
como protegen de todo daño las costillas
al secreto divino que guarda el corazón?

¿Recuerdas los campos y los bosques
que atravesamos cogidos de la mano,
con las cabezas juntas
como si nos escondiéramos dentro de nosotros?

¿Recuerdas cuando te dije adiós
y el beso que pusiste en mis labios?
Ese beso me enseñó que quien acerca
sus labios al amor
descubre el celestial secreto
que la lengua no sabe pronunciar.
Ese beso fue el preludio de un gran suspiro,
semejante al soplo del Todopoderoso
cuando hizo de barro al hombre.

Ese suspiro me guió al mundo del espíritu,
anunciando la gloria de mi alma,
y allí pervivirá hasta que un día
nos volvamos a ver.

Recuerdo cuando me besaste una y otra vez,
mientras las lágrimas corrían por tu rostro,
y dijiste: «Con frecuencia los cuerpos terrenales
se deben separar con fines terrenales,
y vivir separados por decretos
de mundana intención.

Pero el espíritu se mantiene unido
en manos del amor,
hasta que llega la muerte

y presenta las almas
unidas ante Dios.

Ve, amado mío; la vida te ha escogido
para ser su enviado;
debes obedecerla, pues es la belleza quien ofrece
a su ciervo el cáliz que contiene
el calor de la vida.

Para mis brazos vacíos
tu amor seguirá siendo
el novio que me reconforta;
tu recuerdo será mi eterna boda.»

¿Dónde estás ahora, otro yo mío?
¿Sigues despierta en el silencio de la noche?
Deja que el limpio viento
te lleve cada latido de mi corazón.
¿Evocas mi rostro en tus recuerdos?
Esa imagen ya no es la mía,
porque la pena ha vertido su sombra
en mi rostro feliz de aquellos tiempos.

El llanto ha marchitado los ojos
que antaño reflejaban tu belleza,
y ha secado los labios
que endulzaban tus besos.

¿Dónde estás, amor mío? ¿Oyes mi llanto
desde la otra orilla del océano?
¿Comprendes mi necesidad?
¿Conoces la grandeza de mi paciencia?

¿Hay algún espíritu en el cielo
que pueda transportar
el aliento de este moribundo?
¿Existe alguna comunión secreta entre los ángeles
que te lleve mi queja?

¿Dónde estás, mi hermosa estrella?
Las tinieblas de la vida
me han lanzado a su seno.

La pena me ha vencido.
Haz que vuele tu sonrisa en el aire,
pues llegará a mí y me hará revivir
Esparce por el aire tu perfume,
pues me hará seguir vivo.

¿Dónde estás, amada mía?
¡Qué grande es el amor!
¡Y qué pequeño soy!

LA BELLEZA DE LA MUERTE

I. LA LLAMADA

Dejadme dormir, pues mi alma se halla ebria de amor;
dejadme descansar, que mi alma ya ha conocido
la bonanza de los días y las noches.
Encended velas y quemad incienso en torno a mi lecho,
echad sobre mi cuerpo pétalos de jazmines y rosas;
ungid mis cabellos con almizcle
y verted sobre mis pies perfumes.
Leed después lo que escribe en mi frente
la mano de la muerte.
Dejadme en brazos del sueño,
pues mis párpados se encuentran ya cansados.
Dejad que las cuerdas de plata de la lira
serenen mis oídos;
pulsad las cuerdas y tejed con su armoniosa melodía
un velo que envuelva mi agonizante corazón.
Entonad canciones mientras veis
que aparece la esperanza en mis ojos,
pues esa fascinante melodía
es un mullido lecho para mi corazón.
Enjugad vuestras lágrimas, amigos;
levantad las cabezas como alzan las flores
sus corolas saludando a la aurora,
y mirad a esta novia que es la muerte cual columna
de luz que sube de mi lecho al infinito.
Contened los suspiros y escuchad un instante
el murmullo atrayente que producen sus blancas alas.

Venid a despedirme; dadme un beso en la frente,
llevando en vuestros labios una dulce sonrisa.
Permitid que los niños me acaricien con sus dedos de rosas.
Permitid que los viejos me bendigan con sus manos nudosas.
Dejad que mis amigos se acerquen a mirar
la sombra que hace Dios sobre mis ojos,
y a escuchar el eco de su voluntad
que resuena en mis suspiros.

II.   LA ASCENSIÓN

He superado la cima del monte sagrado
y ya mi alma vaga por el reino
de la más absoluta libertad;
estoy lejos, muy lejos, compañeros,
y los mares de nubes ocultan las colinas a mis ojos.
Se han sumido los valles en un mar de silencio.
Las manos del olvido han tapado las sendas y los bosques.
Los prados y los campos se esfuman tras un blanco manto
como nubes primaverales, tan pálidas como rayos de luna,
y tan rojas como el velo de la tarde.

Se ha apagado ya el canto de las olas del mar
y no logro escuchar el clamor de la gente;
no oigo más que el himno de la eternidad
en perfecta armonía con las ansias de mi alma.
Estoy vestido con ropaje de lino
y siento una gran paz.

III.   EL DESCANSO

Despojadme del lino, amortajadme
con pétalos de lirio y de jazmín.
Retirad mi cadáver del nicho de alabastro
y dejad que repose sobre un tapiz de ahazar.
No os lamentéis, entonad himnos de gozo y de juventud.

No lloréis, cantad a la cosecha y a la vendimia.
No me cubráis de agónicos suspiros.
Trazad sobre mi pecho el signo del amor y la alegría.
No perturbéis con responsos la quietud de la brisa;
dejad que vuestros corazones canten con el mío
salmos de eternidad.

No lloréis enlutados a causa de mi ausencia.
Poneos ropas blancas y alegraos conmigo;
no comentéis mi marcha entre tristes suspiros;
cerrad los ojos y siempre me veréis con vosotros.

Acostadme sobre tupidas ramas,
llevadme lentamente sobre hombros amigos...
lentamente hacia el bosque callado.
No me llevéis al cementerio donde mi sueño
se vea perturbado por el crujir de huesos.
Llevadme al bosque de cedros y cavad una fosa
sobre la que florezcan violetas y amapolas.
Cavad una honda fosa para que las tormentas
no arrastren mis huesos a los valles;
cavad una ancha fosa para que por las noches
me acompañen las sombras.

Desvestidme y bajadme desnudo
al corazón de nuestra madre tierra;
tendedme dulcemente en el seno materno.
Cubridme luego de blanda tierra,
mezclada con semillas de lirio, de jazmín y de mirto,
que cuando las flores nazcan sobre mi tumba
se nutran con la savia de mi cuerpo
e impregnen el espacio con el perfume de mi corazón;
entonces revelarán al sol el secreto de mi paz,
flotarán con la brisa y consolarán al caminante.

Después dejadme, amigos,
dejadme y alejaos con pasos silenciosos,
como anda el silencio por el valle lejano.
Dejadme solo y dispersaos despacio,
como hacen las flores de los almendros y de los manzanos
cuando sopla la brisa de Nisán.

Volved a vuestro hogar alegre,
pues allí encontraréis
lo que la muerte no puede arrebatarnos
ni a vosotros ni a mí.
Dejad pronto este sitio, pues lo que veis en él
ya se encuentra muy lejos de este mundo. Dejadme.

EL PALACIO Y LA CHOZA

I

Cuando cayó la noche y brillaron las luces en la mansión los criados estaban junto a la enorme puerta esperando que llegasen los invitados. En sus trajes de terciopelo lucían botones dorados.

Las espléndidas carrozas entraron en el jardín del palacio y en ellas iban los nobles con lujosas ropas y adornados de joyas. Los instrumentos poblaban los aires de suaves melodías, mientras las autoridades bailaban al son de la agradable música.

Al llegar la medianoche se sirvieron los más refinados y exquisitos manjares sobre una admirable mesa, adornada con flores de las más raras especies. Los invitados comieron y bebieron a placer hasta que el vino empezó a hacer sentir sus efectos. De madrugada, la multitud se dispersó ruidosamente, tras haber pasado una velada de embriaguez y de gula que impulsó a sus cuerpos cansados hacia sus blandos lechos, donde se entregaron a un pesado sueño.

II

Al caer de la tarde un hombre con sus ropas de trabajo se detuvo ante la puerta de su casita y llamó a la puerta. Cuando le abrieron, entró y saludó con cariño a sus moradores. Luego fue a sentarse con sus hijos que jugaban al lado del hogar. Al poco rato su mujer tenía preparada la cena, y todos se sentaron alrededor de la mesa de pino a tomar la comida con apetito. Al acabar se reunieron a la luz de una vela y comentaron los sucesos de la jornada. Pasadas las primeras horas de la noche, se entregaron en silencio al rey del sueño, con un himno de alabanza y una oración de agradecimiento en sus labios.

LA VOZ DEL POETA

I

La fuerza de la caridad siembra en el fondo de mi corazón, y yo recojo el trigo para dar de comer a los hambrientos.

Mi alma infunde vida a las viñas; exprimo los racimos y doy su zumo a los sedientos.

El cielo es mi lámpara de aceite, y yo la pongo en mi ventana para alumbrar el camino al viajero a través de las oscuridad.

Hago todo esto porque vivo en los hambrientos, los sedientos y los caminantes, y si el destino me atara las manos y no me dejase hacerlo, sólo desearía la muerte. Pues soy poeta y me niego a recibir si yo no puedo dar.

La gente se enfurece como la tempestad, pero yo suspiro en silencio, porque sé que la tormenta se aleja y que el suspiro en cambio asciende hasta Dios.

La humanidad se aferra a las cosas de este mundo, pero yo trato constantemente de abrazar la antorcha del amor para que su fuego me purifique y aparte de mi corazón lo inhumano.

Las cosas materiales mutilan al hombre sin causarle dolor, mientras que el amor le devuelve la vida con sufrimientos que fortalecen.

Los hombres están divididos en clanes y tribus distintas y pertenecen a múltiples países y ciudades. Pero yo soy extranjero en todas esas sociedades y no pertenezco a ningún lugar concreto. Mi patria es el mundo y mi tribu la humanidad.

Los hombres son frágiles y es lamentable verles separados. El mundo es pequeño y no resulta razonable dividirlo en imperios, reinos y provincias.

Los hombres sólo se unen para derribar los templos del alma, y se dan la mano para levantar edificios destinados a los cuerpos de este mundo. Soy el único que escucha la voz de la esperanza que, desde lo más hondo de mi ser, me dice:

«Lo mismo que el amor da vida al corazón del hombre, aunque no sin sufrimiento, la ignorancia le muestra la vía del saber.»

El dolor y la ignorancia llevan a la felicidad plena y a la sabiduría, porque nada ha sido creado inútilmente bajo el sol por el Ser Supremo.

II

Añoro mi hermosa tierra y amo a mi pueblo. Pero si mi pueblo, alentado por el robo e impulsado por el llamado «espíritu patriótico» se alzara en armas dispuesto a asesinar e invadir las naciones vecinas, la realización de semejantes atrocidades haría que odiase a mi pueblo y a mi país.

Alabo el lugar donde nací y deseo ver el hogar de mi infancia, pero si los habitantes de esa tierra se negaran a dar cobijo y alimento al humilde viajero, convertiría mi alabanza en censura y mi deseo en olvido. Pues hay una voz en mi interior que me dice: «La tierra donde no ayudan a quien lo precisa sólo merece ser destruida.»

Amo mi ciudad natal con el mismo amor que profeso a mi patria, y amo a mi patria con el mismo amor que siento por la tierra, que es mi patria de un extremo a otro; y amo a la tierra con todo mi ser porque es el cielo de la humanidad, la cual constituye una muestra del espíritu de Dios.

La humanidad es el espíritu del Ser Supremo en la tierra, y esa humanidad está en pie entre las ruinas, cubriendo su desnudez con harapos, vertiendo lágrimas por las enjutas mejillas y llamando a sus hijos con lastimera voz. Pero sus hijos se afanan en cantar el himno de su tribu y en afilar las espadas, y no pueden oír el llanto de las madres.

La humanidad convoca a sus miembros, mas éstos no la escuchan. Si alguno la escuchara y consolara a esa madre enjugando sus lágrimas, los demás dirían: «Es débil; se deja dominar por los sentimientos.»

La humanidad es el espíritu del Ser Supremo en la tierra, y ese Ser Supremo predica amor y buena voluntad. Pero los hombres se burlan de esas enseñanzas. Jesús el Nazareno escuchó esa voz, y su premio fue la crucifixión. Sócrates también la escuchó y la siguió, y pagó con su cuerpo.

Los discípulos del Nazareno y de Sócrates son los discípulos de la Divinidad, y como la gente ya no los mata, les escarnece diciéndoles: «La burla es más amarga que la muerte.»